Holly

Stephen King

스티븐 킹

이은선 옮김

홀리

Holly

황금가지

HOLLY

by Stephen King

Korean translation edition is published by arrangement with

Stephen King c/o The Lotts Agency, Ltd. through Danny Hong Agency.

편집자이자 에이전트이자 무엇보다 친구였던

척 베릴(1951~2022)에게 바친다.

고마웠어, 척.

"가끔 세상이 동아줄을 던져 줄 때도 있다."

—빌 호지스

차례

2012년 10월 17일 11

2021년 7월 22일 32

2015년 9월 10일 51

2021년 7월 23일(1) 56

2018년 11월 22~25일 76

2021년 7월 23일(2) 88

2018년 11월 27일 103

2021년 7월 23일(3) 108

2018년 12월 2~14일 122

2021년 7월 23일(4) 130

2020년 12월 4~19일 143

2021년 7월 23일(5) 151

2021년 1월 6일 162

2021년 7월 23일(6) 169

2021년 2월 8일(1) 179

2021년 7월 24일(1) 184

2021년 2월 8일(2) 207

2021년 7월 24일(2) 219

2021년 2월 12일 241

2021년 7월 25일 254

2021년 2월 15일~3월 27일 273

2021년 7월 26일(1) 281

2021년 3월 27일 298
2021년 7월 26일(2) 307
2021년 5월 19일 326
2021년 7월 27일(1) 331
2021년 5월 19일(2) 347
2021년 7월 27일(2) 354
2021년 7월 1일 370
2021년 7월 27일(3) 379
2021년 7월 2일 386
2021년 7월 27일(4) 393
2021년 7월 3일 404
2021년 7월 27일(5) 412
2021년 7월 4일 423
2021년 7월 27일(6) 429
2021년 7월 5일 437
2021년 7월 28일 441
2021년 7월 29일 493
2021년 7월 30일 566
2021년 8월 4일 578
2021년 8월 18일 582

작가의 말 590

2012년 10월 17일

그곳은 이제 구도시라 상태가 별로 좋지 않고 그 바로 옆에 자리한 호수도 마찬가지지만, 아직 제법 괜찮은 곳도 더러 있다. 토박이들에게 물어보면 아마 그중에서도 가장 훌륭한 지역은 슈거 하이츠고 거길 지나는 도로 중에 가장 괜찮은 길은 리지 로드라고 할 것이다. 리지 로드는 벨 인문과학대학에서 디어필드 공원까지 3킬로미터 동안 구불구불 이어지는 완만한 내리막길이다. 그 길을 지나다 보면 근사한 주택을 여러 채 볼 수 있는데 일부는 대학 교직원, 또 일부는 의사, 변호사, 은행원, 피라미드 꼭대기에 해당하는 사업체 중역들이 산다. 그리고 대부분 흠잡을 데 없는 페인트칠과 내닫이창, 자잘하고 정교한 장식을 자랑하는 빅토리아 양식이다.

리지 로드가 끝나는 지점에 위치한 디어필드 공원은 맨해튼 한복판에 철퍼덕 자리 잡은 그 공원만큼 넓지는 않지만 거의 비슷하다.

이 도시의 자랑이라 정원사 한 부대가 매달려 멋지게 관리한다. 아, 그러고 보니 공원의 서쪽에 해당하는 레드뱅크로(路) 근처는 지저분하다. '덤불밭'이라고 불리는 이곳에서는 해가 지면 마약을 찾거나 파는 사람들이 가끔 보이고 이따금 강도 사건이 벌어질 때도 있지만, 덤불밭이 차지하는 면적은 300만 제곱미터 중에서 1만 2000제곱미터에 불과하다. 그 나머지는 연인들이 오솔길을 산책하고, 벤치에서는 노인들이 신문을 읽으며(전자기기로 읽는 사람들이 점점 늘고 있긴 하지만), 여자들이 더러는 아이들이 누워 있는 비싼 유모차를 앞뒤로 밀며 대화를 나누는 풀밭과 꽃밭이다. 두 군데 호수에서는 보트를 띄워놓고 리모컨으로 조정하는 남자아이나 어른이 가끔 보일 때도 있다. 그런가 하면 백조와 오리들이 왔다 갔다 헤엄치기도 한다. 어린이 놀이터도 있다. 사실 공용 수영장 말고는 없는 게 없다. 시 의회에서는 잊을 만하면 한 번씩 수영장 설치를 안건으로 상정하지만 계속 논의가 보류된다. 비용 때문이다.

오늘 저녁은 10월치고 따뜻하지만 가는 보슬비 때문에 뛰러 나온 사람은 달리기에 진심인 한 명뿐이다. 바로 벨 대학에서 문예창작과 라틴아메리카 문학을 가르치는 호르헤 카스트로다. 전공은 그렇지만 미국에서 나고 자랐고 '만차나 파이'만큼 미국적*이라고 말하고 다니는 것을 좋아한다.

그는 7월에 나이가 마흔 줄로 접어들었으니 이제 더는 첫 소설로 잠깐 베스트셀러의 영광을 누린 젊은 사자라고 자신을 속일 수 없다. 마흔은 젊다는 착각에서 벗어나야 하는 나이다. 그러지 않고 "요즘 마흔은 예전의 스물다섯"이라는 식의 자기계발서에나 나옴직한 헛소

* '만차나(manzana)'는 스페인어로 사과라는 뜻이며, 라틴아메리카 대부분의 국가가 스페인어를 쓰는 데서 착안한 농담이다.

리를 믿기 시작하면 점점 내리막길을 걷게 된다. 처음에는 속도가 느릴지 몰라도 시간이 지날수록 빨라져서 어느 날 갑자기 허리띠 버클 위로 배가 불룩 나오고 고지혈증 약이 식탁 위에서 뒹구는 50대를 맞이하게 된다. 20대에는 몸이 용서를 잘한다. 40대에는 조건부 용서나마 받을 수 있으면 다행이다. 호르헤 카스트로는 50대가 되고 보니 남들 같은 굼벵이가 되어 있는 사태는 사양하고 싶다.

마흔이 되면 몸 관리를 시작해야 한다. 보상 판매는 선택지에 없으니 부품의 상태를 유지하는 데 관심을 기울여야 한다. 그래서 호르헤는 아침이면 (칼륨이 많은) 오렌지주스를 마시고 거의 날마다 (항산화 효과가 있는) 오트밀을 먹고 붉은 고기 섭취는 일주일에 한 번으로 제한한다. 간식이 당기면 오메가 쓰리가 풍부한(그리고 맛도 좋은!) 정어리 통조림을 딴다. 아침에는 간단한 운동을, 저녁에는 달리기를 하되 무리하지 않고 40년 된 폐와 40년 된 심장에 산소를 공급해 기량을 뽐낼 수 있는 기회를 줄 정도로만(안정 시 심박수가 63을 유지하도록) 한다. 50대로 접어들어도 마흔 살로 보이고 싶은 것이 호르헤의 바람이지만 운명은 장난꾸러기다. 호르헤 카스트로는 마흔한 살 생일을 맞이하지도 못하게 됐으니 말이다.

가는 보슬비가 내리는 날 저녁에도 유지되는 그의 루틴은 학교에서 800미터 거리에 있는 집(상주 작가로 근무하는 대학에서 잘리지 않는 한 프레디라는 친구와 여기서 계속 같이 살 것이다.)에서부터 공원까지 달리는 것이다. 공원에 도착하면 허리 스트레칭 운동을 하고 힙색에 들고 온 비타민워터를 좀 마신 다음 집까지 다시 뛰어간다. 보슬비 덕분에 달리거나 걷거나 자전거를 타러 나온 사람을 피할 일이 없으니

더 힘이 난다. 그중에서도 최악은 자전거 전용 도로가 있는데도 굳이 인도에서 달리는 자전거족인데, 오늘 저녁에는 그가 인도를 독차지하고 있다. 심지어 지붕이 덮인 웅장하고 고풍스러운 베란다에 나와서 바람을 쐬는 사람들도 날씨가 이래서 집 안에 있으니 그들에게 손을 흔들며 인사할 필요도 없다.

하지만 늙은 시인은 예외다. 그녀는 체중이 50킬로그램까지 빠져서(이래서 의사에게 매번 야단맞는데) 8시 현재 기온이 10도를 웃도는데도 불구하고 추위를 타기 때문에 파카로 몸을 단단히 감싸고 있다. 추위보다 더 싫은 것이 습기다. 그럼에도 그녀가 베란다로 나와 있는 이유는 손가락으로 음료 뚜껑을 돌려서 열 수만 있으면 써야 하는 시가 있기 때문이다. 한여름 이후로 시를 한 편도 쓰지 못했으니 녹이 슬기 전에 뭔가 시작을 해야 한다. 학생들이 가끔 쓰는 표현을 빌자면 뭔가를 *대변해야* 한다. 무엇보다 *훌륭한* 시가 써질지 모른다. 심지어 *이 사회에 꼭 필요한* 시가 써질 수도 있다.

옅은 안개가 길 건너편 가로등을 감싸듯 시작해 '미스터리'라고 할 만한 것으로 진화해야 한다. 미스터리가 전부다. 안개가 천천히 움직이는, 은빛의 영롱한 헤일로 같다. '헤일로'라는 단어는 쓰고 싶지 않다. 그건 모두가 예상하는 단어, 게으른 단어다. 거의 클리셰에 가깝다. 하지만 '은빛의'라는 단어는…… 아니면 그냥 은빛은…….

그녀는 생각의 궤도에서 한동안 이탈해 맞은편 도로를 철퍼덕철퍼덕 달리는 젊은 청년(여든아홉 살이 보기에 마흔은 아주 젊은 나이다.)을 지켜본다. 그녀는 그가 누군지 안다. 가브리엘 가르시아 마르케스가 천지를 창조했다고 생각하는 상주 작가다. 길고 까만 머리와 입술 바로 아래쪽에만 살짝 기른 턱수염 때문에 영화 「프린세스 브라이드」의 매력적인 등장인물이 생각난다. "내 이름은 이니고 몬토다, 네가 우리 아버지를 죽였으니 죽을 준비를 해라." 그는 등판에 세로로 야광 띠가 달린 노란색 점퍼와 우스꽝스러울 정도로 꽉 끼는 러닝 팬츠를 입었다. 늙은 시인의 어머니가 보았다면 꼭 꽁지에 불이 난 말처럼 달린다고 했을 것이다. 아니면 방울 딸랑거리듯 달린다고.

방울이라는 단어에서 종이 연상되자 그녀는 다시 바로 맞은편의 가로등으로 시선을 돌리며 생각한다. *달리는 자에게는 머리 위의 은빛이 들리지 않고/이 종은 울리지 않네.*

산문체라 글러먹었지만 그래도 시작이 반이다. 어찌어찌 시의 뚜껑을 여는 데 성공한 셈이다. 이제 안으로 들어가서 공책을 들고 끼적여 보아야겠다. 하지만 그녀는 잠깐 더 앉아서 가로등을 에워싸고 빙글빙글 돌아가는 은색 동그라미를 바라보며 생각한다. *헤일로네. 그 단어를 쓸 수는 없지만 꼭 그렇게 보여, 이런 망할.*

달리는 남자는 노란색 점퍼를 마지막으로 한 번 반짝이고 어둠 속으로 사라진다. 늙은 시인은 고관절이 찌릿하자 움찔하며 힘들게 일어나 집 안으로 느릿느릿 들어간다.

호르헤 카스트로는 속도를 조금 높인다. 이제 세컨드 윈드 단계에 진입해 폐활량이 커지고 엔도르핀이 솟구친다. 신비로운 누런빛으로 주변을 비추는 구식 가로등이 점점이 흩뿌려진 공원까지 얼마 남지 않았다. 아무도 없는 놀이터 앞의 조그만 주차장에 뒷문을 열어 놓고 젖은 아스팔트 위로 진입판을 연결한 밴이 한 대 외로이 서 있다. 진입판 끝 쪽에 휠체어에 탄 나이 지긋한 남자가 있고, 여자가 한쪽 무릎을 꿇고 앉아서 법석을 떨고 있다.

호르헤는 달리기를 잠깐 멈춰 허리를 숙이고 양손으로 무릎 바로 위쪽을 잡고서 기다리다가 호흡이 정상으로 돌아오자 밴의 상황을 살피러 간다. 파란색과 흰색으로 된 뒷면의 번호판에 휠체어 로고가 그려져 있다.

누빔 재킷에 스카프를 두른 여자가 그를 돌아본다. 처음에 호르헤는 아는 얼굴인지 긴가민가하다. 이 조그만 보조 주차장은 조명이 어둡다. "안녕하세요! 무슨 문제가 생겼나요?"

여자가 일어난다. 버튼업 스웨터에 납작한 모자를 쓰고 휠체어에 앉아 있는 나이 지긋한 남자는 보일락 말락 하게 손을 흔든다.

여자가 대답한다. "배터리가 나갔어요. 카스트로 교수 맞죠? 호르헤 카스트로."

이제 보니 아는 얼굴이다. 영문학을 가르치는…… 아니, 가르쳤던 에밀리 해리스 교수다. 지금은 아마 명예 교수일 것이다. 그리고 그 남편도 교직원이다. 해리스 교수가 휠체어 신세를 지게 된 줄은 미처 몰랐다. 다른 건물을 쓰는 다른 학부 소속이라 학교에서 자주 보지는 못했지만, 마지막으로 보았을 때 분명 걷고 있었는데. 에밀리는 다양한 교직원 모임이나 문화 행사장에서 자주 만난다. 호르헤가 짐작하건대 에밀리는 그를 별로 좋아하지 않는다. 이제는 폐지된 시가 창작 워크숍을 두고 학부 차원에서 회의를 벌인 이후로 특히 그렇다. 그때 분위기가 조금 과열됐었다.

"네, 맞아요. 두 분, 집에 가서 몸을 말리고 싶으시겠어요."

"그러면 소원이 없겠구먼." 남편인 해리스 씨가 말한다. 그 역시 교수인 것 같기도 하다. 스웨터가 얇아서 몸을 살짝 떨고 있다. "저 진입판 위로 내 휠체어를 밀어 줄 수 있겠소?" 그는 기침하고 목에 낀 가래를 없애고 다시 기침한다. 부서 회의 때는 그렇게 딱 부러지고 고압적이던 아내 쪽은 조금 정신없고 추레해 보인다. 불쌍해 보인다. 호르헤는 두 사람이 여기서 이러고 있은 지 얼마나 됐는지, 에밀리가 왜 다른 사람에게 연락해 도움을 청하지 않았는지 궁금해진다. *휴대전화가 없나 보지. 아니면 집에 두고 왔든지. 노인네들이 그런 걸 워낙 잘 깜빡하니까.* 하지만 그녀는 기껏해야 일흔이 조금 넘었을 것이다. 휠체어에 앉아 있는 남편은 더 늙어 보이지만.

"제가 도와 드릴 수 있을 것 같습니다. 브레이크 푸셨죠?"

"응. 그럼요." 에밀리 해리스가 말하고 뒤로 물러난다. 호르헤는 핸들을 잡고 진입판과 마주 보도록 휠체어를 돌린 다음 도움닫기를 할 수 있게 뒤로 3미터 물러난다. 전동식 휠체어는 무거울 수 있다. 중간쯤 올라갔을 때 힘이 다해 뒤로 다시 내려와 버리면 그보다 난감한 일도 없을 것이다. 아니, 옆으로 쓰러져 노인이 땅바닥으로 떨어지면 큰일이다.

"갑니다, 해리스 씨. 요철이 있을 수도 있으니까 꽉 잡으세요."

해리스가 팔걸이를 붙잡자 호르헤의 눈에 그의 넓은 어깨가 들어온다. 스웨터 아래에 근육이 숨겨져 있는 것처럼 보인다. 호르헤는 사람이 다리를 못 쓰게 되면 다른 식으로 보상 작용이 이루어지나 보다고 생각하며 진입판 위를 질주한다.

"실버, 가자!*" 해리스 씨가 명랑하게 외친다.

처음 절반은 수월하게 지나가지만 그때부터 휠체어의 속도가 떨어지기 시작한다. 호르헤는 상체를 숙이고 허리 힘으로 휠체어를 민다. 이렇게 이웃 사랑을 실천하는 와중에 묘한 생각이 떠오른다. 이 주(州)의 번호판은 빨간색과 흰색이다. 해리스 부부는 그와 같은 리지 로드에 사는데(지나가다가 앞마당에 나와 있는 에밀리 해리스를 자주 만난

---

* 영화 「론 레인저」에서 주인공이 애마 실버 위에 올라타 외치는 대사다.

다.) 이 밴에 달린 번호판은 서쪽으로 면한 옆 주에서 쓰이는 것처럼 파란색과 흰색이라는 생각이다. 그리고 이상한 게 하나 더 있다. 뒷범퍼에 오바마 스티커를 붙인 작고 깔끔한 스바루의 운전석에 에밀리가 꼿꼿하게 앉아 있는 건 본 적 있어도, 이 밴이 주차되어 있는 건 본 적이……

그가 팔은 뻗고 운동화는 구부리며 이제 지면과 거의 수평하게 몸을 숙이고 진입판 꼭대기에 다다랐을 때 벌레가 그의 목덜미를 문다. 온몸으로 열기가 번지는 걸 보면 말벌처럼 큰 벌레인가 싶은데, 반응이 나타난다. 지금까지 그런 적이 한 번도 없었지만 뭐든 처음이 있는 법. 갑자기 눈앞이 흐릿해지고 팔에서 기운이 빠진다. 젖은 진입판 위에서 신발이 미끄러지고 그는 한쪽 무릎을 꿇으며 주저앉는다.

휠체어가 뒤로 굴러서 나를 치게 생겼네……

하지만 아니다. 로드니 해리스가 스위치를 켜자 휠체어가 만족한 듯 웅웅거리는 소리를 내며 밴 안으로 굴러 들어간다. 그는 폴짝 뛰어내려 날렵하게 휠체어를 돌아 나와서 진입판 위에 무릎 꿇은 남자를 내려다본다. 남자의 머리칼은 이마에 들러붙었고 보슬비가 땀처럼 뺨을 적시고 있다. 잠시 후 호르헤가 앞으로 고꾸라진다.

"됐어! 완벽해!" 에밀리가 조그맣게 외친다.

"나 좀 도와줘." 로드니가 말한다.

운동화를 신은 아내가 호르헤의 발목을 잡는다. 남편은 팔을 잡는다. 둘이서 그렇게 호르헤를 밴 안으로 옮긴다. 진입판이 안으로 치워진다. 로드니(사실 그 역시 해리스 교수다.)가 왼쪽의 운전석으로 올라탄다. 에밀리는 무릎을 꿇고 앉아서 호르헤의 손목을 케이블 타이로 묶지만 사실 불필요한 예방 조치이기는 하다. 호르헤는 빛의 속도로 나가떨어져(늙은 시인이 들었다면 분명 못마땅하게 여겼을 표현이지만) 요란하게 코를 골고 있다.

"아무 문제 없지?" 벨 대학 생명과학과 소속 로드니 해리스 교수가 묻는다.

"아무 문제 없어! 우리가 해냈어, 로디! 개새끼를 잡았다고!" 에밀리는 흥분해서 갈라지는 목소리로 외친다.

"아름다운 표현을 씁시다, 여보." 로드니는 미소를 짓는다. "하지만 맞아. 우리가 해냈어." 그는 주차장을 빠져나와 언덕을 올라가기 시작한다.

늙은 시인은 앞표지에 빨간색의 조그만 외바퀴 손수레 사진이 있는 창작 노트에서 고개를 들고 밴이 지나가는 것을 쳐다보다가 다시 고개를 숙여 창작에 몰두한다.

밴은 리지 로드 93번지로 들어선다. 해리스 부부가 거의 25년째 사는 그 집의 소유주는 대학이 아니라 그들 부부다. 두 개의 차고 문 중에서 한쪽이 올라간다. 밴이 왼쪽으로 들어가자 차고 문이 닫히고 리지 로드는 다시금 고요해진다. 안개가 가로등을 감싸고 빙글빙글 돈다.

마치 헤일로처럼.

호르헤는 서서히 의식을 되찾는다. 머리가 깨질 것 같은 데다 입안은 바짝 말랐고 배 속이 부글거린다. 술을 얼마큼 마셨는지 모르겠지만 이 정도로 숙취가 끔찍하다니 많이 마신 모양이다. 그런데 술을 어디서 마셨더라? 교직원 파티였나? 문예창작 세미나 뒤풀이에서 그 옛날 학창 시절처럼 부어라 마셔라 했나? 프레디와 다시 싸우고서 취하도록 마셨나? 그 어떤 것도 정답 같지 않다.

가엾게 학대당한 머리가 쏟아지는 아침 햇살을 맞으면 다시금 깨질 듯이 아플 테니 각오를 다지며 눈을 뜨지만 빛이 그렇게 쨍하지는 않다. 괴로운 현재 상태를 감안할 때 고마울 따름이다. 그는 토퍼 아니면 요가 매트 위에 누워 있는 것 같다. 월마트나 달러 트리 매장에서 샀을 법한 플라스틱 양동이가 옆에 놓여 있다. 그는 그 양동이의 용도도, 종이 울렸을 때 파블로프의 개가 어떤 기분을 느꼈는지도 알겠다. 양동이를 보았을 뿐인데 배가 찢어질 듯이 아프니 말이다. 그는 무릎을 딛고 일어나 사정없이 토악질을 한다. 잠깐 쉬며 숨을 두어 번 고르고 다시 한다.

속은 진정되지만 순간 어찌나 머리가 아픈지 이러다 둘로 쩍 하고 쪼개져 바닥으로 굴러떨어지는 건 아닐까 싶다. 그는 눈물이 고인 눈을 감고 두통이 가라앉길 기다린다. 마침내 두통은 가라앉지만 입과 코에서 시큼한 토사물 맛이 느껴진다. 그는 눈을 여전히 감은 채 더듬더듬 양동이를 찾아서 입안이 어느 정도나마 깨끗해질 때까지 침을 계속 뱉는다.

다시 눈을 뜨고 고개를 (조심스럽게) 들어 보니 철창이 보인다. 그는 우리 안에 갇혀 있다. 넓기는 하지만 그래도 우리다. 천장의 전등에 조광기가 달려 있는지 방 안이 어두침침하다. 뜯어먹어도 될 만큼 깨끗한 콘크리트 바닥이 보이지만, 뭘 먹을 기분은 아니다. 우리 앞쪽의 공간은 중간까지 아무것도 없다. 중간 지점에 계단이 있고 긴 빗자루가 거기 기대어 세워져 있다. 계단 너머는 못에 공구가 걸려 있고 띠톱 테이블이 설치된 근사한 작업실이다. 각도 절단기도 있다. 값이 제법 나가는 좋은 공구다. 울타리 전정기와 큰 가위도 몇 개 있다. 스패너는 크기순으로 가지런히 정리가 되어 있다. 작업 테이블에는 크롬 소켓이 일렬로 놓여 있고 그 옆은…… 어디로 연결됐는지 모를 문이다. 모두 만능 수리공이 흔히 갖추어 놓는 장난감이고 하나같이 관리가 잘 되어 있어 보인다.

띠톱 테이블 아래에 톱밥은 없다. 띠톱 저편에는 그가 한 번도 본 적 없는 기계가 놓여 있다. 큼지막한 노란색 상자 모양이고 크기가 거의 업소용 냉난방 환풍기 수준이다. 호르헤는 판자로 덮인 한쪽 면에 고무호스가 연결된 것을 보고 냉난방 환풍기가 맞나 보다고 결론을 내리지만 그렇게 생긴 제품은 본 적이 없다. 브랜드 이름이 적혀 있다 한들 그에게 보이는 쪽 면에는 없다.

그는 우리를 둘러보다가 맞닥뜨린 광경에 섬뜩해진다. 테이블 역할을 하는 주황색 나무상자 위에 다사니 생수가 몇 통 놓여 있다. 파란색 플라스틱 양동이가 차지하고 있는 한쪽 모퉁이 위편은 비스듬한 천장이다. 침대에서 일어날 수는 있지만 제일 가까운 화장실까지 가지도 못하는 환자들이 쓰는 휴대용 변기도 있다.

호르헤는 아직 일어설 수 없을 것 같기에 그 앞으로 기어가 뚜껑을 열어 본다. 안에 파란색 물이 담겼는데, 독한 소독약 냄새가 코를 찌르자 다시 눈물이 고인다. 뚜껑을 닫고 무릎으로 기어서 토퍼 쪽으로 돌아간다. 그는 아무리 맛이 가 있더라도 휴대용 변기가 뭘 의미하는지 안다. 누군가가 그를 여기 한동안 가두어 놓을 작정이라는 것. 그는 납치당했다. 그가 쓴 소설 『카탈렙시』에서처럼 범죄 조직에게 당한 것도 아니고, 여기는 멕시코나 콜롬비아도 아니다. 황당하게 들릴지 몰라도 범인은 노교수 부부고 그중 한 명은 그의 직장 동료다. 여기가 그들 부부가 사는 집 지하실이라면 그의 집이 바로 근처다. 프레디가 지금쯤 거실에서 책을 읽으며……

아니다. 지금 프레디는 없다. 얼마 전에 싸우고 늘 그렇듯 씩씩대며 짐을 싸들고 나갔다.

그는 열십자로 된 철창을 살펴본다. 강철이고 용접도 깔끔하다. 이런 상품을 판매하는 감방시설 전문점, 뭐 이런 데는 없을 테니 바로 이 작업실에서 만들었을 텐데 아주 튼튼해 보인다. 양손으로 철창 하나를 잡고 흔들어 본다. 꿈쩍도 하지 않는다.

천장을 보니 조그만 구멍이 뚫린 흰색 판자로 덮여 있다. 방음 시설이다. 또 다른 것도 보인다. 아래를 내려다보는 유리 눈. 호르헤는 유리 눈을 향해 고개를 든다.

"거기 누구 있어요? 원하는 게 뭐예요?"

아무 반응이 없다. 그는 내보내 달라고 외칠까 고민하지만 그래 봐야 무슨 소용일까 싶다. 누군가를 납치해 양동이와 휴대용 변기와 함께 지하실 우리에(지하실인 게 분명하다.) 가둔 사람이 고함 소리가 들리자마자 계단을 달려 내려와 *'미안해요, 미안해요, 내가 엄청난 실수를 저질렀어요.'*라고 할까?

오줌을 누어야겠다. 방광이 터질 것 같다. 그는 철창을 붙잡고 일어난다. 두통이 번개처럼 또다시 머리를 관통하지만 맨 처음 정신을 차렸을 때만큼 심하지는 않다. 그는 휴대용 변기 앞으로 느릿느릿 걸어가 뚜껑을 열고 지퍼를 내리고 오줌을 누려고 해 본다. 처음에는 아무리 급해도 잘 되지 않는다. 호르헤는 화장실에서 치르는 의식에 관한 한 남들의 이목을 꺼리는 편이라 야구장에서도 한 줄로 설치된 소변기를 쓰지 않는데, 그를 내려다보고 있는 유리 눈에 계속 신경이 쓰인다. 눈을 등지고 있어서 조금 낫긴 하지만 그걸로는 부족하다. 이 달이 며칠 남았는지에 이어 크리스마스까지, 그 옛날 옛적에 들은 '펠리스 나비다드*'까지 며칠이 남았는지 세어 보자 그 방법이 효과를 거둔다. 그는 거의 1분 동안 오줌을 싸고 생수를 한 통 집는다. 첫 모

* 스페인어로 메리 크리스마스라는 뜻. 「펠리스 나비다드」라는 유명한 크리스마스 캐럴이 있다.

금은 입을 헹궈서 소독약이 섞인 변기에 뱉고 그런 다음 남은 물을 꿀꺽꿀꺽 마신다.

다시 철창 앞으로 가서 긴 방을 내다본다. 우리 바로 앞쪽의 아무것도 없는 절반의 공간과 계단과 작업실을. 시선이 자꾸 띠톱과 각도 절단기로 향한다. 우리에 갇힌 사람이 사색의 재료로 삼기에 알맞은 공구는 아니겠지만 쳐다보지 않을 도리가 없다. 저런 띠톱이 소나무나 삼나무를 썰 때 내는 고음의 비명을 떠올리지 않을 도리가 없다. **위이이이이이잉.**

부연 보슬비를 맞으며 달렸던 기억이 떠오른다. 에밀리와 그 남편이 떠오른다. 그들이 어떤 식으로 그를 속여서 어떤 주사를 맞혔는지가. 그 뒤로 시커먼 장막 속을 헤매다 눈을 떠 보니 여기였다.

왜 그랬을까? 그들이 왜 그런 짓을 저질렀을까?

그는 유리 눈에 대고 외친다. "우리, 대화를 나눕시다. 나는 언제든 대화에 응할 용의가 있어요. 원하는 게 뭔지 말만 해요!"

아무 반응이 없다. 그의 발이 끌리는 소리와 결혼반지가 *땡-땡* 하고 철창에 부딪치는 소리 말고는 쥐 죽은 듯이 고요하다. 결혼반지가 그의 것은 아니다. 그와 프레디는 결혼한 사이가 아니다. 아직은 그렇고, 요즘 분위기로 볼 때 어쩌면 영원히 그럴지 모른다. 병원에서 아버지가 돌아가셨을 때 곧바로 아버지의 결혼반지를 빼서 지금까지 줄곧 끼고 다녔다.

여기로 옮겨진 지 얼마나 됐을까? 손목시계를 들여다보지만 아무 소용이 없다. 그 시계 역시 아버지가 돌아가셨을 때 챙긴 유품인데, 태엽식이고 1시 15분에 멈추어져 있다. 오전인지 오후인지조차 알 수가 없다. 그리고 마지막으로 태엽을 감은 게 언제였는지도 모르겠다.

해리스 부부. 에밀리와 로널드. 로널드가 아니라 로버트인가? 그가 그들의 정체를 알고 있다는 사실이 어째 불길하다.

불길한 게 맞을지도. 그는 속으로 중얼거린다.

방음실에서 고함을 치거나 비명을 질러 봐야 소용이 없는 데다 그러면 머리가 다시 깨질 듯이 아플 테니 그는 토퍼에 앉아서 무슨 일이 벌어질 때까지 기다리기로 한다. 누가 내려와 이게 도대체 무슨 영문인지 설명해 줄 때까지.

주입된 약물이 아직 머릿속에 남아 있는지 호르헤는 고개를 숙이고 한쪽 입가로 침을 흘리며 다시 깜빡 잠이 든다. 아버지의 시계로는 계속 1시 15분이지만 잠시 후, 위에서 문이 열리고 누군가가 계단을 내려온다. 호르헤가 고개를 들어 보니(두통이 또다시 번쩍 머리를 관통하지만 그렇게 심하지는 않다.) 목이 긴 검은색 운동화, 발목 양말, 말끔한 갈색 바지에 이어 꽃무늬 앞치마가 보인다. 에밀리 해리스다. 쟁반을 들고 있다.

호르헤는 자리에서 일어난다. "이게 무슨 일입니까?"

에밀리는 아무 대꾸 없이 우리에서 60센티미터쯤 떨어진 곳에 쟁반을 내려놓기만 한다. 쟁반을 보니 장거리 여행을 앞두고 커피를 포장해 갈 때 쓰는 큼지막한 일회용 플라스틱 컵에 불룩한 갈색 봉지가 쑤셔 넣어져 있다. 그 옆의 접시에는 끔찍한 것이 담겨 있다. 검붉은 고기가 그보다 더 진한 빨간색 액체 위에 떠 있다. 보기만 해도 호르헤는 다시 토악질이 나올 것만 같다.

"내가 저걸 먹을 거라고 생각한다면 꿈 깨시죠."

에밀리는 아무 대답 없이 빗자루를 집어 쟁반을 앞으로 민다. 우리 아래쪽에 경첩이 달린 덮개가 있다.(*전부터 치밀하게 계획한 일이로군.*

호르헤는 생각한다.) 높이가 10센티미터 정도밖에 되지 않아서 일회용 컵이 꼭대기에 부딪혀 쓰러지고 이윽고 쟁반이 구멍을 통과한다. 그녀가 빗자루를 거두자 덮개가 탁 닫힌다. 핏물 안에서 헤엄치는 고깃덩이는 생간 같아 보인다. 에밀리 해리스는 허리를 펴고 빗자루를 제자리에 가져다 놓은 다음 고개를 돌리고…… 그를 보며 미소를 짓는다. 여기가 무슨 빌어먹을 칵테일 파티장이라도 되는 듯이.

"저거 먹지 않을 겁니다." 호르헤는 다시 말한다.

"먹게 될 거야."

그 말을 끝으로 에밀리는 다시 계단을 올라간다. 문이 닫히는 소리에 이어 탁 하는 소리가 들린다. 빗장을 지르는 소리인가 보다.

생간을 보자 호르헤는 다시 속이 울렁거리지만 참고 일회용 컵에서 봉투를 꺼낸다. '카차바'라는데, 라벨에 따르면 "짜릿한 모험에 충분한 에너지를 공급하는 영양 만점의 드링크" 파우더라고 한다.

호르헤는 얼마인지 모를 지난 시간 동안 평생 예정된 모험을 모두 해치운 느낌이다. 그는 봉투를 일회용 컵 안에 다시 넣고 토퍼 위에 앉는다. 쟁반은 쳐다보지 않고 한쪽으로 멀찌감치 밀어 놓는다. 그리고 눈을 감는다.

그는 졸다가 깨다가 다시 졸다가 진짜로 깨어난다. 두통은 거의 사라졌고 속도 가라앉았다. 아버지의 시계를 돌려서 정오로 맞춰 놓는다. 아니면 자정일 수도 있다. 상관없다. 여기 얼마 동안 갇혀 있는지만 알 수 있으면 된다. 결국에는 누군가, 어쩌면 이 미치광이 교수 커플 중 남편이 찾아와서 그가 여기로 끌려온 *이유*와 어떻게 하면 나갈 수 있는지를 알려 줄 것이다. 이 둘은 누가 봐도 미쳤으니 설명이 조리 있게 이루어지지는 않을 것이다. 호르헤는 상주 작가로 워낙 많은 대학을 다녀 보았기에 미친 교수들이 *많다*는 걸 알지만 해리스 부부의 경우는 아예 차원이 다르다.

결국 그는 일회용 컵에서 카차바 봉투를 꺼낸다. 물에 타서 먹는 가루인 모양인데, 컵은 레드런드의 딜런스라는 화물 자동차 휴게소에서 가져온 것이다. 호르헤도 프레디와 함께 가끔 딜런스에서 아침을 먹은 적이 있는데, 지금 여기가 거기라면 얼마나 좋을까. 차라리 아이어스 교회에서 갤러틴 목사님의 눈물 나도록 재미없는 설교를 듣고 있다면. 병원에서 대장내시경 검진을 받으려 기다리고 있다면. 여기만 아니면 어디든 좋겠다.

미친 해리스 부부가 준 음식을 믿을 이유가 없지만 구역질이 가라앉자 배가 고프다. 그는 달리기 전에는 가볍게 먹고 칼로리가 높은 기름진 음식은 달리기를 끝낸 뒤로 미루는 편이다. 봉투가 멀쩡하니 안전하다는 뜻이겠지만 그는 (*바늘 자국 같은*) 작은 구멍이 없는지 조심스럽게 살핀 뒤에 뜯어서 일회용 컵에 붓는다. 물을 섞고 뚜껑을 닫은 다음 설명에 나온 대로 열심히 흔든다. 한입 맛을 보고 단숨에 들이켠다. 라벨에서 주장하는 것처럼 "고대의 비법"으로 만들어졌을지 의심스럽지만 맛은 상당히 괜찮다. 초콜릿 맛이다. 식물성 프라페 음료 같다.

컵을 비운 뒤에 생간을 다시 쳐다본다. 쟁반을 구멍 밖으로 내보내고 싶지만 안으로만 열리는 덮개라 처음에는 생각대로 하지 못하다가 손톱을 아래에 넣어서 덮개를 위로 들어 올리고 쟁반을 밖으로 밀친다.

"이봐요!" 그는 자기를 내려다보는 유리 눈을 향해 외친다. "이봐요, 원하는 게 뭐예요! 대화를 나눠 봐요! 같이 얘기를 해 보자고요!"

아무 반응이 없다.

여섯 시간이 지난다.

이번에는 남편 해리스가 계단을 내려온다. 잠옷 바람에 슬리퍼를 신고 있다. 어깨는 넓지만 그 밑으로는 살이 없어서 아동용 잠옷처럼 소방차 무늬가 찍힌 잠옷이 펄럭거린다. 이 늙은이를 맞닥뜨린 순간 비현실감이 호르헤 카스트로를 강타한다. 이게 정말 현실에서 벌어지고 있는 일일까?

"원하는 게 뭡니까?"

해리스는 아무 대꾸 없이 콘크리트 바닥 위로 내쳐진 쟁반만 쳐다본다. 덮개를 보았다가 다시 쟁반으로 시선을 돌린다. 이후로 두어 번 더 그렇게 한다. 쟁반, 덮개, 덮개, 쟁반. 그러다 빗자루를 집어서 쟁반을 다시 안으로 밀어 넣는다.

호르헤는 폭발한다. 덮개를 잡고 쟁반을 다시 밖으로 밀어낸다. 해리스의 한쪽 바짓단에 핏물이 튄다. 해리스는 쟁반을 다시 밀어 넣으려고 빗자루를 내리다 승부를 볼 수 없는 게임이라는 결론을 내린다. 그는 계단 옆면에 빗자루를 다시 기대어 놓고 계단을 올라가려고 한다. 이 사기꾼 새끼는 그 넓은 어깨 아래로 볼 게 별로 없지만 몸은 충분히 날렵해 보인다.

"가지 마요. 남자 대 남자로 얘기를 좀 합시다."

해리스는 인내심 많은 부모가 말을 안 듣는 어린 자식 대하듯 호르헤를 보며 길게 한숨을 내쉰다. "먹고 싶을 때 쟁반을 들여놓도록 해. 그건 우리가 서로 합의한 부분이라고 보네."

"먹지 않겠다고 부인에게도 이미 얘기했어요. 날것인 데다 상온에 지금……." 호르헤는 아버지의 손목시계를 확인한다. "여섯 시간 넘게 방치됐으니까요."

미친 교수는 아무 대답도 하지 않고 그냥 계단을 올라간다. 문이 닫힌다. 빗장이 질러진다. *탁.*

아버지의 시계가 10시를 가리키고 있을 때 에밀리가 내려온다. 말끔한 갈색 바지를 꽃무늬 실내복으로 갈아입고 역시 슬리퍼를 신었다. 호르헤는 생각한다. *지금이 다음 날 밤일 수도 있을까? 그럴 수도 있을까? 그 주사를 맞고 내가 얼마나 기절해 있었을까?* 굳어 가는 고깃덩어리를 보는 것보다 시간 감각을 상실한 것이 더 심란하게 느껴질 때도 있다. 지금이 언제인지 알 수가 없다니 익숙해지지가 않는다. 하지만 익숙해지지 않는 또 다른 것이 있다.

에밀리가 쟁반을 본다. 그를 본다. 미소를 짓는다. 가려고 몸을 돌린다.

"저기, 에밀리."

그녀는 다시 몸을 돌리지는 않지만 계단 발치에서 걸음을 멈추고 귀를 기울인다.

"물 좀 더 주세요. 한 통은 마시고 다른 한 통은 그 셰이크 타서 먹었어요. 그나저나 그거 제법 맛있더라고요."

"저녁을 먹지 않으면 물도 없어." 그녀는 계단을 올라간다.

시간이 흐른다. 네 시간이 지난다. 갈증이 아주 심해진다. 죽어 갈 정도는 아니지만 구토로 탈수 상태에 빠진 게 분명하다. 그리고 그

셰이크…… 그것이 목구멍 안쪽에 잔뜩 들러붙은 것이 느껴진다. 물을 마시면 내려갈 텐데. 한두 모금만 마셔도.

호르헤는 휴대용 변기를 쳐다보지만 아직 소독약이 섞인 물을 마실 지경은 아니다. *거기다 지금까지 두 번 오줌을 싸기도 했고.*

그는 렌즈를 올려다본다. "우리 대화합시다, 네? 제발요." 그러고는 망설이다가 이렇게 덧붙인다. "부탁할게요." 그의 목소리가 갈라지는 게 들린다. *목이 말라서* 그런 거다.

아무 반응이 없다.

두 시간이 더 지난다.

이제는 갈증 말고는 아무것도 생각할 수가 없다. 그는 바다를 표류하는 사람들이 금세 후회하게 된다는 걸 알면서도 결국 짠물을 마신다는 이야기를 읽은 적이 있다. 그건 어쨌거나 이야기고 진위 여부는 상관없는 것이, 지금 있는 곳에서 바다까지는 거의 1600킬로미터 거리다. 여기에는 휴대용 변기에 담긴 독극물밖에 없다.

결국 호르헤는 굴복한다. 덮개 아래로 꿈틀꿈틀 손가락을 넣고 한 팔로 몸을 지탱한 채 쟁반을 향해 손을 뻗는다. 핏물 때문에 가장자리가 미끄러워서 처음에는 쟁반이 잘 잡히지 않는다. 그래서 자기 쪽으로 끌고 오는 게 아니라 반대편으로 좀 더 밀어 버린다. 안간힘을 쓴 끝에 마침내 손끝으로 아슬아슬하게 잡아서 덮개 아래로 끌고 온다. 그는 피부가 벗겨진 근육처럼 시뻘건 고기를 쳐다보다가 눈을 감고 집어 든다. 고기가 철퍼덕 하고 손목에 차갑게 닿는다. 눈을 감은 채 한 입 베어 먹는다. 배 속에서 경련이 인다.

그는 속으로 중얼거린다. *아무 생각도 하지 마. 그냥 씹어서 삼켜.*

식감이 생굴 같다. 아니면 입안 가득 가래를 머금은 것 같다. 그는 눈을 뜨고 유리 렌즈를 올려다본다. 울고 있어서 흐릿해 보인다. "이 정도로는 부족한가요?"

아무 반응이 없다. 사실 한 입 먹었다기보다는 조금 뜯어 먹은 수준이라 아직 많이 남았다.

그는 소리를 지른다. "*이유*가 뭐예요? 대체 왜 이래요? *의도*가 뭐냐고요?"

아무 반응이 없다. 어쩌면 스피커가 없을 수도 있지만 호르헤가 보기에 그건 아닌 듯하다. 그들은 호르헤를 보기도 하고 소리도 듣는 것 같다. 그의 소리를 들을 수 있다면 대답도 할 수 있을 것이다.

"못 먹겠어요. 먹을 수 있으면 먹겠는데 망할, 못 *먹겠어요*." 그는 흐느끼며 말한다.

그런데 알고 보니 그렇지가 않다. 그는 생간을 한 입씩 먹는다. 처음에는 구역질 반사가 심했지만 결국에는 사라진다.

어쩌면 그게 아닐지도 몰라. 구역감이 사라진 게 아니라 내가 굴복시킨 걸지도. 호르헤는 빨간색 젤리처럼 굳은 핏물만 남은 접시를 보며 생각한다.

그는 유리 눈을 향해 접시를 들어 보인다. 처음에는 또다시 아무 반응이 없지만 잠시 후 문이 열리고 여자가 내려온다. 머리에 헤어롤을 말고 있다. 얼굴에는 나이트 크림인가 싶은 걸 발랐다. 한 손에 다사니 생수 한 통을 들고 있다. 여자는 그걸 호르헤의 손이 닿지 않는 콘크리트 바닥에 내려놓고 빗자루를 집는다.

"핏물까지 마셔."

"제발. 제발 그러지 마요. 제발 그만해요." 호르헤는 속삭인다.

영문학부의 에밀리 해리스 교수는, 어쩌면 지금은 명예교수로서 수업이나 세미나를 어쩌다 한 번씩 진행하고 부서 회의에 참석하는 것이 전부일지 모르는 그녀는 아무 말도 하지 않는다. 그녀의 차분한 눈빛이 호르헤에게 확신을 심어 준다. 옛날 블루스 노래 가사와 같다. *울고 애원해 봐야 아무 소용 없지.*

그는 접시를 기울여 젤리처럼 굳은 핏물을 입안에 넣는다. 몇 방울은 티셔츠에 떨어지지만 대부분 목구멍 아래로 내려간다. 짭짤해서 갈증이 더 심해진다. 그는 빨간색 자국 말고는 아무것도 없는 접시를 그녀에게 보여 준다. 그것도 먹으라고, 손가락으로 떠서 혈전 사탕처럼 빨아먹으라고 할 줄 알았지만 그건 아니다. 그녀는 물병을 옆으로 눕혀서 빗자루로 굴려 구멍 안으로 넣는다. 호르헤는 물병을 잡고 뚜껑을 따서 단숨에 절반을 비운다.

이 황홀감!

그녀는 빗자루를 다시 계단 옆면에 기대어 놓고 위로 올라가려고 한다.

"원하는 게 뭐예요? 원하는 걸 알려 주면 뭐든 할게요! 맹세해요!"

그녀는 잠깐 걸음을 멈추고 한 단어를 내뱉는다. "호모." 그런 다음 다시 계단을 올라간다. 문이 닫힌다. 빗장이 질러진다.

2021년 7월 22일

코로나19 이후로 줌(zoom)이 정교해졌다. 홀리가 맨 처음 그걸 쓰기 시작했을 때는 2020년이었는데 17개월보다 훨씬 오래된 것처럼 느껴진다. 그때는 사팔눈으로 쳐다보기만 해도 연결이 끊기기 십상이었다. 한 방에 있는 사람들이 보일 때도 있고 보이지 않을 때도 있었다. 또 가끔은 그들이 두통을 유발하는 속도로 보였다 안 보였다 할 때도 있었다.

홀리 기브니는 엄청난 영화광이고(영화관은 지난봄 이후로 간 적 없지만) 할리우드 블록버스터를 예술영화 못지않게 좋아한다. 1980년대 작품 중에서 「코난-바바리안」을 좋아하고, 거기서 좋아하는 대사도 조연인 행상인이 세트와 그 추종자들에 대해 한 말이다. "2, 3년 전만 해도 그냥 뱀을 숭배하는 광신도 집단이었는데, 지금은 온 사방이 그들 천지야."

줌이 그와 비슷하다. 2019년에는 페이스타임이나 고투 미팅과 같은 경쟁자들 사이에서 숨 돌릴 틈을 찾는 그냥 평범한 앱에 불과했다. 그런데 지금은 코로나 덕분에 뱀의 신 세트를 숭배하는 그 광신도 집단처럼 어디에서나 볼 수 있다. 그냥 기술적인 측면만 개선된 것도 아니다. 화면의 수준도 높아졌다. 홀리가 지금 줌으로 참석 중인 장례식은 TV 드라마의 한 장면이라고 해도 믿을 수 있겠다. 주인공은 당연히 추도사를 낭송하는 사람들이지만 가끔 각자의 집에서 슬퍼하는 다양한 조문객도 화면에 등장한다.

하지만 홀리는 아니다. 그녀는 자기 얼굴이 화면에 뜨지 않도록 차단했다. 전보다 좋아지고 강해지기는 했지만 그래도 여전히 아주 내성적인 성격이다. 장례식장에서는 눈물을 흘리고 울먹여도 된다는 건 알지만 특히 동료나 친구에게는 그런 모습을 보이고 싶지 않다. 빨개진 눈과 헝클어진 머리, 최대한 짧고 솔직하게 쓴 자신의 추도사를 읽을 때 떨리는 손을 들키고 싶지 않다. 무엇보다 담배 피우는 모습을 보이고 싶지 않다. 17개월의 코로나 기간 동안 그녀는 나쁜 습관에 다시 물들었다.

이제 장례식이 마지막 부분으로 접어들자 화면에 고인이 다양한 장소에서 다양한 포즈로 찍은 사진이 영상으로 뜨고 배경 음악으로 프랭크 시나트라의 「땡스 포 더 메모리」가 흐른다. 홀리는 더 이상 견딜 수 없어서 '나가기'를 클릭한다. 담배를 한 모금 더 빨고 비벼서 끄는데, 전화벨이 울린다.

아무하고도 통화하고 싶지 않지만 바버라 로빈슨이다. 이 전화는 받아야 한다.

"나갔네요. 이제는 홀리 이름이 적힌 까만색 네모도 없어요."

"나는 그 노래 별로야. 그리고 어차피 장례식도 끝났잖아."

"하지만 괜찮은 거죠?"

"응." 사실 그렇지는 않다. 홀리는 자기가 지금 괜찮은지 아닌지도 잘 모르겠다. "하지만 지금은……." 어떤 단어를 써야 바버라가 받아들여 줄까? 어떤 단어를 써야 홀리가 무너지지 않고 이 전화를 끊을 수 있을까? "정리를 좀 해야겠어."

"이해해요. 저 필요하다고 하시면 록다운이거나 말거나 단숨에 달려갈게요."

록다운이 실질적이라기보다 *명목상*의 조치라는 걸 홀리도 알고 바버라도 안다. 그 주(州)정부는 수천 명이 병에 걸리거나 죽더라도 개인의 자유를 존중하겠다고 한다. 그래도 다행히 사람들 대부분이 조심하고 있다.

"그럴 것 없어."

"알았어요. 힘들다는 거 알지만, 힘든 시간이라는 거 알지만 꿋꿋하게 버텨 줘요. 이보다 더 끔찍한 시간도 견뎠잖아요." 아마 100퍼센트 확실하겠지만, 지난해 말에 체트 온도스키가 엘리베이터 통로 안에서 짧지만 치명적인 궤적을 그리며 추락했던 것을 두고 하는 말일 것이다. "그리고 부스터 백신이 건너오고 있대요. 면역 체계에 문제가 있는 사람과 65세 이상이 우선 접종 대상자라고 하지만 학교에서 들은 바로는 가을쯤이면 전 국민이 맞을 수 있을 거래요."

"다행이네."

"그리고 보너스! 트럼프가 사라졌어요."

자기 자신과 전쟁 중인 나라를 뒤로하고. 홀리는 생각한다. 2024년에도 그를 볼 일이 없을 거라고 어느 누가 장담할 수 있을까? 그녀는 「터미네이터」에서 배우 아널드가 했던 약속을 떠올린다. '다시 돌아올게.'

"홀리? 내 말 듣고 있어요?"

"응. 그냥 뭐 좀 생각하느라." 공교롭게도 담배 생각이다. 다시 시작했더니 아무리 피워도 직성이 풀리지 않는 느낌이다.

"알았어요. 사랑해요. 그리고 자기만의 공간이 필요하시다는 건 알지만 오늘 밤이나 내일 연락이 없으면 내가 다시 전화할 거예요. 사전 경고예요."

"알았다, 오버." 홀리는 전화를 끊는다.

그녀는 담배를 집으려다가 멀찌감치 치우고, 팔짱 낀 두 팔에 얼굴을 묻고 울음을 터뜨린다. 요즘 들어 울 일이 너무 많다. 바이든이 선거에서 이겼을 때는 안도의 눈물. 인간인 척하던 체트 온도스키라는 괴물이 엘리베이터 통로 바닥으로 추락했을 때는 경악과 한 박자 늦은 반응으로서의 눈물. 국회의사당 점거 사태 도중과 나중에 흘린 눈물은 분노의 눈물이었다. 오늘은 슬픔과 상실감의 눈물이다. 하지만 안도의 눈물이기도 하다. 그래서 끔찍하지만, 그래서 인간인 것 같다.

2020년 3월, 홀리가 떠날 생각을 하지 못하는 고향의 거의 모든 요양원이 코로나에 습격당했다. 헨리 삼촌은 그 당시 홀리의 어머니와 아직 메도브룩 에스테이트에서 살고 있었기 때문에 아무 타격이 없었다. 그때 이미 삼촌은 머리가 이상해지고 있었는데, 홀리는 다행히 그런 줄도 몰랐다. 가끔 찾아가 보면 멀쩡해 보였고, 어머니는 삼촌에 대한 걱정을 모두에게 비밀로 했다. 어떤 것에 대해 말하지 않고 인정하지 않으면 없는 일이 된다는 게 그녀의 불문율이었다. 홀리가 생각하기에는 열세 살 때 가슴이 봉긋해지기 시작했을 때 어머니가 홀리를 앉혀 놓고 '대화'를 나누지 않은 것도 그 때문이었다.

작년 12월이 되자 샬럿 기브니는 '방 안의 코끼리'를 더는 모른 척할 수 없게 되었는데, 그 코끼리가 바로 노망난 자기 오빠였다. 그 무렵 홀리는 체트 온도스키가 지역 TV 방송국 기자가 아닌 다른 존재일지 모른다고 의심하기 시작했고, 샬럿은 자기 딸과 딸의 친구 제롬에게 헨리 삼촌을 롤링힐스 요양원으로 옮기려는데 도와 달라고 했다. 이즈음 이른바 델타 변이 바이러스에 감염된 환자들이 미국에 맨 처음 등장했다.

롤링힐스의 잡역부가 전염성이 더 높은 이 신종 바이러스의 양성 판정을 받았다. 백신에 낙태된 태아의 태내 조직이 일부 들어 있다는 글을 인터넷에서 읽었다며 접종을 거부한 사람이었다. 그에게 귀가 조치가 내려졌지만 엎질러진 물이었다. 델타 변이 바이러스가 요양원을 덮쳤고 노인 40여 명이 각기 정도가 다른 증상을 보였다. 열두어 명이 사망했다. 홀리의 삼촌 헨리는 그 열두어 명에 포함되지 않았다. 심지어 드러눕지도 않았다. 샬럿의 반대에도 홀리가 고집을 부려서 2차 접종까지 완료한 덕분에, 양성 판정을 받았지만 콧물조차 흘리지 않았다.

죽은 사람은 샬럿이었다.

그녀는 기회가 있을 때마다 딸에게 자랑스럽게 선포했다시피 열렬한 트럼프 지지자답게 백신을 맞지 않았고 심지어 마스크도 쓰지 않았다.(마스크 작용을 의무화한 크로거 마켓과 은행 지점에 갈 때만 예외였고 그럴 때면 MAGA*라고 적힌 새빨간 마스크를 썼다.) 7월 4일에 샬럿은 주정부 소재지에서 열린 마스크 반대 집회에 참석해 '나의 몸, 나의 선택'이라고 적힌 깃발을 흔들었다.(그러면서 낙태권을 고집스럽게 반대한 이유는 뭔지 모르겠지만.) 7월 7일부터 냄새를 맡지 못하고 기침을 하기 시작했다. 10일에 롤링힐스 요양원에서 아홉 블록 거리에 있는 머시

* MAGA는 트럼프의 선거 구호였던 "미국을 다시 위대하게(Make America Great Again)"의 약자이며 빨간색은 미국 공화당의 상징색이다.

병원에 입원했다. 먼저 입원한 오빠가 적어도 육체적으로는 아무 문제 없이 지내던 곳이었다. 15일에는 인공호흡기를 달았다.

샬럿이 잔인하도록 짧은 마지막 순간을 보내는 동안 홀리는 문병 대신 줌으로 병세를 확인했다. 막판까지도 샬럿은 코로나 바이러스는 거짓말이라고, 자기는 심한 독감에 걸린 거라고 했다. 그녀는 20일에 눈을 감았고 홀리의 파트너 피트 헌틀리가 힘을 써 준 덕분에 보조 영안실 역할을 하던 냉동 트럭 대신 크로스맨 장례식장에 안치될 수 있었다. 장의사는 얼른 줌 장례식을 준비했다. 팬데믹이 시작된 지 1년 6개월째라 마지막 의식을 인터넷으로 중계한 경험이 풍부했다.

마침내 홀리의 눈물이 마른다. 그녀는 영화를 한 편 볼까 고민해 보지만 전혀 당기지가 않는다. 거의 없던 일이다. 누울까 고민해 보지만 어머니를 보낸 뒤로 잠을 너무 많이 잤다. 마음이 그런 식으로 상심에 대처하는가 보다. 책도 읽고 싶지 않다. 문맥을 따라갈 수나 있을까 싶다.

어머니가 있던 곳에 구멍이 생겼다. 그게 전부다. 그들 모녀는 부대끼는 사이였고 홀리가 거리를 두기 시작하자 관계가 더 나빠졌다. 거리 두기에 성공할 수 있었던 건 빌 호지스 덕이 컸다. 홀리는 빌이 췌장암으로 죽었을 때도 상심으로 몸부림쳤지만 지금 느끼는 슬픔이 더 깊고 더 복잡하다. 솔직히 탁 까놓고 이야기하자면 샬럿 기브니는 숨 막히는 과잉보호가 전공이었다. 적어도 딸에 관한 한 그랬다. 샬럿이 전직 대통령을 전폭적으로 지지하면서 두 사람은 더욱 멀어졌다. 지난 2년 동안 대면해서 만난 적이 거의 없었고 마지막으로 지난해 크리스마스 때 만났을 때 샬럿은 자기 딸이 좋아한다고 생각한 음식을 모조리 준비했지만, 홀리에게는 그 모든 음식이 불행하고 외로웠던 어린 시절을 떠올리게 하는 기억 소환제였다.

책상에 전화기가 두 대 놓여 있다. 하나는 업무용, 다른 하나는 개인용이다. 팬데믹 동안 업무가 조금 힘들어졌지만 파인더스 키퍼스는 바쁘게 돌아갔다. 현재는 잠깐 문을 닫았다. 업무용 전화와 피트 헌틀리의 전화로 연락하면 8월 1일까지 휴무라는 메시지가 나온다. 그녀는 "가족상을 당해서"라고 추가할까 고민했다가 아무도 알 바 아니라는 결론을 내렸다. 지금 업무용 전화를 체크하는 이유도 오로지 자동 모드가 발동됐기 때문이다.

이제 보니 어머니의 장례식에 참석한 40분 동안 전화가 네 통 걸려 왔다. 모두 같은 번호다. 전화한 사람은 음성 사서함 메시지도 네 개 남겼다. 홀리는 영화를 보거나 책을 읽고 싶지 않은 것처럼 사건을 맡고 싶은 생각도 없기에 그냥 삭제할까 잠깐 고민하지만, 삐딱하게 걸린 사진이나 정리가 되지 않은 침대를 두고 볼 수 없듯이 차마 그럴 수가 없다.

메시지를 듣는다고 꼭 회신을 해야 하는 것도 아니잖아. 그녀는 속으로 중얼거리며 첫 번째 메시지의 재생 버튼을 누른다. 샬럿 기브니의 마지막 쇼가 이제 막 시작된 오후 1시 2분에 녹음된 메시지다.

"안녕하세요, 나는 퍼넬러피 달이라고 해요. 잠깐 업무를 중단하신 거 알지만 아주 중요한 일이라서요. 사실 응급 상황이에요. 가능한 한 빨리 회신 부탁드릴게요. 이사벨 제인스 형사에게 이 에이전시 소개를 받았는데……"

여기서 메시지가 끊긴다. 물론 홀리는 이지 제인스가 누군지 안다. 피트가 현역 경찰이었을 때 한 팀이었던 파트너다. 하지만 이 메시지에서 홀리를 충격에 빠뜨린 부분은 그게 아니다. 그녀가 심하게 놀란 부분은 퍼넬러피 달이 세상을 떠난 어머니와 너무 비슷하다는 것이다. 목소리만 그런 게 아니라 듣는 사람까지 불안해지게 하는 말투도 그렇다. 샬럿은 시도 때도 없이 뭔가에 불안해했고 그 각다귀를 바이러스처럼 딸에게 옮겼다. 사실상 코로나와 같았다.

홀리는 안절부절못하는 퍼넬러피의 다른 메시지를 듣지 않기로 한다. 그 여자는 기다려야 할 것이다. 피트는 당분간 다리품을 팔지 못한다. 그는 샬럿이 죽기 일주일 전에 코로나 양성 판정을 받았다. 백신을 2차까지 접종했기에 증상이 심하지 않아서 본인 말로는 독감이라기보다 심한 감기몸살에 가깝다고 하지만, 그래도 어느 정도 지나야 현재의 격리 상태가 해제될 것이다.

홀리는 조그맣고 깔끔한 아파트 거실 창가에 서서 길거리를 내려다보며 어머니와 마지막으로 식사했던 때를 떠올린다. *예전처럼 정식으로 크리스마스 저녁을 차렸어!* 샬럿은 외쳤다. 언뜻 들으면 유쾌하고 신이 난 목소리였지만 그 가실 줄 모르는 불안이 아래에서 펄떡거리고 있었다. 정식으로 차렸다는 크리스마스 저녁의 메뉴는 말라비틀어진 칠면조 고기, 덩어리진 매시드 포테이토, 흐물흐물한 아스파라거스였다. 아, 그리고 골무 모양의 잔에 담긴 모건 데이비드 와인. 그날 저녁은 끔찍, 그 자체였다. 그게 마지막으로 함께 한 식사였다니 그것 역시 끔찍, 그 자체다. 홀리는 다음 날 아침에 차를 타고 출발하기 전에 '사랑해요, 엄마'라고 했던가? 그런 것 같지만 확실하지는 않다. 확실히 기억하는 건 첫 번째 모퉁이를 돌고 어머니의 집이 더는 백미러에 비치지 않았을 때 느낀 안도감뿐이다.

홀리는 컴퓨터 옆에 두고 온 담배를 가지러 가서 한 대를 꺼내 불을 붙이고 충전용 거치대에 놓인 업무용 전화기를 보며 한숨을 쉬다가 퍼넬러피 달의 두 번째 메시지를 듣는다. 그 메시지는 못마땅해하는 말투로 시작된다.

"사서함 용량이 아주 작네요, 기브니 씨. 내 딸 보니 문제로 기브니 씨나 헌틀리 씨, 아니면 두 분 모두와 대화를 나누고 싶어요. 딸아이가 3주 전, 그러니까 7월 1일에 실종됐거든요. 경찰 수사는 정말이지 수박 겉핥기식이에요. 제인스 형사 면……"

여기서 메시지가 끊긴다. "이지 면전에 대고 그렇게 얘기했다는 거겠지." 홀리는 중얼거리며 콧구멍으로 담배 연기를 내뿜는다. 남자들은 이지의 빨간 머리(요즘은 분명 미용실에서 더 진하게 염색했을 것이다.)와 희부연 회색 눈에 정신을 빼앗기는 경우가 많지만 여자들은 덜하다. 하지만 그녀는 훌륭한 형사다. 홀리는 계속 그만두겠냐고 협박 멘트를 날리는 피트가 정말로 은퇴하면, 경찰 일을 때려치우고 암흑 세계로 넘어오라고 이사벨을 꼬드겨 보기로 마음먹은 참이다.

세 번째 메시지로 건너가는 데에는 망설임이 없다. 이 이야기의 끝을 확인해야 한다. 하지만 홀리는 짐작할 수 있을 것 같다. 보니 달은 가출한 건데 어머니가 그 사실을 받아들이지 못하는 것일 가능성이 크다. 퍼넬러피 달의 목소리가 다시 들린다.

"보니는 벨 대학 레이놀즈 도서관의 보조 사서예요. 여름 학기를 듣는 학생들을 위해 6월에 다시 개관했는데 마스크는 당연히 써야 하고 조만간 백신 접종 확인증도 보여 줘야 이용을 할 수 있을 것 같아요. 아직까지는……"

메시지가 끊긴다. *부인, 본론으로 들어가 주실래요?* 홀리는 그렇게 생각하며 마지막으로 버튼을 누른다. 퍼넬러피의 말하는 속도가 거의 속사포 랩 수준으로 빨라졌다.

"우리 딸은 자전거를 타고 출퇴근해요. 얼마나 위험한지 아느냐고 해도 헬멧을 쓰니까 괜찮대요. 헬멧을 쓰면 어디 심하게 부딪치거나 차에 치여도 무사하다는 건지. 아무튼 딸아이는 탄산음료를 사려고 제트마트에 들렀는데 그때를 끝으로……." 퍼넬러피는 울음을 터뜨린다. 듣고 있기 힘들다. 홀리는 담배를 아주 힘껏 한 모금 빤 뒤에 짓이겨서 끈다. "실종됐어요. 제발 도와……"

메시지가 끝난다.

홀리는 업무용 전화를 손에 들고 서서 스피커폰으로 듣다가 이제 앉아서 수화기를 거치대에 다시 얹는다. 어머니가 바이러스에 감염됐다는 소식을 들은 이후 처음으로, 아니 어머니가 나을 가능성이 없다는 사실을 깨달은 이후 처음으로 상심이 띄엄띄엄 이어진 이 메시지보다 뒷전으로 밀려난다. 사건의 전말을, 불안해하는 퍼넬러피가 아는 데까지만이라도 듣고 싶다. 피트도 잘 모르긴 마찬가지일 테지만 그래도 홀리는 연락해 보기로 한다. 어머니를 막판에 어떤 식으로 영상 문병했는지, 어머니가 인공호흡기를 달고 얼마나 겁에 질린 눈빛을 하고 있었는지 곱씹는 것 말고는 어차피 할 일도 없다.

피트는 첫 번째 신호가 울리자마자 쉰 목소리로 전화를 받는다. "안녕, 홀리. 어머님 그렇게 된 거 정말 안타까워요."

"고마워요."

"추도사가 엄청 감동적이던데요. 짧지만 사랑이 담겨서. 다만……." 기침 발작이 터지자 그는 말을 끊는다. "……얼굴이 보이지 않아서 아쉬웠어요. 왜 그랬어요? 컴퓨터에 문제가 생겼어요?"

그랬다고 대답할 수도 있지만 홀리는 절대 사실대로 말하면 안 되는 아주 드문 경우를 제외하고는 거짓말을 하지 않는다. "아뇨, 내가 그냥 화면을 껐어요. 상태가 좀 엉망이라. 몸은 좀 어때요, 피트?"

그가 한숨을 쉬자 가래 끓는 소리가 들린다. "끔찍하지는 않지만 어제보다 좀 더 안 좋아졌어요. 후유증이 오래가지 않으면 좋겠는데."

"병원에 연락은 해 봤어요?"

그는 쉰 소리로 한숨을 쉰다. "프란시스 교황한테 연락을 시도하는 편이 나을지 몰라요. 어제 이 도시의 신규 확진자가 몇 명이었는지 알아요? 3400명이었어요. 기하급수적으로 늘고 있어요." 다시 기침 발작이 이어진다.

"응급실은요?"

"그냥 계속 주스 마시면서 타이레놀 먹을래요. 제일 짜증 나는 게 온종일 우라지게 *피곤하다*는 거예요. 화장실에 가면 여자애처럼 앉아서 볼일을 봐야 해요. 이거 쓸데없는 정보면 사과할게요."

그렇긴 하지만 홀리는 아무 말도 하지 않는다. 돌파 감염은 증상이 대개 심각하지 않아서 피트를 걱정할 필요는 없을 거라고 생각했는데 걱정을 해야 하나 싶다.

"그냥 수다 떨려고 전화한 거예요, 아니면 뭐 필요한 게 있어요?"

"괜히 성가시게 하고 싶지는……"

"아니에요, 성가시게 해 줘요. 나 자신 말고 다른 생각할 거리를 줘요. 부탁이니까. *당신*은 괜찮아요? 아픈 데는 없고요?"

"멀쩡해요. 혹시 어떤 여자분한테 전화를……"

"퍼넬러피 달. 맞죠? 내 업무용 전화 음성사서함에 메시지를 네 통 남겼더라고요."

"내 음성사서함에도요. 회신 안 했어요?"

홀리는 그가 회신하지 않았다는 걸 안다. 그녀가 짐작하기로는 이렇다. 불안한 퍼넬러피가 인터넷이나 페이스북에서 파인더스 키퍼스를 찾아보니 두 명의 파트너가 두 개의 업무용 연락처를 쓰는데 한 명은 남자, 한 명은 여자다. 불안한 퍼넬러피는 남자에게 연락했다. 사람들은 문제가 생기면, 퍼넬러피의 말마따나 '응급 상황'이 벌어지면, 적어도 처음에는 암말에게 도움을 청하지 않는다. 종마에게 연락한다. 암말은 대비책이다. 홀리는 파인더스 키퍼스라는 마구간에서 암말로 지내는 데 이골이 나 있다.

피트는 그 심란한 가래 끓는 소리를 내며 다시 한숨을 쉰다. "깜빡했나 본데 우리 지금 휴무예요, 홀리. 그리고 지금의 나처럼 컨디션이 엿 같을 때는 눈물 질질 짜는 이혼녀와 통화하는 게 전혀 도움이 될 것 같지 않았거든요. 이제 막 어머니를 여읜 당신도 마찬가지일 거라고 봤고요. 8월까지 기다립시다. 제발. 그때쯤이면 딸이 포트웨인이나 피닉스나 샌프란시스코에서 엄마에게 연락할지 몰라요." 그는 기침을 몇 번 더 하고 덧붙인다. "아니면 경찰이 그 애 시신을 발견하든지."

"어머니랑 통화 안 했다면서 뭔가 아는 게 있는 것처럼 들리네요. 신문에 기사가 났어요?"

"아, 그럼요. 엄청 크게. 최신 속보, 기타 등등, 기타 등등 전부 읽었어요. 경찰서 단신 코너에서 의식을 잃고 컴벌랜드로에서 쓰러진 알몸의 남자와 시티 센터 주차장을 돌아다니는 미친 토끼 사이에 두 줄로 소개됐어요. 요즘은 신문에 코로나 아니면 마스크 가지고 싸우는 사람들 얘기뿐이잖아요. 그건 마치 비를 맞으며 서 있으면 옷이 젖느냐 아니냐를 두고 싸우는 것과 같은 맥락인데 말이죠." 피트는 잠깐 말을 멈추었다가 조금 마지못한 듯 덧붙인다. "그 여자가 이지한테 불만을 제기했다길래 내가 이지에게 전화해 봤죠."

올여름에는 웃을 일이 부족했는데 지금 홀리는 얼굴 위로 미소가 번지는 것을 느낀다. 일에 중독된 사람이 그녀 혼자가 아니라는 걸 알게 돼서 좋다.

피트는 줌으로 화상 통화하는 것도 아닌데 마치 그녀를 보고 있는 것처럼 말한다. "너무 큰 의미를 부여하지는 마요. 어차피 이지가 어떻게 지내는지 궁금하기도 해서 겸사겸사 연락한 거니까."

"그런데요?"

"코로나 측면에서는 잘 지내고 있어요. 만나던 남자친구를 뻥 차 버린 게 전부인데, 귀 따갑도록 하소연을 늘어놓더라고요. 이 보니 달이라는 친구에 대해 물어보니 서에서는 실종 사건으로 간주하고 있다더군요. 그럴 만도 한 게, 동네 주민들 얘기로는 그 모녀가 자주 싸웠대요. 진짜 심하게 몇 번 부딪친 데다 딸의 10단 변속 자전거 안장에 작별의 쪽지가 테이프로 붙어 있었다고 하고요. 그런데 그 쪽지를 보고 아이 엄마는 불길하다고, 이지는 애매하다고 생각했대요."

"뭐라고 쓰여 있었는데요?"

"딱 세 마디요. *더는 못 견디겠다.* 그러니까 제 발로 떠났을 수도 있고 아니면……"

"아니면 자살했을 수도 있겠네요. 친구들은 그 아가씨의 정신 상태에 대해 뭐라고 해요? 도서관에서 같이 일한 직원들은요?"

"몰라요." 피트는 다시 기침을 한다. "나는 그 지점에서 손을 뗐고 당신도 그래야 한다고 생각해요. 당분간은. 8월 1일이 됐을 때 사건이 아직 미결로 남아 있을 수도 있고 저절로 해결됐을 수도 있겠죠."

"둘 중 하나겠죠."

"맞아요. 둘 중 하나겠죠."

"자전거가 발견된 곳이 어디예요? 달 부인 말로는 딸이 사라진 날 저녁에 제트마트에서 탄산음료를 샀다던데 어느 제트마트예요?" 홀리가 아는 제트마트만 최소한 세 군데고 그게 다가 아닐 가능성이 크다.

"그것도 몰라요. 나 잠깐 누워야겠어요. 어머니 돌아가신 거, 다시 한번 조의를 전할게요."

"고마워요. 차도가 없으면 병원에 가 봐요. 그러겠다고 약속해요."

"잔소리하네요, 홀리."

"네." 다시 미소. "나 잔소리 잘하죠? 조기 교육을 받았거든요. 이제 약속해요."

"알았어요." 어쩌면 거짓말일지 모른다. "하나 더요."

"뭔데요?" 사건(그녀는 벌써 이걸 그렇게 생각하고 있다.)과 관련된 사안일 줄 알았더니 아니다.

"이 코로나는 자연적으로 발생된 게 절대 아니에요. 박쥐나 새끼 악어나 중국 시장에서 파는 다른 뭔지 모를 것에서 사람으로 전파된 게 아니라고요. 그 바이러스를 배양하던 어느 연구소에서 흘러나왔는지 거기서 일부러 방출했는지는 모르겠지만, 우리 할아버지 말투를 빌어서 얘기하자면 그냥 거시기했을 리가 없다고요."

"어째 피해망상적인 발언 같은데요, 피트."

"그렇게 생각해요? 내 말 들어 봐요, 바이러스는 변형돼요. 그게 생존 기술이에요. 하지만 덜 위험한 종으로 변형될 가능성이 좀 더 위험한 종으로 변형될 가능성과 비슷해요. 조류 독감 때 그랬어요. 그런데 이 녀석은 계속 나빠지기만 해요. 델타는 2차 접종을 한 사람까지 감염시켜요. 내가 그 케이스예요. 그리고 델타를 가볍게 앓고 지나간 사람들도 바이러스 양이 원래 종보다 네 배 많아요. 그러니까 더 쉽게 전염을 시킬 수 있다는 말이에요. 그게 당신이 보기에는 어쩌다 벌어진 현상 같아요?"

"잘 모르겠는데요." 자기가 좋아하는 화제에 심취한 사람 앞에서는 이렇게 대답하는 것이 상책이다. 피트가 지금 그러고 있다. "델타도 좀 더 약한 녀석으로 변형될 수도 있겠죠."

"두고 봅시다. 다음 변종은 어떤 녀석일지. 다음 변종이 분명 등장할 테니까. 그때까지 페니 달은 저기 어디 넣어 두고 넷플릭스에서 뭐 볼 거 없는지 찾아봐요. 나는 그럴 참이니까."

"그러는 게 좋을 수도 있겠네요. 몸조리 잘해요, 피트." 그 말을 끝으로 홀리는 전화를 끊는다.

넷플릭스를 뒤질 생각은 없지만(홀리가 보기에 아무리 막대한 예산이 투입되었다 하더라도 넷플릭스 영화는 이상하게 그저 그렇다.) 배 속에서 조그맣고 조심스러운 천둥소리가 들리기에 거기에 관심을 기울이기로 한다. 뭔가 속을 달랠 수 있는 것으로. 토마토 수프와 그릴드 치즈 샌드위치 어떨까. 피트가 바이러스를 두고 한 말은 인터넷에서 주워들은 헛소리일지 몰라도 퍼넬러피 '페니' 달을 그냥 내버려 두라는 건 누가 들어도 훌륭한 충고다.

그녀는 수프를 데우고 머스터드 소스는 듬뿍, 렐리시 소스는 조금만 넣어서 좋아하는 스타일로 그릴드 치즈 샌드위치를 만든다. 퍼넬러피 달에게는 전화하지 않는다.

그날 저녁 7시까지는. 그런데 보니 달의 자전거 안장에 붙어 있었다는 쪽지가 신경을 계속 건드린다. *더는 못 견디겠다.* 홀리도 그 비슷한 쪽지를 남기고 닻지에서 내릴까 생각한 적이 수없이 많았지만 실행에 옮긴 적은 없었다. 모두 끝내 버릴까, 빌의 표현을 빌자면 *핀을 뽑아 버릴까* 생각한 적도 있었지만 진심으로 진지하게 고민한 적은 없었다.

음…… 한두 번은 있었을지 모르겠지만.

그녀가 서재에서 전화하자 달 부인은 첫 번째 신호가 떨어지자마자 전화를 받는다. 간절한 투로 숨을 살짝 헐떡이며. "여보세요? 파인더스 키퍼스인가요?"

"네. 홀리 기브니예요. 어떻게 도와 드리면 될까요, 달 부인?"

"연락이 되다니 하느님, 감사합니다. 당신과 헌틀리 씨가 휴가 중이거나 뭐 그런 줄 알았어요."

*그럴 리가*요. 홀리는 생각한다. "내일 제 사무실에서 뵐 수 있을까요, 부인? 여기 위치가……"

"프레더릭 빌딩이죠? 알아요. 당연하죠. 경찰은 도움이 안 됐거든요. *전혀*. 몇 시에 갈까요?"

"9시 괜찮으실까요?"

"그럼요. 정말 감사합니다. 우리 딸이 마지막으로 목격된 시각은 7월 1일 8시 4분이에요. 탄산음료를 산 가게에 영상이……"

"전부 내일 얘기하기로 해요. 하지만 확답은 드릴 수가 없어요, 부인. 저 혼자뿐이거든요. 파트너가 지금 몸이 안 좋아서요."

"어머나. 설마 코로나는 아니겠죠?"

"맞아요. 하지만 가볍게 지나가고 있어요." 홀리는 그게 사실이길 바란다. "지금은 몇 가지만 여쭤볼게요. 메시지를 들어 보니 보니가 마지막으로 보인 곳이 제트마트라고 하셨는데요, 이 도시에 제트마트가 많잖아요. 그중 어디였나요?"

"공원 근처요. 레드뱅크로. 그 동네 아세요?"

"네." 홀리는 심지어 거기 제트마트에서 한두 번 기름을 넣은 적도 있었다. "그럼 자전거가 발견된 곳도 거기였나요?"

"아뇨, 그 길을 조금 따라가다 보면 빈 건물이 있거든요. 뭐, 공원의 그쪽 일대에는 빈 건물이 많긴 하지만 여기는 카센터였나 그랬던 곳이에요. 그 건물 앞에 받침대를 받치고 세워져 있었어요."

"숨기려는 의도는 전혀 없이요?"

"네, 네, 그런 거 절대 없이요. 내가 만난 그 제인스인가 하는 여자 형사는 보니가 그 자전거를 누가 발견해 주길 바랐을 수도 있다고 하더군요. 그러면서 거기서 400미터만 가면 버스 정거장과 전철역이 나온다고 하지 뭐예요. 시내 초입이라고. 하지만 나는 보니가 자전거를 그 앞에 버리고 거기까지 걸어갔을 리 없다고 했어요. 뭐 하러 그러겠어요? 아니, *말이* 안 되잖아요."

그녀는 점점 흥분하며 홀리도 잘 아는 히스테리 상태로 진입하려 한다. 지금 막지 않으면 앞으로 한 시간쯤 붙들려 있어야 할 것이다.

"그 이야기는 거기까지 할게요, 달 부인."

"페니. 페니라고 불러 줘요."

"알겠어요. 페니, 자세한 얘기는 내일 하기로 해요. 우리 수임료는 하루 400달러에 최소 3일 근무고, 여기에 경비가 추가돼요. 경비는 명세서를 작성해 드리고요. 마스터나 비자나 당좌수표로도 결제가 가능하지만 아멕스는 안 돼요. 그 카드는……" 홀리는 하마터면 *개떡 같아서*요라고 할 뻔한다. "처리하기가 까다로워서요. 이 조건으로 진행할 의향이 있으신가요?"

"네, 그럼요." 일말의 주저함도 없다. "그 제인스라는 여자는 보니가 우울해했느냐고 묻더라고요. 무슨 생각으로 그랬는지 알아요. 자살을 염두에 두고 한 질문일 텐데, 보니는 명랑한 성격이에요. 푹 빠져 있던 그 멍청이하고 헤어진 뒤에도 2주인가 3주 만에 다시 밝아졌어요. 한 달에 가까웠던 것 같기도 하지만……"

"내일 얘기해요." 홀리는 같은 말을 반복한다. "내일 전부 알려 주세요. 5층이에요. 그리고 페니?"

"네?"

"마스크를 쓰고 와 주세요. N95가 있으면 그걸로요. 제가 아프면 도와 드릴 수가 없으니까요."

"그럴게요. 꼭 그럴게요. 그쪽을 홀리라고 불러도 될까요?"

홀리는 그래도 된다고 말하고 마침내 전화기에서 해방된다.

피트의 충고를 감안해 「블러드 레드 스카이」라는 넷플릭스 영화를 틀지만 무서운 부분이 시작되자 꺼 버린다. 여태껏 제이슨과 마이클과 프레디*의 유혈극을 모조리 챙겨 보았고 배우 크리스토퍼 리가 피에 굶주린 백작으로 등장하는 영화 제목을 줄줄이 읊을 수 있는 그녀지만 브래디 하츠필드와 체트 온도스키, 둘 중에서도 특히 온도스키를 겪은 뒤에는 공포 영화가 시들해진 느낌이다.

홀리는 창가로 걸어가 한 손에는 재떨이를, 다른 손에는 담배를 들고 그 앞에 서서 저물어 가는 하루를 내다본다. 이 얼마나 끔찍한 습관인가! 그녀는 벌써부터 페니 달과 만나는 동안 담배가 얼마나 간절해질까 생각하고 있다. 새로운 의뢰인과 만나면 항상 스트레스를 받기 때문이다. 그녀는 훌륭한 탐정이고 그것이 천직이라는, 소명이라는 결론을 내렸지만 최초 면담은 가능한 한 피트에게 맡기는 편이다. 내일은 그럴 수가 없다. 제롬 로빈슨에게 같이 있어 달라고 부탁할까 싶지만 그는 현재 상당히 특이했던 자기 증조부를 다룬 책의 저자 교정을 보는 중이다. 부탁하면 와 줄 테지만 방해하고 싶지 않다. 이번만큼은 참고 견뎌야 한다.

게다가 건물 안은 금연이야. 달이라는 여자가 가면 옆쪽 통로로 나가서 피워야 해.

홀리는 이것이 중독자의 사고방식과 행태라는 걸 안다. 그들은 나

---

* 순서대로 영화 「13일의 금요일」, 「핼러윈」, 「나이트메어」 시리즈의 등장인물.

쁜 습관이 들어설 공간을 마련하기 위해 삶을 채우는 가구를 재배치한다. 흡연은 불쾌하고 위험한 습관이지만…… 종이와 담뱃잎으로 이루어진 이 치명적인 막대보다 더 위로가 되는 존재는 없다.

그 아가씨가 열차를 탔다면 현금으로 표를 샀더라도 기록이 남았을 거야. 그레이하운드, 피터 팬, 매직 카펫, 럭스도 마찬가지고. 그런데 바로 옆 블록에 단기 여행을 전문으로 하는 영세 업체도 두 군데 있단 말이지. 트라이스테이트, 그리고 또 하나는 상호가 뭐더라?

기억이 나지 않는데 오늘 저녁에는 인터넷 검색을 하고 싶지 않다. 게다가 보니가 버스나 열차를 타고 떠났을 거라고 한 사람도 없다. 히치하이킹을 했을 수도 있다. 홀리는 영화 「어느 날 밤에 생긴 일」에서 클로데트 콜베르가 치마를 올리고 스타킹을 제대로 신는 수법으로 지나가던 차를 세워 클라크 게이블과 함께 얻어 탔던 장면을 떠올린다. 세상은 달라진 게 별로 없지만…… 보니 달에게는 그녀를 보호해 줄 덩치 크고 힘센 남자가 없었다. 물론 그 엄마가 얘기한 예전 남자친구와 재회했을 수도 있지만.

지금 이걸 들쑤실 필요는 없다. 내일이면 들쑤실 거리가 넘쳐날 것이다. 그녀가 바라기로는 그렇다. 페니 달의 사건을 고민하다 보면 어머니의 정치색에서 비롯된 무의미한 죽음을 잠깐 잊을 수 있을 것이다.

홀리식 희망을 품겠어. 그녀는 잠옷으로 갈아입고 기도를 하러 방으로 들어간다.

2015년 9월 10일

캐리 드레슬러는 젊고, 만나는 사람이 없고, 외모는 그럭저럭 괜찮은 편이며, 명랑하고, 미래에 대해 거의 걱정하지 않는 성격이다. 그는 지금 푸른 풀밭 위로 우뚝 솟았고 새겨 넣은 이니셜로 뒤덮인 울퉁불퉁한 노두 바위에 앉아 펩시콜라를 마시며 「레이더스」를 보고 있다. '극장 바위'라고 불리는 이곳은 주말이면 맥주를 마시고 마리화나를 피우고 엉덩이를 주물러 대는 애들로 북적이지만, 지금은 목요일 저녁이라 그의 독차지다. 그래서 좋다.

이 바위는 디어필드 공원 서쪽이고 덤불밭 바로 옆이다. 이 일대는 나무와 덤불이 한데 뒤엉켜 있다. 주변의 다른 곳에서는 매직 시티 자동차 극장 화면은 물론 레드뱅크로 역시 보이지 않겠지만, 여기에는 홍수나 오래전에 벌어진 산사태의 여파인지 아래 도로까지 우툴두툴하게 갈라진 틈이 있다.

매직 시티는 요즘 근근이 파산을 면하고 있다. 이 도시에 멀티플렉스 극장이 세 군데나 있는데 누가 벌레를 쫓아 가며 AM 라디오로 사운드트랙을 듣겠는가. 그 세 업체는 모두 돌비 사운드를 지원하고 한 곳은 심지어 아이맥스라는 신문물까지 갖추고 있다. 하지만 멀티플렉스에서는 마리화나를 피울 수가 없다. 극장 바위에서는 뭐든 마음대로 피워도 된다. 캐리는 스트라이크 엠 아웃 레인스 볼링장에서 여덟 시간을 근무하고 퇴근한 길이라 뭐라도 피우고 싶다. 당연히 사운드는 들리지 않지만 사실 그게 필요하지도 않다. 매직 시티에서는 요즘 오로지 재개봉, 재재개봉, 재재재개봉 영화만 상영되고 그는 「레이더스」를 최소 열 번은 보았다. 그래서 대사를 외웠기에 이제 마리화나를 빨다 말고 한 대목을 중얼거린다.

"뱀이라니! 왜 뱀이라야 했을까?"

「레이더스」가 끝나면 「최후의 성전」이 상영될 것이다. 캐리는 그 영화도 여러 번 보았다. 「레이더스」만큼은 아니지만 최소 네 번은 된다. 그때까지 여기에 있지는 않을 것이다. 펩시콜라는 마저 마시고 (극장 바위와 가까운 공원 입구 옆 덤불 속에 숨겨 둔) 모터자전거를 타고 집으로 갈 것이다. 아주 조심스럽게.

피우고 있던 마리화나가 몽당연필 길이가 되었다. 그는 **BD+GL**과 **맨디 재수없어**라고 적힌 낙서 사이에 대고 비벼서 끈다. 꽁초를 챙기고 힙색 안을 들여다보며 홀쭉이와 뚱뚱이 사이에서 갈등하다가 홀쭉이를 선택한다. 반만 피우고 힙색에 챙겨 가지고 온 킷캣 초코바를 먹고 가볍게 아파트로 돌아갈 것이다.

400미터 멀리에서 상영되는 환한 화면에 넋을 잃는 바람에 그는 결국 그걸 거의 다 피우고 만다. 존 윌리엄스의 음악이 머릿속에서 들리자 근처에 사람이 있을 경우에 대비해 조용히 따라 부른다. 목요일 밤 10시라 그럴 가능성이 낮긴 하지만 아주 없지는 않다.

"*줌드덤덤, 줌드다, 줌드범줌, 줌 드……*"

캐리는 노래를 부르다 말고 뚝 멈춘다. 방금 사람 목소리가 들린 것 같았는데…… 아닌가? 그는 고개를 모로 꼬고 귀를 기울인다. 그의 상상이었을 수도 있다. 약을 하면 대개 망상을 일으키는 게 아니라 얼근하게 취하는 편이지만 가끔…….

아무것도 아닌가 보다고 결론을 내리려는 찰나, 다시 사람 목소리가 들린다. 가깝지는 않지만 그리 멀지도 않다. "배터리 때문이야, 여보. 배터리가 죽었나 봐."

캐리의 시력에는 아무 문제가 없는 데다 위에서 내려다보고 있으니 목소리가 들리는 곳을 금세 파악할 수 있다. 레드뱅크로가 이 도시에서 가장 멋진 거리 후보로 꼽힐 일은 없을 것이다. 한쪽에서는 덤불밭이 몇 개 안 되는 오솔길을 빽빽이 덮으며 철제 울타리를 뚫고 삐져나온다. 다른 쪽에는 물류 창고, 유 스토어 잇 공유 창고, 문 닫은 카센터 그리고 공터 두어 개가 있다. 그중 한 공터는 근로자의 날 이후에 짐을 싸서 떠난 후줄근하고 조촐한 이동식 놀이공원의 본거지였다. 오래전부터 방치된 편의점 옆의 다른 공터에 옆문이 열리고 진입판이 설치된 밴이 주차되어 있다. 진입판 옆에는 사람이 앉아 있는 휠체어가 있다.

"내가 밤새 여기 앉아 있을 수는 없잖아." 휠체어에 앉은 여자가 말한다. 나이를 먹어서 떨리고, 약간의 짜증과 겁이 섞인 목소리다. "어디 전화해서 사람 보내 달라고 해."

옆에 있는 남자가 말한다. "그러고 싶은데 휴대전화가 꺼졌어. 깜빡하고 충전을 안 하는 바람에. 당신은 휴대전화 없어?"

"집에 두고 왔는데. 그럼 이제 어떻게 해?"

캐리는 휠체어에 앉은 여자와 그 옆에 선 남자가 또박또박하게 말하고 있었다는 사실을 나중에서야, 무슨 조치를 취하기에는 너무 늦은 다음에서야 알아차릴 것이다. 소리를 지르거나 그런 건 아니지만 무대 위에서 배우들이 관객을 향해 대사를 읊듯 그러고 있었다는 것을 말이다. 그때가 되면 극장 바위 위에 앉아서 위치 추적기처럼 깜빡여 가며 마리화나를 피우고 있었던 그가 관객이었다는 사실을 알아차릴 것이다. 그때가 되면 그가 볼링장에서 집으로 가던 길에 여기 들러 마리화나를 피우고 저 앞에서 상영되는 영화를 본 날이 얼마나 많았는지 깨달을 것이다.

캐리는 할머니를 혼자 두고 할아버지가 도와줄 사람을 찾으러 나서야 한다는데 마냥 거기에 앉아 있을 수 없다는 결론을 내린다. 그는 가끔 선행을 아주 기꺼운 마음으로 베푸는, 기본적으로 착한 사람이다.

그는 엉덩방아를 찧지 않도록 나뭇가지를 잡아 가며 비탈을 내려간다. 모터자전거 앞을 지나며 살짝 토닥여 준다. 충직한 애마여! 레드뱅크로 쪽으로 나가는 공원 출구에 다다르자 인도를 따라 밴 반대편으로 걸어가 큰 소리로 외친다. "도와 드릴까요?"

그는 나중에 우리에 갇힌 다음에서야 그들이 거기에 차를 세운 이유를 궁금해할 것이다. 방치된 퀵픽 편의점은 명승지도 아닌데.

"거기 누구요?" 남자가 불안해하는 듯한 목소리로 크게 외친다.

"캐리 드레슬러라고 합니다. 제가……"

"캐리? 맙소사, 여보, 캐리래!"

캐리는 유심히 바라보며 도로로 내려선다. "스몰 볼? 스몰 볼 맞으세요?"

남자는 웃음을 터뜨린다. "그래, 날세. 저기, 캐리, 우리 아내가 탄 휠체어 배터리가 나가서. 자네가 혹시 저 진입판 위로 휠체어를 밀어서 차에 실어 줄 수 있겠나?"

"할 수 있을 것 같은데요." 캐리는 말하며 도로를 건넌다. "인디애나 존스 출동합니다."

노인은 웃음을 터뜨린다. "나는 그 영화를 옛날 옛적 비주 영화관에서 봤지. 고맙네, 젊은이. 자네가 우리 구세주야."

로드니 해리스는 아내에게 구조자와 그가 어떻게 아는 사이인지 설명한다. 캐리는 손잡이를 잡고 진입판 방향으로 휠체어를 돌린다. 스몰 볼은 한 손을 트위드 재킷 주머니 안에 넣은 채 공간 확보를 위해 뒤로 물러선다. 캐리는 워낙 알딸딸하게 취한 상태라 주삿바늘이 뒷덜미에 꽂힐 때 느끼지도 못한다.

2021년 7월 23일(1)

홀리는 프레더릭 빌딩에서 반 블록 거리에 있는 4번가 시립 주차장 입구에서 카드를 긁는다. 차단기가 올라가자 안으로 들어간다. 오전 8시 35분이라 페니 달과 만나기로 한 시각까지 거의 30분이 남았지만 달도 일찍 왔다. 그녀가 타고 온 볼보는 못 알아볼 수가 없다. 차 양옆과 뒷면에 딸의 사진을 큼지막하게 붙여 놓았다. 뒤 유리창에는 **우리 딸 보니 레이 달을 보신 분은 216-555-0019로 연락 바랍니다**라고 적혀 있다.(홀리는 그걸 보고 교통 법규 위반일지 모른다는 생각을 한다.)

홀리는 타고 온 프리우스를 아무 어려움 없이 그 옆에 댄다. 전에는 9시면 주차장이 다 차서 앞에 **만차** 팻말이 세워지곤 했는데, 그건 팬데믹 이전 얘기고 요즘은 재택근무를 하는 사람들이 많다. 아직 회사에서 잘리지 않았고, 일을 하지 못할 정도로 아프지 않은 경우라야 가능하지만. 병원이 한동안 비워지는가 싶더니 새로운 수법을 장착한 델타 바이러스가 등장했다. 바이러스의 공격이 아직은 극에 달하지 않았지만 조만간 그러게 생겼다. 8월이면 다시 복도와 휴게실에까지 병상이 설치될지 모른다.

달 부인이 보이지 않기에 일찍 온 홀리는 담배에 불을 붙이고 볼보 주변을 한 바퀴 돌며 사진을 들여다본다. 보니 달은 생각보다 예쁘고 나이가 많다. 한두 살 오차는 있겠지만 20대 중반이다. 자전거를 타고 레이놀즈 도서관을 출퇴근했다길래 더 어리게 짐작한 면도 있었다. 페니 달의 말투가 돌아가신 홀리의 어머니와 비슷했던 탓도 있었다. 홀리는 보니가 열아홉 내지 스무 살 무렵의 자신과 비슷하리라고 생각했던 것 같다. 에밀리 디킨슨처럼 파리한 얼굴, 세게 잡아당겨서 하나로 묶거나 틀어 올린 머리, 억지 미소(홀리는 사진 찍는 걸 질색했고 지금도 마찬가지다.), 몸을 작아 보이게 하는 것이 아니라 아예 안 보이게 하려는 옷차림.

이 아가씨는 온 세상을 향해 얼굴을 드러내고서 큼지막하고 환한 미소를 짓고 있다. 금발은 짧고 앞머리를 새기컷으로 잘라서 하이라이트를 넣었다. 차 양쪽에 붙인 사진은 얼굴 정면샷이지만 뒤에 붙인 사진 속의 보니는 옆면이 V모양으로 잘린 흰색 반바지에 끈이 달린 톱을 입고 자전거를 타고 있다. 자기 몸을 전혀 부끄러워하지 않는다.

홀리는 담배를 다 피우자 허리를 숙여 노면에 대고 비빈다. 시커메진 끝을 만져서 다 식었는지 확인한 다음 차단기 밖에 놓인 조그만 바구니에 버린다. 라이프 세이버 사탕을 입에 넣은 후 마스크를 쓰고 사무실이 있는 건물 쪽으로 걸어간다.

페니 달은 로비에서 기다리고 있다. 마스크를 썼지만 딸과 얼마나 닮았는지 알 수 있다. 나이는 예순 정도 되는 것 같다. 머리는 손질하면 예뻐질지 몰라도 지금은 쥐색이다. *그래도 깔끔하게 빗었네.* 홀리는 1차 평가에 이렇게 덧붙인다. 그녀는 항상 후하게 점수를 매기려고 애를 쓰는 편이다. 달 부인의 옷은 깨끗하지만 되는대로 꿰어 입었다. 홀리는 패셔니스타라는 단어와는 거리가 멀지만 그래도 그 블라우스에 그 바지는 절대 입지 않을 것이다. 이 여자에게 외모 관리는 뒷전이다. 홀리가 부탁한 대로 쓰고 온 N95 마스크에도 새빨간 색으로 딸의 이름이 적혀 있다.

"안녕하세요, 달 부인. 홀리 기브니예요."

홀리는 악수는 원래 좋아한 적이 없지만 팔꿈치는 흔쾌히 내민다. 페니 달은 자기 팔꿈치로 그 팔꿈치를 친다. "만나 줘서 고마워요. 정말, 정말 고마워요."

"사무실로 올라가시죠." 로비에는 아무도 없고 엘리베이터를 기다릴 필요도 없다. 홀리는 5층 버튼을 누르고 페니에게 말한다. "작년에는 이 빌어먹을 녀석에게 문제가 있었는데 이제 고쳐졌어요."

피트도 없고 도와주는(아니면 그냥 옆에 있어 주는) 바버라도 없으니 사무실 로비가 숨을 참고 있는 것처럼 느껴진다. 홀리는 커피메이커를 켠다.

"보니 사진을 열댓 장 들고 왔어요. 전부 1, 2년 안에 찍은 걸로. 사진이 수없이 많지만 더 어렸을 때 찍은 거라 지금 얼굴하고는 다르겠죠? 이메일 주소 알려 주시면 휴대전화로 보내 드릴 수도 있어요." 그녀는 날카롭게 딱딱 끊어 가며 말을 하고, 제대로 쓰고 있는지 확인하느라 계속 마스크를 만진다. "사실 나, 이 마스크 벗어도 돼요. 2차 접종까지 했고 코로나 음성이거든요. 어젯밤에 자가 검진 키트로 확인했어요."

"그래도 여기서는 쓰고 계시면 어떨까요? 제 사무실로 들어가면 벗고 커피 마시기로 해요. 과자도 있어요. 바버라라고, 가끔 나와서 도와주는 아가씨가 다 먹어 치웠을 수도 있지만요."

"아뇨, 괜찮아요."

어쨌거나 홀리는 들여다보지 않아도 과자가 없다는 걸 안다. 바버라는 바닐라 웨이퍼를 그대로 두지 못한다. "그나저나 부인 차에 붙은 보니 사진을 봤어요. 아주 매력적이던데요."

마스크로 얼굴을 가린 채 미소를 짓자 페니의 눈가에 주름이 잡힌다. "내가 봐도 그래요. 나야 그 아이 엄마니까 그렇게 생각할 수밖에 없겠지만요. 미스 아메리카 감은 아니지만 고등학생 때 댄스파티의 여왕으로 뽑혔어요. 누가 그 아이에게 피를 양동이째 들이부은 적도 없었고요.*" 그러고 나서 그녀는 폭소를 터뜨리는데, 웃음소리가 말투 못지않게 날카롭다. 홀리는 이 여자가 히스테리 발작을 일으키지 않기만을 바란다. 3주가 지났으니 당연히 일으키고도 남겠지만 아닐 수도 있다. 홀리는 딸을 잃어 본 적이 없으니 알 길이 없다. 하지만 제롬과 바버라를 잃었을지 모른다는 생각이 들었을 때 어떤 느낌이었는지는 안다. 미쳐 버릴 것 같았다.

홀리는 포스트잇에 이메일 주소를 적는다. "현재 기혼이신가요, 달 부인?"

달은 포스트잇을 휴대전화 커버 안쪽에 붙인다. "계속 달 부인이라고 부르면 내가 비명을 지를 수도 있어요."

---

* 스티븐 킹의 소설 『캐리』에서 졸업 무도회에 참석한 주인공 캐리에게 학생들이 피를 양동이째 들이붓는 장면이 있다.

“페니라고 부를게요.” 의뢰인이 실제로 비명을 지를 가능성이 있기에 그렇게 말한다.

“이혼했어요. 3년 전에 남편 허버트와 부부관계를 정리했죠. 그이가 트럼프 열혈 팬이라 정치적인 견해차도 있었지만 그 밖의 다른 이유도 많았어요.”

“보니는 그걸 어떻게 받아들였나요?”

“아주 어른스럽게 대처했어요. 그럴 수밖에요. 어른이었거든요. 스물하나였으니. 게다가 남편이 맨 처음 MAGA 모자를 쓰고 나타났을 때 그 아이는 깔깔대고 웃었어요. 그이는…… 음…… 발끈했고요.”

빨간색 넥타이를 매고 말만 청산유수로 늘어놓는 남자 때문에 깨어진 또 다른 커플이다. 이건 운명도 아니고 우연의 일치도 아니다.

이런 대화를 나누는 동안 커피가 다 내려졌다. “커피 어떻게 마셔요, 페니? 아니면 차도 있고 폴란드 워터도 있을지 몰라요. 피트나 바버라가……”

“커피 좋아요. 크림은 말고 설탕만 조금 넣어 줘요.”

“설탕은 직접 넣어서 드실 수 있게 드릴게요.” 홀리는 피트가 고집을 부려서 주문한 파인더스 키퍼스 머그 두 잔에 커피를 따르며 고개를 숙인 채로 말한다. “페니, 지금 바로 한 가지를 확실히 하고 넘어갈게요. 전 남편이 보니 실종 사건에 관여했을 가능성도 있을까요?”

그 뾰족한 웃음소리가 다시 들린다. 재밌다기보다 불안해서 터뜨린 웃음이다. “그이는 지금 알래스카에 있어요. 이혼하고 6개월쯤 지났을 때 어느 해운업 공장의 사무직으로 취직했거든요. 그리고 지금 코로나에 걸렸어요. 우상이 마스크를 거부하니 그이도 쓰지 않았거든요. 본 대로 따라 하는 게 트럼프 팬들의 속성이라. 그이가 스물네 살짜리 딸을 납치했거나 알래스카의 주노에서 자기랑 같이 살자고 꼬드겼을 가능성이 있느냐고 묻는 거냐면 답은 '아니요'예요. 그이는 상태가 점점 괜찮아지고 있다지만……."

이 대목에서 홀리는 피트를 떠올린다.

"……페이스타임을 해 보면 계속 콜록, 콜록, 콜록이고 숨소리도 거칠거든요." 페니는 누가 봐도 만족스러워하는 표정이다.

사무실로 들어가자 둘은 마스크를 벗는다. 의뢰인의 의자까지 간격이 2미터는 안 될지 몰라도 그 비슷하다. 홀리는 속으로 중얼거린다. *게다가 완벽을 추구하면 좋은 결과를 낼 수 없다고 하잖아.* 그녀는 아이패드를 열어 노트 앱으로 들어가서 '보니 레이 달'과 '24세'와 '7월 1일 밤에 실종'이라고 입력한다. 이제 시작이다.

"따님이 마지막으로 목격된 시점에서부터 이야기를 시작할까요? 제트마트였다고 하셨죠?"

"네. 레드뱅크로에 있는 거요. 보니는 신축된 레이크 뷰 아파트에서 살았어요. 예전에 선착장이 있었던 데 알아요?"

홀리는 고개를 끄덕인다. 이제는 그곳에 아파트 단지가 몇 개 들어섰고 몇 개가 더 건설 중이다. 조만간 거기 살지 않으면 호수를 볼 수 없을지도 모른다.

"퇴근길의 딱 중간에 해당하는 곳이 그 제트마트예요. 도서관에서도 2.5킬로미터, 집에서도 2.5킬로미터라. 거기 점원이 우리 딸을 알더라고요. 그 아이는 7월 1일 8시 4분에 거기 들어갔어요."

제트마트 단골. 홀리는 이렇게 입력한다. 자판을 보지도 않은 채 엔터 키를 누르고 시선을 페니에게 고정한다.

"CCTV 영상을 가지고 있어요. 그것도 보내 드릴 수 있는데 지금 보실래요?"

"그래요? 그걸 어떻게 입수하셨어요?"

"제인스 형사에게 받았어요."

"변호사를 통해서 요청하셨어요?"

페니는 어리둥절한 표정을 짓는다. "변호사 없어요. 업리버에 있는 집을 샀을 때 이후로는 변호사 쓴 적 없어요. 내가 달라고 하니까 제인스 형사가 주던데요."

잘했어요, 이지. 홀리는 생각한다.

"변호사를 써야 할까요?"

"부인이 결정하시기 나름이지만 아직은 필요가 없는 것 같아요. 영상을 봅시다."

페니는 자리에서 일어나 책상을 돌아서 오려고 한다.

"아뇨, 그냥 저한테 주세요."

2차까지 접종을 했거나 말거나 어젯밤에 자가 검사를 했거나 말거나 그 여자가 어깨 너머로 내려다보며 그녀의 얼굴 옆면에 대고 숨을 토하는 건 사양하고 싶다. 코로나 때문만은 아니다. 바이러스가 창궐하기 전에도 홀리는 모르는 사람들이 개인적인 공간을 침범하는 것을 좋아하지 않았는데, 지금 이 여자가 그러고 있다.

페니는 영상을 띄워서 휴대전화를 홀리에게 건넨다. "재생 버튼을 누르세요."

보안 카메라는 높은 데서 내려다보는 각도고 화질이 선명하지 못하다. 전에 누가 렌즈를 닦은 적 있다 한들 오래전 얘기다. 맥주 코너와 점원, 출입문, 손바닥만 한 주차장, 레드뱅크로의 아주 좁은 일부를 비추고 있다. 왼쪽 하단의 모서리에 찍힌 타임 스탬프는 PM 8:04이다. 오른쪽 모서리에 찍힌 날짜 스탬프는 21/7/1이다. 아직 완전히 깜깜해지지는 않았지만 밥 딜런의 표현에 따르면 점점 어둠에 가까워지고 있다. 하늘에 아직 잔광이 남아 있어서 자전거를 세워 헬멧을 벗고 아마도 땀에 절었을 머리를 흔드는 보니의 모습이 보인다. 6월 마지막 주와 7월 첫 주는 아주 더웠다. 사실 *개떡같이* 더웠다.

그녀는 헬멧은 자전거 안장에 얹지만 백팩은 멘 채로 편의점에 들어온다. 황갈색 바지와, 왼쪽 가슴팍에 **벨 대학**이라고 적혔고 그 위에 종탑 로고가 달린 폴로 셔츠를 입었다. 물론 소리는 들리지 않는다. 홀리는 넋을 잃고 이 조그만 영상을 본다. 깨끗하고 환한 곳에서 미지의 세계로 건너가는 사람을 지켜보고 있노라면 누구라도 그렇게 되지 않을까 싶다.

보니는 뒤편의 냉장고에서 탄산음료를 하나 꺼내는데 코카콜라 아니면 펩시콜라인 것 같다. 계산대로 가다 말고 과자 코너 앞에서 걸음을 멈추더니 봉지 하나를 집는다. 호호스일 수도 있고 요들스일 수도 있지만 다시 내려놓는다. 홀리의 머릿속에서 샬럿 기브니의 말소리가 들린다. *처녀 시절 몸매를 유지해야 하지 않겠니?*

보니는 계산대 앞에서 (머리가 벗어져 가는 라틴아메리카 출신의 중년) 점원과 잠깐 대화를 나눈다. 재미있는 이야기인지 둘 다 폭소를 터뜨린다. 보니는 백팩을 계산대에 놓고 덮개 버클을 풀어서 탄산음료를 안에 넣는다. 직장에서 신을 수도 있는 신발과 휴대전화, 책을 한두 권 넣을 수 있을 만큼 큰 가방이다. 그녀는 백팩을 짊어지며 점원에게 다시 뭐라고 말한다. 그는 거스름돈을 건네고 엄지손가락을 들어 보인다. 그녀는 밖으로 나간다. 헬멧을 쓴다. 자전거에 올라탄다. 그러고는…… 어딘지 모를 곳으로 사라진다.

홀리는 고개를 들고 휴대전화를 돌려준다. 이제 보니 페니 달이 울고 있다.

홀리는 눈물에 잘 대처하지 못하는 성격이다. 마우스패드 옆에 갑 휴지가 있다. 그녀는 눈을 맞추지 않은 채 페니 쪽으로 갑 휴지를 민다. 아랫입술을 씹으며 담배를 피우고 싶다는 생각을 한다. "안타깝네요. 얼마나 힘드실지 알아요."

페니는 휴지 부케 위로 그녀를 쳐다본다. "그래요?" 거의 반박에 가까운 말투다.

홀리는 한숨을 쉰다. "아뇨, 아마 잘 모르겠죠."

둘 사이에 잠시 정적이 흐른다. 홀리는 자기도 얼마 전에 어머니를 떠나보냈다고 얘기할까 고민하지만 그것과 이것은 다르다. 그녀는 어머니가 어디 계신지 안다. 시더 레스트의 흙과 뗏장 아래에 누워 있다. 페니 달은 그녀의 삶에서 딸이 차지하는 부분에 구멍이 생겼다는 것만 알고 있을 따름이다.

"따님 헬멧의 행방이 궁금한데요. 자전거가 발견됐을 때 같이 있었나요?"

페니의 입이 떡 벌어진다. "아뇨, 자전거만 있었어요. 어머나, 제인스 형사는 그런 건 물어본 적이 없었고 나도 생각해 본 적이 없네요."

페니는 테스트를 통과하지만 홀리가 매긴 이지 제인스의 평점은 조금 떨어진다. "백팩은요?"

"없었어요. 하지만 예상할 수 있는 부분이지 않아요? 백팩이야 자전거에서 내린 뒤에도 계속 짊어질 수 있고 편의점에 들어갔을 때도 짊어지고 있었으니까. 그런데 헬멧은 계속 쓰고 있을 일이 거의 없잖아요. 그죠?"

홀리는 대답하지 않는다. 이건 대화가 아니라 심문이기 때문이다.

아무리 부드럽게 포장해도 심문은 심문이다.

"설명 부탁할게요, 페니. 알고 있는 걸 모두 다. 먼저 보니가 레이놀즈 도서관에서 어떤 일을 했고 그날 저녁에는 몇 시에 퇴근했는지부터요."

벨 인문과학대학 레이놀즈 도서관에서 근무하는 보조 사서는 모두 네 명이다. 여름에는 도서관이 7시에 문을 닫는다. 수석 사서 매트 콘로이는 문을 닫는 시각까지 자리를 지킬 때도 있지만 그날 저녁은 아니었다. 마거릿 브레너, 이디스 브루킹스, 레이키샤 스톤 그리고 보니 달은 7시 5분까지 몇 명 남은 이용객이 퇴실하기를 기다렸다. 그런 다음 구역을 나눠서 마감 종소리를 듣지 못했거나 듣고도 책을 한 쪽이라도 더 읽거나 메모를 한 줄이라도 더 쓰려고 무시한 사람이 있는지 서가 사이를 얼른 살폈다. 보니가 어머니에게 이야기한 바로는 열람실이나 서가 사이에서 잠이 든 사람이나 열정을 주체하지 못한 커플이 발견되는 경우도 더러 있다고 했다. 그녀는 그들을 *현행범*이라고 불렀다. 그런가 하면 1층과 3층의 화장실도 체크했다. 그날 저녁에는 남은 이용객이 없었다.

네 사람은 휴게실에서 잠깐 잡담을 나누며 주말 계획을 공유한 다음 불을 껐다. 레이키샤는 스마트 차를 몰고 사라졌다. 보니는 자전거를 타고 원룸 아파트를 향해 출발했지만 영영 도착하지 못했다. 페니는 다음 날 아침에 보니에게 전화했을 때 첫 번째 신호가 떨어지자마자 음성사서함으로 넘어가도 별로 걱정하지 않았다.

"금요일이나 토요일 밤에 와서 넷플릭스나 훌루로 뭐 같이 보겠느냐고 물어보려고 전화한 거였어요." 페니는 이렇게 말하고는 덧붙인다. "좋다고 하면 팝콘을 튀길 생각이었고요."

"그게 다예요?" 홀리는 거짓말 탐지 능력이 빌 호지스만큼 훌륭하지는 않지만 누가 진실 은폐를 시도하려고 하면 귀신같이 알아차린다.

페니의 얼굴이 벌게진다. "어…… 사실 며칠 전에 딸아이랑 싸웠는데 조금 격해졌어요. 모녀지간이 그렇잖아요. 그러면 우리는 영화를 보면서 화해해요. 둘 다 영화라면 사족을 못 쓰는 데다 요즘은 볼 만한 영화도 참 많잖아요?"

"그렇죠."

"다른 사람이랑 통화 중인가 보다 하고 다시 전화해 주겠거니 생각했어요."

하지만 보니는 감감무소식이었다. 페니가 10시, 그리고 11시에 다시 전화했지만 마찬가지였다. 첫 번째 신호가 떨어지자마자 음성사서함으로 넘어갔다. 그녀는 도서관 직원 중에서 보니와 가장 친한 레이키샤 스톤에게 연락해 보니가 아직도 자기한테 화가 안 풀렸느냐고 물었다. 레이키샤는 모르겠다고, 보니가 그날 아침에 출근하지 않았다고 했다. 그때부터 페니는 걱정이 되기 시작했다. 딸의 아파트 열쇠를 가지고 있었기에 차를 몰고 거기로 달려갔다.

"그때가 몇 시였나요?"

"심란해서 시간을 체크하지 못했어요. 아마 정오 무렵이었을 거예요. 코로나나 다른 병에 걸렸을까 봐 걱정되지는 않았어요. 항상 예방 조치를 취했고 건강했거든요. 샤워를 하다가 미끄러져서 넘어지거나 뭐 그런 사고를 당했을까 봐 걱정이었죠."

홀리는 고개를 끄덕이지만 CCTV 영상에서 보니 레이가 제트마트에 들어갔을 때 마스크를 쓰지 않았던 것과 직원도 마찬가지였던 걸 떠올린다. 항상 예방 조치를 취하기는 개뿔.

"아이가 집에 없고 모든 게 정상적으로 보이길래 차를 몰고 도서관으로 갔어요. 이제는 정말로 걱정이 되기 시작했는데 아이는 여전히 출근을 하지 않았고 연락도 없었다지 뭐예요. 경찰에 전화해 실종 신고를 하려고 했더니 20분이나 기다린 끝에 연결된 남자가 말하길 '10대 미성년자'는 최소 48시간, 법적 성인은 72시간이 지나야 신고를 접수할 수 있다는 거예요. 내가 전화를 해도 전화기가 꺼지기라도 한 것처럼 받질 않는다고 설명해도 관심이 없는 기색이었어요. 형사와 통화하고 싶다고 요청했더니 다들 바쁘다고 했고요."

페니는 그날 저녁 6시에 집으로 돌아갔을 때 보니의 친구 레이키샤에게서 전화를 받았다. 어떤 남자가 파란색과 흰색으로 된 보몬트 시티 10단 변속 자전거를 픽업 트럭 뒤칸에 싣고 왔다는 것이었다. 그런 스타일의 자전거에는 짐받이가 달려 있는데, 보니는 거기에다 **I♥ REYNOLDS LIBRARY** 범퍼 스티커를 붙여 놓았다. 마빈 브라운이라는 그 남자는 그걸 보고 도서관 직원이나 도서관을 자주 이용하는 사람의 자전거인가 싶어서 싣고 왔다고 했다. 그게 아니면 안장에 붙어 있는 쪽지 때문에 경찰서로 들고 가야 할지 모르겠다며.

"*더는 못 견디겠다*라고 적힌 쪽지 말씀이죠?"

"네." 페니의 눈에 다시 눈물이 가득 고인다.

"하지만 부인이 생각하기에 따님은 자살할 생각이 없어 보였죠?"

"네, 그럼요!" 페니는 홀리에게 뺨을 맞기라도 한 것처럼 펄쩍 뛴다. 눈물이 뺨을 타고 흐른다. "네, *그럼요!* 제인스 형사한테도 그렇게 얘기했어요!"

"설명 계속해 주세요."

전 직원이 그 자전거를 알아보았다. 수석 사서 매트 콘로이가 경찰에 연락했다. 레이키샤는 페니에게 연락했다.

“나는 그대로 무너졌어요. 내가 본 모든 영화 속의 사이코 스토커가 번쩍이며 눈앞을 지나가더라고요.”

“브라운 씨는 어디서 그 자전거를 찾았다고 하던가요?”

“제트마트에서 레드뱅크로를 따라 세 블록도 되지 않는 곳에서요. 공원 맞은편에 매물로 나온 카센터가 있거든요. 브라운 씨는 다른 동네에서 카센터를 운영하고 있는데, 확장할 생각이 있나 봐요. 부동산 중개업자와 거기서 만났대요. 둘이서 자전거를 같이 살폈고요.” 페니는 침을 삼킨다. “둘 다 안장에 붙어 있던 그 쪽지가 찜찜했대요.”

“브라운 씨와 대화를 나눠 보셨나요?”

“아뇨, 제인스 형사가 대화를 나눴어요. 전화로.”

대면 심문은 하지 않음. 홀리는 다시 눈물을 닦는 페니에게 시선을 고정한 채 이렇게 입력한다. 제일 먼저 연락해야 할 상대가 마빈 브라운일지 모르겠다는 생각을 한다.

“브라운 씨는 부동산 중개업자와 함께 자전거를 어떻게 할지 의논하다가 자기가 픽업트럭에 실어서 도서관으로 들고 가겠다고 했고, 그 카센터를 둘러본 뒤에 그렇게 했어요.”

“거기 먼저 도착한 사람이 누구였나요? 브라운 씨였어요 아니면 부동산 중개업자였어요?”

“모르겠어요. 중요한 문제인 것 같지 않아서 안 물어봤어요.”

그럴지 모르지만 홀리는 알아낼 작정이다. 왜냐하면 가끔 살인범이 피해자의 시신을 *찾아갈* 때도 있고 방화범이 소방서에 신고할 때도 있다. 그런 데서 흥분을 느끼기 때문에 말이다.

“이후로 새롭게 드러난 사실은 없나요?”

“전혀요.” 페니는 눈물을 닦는다. “딸아이의 음성사서함이 꽉 찼지만 그래도 가끔 전화를 해요. 목소리를 듣고 싶어서요.”

홀리는 움찔한다. 피트는 그녀도 결국에는 의뢰인들의 넋두리에 익숙해지게 될 거라고, 심장에 점점 굳은살이 박일 거라고 하지만 아직 그렇게 되지 않았고 홀리는 영원히 그럴 일이 없길 바란다. 피트와 이지 제인스의 심장에는 이런 굳은살이 있을지 몰라도 빌은 절대 안 그랬다. 그는 항상 관심을 기울였다. 그러지 않을 수가 없다고 했다.

"병원은요? 그쪽으로도 체크해 보셨겠죠?"

페니는 웃음을 터뜨린다. 삭막한 웃음이다. "전화를 받은 경찰에게, 나더러 형사들이 전부 바쁘다고 한 사람 말이에요, 병원에 체크해 줄 수 있느냐고 아니면 내가 체크해야 하느냐고 물었거든요. 내가 해야 된다고 하더군요. 네 딸이 도망쳤으니 네 책임이라는 거죠. 그 사람은 그렇게 생각하더라고요, 도망친 거라고. 머시, 세인트조, 카이너 기념 병원에 전화했더니 그쪽에서 뭐랬는지 알아요?"

홀리는 답을 알지만 페니에게 그냥 맡긴다.

"*자기들도 모른대요.* 정말 무능의 극치 아니에요?"

이 여자는 심란해서 제정신이 아니다. 그래서 홀리는 오로지 사라진 딸에게만 주목하느라 그녀가 놓친 사실을 짚고 넘어가지 않는다. 이 도시뿐 아니라 중서부 전역의 모든 병원이 현재 포화 상태다. 의사와 간호사뿐 아니라 전 직원이 코로나 환자로 허우적대고 있다. 어제 자 신문 1면에는 마스크를 쓴 잡역부가 환자를 휠체어에 태우고 머시 병원 집중치료실로 밀고 가는 사진이 실렸다. 전산화된 기록 관리 시스템이 없다면 병원에서는 심지어 입원한 환자가 몇 명인지도 모를 것이다. 그러다 보니 정보는 넘쳐나는 환자들 한참 뒤편으로 밀려난다.

홀리는 생각한다. *이 사태가 종식되면 이런 일이 실제로 벌어졌다는 걸 아무도 믿지 못하게 될 거야. 믿더라도 어쩌다 그렇게 됐는지*

이해하지 못할 테고.

"이후로 제인스 형사가 계속 연락하고 있나요?"

"3주 동안 두 번이요." 이렇게 대답하는 페니의 말투가 씁쓸하다. 홀리는 그럴 만도 하다고 생각한다. "한 번은 내 집으로 찾아와서 10분 있다가 갔고, 또 한 번은 전화를 했어요. 보니의 사진을 가지고 있으니 NamUs라는 전국 실종자 데이터베이스에 등록하고 또 NCMEC에도 등록하라고요. 거긴 뭔가 하면……"

"국립 실종 및 학대 아동 신고센터(National Center for Missing and Exploited Chindren)죠." 홀리는 보니 레이 달이 아동은 아니지만 이지가 생각을 잘했다는 결론을 내린다. 경찰에서는 젊은 여자가 실종되면 거기에 종종 등록한다. 젊은 여성의 납치 확률이 월등히 높기 때문이다. 물론 도망자 수도 가장 많긴 하지만.

하지만 스물네 살짜리 여자가 살던 곳을 떠나 다른 데서 새로운 삶을 시작하기로 마음먹은 거라면 도망자라고 할 수 없겠지.

페니는 부르르 떨며 숨을 마신다. "경찰은 아무 도움이 안 됐어요. 전혀. 제인스는 그러더군요. 네, 따님이 납치당했을 수도 있지만 남긴 쪽지를 보면 그냥 떠난 것 같은데요. 딱 한 가지 문제가 있다면 그럴 이유가 없다는 거예요. *이유*가. 좋은 직장에 다니고 있는데! 승진을 앞두고 있는데! 레이키샤라는 친한 친구도 있는데! 그리고 그 한심한 남자친구하고도 마침내 헤어졌고!"

"그 한심한 남자친구는 이름이 뭔가요?"

"톰 히긴스요." 페니는 콧잔등을 찡그린다. "원래 에어포트 쇼핑몰 신발 코너 직원이었어요. 그런데 맨 처음 코로나가 터졌을 때 그 쇼핑몰이 문을 닫았죠. 보니와 살림을 합쳐서 월세를 아끼려고 했지만 우리 딸아이가 거부했어요. 그 문제로 둘이 엄청 크게 싸우고 보니가 이제 그만 만나자고 했죠. 그 녀석은 웃으면서 보니가 자길 찬 게 아니라 자기가 때려치우는 거라고 했대요. 무슨 그게 기발한 발언이라도 되는 것처럼. 걔는 아마 기발한 발언이라고 생각했을 거예요."

"그 남자친구가 보니의 실종과 연관이 있을 수도 있을까요?"

"아뇨." 페니는 더 이상 할 말이 없다는 듯이 가슴 위로 팔짱을 낀다. 홀리는 빌 호지스에게 배운 수법대로 기다린다. 페니가 결국 정적을 깬다. "그 녀석은 방법을 가르쳐 주는 동영상을 봐도 자기 코 하나 제대로 풀 줄 모르는 녀석이었어요. 그리고 아주 어른스럽지 못했고요. 보니가 어떤 면에 반했는지 모르겠더라고요. 보니도 설명을 하지 못했고요."

리얼리티 쇼 「배철러 인 파라다이스」에서 섹시남을 좋아하는 편인 홀리는 보니가 그의 어떤 면에 반했는지 알 것도 같다. 그 짐작을 입 밖으로 낼 생각은 없었는데, 그럴 필요도 없게 페니가 대변인을 자처한다.

"침대에서 끝내줬나 봐요. 진정한 정력왕이었는지."

"집 주소 아세요?"

페니는 자기 휴대전화를 확인한다. "이스트랜드로 2395번지요. 아직도 거기 사는지는 모르겠지만."

홀리는 적어 놓는다. "그 쪽지를 찍은 사진 혹시 가지고 계세요?"

페니는 그 사진을 가지고 있다. 마빈 브라운이 자전거를 들고 왔을 때 레이키샤 스톤이 찍은 거라고 한다. 홀리는 사진을 물끄러미 들여다보는데, 어째 느낌이 좋지 않다. 또박또박 적은 인쇄체에 모두 대문자다. **더는 못 견디겠다.**

"이게 따님의 필체인가요?"

페니는 막막한 심정을 대변하는 듯 한숨을 쉰다. "그럴 수도 있지만 잘 모르겠어요. 딸아이가 손 글씨를 쓰지 않아서. 요즘은 다들 사인할 때 말고는 손 글씨를 쓸 일이 없잖아요. 사인은 그냥 휘갈겨 쓰는 식이고. 딸아이가 평소에는 대문자로 정자를 쓰지 않지만 가끔…… 뭐랄까……."

"강조하고 싶을 때요?"

"네, 맞아요. 그럴 때는 쓸 수도 있겠죠."

홀리는 그 말이 맞을 수도 있지만 그런 경우라면 좀 더 크게 쓰지 않았을까 하는 생각을 한다. **더는 못 견디겠다**가 아니라 **더는 못 견디겠다**라고 쓰지 않았을까? 어쩌면 느낌표까지 한두 개 넣어서. 그렇다, 아무리 봐도 이 쪽지는 영 꺼림칙하다. 다른 사람이 썼다고 하면 선부른 결론이겠지만 보니가 썼다고 하면 그보다 더 선부른 결론이 될 것이다.

"이것도 따님 사진과 함께 전송해 주세요. 그나저나 페니, 당신은요? 어디 사세요?"

"레너 서클이요. 업리버에 있는 레너 883번지요."

홀리는 'P와 B가 싸웠고 P의 말에 따르면 조금 격해졌다고 함.'이라고 쓴 곳에 이 주소를 추가한다.

"직업은요?"

"증축된 공항 청사에 있는 노뱅크 지점의 대출팀장이에요. 아니, 대출팀장이었고 앞으로 복직할 거예요. 노뱅크에서 세 군데 지점의 영업을 일시 중단했는데, 그중 하나가 우리 점포였거든요. 우리 은행에서는 점포라고 불러요."

"재택근무를 하시는 게 아니고요?"

"네. 그래도 월급은 계속 나와요. 이…… 이 *엉망진창* 속에서 한 줄기 햇살이죠. 그러고 보니 수표를 드려야겠네요." 그녀는 핸드백을 열고 뒤지기 시작한다. "묻고 싶은 부분도 더 있으실 테죠."

"앞으로 그렇겠지만 지금 당장은 이 정도로 충분합니다."

"언제쯤 소식을 들을 수 있을까요?" 페니는 어느 칸에서도 멈추는 법 없이 신속하게 그리고 능률적으로 수표를 쓴다. 인쇄체도 아니고 조그맣고 둥글둥글하며 반듯하게 정돈된 필기체로.

"일단 24시간은 기다려 주세요."

"그 전에 공유할 만한 사안이 생기면 연락 주세요. 아무 때고 상관없어요. 밤이든 낮이든."

"하나 더요." 홀리는 원래 특히 따지고 드는 것처럼 느껴질 수도 있는 개인적인 부분은 건드리지 않는 성격인데, 오늘 아침에는 거침이 없다. 풀고 싶은 엉킨 매듭이라도 되는 듯이 이걸 움켜쥐고 있다. "무슨 일로 싸우셨는지 듣고 싶어요. 조금 격해졌다는 그거요."

페니는 아까보다 좀 더 단단하게 다시 팔짱을 낀다. 방어적인 자세라면 홀리도 일가견이 있다. 개인적인 경험이 워낙 풍부하다. "아무것도 아니었어요. 찻잔 속의 폭풍이었어요."

홀리는 기다린다.

"우리는 원래 가끔 싸워요. 엄마랑 딸이 원래 그렇잖아요."

홀리는 기다린다.

마침내 페니가 실토한다. "뭐, 이번에는 분위기가 전보다 심각했다고 볼 수도 있어요. 딸아이가 문을 쾅 닫고 나갔거든요. 성격이 서글서글한 그 아이답지 않은 행동이었죠. 전에도…… 톰을 주제로 열띤 대화를 나눈 적 있지만 그때는 절대 그런 식으로 집에서 뛰쳐나간 적이 없었거든요. 그리고 내가 욕을 썼어요. 그 아이더러 고집이 쇠심줄 같은 년이라고 했어요. 휴, 그 말을 주워 담을 수 있으면 좋겠어요. 그냥 '그래, 알았다. 없던 일로 하자.'라고 했으면 됐을 것을. 하지만 이렇게 될 줄 누가 알았겠어요."

"무슨 일로 그렇게 싸우셨는데요?"

"노뱅크에 아주 괜찮은 자리가 났거든요. 기록과 재고 자산을 대조하는 직책이요. 본점 채용이고 재택근무가 보장되니 요즘 같은 때 얼마나 괜찮은 조건이에요? 딸아이가 워낙 숫자를 잘 다루고 사교성이 좋아서 그 자리에 지원해 봤으면 했는데 싫다잖아요. 월급이 얼마나 될 것이며 복지와 근무 시간도 얼마나 좋으냐고 해도 들은 척도 하지 않더라고요. 어쩌면 그렇게 고집이 센지."

사돈 남 말 하시네요. 홀리는 그녀가 특히 빌 호지스와 같이 일하기 시작한 뒤로 어머니와 얼마나 싸웠는지 기억이 난다. 빌과 함께 '브래디 하츠필드에게 씌었다.'고 표현할 수밖에 없는 의사를 쫓다가 하마터면 죽을 뻔했을 때는 일대 격전이 벌어졌다.

"은행에서 일하면 가끔 멋진 옷도 살 수 있고 히피 같은 옷은 버릴 수 있다고 했더니 딸아이가 나를 보고 비웃지 뭐예요. 그때 내 입에서 욕이 나왔어요."

"그게 전부인가요? 아픈 데를 건드렸다든지 그런 건 없었고요?"

"네. 전혀요." 홀리도 알다시피 이건 거짓말이다. 그리고 방금 고용한 사설탐정에게만 이런 거짓말을 한 것도 아니다.

홀리는 메모를 좀 더 적은 다음 일어나 마스크를 쓴다.

"제일 먼저 뭘 어쩔 생각이에요?"

"이지 제인스에게 연락해 보려고요. 내 전화는 받아 줄 거예요. 서로 알고 지낸 지 제법 됐거든요."

그런 다음 픽업트럭에 자전거를 싣고 온 브라운보다 먼저 레이키샤 스톤과 대화를 나누고 싶다. 레이키샤와 보니가 베프였다면, 베프까지는 아니더라도 가까운 사이였다면, 어머니와 딸이 어떤 사이였는지 좀 더 정확한 정보를 얻을 수 있을 것이다. 그들 모녀가 문을 쾅 닫아 가며 말싸움을 벌였는지 여부를 떠나, 수사를 시작하기 전부터 그녀의 어머니와 보니의 어머니를 너무 심하게 동일시하고 싶지는 않다.

빌이 전에 이런 말을 한 적이 있었다. *당신이 곧 사건은 아니에요. 당신과 사건을 동일시하는 우를 범하지 말아요. 그러면 절대 도움이 되지 않을뿐더러 상황이 악화되는 경우가 더 많으니까.*

2018년 11월 22~25일

에밀리는 이 아이가 마음에 들지 않는다.

그녀가 캐리 드레슬러를 좋아했던 건 아닌 데다 스페인어를 쓰는 그 카스트로라는 *호모 새끼*는 혐오하기까지 했었다. 그런데 이 엘런 크래슬로라는 아이는 그 둘과 다르다. 여자이기 때문일까? 그건 아닌 것 같다.

에밀리는 쟁반을 들고 지하실로 계단을 내려간다. 쟁반에는 배어 나온 핏물 속에서 헤엄치는 700그램짜리 생간이 담겨 있다. 크로거 마트에서 3달러 22센트에 사 온 것이다. 요즘은 고깃값이 워낙 비싼데, 마지막으로 사 온 건 못 쓰게 됐다. 내려가서 보니 파리와 구더기가 들끓고 있었다. 이 밀폐된 공간에 어떻게 그렇게 금세 들어왔는지 모를 일이다. 심지어 부엌과 연결된 문 틈새까지 막아 놓았는데.

그 여자아이는 감방의 철창 앞에 서 있다. 키가 크고 피부는 코코

아색이다. 짧고 단정하게 자른 머리칼은 검은색이다. 계단 발치에서 보면 거의 수영모 같다. 가까이 다가가서 보니 입술이 텄고 군데군데 물집이 잡혔다. 하지만 그녀는 울지도 않고 애걸복걸하지도 않는다. 둘 다 하지 않는다. 적어도 지금까지는 그렇다.

에밀리는 쟁반에서 간이 담긴 접시를 들어 콘크리트 바닥에 내려놓는다. 허리를 숙이기보다 한쪽 무릎을 꿇고서. 좌골신경통이 심하지만 이 정도는 견딜 수 있다. 하지만 악을 쓰는 수준이라 걸음을 내디딜 때마다 고통스러우면…… 얘기가 달라진다. 그녀는 빗자루를 집어서 그걸로 접시를 감방 쪽으로 민다. 빨간색 액체가 철벅거린다. 엘런 크래슬로는 전에도 그랬던 것처럼 구멍을 옆 발로 막는다.

"얘기했잖아, 난 채식주의자라고. 남의 말을 안 듣는 성격인가 봐?"

에밀리는 빗자루 대로 이 아이를 찌르고 싶은 충동을 느끼지만 참는다. 빗자루 대를 잡힐 수도 있기 때문만은 아니다. 그녀는 감정을 드러내지 말아야 한다. 카스트로와 드레슬러처럼 이것도 우리에 갇힌 동물이다. 가축이다. 가축을 찌르는 건 유치한 행동이다. 가축에게 화를 내는 것도 유치한 행동이다. 모름지기 동물은 *길들여야* 한다.

엘런은 단백질 셰이크도 거부했다. 눈을 떴을 때 우리 안에 있던 물병은 두 통 다 마셨다. 첫 번째 통은 단숨에 비우고 두 번째 통은 아껴두더니만 지금은 둘 다 빈 통이다. 에밀리는 앞치마 주머니에서 물을 꺼낸다. "엘런, 고기 먹으면 이거 줄게. 네 몸은 네가 채식주의자이거나 말거나 먹어야 해." 그녀는 물통을 내밀어서 보여 준다. "그리고 물도 마셔야 하고."

엘런은 아무 말도 하지 않는다. 두 손으로 헐렁하게 철창을 잡고 발로 구멍을 막고 서서 에밀리를 쳐다보기만 할 뿐이다. 사람을 불안하게 하는 눈빛이다. 에밀리는 불안해지고 싶지 않지만 동물원에서 호랑이와 눈을 맞추면 이 비슷한 기분을 느낄 거라고 속으로 중얼거린다.

"음식은 놓고 갈게, 알았지? 다시 왔을 때 접시가 핏물까지 깨끗하게 비워져 있으면 물 줄게."

아무 대꾸가 없고, 상대가 동물이거나 말거나 에밀리 해리스 (명예) 교수는 화가 난다. 아니, 분노를 느낀다. 카스트로는 먹었다. 드레슬로도 먹었다. 결국에는 엘런도 먹게 될 것이다. 어쩔 수 없을 것이다. 에밀리는 몸을 돌려서 계단을 올라가기 시작한다.

여자아이가 말한다. "끔찍하지, 그렇지?"

에밀리는 놀라서 몸을 돌린다.

"사람들이 당신이 원하는 대로 해 주지 않으면 말이야. 끔찍하지, 그렇지? 당신 기분이 말이야." 그러고는 정말로 미소를 짓는 게 아닌가!

재수 없는 년. 에밀리는 일기장이 아닌 다른 공간에서는 절대 내뱉지 않을 단어를 연이어 속으로 중얼거린다. *재수 없는 검둥이 년.*

에밀리가 (다정하게) 말한다. "추수감사절이야, 엘런. 감사 기도하고 먹도록 해."

"샐러드 줘. 드레싱 없이. 그럼 먹을게."

이런 건방진 것! 내가 네 시녀니? 몸종이니?

에밀리는 그런 식으로 속내를 너무 드러내고 말았다며 나중에 후회하게 될 일을 저지른다. 앞치마 주머니에서 생수를 꺼내 입에 대고 마시고는 남은 물을 난간 너머로 쏟아 버린 것이다.

여자아이는 아무 말도 하지 않는다.

하루 뒤.

로드니 해리스 (생명과학부 명예) 교수가 생각에 잠긴 표정으로 감방 앞에 서 있다. 엘런 크래슬로는 침착하게 그를 마주 보고 있다. 적어도 그의 눈에는 침착해 보인다. 이제는 입술에 물집이 두어 개 생겼고 이마에는 뾰루지가 돋았고 반질반질하니 보기 좋았던 코코아색 피부는 창백해졌다. 하지만 새파란 초록색 눈은 움푹 들어간 구멍 안에서 반짝거린다.

로드니는 저명한 생물학자이자 영양학자다. 은퇴하기 전에는 학생들이 더러는 존경하고 대부분은 무서워하던 교수였다. 저서 목록만 10여 쪽에 달하며 요즘도 다양한 학술지에서 동료들과 활발하게 서신을 주고받는다. 그중에서 자기가 으뜸이라고 생각하는 건 교만이 아니다. 이런 명언도 있지 않은가. *사실이라면 허풍이 아니다.*

그는 이 아이를 보아도 에밀리처럼 화가 나지는 않지만(에밀리는 아니라고 잡아떼지만 그들은 50년 넘게 해로한 부부고 그는 아내를 그녀 자신보다 더 잘 안다.) 확실히 곤혹스럽기는 하다. 그들이 표적을 기절시킬 때 워낙 강력한 약물을 쓰고 있으니 눈을 떴을 때 남들처럼 정신이 없었을 텐데, 정신이 없어 보이지가 않았다. 숙취에 시달렸을 것이 분명한데도 칭얼거리지 않았다. 캐리 드레슬러는 거의 눈을 뜨자마자 도와달라고 비명을 질렀고(그래서 *머리가 그만큼 더 아팠을* 것이다.) 호르헤 카스트로도 결국에는 그랬는데, 엘런은 그러지도 않았다. 그리고 이제 거의 3일이 지났고 마지막으로 물을 마신 지는 2일이 지났는데도 음식을 거부하고 있다.

어제 에밀리가 들고 온 간이 거무스름해지고 냄새를 풍기기 시작했다. 아직은 먹을 수 있겠지만 시한이 얼마 남지 않았다. 앞으로 몇 시간만 지나면 먹더라도 다 게워 낼 테고 그러면 이 모든 게 의미 없어진다. 그새 시간은 째깍째깍 흘러가고 있다.

“이봐, 먹지 않으면 아사할 거야.” 옛날 옛적의 학생들에게는 쓴 적 없는 온화한 목소리다. 교수 시절에 로드니는 말이 빨랐고 흥분을 잘 했고 가끔은 심지어 새된 소리를 냈다. 장막이나 유문이나 십이지장과 같은 복부의 경이로운 기관에 대해 설명할 때면 언성을 높여서 거의 비명을 지르다시피 한 적도 있었다.

엘런은 아무 말도 하지 않는다.

"자네 몸이 이미 내부에서 에너지를 끌어다 쓰고 있어. 얼굴, 팔, 살짝 구부정하게 서 있는 자세를 보면 알 수 있겠는데……."

여전히 아무 말도 없이 그의 눈만 쳐다본다. 그녀가 원하는 게 뭐냐고 묻지 않는 것도 당황스럽고 (솔직히) 불안한 대목이다. 그녀는 그들이 누구인지 알고, 자기를 놓아주었다가는 납치범으로 체포될 테니(지은 죄가 그밖에도 많다.) 절대 놓아줄 수 없다는 걸 아는데도 협상을 시도하거나 애걸복걸하지 않는다. 그저 이렇게 단식 투쟁만 할 뿐이다. 에밀리에게 샐러드는 기꺼이 먹겠다고 했다지만, 그건 불가능한 일이다. 샐러드는 드레싱을 뿌리거나 말거나 성체가 아니다. 고기는 성체다. 간은 성체다.

"자네를 어쩌면 좋을까?" 그는 슬픈 목소리로 묻는다.

이 시점에서 다른 포로 같으면, 다른 *평범한* 포로 같으면 *자기를 놓아 달라*는 둥, *어느 누구에게든 입도 벙긋하지 않겠다*는 둥 헛소리를 늘어놓을 것이다. 이 아이는 배가 고프고 목이 마르거나 말거나 그 정도로 어리석지 않다.

로드니는 간이 담긴 접시를 좀 더 가깝게 밀어 준다. "그걸 먹으면 기운이 당장 돌아올 거야. 그 느낌이 아주 끝내줄 테고." 그는 시시껄렁한 농담을 시도해 본다. "당장에 육식동물로 바뀔걸?"

여전히 아무 반응이 없길래 그는 계단을 올라가려고 한다.

이때 엘런이 말한다. "나는 저게 뭔지 알아."

그는 몸을 돌린다. 그녀가 작업실 저쪽 끝에 있는 노란색의 큼지막한 상자를 가리키고 있다. "목재분쇄기지? 입구가 보이지 않게 벽 쪽으로 돌려놓았지만 나는 저게 뭔지 알아. 우리 삼촌이 평생 북부 지방의 숲에서 일하고 있거든."

로드니 해리스는 자기 나이 정도 되면 놀랄 일이 없을 줄 알았건만, 이 젊은 여자는 놀라운 면모로 가득하다. 숫자를 셀 줄 아는 천재 개를 발견한 것에 버금갈 만큼 아주 예사롭지 않다.

"나를 저걸로 제거할 생각이지? 나는 호스를 통과해 큼지막한 봉지 안에 담길 테고 그 봉지는 호수에 던져지겠지."

그는 입을 떡 벌린 채 빤히 쳐다본다.

"그걸 어떻게…… 왜 그렇게 생각하나?"

"거기가 가장 안전한 곳이니까. 「덱스터」에서도 사람을 죽여서 멕시코만에 버리는 남자가 등장하거든. 당신도 그 드라마를 봤을 텐데?"

두말하면 잔소리다.

끔찍하다. 그녀가 그의 생각을 읽고 있는 것 같지 않은가. 포로와 성체에 관한 한 그와 에밀리는 일심동체이니 *그들의* 생각이라고 해야겠다.

"당신한테는 배가 있을 거야. 그렇지, 해리스 교수?"

이 아이를 고른 건 실수였다. 이 아이는 100년 만에 한 번 만날 수 있을까 말까 한 돌연변이고 별종이다.

그는 아무 말 없이 계단을 올라간다.

에밀리는 자기 서재에 있다. 바닥에서부터 천장까지 책이 워낙 빼곡하게 꽂혀 있어서 책상 하나 놓을 공간조차 빠듯한 곳이다. 겉면에 깔끔한 정자로 **작문 샘플**이라고 적은 두툼한 서류 파일을 꽂아 놓느라 책 몇 권은 또 구석으로 치웠다.

데스크톱 컴퓨터 좌우에는 사진 액자가 하나씩 놓여 있다. 하나는 아주 젊은 시절의 로드니와 에밀리다. 그는 (빌린) 양복을, 그녀는 (부모님이 사 준) 흰색의 전형적인 웨딩드레스를 입고 있다. 다른 하나는 훨씬 나이를 먹은 두 사람이다. 로드니는 우스꽝스러운 제독 모자를 썼고, 에밀리는 미용실에서 곱슬곱슬하게 만 머리 위에 일반 선원이 쓰는 세일러 모자를 난봉꾼처럼 삐딱하게 얹었다. 그 차림으로 새로 산(하지만 전 주인이 조심스럽게 쓰고 넘긴) 메인십34 보트 앞에 서 있다. 에밀리는 한 손에 싸구려 샴페인을 들고 있는데, 조만간 그 샴페인으로 명명식을 거행할 것이다. 배의 이름은 *마리 캐더*, 마리 스톱스와 윌라 캐더에서 딴 이름이었다.* 로드니와 에밀리는 결혼 생활 내내 동업 관계였다.

에밀리는 컴퓨터 화면에 뜬 엘런 크래슬로를 구경하고 있다. 그녀는 우리 안 토퍼에 책상다리를 하고 앉아서 두 손에 얼굴을 묻고 어깨를 떨고 있다. 로드니는 에밀리의 어깨 위로 고개를 숙여서 좀 더 자세히 들여다본다.

"당신이 사라질 때까지 저기 서 있다가 그냥 주저앉았어." 에밀리는 흡족한 심정을 감추지 않는다.

여자아이가 고개를 들고 카메라를 올려다본다. 울고 있지만 눈물은 흘리지 않는다. 로드니는 그걸 보고 놀라지 않는다. 탈수증이 시작된 것이다.

"전부 들었어?" 그는 아내에게 묻는다.

---

* 영국의 고생물학자 겸 여성 운동가 마리 스톱스(1880~1958)와 미국의 소설가 윌라 캐더(1873~1947).

"응. 눈치가 빠르더라."

"눈치가 아니라 추론이야. 게다가 목재분쇄기를 보고 알아차렸어. 지금까지 아무도 그런 적이 없었는데. 어쩌면 좋을까, 엠? 의견 좀 내줘."

그녀는 고민하며 로드니와 함께 우리에 갇힌 여자아이를 구경한다. 두 사람 모두 엘런에게 연민이나 동정은 느끼지 않는다. 그 아이는 해결해야 하는 과제다. 로드니는 어느 정도는 과제를 긍정적으로 생각하는 편이다. 이건 그들에게 비교적 새로운 과제다. 과학자라면 누구라도 알다시피 해결된 과제는 모두 효율성 개선에 도움이 된다.

마침내 그녀가 말한다. "내일 어떻게 될지 두고 보자."

"그래. 내가 보기에도 그러는 게 좋을 것 같아."

로드니는 허리를 펴고 두툼한 서류 파일에 담긴 작문 샘플을 하릴없이 엄지손가락으로 넘긴다. 벨 대학의 소문난(거의 전설적인) 소설 창작 워크숍의 이번 봄 학기 상주 작가는 앨시어 깁슨이라는 여자다. 두 권의 작품이 문단에서 호평을 받았지만 판매는 저조했다. 예전의 몇몇 상주 작가가 그랬듯 깁슨도 에밀리 해리스에게 1차로 지원자를 솎아내는 일을 기꺼이 맡겼고, 보수는 쥐꼬리만 하지만 에밀리는 그 일을 좋아한다. 호르헤 카스트로는 자기가 직접 작문 샘플을 훑어보겠다며 그녀의 제안을 거부했다. 에밀리에게 사전 심사를 맡기는 건 자기 지위에 걸맞지 않는다고 생각했던 것이다. 에밀리는 시건방진 동성애자들이 많은 이유가 보상 작용일지 모른다는 생각을 한다. 게다가 그가…… 날마다 혼자 달렸던 건 또 어떤가.

"뭐 괜찮은 거 있어?" 로드니 해리스가 묻는다.

에밀리는 한숨을 쉬며 욱신거리는 허리를 문지른다. "아직까지는 전부 평범한 쓰레기야. 이러다 앞으로 20년이 지나면 소설은 잊힌 예술이 되는 게 아닌가 싶어."

그는 허리를 숙여서 그녀의 백발에 입을 맞춘다. "힘내, 여보."

24일 정오에 에밀리가 계단을 내려가 보니 간에 다시 구더기와 파리가 생겼다. 그녀는 혐오감과 낭패감을 달래며 완벽한(얼마 전까지만 해도 그랬다.) 고깃덩어리 위를 기어다니는 벌레들을 쳐다본다. 벌레들이 이렇게 금세 등장하면 안 되는 거다. 아니, 아예 등장하면 안 되는 거다!

그녀는 빗자루를 들어 고기를 우리의 구멍 쪽으로 민다. 엘런은 피곤해 보이고 입술은 갈라져서 피가 나고 얼굴은 흙빛인데도 경첩이 달린 뚜껑을 발로 막는다.

앞치마 주머니에서 물병을 꺼낸 에밀리는 엘런의 시선이 거기에서 떠날 줄 모르는 걸 보고 흐뭇해한다. 그 아이가 갈라진 입술을 적시려고 혀를 내밀지만 아무 소용이 없는 것도…… 흐뭇한 광경이다.

"받아, 엘런. 벌레 치우고 그거 먹어. 그럼 물 줄게."

고집스러운 아이는 잠깐 굴복하려는 기미를 보이는가 싶더니 잠시 후 같은 말을 반복한다. "나는 채식주의자야."

너는 개잡년이야, 그게 너야. 에밀리는 그렇게 말하고 싶어서 거의 견딜 수가 없을 지경이다. 안 그래도 저 아이 때문에 화가 나는데 빌어먹을 좌골신경통 때문에 밤에 잠도 제대로 자지 못한다. *시건방지고 재수 없는 년! 검둥이 년!*

에밀리는 통증이 덜하게 허리를 꼿꼿하게 편 채 한쪽 무릎을 꿇고 앉아서 접시를 집는다. 구더기 한 마리가 꿈틀꿈틀 손목 위로 올라오자 참지 못하고 조그맣게 비명을 지른다. 뒤도 돌아보지 않은 채 접시를 들고 1층으로 올라간다.

로드니가 식탁에 앉아 논문을 읽으며 컷 글라스 그릇에 담긴 견과류를 오물오물 먹고 있다. 그는 고개를 들어 돋보기안경을 벗고 양쪽 콧잔등을 문지른다. "안 먹어?"

"응."

"그렇군. 마지막 조각은 내가 들고 갈까? 보아하니 당신 허리가 많이 아픈 것 같은데."

"괜찮아. 아무 문제 없어." 에밀리는 접시를 기울인다. 썩어 가는 간이 접시에서 미끄러져 개수대 바닥에 부딪치며 물컹물컹한 소리를 낸다. *철퍼덕.* 팔뚝에 구더기가 한 마리 더 있다. 그녀는 손으로 쳐서 구더기를 떨어뜨리고 고기용 포크로 짧고 세게 콕콕 찔러서 썩은 고기를 음식물 쓰레기 처리기 안으로 욱여넣는다.

"진정해. *진정해*, 엠. 우리는 이런 사태에도 준비가 됐잖아."

"하지만 저 아이가 먹지 않으면 다시 나가서 대체자를 찾아야 하잖아! 시기도 너무 이른데!"

"신중에 신중을 기하면 되지. 당신이 이렇게 괴로워하는 건 못 보고 있겠다. 게다가 나한테 대안이 있을지 몰라."

에밀리가 그를 돌아본다. "재를 보면 부아가 치밀어."

부아가 치미는 정도가 아니라 화가 나겠지. 내가 보기엔 저 아이도 그걸 아는 것 같아. 당신의 분노를 유발하는 것이 복수할 수 있는 유일한 방법이라는 것도 아는 듯하고. 로드니는 이런 생각을 입 밖으로 내지는 않고 아내가 사랑해 마지않는 눈으로 그녀를 바라보기만 한다. 그렇게 많은 세월이 흘렀어도 그 눈은 사랑할 수밖에 없다. 그는 자리에서 일어나 한 팔로 아내의 어깨를 감싸고 뺨에 입을 맞춘다. "딱한 사람. 그렇게 괴로워하다니 가슴이 아프네. 기다려야 하는 것도 가슴이 아프고."

그녀는 그가 사랑해 마지않는 미소를 지어 보인다. 눈가와 입꼬리의 주름살이 깊어졌어도 그 미소는 사랑할 수밖에 없다. "다 잘될 거야."

그녀는 음식물 쓰레기 처리기를 켠다. 걸신들린 듯 가는 소리가 난다. 지하실에 있는 목재분쇄기가 돌아갈 때 나는 소리와 비슷하다. 그녀는 냉장고에서 간을 한 덩어리 새로 꺼낸다.

"정말 내가 들고 가지 않아도 되겠어?"

"응."

에밀리는 지하실로 내려가 간이 담긴 접시를 바닥에 내려놓는다. 생수병을 그 뒤에 놓는다. 엘런 크래슬로가 토퍼에서 일어나 에밀리가 빗자루를 집기도 전에 옆 발로 구멍을 막는다. 그러고는 같은 말을 반복한다. "나는 채식주의자야."

"그건 이제 기정사실이고 잘 생각해. 이번이 마지막 기회니까."

엘런은 고뇌에 잠긴, 그 푹 꺼진 눈으로 에밀리를 쳐다보다가…… 미소를 짓는다. 입술이 찢어지며 피가 난다. 그녀는 흥분하지 않고 조용히 말한다. "거짓말하지 마. 내가 여기서 눈을 떴을 때 이미 모든 기회가 날아갔잖아."

다음 날에는 로드니가 내려간다. 패널을 맡거나 논문을 발표하러 학회나 좌담회에 참석할 때 입는, 제일 좋아하는 스포츠 재킷 차림이다. 그는 간이 여전히 구멍 밖에 있지만 접시의 위치가 달라졌다는 걸 비디오 영상을 보았기에 안다. 여자아이가 옆으로 누워서 어깨를 철창에 대고 손을 내밀어 물병을 집으려고 하는 것을 에밀리와 함께 지켜보았다. 물론 그녀는 물병을 집지 못했다.

로드니가 문제의 샐러드를 들고 있다. 원래 그는 우리에 가둔 동물을 상대로 절대 장난을 치지 않지만, 이 아이는 정말이지 피를 거꾸로 솟게 한다. 흔들림 없는 평온함 때문만이 아니라 시간 낭비이기 때문이다.

"드레싱은 뿌리지 않았어. 네 식이 원칙을 어기면 안 되니까."

그는 샐러드 접시를 내려놓고 엘런이 적나라한 탐욕을 드러내며 접시를 쳐다보는 것을 눈에 담는다. 빗자루를 써서 접시를 그녀 쪽으로 민다. 안락사시키기 전에 그걸 먹게 할 수도 있었지만 고민 끝에 그러지 않기로 했다. 이 아이는 에밀리의 화를 돋운 장본인이지 않은가.

그는 감방 안으로 접시를 밀어 넣는다. 엘런은 그 접시를 든다.

"고마……" 그가 스포츠 재킷 안으로 손을 넣는 것을 보고 그녀의 눈이 휘둥그레진다.

38구경이다. 소음도 별로 없고 지하실은 방음이다. 그는 엘런의 가슴을 한 번 쏜다. 그녀가 들고 있던 접시가 떨어져 박살 난다. 방울토마토가 이리저리로 구른다. 그녀가 쓰러지자 그는 철창 안으로 손을 넣어 확실히 마무리하기 위해 정수리를 한 번 더 쏜다.

"이 무슨 낭비야."

게다가 난장판도 청소해야 한다.

2021년 7월 23일(2)

페니가 돌아가자 홀리는 책상 맨 위 서랍에서 살균 티슈를 꺼내 그녀가 깍지 낀 손을 얹었던 책상 위 부분과 앉았던 의자 팔걸이를 닦는다. 오버하는 것일 수도 있다. 모든 곳을 소독할 수는 없고 그러려는 시도 자체가 미친 짓이다. 그렇지만 만사 불여튼튼이다. 홀리의 어머니만 봐도 알 수 있다.

홀리는 화장실로 나가서 손을 씻는다. 그러고는 사무실로 돌아와 적어 놓은 메모를 다시 한번 훑어보고 나서 만나고 싶은 사람들 명단을 작성한다. 그런 다음 느슨하게 깍지 낀 손을 배 위에 얹고 의자를 뒤로 젖히고 앉아서 천장을 올려다본다. 바버라가 '홀리의 생각 주름'이라고 부르는 주름살이 미간에 세로로 등장한다. 사라진 백팩은 그녀의 관심사가 아니다. 페니도 말했던 것처럼 그 딸이 계속 메고 있었을 것이다. 홀리의 호기심을 자극하는 건 보니 레이의 자전거 헬멧이다. 그리고 자전거 자체다. 둘 다 서로 연관이 있지만 살짝 다른 이유에서 *아주* 흥미진진하다.

5분 정도 지나자 미간의 주름살이 사라지고 그녀는 이사벨 제인스에게 전화한다. "안녕, 이지. 홀리 기브니예요. 개인 전화로 연락해도 언짢게 생각하지 말아 줘요."

"그럼요. 어머니가 그렇게 되셔서 정말 안타까워요, 홀리."

"어떻게 알았어요?" 이지는 줌 장례식에 참석하지 않았다. 그녀처럼 화면을 끄고 숨어 있었다면 모를까.

"피트한테 들었어요."

"어, 고마워요. 어머니를 보내려니까 힘들었어요. 불필요한 죽음이기도 했고요."

"백신을 안 맞으셨어요?"

"네." 어쩌면 피트가 이지에게 그 얘기도 했을지 몰랐다. 그 둘이 얼마나 긴밀하게 연락을 주고받는지는 몰라도 연락을 주고받는 건 확실하다. 한번 경찰은 영원한 경찰이니까. 빌에게 들은 말이다.

"피트는 어쩌고 있어요?"

"내 마음처럼 금세 좋아지질 않네요."

"속상해라. 어쩐 일로 전화했어요?"

홀리는 퍼넬러피 달의 의뢰로 그 딸의 실종 사건을 맡게 됐다고 밝힌다. 그녀가 소망했던 것처럼 이지는 경찰 수사에 끼어드는 것으로 간주하지 않는다. 오히려 기뻐하며 홀리에게 행운을 빈다.

"달 부인은 보니가 다른 데로 떠났다고 생각하지 않고 자살의 가능성도 일축해요. 그것도 아주 격하게. 당신이 보기에는 어때요?"

"우리 둘끼리 하는 얘기죠? 어디 공개할 거 아니고."

"당연하죠!"

"농담이에요, 홀리. 가끔 당신이 얼마나 융통성 없는 성격인지 깜빡 할 때가 있다니까요? 나는 그 아가씨가 보지 못한 풍경과 새로운 환경을 찾아 충동적으로 떠났을 수도 있고…… 납치당했을 수도 있다고 생각해요. 누가 내 반려묘 머리에 총을 들이대고 둘 중 하나를 선택하라고 하면 납치 쪽을 선택하겠어요. 성폭행, 살인, 시신 유기가 이어졌을 수도 있다고요."

"으웩."

"맞아요, 으웩이죠. 내가 알맞은 사람들에게 알리고 주 경찰에도 신고했어요."

"알맞은 사람들 중에 FBI도 포함되나요?"

"신시내티 SAC에 연락했어요. 그쪽에서는 좀 더 큰 물고기를 잡느라 수사할 일이 없겠지만 그래도 데이터베이스에 기록은 남을 테니까요. 거기서 수사 중인 사안이 달 부인의 딸과 연결되면 그쪽에서 알 테고요. 여기 이 도시가 얼마나 대환장 파티인지 알잖아요. 코로나만으로도 정신없는데, 말릭 더튼 사건까지 벌어졌으니. 조금 진정돼서 지난 2, 3주 동안은 가게 유리창을 부수거나 차에 불을 지른 사람이 없지만 그래도 아직…… 반향이 남았어요."

"안타까운 사건이었어요." 안타까운 사건, 그 이상이었지만 더튼은 민감한 주제이자 오래된 얘기다. 흑인 청년, 고장 난 미등, 차량 검문. 경찰이 다가가며 운전대에 손을 올려놓으라고 하는데 휴대전화를 집으려고 손을 내민 더튼.

"*바보 같은* 사건이었죠. *어처구니없는* 사건이었고요." 이지는 마치 이를 악물고 말을 하는 것 같다. "내가 이렇게 말하는 거 들은 적 없죠?"

"네, 없어요."

"총질하기 좋아하는 그 등신은 대배심에서 무죄 판결을 받았어요.

내가 '등신'이란 단어 쓰는 것도 들어 본 적 없죠? 그래도 옷은 벗었어요. 옷을 벗은 사람이 그 한 명도 아니에요. 코로나가 터지고 로타운에서 그 사건이 벌어질 때까지 인력이 25퍼센트 감축됐거든요. 정부에서 공무원은 반드시 마스크를 착용하고 백신을 맞아야 한다고 하면 그 숫자가 더 커질 거예요. 안 그래도 빈약한 경찰이 그 어느 때보다 더 빈약해지고 있어요."

홀리는 공감하는 것처럼 들릴 만한 소리를 낸다. 실제로 공감을 하긴 하지만 어느 정도까지다. 대배심에서는 뭐라고 판결을 내렸을지 몰라도 그건 부도덕한 총격, 변명의 여지가 없는 총격이었다. 마약 과다 복용자에게 낼럭손을 투여할 때는 당연히 장갑을 끼는 걸로 아는 경찰이 코로나 백신 접종은 반대하는 이유를 그녀는 절대 이해하지 못할 것이다. 물론 모두가 접종을 거부하는 건 아니지만 그 숫자가 제법 된다. 아무튼 이런 식의 불평은 익숙하다. 이지 제인스는 기본적으로 심하게 투덜대는 성격이다.

"저기 홀리, 달 부인이 우리가 자기를 실망시켰다고 생각하는 거 알아요. 어쩌면 그게 사실일지 몰라요. 아마 사실일 거예요. 하지만 동네 사람들이 말하길 그 둘은 노상 티격태격했다 하고, 이 도시의 인프라는 거의 바닥을 파고 들어가는 수준이에요. 코로나 때문에 감옥도 비우고 있는 거 알아요? 재소자들을 다시 밖으로 내보내는 거? 가끔은 빌이 이 꼴 저 꼴 안 보고 눈을 감은 게 차라리 다행이다 싶을 때도 있어요."

나는 아닌데. 나는 그 사람이 살아서 이 꼴 저 꼴 다 보고 있으면 좋겠는데. 빌을 보내면서 생긴, 아직 아물지 않은 상처 위로 어머니의 죽음으로 인한 상처가 덧입혀졌다.

이지는 한숨을 쉰다. "아무튼 당신이 부인을 떠맡아 줘서 다행이에요. 개인적으로는 안타깝게 생각하지만 안 그래도 충분히 머리가 지끈거리거든요. 내가 도울 일이 있으면 알려 줘요."

"그럴게요."

홀리는 전화를 끊고 다시 천장을 올려다본다. 페니가 딸 사진을 보냈는지 알아보려고 휴대전화를 체크한다. 아직 보내지 않았다. 그녀는 무릎을 꿇고 앉는다.

"하느님, 페니 달과 그 딸을 위해 최선을 다할 수 있게 도와주세요. 그 아가씨가 납치됐다면 아직 살아 있길, 당신의 뜻에 따라 그녀를 찾을 수 있길 바라요. 저는 렉사프로*를 먹고 있어서 좋아요. 다시 담배를 피우기 시작한 건 나쁘고요." 성 아우구스티누스의 기도문이 떠오르자 깍지 낀 손에 대고 미소를 짓는다. "끊을 수 있게 도와주세요, 하지만…… 오늘은 말고요."

그녀는 기도까지 완료하고 코로나 서랍을 연다. 살균 티슈 상자 옆에 마스크 상자가 있다. 거기서 마스크를 하나 꺼내 들고 보니 레이 달 실종 사건 수사를 시작하러 나선다.

20분 뒤 홀리는 차를 몰고 레드뱅크로를 따라 천천히 달리고 있다. 디어필드 공원 바로 직전에 있는 데리 힙을 지난다. 차가 거의 없는 주차장에서 아이들이 스케이트보드를 타고 있다. 월과 년 단위로 결제한다는 존 보이스 임대 창고도 지난다. 스프레이 페인트로 해시태그들이 적힌 폐점한 엑손 주유소도 지난다. 역시 문을 닫아서 전면 유리창에 널빤지를 댄 퀵픽 편의점도 있다.

---

* 우울증, 불안장애 치료제.

그녀는 잡초로 덮인 공터를 지나 보니의 자전거가 발견된 카센터에 도착한다. 지붕은 내려앉고 외장재로 쓰인 파형 강판에는 녹이 슨 길쭉한 건물이다. 건물 앞쪽의 시멘트 주차장에는 잡초가 돋아났고 심지어 갈라진 틈새로 해바라기 몇 송이가 고개를 내밀었다. 홀리의 눈에는 매입은커녕 살릴 가치도 없어 보이는 건물인데, 마빈 브라운의 생각은 다른지 전면에 **거래 중**이라고 적힌 팻말이 걸려 있다. 그 팻말에 달덩이 같은 얼굴로 웃는 남자의 사진이 같이 붙어 있는데, '당신의 부동산 전문가 조지 래퍼티'라고 한다. 홀리는 셔터 앞에 차를 대고 중개업자의 이름과 연락처를 적는다.

그녀는 자동차 콘솔에 니트릴 장갑을 한 상자 넣고 다닌다. 바버라 로빈슨이 생일 선물로 특별 주문한 장갑인데, 웃는 얼굴, 찡그린 얼굴, 키스를 날리는 얼굴, 짜증 내는 얼굴 등 다양한 이모티콘이 그려져 있다. 아주 재미있다. 홀리는 장갑을 끼고 그 조그만 차의 뒤편으로 돌아가 트렁크를 연다. 공구함 위에 깔끔하게 개킨 우비가 있다. 날이 화창하고 더워서 우비는 필요 없겠지만 빨간 고무장화는 신고 싶다. 이런 실외에서 코로나를 걱정하는 게 아니라 방치된 카센터 양옆이 덤불이고 그녀는 옻나무 알레르기가 아주 심하다. 게다가 뱀이 있을 수도 있다. 홀리는 뱀이라면 질색이다. 비늘도 싫지만 그 반짝이는 까만 눈은 더 끔찍하다. *우웩.*

그녀는 잠깐 걸음을 멈추고 길 건너편의 디어필드 공원을 주시한다. 이 공원은 조경사의 꿈과 같은 곳이지만 레드뱅크로와 맞닿은 이쪽은 나무와 덤불이 무성해지도록 방치해 철제 울타리를 뚫고 나온 녹색 풀이 인도를 침범하고 있다. 그녀는 한 가지 흥미로운 지점을 발견한다. 거의 협곡에 가까운 울퉁불퉁한 V자 틈새 꼭대기에 널찍한 바위가 얹혀 있다. 길 건너편에서도 심하게 해시태그가 적힌 게 보일 정도니 아이들이 모여서 아마도 마리화나를 피우고 그러는 곳인가 보다. 그 바위에 올라가면 카센터를 비롯해 이 도로의 이쪽 면이 잘 보이겠다는 생각이 든다. 보니가 자전거를 두고 사라진 날 밤에 거기 있었던 아이가 있었는지 궁금해지자 데리 휩 주차장에서 빈둥거리던 아이들이 생각난다.

그녀는 장화를 신고 바짓단을 안에 넣고 건물 전면을 따라 세 개의 셔터와 사무실을 지난다. 뭐라도 찾을 수 있을 거라고 기대하는 건 아니지만 희한한 일들도 벌어진 적이 있다. 모퉁이에 다다르자 그녀는 몸을 돌려서 고개를 숙이고 천천히 되짚어 온다. 아무것도 없다.

이제 힘든 부분이 남았네. 개떡 같은 부분.

그녀는 고개를 숙이고 덤불을 헤쳐 가며 건물의 남쪽을 따라 천천히 걷기 시작한다. 담배꽁초, 빈 티파릴로 담뱃갑, 녹슨 화이트 클로 알코올 탄산음료 캔, 오래돼 보이는 운동용 양말이 있다. 뒤편을 걸을 때는 속도를 높인다. 누가 기름을 버려 놓은 데다(아주 큰일 날 짓이다.) 덤불이 듬성듬성하기 때문이다. 뭔지 모를 하얀 것이 보이길래 달려들지만 알고 보니 금이 간 스파크플러그다.

홀리는 가장 먼 쪽 모퉁이를 돌아 다시 덤불 사이를 헤치기 시작한다. 불그스레한 이파리가 수상하게 번들거리는 덤불이 있어서 장갑을 끼길 잘했다는 생각이 든다. 자전거 헬멧은 없다. 가게 뒤편의 철책 너머로 내던져졌을 수도 있지만 거기도 공터라 그랬다면 보일 것이다.

건물의 앞쪽 모퉁이를 돌아 나오려는데, 수상하게 번들거리는 그 이파리 사이 깊숙한 데서 뭔가가 반짝거린다. 홀리는 맨살에 닿지 않게 신경 쓰며 이파리를 헤치고 클립식 귀걸이 한 짝을 집는다. 금색 삼각형이다. 분명 진짜 금은 아니고 T. J. 맥스나 아이싱 패션에서 충동 구매한 것이겠지만 홀리는 솟구치는 흥분으로 가슴이 뜨거워지는 것을 느낀다. 그녀는 이 일을 하는 이유를 모르겠는 날도 있고 정확히 알 것 같은 날도 있다. 오늘은 후자다. 사진을 찍어서 페니 달에게 보내 물어봐야겠지만 보니 레이의 귀걸이라는 확신이 있다. 클립식 귀걸이가 원래 그렇듯 그냥 떨어졌을 수도 있지만 저항하는 와중에 잡아 뜯겼을 수도 있다.

그리고 자전거. 가게 뒤편이나 옆이 아니라 앞에 있었단 말이지. 확인해 봐야겠지만 브라운과 부동산 중개업자가 방금 나처럼 덤불을 헤치며 걸어 다니지는 않았을 거야. 홀리가 생각하기에 앞뒤가 맞아떨어지는 시나리오는 하나뿐이다.

그녀는 뾰족한 모서리가 손바닥에 박히도록 귀걸이를 꽉 쥐고 포상 차원에서 담배를 한 대 피우기로 한다. 이모티콘 무늬 니트릴 장갑을 벗어서 조수석 발밑에 넣는다. 그런 다음 길을 걸어가던 사람에게 보이지 않길 바라며 조수석 쪽 앞 타이어에 몸을 기대고 불을 붙인다. 담배를 피우며 빈 건물을 주시한다.

담배를 다 피우자 콘크리트에 비벼 끄고 휴대용 재떨이 삼아 핸드백에 들고 다니는 기침 사탕 틴케이스에 넣는다. 휴대전화를 확인한다. 페니가 딸 사진을 보냈다. 모두 열여섯 장이고 자전거를 탄 사진도 있다. 그 사진에 가장 관심이 가지만 다른 사진도 훑어본다. 보니가 헤어졌다는 톰 히긴스인가 싶은 젊은 남자와 이마를 맞대고 웃는 사진도 있다. 옆모습이 찍혔다. 홀리는 보니의 옆얼굴만 보일 때까지 손가락을 벌려 사진을 확대한다.

아니나 다를까, 귓불에 달린 금색 삼각형이 반짝거린다.

홀리는 낯선 사람들과 대화를 나누는 데 생각보다 소질이 있고 심지어 심문도 잘하지만, 데리 휩 앞에서 웃으며 쓰레기 같은 말을 늘어놓고 있는 남학생들에게 다가가는 상상만 해도 불쾌한 기억이 떠오른다. 곧이곧대로 말하자면 *트라우마*가 떠오른다. 그녀는 고등학생 시절에 그런 남자애들에게 무자비하게 놀림과 조롱을 당했다. 여자애들도 나름의 극악무도한 측면이 있기는 했지만 그 시절 최악이었던 건 마이크 스터드번트였다. 마이크 스터드번트는 옹알옹알 *횡설수설*한다고 홀리를 '옹알옹알이'라고 부르기 시작한 원흉이었다. 어머니는 전학을 허락했지만(*아이고, 홀리야, 어쩌겠니.*) 홀리는 중등 교육이라는 악몽 같은 시간을 마치는 동안 '옹알옹알 기브니'라는 별명이 악취처럼 따라다닐까 봐 두려움에 떨며 지내야 했다.

남학생들에게 말을 걸었다가 옹알옹알 횡설수설하게 되면 어쩐다?

그녀는 생각한다. *안 그럴 거야. 그건 옛날 얘기니까.*

하지만 그게 사실이라 한들(그녀도 알다시피 100퍼센트 사실은 아니다.) 그 아이들은 자기들과 나이 차가 별로 나지 않는 젊은 남자를 좀 더 편하게 생각할지 모른다. 홀리는 이게 맞는 말일지 몰라도 자기 합리화이기도 하다는 걸 모를 정도로 자각이 없지는 않다. 그럼에도 그녀는 제롬 로빈슨에게 연락한다. 적어도 일에 방해가 되지는 않을 것이다. 제롬은 정오 즈음이면 항상 한숨 돌리는데, 이제 정오가 거의 다 됐다. 10시 50분이면 그런 거 아닌가?

"홀리베리!"

"그렇게 부르지 말라고 내가 몇 번을 얘기했니?"

"다시는 그렇게 부르지 않을게요. 엄숙히 약속해요."

"뻥치시네." 그 말에 제롬이 웃음을 터뜨리자 홀리는 미소를 짓는다. "일하는 중이지? 그렇지?"

"전화 몇 군데 돌릴 때까지 완전 중단 상태예요. 자료가 필요해서. 내가 뭐 도울 일 있어요? 제발 있다고 해 주세요. 바바라가 복도에서 계속 달그락거리며 죄책감을 유발하고 있거든요."

"한여름에 뭐 하느라 달그락거려?"

"모르겠어요. 물어보면 짜증만 내요. 사실 작년 겨울부터 그러고 있어요. 뭐 하는지는 모르겠지만 그 일을 하느라 누구랑 계속 만나는 것 같아요. 전에 한번 남자냐고 물어본 적 있었는데, 정신 차리라면서 여자라 그러더라고요. 나이 많은 여자분이라고. 무슨 일이에요?"

홀리는 근황을 밝히고, 데리 휩 앞에서 스케이트보드를 타는 남학생들에게 몇 가지 물어보고 싶은 게 있는데 스타트를 끊어 줄 수 있느냐고 제롬에게 묻는다. 아이들이 아직 거기 있을지 그게 관건이지만.

"15분 안으로 갈게요."

"진짜?"

"그럼요. 그리고 홀리…… 어머니 일, 정말 안타까워요. 대단하신 분이었는데."

"그렇게 표현할 수도 있겠지." 홀리는 타이어에 기대고 한심한 빨간색 고무장화를 쩍 벌리고서 발에 땀을 흘려 가며 뜨거운 콘크리트 위에 주저앉아 눈물을 흘릴 준비를 하고 있다. *또다시.* 어처구니없다. 정말 어처구니없다.

"추도사 멋있었어요."

"고마워, 제롬. 근데 너 진짜로……"

"그건 아까 물어봤고 내가 진짜라고 대답했잖아요. 레드뱅크로, 덤불밭 건너편, 앞에 부동산 중개업소 팻말이 걸린 건물. 15분 안으로 갈게요."

그녀는 조그만 숄더백에 휴대전화를 넣고 방금 흘린 눈물을 닦는다. 왜 이렇게 가슴이 아픈 걸까? 어머니를 좋아하지도 않았고 그렇게 어이없는 죽음을 맞이했다는 데 화가 나는데 왜 이러는 걸까? J. 가일스 밴드가 사랑은 구린 거라고 한 게 이런 뜻이었을까? 시간이 있으니(그리고 안테나도 다섯 칸이니) 휴대전화로 검색해 본다. 그러다 탐험에 나서 보기로 마음먹는다.

그 큼지막한 바위와 가장 가까이 있는 디어필드 공원의 아치형 입구에는 양옆에 팻말이 달려 있다. 각각 이렇게 적혀 있다. **반려동물의 배설물을 처리해 주세요**와 **공원을 존중합시다! 쓰레기를 버리지 맙시다!** 홀리는 왼쪽으로 시선을 고정하고 머리 위로 뻗은 나뭇가지를 옆으로 치워 가며 그늘이 진 오르막길을 천천히 걷는다. 꼭대기에 거의 다다르자 덤불 속으로 이어지는 잘 다져진 오솔길이 보인다. 그 길을 따라가자 마침내 큼지막한 바위가 나온다. 주변이 온통 담배꽁초와 맥주 캔투성이다. 깨진 와인 병인가 싶은 유리 조각도 천지다. *쓰레기를 버리지 말자더니 개뿔*. 홀리는 생각한다.

그녀는 햇볕에 데워진 바위 위에 앉는다. 짐작했던 대로 레드뱅크로가 훤히 보인다. 문을 닫은 주유소, 문을 닫은 편의점, 유 스토어 잇 임대 창고, 그 너머로 제트마트 그리고 우리의 주인공이자 이제는 마빈 브라운에게 넘어간 듯한 카센터. 다른 것도 보인다. 자동차 극장의 직사각형 화면이다. 홀리는 해가 진 뒤에 여기 앉으면 영화를 공짜로 볼 수 있겠다는 생각을 한다. 소리는 안 들리겠지만.

거기 앉아 있을 때 제롬이 검은색 중고 머스탱을 그녀의 프리우스 옆에 댄다. 내려서 좌우를 두리번거린다. 홀리는 바위 위에서 일어나 손나팔을 하고 외친다. *"제롬! 나 여기 있어!"*

그는 그녀를 찾고 손을 흔든다.

"지금 내려갈게!"

홀리는 서둘러 내려간다. 제롬이 출입문 앞에서 기다리고 있다가 그녀를 와락 끌어안는다. 그녀가 보기에는 전보다 키도 키고 인물도 훤해진 것 같다.

"아까 서 계셨던 거기가 극장 바위예요. 유명해요, 적어도 이 일대에서는. 제가 고등학교 다녔을 때 애들이 금요일, 토요일 밤에 거기 올라가서 맥주 마시고 마리화나 피우면서 매직 시티 극장에서 상영되는 영화를 보고 그랬어요."

홀리는 못마땅한 투로 말한다. "사방에 널린 쓰레기를 보니 아직도 그러고들 있나 봐. 주중에는 어떻게 했는데?" 보니가 사라진 요일이 목요일이었다.

"주중에도 영화가 상영되는지 모르겠어요. 확인해 봐야겠지만 실내 영화관은 코로나 사태 이후로 주말에만 영업을 하니까요."

이제 생각해 보니 문제가 하나 더 있다. 보니가 탄산음료를 들고 제트마트에서 나온 시각이 8시 7분이었고, 자전거가 발견된 카센터까지는 기껏해야 몇 분 거리다. 7월 1일에는 적어도 밤 9시는 되어야 자동차 극장에서 영화를 상영할 수 있을 만큼 어두워졌을 텐데, 아이들이 아무것도 없는 스크린을 보러 극장 바위에 모일 이유가 없지 않을까?

"실망한 표정이네요."

"사소한 문제가 생겨서. 가서 그 남자애들 만나 보자. 아직 그 가게 앞에 있으면 말이야."

스케이트보드를 타던 아이들이 대부분 가고 없지만, 골수 네 명이 데리 휩 주차장 저쪽 끝의 피크닉 테이블에 앉아서 햄버거와 프렌치 프라이를 먹고 있다. 홀리는 뒤에 남으려고 하지만 제롬이 용납하지 않는다. 팔꿈치를 잡고 끌고 간다.

"네가 스타트를 끊어 달라니까!"

"기꺼이 돕겠지만 스타트는 직접 끊으세요. 그래야 좋아요. 아이들에게 신분증을 보여 주세요."

아이들이 그들을 쳐다보고 있다. 홀리가 짐작하기로는 평균 나이가 열두 살 내지 열네 살쯤 되어 보이는데, 의심스러워하기보다 그냥 정체를 궁금해하는 눈빛이다. 이 그룹에서 익살을 담당하고 있는 아이는 양쪽 콧구멍에 프렌치프라이를 꽂고 있다.

홀리는 인사를 건넨다. "안녕. 내 이름은 홀리 기브니고 사설탐정이야."

"진짜예요 아니면 뻥이에요?" 한 아이가 제롬을 쳐다보며 묻는다.

"진짜야, 무섭지?" 제롬은 말한다.

홀리는 핸드백을 뒤지다 하마터면 휴대용 재떨이를 쳐서 땅에 떨어뜨릴 뻔하지만 라미네이트 코팅이 된 사설탐정 신분증을 꺼내 보여 준다. 아이들은 일제히 몸을 앞으로 숙이고 그녀의 끔찍한 사진을 들여다본다. 익살을 담당하고 있는 아이가 콧구멍에 꽂아 둔 프렌치프라이를 꺼내더니 경악스럽게도(*우웩!*) 입에 넣는다.

이 그룹의 대변인은 황록색 스케이트보드를 피크닉 테이블 벤치에 기대어 세워 놓은, 주근깨투성이 빨간 머리다. "그래요, 알겠어요. 하지만 우리는 고자질 같은 거 안 해요."

"고자질은 꼬질한 인간들이나 하는 짓이죠." 익살꾼이 맞장구친다. 어깨까지 내려오는 까만 머리는 감아야 하는 때가 2주는 지났다.

"고자질은 고자들이나 하는 거죠." 안경을 쓰고 높은 상고머리 스타일을 한 아이가 말한다.

"고자질했다가는 고자 돼요." 네 번째 아이가 말한다. 이 아이는 여드름이 재앙 수준이다.

아이들은 이런 돌림노래를 마친 뒤 홀리를 보며 대응을 기다린다. 홀리는 두려움이 사라진 걸 느끼고 안도의 한숨을 내쉰다. 이 아이들은 이제 막 중학교를 졸업한(아니면 아직 다니고 있을지도 모르는) 꼬맹이들이고 힙합 비디오에서 배운 한심한 라임을 흥얼거릴지언정 못된 구석은 없다.

제롬이 리더에게 말한다. "보드 멋지네. 베이커야? 아니면 토니 호크?"

리더인 아이는 씩 웃는다. "내가 그렇게 돈이 많아 보여요? 그냥 메트롤러예요. 하지만 나한테는 충분해요." 그는 홀리에게로 관심을 돌린다. "사설탐정이면 베로니카 마스 같은 거예요?"

"베로니카처럼 파란만장한 모험을 펼치지는 않아." 홀리는 이렇게 말하지만…… 사실 기억에 남을 만한 모험담이 몇 개 있긴 하다. "그리고 너희한테 고자질을 들으려는 게 아니라 실종된 여자를 찾고 있거든. 그 여자가 타던 자전거가 여기서 저쪽으로 400미터쯤 가면 나오는……" 그녀는 손가락으로 가리켜 보인다. "……주인 없는 건물 앞에서 발견됐어. 예전에 카센터였던 데서. 혹시 이 여자나 자전거 본 적 있는 사람?"

그녀는 자전거를 타고 있는 보니 사진을 띄운다. 아이들은 휴대전화를 서로 돌려본다.

"한두 번 본 적 있는 것 같아요." 긴 머리가 말하자 옆에 앉아 있던 친구도 고개를 끄덕인다. "자전거 타고 레드뱅크로를 쌩하니 지나가던 거요. 하지만 요즘은 못 봤어요."

"헬멧을 쓰고 다녔어?"

긴 머리가 대답한다. "당연하죠. 그게 법이잖아요. 안 썼다가 딱지 끊길 수도 있어요."

"마지막으로 본 게 언제쯤이었어?" 제롬이 묻는다.

긴 머리와 친구는 곰곰이 생각한다. 친구가 말한다. "이번 여름은 아니고 아마도 봄이요."

제롬이 묻는다. "확실해?"

긴 머리가 말한다. "확실해요. 예쁘게 생겼거든요. 예쁜 여자는 알아봐 줘야죠. 그것도 법이에요."

아이들은 일제히 웃음을 터뜨리고 제롬도 마찬가지다.

리더가 말한다. "그 여자가 제 발로 떠났다고 생각해요 아니면 누구한테 끌려갔다고 생각해요?"

"우리도 모르겠어." 홀리는 손가락을 슬그머니 바지 주머니 바깥쪽으로 가져가 삼각형 모양의 귀걸이를 건드린다.

안경 쓴 상고머리 아이가 말한다. "왜 이러세요. 솔직해지자고요. 그 여자가 예쁘긴 하지만 미성년자는 아니잖아요. 그냥 제 발로 떠난 거면 이렇게 찾으러 다닐 일이 없겠죠."

"어머니가 엄청 걱정하고 계시거든." 홀리는 말한다.

그건 아이들도 이해한다.

"고맙다." 제롬이 말한다.

"그래, 고맙다." 홀리가 말한다.

두 사람은 몸을 돌리려고 하지만 빨간 머리 주근깨, 즉 무리의 대장이 그들을 붙잡는다. "어느 집 엄마가 그렇게 걱정하는지 알아요? 스팅키네 엄마요. 반쯤 정신이 나갔는데 경찰에서는 아무것도 하지 않아요. 그 아줌마가 주정뱅이라."

홀리는 고개를 돌린다. "스팅키가 누군데?"

2018년 11월 27일

호숫가에 자리 잡은 이 도시의 겨울은 춥고 눈이 많이 내리지만 오늘 저녁은 어이없게도 기온이 18도다. 레드뱅크로의 물개 가죽처럼 번들거리는 노면에서 열은 안개가 피어오른다. 가로등 불빛이 지상에서 30미터도 안 되는 지점을 빽빽이 덮은 구름을 비춘다.

6시 45분에 피터 '스팅키' 스타인먼은 앨러미다 보드를 어쩌다 한 번씩 느긋하게 밀어 가며 아무도 없는 인도를 달린다. 데리 휩에 가는 길이다. 불을 밝힌 초대형 소프트 아이스크림콘이 저 앞에 등장한다. 그는 안개로 덮여 헤일로 같은 그것만 쳐다보느라 주인 없는 엑손 주유소의 사무실과 전에 주유기가 있었던 자리 사이에 주차된 밴을 보지 못한다.

옛날 옛적, 아주 오래전에(사실 3년 전이지만 열한 살짜리에게는 옛날 옛적으로 느껴질 만한 시간이다.) 스타인먼은 친구들 사이에서 스팅키가 아니라 피트라고 불렸다. 지능은 보통이지만 엄청난 상상력을 타고 난 아이였다. 옛날 옛적의 그날에 그는 닐 암스트롱 초등학교로 걸어가며(그 학교 3학년이고 담임은 스타크 선생님이었다.) 자기가 빈 창고에서 적들과 쿵푸로 대전하는 성룡인 척했다. 이미 열댓 명을 때려눕혔지만 적들이 그를 향해 계속 달려들고 있었다. ("하!", "헛!", "이얍!" 기합을 외쳐 가며) 상황극에 심취하느라 어마어마하게 커다란 그레이트데인이 인도에 싸 놓은 어마어마한 똥 무더기를 그대로 밟고 지나가는 바람에 고약한 냄새를 풍기며 닐 암스트롱 초등학교에 입성했다. 스타크 선생님이 운동화를 벗어서(그중 한 짝은 컨버스 로고가 있는 부분까지 똥이 묻었다.) 복도에 두었다가 집에 갈 때 다시 신으라고 했다. 어머니는 운동화에 호스로 물을 뿌려 헹구어 내게 하고 세탁기에 던져 넣었다. 운동화는 새것처럼 깨끗해졌지만 이미 엎질러진 물이었다. 그날을 기점으로 피트 스타인먼은 스팅키 스타인먼이 되었다.*

오늘 저녁에는 주차장에서 스케이트보드로 알리와 킥플립 동작을 연습하는 친구를 만날 수 있으면 했는데, 두 명이 있다. (프렌치프라이를 코나 귀에 꽂는 습관이 있는) 리치 글렌먼과 (빨간 머리에 주근깨가 많고 그들 그룹의 공인 리더인) 토미 에디슨이다. 아무도 없는 것보다 둘이라도 있는 편이 낫지만, 두 친구는 돈이 없는 데다 날도 저물어서 집으로 가려던 참이다.

"야, 좀만 더 있다가 가." 스팅키는 말한다.

리치가 말한다. "안 돼. 「WWE 스맥다운」 할 시간이야. 그 어마무시한 방송을 놓치면 되냐."

토미는 침울한 표정으로 말한다. "숙제해야 해. 독후감도 있고."

* stinky가 '냄새난다'는 뜻의 단어이다.

둘은 스케이트보드를 겨드랑이춤에 끼고 간다. 스팅키는 두어 번 달리고 킥플립 동작을 시도해 보다가 보드에서 떨어진다.(리치와 토미가 없어서 다행이다.) 팔꿈치가 까진 걸 보고 집에 가기로 한다. 어머니가 2층에 있다면 장부 정리인지 뭔지를 하는 동안 혼자 1층에서 볼륨을 낮추어 놓고 「WWE 스맥다운」을 보면 된다. 어머니는 나쁜 습관을 고친 뒤로 열심히 일하고 있다.

데리 휩이 아직 영업 중이라 치즈버거를 먹고 싶지만 수중에 50센트밖에 없다. 게다가 근무 중인 직원이 '마녀 완다'다. 외상으로 달아 놓겠다고 하거나 팁을 넣는 병에서 1달러 50센트만 달라고 하면 그녀는 그의 면전에 대고 폭소를 터뜨릴 것이다.

다시 레드뱅크로로 나온 스팅키는 주차장 전면의 조명이 비추는 부연 빛의 동그라미에서 벗어나자(즉, 완다가 그를 보고 웃을 수 있는 데서 벗어나자) 적을 해치우기 시작한다. 이제 좀 더 나이를 먹었으니 오늘 저녁에는 존 윅이 되어 본다. 한쪽 겨드랑이에 스케이트보드를 끼우고 한 손으로만 썰고 베려니 적을 쓰러뜨리기가 더 힘들지만 워낙 출중한 능력이 있으니, *초자연적인* 능력이 있으니……

"젊은이?"

그가 상상에서 번쩍 깨어나 보니 주차장 가장자리에 설치된 방범등과 딱 하나뿐인 데리 휩의 CCTV 카메라도 비추지 않는 곳에 노인이 서 있다. 그 옛날 흑백 첩보 영화 속 주인공처럼 챙이 넓은 멋진 모자를 쓰고 지팡이를 짚었다.

"나 때문에 놀랐나? 미안하구먼. 그런데 도움이 필요해서. 내 아내가 휠체어 신세를 지고 있는데 배터리가 죽었지 뭔가. 진입판이 설치된 장애인용 밴을 타고 왔는데 나 혼자 휠체어를 밀 수가 있어야 말이지. 혹시 도와줄 수 있으면……."

스팅키는 현재 완벽한 영웅 모드였으니 도와줄 생각이 차고 넘쳤다. 모르는 사람과는 말을 섞지 말라고 귀에 못이 박이도록 들었지만 이 영감님은 장애인용 진입판 위로 휠체어를 밀기는커녕 도미노도 쓰러뜨리지 못하게 생겼다. “차가 어디 있는데요?”

노인은 대각선으로 길 건너편을 가리킨다. 안개 때문에 스팅키가 서 있는 곳에서는 엑손 주유소에 주차된 밴의 형체만 보인다. 그 옆의 휠체어에 사람이 앉아 있다.

휠체어에서 오도 가도 못 하게 된 역할을 부부가 돌아가며 맡았기에 이번은 로드니의 차례였지만, 그 크래슬로라는 빌어먹을 고집불통 덕분에 에밀리의 좌골신경통이 워낙 심해져서 실제로 휠체어가 *필요한* 신세다

“진입판 위로 휠체어를 밀어서 밴에 실어 주면 10달러를 주마.”

스팅키는 먹고 싶었던 햄버거를 생각한다. 10달러면 거기에 프렌치프라이와 초콜릿 셰이크를 추가하고도 돈이 남는다. 그것도 많이. 하지만 성룡이라면 선행을 베풀고 돈을 받을까?

“아니에요, 그냥 도와 드릴게요.”

“고맙기도 하지.”

그들은 안개 낀 저녁 속으로 함께 걸어간다. 영감님은 지팡이에 몸을 기대고서 그와 함께 길을 건넌다. 주유소 앞 인도에 다다르자 휠체어에 앉은 할머니가 스팅키를 보고 힘없이 손을 흔든다. 그는 마주 손을 흔들고 한 손을 코트 주머니에 넣고 있는 영감님을 돌아본다.

“좋은 생각이 났는데요.”

“뭔데?”

“휠체어를 밀어 드리고 3달러를 받을 수 있을까요? 데리 휩으로 다시 가서 버거 로열 사 먹게요.”

"배가 고프구나?"

"배는 늘 고파요."

영감님은 웃으며 스팅키의 어깨를 토닥인다. "이해한다. 허기는 달래 주어야지."

2021년 7월 23일(3)

"그날 저녁에 네 친구가 사라진 게 확실해?" 홀리가 묻는다. 아이들은 피크닉 구역의 풀밭 위에 철퍼덕 주저앉아서 제롬이 사 준 밀크셰이크를 게걸스럽게 먹고 있다.

이름이 토미 에디슨인 빨간 머리가 말한다. "확실해요. 걔네 엄마가 우리 엄마한테 전화해서 스팅키가 우리 집에 있느냐고 물었고 다음 날 걔가 결석했거든요."

"아니야." 리치 글렌먼이 말한다. 이 아이는 프렌치프라이를 코에 쑤셔 넣는 혐오스러운 습관이 있는 익살꾼이다. 홀리는 아이들 이름을 전부 적어 놓았다. "그건 나중이었어. 1주나 2주 뒤. 내가 알기로는."

"나는 걔가 가출해서 플로리다에 사는 삼촌네 집으로 갔다고 들었는데." 높은 상고머리 아이가 말한다. 이 아이는 앤디 비커스다. "걔네 엄마가……" 그는 병을 입에 대고 꿀꺽꿀꺽 마시는 흉내를 낸다. "음주운전으로 한 번 체포된 적이 있거든."

여드름이 난 아이가 고개를 젓는다. 이름은 로니 스위드로스키고 표정이 근엄하다. "걔는 가출하지도 플로리다에 가지도 않았어. 납치당했지." 그러면서 목소리를 낮춘다. "범인이 슬렌더맨*이라고 하던데."

그 말을 듣고 다른 아이들이 웃음을 터뜨린다. 리치 글렌먼이 그의 어깨를 한 대 때린다. "바보야, 슬렌더맨이 어디 있냐? 공원의 마녀 비슷한 도시전설이야."

"악! 너 때문에 셰이크 쏟아졌잖아!"

홀리는 개중 가장 똑똑해 보이는 토미 에디슨에게 묻는다. "네가 마지막으로 만난 날 네 친구 피터가 실종됐다고 생각하니?"

"2년도 더 된 일이라 확실하지는 않지만 아마도요. 아까 말씀드렸던 것처럼 다음 날 결석했거든요."

로니 스위드로스키가 말한다. "땡땡이친 거지. 스팅키는 밥 먹듯이 학교를 빼먹었잖아. 어머니가……"

"아냐, 나중이라니까. 내가 그 후에 공원에서 걔랑 동전 따먹기를 해서 알아. 놀이터에서 말이야." 리치 글렌먼이 고집을 부린다.

그들은 이런 식으로 티격태격하고, 스위드로스키는 예전에 어느 대학 교수도 납치당했다는 소문을 들었다며 슬렌더맨이 존재한다는 논리적이고 이치에 맞는 근거를 제시하지만 홀리는 더 이상 귀를 기울이지 않는다. 피터 '스팅키' 스타인먼 실종 사건은(진짜로 실종된 게 맞는지 모르겠지만) 보니 달 실종 사건과 거의 아무 연관이 없지만, 그래도 좀 더 알아보기로 한다. 데리 휩과 카센터 간의 거리가 800미터밖에 안 된다는 사실 하나만으로도 그럴 만한 가치가 있다. 보니가 마

---

* 미국의 도시전설에 등장하는 괴생물체.

지막으로 목격됐다는 제트마트와도 상당히 가깝다.

제롬이 흘끗 쳐다보자 홀리는 고개를 끄덕인다. 이제 그만 정리하자는 뜻이다.

"그럼 남은 하루 잘 보내길 바랄게." 제롬이 말한다.

"두 분도요." 토미 에디슨이 말한다.

익살꾼이 케첩이 묻은 손가락으로 그들을 가리키며 외친다. "베로니카 마스와 존 샤프트!"

그들은 다 같이 웃음을 터뜨린다.

홀리는 주차장을 반쯤 걷다 말고 다시 돌아간다. "토미, 너랑 리치가 그 친구를 여기서 만났다고 한 날 저녁에 걔가 스케이트보드를 들고 있었지?"

"어디든 들고 다녔죠."

옆에서 리치가 거든다. "그리고 일주일 뒤에 동전 따먹기를 했을 때도 들고 있었어요. 바퀴가 흰 그 허접한 앨러멘다를요."

"왜요?" 토미가 묻는다.

"그냥 궁금해서."

진짜다. 홀리는 모든 것에 호기심이 많다. 그것이 그녀의 수사 방식이다.

차를 세워 놓은 곳을 향해 언덕을 올라가는 길에 홀리는 주머니에서 귀걸이를 꺼내 제롬에게 보여 준다.

"우와! 그 여자 거예요?"

"거의 확실해."

"어째서 경찰은 보지 못했을까요?"

"제대로 찾아보지 않았을 거야."

"흠, 탁월한 탐지 기술을 기리는 뜻에서 셜록 홈즈 상을 드릴게요."

"고맙다, 제롬."

"스팅키 스타인먼을 두고 어느 아이가 한 말을 믿어요? 빨간 머리? 아니면 얼간이?"

홀리는 못마땅한 눈빛으로 그를 본다. "그냥 피터라고 부르면 안 되겠니? 스팅키는 듣기 거북한 별명이잖아."

제롬은 홀리의 과거사를 전부 알지는 못해도(여동생 바바라는 좀 더 많이 안다.) 뜻하지 않게 아픈 데를 건드리면 그랬다는 걸 알아차린다. "피터. 알았어요, 알았어요. 지금부터 피트, 영원히 피트. 그러니까 데리 휩에서 본 게 마지막이었을까요 아니면 그 애가 그로부터 일주일 뒤에 프렌치프라이를 코에 쑤셔 넣는 애랑 동전 따먹기를 했을까요?"

"누가 묻는다면 토미의 말이 맞고 리치가 앞뒤를 헷갈렸을 거라고 하겠어. 2년 반 전의 일이니까. 그 나이 대에 2년 반이면 긴 시간이지."

카센터에 다다르자 제롬이 말한다. "제가 스타인먼에 대해서 살짝 조사를 해 볼게요. 그래도 되죠?"

"네 책은 어쩌고?"

"얘기했잖아요, 자료를 기다리는 중이라고. 편집자가 그래야겠대요. 90년 전쯤의 시카고가 배경이라 조사할 게 어지간히 많아요."

"하기 싫어서 꾸물거리는 거 진짜 아니야?"

제롬은 웃는 얼굴이 어지간히 매력적인데, 지금 그렇게 웃고 있다. "그런 측면도 없지 않지만 없어진 개를 찾는 것보다 없어진 아이들을 찾는 게 훨씬 흥미진진하잖아요." 파인더스 키퍼스에서 제롬이 파트타임으로 하는 일이 없어진 개를 찾는 거다. "달과 스타인먼이 서로 연관이 있다고 생각하는 건 아니죠?"

"연령대도 다르고 성별도 다르고 서로 2년 여의 간격이 있으니 아마도 아니겠지. 하지만 내가 '아마도'를 두고 항상 뭐라고 하니, 제롬?"

"게으른 단어라고요."

"그렇지. 그건……" 그녀는 헉하며 가슴에 손을 얹는다.

"왜 그러세요?"

"마스크를 안 썼어! 쓸 생각조차 못 했어! 걔들도 안 쓰고 있었고!"

"하지만 백신 맞지 않았어요? 2차까지? 저도 2차까지 맞았어요."

"걔들도 맞았을까?"

"아마도 안 맞았겠죠." 제롬은 뒤늦게 웃음을 터뜨린다. "죄송해요. 오래된 습관은 잘 고쳐지지가 않네요."

홀리는 미소를 짓는다. 정말이지 오래된 습관은 잘 고쳐지지가 않는다. 지금 그녀가 담배를 피우고 싶은 이유가 바로 그래서다.

제롬은 그 아이의 부모를 만나 보겠다고 한다. 그러면 스타인먼이 정말로 실종됐는지 아니면 삼촌네 집으로 갔는지 그것이나마 정확히 파악할 수 있을 것이다. 앤디 비커스의 말마따나 스타인먼의 어머니가 주정뱅이라면 위탁 보호 시설에 맡겨졌을 수도 있다. 제롬이 보기에 이 일의 목적은 단순히 스타인먼이 달과 아무 연관이 없음을 밝히는 것이다.

홀리는 그에게 하루당 100달러, 최소 2일의 수임료를 지급하고 여기에 경비를 추가로 지원하겠다고 약속한다. 온라인 검색은 바버라에게 맡길 게 분명하지만 받은 돈을 정확히 반씩 나눌 테니 상관없다.

"이제 뭐 할 거예요?"

"공원을 걸으면서 생각을 좀 할까 해."

"그래요. 그것도 방법이니까."

홀리는 왼쪽으로 급격히 꺾이는 오솔길이 보이자 그 길을 따라간다. 레드뱅크로가 내려다보이는 큼지막한 바위가 나오자 거기 앉아서 담배에 불을 붙인다.

보니 달의 헬멧이 계속 생각난다. 귀걸이는 떨어져서 없어질지 몰라도 헬멧은 그럴 수 없다. 만약 보니가 어머니와 티격태격하는 것도 지겨워져서 이 도시를 떠나자고 충동적으로 마음을 먹었다면, 자전거는 두고 헬멧은 쓰고 간 이유가 뭐였을까? 따지고 보면 제법 비싼 10단 자전거를 훔쳐가 달라고 애원하는 거나 다름없이 두고 간 것도 말이 안 된다. 도난당하지 않은 것도 순전히 운이 좋았기 때문인데…… 그것도 물론 마빈 브라운의 증언이 사실이라는 전제 아래 성립되는 얘기지만 홀리는 사실이라고 제법 확신할 수 있다.

달이 납치됐다고 생각하는 가장 강력한 이유가 헬멧이다. 홀리는 보니가 납치범에게서 도망치려다 카센터 저쪽 모퉁이에서 잡히는 장면을 상상해 본다. 그녀는 저항한다. 귀걸이가 떨어진다. 그녀는 헬멧을 쓴 채 납치범이 타고 온 차량(홀리의 머릿속에서 창문 없는 소형 밴이 떠오른다.) 안으로 끌려간다. 남자가 그녀를 기절시켰을 수도 있고 끈으로 묶었을 수도 있고 심지어 바로 그 자리에서 의도적으로 혹은 실수로 그녀를 죽였을 수도 있다. 그는 인쇄체로 *더는 못 견디겠다*고 쓴 쪽지를 자전거 안장에 붙인다. 누군가가 자전거를 몰래 들고 가면 훌륭하다. 아무도 들고 가지 않더라도 그녀가 이 도시를 뜨기로 결심했나 보다는 결론이 내려질 테니 역시 훌륭하다.

정확히 이 시나리오대로 진행됐을지 의심스럽긴 하지만(납치 여부도 확실치 않다.) 그랬을 수도 있다. 날이 질 무렵에는 레드뱅크로를 지나는 차량이 많지 않고, 지나가는 사람의 눈에는 잠깐 동안의 몸싸움이 대화 아니면 연인들 간의 포옹으로 보일 수도 있었을 테니…… 충분히 가능한 얘기다.

다른 시나리오, 그러니까 그녀가 충동적으로 이 도시를 떴을 확률은 솔직히 얼마나 될까? 10대라면 갑자기 더는 못 견디겠다는 결론을 내리고 도망칠 수 있을지 모른다. 홀리도 고등학교 시절에는 수시로 그런 상상을 했다. 하지만 좋아하는 일을 하던 스물네 살짜리 여자가 과연? 마지막 월급은 어쩌고? 상사의 사무실에 그냥 있을 텐데? 게다가 여행 가방도 없이 백팩 하나 달랑 들고? 홀리는 납득할 수가 없고 이사벨 제인스도 마찬가지일 거라고 확신할 수 있다. 하지만 보니의 심리 상태에 대해 증언할 사람이 있다면 친구이자 직장 동료였던 레이키샤 스톤일 것이다.

홀리는 담배를 마저 피운 뒤 끄고 다른 죽은 병정들과 함께 조그만 틴케이스에 넣는다. 담배꽁초가 바위 주변에 널려 있긴 하지만 거기에 그녀의 쓰레기까지 보태야 하는 건 아니다.

핸드백에서 휴대전화를 꺼낸다. 사무실을 나선 순간부터 방해 금지 모드로 해 놓았는데, 부재중 전화가 두 통이고 모두 발신자가 데이비드 에머슨이라는 사람이다. 어머니와 관련해 어디에선가 들어 본 이름이다. 그가 음성 메시지를 남겼지만 일단은 무시하고 제롬에게 전화한다. 운전하는 데 방해되지 않게 짧게 용건만 밝힌다.

"피터 스타인먼의 어머니하고 연락이 닿거든 아이가 정말 실종됐는지, 아이의 스케이트보드를 가지고 있는지 물어봐 줘."

"알겠어요. 또 다른 거는요?"

"응. 운전 조심해."

그녀는 전화를 끊고 음성 메시지를 듣는다.

"안녕하세요, 기브니 씨. 데이비드 에머슨입니다. 시간 되시는 대로 연락 부탁할게요. 어머니의 유산과 관련해서 의논할 게 있어서요." 잠깐 말을 끊었다가 덧붙인다. "고인의 죽음을 안타깝게 생각해요. 마지막으로 만나는 자리를 그런 인사로 빛내 줘서 고마웠어요."

이제 홀리는 그 이름이 귀에 익었던 이유를 알아차린다. 어머니가 머시 병원에 입원한 뒤에 페이스타임으로 화상 통화를 했을 때 한 번 에머슨을 언급한 적이 있었다. 그러니까 인공호흡기를 연결하기 전, 아직 말을 할 수 있었을 때 말이다. 홀리는 '장례식'을 근사하게 돌려서 말할 수 있는 사람은 변호사뿐일 거라는 생각을 한다. 어머니가 남긴 유산의 경우에는…… 생각조차 한 적이 없다.

홀리는 에머슨과 대화를 나누고 싶지 않고 하루만이라도 사건 말고는 아무 생각도 할 필요가 없는 날을 보내고 싶기에 도리어 숨을 돌리며 새 담배에 불을 붙이자마자 전화를 한다. 걸음마를 배우던 시절부터 어머니에게 귀 따갑도록 들은 철칙이 있기 때문이다. *하기 싫은 일이 있으면 그것부터 해. 그래야 그걸 치울 수가 있잖니.* 어렸을 때 배운 대부분의 것들이 그렇듯 이것 역시 좋으나 싫으나 홀리의 머릿속에 남았다.

에머슨이 직접 전화를 받는다. 코로나 이전에는 당연시되던 겹겹의 전문 지원군 없이 재택근무하는 모양이다.

"안녕하세요, 에머슨 씨. 저 홀리 기브니에요. 전화 주셨길래요." 그녀의 발아래에서는 레드뱅크로가 800미터에 걸쳐 펼쳐진다. 변호사보다 그쪽이 훨씬 흥미진진하다.

"연락 주셔서 감사해요. 다시 한번 조의를 전합니다."

저기는 임대 창고 말고는 전부 주인이 없고 거기도 장사가 잘되는

것 같지 않네. 도로 이편은 공원에서도 가장 인적이 드문 곳이지. 고결한 시민들은 백주대낮 아니면 발을 들이려 하지 않는. 누굴 납치할 생각이면 이보다 더 알맞은 후보지가 어디 있을까?

"기브니 씨? 전화 끊긴 거 아니죠?"

"네, 듣고 있어요. 어쩐 일로 전화를 하셨나요, 에머슨 씨? 어머니의 유산 때문이라고 하셨죠? 의논하고 말고 할 게 별로 없을 텐데요." *대니얼 헤일리에게 다 뜯겼을 테니.* 그녀는 생각한다.

"내가 헨리 삼촌 현역 시절에 법률 업무를 처리했던 사람이라 샬럿이 나를 통해 유언장을 작성하고 내게 유언 집행을 맡겼어요. 몸의 이상을 느끼고 테스트 결과 양성 판정을 받았을 때요. 가족들이 모인 자리에서 그걸 낭독할 필요는 없어서……."

무슨 가족이요? 사촌 제이니는 죽고 헨리 삼촌은 요양원에서 무기력하게 지내고 있으니 남은 사람이 나 하나뿐인데.

"……당신에게 남겼어요."

"네? 제가 잠깐 딴 데 정신을 팔고 있었어요."

"아. 어머니께서 사소한 몇 가지만 빼고 남은 걸 전부 기브니 씨에게 남겼다고요."

"집을 말씀하시는 거죠?"

그녀는 집 생각에 좋아하기는커녕 경악한다. 그 집(그리고 그 이전에 신시내티에서 살았던 집)에 얽힌 추억은 대부분 우울하고 슬프다. 급기야 마지막으로 함께 보낸 크리스마스 저녁 때는 샬럿이 홀리에게 어렸을 때 썼던 산타 모자를 쓰라고 강요했다. *그게 전통이잖니!* 어머니는 사하라 사막처럼 퍽퍽한 칠면조 고기를 자르며 외쳤다. 이렇게 해서 쉰다섯 살의 홀리 기브니가 산타 모자를 쓰게 됐다는 것 아닌가.

"네, 집과 그 안의 모든 가구까지요. 매각하고 싶으시겠죠?"

두말하면 잔소리다. 홀리는 에머슨에게도 그렇게 말한다. 그녀의 업무는 주로 도시에서 이루어진다. 그렇지 않다 한들 메도브룩 에스테이츠에 있는 어머니의 집에서 사는 건 힐 하우스*에서 사는 거나 다름없을 것이다. 에머슨 변호사는 열쇠 어쩌고저쩌고 하며 계속 말을 잇고 있고 그녀는 뭐라고 했느냐고 다시 물어야 한다.

"나한테 열쇠가 있으니까 기브니 씨가 시간 낼 수 있을 때 와서 같이 둘러보자고요. 남겨 두고 싶은 것과 팔고 싶은 걸 분류할 수 있게."

홀리는 한층 경악한다. "남겨 두고 싶은 건 아무것도 없어요!"

에머슨은 조용히 웃는다. "사랑하던 사람을 떠나보낸 직후에 그런 반응을 보이는 경우도 드물지 않지만 그래도 와서 둘러봐야 해요. 기브니 부인의 유언 집행인으로서 강력히 주장할 수밖에 없어요. 일단 내놓기 전에 고쳐야 할 곳이 있는지 살펴보아야 하는데, 내 경험상 그러다 보면 남겨 두고 싶은 게 생길 거예요. 내일 혹시 가능할까요? 너무 갑작스러운 데다 토요일이긴 하지만 이런 일은 대개 미루기보다 얼른 처리하는 편이 낫거든요."

홀리는 이의를 제기하고 싶지만, 해결해야 하는 사건이 있다고 말하고 싶지만 또다시 끼어드는 어머니의 목소리가 들린다. *홀리, 그게 진짜 이유일까 아니면 그냥 핑계일까?*

거기에 대답하려면 보니 달 실종 사건이 *긴급한* 사건인지, 브래디 하츠필드가 록 콘서트가 열린 밍고 대강당에서 폭탄을 터뜨리려고 했을 때처럼 *촌각을 다투는* 사건인지 자문해야 한다. 그건 아닌 것 같다. 보니는 사라진 지 3주가 넘었다. 납치당했던 사람들이 구조되는 경우가 가끔 있긴 해도 그렇지 않은 경우가 더 많긴 하다. 홀리가

---

* 셜리 잭슨이 쓴 공포 소설 『힐 하우스의 유령』의 배경.

페니에게 이런 말을 할 일은 없겠지만, 보니 레이가 어떻게 됐는지 몰라도 지금쯤은 이미 결론이 내려졌을 가능성이 거의 100퍼센트다.

"갈 수 있을 것 같아요." 그녀는 마지막으로 담배를 한 모금 아주 힘껏 빤다. "오늘 사람을 보내서 집을 소독해 주실 수 있을까요? 너무 오버하는 것처럼, 심지어 편집증 환자처럼 들릴 수도 있겠지만."

"전혀요, 전혀요. 이 바이러스의 정체를 우리는 사실 모르잖아요. 끔찍하죠, 그저 끔찍하죠. 전에 보험 문제로 같이 일한 적 있는 회사에 연락할게요. 9시에 사람을 부를 수 있을 것 같으니까 우리는 11시에 만날까요?"

홀리는 한숨을 쉬고 담배를 끈다. "좋아요. 방역하는 데 돈이 많이 들겠죠? 가뜩이나 주말이라."

에머슨은 다시 조용히 웃는다. 웃음소리가 서글서글해서 듣기 좋다. 자주 그렇게 웃는 모양이다. "비용 걱정은 하지 않아도 될 거예요. 어머니가 상당히 재산이 많으셨거든요, 기브니 씨도 알겠지만."

홀리는 아무 말도 하지 못할 만큼 충격을 받지는 않았지만 분명 놀라긴 했다. 충격은 나중에 찾아올 것이다.

"홀리? 기브니 씨? 전화 끊은 거 아니죠?"

"재산이랄 게 없을 텐데요. 어머니가 돈이 많긴 하셨죠. 헨리 삼촌도 마찬가지였고요. 하지만 그것도 헤일리가 등장하기 전이에요."

"저는 모르는 이름이로군요."

"어머니에게 헤일리 얘기 못 들으셨어요? 어머니와 삼촌의 전 재산을 들고 자국민을 불인도하는 어느 섬으로 튄, 그 놓치면 안 되는 월가의 투자 마법사? 제 거의 전 재산을 비롯해서 얼마나 많은 사람의 돈까지 들고튀었는지 모를 그 사람?"

"미안하지만 그게 무슨 소리인지 잘 모르겠네요, 기브니 씨."

"진짜요?" 홀리 입장에서는 변호사가 영문을 몰라 하는 것도 어느 정도 이해가 된다. 불쾌한 진실에 관한 한 샬럿 기브니는 생략의 대가였다. "돈이 있긴 했지만 없어졌다고 들었는데요."

잠시 정적이 흐른 뒤. "다시 처음부터 짚어 봅시다. 기브니 씨의 사촌 올리비아 트릴로니 씨는 사망했고……."

"맞아요." 사실 스스로 목숨을 끊었다. 홀리는 나이가 훨씬 많은 그 사촌이 탔던 벤츠를 한동안 몰고 다닌 적도 있었다. 브래디 하츠필드가 시티 센터에서 여덟 명을 죽이고 수십 명에게 부상을 입혔을 때 미사일 역할을 했던 그 차를. 홀리에게는 벤츠를 수리하고 색을 바꿔서 몰고 다닌 것이 치유 행위였다. 그리고 아마도 반항의 몸짓이었다.

"그때 상당한 금액의 유산을 여동생 제이니에게 남겼죠. '저넬'에게."

"맞아요. 그리고 저넬도 갑작스럽게 세상을 떠나자……."

그런 식으로 표현할 수도 있네. 브래디 하츠필드가 빌 호지스를 죽이려다 제이니의 차를 폭파한 거였는데.

"*저넬의* 유산이 대부분 기브니 씨의 삼촌 헨리와 어머니에게로 넘어갔죠. 기브니 씨 앞으로 신탁 자금이 따로 마련됐고요. 그때 받은 몫으로 헨리는 현재 거주하는 시설의 비용을 충당하고 있고 언제까지 살든 앞으로도 계속 그럴 거예요."

어떤 깨달음으로 홀리의 머릿속이 점점 환해진다. 아니다, 잘못된 비유다. 어떤 깨달음으로 홀리의 머릿속이 점점 *어두워지고* 있으니까.

"헨리가 세상을 떠나면 그분 유산도 기브니 씨 몫이 돼요."

"어머니가 돌아가셨을 때 재산이 많았다고요? 지금 그 말씀이에요?"

"상당히 많았는데, 모르셨어요?"

"네. 어머니가 한때는 부자였다는 건 알았지만요."

홀리는 한 줄로 깔끔하게 쓰러지는 도미노를 떠올린다. 올리비아

트릴로니의 남편이 돈을 많이 벌었다. 올리비아가 그걸 물려받았다. 올리비아가 자살하자 제이니가 그걸 물려받았다. 브래디 하츠필드가 설치한 폭탄에 제이니가 목숨을 잃자 샬럿과 헨리가 그걸 물려받았다. 전부는 아닐지 몰라도 대부분을. 세금과 변호사 비용을 대느라 꾸준히 줄었지만 그래도 금액이 상당했다. 그런데 어머니가 자기와 헨리의 돈을 버딕, 헤일리 앤드 워런 사의 대니얼 헤일리에게 맡겼다. 나중에는 홀리의 동의 아래 그녀의 펀드까지 대부분 투자했다. 그리고 헤일리가 그 돈을 들고튀었다.

샬럿이 딸에게 밝힌 바로는 그랬고, 딸은 그 말을 믿지 않을 이유가 없었다.

홀리는 새 담배에 다시 불을 붙인다. 오늘 들어 이게 몇 대째더라? 아홉 대? 아니, 열한 대째다. 아직 점심시간밖에 되지 않았는데. 그녀의 울음보를 터뜨렸던 제이니의 유언장 문구가 떠오른다. *사촌 홀리 기브니가 꿈을 이룰 수 있게 그녀 앞으로 50만 달러를 남긴다.*

"기브니 씨? 홀리? 전화 끊은 거 아니죠?"

"네. 잠시만요." 하지만 잠시만으로 해결될 문제가 아니다. "이따 다시 전화 드릴게요." 그녀는 답을 기다리지도 않은 채 전화를 끊는다.

사촌 제이니는 겁에 질려 지내는 외톨이 홀리에게 시인으로 성공하고 싶다는 야망이 있다는 걸 알았을까? 홀리에게 직접 들은 건 아니었을 테니 샬럿에게 들었을까? 헨리에게 들었을까? 그리고 그게 무슨 상관일까? 홀리는 아무리 간절하게 원했어도 훌륭한 시인이 되지 못했다. 대신 소질이 있는 다른 분야를 찾았다. 빌 호지스 덕분에 다른 꿈을 꿀 수 있게 됐다. 훨씬 나은 꿈을. 뒤늦게 찾아오긴 했지만 아예 감감무소식인 것보다는 나았다.

어머니가 입버릇처럼 했던 말이 머릿속에서 땡그랑거린다. *내가 갑*

부인 줄 아니? 에머슨에 따르면 샬럿은 갑부였다. 처음에는 아니었지만 제이니가 죽은 뒤에는. 그 돈과 헨리의 돈과 홀리의 신탁 자금 대부분을 대니얼 헤일리라는 악질에게 뜯겼다는 건 어떻게 된 일일까? 홀리는 대니얼 헤일리에다 다른 두 파트너 버딕과 워런의 이름을 넣어서 얼른 검색해 본다. 아무 결과도 뜨지 않는다.

샬럿이 어떻게 성공할 수 있었을까? 홀리가 빌 호지스의 죽음으로 워낙 상심이 컸고 그와 동시에 탐정 일, *사건 추적*에 워낙 정신이 팔려 있었기에 가능했던 이야기일까? 그녀가 어머니를 신뢰했기에 가능했던 이야기일까? 셋 다 맞는 말이지만 아무리 그래도…….

그녀는 조그맣게 속삭인다. "나는 편지를 봤어. 심지어 *자산 운용 보고서*까지 두어 번 봤어. 나를 속일 수 있게 헨리 삼촌이 거들었을 거야. 분명해."

하지만 워낙 치매가 심한 상태인 헨리에게서는 자백도, 이유도 들을 수 없을 것이다.

그녀는 에머슨에게 다시 전화한다. "금액이 어느 정도 되나요, 에머슨 씨?" 샬럿의 유산이 이제 그녀의 것이니 에머슨은 이 질문에 대답할 의무가 있다.

"은행에 예치된 금액과 보유 주식의 현재 가치를 합하면 600만 달러가 조금 넘어요. 헨리 시로이스 씨가 먼저 세상을 떠나면 거기에 300만 달러가 추가되고요."

"그게 없어진 적이 없었다고요? 어머니와 삼촌의 위임장을 손에 쥔 투자 전문가에게 뜯긴 적이 없었다고요?"

"네. 어쩌다 그런 생각을 하시게 됐는지 모르겠지만……"

홀리는 부드러운 평소 말투와 다르게 나지막이 으르렁거린다. "*어머니한테 그렇게 들었거든요.*"

2018년 12월 2~14일

크리스마스 시즌이고 리지 로드의 주민들은 이 시즌을 적당히 고상하고 조용하게 보내고 있다. 불을 밝힌 산타도 지붕 위의 사슴도 없고 아기 예수를 경건히 내려다보는 동방박사의 조각상을 마당에 설치하지도 않는다. 카지노처럼 번쩍이는 전등을 휘감은 집도 당연히 없다. 이 도시의 다른 동네에서는 그런 꼴불견이 용인될지 몰라도 대학에서부터 디어필드 공원까지 고풍스러운 저택이 이어지는 빅토리안 거리는 그렇지가 않다. 이곳에서는 창가에 전기 촛불을 놓고, 문기둥에 전나무와 호랑가시나무를 휘감고, 조그만 흰색 전구로 장식한 아담한 크리스마스트리를 더러 마당에 설치하는 게 전부다. 전구에는 타이머가 달려 있어서 주민 협의회에서 정한 대로 9시면 꺼진다.

갈색과 흰색으로 이루어진, 리지 로드 93번지의 빅토리아 양식 저택은 앞마당에도 전면에도 아무 장식이 없다. 올해에는 로드니도 에밀리도 그럴 기운이 없어서 심지어 현관문에 리스를 걸지도, 평소처럼 우편함 위에 큼지막한 빨간색 리본을 얹지도 못한다. 에밀리보다는 로드니가 그나마 낫지만 날이 추워지면 항상 그의 관절염이 심해지는데, 지금은 오후인데도 대부분 기온이 영하고 그는 얼음을 밟고 미끄러질까 봐 걱정이다. 늙은 뼈는 잘 부러진다.

에밀리 해리스는 상태가 영 안 좋다. 이제는 납치 작전에 동원되던 휠체어를 실제로 타고 다녀야 한다. 좌골신경통이 수그러들 줄 모른다. 그래도 터널의 끝에 빛이 보인다. 고통에서 벗어날 날이 얼마 남지 않았다.

그들의 집에는 식당이 있지만(리지 로드의 모든 빅토리아 양식 저택에는 식당이 있다.) 손님이 있을 때만 쓰이고, 나이가 90줄을 향해 갈수록 그런 경우는 점점 줄어든다. 둘뿐일 때는 그냥 부엌에서 식사를 한다. 로드니의 세미나를 듣는 학생과 소설 창작 워크숍 수강생을 초대해 전통적인 크리스마스 모임을 주선하면 식당이 쓰이겠지만 그것도 두 사람의 건강이 호전되어야 가능한 얘기다.

에밀리는 생각한다. *호전될 거야. 다음 주면 분명히 그리고 어쩌면 내일 당장이라도.*

끊임없는 통증 때문에 입맛이 없지만 그래도 오븐에서 새어 나오는 냄새를 맡자 배 속에서 눈곱만큼 허기가 느껴진다. 황홀한 느낌이다. 허기는 건강하다는 신호다. 크래슬로라는 여자아이는 바보같이 그걸 몰랐다니 안타까울 따름이다. 스타인먼이라는 남자아이에게는 그런 문제가 전혀 없었다. 처음에는 혐오스러워하더니 그 단계가 지나자…… 한창 클 나이의 남자아이다운 식욕을 보였다.

부엌의 조그만 공간은 소박하지만 로드니가 뒷마당이 내다보이는 둥근 테이블에 금색 리넨 식탁보를 씌우고 웨지우드 사기그릇 두 세트, 럭시온 와인 잔, 고급 은포크와 나이프를 차려 놓았다. 모든 게 반짝거린다. 에밀리는 그걸 즐길 수 있을 만큼 컨디션이 괜찮기만을 바랄 따름이다.

그녀는 가장 좋은 원피스를 차려입었다. 갈아입느라 힘들었지만 어찌어찌 해냈다. 카라페 병을 들고 들어온 로드니도 가장 좋은 양복 차림이다. 옷이 살짝 헐렁한 것을 보고 에밀리는 조금 슬퍼진다. 두 사람 다 살이 빠졌다. 그래도 찌는 것보다는 낫다고 그녀는 속으로 되뇐다. 뚱뚱한 사람은 거의 대부분 오래 못 산다. 의사가 아니라도, 몇 명 안 남은 또래 동료만 봐도 알 수 있다. 그들의 상태가 충분히 괜찮아져서 23일에 크리스마스 파티를 열면 그중 몇 명이 참석할 것이다.

로드니가 허리를 숙여 에밀리의 관자놀이에 입을 맞춘다. "몸은 좀 어때, 여보?"

"아주 좋아." 그녀는 남편의 손을 잡지만…… 관절염을 생각해서 세게 잡지는 않는다.

"저녁 금방 돼. 기다리는 동안 이거나 좀 마시자."

그는 카라페 병에 담긴 와인을 흘리지 않도록 조심해 가며 잔에 따른다. 그의 몫으로 반 잔, 그녀 몫으로 반 잔. 그들은 리처드 닉슨이 대통령이었던 시절에는 젊고 유연했지만 지금은 울퉁불퉁해진 손으로 잔을 든다. 잔끼리 서로 부딪쳐 낭랑한 소리를 낸다.

"건강을 위하여." 그가 말한다.

"건강을 위하여." 그녀도 맞장구친다.

잔 위로 그의 파란 눈과 그보다 더 파란 그녀의 눈이 마주친다. 그들은 와인을 마신다. 첫 모금에 늘 그렇듯 그녀의 몸이 오싹해진다. 쨍한 아래로 짭짤한 맛이 느껴지는 2012년산 몬다비다. 잠시 후에 그녀는 잔을 비우고, 뺨과 손가락이 후끈 달아오르자 반가워한다. 심지어 발끝까지 후끈거린다! 샘솟는 활력보다 더 반가운 손님이다. 허기처럼 희미하긴 하지만 그래도 분명히 느껴진다.

"한 잔 더?"

"많이 남았어?"

"충분해."

"그럼 마실게. 조금만."

그가 다시 와인을 따른다. 둘은 같이 마신다. 이번에 에밀리는 짭짤한 맛을 거의 느끼지 못한다.

"배고파, 여보?"

"사실 배고파. 조금."

"그럼 로드니 셰프가 요리를 마저 끝내서 들고 오겠나이다. 디저트 들어갈 자리 남겨 두소서." 그가 눈을 찡긋거리자 그녀는 폭소를 터뜨릴 수밖에 없다. 장난꾸러기 노인네 같으니라고!

브로콜리와 당근 믹스에서 김이 난다. (늙은 이로 잘 씹어먹을 수 있게 으깬) 감자는 보온통 안에 들어 있다. 로드니는 무쇠 프라이팬에 버터를 녹인 뒤(버터를 너무 많이 쓰는 경향이 있지만 두 사람 모두 그로 인해 일찍 죽을 일은 없다.) 썰어 놓은 양파를 넣어서 볶는다. 황홀한 냄새가 풍기고 이번에는 그녀의 허기가 좀 더 강렬해진다. 그는 처음에는 투명해지다가 살짝 갈색이 될 때까지 양파를 볶으며 언제 적 노래인지 모를 「프리티 리틀 에인절 아이스」를 흥얼거린다.

그녀는 고등학교 시절에 다녔던 댄스 파티장을 떠올린다. 남학생은 스포츠 재킷, 여학생은 원피스 차림이었다. 디 디 샤프의 노래에 맞춰 셰이크 댄스를, 도벨스의 노래에 맞춰 브리스톨 스톰프를, 카니발 앤드 더 헤드헌터스의 노래에 맞춰 와투시를 추었던 기억이 난다. 요즘 같으면 정치적으로 *아주* 올바르지 않다고 간주될 이름이다.

로드니가 두 사람의 접시를 조리대로 들고 와 음식을 담는다. 채소, 감자, 오븐에서 꺼낸 오늘의 메인 요리, 즉 딱 알맞게 익힌 1.4킬로그램짜리 통구이다. 그가 육즙(그리고 그에게 각별한 몇 종류의 허브)에 잠긴 채 지글거리는 통구이를 보여 주자 그녀는 박수를 친다.

그는 간을 얇게 썰고 볶은 양파를 위에 얹은 뒤 접시를 식탁으로 들고 온다. 이제 에밀리는 그냥 배가 고픈 정도가 아니라 걸신들린 수준이다. 그들은 처음에는 별 대화도 없이 먹는 데 집중하지만 배가 채워지자 속도를 늦추고 종종 그렇듯 예전의 추억을 곱씹고, 죽었거나 다른 곳으로 이사한 사람들 얘기를 한다. 해마다 명단이 길어진다.

"좀 더 줄까?" 둘이서 제법 먹어 치우기는 했지만 그래도 통구이가 아직 많이 남았다.

"더는 못 먹겠어. 맙소사, 로드니, 이번에는 당신 너무 무리했다."

"와인 좀 더 마셔." 그는 와인을 따라 준다. "디저트는 나중에 먹자. 당신이 좋아하는 그 프로그램이 9시에 시작하잖아."

"「심령 사건 파일」 말이지?"

"맞아, 그거. 좌골신경통은 좀 어때?"

"조금 괜찮아진 것 같긴 하지만, 식탁 정리랑 설거지는 당신에게 부탁해도 될까? 작문 샘플 마저 보고 싶어서."

"당연하지. 음식 만드는 사람이 치우기도 해야 한다고 우리 할머니가 입버릇처럼 말씀하셨는걸. 뭐 쓸 만한 거는 있어?"

에밀리는 콧잔등을 찡그린다. "대놓고 *끔찍하지*는 않은 산문 작가가 두어 명 있긴 한데 이게 바로 소위 말하는 돌려 까기 아닌가?"

로드니는 폭소를 터뜨린다. "바로 그렇지."

그녀는 손 키스를 날리고는 휠체어를 밀며 나간다.

잠시 후 리지 로드에 설치된 타이머가 잔잔한 크리스마스 장식을 모두 꺼 버리고 난 뒤에 에밀리는 「심령 사건 파일」에 심취한다. 오늘 밤에는 심령 탐정이 그들의 집이 낡으면 그렇게 되겠다 싶은 뉴잉글랜드 저택에서 웃풍이 드는 곳을 찾아다니고 있다. 그녀는 컨디션이 조금 괜찮아졌다. 아직 간과 와인의 효과가 느껴질 때는 아닌 것 같은데…… 맞나? 허리가 분명 편안해졌고 왼쪽 다리를 찌르던 통증도 이제는 그렇게 지독하지 않은 듯하다.

부엌에서 블렌더가 돌아가고 있었는데 지금은 멈추었다. 잠시 후에 로드니가 차갑게 얼린 셔벗 잔을 쟁반에 받쳐 들고 들어온다. 잠옷에 슬리퍼를 신고 작년 크리스마스 때 아내가 선물한 파란색 벨루어 가운을 걸쳤다.

그가 잔과 길쭉한 숟가락을 건넨다. "자, 약속한 대로 디저트!"

그는 옆의 안락의자에 앉아 대학 캠퍼스에서 세월을 견디는 낭만적인 사랑의 훌륭한, 아니 완벽한 사례로 거론되는 부부의 그림을 완성한다.

그녀는 잔을 든다. "고마워, 여보."

"별말씀을. 지금 무슨 내용이 진행되고 있어?"

"웃풍 드는 곳 찾아다니고 있어."

"*외풍* 드는 곳 말이지?"

그녀는 그를 흘끗 쳐다본다. "한번 과학자는 영원한 과학자라더니."

"지당하신 말씀."

그들은 텔레비전을 보며 산딸기 셔벗에 피터 스타인먼의 뇌를 섞은 디저트를 떠먹는다.

크리스마스를 11일 앞두고 에밀리 해리스는 리지 로드 93번지의 우편함에서부터 집까지 천천히 하지만 꾸준히 걸어간다. 왼쪽 엉치뼈를 주먹으로 받치고 현관 앞 계단을 올라가지만 필요해서라기보다 습관에 더 가깝다. 그녀도 슬픈 경험을 통해 터득했다시피 좌골신경통이 다시 찾아오겠지만 지금 현재로서는 거의 사라진 거나 다름없다. 그녀는 몸을 돌려서 우편함 위에 놓인 빨간색 리본을 흡족한 눈빛으로 바라본다.

"리스는 내가 나중에 걸게." 로드니가 말한다.

에밀리는 화들짝 놀라서 좌우를 두리번거린다. "숨어 있지 말고 나오지?"

그는 미소를 지으며 아래를 가리킨다. 양말 바람이다. "조용하지만 치명적인 게 바로 나지. 허리는 좀 어때?"

"아주 좋아. 심지어 멀쩡해. 당신 관절염은 어때?"

그는 양손을 내밀고 손가락을 구부린다.

"다행이로군, 친구." 그녀는 그럭저럭 들어줄 만한 오스트레일리아식 말씨로 뒤를 길게 늘여 가며 말한다. 그들은 동반 은퇴 직후에 오스트레일리아로 떠나 캠핑카를 몰고 시드니에서부터 퍼스까지 대륙을 횡단한 적이 있었다. 기억에 남을 만한 여행이었다.

"그 아이, 효과 만점이었어. 그렇지?"

그녀는 누구 말하는 거냐고 물어볼 필요도 없다. "맞아."

효과가 얼마나 지속될지는 두 사람 다 모른다. 그는 이제 막 사춘기가 시작된, 그들이 납치한 중에서 가장 어린 아이였다. 그들은 지금 벌이고 있는 일에 대해 모르는 부분이 아주 많지만 로드니 말로는 매번 배우는 게 점점 많아진다고 한다. 그리고 하나 마나 한 말이지만 생존이 최우선 지침이라고.

에밀리도 동의한다. 앞으로 오스트레일리아 여행은 없을 테고 2년에 한 번씩 뉴욕에 가서 브로드웨이 공연을 싹쓸이하던 것도 옛날 얘기가 됐을 테지만, 그래도 아직 인생은 살 만한 가치가 있다. 한 걸음, 한 걸음이 고통을 이기는 훈련이 아닌 경우라면 더욱 그렇다. "신문에는 별거 없어, 여보?"

그는 한쪽 팔로 그녀의 가녀린 어깨를 감싼다. "맨 처음에 실린 기사 말고는 없고 그것도 그냥 단신이었어. 가출했든지 우연히 낯선 이의 레이더에 걸려들었을 거라고. 크리스마스 파티 어떻게 할래? 강행할까, 취소할까?"

그녀는 발끝을 딛고 몸을 쭉 펴서 그에게 입을 맞춘다. 통증이 전혀 없다.

"강행하자."

2021년 7월 23일(4)

홀리는 레드뱅크로를 건너서 주인 없는 카센터에 주차한 프리우스 운전석에 올라타 문을 세게 닫는다. 뙤약볕 아래에 세워 놓아서 찜통이지만 앉자마자 이마에 맺힌 땀이 목덜미를 타고 흘러도 시동을 걸고 에어컨을 켜지 않는다. 앞 유리창 너머를 멍하니 내다보며 방금 입수한 정보를 애써 정리한다. *유산이 600만 달러가 조금 넘어요.* 에머슨은 그렇게 말했다. 거기다 헨리 삼촌마저 세상을 떠나면 300만 달러가 추가된다.

이제 자신은 백만장자라고 생각해 보려 하지만 잘 되지 않는다. 전혀 되지 않는다. 모노폴리 게임의 마스코트만 생각날 따름이다. 콧수염을 기르고 실크해트를 쓴 그 페니백스 삼촌. 새롭게 찾은 큰돈으로 뭘 하면 좋을지 생각해 본다. 옷을 살까? 옷은 지금도 충분하다. 새 차를 살까? 지금 타고 다니는 프리우스도 아주 믿음직한 데다 아직 보증 기간이 남았다. 제롬의 학비는 다 해결이 되어서 도와줄 필요가 없다. 바버라의 학비는 보태 줄 여지가 있을지 모르겠지만. 여행을 갈까? 가끔 크루즈 여행을 상상한 적은 있지만 코로나가 기승을 부리는 마당에…….

"으으으, 그건 안 되겠다." 그녀는 중얼거린다.

새 아파트를 살까 하는 생각이 떠오르지만 지금 사는 곳이 마음에 쏙 든다. 아기곰의 의자와 아기곰의 침대처럼 딱 알맞다. 사업에 좀 더 투자할까? 왜? 작년에도 25만 달러를 줄 테니 자기네와 제휴를 맺자고 미드웨스트 탐정 사무소에서 제안했을 때 그녀는 현명하게 대처했다. 피트의 동의하에 정중하게 거절했다. 엘리베이터가 말을 안 듣는 데다 관리소장마저 게으른 프레더릭 빌딩에서 이사할 수 있다는 점은 솔깃하지만, 이 빌딩은 시내에 있어 입지가 좋고 월세도 적당하다.

이제는 월세 걱정을 할 필요가 없지만. 이런 생각이 들자 그녀는 미친 사람처럼 폭소를 터뜨린다.

홀리는 자기 몸이 익어 가고 있다는 사실을 드디어 깨닫고 시동을 건다. 에어컨이 제대로 가동될 때까지 창문을 열고 만나고 싶은 사람들 명단을 들여다본다. 그러자 정신 집중이 된다. 중요한 건 사건이고 그 돈은 그림의 떡이다. 지금 당장은 데이비드 에머슨의 폭탄선언에 담긴 좀 더 심란한 의미(그녀는 대니얼 헤일리가 그들 세 사람의 돈을 들고 세인트크루아인가 세인트토머스인가 하는 곳으로 튀었다고 어머니가 울먹이며 전화했던 것을 생생하게 기억한다.)에 대해 생각하지 않을 것이다. 나중에는 생각하지 않을 수 없겠지만 지금 현재는 실종된 여자를 찾는 데 집중해야 한다.

머릿속 한구석에서 그녀가 추악한 진실을 피해 숨고 있다고 주장하는 목소리가 들린다. 다른 한구석에서는 그렇지 않다고 한다. 그녀는 숨고 있는 게 아니라 찾고 있는 거라고, 적어도 찾으려고 노력 중이라고 한다.

"*셰르셰 라 팜.**" 홀리는 중얼거리고 휴대전화를 꺼낸다. 보니의 자전거를 레이놀즈 도서관으로 싣고 간 마빈 브라운에게 연락해 볼까 고민하는데 더 좋은 생각이 떠오른다. 그녀는 브라운 대신 부동산 중개업자 조지 래퍼티에게 전화해서 그 어머니의 의뢰로 보니 달을 찾고 있다고 자기 소개를 하고, 그와 브라운 씨가 보니의 자전거를 발견한 날에 대해 묻는다.

"어휴, 별일 없어야 할 텐데요. 애가 엄마나 아빠한테 아직까지 연락을 하지 않았나요?"

"그러게요." 홀리는 래퍼티의 질문을 피한다. "사장님과 브라운 씨, 두 분 중에 누가 먼저 자전거를 보셨나요?"

"나요. 나는 항상 먼저 도착해서 매물을 다시 한번 둘러보거든요. 빌스 자동차&소형 엔진 수리점이었던 그 가게는 다 쓰러져 가는 것처럼 보이지만 리프트는 아직 멀쩡하고 입지도……"

"맞아요. 입지도 괜찮죠." 홀리가 진심으로 그렇게 생각하는 건 아니다. 2010년에 고속도로 연장선이 개통된 이후로 레드뱅크로는 차량 통행량이 현격히 줄었다. "안장에 붙어 있던 쪽지 보셨어요?"

"그럼요. '더는 못 견디겠다.' 내가 그 아가씨 부모라면 그런 쪽지를 보고 식겁했을 거예요. 딸이 멀리 떠난다는 뜻일 수도 있고 또, 그보다 더 심각한 뜻일 수도 있으니까. 브라운 씨하고 나는 그 자전거를 어떻게 할까 고민하다가 가게를 둘러본 뒤에 브라운 씨가 자기 트럭에 싣고 도서관으로 들고 갔어요."

---

* Cherchez la femme. 프랑스어로 '그 여자를 찾아라'는 뜻이다.

"짐받이에 붙어 있는 스티커를 보고요."

"맞아요. 비싼 자전거였어요. 브랜드는 기억 안 나지만 비싼 거였어요. 기어도 많고 그런. 아무도 안 훔쳐 간 게 기적이었죠. 공원의 그 일대에서 노닥거리는 애들이 많거든요. 사람들이 '덤불밭'이라고 부르는 일대에서요."

"그러게요, 그렇더군요."

"그리고 조금 더 걸어가면 나오는 그 아이스크림 가게도 마찬가지예요. 애들이 노상 진을 치고 있어요. 안에서 비디오게임을 하고 밖에서 스케이트보드를 타고 그러면서. 흥신소를 차린 지는 얼마나 됐어요?"

그 단어를 들을 때마다 홀리는 마음이 불편해진다. 마치 뒤가 구린 일을 하는 사람 같지 않은가. "제법 됐어요. 다시 한번 확인할게요, 사장님이 자전거를 먼저 보셨다는 말씀이죠?"

"맞아요, 맞아요."

"그러고 나서 얼마 후에 브라운 씨가 도착했나요?"

"15분, 어쩌면 그보다 더 후에요. 나는 항상 먼저 가서 파손된 기물은 없는지, 매물 소개에 누락된 파손 부위는 없는지 체크하거든요. 내가 그 얘기 했던가요?"

"네, 하셨어요."

"그 아가씨를 찾을 수 있을 것 같아요? 단서가 있나요? 뒤를 바짝 쫓고 있어요?"

홀리는 아직 수사 초기라 아무것도 장담할 수 없다고 말한다. 래퍼티는 부동산에 관심이 있다면 지금이 호기라고, 그에게 업무용과 거주용 양쪽 모두 매물이 많다고 늘어놓기 시작한다. 홀리는 그의 연설이 너무 장황해지기 전에 다른 전화가 와서 받아야겠다고 자른다. 사실 벨 대학 도서관에 전화를 해야 한다.

어머니가 거짓말을 했어. 헨리 삼촌도 그랬고.

그녀는 그 생각을 차단하고 전화를 건다.

"레이놀즈 도서관의 이디스 브루킹스입니다."

"안녕하세요. 저는 홀리 기브니라고 하는데요, 레이키샤 스톤 씨와 통화할 수 있을까요?"

"죄송하지만 레이키샤는 친구들과 북부로 주말 여행 떠났어요. 업살라 빌리지에서 수영하고 캠핑한다고. 그 팔자 부러워요." 이디스 브루킹스는 웃음을 터뜨린다. "무슨 일인지 몰라도 제가 도와 드릴까요? 아니면 메시지를 남겨 드릴까요?"

홀리는 어쩌다 보니 업살라 빌리지가 어딘지 안다. 수많은 아미시 교도가 사는 시골 마을이다. 내일 찾아가기로 한 어머니의 집에서 북쪽으로 끽해야 30킬로미터 거리다. 거기로 찾아가 레이키샤를 만날 수도 있겠다. 집을 둘러보는 일이 금세 끝나면 내일 오후에, 아니면 일요일에. 그 전에는 이 브루킹스라는 여자에게 도움을 받는 것도 괜찮을지 모른다.

"저는 사설탐정이에요, 브루킹스 씨. 퍼넬러피 달, 페니가 딸을 찾아 달라고 내게 의뢰했어요."

"어머나!" 그녀는 이제 아까보다 덜 전문적이고 어린 말투로 바뀐다. "보니를 찾으면 좋겠어요. 우리가 얼마나 걱정하는지 몰라요!"

"제가 도서관으로 갈 테니 대화를 좀 나눌 수 있을까요? 시간 많이 뺏지 않을게요. 오후에 쉬는 시간이 있으면……"

"아, 아무 때나 오세요. 시간 되면 지금 오셔도 돼요. 전혀 바쁘지 않아요. 여름 프로그램이 거의 취소됐거든요. 어, 코로나 때문에요."

"잘됐네요. 감사해요."

홀리는 레드뱅크로로 진입하며 도로가 내려다보이는 커다란 바위와 2, 3킬로미터 멀리 있는 자동차 극장의 화면을 다시 한번 흘끗 쳐다본다. 피트 스타인먼, 일명 스팅키 스타인먼이 가끔 거기 올라갔는지 궁금해진다. 그랬다 한들 놀랄 일도 아니다.

레이놀즈 도서관에서 홀리는 이디스 브루킹스와("그냥 이디라고 불러 주세요.") 페니가 언급했던 다른 보조 사서, 마거릿 브레너를 같이 만난다. 이디는 메인 데스크를 지켜야 하지만 열람실로 들어가서 얘기를 나눠도 된다고 한다. 물어볼 게 있거나 책을 대출하려는 사람이 있으면 거기서 볼 수 있다고 한다.

"매트 콘로이가 있으면 엄두도 못 낼 일이지만 휴가 갔거든요."

"미친 매트라고 불리죠." 마거릿이 말하며 인상을 쓴다. 둘이서 같이 마스크에 대고 키득거린다.

"진짜로 미쳤거나 그런 건 아니지만 골치 아픈 인간이에요." 이디가 말한다. "나중에 그 사람이랑 대화를 나누더라도 저한테 그런 말을 들었다고는 하지 말아 주세요."

"부탁드려요오." 마거릿이 말하고 그들은 다시 마스크에 대고 키득거린다. *호랑이가 없는 곳에 여우가 왕 노릇 한다더니.* 홀리는 생각한다. 하지만 이 여우들은 악의가 없다. 지루했던 하루에 뭔가 재미있는 일이 벌어진 젊고 예쁜 여자들일 뿐이다. 안타깝게도 그들은 보니 레이에 대해 아는 게 거의 없다. 남자친구 톰 히긴스와 헤어졌다는 게 전부다.

마거릿이 말한다. "다른 건 키샤한테 물어봐야 해요. 둘이 엄청 *친*

했거든요."

홀리도 그럴 생각이다. 레이키샤의 전화번호를 묻자 이디가 가르쳐 준다.

"보니가 여길 뜨겠다거나 뭐 그런 적 있나요? 지나가는 말처럼, 예를 들어 그러면 좋겠다는 식으로?"

홀리의 물음에 두 여자는 서로를 쳐다본다. 마거릿은 어깨를 으쓱하며 고개를 젓는다.

이디가 말한다. "저한테는 그런 말 한 적 없어요. 하지만 보니는 남들이랑 잘 어울리지 않아요. 착하긴 하지만 속을 나누는 성격은 아니에요."

"키샤만 예외예요." 마거릿이 말한다.

"맞아요, 키샤만 예외예요."

"내가 뭐 하나 보여 드릴게요." 홀리는 주머니에서 귀걸이를 꺼내 손바닥에 얹고 내민다. 그들의 눈이 휘둥그레지는 걸 보면 대답을 들은 거나 다름없다.

"보니 거예요!" 이디가 손끝으로 귀걸이를 건드린다. 홀리는 그냥 내버려 둔다. 귀걸이를 본 순간, 크기가 작아서 보니 레이는 물론 어느 누구의 지문도 찾을 수 없겠다는 걸 알 수 있었다. "이게 어디 있었어요?"

"자전거가 발견됐던 곳 근처 덤불이요. 그 자체로는 아무 의미 없어요. 클립식이라 그냥 떨어졌을 수도 있으니까요."

"레이키샤를 만나 보셔야겠어요." 마거릿이 말한다. "월요일에 다시 출근할 거예요."

"그럴게요." 하지만 홀리는 월요일까지 기다리지 않을 생각이다.

도서관 주차장이 거의 빈 거나 다름없어서 아무 문제 없이 그늘진 자리에 주차할 수 있었지만 차 안이 계속 뜨끈하다. 홀리는 에어컨을 세게 틀고 보니의 엄마에게 전화한다. 페니는 심지어 인사도 하지 않고 뭐 알아낸 거 있느냐고 묻는다. 간절한 동시에 두려워하는 말투다. 홀리는 보니 레이의 웃는 사진으로 도배된 볼보를 떠올리며 좀 더 기쁜 소식이 있으면 얼마나 좋을까 생각한다.

"따님 자전거가 발견된 곳 근처에서 귀걸이를 하나 주웠는데 사진을 보내 드릴게요. 레이놀즈 도서관에서 같이 일하는 두 여자분이 보니 것이 맞는다고 했지만 분명히 확인하고 넘어가고 싶어서요."

"사진 보내 주세요! 얼른요!"

"바로 보내 드릴게요. 이왕 통화하는 김에 혹시 보니의 신용카드 정보 아세요?"

"네. 아이가 사라지고 일주일 정도 지났을 때 아이 집에 가서 마지막으로 받은 비자카드 청구서를 두 개 들여다봤어요. 형사가 그러자고 해서요. 카드는 비자카드 하나예요. 청구서를 보면 뭔가를 알 수 있을 줄 알았는데 딱히 눈에 들어오는 게 없더라고요. 신발, 아마존에서 청바지 두 벌, 식료품, 도어대시에서 주문한 음식, 도미노에서 주문한 피자…… 뭐 그런 것뿐이었어요."

"휴대전화는요? 그건 신용카드로 결제하지 않았어요?"

"네. 통신사가 버라이즌이에요. 나랑 같은."

홀리에게 가장 중요한 건 신용카드다. "카드번호를 문자로 알려 주세요. 유효 기간까지. 그리고 휴대전화 번호도요."

페니는 알겠다고 한다. 홀리는 귀걸이 사진을 찍어서 보낸다. 2분 뒤에 페니가 다시 전화하는데 울고 있다. 홀리는 최선을 다해 그녀를 다독인다. 결국 페니는 진정하지만 홀리는 이 여자가 어두운 길을 걷기 시작했다는 걸 안다. 홀리는 이미 멀리까지 걸어온 길이다. 보니 레이가 아직까지 살아 있을 수도 있지만 그렇지 않을 가능성이 점점 커지고 있다.

홀리는 두 손을 무릎에 얹고 에어컨 바람에 앞머리를 날리며 앉아 있는다. 생각할 시간이 필요한데, 맨 처음 떠오른 것이 어느 우스갯소리의 도입부다. *백만장자가 된 여자가 어느 술집에 들어가는데*…….

그런데 뭐지? 이건 빵 터지는 부분이 없는 우스갯소리다. 어째 잘 어울린다. 홀리는 그걸 옆으로 치우고 사건 생각을 한다. 보니가 레드 뱅크로에서도 가장 인적이 드문 곳에 자전거를 방치한 이유가 뭘까? 정답: 그랬을 리 없다. 쪽지는 남기고 자전거 헬멧은 들고 간 이유는 뭘까? 정답: 그랬을 리 없다.

"총은 두고 카놀리는 들고 가.*" 홀리는 중얼거린다. 좋아하는 갱스터 영화에 나오는 대사다.

누가 보니를 끌고 갔을까? 어디에선가 튀어나와서 끌고 갔을까? 만약 그랬다면…….

홀리는 마빈 브라운에게 전화해 자기가 누구이고 어떤 일을 하는지 밝힌 다음 자전거에 대해 묻는다. 어떤 식으로든 훼손돼 있었는지. 브라운은 긁힌 자국 하나 없이 멀쩡해 보였다고 한다. 그녀는 고맙다고 인사한 뒤 전화를 끊고 곰곰이 생각에 잠긴다.

튀어나와서 자전거에 타고 있던 보니를 쓰러뜨린 사람은 없었다. 빌스 자동차&소형 엔진 수리점이었던 건물 앞 콘크리트 바닥은 심하게 갈라지고 서리 때문에 많이 들떠서 보수가 불가능할 수도 있는 수준이다. 마빈 브라운이 진심으로 거기서 사업을 하고 싶으면 포장 공

---

* 영화 「대부」의 대사이며 카놀리는 귤, 초콜릿과 달콤한 치즈 등을 파이 껍질로 싸서 튀긴 음식을 말한다.

사를 해야 할 것이다. 자전거가 그 거친 바닥 위로 쓰러졌다면 분명 망가졌을 것이다. 직접 확인해야겠지만 우선은 브라운의 말을 믿기로 한다. 그는 차량 고치는 일을 하는 사람인데, 따지고 보면 자전거도 차량이지 않은가.

거짓말쟁이의 딸이 어느 술집에 들어가는데. 아니, 다시. 거짓말쟁이와 도둑의 딸이 어느 술집에 들어가는데 총은 두고 카놀리는 들고 나오지.

"그만해." 홀리는 중얼거린다. "그 자전거는 멀쩡해 보였다는 데 집중해. 자전거가 왜 멀쩡해 보였을까?"

그녀가 생각하기에 여기에 대한 답은 백미러에 비친 파란 눈처럼 분명하다. 보니가 거기서 멈춰 섰기 때문이다. 자전거를 세우고 내렸기 때문이다. 현금만 받는 야간 버스를 타러 시내로 갈 생각이 아니었다면 왜 거기서 멈춰 섰을까? 아는 사람을 만났기 때문일까? 도움이 필요한 사람? 아니면 도움이 필요한 척하는 사람?

빌 호지스는 요즘도 가끔 그녀에게 말을 거는데, 지금도 그러고 있다. *홀리, 여기서 한 걸음만 더 나가면 이상한 데로 빠지겠어요.*

맞는 말이기에 그녀는 뒤로 물러나지만…… 원점으로 돌아가지는 않는다. 자전거에 흠집 하나 없었다는 건 보니 레이가 제 발로 거기서 내렸다는 뜻이다. 자전거를 거기다 두고 가기 위해서였는지 다른 이유에서였는지는 아직 알 수 없지만.

하지만 또다시 떠오르는 의문: 왜 자전거는 두고 헬멧은 가져갔을까?

휴대전화에서 문자가 도착했다고 알린다. 보니의 신용카드 정보와 휴대전화 계정이다. 홀리는 더 이상 자리에 앉아 있을 수가 없다. 차에서 내려 피트 헌틀리에게 전화를 걸고 최대한 그늘진 곳을 고수하며 도서관 주차장을 이리저리 걷기 시작한다. 태양이 여전히 죽일 듯이 내리쬐고 있다. 으으윽.

피트가 전화를 받자마자 한 말은 이거다. "결국에는 그 사건을 맡았군요. 맙소사, 홀리, 당신 어머님이……." 기침이 터진다.

"피트, 괜찮아요?"

그는 기침을 가라앉힌다. "괜찮아요. 뭐, 괜찮지는 않지만 오늘 아침에 일어났을 때보다 나빠지지는 않았어요. 홀리, 당신 어머님이 돌아가신 지 얼마 되지도 않았잖아요!"

맞아요, 그것도 엄청난 재산을 남기고. 홀리는 생각한다. *백만장자가 된 여자가 어느 술집에 들어가는데…… 뭔가 재미있는 일이 벌어지지.*

"일을 하는 게 나아요. 그리고 내일 메도브룩 에스테이츠에 갈 거예요. 살고 싶지 않은 집을 물려받아서."

"어머니가 사시던 집 말이죠? 뭐, 잘됐네요. 지금은 매도자가 유리한 시장이거든요. 그걸 처분하고 싶은 마음이 있는지 모르겠지만."

"있어요. 혹시 살 생각 있어요?"

"꿈 깨요, 홀리."

"내가 그 사건을 맡았다는 거 어떻게 알았어요?"

"키가 크고 까무잡잡하고 잘생긴 아이하고 이미 통화를 했거든요." 제롬을 두고 하는 말이다. "나더러 주소를 하나 찾아 달라고 하더라고요. 자기는 빈둥거리느라 찾을 시간이 없는지."

홀리는 이 말에 살짝 짜증이 난다. "주소 검색 앱 사용료를 꼬박꼬박 결제하고 있으니까 어쩌다 한 번씩은 써 줘야죠. 게다가 피트, 당신도 뭐든 해야 하지 않겠어요? 콜록대고 쌕쌕거리는 거 말고." 홀리는 주차장을 마지막으로 한 바퀴 돌아서 프리우스를 세워 놓은 자리로 돌아온 참이다. 콘솔박스에 든 담배가 생각나지만 기침 소리와 거친 숨소리를 떠올리며 걸음을 옮긴다. "어디 주소를 알아봐 달라고 했는데요?"

"베라 스타인먼의 집주소요. 시더 레스트 공동묘지 근처 분양주택에서 살아요. *당신*은 어쩐 일로 전화했어요?"

"보니 달의 신용카드와 휴대전화 개통 정보를 입수했거든요. 양쪽에 무슨 변동이 있는지 알고 싶어요."

"정보원을 통해 알아낼 수는 있지만 합법은 아니에요. 사실……" 피트가 코를 풀자 경적 소리가 들린다. "……합법과는 거리가 멀어요. 그러니까 돈이 든다는 얘기고 그걸 달 부인에게 경비로 청구하기에는 위험 부담이 따를 수 있어요."

"그 정보원을 쓸 필요가 없다고 보는데요. 이지가 알아봐 줄 거예요."

피트가 쌕쌕대며 숨을 쉬는 소리만 들릴 뿐 잠깐 정적이 이어진다. 홀리가 듣기에는 숨소리가 어째 찜찜하다. "그래요?"

"이지가 나한테 사건을 넘긴 거나 다름없거든요. 그럴 만도 하죠. 지금 경찰서가 어떤 상황인지 알아요?"

"'개오전'이죠. 그러니까……"

"개판 5분 전이라고요."

"솔직하게 고백할까요, 홀리? 지금 경찰서 돌아가는 꼴을 보니 일찌감치 때려치운 게 이렇게 다행스러울 수가 없네요."

"이지한테 뭔가 그럴듯한 걸 찾으면 알려 주겠다고 해요."

"에? 진짜 그럴 거예요?"

"고민 중이에요." 홀리는 곧이곧대로 말한다.

"이 베라 스타인먼은 달 부인의 딸이라는 여자아이와 무슨 상관이에요?"

"아무 상관 없을 수도 있어요." 홀리는 스물네 살의 보니 레이가 여자아이는 아니지 않냐고 말할 수도 있지만 그래 봐야 입만 아플 것이다. 피트는 구세대다. 제롬에게 미스 아메리카 대회에서 수영복 심사가 왜 빠졌는지 모르겠다며 투덜댄 적도 있고, 가슴을 지칭할 때도 대개 *젖퉁이* 아니면 *젖통*이라는 단어를 쓴다. "피트, 이제 그만 끊어야겠어요."

"그렇게 돌아다니다가 당신마저 코로나에 걸리면 우리 회사가 좀 더 한참 문을 닫아야 할지 몰라요."

"알겠어요, 피트. 이지한테 물어봐 줄 거죠?"

"네. 행운을 빌어요, 홀리. 어머님 그렇게 되신 거 다시 한번 진심으로 위로를 전할게요."

홀리는 생각하며 천천히 프리우스 앞으로 걸어간다. 보니의 루틴을 아는 사람이 기다리고 있었다면? 예전 남자친구는 알았을까? 아마 그랬을 것이다. 거의 틀림없이. 그리고 자전거. 훔쳐 달라고 사정이라도 하는 듯 건물 앞에 그냥 세워져 있었던 자전거가 계속 떠오른다. 자전거가 도난당했더라도 없어진 헬멧에 지금처럼 신경이 쓰였을까?

"아니. 그건 아니었을 거야."

홀리는 차에 올라타 다시 시동을 걸고 미소를 짓는다. 그 우스갯소리의 빵 터지는 부분이 생각났다.

2020년 12월 4 ~ 19일

12월 4일에 벨 대학의 휴버트 크럼리 학장이 걷잡을 수 없이 번지는 코로나 사태로 조기 방학을 선언한다. 진주만 공습 기념일인 7일에는 봄 학기를 전면 온라인 수업으로 진행하겠다고 발표한다.

그 소식을 듣고 로드니 해리스는 경악한다.

그는 에밀리에게 말한다. "당신 같은 문인들이야 상관없지. 태곳적부터 저술 활동은 대부분 닫힌 공간에서 이루어졌으니까. 하지만 파우치* 박사가 그랬잖아, 과학을 따르자고. 도대체 실험 수업은 어떻게 하겠다는 거야? 생물 실험은? 화학과 물리 실험은? 실험이 *과학*인데!"

"이 또한 지나갈 거야, 여보."

"그렇겠지. 하지만 언제? 그리고 지나갈 때까지 어떻게 할 건데? 해

---

* 전직 미국 대통령비서실 수석의료보좌관.

미시하고 얘기를 해 봐야겠어."

해미시 앤더스는 생명과학과 학과장이다. 에밀리가 생각하기에는 로드니가 아무리 분통을 터뜨린들(이게 바로 분통이다.) 그의 입장이 달라질까 싶다. 그녀와 로드니는 각자의 학과에서 적극적인 활동을 펼치고 있지만 기본적으로 명예직이다. 그녀는 그런 현실을 이해하고 소설 창작 워크숍 지원서 검토라는 소소한 일거리에 만족한다. 거치적거리는 호르헤 카스트로가 없으니 특히 그렇다. 이 일 덕에 계속 머리를 써 가며 바쁘게 지낼 수 있고, 쓰레기 더미 안에서 가끔 보석을 발견할 때도 있다. 하지만 그녀를 심란하게 하는 다른 문제가 있다.

"올해에는 크리스마스 파티를 건너뛰어야겠네. 1992년부터 거의 30년 동안 거른 적이 없는데! 속상해라."

로드니는 거기까지 미처 생각하지 못했다. "뭐…… 공식적으로 록다운이 선포된 것도 아니잖아, 여보. 그러니까 사람들이 *어쩌면* 참석할지도……." 그는 그녀가 눈을 부라리는 것을 본다. "몇 명이라도 오지 않을까?"

"아닐 거야. 게다가 참석한다 한들 실내에서 마스크를 쓰고 무슨 수로 카나페를 먹고 샴페인을 마시겠어?" 이때 또 다른 생각 하나가 그녀의 머릿속에 떠오른다. "게다가 《벨링어》가 있잖아! 자기들이 용감한 기자라도 되는 줄 아는 반체제적인 얼간이들 말이야!"

《벨링어》는 그 대학의 학보다.

에밀리는 두 손으로 머리기사의 틀을 만든다. "'온 나라가 열병을 앓는 지금 파티를 벌이는 두 명예 교수!' 어떻게 들려?"

로드니는 웃음을 터뜨리는 수밖에 없고 에밀리도 덩달아 웃는다. 겨울은 노구의 관절과 뼈에 혹독한 계절이라 평소처럼 여기저기 쑤시고 아프지만 전반적으로는 컨디션이 아주 좋다. 본격적인 통증이 다시 찾아오게 되어 있다는 걸 경험상 알지만 피터 스타인먼이 효과 만점이다.

두말하면 잔소리지만 사전 준비가 핵심이고 그들은 이미 적합한 후보 명단을 작성하기 시작했다. 로드니는 하느님이 그들에게 좋은 머리를 선물한 이유는 그걸 써 주길 바라서라고 입버릇처럼 말한다. 그들이 하느님이나 사후 세계에서의 행복한 삶을 믿는 건 아니고 그건 이번 생을 최대한 연장하려는 훌륭한 이유가 된다.

로드니가 외친다. "설상가상으로 크리스마스 파티까지 못 하게 됐네! 이 빌어먹을 전염병 같으니라고!"

에밀리는 그를 안아 준다.

일주일 뒤에 에밀리가 차고로 나가 보니 로드니가 스바루 왜건 번호판에 2021년 차량 등록 스티커를 붙이고 있다. 그 옆에는 흰색과 파란색으로 이루어진 다른 주 번호판을 단 밴이 주차돼 있다. 배터리가 방전되지 않도록 로드니가 가끔 시동을 걸어 주긴 하지만 그 밴은 특별한 경우에만 쓰인다. 위스콘신주 장애인 번호판은 훔친 게 아니다. 번호판을 훔치면 경찰에 신고가 들어가기 마련이라 로드니가 지하 작업실에서 직접 만들었다. 진짜와 구분할 수 없을 만큼 정교하게.

"외투도 안 입고 어쩐 일로 여기까지 나왔어?"

"문득 생각난 게 있어서 얼른 얘기하고 싶었거든. 내가 보기에는 좋은 생각인 것 같은데, 당신이 판단해 줘."

로드니는 에밀리의 설명을 듣더니 좋은 정도가 아니라 훌륭하다고 한다. 사실상 천재적이라고 한다. 그는 어쩌면 조금 기운이 넘치게 그녀를 끌어안는다.

"진정하세요, 아저씨. 그러다 잠들어 있는 좌골신경통 깨울라."

해리스 부부의 크리스마스 파티가 결국에는 크리스마스 전주 토요일에 열린다. 참석자의 면면이 역대 최고이고 아무도 마스크를 쓰지 않는다. 다른 주에 사는 손님도 있지만(한 명은 심지어 방글라데시에서 접속한다.) 대부분 인근 주민이다. 크럼리 총장도 참석하고 올해의 상주 작가인 헨리 스트래턴도 얼굴을 내민다.(입 밖으로 표현할 일은 없지만 에밀리는 속으로 이성애자인 백인 남성이 그 자리에 다시 앉게 돼서 다행이라고 생각한다.)

당연히 줌 파티지만 로드니가 훌륭한 것을 넘어 천재적이라고 평가한 특별한 요소가 하나 있다. 메인주나 콜로라도주나 방글라데시에서 참석한 사람들에게는 음식과 음료를 제공할 수 없지만 여기 이 도시 주민에게는, 특히 학교에서 공원 사이 빅토리안 거리에 거주하는 사람들에게는 절대 가능하다.

그들은 영문학과와 생명과학과 홈페이지에 일일 구인 광고를 싣고 어떤 일을 하면 되는지 설명한다. (해리스 부부가 금전적인 걱정은 없을지언정 부자는 아닌지라) 제시한 수당이 많지 않은데도 지원자가 넘친다. 에밀리의 말에 따르면 색다른 일이라 그렇다고 한다. 수많은 교직원이(심지어 그중 몇 명은 강사다!) 산타의 요정을 자청한다. 그들이 산타 모자에 산타 수염을 달고 파티가 열리는 날 밤에 곳곳으로 출동한다. 몇 명은 심지어 까만 부츠를 신고 코가 달린 산타 안경까지 쓴다. 산타의 요정들은 핼러윈 때 문을 두드리는 아이들과는 정반대로 가까운 데 사는 파티 손님들에게 조그만 접시에 담긴 카나페를 배달한다. 그리고 샴페인 대신 여섯 개들이 아이언 시티 맥주를.

파티는 엄청난 성공을 거둔다.

산타의 요정은 해리스 부부가 사는 리지 로드 93번지에도 찾아온다. 에밀리가 그래야 한다고 고집을 부렸다. 로드니가 문을 열어 준다. 금발은 풍성하고 하얀 수염 위로 갈색 눈이 반짝이는, 아주 아리따운 요정이다. 로드니는 산타의 빨간색 바지로 더욱 강조된 긴 다리를 몰래 훔쳐보며 감탄한다.(에밀리를 생각해서 너무 몰래 훔쳐보지는 않는다.) 에밀리가 요정을 거실로 안내한다. 부부가 거기에 각자 노트북을 펼쳐 놓았다.(같이 줌을 하면 더 좋잖아, 여보.) 에밀리가 카나페 쟁반을 건네받는다. 로드니는 여섯 개들이 맥주를 건네받는다.

노트북 화면 속에서는 헨리 스트래턴과 여자친구가 (한때 호르헤 카스트로와 그의 '친구'가 살았던) 빅토리안 거리의 그 집에서 알딸딸하게 취한 상태로 화음을 넣어 가며 「산타클로스 이즈 커밍 투 타운」을 부르고 있다.

"아니, 이렇게 깜찍한 요정을 보았나?" 로드니가 말한다.

"저이 조심해요, 사기꾼이거든." 에밀리의 말에 요정은 웃음을 터뜨리며 알겠다고 한다. 에밀리가 배웅하러 나선다. "배달해야 하는 데가 더 남았어요?"

"두 군데요." 요정은 이렇게 말하고 보도 끝에 세워 둔 자기 자전거를 가리킨다. 랩을 씌운 카나페 접시 두 개와 여섯 개들이 맥주 두 세트가 담겨 있을 아이스박스가 짐받이에 고무 끈으로 묶여 있다. "자전거를 타고 다녀도 될 만큼 따뜻해서 다행이에요. 교수님, 이거 정말 환상적인 계획이었어요!"

"고마워요. 그렇게 생각해 주다니 기쁘네."

요정은 수줍게 에밀리를 곁눈질한다. "퇴직하시기 전해에 교수님께 초기 미국 작가 수업 들었어요. 정말 훌륭한 수업이었어요."

"재미있게 들었다니 듣던 중 반가운 소리네요."

"그리고 올해에는 드디어 작심하고 워크숍 지원서를 냈어요. 그 소설 창작 워크숍이요. 스트래턴 선생님을 대신해 교수님께서 검토하고 계시다면 제가 제출한 작품을 보시게 될 텐데……"

"맞아요. 하지만 내년 가을 학기에 지원하면 담당자가 바뀔지 몰라요." 에밀리는 목소리를 낮춘다. "짐 셰퍼드한테 부탁했거든. 그이가 과연 오겠다고 할지 모르겠지만."

"그러면 좋겠지만 어쨌거나 저는 합격하지 못할 거예요. 실력이 뭐 그리 훌륭한 편이 아니라서요."

에밀리는 귀를 막는 척한다. "난 작가들이 자기 작품을 두고 뭐라 하는지 관심 없어요. 중요한 건 작품을 통해 드러나는 작가의 면모니까."

"오. 정말 맞는 말씀인 것 같아요. 아, 이제 그만 가 봐야겠어요. 파티 재밌게 즐기세요!"

"그럴게요. 그나저나 이름이 뭐예요?"

"보니요. 보니 달."

"어디든 자전거를 타고 다녀요?"

"날씨가 궂은 날은 빼고요. 차가 있지만 자전거가 좋아서요."

"유산소 운동도 되고 좋겠네. 이 근처에 살아요?"

"호수 옆 조그만 아파트에서 살고 있어요. 레이놀즈 도서관에 근무하면서 시간이 날 때 이런저런 아르바이트를 하고 있고요."

"조만간 아르바이트를 할 만한 짬이 나면 내가 부탁할 만한 일이 있을지도 모르겠는데." 그녀는 보니가 '대박이에요'와 '짱이에요' 둘 중에 어느 단어로 대답할지 궁금해한다.

"진짜요? 대박이에요!"

"컴퓨터 잘 다뤄요? 도서관에서 근무하니까 당연히 그러려나? 나는 로디 손을 빌리지 않으면 켜는 것도 잘 못하거든요." 에밀리는 상대를 무장해제하는 미소를 지으며 이런 거짓말을 늘어놓는다.

"고치는 건 못하지만 다루는 거라면, 그럼요!"

"혹시 그런 일이 생길 경우에 대비해서 연락처를 알려 줄래요? 단, 장담은 못 해요."

보니는 기꺼이 알려 준다. 에밀리는 번개처럼 빠르게 번호를 아이폰 주소록에 추가할 수 있지만 컴맹인 척하고 있으니 누가 봐도 술에 취해서 춤추고 있는 성 니콜라오스와 함께 **축 성탄!**이라고 적힌 냅킨에 얼른 적는다.

"메리크리스마스, 보니. 기회가 닿으면 또 만나요."

"네! 즐거운 성탄 보내세요!"

그녀는 보도를 되짚어 간다. 에밀리는 문을 닫고 로드니를 쳐다본다.

"다리 예쁘네." 로드니가 말한다.

"꿈 깨, 바람둥이." 에밀리가 되받아치고 둘은 같이 폭소를 터뜨린다.

"요정을 넘어 작가 지망생이라니."

로드니의 말에 에밀리가 코웃음 친다. "멋져요. 대박이에요. *짱이에요오오.* 누가 머리에 총을 들이댄다 한들 독창적인 문장을 한 줄이나 쓸 수 있을까 싶네. 하지만 우리의 관심사는 저 아이의 뇌가 아니잖아. 안 그래?"

"어휴, 그런 소리는 하지도 마." 둘은 다시 폭소를 터뜨린다.

내년 가을을 겨냥해 준비 중인 명단에 이 산타의 요정을 추가하면 딱 알맞겠다.

"채식주의자가 아니라야 할 텐데. 그런 종족은 한 명으로 충분하잖아."

에밀리는 남편의 뺨에 입을 맞춘다. 그녀는 로드니의 썰렁한 농담을 사랑한다.

2021년 7월 23일(5)

베라 스타인먼은 플라타너스가 없는 시카모어가(街)에 산다.* 사실 나무라고는 한 그루도 없는 도로다. 시카모어가의 막다른 골목 너머의 관리가 잘 된 너른 땅에는 나무들이 넘쳐나지만 시더 레스트 공동묘지의 출입문과 구불구불한 돌담으로 가로막혀 있다. 나무 이름이지만 나무 없는 도로로 이루어진 이 동네에는 똑같이 생긴 분양주택만 거의 어깨를 맞대고 서서 늦은 오후의 태양에 익어 가고 있다.

제롬은 길가에 차를 댄다. 금이 간 진입로에 쉐보레가 주차돼 있다. 연식이 최소 10년, 어쩌면 15년은 되어 보인다. 사이드 패널은 녹이 슬었고 타이어는 요철이 없다. **스쿠비라면 어떻게 할까?**라고 적힌 범퍼 스티커는 빛이 바랬다. 제롬이 미리 연락해 다른 사건을 수사하던

---

* 플라타너스 나무를 북미에서는 시카모어(sycamore)라고 부른다.

도중에 피터 스타인먼의 이야기를 듣게 됐다고 설명을 시작하자마자 그녀가 말허리를 잘랐다.

"피터에 대해서 이야기 나누고 싶으면 아무 때나 찾아와요." 목소리가 거의 노래를 부르는 듯 명랑하기 그지없었다. 시내의 으리으리한 변호사 사무실이나 투자사에서 연봉을 많이 받으며 근무하는 안내데스크 직원에게 어울림직한 목소리였다. 그런데 말라비틀어진 잔디밭에 서 있는 이 조그만 집은 전혀 으리으리하지 않다.

그는 마스크를 제대로 올려 쓰고 초인종을 누른다. 다가오는 발소리가 들린다. 문이 열린다. 모습을 드러낸 여자는 인상적이었던 목소리와 이미지가 완벽하게 맞아떨어진다. 옅은 초록색 블라우스, 짙은 초록색 스커트, 이 찜통더위에도 신은 스타킹, 하나로 묶은 적갈색 머리. 딱 한 군데 어울리지 않는 부분이 있다면 입에서 풍기는 술 냄새다. 사실 냄새만 풍기는 게 아니라 술을 반쯤 채운 잔을 손에 들고 있다.

"로빈슨 씨로군요." 그녀는 자기 이름을 잘 모르는 사람 대하듯 이렇게 말한다. 직사광선 아래에서 보니 매끈한 중년의 미모가 화장발일 수도 있겠다는 생각이 든다. "들어와요. 그리고 마스크 벗어도 돼요. 백신 맞았으면. 나는 걸렸다가 나아서 몸에 항체가 가득해요."

"고맙습니다." 제롬은 안으로 들어가 마스크를 벗어서 뒷주머니에 넣는다. 이 빌어먹을 마스크는 질색이다. 그가 들어선 거실은 깔끔하지만 어두컴컴하고 휑하다. 가구는 철저하게 실용적이다. 벽에 걸린 딱 한 장의 사진은 평범한 정원의 풍경이다. 어디에선가 에어컨이 시끄럽게 돌아가고 있다.

"에어컨 수명이 다 됐는데 바꿀 돈이 없어서 블라인드를 쳐 놓고 있어요. 뭐 마실 거 드릴까요, 로빈슨 씨? 진 토닉 있는데."

"그냥 토닉만 주세요. 아니면 물이요."

그녀는 부엌으로 들어간다. 제롬은 90킬로그램인 자신의 체중을 버텨 주기 바라며 슬링백 의자에 조심스럽게 앉는다. 의자에서 소리가 나긴 하지만 주저앉지는 않는다. 얼음 달가닥거리는 소리가 들린다. 베라 스타인먼이 토닉 잔과 다시 가득 채운 자기 잔을 들고 돌아온다. 그는 그날 밤에 홀리에게 전화해 데리 휩에서 만난 아이에게 그런 말을 들었어도 상대가 음주가 일상인 지독한 술꾼인 줄 대화가 갑작스럽게 끝날 때까지 몰랐다고 할 것이다.

그녀는 네모난 다른 의자에 앉아 컵받침과 펼쳐진 잡지가 있는 커피 테이블에 자기 잔을 내려놓고 무릎 위로 치맛자락을 매만진다.

"제가 어떻게 도와 드리면 될까요, 로빈슨 씨? 실종된 아이들을 찾는 일을 하기에는 너무 젊어 보이시는데."

"사실 실종된 아가씨예요." 이어서 그는 보니 달 사건의 개요를 설명한다. 어디에서 자전거가 발견됐고, 그와 홀리("제 상사요.")가 어쩌다 데리 휩 앞에서 스케이트보드를 타던 남자아이들과 대화를 나누게 됐으며, 그 자리에서 어쩌다 피터의 이름이 등장했는지.

"피터의 실종 사건이 보니 달의 사건과 연관이 있는 것 같지는 않지만 확실하게 정리하고 넘어가고 싶어서요. 그리고 궁금하기도 하고요." 제롬은 잠깐 생각한 끝에 표현을 바꾼다. "아니, 염려가 돼서요. 아드님께 들은 소식이 있나요, 스타인먼 부인?"

"전혀요." 그렇게 대답한 그녀는 술을 길게 한 모금 마신다. "위저보드*를 사야 할까 봐요."

"그럼 부인께서 생각하시기에는 아드님이……." 제롬은 차마 말문을 맺지 못한다.

---

* 심령 대화용 점술판.

"죽은 것 같으냐고요? 네, 내가 생각하기에는 그래요. 낮에는 계속 희망의 끈을 놓지 않지만 밤이 돼서 잠이 오지 않으면……." 그녀는 잔을 들어서 크게 한 모금 마신다. "이걸 배가 부르도록 마셔도 잠을 잘 수가 없으면…… 그렇다는 걸 알겠어요."

눈물 한줄기가 뺨을 타고 흘러내리자 화장이 지워지면서 창백한 맨살이 드러난다. 그녀는 손등으로 눈물을 닦고 다시 한 모금 마신다. "잠깐 실례할게요."

그녀는 부엌으로 들어가는데, 아직은 걸음걸이에 흐트러짐이 없다. 병목이 쟁그랑거리는 소리가 들린다. 그녀가 다시 돌아와 구겨지지 않게 치마 뒷면을 잘 펴 가며 조심스럽게 앉는다. 제롬은 생각한다. *나를 만나려고 옷을 갈아입은 거야. 나를 만나려고 잠옷과 가운을 벗고 옷을 갈아입은 거야.* 모를 일인데도 알겠다.

베라 스타인먼은 술을 홀짝이고 잔을 채우러 다시 한번 부엌에 다녀와 가며 이후로 20분 정도 대화를 나눈다. 발음이 뭉개지지는 않는다. 횡설수설하지도 않는다. 부엌을 오가는 동안 휘청거리거나 갈지자로 걷지도 않는다.

피터는 코로나가 터지고 시 경찰이 지금처럼 파탄 나기 전에 실종됐기 때문에 상당히 철저한 수사가 이루어졌다. 하지만 결론은 같았다. 수사를 담당한 데이비드 포터 형사는 피터가 가출한 거라고 생각했다.(적어도 본인 말로는 그랬다.)

포터 형사가 그런 결론을 내린 데에는 브렉 초등학교에서 진학 및 보건 상담교사로 근무하는 카티야 그레이브스와 나눈 대화가 영향을 미쳤다. 피터는 실종되기 1년쯤 전부터 성적이 떨어졌고 지각과 결석이 잦았으며 몇 번 말썽을 피우다 한 번은 정학까지 당한 적이 있었다.

정학이 끝나고 2일에 걸쳐 둘이서 만났을 때 피터가 계속 눈을 맞추지 않고 웅얼거려도 그레이브스가 집요하게 물러서지 않자 마침내 봇물이 터졌다. 피터의 어머니가 술을 너무 많이 마시고 있었다. 친구들이 자기를 스팅키라고 부르는 건 상관없었지만 엄마를 놀리는 건 싫었다. 아버지는 피터가 일곱 살이었을 때 떠났다. 열 살이었을 때는 어머니가 회사에서 잘렸다. 그는 친구들의 웃자고 하는 얘기가 싫었고 가끔은 어머니도 싫었다. 그는 그레이브스에게 올랜도의 디즈니월드 근처에 사는 삼촌이 있다며, 차를 얻어 타고 플로리다로 가는 상상을 자주 한다고 말했다.

"아이가 그 집에 간 적이 없는데 포터 형사는 계속 가출이라고 했어요. 이유는 로빈슨 씨도 알겠죠."

당연히 제롬도 안다. "시신이 발견되지 않았으니까요."

베라는 맞장구친다. "맞아요. 지금까지도 발견되지 않았고 희망보다 더 절묘한 고문은 없죠. 실례할게요."

그녀는 부엌으로 들어간다. 병이 달가닥거린다. 그녀는 치맛자락을 휘날리고 스타킹을 서걱거리며 똑바르게 걸어서 돌아온다. 자리에 앉는다. 자세가 훌륭하다. 발음도 또렷하다. 그녀는 제롬에게 실종 및 착취 아동센터 홈페이지에 들어가면 수천 명의 아이들 중에 피터의 사진도 있다고 말한다. FBI에서 운영하는 납치 및 실종자 홈페이지에도 있다. 전 세계 실종 아동 네트워크에도. Missing Kids.org에도. 폴리 클라스 재단 홈페이지에도. 폴리 클라스는 열두 살 때 파자마 파티 도중에 납치돼 살해당한 아이다. 그리고 피터의 실종 신고가 접수되고 몇 달 동안 이 도시의 경찰서에서 점호 때마다 회의실 스크린에 그 아이의 사진이 떴다.

"물론 나도 심문을 받았죠." 이제는 술 냄새가 지독하다. 제롬이 생각하기에는 냄새의 출처가 베라의 입이 아니라 땀구멍인 것 같다.

"부모들이 노상 아이들을 죽여 대니 말이죠. 대부분 새아버지 아니면 친아버지이지만 가끔 어머니가 가담하는 경우도 있잖아요. 예를 들어 다이앤 다운스도 그렇고. 그 여자를 다룬 영화 봤어요? 패러 포셋이 출연했는데. 거짓말 탐지기까지 동원됐는데 내가 통과한 모양이에요." 베라가 어깨를 으쓱한다. "나는 오로지 진실만을 이야기했어요. 나는 죽이지 않았다고, 아이가 어느 날 저녁에 스케이트보드를 들고 나가서 영영 소식이 끊겼다고."

베라는 제롬에게 카티야 그레이브스가 피터를 면담한 뒤에 자기도 만났었다며 당시 상황을 설명한다. "아무 때나 시간이 될 때 만나자고 했는데 웃기는 얘기였죠. 내가 그 당시에 백수라 아무 때나 시간이 됐거든요. 음주운전으로 마지막 회사에서 잘린 터라. 일을 쉬는 동안에는 모아 놓은 돈과 전 남편이 매달 보내 주는 양육비와 위자료로 살았어요. 샘은 나를 못 견뎌 했지만 그 돈에 관해서만큼은 아주 정확했거든요. 지금도 그래요. 피터가 실종됐다는 걸 알면서도 계속 양육비를 보내요. 그이가 한번은 나한테 왜 그렇게 술을 많이 마시느냐고, 자기 때문이냐고 물은 적이 있어요. 나는 착각하지 말라고 했죠. 그이 때문도, 어린 시절의 트라우마 때문도, 그 어떤 것 때문도 아니거든요. 그건 바보 같은 질문이에요. 나는 마셔요, 고로 나는 존재해요. 실례할게요."

그녀는 이번에도 똑바로 걸어와 치마 뒷자락을 반듯하게 펴며 무릎을 모으고 앉아서 제롬에게 그레이브스를 만났을 때 술 때문에 회사에서도 잘리고 하룻밤 유치장 신세까지 진 엄마를 둔 죄로 피터가 친구들에게 어떤 식으로 놀림을 당하는지 들었다고 말한다.

"듣고 있기 괴롭더라고요. 그게 내 바닥이었어요. 적어도 그 당시 기준으로는. 바닥이 얼마나 깊을 수 있는지 몰랐는데 이제는 알겠어요. 그레이브스라는 여자가 알코올중독자 지원 모임 리스트를 주었고 나는 거기 참석하기 시작했어요. 페니모어 부동산에 취직했고요. 이 도시에서 규모로 손꼽히는 업체예요. 사장이 알코올중독자 출신이라 술을 끊었거나 끊으려고 노력하는 사람을 많이 뽑아요. 그 마지막 해에는 사는 게 폈어요, 로빈슨 씨. 피터는 성적이 올라갔고 우리는 더 이상 싸우지 않았죠." 그녀는 말을 잠깐 멈춘다. "음, 아니다, *전혀* 안 싸우지는 않았네요. 아이하고 싸우지 않는 건 불가능하니까요."

"그야 저도 잘 알죠. 제가 얼마 전까지 그런 아이였으니까요."

그 말에 그녀는 큰 소리로 삭막하게 웃음을 터뜨린다. 제롬은 그녀가 그 많은 술을 기적적으로 분해한 게 아니라 그야말로 술이 떡이 되도록 취했다는 사실을 깨닫는다. 그런데도 그래 보이지 않으니, 어떻게 그럴 수 있을까? 그는 연습의 결과인가 보다고 결론을 내린다.

"내가 술을 마셔서 피터가 가출했다는 게 말이 안 되는 이유가 그 때문이에요. 그 아이가 실종되기 불과 3주 전에 내가 금주 1주년 기념 칩을 받았거든요. 앞으로는 그 칩을 두 번 다시 받을 일이 없을 것 같지만. 아이가 사라지고도 6주인가 후에까지 다시 술을 마시지 않았어요. 그 6주 동안 그야말로 카펫이 닳도록 무릎을 꿇고 앉아서 피터를 돌려 달라고 위에 계신 높으신 분께 기도를 드렸어요." 그녀는 다시 큰 소리로 삭막하게 웃음을 터뜨린다. "차라리 해가 서쪽으로 뜨게 해 달라고 기도하는 편이 나았을지도 모르겠네요. 아이가 영영 사라졌다는 사실을 완전히 받아들이게 됐을 때 다시 동네 주류점을 들락거리기 시작했죠."

제롬은 뭐라고 하면 좋을지 알 수가 없다.

"경찰의 편의상 실종자로 분류됐지만 포터 형사도 그 아이가 죽었다는 걸 나처럼 알 거라고 봐요. 다행히 나한테는 높으신 분이 있어요." 그녀는 잔을 들어 보인다.

"아이가 사라진 게 언제였나요, 스타인먼 부인?"

그녀는 곰곰이 생각하지도 않는다. 그걸 보고 제롬은 아마 기억에 새겨졌나 보다고 생각한다. "2018년 11월 27일이요. 아직 1000일은 안 됐지만 거의 그만큼 됐죠."

"데리 휩에서 만난 한 아이가 말하길, 부인이 자기 엄마에게 전화를 했다던데요."

그녀는 고개를 끄덕인다. "토미네 엄마, 메리 에디슨이요. 아이가 집에 들어왔어야 하는 시각에서 한 시간 반이 지난 9시쯤이었어요. 아이 친구 엄마들 연락처를 몇 개 알고 있었거든요. 나는 그 마지막 해에 좋은 엄마였어요, 로빈슨 씨. 별로 좋지 못한 엄마로 살았던 세월을 보상하려고 애를 쓰던 성실한 엄마. 나는 피터가 토미네 집에서 자고 오기로 해 놓고서 깜빡하고 나한테 얘기를 하지 않은 줄 알았어요. 다음 날 학교 수업이 늦게 시작했기 때문에 그럴 수도 있었거든요. 무슨 폭력 사태 예방 교사 간담회가 있다고, 피터가 그랬어요. 그건 *확실하게* 기억해요. 에디슨 부인이 피터가 안 왔다고 하길래 다시 한 시간을 기다렸죠. 무릎을 꿇고 높으신 분께 기도하면서. 아이가 와서 왜 늦었는지 황당한 핑계를 늘어놓거나⋯⋯ 심지어 술 냄새를 풍겨도 된다고⋯⋯ 그냥 아이 얼굴만 보게 해 달라고."

그녀는 다시 손등으로 눈물을 닦는다. 제롬은 여기 찾아온 것을 후회하지는 않지만 이 상황이 힘들기는 하다. 그녀가 겪는 고통의 냄새가 거의 느껴지는 것 같은데, 술 냄새와 비슷하다.

"10시에 경찰에 신고했어요."

"아이에게 휴대전화가 있었나요, 스타인먼 부인?"

"그럼요. 메리 에디슨에게 전화하기 전에 아이에게 먼저 연락했죠.

아이 방에서 벨이 울리더라고요. 스케이트보드를 타러 나갈 때는 들고 나가지 않았거든요. 넘어졌다가 박살 낼까 봐. 내가 휴대전화를 박살 내면 돈이 없어서 새로 사 주지 못한다고 해서요."

제롬은 홀리가 뭘 물어봐 달라고 했는지 기억해 낸다. "아이 보드는 어떻게 됐나요? 혹시 아세요?"

"스케이트보드요? 아이 방에 있어요." 그녀는 자리에서 일어나 잠깐 휘청거리다 중심을 잡는다. "아이 방 구경하실래요? 예전이랑 똑같은 상태로 유지하고 있어요. 공포 영화에 나오는 미친 엄마처럼 말이에요."

"저는 부인이 미쳤다고 생각하지 않아요."

베라는 짧은 복도로 앞장선다. 복도 한쪽은 세탁실인데, 세탁기 앞에 옷이 아무렇게나 쌓여 있다. 제롬은 길을 잃고 혼란스러워하며 종종 술독에 빠져 지내는 베라의 진정한 모습을 거기서 언뜻 목격한다. 어쩌면 그녀는 계속 그 안에서 허우적거릴 수도 있다.

베라는 그의 시선이 향한 곳을 보고 세탁실 문을 닫는다.

피트의 방문에는 '피트 스타인먼 본부'라고 적힌 라벨 테이프가 붙어 있다. 그 아래에 「쥐라기 공원」의 벨로시랩터를 붙여 놓았는데 이빨을 드러낸 입에 이런 말풍선이 달려 있다. **산 채로 잡아먹히기 싫으면 들어오지 마시오.**

베라가 문을 열고 게임 프로그램 모델처럼 한 손을 내민다.

제롬은 안으로 들어간다. 싱글 침대는 이불에 주름 하나 없을 만큼 깔끔하게 정리가 되어 있다. 도발적인 포즈를 취한 리한나의 포스터가 그 위에 붙어 있지만, 아이가 이 세상에서 순식간에 사라진 그 나이 때는 환상을 향한 갈구가 성에 대한 관심에 아직 밀려나지 않았다. 문제의 그 아이가 친구들 사이에서 스팅키라고 불린 아이라면 더

욱 그럴 것이다. 그래서 (거의 똑같이 생긴 옆집이 내다보이는) 창문 양옆에 존 윅과 캡틴 아메리카 포스터가 붙어 있다. 서랍장 위에는 충전기에 꽂힌 피터의 휴대전화와 밀레니엄 팰컨* 레고 모형이 있다.

"저건 나랑 같이 만든 거예요. 재밌었는데." 마침내 제롬은 아주 희미하게 혀 꼬부라진 소리를 감지한다. *재밌었는데*가 아니라 *재밌섰는데*다. 그는 거의 안도감을 느낀다. 그녀의 주량이…… 음, 거기에 대해서는 별로 생각하고 싶지 않다. 서랍장 왼쪽 구석에 하도 많이 타서 흠집으로 뒤덮인 파란색 앨러미다 스케이트보드가 세워져 있다. 그 옆 바닥에 헬멧이 놓여 있다.

제롬은 스케이트보드를 가리키며 묻는다. "혹시 제가……?"

"마음대로 하세요." *하세여*.

제롬은 보드를 집어서 살짝 오목한 섬유유리 표면을 손으로 쓱 훑고 뒤집는다. 바퀴 하나가 약간 휜 것처럼 보인다. 희미해졌지만 그래도 완벽하게 알아볼 수 있는 매직으로 주인의 이름과 집 주소, 전화번호가 적혀 있다.

"이게 어디 있었나요?" 제롬은 문득 답을 알 것 같다. 보니 레이의 자전거가 발견된, 주인 없는 카센터 앞 금이 간 보도. 그런데 그의 짐작이 틀렸다.

"디어필드 공원이요. 그 아이의, 그러니까, 시신을 찾으러 나선 경찰이 레드뱅크로 근처 덤불 속에서 발견했어요. 거기서 누가 그 아이를 끌고 가서 죽이고 그 전에 다른 짓도 저지르고 그런 게 아닐까 싶어요. 아니면 안개가 낀 날이었으니까 누가 차로 쳐서 시신을 싣고 가 다른 데 묻었을 수도 있고. 나 같은 음주운전자가. 그저…… 고통

* 「스타워즈」에서 한 솔로가 타고 다닌 우주선.

스럽지만은 않았길 바랄 따름이에요. 실례할게요."

그녀는 다시 부엌으로 향한다. 자세는 여전히 완벽하지만 이제는 엉덩이를 티가 나게 흔들며 걷는다. 제롬은 스케이트보드를 좀 더 들여다보다가 다시 구석에 기대어 세워 놓는다. 이제는 스타인먼과 달 사이에 아무 연관도 없다고 딱 잘라 말하지 못하겠다. 우연의 일치일지 몰라도, 장소와 남겨진 물품 간에 분명 비슷한 구석이 있다.

그는 거실로 돌아간다. 베라 스타인먼이 새 잔을 들고 부엌에서 나온다.

"시간 내주셔서 감사……"

제롬이 여기까지 말했을 때 베라의 무릎이 꺾인다. 그녀의 손에서 떨어진 잔이 러그 위를 데굴데굴 구르자 냄새상으로 스트레이트 진인가 싶은 술이 쏟아진다. 고등학생 때 육상과 미식축구를 했고 반사신경이 아직 훌륭한 제롬은 그녀가 얼굴로 바닥을 들이받아 코와 이가 부러지기 전에 겨드랑이 부근을 붙잡는다. 그녀는 붙들린 채로 완전히 늘어진다. 머리칼이 쏟아져 얼굴을 덮는다. 으르렁거리며 아들의 이름일 수도 있고 아닐 수도 있는 소리를 낸다. 그러다 발작이 시작되자 개의 입에 물린 쥐처럼 온몸을 흔든다.

2021년 1월 6일

에밀리가 로드니에게 말한다. "그만하면 됐어. 이제 꺼."

"여보, 이건 *역사적인* 사건이야. 안 그런가, 보니?"

보니 레이는 손에 든 작년 크리스마스카드 더미를 까맣게 잊은 채 에밀리가 쓰는 1층 서재 입구에 그대로 서서 텔레비전을 빤히 쳐다보고 있다. 폭도가 국회의사당으로 들이닥쳐 유리창을 부수고 벽을 타고 올라간다. 그중 일부는 남부 연맹기를, 또 일부는 방울뱀 아래에 '나를 밟지 마시오'라고 적힌 개즈던기(旗)를, 대다수는 침대 시트 크기의 트럼프 플래카드를 흔든다.

"그러거나 말거나 관심 없어. 끔찍하니까 꺼."

과연 끔찍하지만 또 한편으로는 흥미진진하기도 하다. 에밀리가 생각하기에 도널드 트럼프는 천박한 인간이지만 마법사이기도 하다. 그녀는 알지 못하는(하지만 마음속 가장 깊은 곳에서는 부러워하는) 수리

수리 마수리 요술을 부려 미국의 투실투실하고 심드렁한 중산층을 혁명가로 바꾸어 놓았다. 그들은 지적인 측면에서는 혐오스러운 존재다. 하지만 그녀에게는 일기장에서만 드러내는 또 다른 측면, 지난 9년 동안의 경험으로 인해 성격 변화가 거의 불가능한 나이에 달라진 측면이 있다. 말로 시인할 일은 없겠지만 그녀는 이런 식의 정치적인 신성모독에 매력을 느낀다. 저들이 의원실을 부수고 들어가 양당의 선출 의원을 끌어내 목매달아 죽이면 좋겠다는 생각이 든다. 새 먹이라도 되게. 그게 아니면 그들이 무슨 쓸모가 있겠는가?

"텔레비전 꺼, 로드니. 꼭 봐야겠으면 2층에서 봐."

"알겠어, 여보."

로드니는 바로 옆 테이블에 놓인 리모컨을 집어 들지만 리모컨이 손에서 미끄러져 쿵 하고 카펫에 떨어진 순간 기자가 보도한다. "이걸 폭동으로 보아야 할까요, 사실상 내란으로 보아야 할까요? 현재로서는 판단이 불가능합니다."

그는 리모컨을 움켜쥐는 게 아니라 양쪽 손바닥 날로 어설프게 집는다. 그러고는 인상을 쓰며 엄지손가락으로 버튼을 눌러 기자의 보도를 중간에 끊는다. 리모컨을 다시 테이블 위에 놓고 보니를 돌아본다. "자네 생각은 어떤가? 폭동이야, 내란이야? 이것이 21세기판 섬터 요새*일까?"

보니는 고개를 젓는다. "그게 뭔지 모르겠어요. 하지만 흑인들이 저러고 있었다면 경찰에서 분명 총을 쐈을 거예요."

에밀리가 말한다. "푸. 나는 단 1초도 못 믿겠네."

로드니는 자리에서 일어난다. "에밀리, 내 손에 요술을 좀 부려 주

---

* 사우스캐롤라이나주 찰스턴에 있는 요새. 남부군이 이곳을 포격함으로써 남북전쟁이 시작됐다.

겠어? 이 추운 날씨가 마음에 안 드나 봐."

"잠깐만. 보니한테 일 먼저 맡기고."

"그래." 그가 거실에서 나가 중간에 쉬는 일 없이 계단을 올라가는 소리가 들린다. 관절염이 그의 무릎이나 고관절에까지 침투하지는 않았다. 아직은.

"교수님 노트북에 '크리스마스와 신년' 파일 만들어 놨어요. 두 분께 카드를 보낸 분들 성함과 주소가 전부 그 안에 있어요. 많더라고요."

"그래. 이제 편지 문구 비슷한 걸 써야 하겠는데…… 그런 걸 뭐라고 하더라……." 에밀리는 그런 걸 뭐라고 하는지 알고, 이미 휴대전화에도 주소록을 완벽하게 입력해 놓았다. 그걸 컴퓨터로 옮기는 건 일도 아니지만 보니는 그렇다는 걸 몰라야 한다. 보니의 눈에 비친 그녀는 전형적인 노학자라야 한다. 현실을 모르고, 생각의 속도가 시속 몇 킬로미터씩 느려지며, 자기 전공 분야 말고는 속수무책인 사람. 그리고 경계할 이유가 없어 보여야 한다. 폭도들이 미국 정부의 선출 의원뿐 아니라 흑인(그녀 평생에 이들을 동등하게 간주할 일은 없을 것이다.)과 날이 갈수록 점점 느는 항문 성교하는 인간들까지 가로등 기둥에 매달아 죽이는 상상 같은 건 할 줄도 모르는 사람으로 보여야 한다.

보니는 진지하게 강의를 늘어놓는다. "회사에서는 그런 걸 표준 문구라고 부를 거예요. 저는 핵심 문구라고 부르는 편을 더 좋아하지만요. 선물을 받으셨을 경우 감사 인사와 새해 인사는 물론이고 가족이나 승진이나 상이나 기타 등등 개인적인 세부 사항까지 넣어서 각각의 답장을 맞춤 작성하는 법을 가르쳐 드릴게요."

"어머, 대단해라! 천재네!" 에밀리는 외치는 한편 속으로는 이렇게 생각한다. *그 정도야 요즘 10대들은 누구나 「콜 오브 듀티」 게임을 하면서 여자친구한테 왓츠앱으로 자기 성기 사진을 보내는 틈틈이 할*

수 있는 일이지.

"천재는 아니고 이 정도는 다들 할 줄 알아요." 그러면서도 보니는 좋아서 얼굴을 붉힌다. "핵심 문구를 어떤 식으로 작성하실지 불러 주시면 제가 입력해 드릴게요."

"좋은 생각이야. 가엾은 로디 손을 어떻게 할지 고민하면서 뭐라고 쓰면 좋을지 고민해 볼게."

"해리스 교수님 관절염이 많이 심각하시죠?"

"아, 심해졌다가 괜찮아졌다가 그래." 에밀리는 미소를 짓는다.

로드니는 울퉁불퉁한 손으로 깍지를 껴서 가슴 위에 얹고 둘이 같이 쓰는 침대에 누워 있다. 그녀로서는 영 마뜩잖은 자세다. 마치 관에 누워 있는 것 같지 않은가. 하지만 죽은 사람은 지금의 그처럼 미소를 지을 수 없다. 그는 이 나이에도 이렇게 *치명적인* 매력을 발산할 수 있다. 그녀는 침실 문을 닫고 화장대 앞으로 간다. 거기서 아무 라벨도 없는 통을 꺼낸다.

"저 아이는 명단에서 지워야 하지 않나 싶어." 에밀리가 침대로 가서 옆에 앉자 로드니가 말한다.

"그래도 탱탱한 가슴과 날씬한 허리에 홀딱 반한 사람이 있던데. 그 긴 다리는 말할 것도 없고 말이지." 에밀리가 통의 뚜껑을 열며 말한다. 통 안에는 누런 젤리 비슷한 게 들어 있다. 피터 스타인먼의 몸에는 지방이 많지 않았지만 그래도 그들은 알뜰히 거두었다.

로드니는 짜증 섞인 투로 말한다. "물론 저 아이의 생김새가 반반하긴 하지만 그래서가 아니야. 지금까지 가깝게 지낸 사람을 납치한 적은 없잖아. 그건 위험해."

"호르헤 카스트로는 나랑 같은 과였잖아. 그래서 내가 실제로 *심문*도 받았고." 그녀는 이렇게 짚고 넘어가며 눈을 동그랗게 뜬다. "그리고 당신은 그 골든 올디스 동호회에서 같이 볼링을 치지 않았어?"

그는 두 손을 들어 보인다. "요즘은 안 쳐. 당신이 카스트로 일로 심문을 받은 건 당신 과의 모든 사람이 받았기 때문이고. 그게 정해진 수순이라. 이건 다를지 몰라. 저 아이는 *우리 집에서* 일을 하고 있잖아."

물론 맞는 말이다. 에밀리는 크리스마스 다음 날 그 애에게 연락해, 편지를 좀 더 쉽게 주고받을 수 있게 컴퓨터를 업데이트하고 이번 소설 창작 워크숍 지원자 명단을 스프레드시트로 만들어 달라고 했다.

에밀리는 얼마 전까지 피터 스타인먼의 복부에 껴 있던 누런 물질을 한 손가락으로 뜬다. "여보, 손 내밀어 봐."

로드니가 손가락은 살짝 뒤틀리고 손마디는 조금 더 많이 부은 손을 내민다. "살살 해, 살살."

"조금 아팠다가 달콤한 휴식이 찾아올 거야." 그녀는 손마디에 특별히 신경 쓰며 그의 손가락에 로션을 바르기 시작한다. 그는 여러 번 얼굴을 찡그리고 뱀 비슷하게 쉭쉭거리며 숨을 들이마신다.

"이제 구부려 봐."

그는 천천히 손을 오므린다. "훨씬 낫네."

"당연하지."

"좀 더 발라 줘."

"남은 게 별로 없어, 여보."

"조금만 더."

그녀는 다시 한 손가락을 집어넣어 통 바닥의 유리 위에 쉼표를 그린다. 로션을 로드니의 왼손바닥에 얹어 주자 그는 거의 자연스럽게 손가락을 구부려 가며 그 위에 로션을 바른다.

“저 아이가 여기서 일하는 건 당분간이고 재도 그걸 알아. 긴 크리스마스 휴가가 끝나고 봄 학기가 시작되면 다시 도서관에서 풀타임으로 일할 거야. 그리고 내 격려를 받으며 소설 창작 공부를 할 테고.”

“소질이 있어?”

“아직 안 읽어 봤는데, 주제로 보아하니 아닐 것 같아.”

“주제가 뭔데?”

그녀는 허리를 숙여서 조그맣게 속삭인다. “사랑에 빠진 뱀파이어.”

로드니는 그야말로 키득거린다.

“그런데 대화를 나누면서 저 아이에 대해 많은 걸 알게 됐고 그래서 아주 바람직해. 남자친구와 헤어졌는데, 자기가 먼저 헤어지자고 해 놓고 아직까지도 괴로워하고 있어. 자기 성격에 무슨 문제가 있어서 진득하게 누굴 만나지 못하는 건 아닌지 궁금해하고.”

로드니는 콧방귀를 뀐다. “내가 들은 바로는…… 응, 나하고도 대화를 나누거든. 이 톰이라는 남자친구는 지질이 그 자체던데. 헤어지길 잘했다고 봐.”

“그야 당신 말이 맞지만, 중요한 건 저 애가 어떤 기분을 느끼고 그게 우리에게는 어떤 의미인가 하는 거야. 어머니하고의 관계도 걱정스럽다고 할 만하거든. 젊은 여자와 그 어머니가 서로 들이받는 건 드문 일도 아니지만 이것 역시 우리로서는 바람직한 부분이야. 저 애가 나한테 뭐랬는지 알아? ‘제 어머니는 뭐든 자기 마음대로 해야 직성이 풀리는 성격이지만 그래도 저는 어머니를 사랑해요.’ 그리고…… 계속 문질러, 여보. 로션이 관절 깊숙이 스며들게. 그리고…… 레이놀즈 도서관의 콘로이라는 수석 사서가 우리 보니한테 꽂혔대. 저 아이의 표현에 따르면 주물럭주물럭, 꼬무락꼬무락이 심하다고 하더라고.”

로드니는 짤막하게 낄낄거린다. “그 표현 오랜만이네.”

"평소처럼 10월이나 11월까지 기다리면 저 아이가 우리 집에서 겨울에 잠깐 파트타임으로 일한 것도 9개월 심지어 10개월 전의 일이 돼. 심문을 받더라도, 내가 생각하기에는 심문을 받을 것 같은데, 그렇더라도 그냥 솔직하게 얘기하면 돼." 에밀리는 무릎을 덮는 스커트를 입고 발목 양말을 신던 여학생 시절과 거의 비슷할 정도로 가는 손가락을 접어 가며 숫자를 센다. "남자친구와 우울한 결별. 어머니의 마수에서 벗어나고 싶은 욕망. 무엇보다 직장 내 성희롱. 이게 다 얼마나 훌륭한 조건인지 알겠지? 그냥 모든 걸 버리고 떠나기로 마음먹은 것처럼 보일 가능성이 얼마나 큰지."

"당신 말을 듣고 보니 그러네."

"*그리고* 우리는 저 아이의 루틴을 알잖아. 도서관에서 항상 같은 길로 퇴근하는 거." 그녀는 말을 잠깐 멈추었다가 좀 더 나지막이 잇는다. "당신이 쟤 가슴 쳐다보면서 좋아하는 거 알아. 상관없긴 하지만."

"우리 아버지는 입버릇처럼 말씀하셨지. 다이어트 하는 사람이라도 메뉴는 구경할 수 있다고. 그래, 맞아. 쳐다봤어. 내 학생들, 그러니까 남학생들이 보면 훌륭한 우윳병이라고 할 가슴이라."

"시각적인 아름다움은 둘째 치고 그 가슴이 체지방의 거의 4퍼센트에 해당해." 그녀는 남은 게 거의 없는 병을 들어 보인다. "그거면 우리 자기 관절염을 많이 달랠 수 있지. 내 좌골신경통은 말할 것도 없고." 그녀는 뚜껑을 돌려서 닫는다. "자. 이제 설득이 됐어?"

그는 이제 누가 봐도 통증 없이 손가락을 빠르게 접었다 폈다 한다. "생각할 거리가 생겼다고 해 두지."

"좋아. 이제 키스해 줘. 1층 내려가서 다시 컴맹인 척해야 하니까. 당신은 폭동 구경해야 하고."

2021년 7월 23일(6)

제롬은 6시 15분에 스타인먼의 집 앞에서 홀리에게 전화해 상황을 보고한다. 카이너 병원은 물론이고 응급구조센터 구급차까지 전부 코로나 환자 수송에 동원돼 자기가 직접 베라를 병원까지 데려갔다고, 차까지 안고 가서 조수석에 욱여넣고 안전벨트를 채운 다음 병원까지 최대한 빨리 달려갔다고 말이다.

"시원한 바람을 쐬면 기운을 좀 차릴까 싶어서 창문을 내리고 갔거든요. 별 소용이 없었는지 병원에 도착했을 때에도 부인이 여전히 해롱거렸지만 그래도 머스탱 스팀 세차비를 아꼈어요. 부인이 오는 길에 토를 두 번 했지만 다 창밖으로 해서. 그건 물로 씻으면 돼요. 카펫에 냄새가 배면 없애기가 훨씬 힘든데."

그는 홀리에게 베라가 발작을 일으킨 동안에도 토를 두 번 했다고 전한다. "두 번째로 뿜기 전에 옆으로 돌려서 눕혔어요. 덕분에 기도가 확보돼서 다행이었는데, 처음에는 숨을 쉬지 않더라고요. 얼마나 식겁했는지 몰라요. 인공호흡을 했어요. 그냥 뒀어도 자가 호흡을 시작했을지 모르지만 혹시나 해서요."

"네가 부인의 목숨을 구했을지 몰라."

제롬은 웃음을 터뜨린다. 홀리가 듣기에는 어째 떨리는 웃음처럼 느껴진다. "그건 잘 모르겠지만 그 뒤로 입을 대여섯 번 헹궜는데도 아직까지도 술이 섞인 토사물 맛이 가시질 않아요. 그 집에 들어갔을 때 부인이 마스크 벗어도 된다고, 자기가 걸렸다가 나아서 몸에 항체가 가득하다고 했거든요. 진짜이길 바랄 따름이에요. 백신 주사를 두 방 맞았다 한들 그런 식의 딥 키스는 당할 재간이 있을까 싶거든요."

"왜 아직 거기 있어? 병원에서 하룻밤 입원하라고 하지 않았어?"

"장난하세요? 남은 침대가 하나도 없어요. 교통사고 당한 남자가 피를 뒤집어쓴 채 복도에서 끙끙대고 있더라고요."

우리 어머니가 병원에서 그런 식으로 돌아가셨지. 돈이 많았는데도.

"병원에서 *아무* 조치도 취하지 않았어?"

"위세척을 하고 부인이 자기 이름을 말할 수 있게 되니까 제 편에 퇴원시켰어요. 서류 작성도 뭣도 없이 그냥 쿵, 쾅, 네, 감사합니다, 하고 끝이었어요. 미쳤어요. 모든 시스템이 붕괴되는 느낌인 거 알아요?"

홀리는 안다고 말한다.

"부인이 걸을 수 있길래 방으로 데려갔어요. 알아서 옷을 갈아입을 수 있다길래 그 말을 믿었는데, 나중에 들여다보니까 옷을 그대로 입은 채로 누워서 코를 골고 있더라고요. 내 차 옆면은 토사물 범벅이 됐는데 부인 옷에는 한 방울도 튀지 않았어요. 다행이에요. 나를 만난다고 차려입은 것 같거든요."

"아마 네 짐작이 맞을 거야. 네가 아들 얘기를 하고 싶다고 했으니까."

"간호사 말로는 위세척을 해 보니 소화가 덜 된 알약도 몇 개 나왔대요. 확실하지는 않지만 자살을 시도했던 것일 수도 있겠다 싶어요."

"네가 부인의 목숨을 구했네." 홀리가 이번에는 단정적으로 말한다.

"이번에는요. 하지만 다음번에는 어떻게 해요?"

홀리는 뾰족하게 대답할 방법이 없다.

"홀리도 부인을 직접 봤어야 하는데…… 쓰러지기 전에 말이에요…… 얼마나 정신이 또렷하고 조리 있게 말을 잘했는지 몰라요. 하지만 다음 주면 법적으로 금지되기라도 하는 것처럼 진을 들이부었으니. 제가 내일 숙취에 시달리긴 하겠지만 그래도 아주 멀쩡하다고 생각하면서 그 집에서 나왔을 수도 있어요. 어떻게 그럴 수가 있을까요?"

"내성이 생겼겠지. 남들보다 더 어마어마하게. 피터의 스케이트보드가 방 안에 있었다고?"

"네. 경찰에서 그 아이나…… 시신을 찾으려고 공원을 샅샅이 뒤지다…… 덤불 속에서 발견했대요. 부인에게 물어보지는 못했지만 덤불밭 안에서 찾았을 거라는 데 뭐든 걸 수 있어요. 달이라는 여자의 자전거가 발견된 곳도 그 근처죠. 달과 스타인먼이 서로 연관이 있을 수도 있겠다는 생각이 들어요, 홀리. 진심으로요."

홀리는 제롬의 전화를 받았을 때 스토퍼스 사의 얇게 썬 훈제 쇠고기를 토스트에 얹어서(그녀가 애용하는 소울푸드다.) 저녁으로 먹으려던 참이었다. 이제 그녀는 냉동된 봉지를 끓는 물 속에 넣는다. 상자에 적힌 조리법에 따르면 전자레인지에 돌려도 된다고 하고 그편이 더 빠르지만 홀리는 절대 그런 식으로 해동하지 않는다. 어머니가 전자레인지야말로 음식 맛을 해치는 1급 원흉이라고 입버릇처럼 말했기 때문인데, 어머니의 수많은 잔소리가 그렇듯 그것 역시 머릿속에 남았다. *아침에 먹는 오렌지는 금이고 저녁에 먹는 오렌지는 독이야.* 왼

쪽으로 누워서 자면 심장에 무리가 간다. 반(半)슬립은 작부들이나 입는 거야.

"홀리? 내 말 들었어요? 달과 스타인먼이 서로……"

"들었어. 나도 생각해 봐야겠다. 그 아이는 헬멧을 쓰고 스케이트보드를 탔을까? 그 남자애들한테 물어봤어야 했는데 미처 생각을 못했네."

"홀리가 그걸 생각하지 못했던 건 *걔네*들이 헬멧을 안 쓰고 있었기 때문이죠. 그날 저녁에 친구들을 만나러 나간 거였다면 피터 스타인먼도 쓰지 않았을 거예요. 헬멧을 쓰면 친구들에게 계집애 같다고 놀림을 당했을 테니까."

"진짜?"

"그럼요. 그 아이는 전화기도 두고 나갔고 헬멧도 쓰지 않았어요. 헬멧이 보드 옆에 있더라고요. 그걸 쓴 적이 있을까 싶어요. 이제 막 상자에서 꺼낸 것처럼 긁힌 자국 하나 없었거든요."

홀리는 끓는 물 속에 담긴 훈제 쇠고기 봉지를 계속 뒤집으며 빤히 쳐다본다. "플로리다에 산다는 삼촌은?" 그녀는 물어 놓고 자기가 대답한다. "부인이 당연히 연락했겠지."

"그랬고 담당인 포터 형사도 연락했대요. 부인은 열심히 노력했어요, 홀리. 자기 자신에게도, 아들에게도. 1년 동안 술을 끊고 다른 회사에 취직도 해 가면서. 빌어먹을 비극이에요. 제가 같이 있어 주는 게 좋을까요? 이 집에? 거실 냄새가 코를 찌르고 소파가 편안해 보이지는 않지만 홀리가 생각하기에 있어야 할 것 같으면 그럴게요."

"아냐. 집에 가. 하지만 그 전에 다시 들어가서 숨을 잘 쉬는지 확인하고 화장실 수납장도 들여다보는 게 좋겠다. 진정제나 진통제나 졸로프트나 프로작 같은 항우울제가 보이거든 변기에 쏟아 버려. 원하면 술도. 하지만 그래 봐야 임시방편이지. 다시 처방받으면 그만이고 술 파는 데는 널렸으니까. 너도 그건 알지?"

제롬은 한숨을 쉰다. "네. 알아요. 쓰러지기 전에 부인이 어땠는지 홀리도 봤더라면…… 저는 멀쩡한 줄 알았거든요. 누가 봐도 슬픈 얼굴이고 술을 너무 많이 마신다 싶었지만 정말이지……." 그는 말끝을 흐린다.

"너는 최선을 다했어. 부인은 외동아들을 잃었잖아. 기적이 벌어지지 않는 한 다시는 못 만날 테고. 다시 금주 모임에 참석하고 술을 끊고 자기 삶을 살며 잘 대처하느냐 그러지 않느냐는 부인의 몫이지. 목숨을 구한 사람은 책임을 져야 한다는 중국 속담은 개떡이야. 인정하기 힘들다는 건 알지만 사실인걸." 그녀는 끓는 물을 물끄러미 바라본다. "적어도 내가 생각하기에는 그래."

"부인에게 도움이 될 만한 게 하나 있긴 해요."

"그게 뭔데?"

"상황 종료요."

이걸 종료할 수 있다는 생각은 미신인데. 홀리는 그렇게 생각하지만…… 아무 말도 하지는 않는다. 제롬은 아직 어리다. 환상을 품게 내버려 두자.

홀리는 조그만 식탁에서 얇게 썬 훈제 쇠고기를 얹은 토스트를 먹는다. 설거지를 하고 말고 그럴 게 없어서 완벽한 메뉴다. 제롬을 생각하면 마음이 안 좋고 피터 스타인먼의 어머니를 생각하면 처참하다. 제롬의 말마따나 이건 비극이지만 홀리는 실종된 여자와 실종된 남자아이를 선불리 한데 뭉뚱그리지는 않는다. 그녀는 제롬이 무슨 생각을 하는지 안다. 테드 번디나 존 웨인 게이시나 조디악 같은 연쇄살인범의 소행이라고 생각하는 것이다. 하지만 대부분의 연쇄살인범은 극복하지 못한 정신적인 트라우마가 있기에 기본적으로 독창성이 떨어진다. 계속 비슷한 상대를 선택하다가 잡힌다. '샘의 아들'이라고 불린 데이비드 버코위츠는 검은색 곱슬머리 여자를 여럿 살해했다. 아마도 자신을 버린 생모 베티 브로더를 죽이지 못했기 때문이었을 것이다.

아니면 그냥 그 여자들 머리가 터지는 걸 보면서 쾌감을 느꼈을 수도 있지. 빌 호지스가 그녀의 머릿속에서 이렇게 말한다.

"우웩."

그런데 보니 레이와 피터 스타인먼은 한 사람의 소행이라고 하기에는 너무 다르다. 그건 확실하다. 아니, 거의 확실하다. 사건이 벌어진 장소와, 자전거와 스케이트보드라는 이동 수단이 버려졌다는 점에서는 비슷하다고 인정할 용의는 있지만.

여기에 생각이 미치자 페니에게 보니의 옷에 대해 물어봐야겠다는 생각이 든다. 없어진 옷이 있는지. 옷을 여행 가방에 담아서 친구 레이키샤네 집이나 뭐 그런 데 숨겨 놨을 가능성이 있는지. 홀리는 수첩을 꺼내 그걸 확인해야 한다고 적는다. 오늘 저녁에 레이키샤에게 전화해 내일 오후에 만날 수 있는지 물어볼 생각이지만 중요한 질문은 직접 만나서 할 것이다.

그녀는 접시를 헹궈서 식기세척기에 넣는다. 매직 셰프에서 생산하는 세척기 중에서 제일 작은 제품이라 인생에 남자라고는 없는 독신 여성에게 안성맞춤이다. 그녀는 다시 식탁 앞으로 돌아가 담배에 불을 붙인다. 홀리가 생각하기에 담배 한 대보다 더 완벽하게 식사를 마무리할 방법은 없다. 게다가 담배는 추리에도 도움이 된다.

지금 당장 추리할 게 있는 건 아니지만. 좀 더 깊숙이 파헤친 다음이라면 모를까, 지금 단계에서는 추측이 고작이지.

"그리고 추측은 위험하고." 그녀는 아무도 없는 부엌에 대고 말한다.

은종이 울린다. 개인적인 연락이라는 뜻이다.(업무용 전화가 오면 아이폰의 기본 세팅인 실로폰 소리가 난다.) 제롬이 깜빡하고 얘기하지 않은 게 있어서 전화를 한 줄 알았더니 피트 헌틀리다.

"이지를 두고 당신이 한 말이 맞았어요. 달 부인 딸의 신용카드와 휴대전화 계정 관련 정보를 기꺼이 찾아서 알려 주더라고요. 신용카드는 움직임이 없어요. 통신사 계정도 마찬가지고. 이지가 지난 열흘 동안 사용한 내역이 있는지 알아봤는데 없대요. 마지막으로 신용카드로 결제한 게 6월 27일에 아마존에서 산 청바지예요. 이사벨 말로는 이제 그 아가씨 번호로 전화하면 음성 메시지를 남길 수가 없고 사서함이 다 찼다는 안내 멘트가 나온대요. 추적할 방법도 없고요."

"그러니까 보니 아니면 다른 누군가가 유심칩을 제거했다는 뜻이네요?"

"요금 미납 때문은 절대 아니에요. 7월 6일, 그러니까 그 아가씨가 사라지고 5일 뒤에 요금이 결제됐거든요. 모든 청구서가 6일에 결제됐어요. 대개는 은행에서 첫 번째 월요일에 결제를 진행하는데, 그 주 월요일이 법정 휴일이었기 때문에……."

"노뱅크였어요?"

"네. 어떻게 알았어요?"

"그 아가씨의 어머니가 거기 직원이거든요. 지금은 다니던 지점이 문을 닫아서 쉬고 있지만. 영업이 재개되면 다시 일을 할 수 있을 거래요. 보니 달의 계좌는 잔액이 얼마예요?"

"몰라요. 이사벨도 모른대요. 알아내려면 법원 명령을 신청해야 하는데, 이지는 그럴 필요성을 못 느껴요. 나도 마찬가지고. 중요한 건 그게 아니잖아요. 당신도 중요한 게 뭔지 알지 않아요?"

홀리도 물론 안다. 지금 같은 상황에서는 끔찍한 비유일지 몰라도 금전적인 관점에서 보니 레이 달은 가망 없는 케이스이다. "피트, 목소리를 들어 보니 전보다 괜찮아진 것 같네요. 이제는 기침도 별로 하지 않고."

"괜찮아진 느낌이지만 이 코로나가 정말 사람 진을 빼요. 백신을 맞지 않았으면 나도 병원에 입원했을 거예요. 아니면……." 그는 이쯤에서 말을 멈춘다. 백신 접종을 하지 않은 파트너의 어머니가 어떻게 됐는지 생각이 났기 때문일 것이다.

"얼른 자요. 물 많이 마시고."

"알겠습니다, 간호사님."

홀리는 전화를 끊고 새 담배에 불을 붙인다. 창가로 가서 밖을 내다본다. 완전히 어두워지려면 아직 몇 시간이 남았지만 해가 뉘엿뉘엿 기울고 있다. 저물어 가는 저녁의 햇살은 항상 애처롭고 조금 슬프게 느껴진다. *또 하루 나이를 먹고 또 하루 무덤에 가까워지네.* 어머니는 입버릇처럼 말했다. 이제는 진짜 무덤에 누운 어머니가.

홀리는 중얼거린다. "어머니가 내 돈을 훔쳤어. 제이니한테 받은 신탁 자금을. 전부는 아니지만 거의 전부를. 내 친어머니가."

그녀는 그건 과거의 일이라고 속으로 중얼거린다. 보니 레이 달은 아직 살아 있을지 모른다.

하지만.

신용카드에 아무 기별이 없다. 휴대전화도 쓰지 않았다. 존 르 카레의 소설에 등장할 법한 비밀 요원이라면 뱀이 허물을 벗듯 현대 사회를 등지고 그런 식으로 사라질 수 있겠지만 스물네 살의 대학 도서관

사서가? 그럴 리 없다. 가능성 없는 이야기다.
보니 레이 달은 죽었다. 홀리는 그렇다는 걸 안다.

홀리는 운동을 하면 다시 시작한 흡연이 인체에 미치는 악영향을 일부나마 상쇄할 수 있다는 잘못된(그리고 전혀 비과학적인) 생각을 품고 있기에 피트와 전화를 끊고 저물어 가는 태양 아래에서 디어필드 공원 남쪽 입구까지 3킬로미터를 걷는다. 놀이터는 그네와 시소와 미끄럼틀을 타고 정글짐에 거꾸로 매달린 아이들로 가득하다. 그녀는 의식적으로 새로 맡은 사건 생각은 하지 않고, 무의식적으로 다른 아무것도 생각하지 않으며 아이들을 넋 놓고 바라본다. 성을 아주 예민하게 의식하는 요즘 같은 시대에 남자라면 그러고도 무사하지 않았을 것이다. 뭔가를 잊어버리고 있는 듯한 찜찜한 기분이 들지만 그녀는 그게 뭔지 집요하게 파고들지는 않는다. 그러지 않아도 결국에는 알게 될 테니까.
집으로 돌아가 레이키샤 스톤에게 연락한다. 전화를 받은 여자는 활기 넘치고 인생을 100퍼센트 즐기는 목소리다.(뭔가에 취해 있을 수도 있지만.) 뒤에서 음악 소리와 사람들 웃는 소리가 들린다. 가끔 환호성도 들린다. *뭔가에 취해 있을 가능성이 크네.* 홀리는 생각한다.
"여보세요. 누구신지 몰라도 자동차 보증보험이나 신용점수 높이는 법을 홍보하려는 거면……"
"아니에요." 홀리는 자기소개를 하고 전화한 이유를 밝힌 뒤 내일 오후 느지막이 만날 수 있느냐고 묻는다. 업살라 빌리지 근처에 갈 일이 생겼다고, 거기로 찾아가면 되겠느냐고 한다.
레이키샤는 아까보다 훨씬 김빠진 목소리로 물론이라고 한다. 친구들과 27번 국도 근처에서 캠핑 중이라며 인디언 이름 캠핑장인데 아느냐고 묻는다. 홀리는 모른다고 대답할 뿐, 요즘은 '인디언'이라는 단어가 비하, 최악의 경우에는 인종차별적인 표현으로 간주된다는 말은 하지 않는다. 휴대전화 내비게이션 안내를 따라가면 될 거라고만 한다.

"보니 소식은 없어요? 전혀요?"

"전혀 없어요."

"그럼 제가 어떤 도움을 드릴 수 있을지 모르겠어요, 기브니 씨."

"지금 바로 도움을 주실 수 있을 것 같은데요. 보니가 도망쳤다고 생각하세요?"

"아뇨, 절대요." 레이키샤의 목소리가 떨린다. 잠시 후에 그녀는 활기라고는 찾아볼 수 없는 목소리로 다시 말한다. "저는 죽었다고 생각해요. 어떤 변태에게 성폭행을 당하고 죽었을 거라고요."

그날 밤에 홀리는 무릎을 꿇고 친구들 이름을 모두 언급해 가며 기도하고, 다시 담배를 피워서 죄송하다고, 조만간(아직은 아니고) 다시 끊을 수 있게 도와 달라고 한다. 오늘 밤에는 어머니가 무슨 짓을 저질렀고 왜 그랬는지는 생각하고 싶지 않다고 말한다. 마지막으로 실종 사건을 해결하는 데 하느님의 도움을 구하고, 보니 레이가 살아 있으면 좋겠다는 말로 기도를 마무리한다.

침대에 누워서 어둠을 올려다보며 공원에서 찜찜한 기분이 들었던 이유에 대해 고민해 본다. 잠이 다가와 그녀를 덮치려는 순간 퍼뜩 생각난다. 디어필드 공원 근처에서 발생한 다른 실종 사건이 있을까?

알아볼 만한 일이라는 생각이 든다.

2021년 2월 8일(1)

1월 동안 혹한이 기승을 부렸다면, 호수 효과로 눈이 쏟아지고 이가 덜덜 떨리는 영하의 기온이 이어지던 3주의 기간을 보상이라도 하려는 듯 2월의 시작과 더불어 말도 안 되게 따뜻해진다. 월요일 오후 들어 기온이 10도까지 올라가자 로드니 해리스는 스바루 왜건에 쌓여서 딱딱하게 굳은 소금을 제거하기로 마음먹는다. 그대로 방치했다가는 사이드 패널과 차대에 녹이 슬 것이다. 에밀리는 증축된 공항 청사에 있는 드라이브 앤드 샤인 세차장에 맡기라고 하지만, 로드니는 감당할 수 있을 때 시원한 공기를 마시고 싶다고 한다. 그녀는 관절염은 어떠냐고 묻는다. 그는 괜찮다고, 컨디션 좋다고 주장한다.

"*지금이야* 괜찮을지 몰라도 밤이 되면 *끙끙* 앓으면서 벤게이 크림을 꾸역꾸역 바르겠지. 직방 연고는 얼마 안 남아서. 만일의 경우에 대비해서 남겨 두어야 하니까." *내 허리나 당신 목을 다시 움직일 수*

없을 경우라는 뜻이다.

"장갑 낄게." 그 말에 에밀리는 한숨을 쉰다. 로드니는 사랑스러운 남편이고 빛과 같은 존재지만 뭘 하겠다고 작정하면 말릴 방법이 없다.

그는 뒷문으로 차고에 들어가서 호스를 들고 나와 집 옆면의 수도꼭지에 연결한다. 그런 다음 차를 꺼내러 돌아간다. 차고 벽에는 버튼이 세 개 달려 있다. 한 버튼을 누르면 거의 쓰지 않는 밴이 주차된 왼쪽 칸이 열린다. 다른 버튼을 누르면 소형 스바루가 세워져 있는 오른쪽 칸이 열린다. 세 번째 버튼을 누르면 양쪽 칸이 모두 열린다. 로드니는 그 버튼을 누르는 짜증 나는 습관이 있다. 원하는 쪽이 아니라 양쪽 문이 동시에 덜커덩거리며 올라가면 그는 속으로 중얼거린다. *내가 누르려던 버튼이 맨 위나 맨 아래가 아니라 가운데에 있어서 그래. 건망증 때문이 아니라 그야말로 잘못 설계됐기 때문이라고.*

로드니는 스테이션왜건에 올라타 스프레이 꼭지를 장착한 호스가 기다리고 있는 곳으로 후진한다. 그는 이 작업이 기대된다. 고압으로 뿜어져 나오는 물에 딱딱하게 굳은 염화칼슘이 씻겨 나가는 광경을 보면 속이 후련하다. 그는 노즐을 들었다가 멈춘다. 진입로 입구에 누가 서서 그를 쳐다보고 있다. 빨간 외투를 입고 똑같은 색의 털목도리를 두르고 모자를 쓴 예쁘장한 여자아이이다. 마스크도 고무장화도 빨간색이다. 친한 친구 홀리의 장화를 보고 몇 번 감탄한 끝에 받은 크리스마스 선물이다. 가슴에 대고 한 손으로 얇은 서류 파일을 들고 있다.

"해리스 교수님이세요?"

"그렇네만. 잠깐만 기다려 주게, 젊은이." 로드니는 스바루 운전석 문을 연다. 차고 리모컨이 선바이저에 꽂혀 있다. 이 리모컨은 버튼이 세 개가 아니라 두 개다. 그가 왼쪽 버튼을 누르자 왼쪽 문이 느릿느릿 내려와 밴을 차단한다. 아이가 그를 보고 있어서 밴의 존재를 알아차렸을까 싶지만 그래도 만사 불여튼튼이다.

그는 미소를 지으며 다가가 손을 내민다. 요즘은 코로나를 감안해서 대개 팔꿈치를 서로 부딪치는 것으로 인사를 대신하지만 그는 목장갑을, 그녀는 엄지장갑을 끼고 있으니(오늘처럼 따뜻한 날에는 장갑도 목도리도 필요 없지만 세트로 해야 패션이 완성된다.) 괜찮다.

"이 화창한 날에 어쩐 일인가?"

바버라 로빈슨은 미소를 짓는다. "사실 사모님을 뵈러 왔어요. 여쭤 보고 싶은 게 있어서요."

소중히 끌어안고 있는 파일로 미루어 짐작건대 소설 창작 워크숍에 관심이 있는 학생인 듯하다. 그는 아이에게 그 워크숍을 듣기에는 아직 너무 어리다고 할 수도 있다. 작가 지망생들이 대부분 20대 아니면 30대라고 말이다. 올가을에는 워크숍이 열리지 않을 가능성이 점점 커지는 것 같다고 알려 줄 수도 있다. 짐 셰퍼드는 제안을 고사했고 관심을 표하는 전문 작가가 거의 없다. 현재 상주 작가인 헨리 스트래턴도 재계약을 거부했다. 영문학과의 로절린 버크하트 학과장에게 집중 창작 수업을 온라인으로 진행하는 건 말도 안 된다면서. 에밀리가 로절린에게 전해 들은 바에 따르면 스트래턴은 그걸 권투장갑을 끼고 하는 성관계에 비유했다고 한다.

하지만 이 예쁘장한 빨간 두건에게 슬픈 소식을 전하는 건 에밀리에게 맡기기로 한다. 그는 (은퇴한) 일개 생물학과 교수에 불과하다.

"아내는 기쁘게 만나 줄 거요. 이름이……"

"바버라예요. 바버라 로빈슨이요."

"만나서 정말 반가워요, 바버라. 가서 그냥 초인종을 눌러요. 아내가 나이가 많지만 귀는 멀쩡하니까."

이 말을 듣고 바버라는 미소를 짓는다. "감사합니다." 그녀는 집을 향해 걸어가다 말고 몸을 돌린다. "밴도 세차하셔야 해요. 제가 어렸을 때 저희 아빠가 몰던 밴의 머플러가 고속도로에서 떨어진 적이 있어요. 아빠 말로는 소금이 그 안으로 들어갔더래요."

로드니는 생각한다. *그러니까 밴을 본 모양이로군. 정말이지 좀 더 주의를 기울여야겠어.*

"충고 고맙네."

아이가 그걸 기억할까? 보지 말았어야 하는데 본 게 있을까? 아닐 거다. 로드니가 생각하기에 빨간 두건, 그러니까 바버라 로빈슨의 유일한 관심사는 파일에 담긴 원석 같은 글뿐일 것이다. 그녀는 차세대 토니 모리슨 아니면 앨리스 워커를 꿈꾸고 있을 것이다. 그래도 앞으로는 조심해야 할 것이다. *이게 다 엉뚱한 데 달린 그 버튼 때문이야. 바보 같은 설계가 문제지, 내 기억력에는 아무 이상 없다고.*

그는 물을 틀고 호스로 스바루 옆면을 겨냥한다. 소금이 씻기며 반짝이는 초록색 도장이 드러난다. 이 순간을 손꼽아 기다렸는데 이제는 감회가 덜하다. 빨간 옷을 입은 아이가 얼굴은 예쁠지 몰라도 그의 기분에 찬물을 끼얹었다.

바버라는 마지막으로 손을 흔들고 문 앞까지 걸어가 초인종을 누른다. 문이 열리고 에밀리가 등장하는데, 초록색 실크 원피스를 입고 그날 아침에 미용실에 다녀온 터라 이제 겨우 일흔 살로 보인다. 헤어 투데이는 코로나 때문에 문을 닫은 것으로 되어 있지만 헬렌이 1년 내내 팁을 두둑이 챙겨 주고 크리스마스 때 자기를 잊지 않고 챙긴 오랜 단골들은 특별히 받아 준다.

"네? 무슨 일이죠?"

"혹시 교수님과 대화를 나눌 수 있을까 싶어서 찾아왔어요. 그러니까……" 바바라는 침을 꿀꺽 삼킨다. "글쓰기에 대해서요."

에밀리는 폴더를 보고 바바라를 향해 미안하다는 듯이 미소를 짓는다. "혹시 소설 창작 워크숍 때문에 온 거라면 더는 원서를 받지 않아요. 가을·겨울 학기 프로그램은 개설 여부가 아직 미정이고. 전염병 때문에."

"아뇨, 그 워크숍 때문에 온 거 아니에요."

에밀리는 손님을 잠깐 물끄러미 바라본다. 예쁘고 튼튼하며 누가 봐도 건강하고 당연히 젊다. 그녀가 아이의 어깨 너머로 시선을 돌려 보니 로드니가 호스로 진입로에 물을 뿌리며 그들을 쳐다보고 있다. 오늘 *밤에 기온이 영하로 떨어지면 얼 텐데. 알 만한 사람이 왜 저럴까.* 그녀는 이런 생각을 하다가 빨간 옷을 입은 아이에게로 다시 시선을 돌린다. "이름이 뭐지요?"

"바바라 로빈슨이에요."

"음, 바바라, 그럼 들어와서 무슨 일로 찾아왔는지 얘기해 봐요."

그녀는 옆으로 비켜선다. 바바라가 안으로 들어온다. 에밀리는 문을 닫는다. 로드니는 계속 멀끔한 초록색 왜건을 세차한다.

2021년 7월 24일(1)

홀리는 에머슨 변호사와 약속한 시간보다 45분 일찍 메도브룩 에스테이츠에 도착한다. *홀리는 무슨 일에든 일찌감치 서두르지. 자기 장례식에도 그럴걸?* 헨리 삼촌은 이런 농담을 즐겨했다. 자기 장례식이야 선택의 여지가 없어 아마도 정시에 참석하겠지만, 어머니의 줌 장례식 때는 15분 먼저 접속했으니 헨리 삼촌이 맞는 말을 한 셈이다.

그녀는 곧장 집으로 가지 않고 핸콕가 네거리에 차를 대고, 돌아가신 어머니의 집 앞 진입로에 주차된 스텝밴을 주시한다. 밴은 온통 밝은 빨간색이다. 옆면에 노란색으로 적힌 **A. D. 클리닝**이라는 회사 이름만 예외다. 홀리는 사설 탐정업체 사장 겸 (짭새, 짜바리, 짭탱이, 곰탱이로 비하되기도 하는) 수석 탐정으로서 이런 밴을 두어 차례 본 적 있다. A. D.는 사후를 뜻하는 'After Death'다.

이 집의 경우에는 청소기를 돌리고 곳곳을 소독약으로 닦는 데 그칠 것이다. 변사의 경우에는 과학 수사팀의 업무가 끝나면 A. D. 업체에서 출동해 핏자국과 토사물을 닦고 부서진 가구를 치우고 당연한 수순으로 훈증 소독을 한다. 필로폰 공장의 경우에는 마지막 부분이 특히 중요하다. 저 업체에 홀리가 아는 직원도 한두 명 있을지 모르지만 맞닥뜨리거나 대화를 나누고 싶지 않다. 그녀는 창문을 내린 후 담배에 불을 붙이고 기다린다.

10시 40분이 되자 A. D. 직원 두 명이 커다란 상자를 어깨에 짊어지고 나온다. 장갑과 마스크를 쓰고 커버올 작업복을 입었다. 마스크는 변사 현장에서 가끔 써야 하는 방독면이 아니라 일반적인 N95다. 이 집의 주인은 병원에서 이른바 자연사했으니 기본적으로 쉽게, 후딱 끝낼 수 있는 코로나 바이러스 소독이다. 그들은 서로 인사한다. 그중 한 명이 스텝밴과 색이 같은 빨간 봉투를 대문에 붙인다. 둘이 같이 밴에 올라타 사라진다. 그들이 옆을 지나가자 홀리는 반사적으로 고개를 숙인다.

그녀는 담배꽁초를 휴대용 재떨이에 넣고(그날 아침에 깨끗하게 비워서 들고 나왔는데 벌써 죽은 병정이 셋이다.) 어머니가 6년 전에 산 릴리 코트 42번지 집으로 차를 몰고 간다. 대문에 달린 봉투를 떼어서 열어 본다. 동봉된 종이에(자살이나 살인이었다면 훨씬 길었을 테지만 딱 두 장뿐이다.) 어떤 서비스를 실시했는지 자세히 적혀 있다. 마지막 줄은 다음과 같다. **처분한 물품: 0.** 홀리는 그 말을 믿는다. 데이비드 에머슨도 분명 믿을 것이다. 역사가 제법 된 A. D.는 보증보험에 가입되어 있고 유쾌하달 수 없지만 반드시 필요한 이 분야에서 평판이 완벽하다. 게다가 어머니 집에 훔칠 물건이 뭐가 있겠는가? 어렸을 때 홀리를 공포에 떨게 했던 필스버리 도우보이와 음흉한 피노키오를 비롯해 수십 개에 달하는 도자기 인형?

어머니는 백만장자치고 검소하게 사셨지. 그런 생각을 하자 평소 느낀 적 없는 감정들이 고개를 든다. 억울함? 그렇다, 하지만 그보다는 분노와 실망이다.

그녀는 생각한다. *거짓말쟁이의 딸이 어느 술집에 들어가 마이타이를 주문하는데.*

당연히 마이타이이다. 홀리는 어쩌다 한 번 술을 주문해야 할 때면 마이타이를 달라고 한다. 야자수, 청록색 바다, 새하얀 모래사장이 연상되기 때문이다. 가끔(자주는 아니고 가끔) 밤에 침대에 누워서 몸에 딱 달라붙는 수영복을 입고 높은 의자에 앉아 있는 구릿빛 피부의 안전요원을 상상할 때도 있다. 그가 그녀를 보더니 미소를 짓고 이런저런 일이 벌어지는 상상을.

홀리는 열쇠가 있지만 안에 들어가 알프스 모자를 쓰고 음흉한 미소를 짓고 있는 그 도자기 피노키오 인형을 들여다볼 마음이 없다. 그 미소의 의미는 다음과 같다. *나는 네가 안전요원을 떠올리며 어떤 상상을 하는지 다 알아, 홀리. 네 손톱이 그의 등을 파고들도록 부둥켜안겠지. 네가……*

"내가 절정에 달하면. 그래서 뭐, 어쩌라고." 그녀는 중얼거리며 계단에 앉아서 변호사를 기다린다.

재능도 없고 매력도 없는 딸이 기대에 못 미칠 때마다 늘 그랬듯 머릿속에서 어머니가 슬픈 목소리로 대꾸한다. *아이고, 홀리야.*

집이 아니라 홀리의 마음의 문을 열 때가 됐다. 무슨 일이 벌어졌고 그런 일이 벌어진 *이유*가 뭔지 고민할 때가 됐다. 이미 알 것도 같다. 이러니저러니 해도 그녀는 탐정이니까.

올리비아 트릴로니와 저넬 '제이니' 패터슨의 어머니 엘리자베스 워턴이 죽었다. 홀리는 그 노부인의 장례식장에서 빌 호지스를 만났다. 그는 제이니와 함께 참석했고 친절했다. 홀리를 무려! 정상인처럼 대했다. 그녀는 정상인이 아니었고 지금도 마찬가지지만 전보다 정상인에 가까워졌다. 빌 덕분에.

제이니는 그 장례식이 끝났을 때 죽었다. 브래디 하츠필드가 설치한 폭탄 때문에. 그리고 친구도 없이 외로운 신세로 어머니와 함께 살던 40대의 홀리가 브래디 체포 작전을 거들었는데…… 알고 보니 브래디는 그들 모두에게 할 얘기가 남아 있었다. 빌에게도, 홀리에게도; 제롬과 바버라 로빈슨에게도.

자기 본연의 모습으로 살아도 된다는 확신을 그녀에게 심어 준 사람이 빌이었다. 그가 그걸 말로 표현한 건 아니었다. 그럴 필요가 없었다. 그녀를 대하는 태도에서 모두 드러났다. 그는 그녀에게 할 일을 부여하고 그냥 그걸 완수할 거라고 믿었다. 샬럿은 그걸 싫어했다. 그를 싫어했다. 홀리는 그런 줄도 거의 몰랐다. 어머니의 경고와 잔소리는 배경의 소음이 되었다. 빌과 함께 일을 하면 살아 있고 똑똑하며 쓸모 있는 사람이 된 기분이 들었다. 세상이 컬러로 바뀌었다. 브래디 이후에도 해결해야 하는 또 다른 사건이, 잡아야 하는 또 다른 악당이 생겼다. 이름은 모리스 벨러미였다. 그는 숨겨 놓은 보물을 찾는데 혈안이 되어 있었다.

그런데…….

"빌에게 병이 생겼지. 췌장암." 홀리는 중얼거리며 새 담배에 불을 붙인다.

5년이 지났지만 지금도 그걸 생각하면 가슴이 아프다.

다시 유언장이 공개됐고, 알고 보니 빌이 그녀에게 회사를 남겼다.

파인더스 키퍼스. 그 당시에는 보잘것없었다. 뿌리를 내려 보려고 안간힘을 쓰는 신생 업체였다.

그리고 나도 뿌리를 내려 보려고 안간힘을 썼지. 내가 쓰러지면 빌이 실망할 테니까. 나한테 실망할 테니까.

그 무렵, 정확하게 기억은 나지 않지만 빌이 죽고 얼마 되지 않았을 때 샬럿이 눈물 바람으로 전화해 대니얼 헤일리라는 악질이 제이니가 그녀와 헨리에게 남긴 수백만 달러를 들고 카리브해로 튀었다는 소식을 전했다. 어머니의 다그침에 못 이겨 한 바구니에 담은 홀리의 신탁기금까지.

가족회의가 열렸고 샬럿은 계속 같은 말을 반복했다. *나를 용서할 수가 없어, 죽을 때까지 나를 용서하지 못할 거야.* 헨리는 계속 괜찮다고, 둘 다 쓸 만큼 돈이 남아 있지 않으냐고 했다. 홀리도 마찬가지라고, 아파트를 포기하고 당분간 릴리 코트에서 어머니와 함께 살아야 할지도 모르겠지만. 그러니까 손님방에서 신세를 져야 한다는 뜻이었다. 홀리가 어린 시절에 쓰던 방을 거의 고스란히 복제해 놓은 그곳에서. *박물관 전시실 같은 그곳에서.* 홀리는 생각한다.

헨리 삼촌이 그 회의 때 *쉽게 얻은 건 쉽게 잃는 법*이라고 했나? 계단에 앉아서 담배를 피우며 곰곰이 기억을 더듬어 보니 확실하지는 않지만 그랬던 것 같다. 삼촌은 그렇게 말할 수 있었다. 돈은 사실 아무 데도 가지 않았으니까. 그의 돈도, 샬럿의 돈도, 홀리의 돈도.

그리고 회사도 당연히 문을 닫아야겠지. 샬럿은 이렇게 말했다. 그건 *분명히* 기억이 난다. 아무렴, 그렇고말고. 그게 그 모든 조작의 목적이었을 테니. 자기를 죽을 뻔한 위기로 몰고 간 남자의 꼬드김에 넘어가 탐정 사무소를 운영하겠다는 정신 나간 딸을 말리는 것.

"다시 어머니의 그늘 아래로 불러들이는 것." 홀리는 속삭이며 불똥이 손등으로 튈 만큼 세게 담배를 짓이겨서 끈다.

담배를 한 대 더 피울까 고민하고 있을 때 옆집에 사는 일레인과 앞집에 사는 대니얼이 건너와 조의를 전한다. 둘 다 장례식에 참석했다. 둘 다 마스크를 쓰지 않았고 홀리가 얼른 마스크를 올리자 재미있어하는 눈빛(*아이고, 홀리야 하는 눈빛*)을 서로 주고받는다. 일레인은 집을 내놓을 거냐고 묻는다. 홀리는 그럴 것 같다고 대답한다. 대니얼은 유품 벼룩시장을 열 생각이냐고 묻는다. 홀리는 안 그럴 것 같다고 대답한다. 두통의 전조가 느껴진다.

그때 에머슨이 실용적인 쉐보레를 몰고 등장한다. 혼다 시빅이 그 뒤에 주차하는데, 여자 둘이 타고 있다. 비록 5분 정도지만 에머슨도 일찍 왔다. 고마워라! 대니얼과 일레인은 조잘조잘 수다를 떨고, 보이지는 않지만 호흡계에 살고 있을지 모르는 섬뜩한 바이러스를 주고받으며 대니얼의 집으로 간다.

혼다에서 내린 여자들은 홀리와 연령대가 얼추 비슷하지만 에머슨은 좀 더 나이가 많아서 뒤로 빗어 넘긴 머리칼의 양옆이 새하얗다. 키가 크고 산송장 같고, 홀리가 생각하기에는 불면증 아니면 철분 결핍으로 눈 아래에 진한 다크서클이 자리 잡고 있다. 아주 변호사다운 서류가방을 들고 있다. 반갑게도 세 사람 모두 기본적인 N95 마스크를 쓰고 있고 그는 손 대신 팔꿈치를 내민다. 그녀도 팔꿈치를 내밀어 가볍게 부딪친다. 여자들은 손을 들어서 인사한다.

"이렇게 직접 만나서 반가워요, 홀리. 홀리라고 불러도 되죠?"

"네, 그럼요."

"내가 데이비드예요. 이쪽은 로다 랜드리, 그 옆의 미녀는 앤드리아 스타크예요. 두 사람 다 내 밑에서 일을 해요. 로다가 공증을 맡고 있고요. 안에 들어가 봤어요?"

"아뇨. 기다리고 있었어요." *피노키오하고 그 필스버리 도우보이를 혼자 맞닥뜨리고 싶지 않아서요.* 농담이지만 대부분의 농담이 그렇듯 일말의 진실이 담겨 있다.

"고맙네요." 그는 이렇게 말하는데, 뭐가 고맙다는 건지 홀리로서는 알 수가 없다. "문을 열어 주시겠습니까?"

그녀는 어머니가 *제발 제대로 간수하라*는 둥, *도서관에서 빌린 책처럼 버스에 두고 내리거나 그러면 안 된다*는 둥 엄청 생색을 내 가며 준 열쇠를 넣고 돌린다. 문제의 도서관에서 빌린 책은 『돼지가 한 마리도 죽지 않던 날』이었고 다음 날 버스 회사의 유실물 센터에 가서 찾아왔지만 샬럿은 3년이 지난 뒤에도 그 얘기를 꺼냈다. 그 후에도 하고 또 했다. 열여섯 살에도 열여덟 살에도 스물한 살에도 *50대*가 되어도 계속 *도서관에서 빌린 책을 버스에 두고 내린 때를 기억하라*고 했다. 항상 *아이고, 홀리야*의 뜻이 담긴 유감스러워하는 웃음을 터뜨리며. 주여 굽어살피소서.

문이 열리자마자 포푸리 향이 그녀를 강타한다. 좋은 것이 됐든 나쁜 것이 됐든 기억을 소환하는 데 어떤 향보다 더 강력한 매개체는 없기에 순간 그녀는 머뭇거려지지만 어깨를 펴고 안으로 들어간다.

로다 랜드리가 말한다. "집이 아담하고 근사하네요. 저는 케이프코드 코티지*가 좋더라고요."

"아늑하네요." 앤드리아 스타크가 거든다. 그녀가 같이 온 이유는 홀리도 모른다.

---

* 대개 중앙의 굴뚝과 가파른 박공 지붕이 달린 1층 또는 1.5층의 아담한 주택.

에머슨이 말한다. "검토하셔야 하는 것과 사인해야 하는 서류가 몇 개 있어요. 가장 중요한 건 유산의 존재에 대해 통보받았다는 승인서예요. 한 통은 국세청으로, 또 한 통은 카운티 검인 법원으로 송부할 거예요. 부엌에서 하면 될까요? 어머님하고 처리할 업무가 있으면 대부분 거기서 했는데."

그들은 부엌으로 들어간다. 에머슨은 벌써부터 서류가방 걸쇠를 만지작거리고 두 여자는 여자들이 남의 집에 가면 대개 그러듯 두리번거리며 뭐가 있는지 파악한다. 홀리도 이리저리 두리번거리는데, 눈길이 닿는 곳마다 어머니의 말소리가 들린다. 어머니의 말은 항상 *내가 몇 번을 얘기했니*로 시작된다.

개수대: *내가 몇 번을 얘기했니? 유리잔은 꼭 물로 헹군 다음 식기세척기에 넣으라고.*

냉장고: *내가 몇 번을 얘기했니? 문이 잘 닫혔는지 확인하라고.*

찬장: *내가 몇 번을 얘기했니? 접시를 한 번에 세 장 넘게 쌓지 말라고. 그러다 이 나간다고.*

전기레인지: *내가 몇 번을 얘기했니? 부엌에서 나오기 전에 전부 잘 껐는지 두 번씩 체크하라고.*

그들은 식탁 앞에 앉는다. 에머슨이 사인이 필요한 서류를 한 부씩 건넨다. 유산의 존재를 통보받았다는 승인서. 샬럿 앤 기브니의 마지막 유언장을 전달받았다는(에머슨이 이 자리에서 준다.) 승인서. 테슬라와 애플이 포함된 주식 포트폴리오를 비롯해 어머니의 다양한 투자 자산의 존재를 통보받았다는 승인서. 홀리는 데이비드 에머슨을 공증 대리인으로 선임하는 계약서에도 사인한다. 로다 랜드리가 각 서류에 큼지막한 옛날식 도장을 찍어 공증하고 앤드리아 스타크가 증인 서명을 한다.(그녀가 같이 온 이유다.)

사인이 모두 끝나자 여자들은 홀리에게 웅얼웅얼 조의를 전하고 나간다. 에머슨은 임박한 약속 때문에 점심을 같이 못 먹어서 아쉽다고 말한다. 홀리는 괜찮다고 대답한다. 에머슨과 같이 점심을 먹고 싶은 생각은 없다. 멀어지는 그의 뒷모습을 보는 거라면 모를까. 두통이 점점 심해지고 있고 담배를 피우고 싶다. 사실 담배를 피우고 싶어서 죽을 지경이다.

"이제 시간을 두고 고민을 해 봤을 텐데, 그래도 집을 팔자는 쪽이에요?"

"네." 팔자는 쪽으로 기운 정도가 아니다.

"가구랑 같이요 아니면 가구는 빼고요? 그것도 고민해 봤어요?"

"같이요."

"그래도……." 그는 서류가방에서 빨간색 딱지 뭉치를 꺼낸다. **보관**이라고 적힌 딱지다. "한번 둘러보고 간직하고 싶은 유품이 있으면 이 딱지를 붙이세요. 여기 이 뒷면을 벗겨서 붙이면 됩니다."

"그럴게요."

"예를 들면 현관 홀에 있는 도자기 인형들은 유품으로 간직하고 싶을 수도 있겠는데……." 그는 그녀의 표정을 본다. "아닐 수도 있고요. 그래도 다른 유품이 있을지 몰라요. 아마 있을 거예요. 내 경험상 유산을 수령하면서 다 처분했다가 나중에 후회하는 경우가 많더군요."

홀리는 생각한다. *당신이야 그렇게 믿겠지. 당신이야 철석같이 그렇게 믿겠지. 당신은 놓지 못하는 쪽이고, 놓지 못하는 쪽은 놓는 쪽을 이해하지 못하니까. 양쪽은 서로 이해할 수 없는 종족이거든. 백신 찬성주의자와 반대주의자, 트럼프 지지자와 반대자처럼.*

"그럴 수도 있겠네요."

에머슨은 그녀를 설득하는 데 성공했다고 생각하는지 미소를 짓는다. "마지막은 이거예요."

그는 서류가방에서 얇은 서류 파일을 꺼낸다. 안에 사진이 담겨 있다. 그는 증인에게 범인 식별을 요청하는 경찰처럼 사진을 쫙 펼친다. 홀리는 놀라워하며 사진을 들여다본다. 눈앞에 펼쳐진 것은 범인의 얼굴이 아니라 검은 천 위에 놓인 보석이다. 귀걸이, 반지, 목걸이, 팔찌, 브로치, 두 줄짜리 진주 목걸이.

"어머님이 입원하시기 전에 이걸 나한테 맡기셨어요. 조금 이례적인 요청이긴 했지만 그래 주길 바라시더라고요. 이제 이게 다 기브니 씨 거예요. 그러니까 샬럿의 유언장이 공증을 마치면요." 에머슨은 한 장짜리 종이를 건넨다. "목록입니다."

홀리는 목록을 흘끗 쳐다본다. 샬럿이 사인하고 에머슨이 사인하고 직업이 전문 증인인 게 분명한 앤드리아 스타크도 사인했다. 홀리는 사진 쪽으로 다시 시선을 돌려서 그중 두 장을 톡톡 두드린다. "이건 어머니의 결혼반지고 이건 어머니가 거의 낀 적 없는 약혼반지예요. 하지만 나머지는 *전혀* 모르겠네요."

"상당히 많이 수집하셨던 것 같아요." 조금 불편해하는 말투지만 많이 그렇지는 않다. 원래 사람이 죽으면 비밀이 드러난다. 에머슨도 분명 알 것이다. 시쳇말로 빠삭할 것이다.

"그래도……." 홀리는 그를 빤히 쳐다본다. 그녀는 이런 만남에 임할, 심지어 어머니의 집과 박물관 전시실 같은 손님방까지 둘러볼 마음의 준비가 됐다고 생각했는데(마음의 준비가 됐길 바랐는데) *이런* 보석이라니? "이거 비싼 거예요 아니면 가짜예요?"

"값은 감정을 받아 봐야 알 수 있을 거예요." 에머슨은 이렇게 말하고 망설이다가 변호사답지 않은 발언을 덧붙인다. "하지만 앤드리아가 말하길 가짜는 아니랍니다."

홀리는 아무 대꾸도 하지 않는다. 이건 단순한 기만이 아니라는 생각, 어쩌면 용서할 수 없는 행위일지 모른다는 생각을 한다.

"보석은 유언 공증이 끝날 때까지 계속 회사 금고에 보관하겠지만 이건 기브니 씨에게 넘길게요. 나는 사본이 있어요." 목록을 두고 하는 말이다. 적어도 30개는 되고 모두 진짜라면 총액이…… 맙소사, 어마어마할 것이다. 10만? 20만? 아니면 *50만*?

그녀는 빌 호지스의 진득한 교육 아래 팩트를 인정하고, 생각지 못했던 결론에 다다르더라도 피하지 않는 훈련을 쌓았다. 팩트1. 샬럿은 감정가가 상당액에 달하는 보석을 소유하고 있었다. 팩트2. 홀리는 어머니가 앞서 말한 보석을 하고 있는 것을 본 적이 없었고 심지어 그런 보석이 있는 줄도 몰랐다. 결론. 샬럿은 유산을 받은 뒤에, 아마도 돈을 모두 날렸다고 딸에게 거짓말한 이후에 동굴에 틀어박혀 지내는 어느 판타지 소설 속 요정처럼 아무도 모르는 욕심쟁이가 되었다.

홀리는 그를 현관까지 배웅한다. 그는 도자기 인형을 보고 미소를 짓는다. "아내가 이런 걸 좋아하거든요. 버섯 위에 앉아 있는 난쟁이나 요정 인형이라면 없는 게 없을 거예요."

"몇 개 들고 가세요." *다 들고 가세요.*

에머슨은 놀란 표정을 짓는다. "아, 아니에요. 안 돼요. 말은 고맙지만 안 돼요."

"이거 하나만이라도 받아 주세요." 그녀는 혐오스러운 피노키오를 집어서 미소를 지으며 그의 손에 쥐여 준다. "유산에 수수료가 책정돼 있겠지만……"

"그럼요……"

"이건 제가 드리는 선물이니까 받아 주세요."

"정 그러시다면……"

"네." 코가 긴 그 개떡 같은 놈을 치울 수 있다면 오늘 릴리 코트 42번지에서 벌어진 가장 기쁜 일이 될 것이다.

문을 닫은 홀리는 차에 올라타는 에머슨을 창밖으로 내다보며 생각한다. *거짓말. 전부 거짓말이야.*

부엌으로 돌아가 서류 복사본을 한데 모은다. 꿈을 꾸는 듯한 심정으로(백만장자가 된 여자가 어느 술집에 들어가는데) 위생봉투, 알루미늄 포일, 랩, 빵 끈(어머니는 빵 끈을 절대 버리지 않았다.), 기타 잡동사니가 담긴 개수대 왼쪽 두 번째 서랍을 연다. 이리저리 헤집은 끝에 큼지막한 플라스틱 클립을 찾아서 서류를 집는다. 그런 다음 옆면에 **마음이 머무는 곳이 집이다**라고 적힌 찻잔을 들고 식탁으로 돌아간다. 어머니는 집 안에서 담배를 절대 못 피우게 했다. 그래서 화장실에서 창문을 열어 놓고 피우곤 했다. 이제 홀리는 남아 있는 죄책감과 못된 쾌감을 동시에 느끼며 담배에 불을 붙인다.

예전에 그녀는 신시내티 본드가에서 부모님과 함께 살던 시절에 이와 아주 비슷한 식탁 앞에 앉아서 대입 원서를 작성한 적이 있었다. 하나는 UCLA, 또 하나는 뉴욕 대학교, 다른 하나는 듀크. 원서비가 한 푼도 아깝지 않은 꿈의 선택지였다. 월넛힐스 고등학교와 멀리 떨어진, 옹알옹알이라고 불릴 일이 없는 곳. 어머니, 아버지 그리고 헨리 삼촌과도 떨어져 지낼 수 있는 곳.

두말하면 잔소리지만 그녀는 세 군데 모두 합격 통지서를 받지 못했다. 누가 봐도 학점이 고만고만했고, SAT 시험을 치르던 날 아마도 스트레스 때문이겠지만 위로는 편두통, 아래로는 생리통에 시달리느라 최악의 점수를 기록했기 때문이었다. 유일하게 받아 주겠다고 한 곳이 주립대학뿐이었고 그건 놀랄 일이 아니었다. 주립대학에 합격

하는 건 야구에서 투수가 삼진을 잡는 것과 같았다. 그리고 주립대학에서도 장학금 얘기는 없었다.

우리는 너를 대학에 보낼 여력이 안 되고 학자금 대출을 받으면 마흔 살까지 그 빚을 갚아야 할 거야. 샬럿은 그렇게 말했다. 당시에는 진짜로 그랬을지 몰랐다. *그리고 성적 불량으로 퇴학당하더라도* 돈은 *갚아야 해.* 그 말에는 *당연히* 퇴학당할 거라는 뜻이, 그렇게 여린 아이에게 대학은 무리라는 뜻이 내포돼 있었다. 한번은 홀리가 욕조에 들어앉아서 등교를 거부한 적이 있지 않았던가. 그리고 SAT 시험을 본 날 어떻게 됐는지 보라! 집에 와서 울고불고하더니 거의 밤새도록 구역질을 하지 않았던가!

홀리는 결국 미첼 부동산 중개업소에 취직하고 커뮤니티대학에서 야간 수업을 들었다. 대부분 컴퓨터 수업이었지만 영문과 수업도 몰래 한두 개 들었다. 모든 게 잘 굴러갔다. 그녀는 종종 불행했지만 모반이나 내반족처럼 그걸 받아들이게 됐다. 그런데 사장의 아들 프랭크 미첼 2세가 그녀를 건드리기 시작했다.

"내 엉덩이를 건드렸지! 나를 따라다니면서 괴롭혔어! 자고 싶어서!" 홀리는 아무도 없는 부엌에 대고 말한다.

회사에서 어떤 일이 벌어지고 있는지 살짝 알리자 어머니는 웃어넘기라고 했다. 남자들은 어쩔 수 없다고, 평생 자기들 거시기 하자는 대로만 하지 절대 바뀌지 않는다고. 그들을 상대하는 것이 유쾌하지는 않지만 그것도 삶의 일부라고, 좋은 게 있으면 나쁜 것도 있는 법이라고, 고칠 수 없는 건 참아야 한다고, 어쩌고저쩌고.

아빠는 안 그랬잖아요. 홀리의 말에 어머니는 무시하듯 가볍게 손을 흔들었다. *네 아빠는 당연히 안 그렇지, 감히 그럴 수가 있나, 그럴 용기가 있는지 보고 싶네,* 이런 뜻이 담긴 제스처였다. 손짓 하나만으

로 이 많은 의미를 전달하는, 그 어려운 일을 샬럿이 해냈다.

홀리가 얘기하지 않은 부분이 있다면, 하마터면 굴복할 뻔했다는 것이었다. 눈은 튀어나오고 얼굴은 산천어처럼 생긴 갑님의 아들이 원하는 대로 할 뻔했다는 것이었다. 미첼 2세는 이렇게 말했다. *이 회사에서는 아무도 너를 좋아하지 않아. 성격은 뚱하지, 하는 일은 허접하지, 내가 없으면 너는 쫓겨날 거야. 그러니까 일말의 보답이라도 하는 게 어때? 한번 해 보면 너도 좋아하게 될걸?*

미첼 2세의 사무실로 같이 들어가니 그가 홀리의 블라우스 단추를 풀기 시작했다. 첫 번째…… 두 번째…… 세 번째…… 그때 그녀가 손에 온 힘을 실어 뺨을 때리자 미첼 2세의 안경이 날아가고 입술에서 피가 났다. 그는 아무짝에도 쓸모없는 년이라고 하며 자기가 신고하면 폭행죄로 체포될 수도 있다고 했다. 홀리는 있는 줄도 몰랐던 용기를 그러모아서 평소와는 전혀 다르게(평소에는 하도 조그맣게 말해서 상대방이 알아듣지도 못할 때가 많았다.) 냉랭하고 분명한 목소리로 경찰을 부르면 성폭행당할 뻔했다고 말하겠다며 되받아쳤다. 본능적으로 찡그리는 그의 표정을 보고 홀리는 경찰 측에서 자기 말을 믿을지 모른다는 생각을 하게 됐다. 미첼 2세가 전에도 문제를 일으킨 적이 있었던 것이다. 이런 종류의 문제를. 아무튼 그 일은 그렇게 끝이 났다. 미첼 2세의 입장에서는. 하지만 홀리는 일주일 뒤 어느 날 아침 일찍 출근해 그의 사무실을 난장판으로 만들어 놓은 다음 코딱지만 한 그녀의 칸막이 자리에서 책상에 머리를 얹고 몸을 웅크린 채 숨었다. 책상 밑으로 들어가면 좋았겠지만 그럴 만한 공간이 없었다.

이후 한 달 동안 '센터'에서 치료를 받고(부모님에게 그럴 돈은 있었다.) 3년 동안 상담을 받았다. 아버지가 돌아가셨을 때 상담도 중단됐지만 그녀는 계속 이런저런 약을 먹었다. 덕분에 정상적으로 생활할 수 있었지만 셀로판 포장지를 통해 세상을 보는 듯한 기분으로 지냈다.
고칠 수 없는 건 참아야 한다. 이건 샬럿 기브니의 신조였다.

홀리는 수돗물을 틀어서 담배를 끄고 찻잔을 물로 헹궈 식기건조대에 넣고 2층으로 올라간다. 오른쪽 첫 번째 방이 손님방이지만 사실 거기는 손님방이 아니다. 일단 벽지부터가 틀려먹었고 그녀가 10대 시절에 살았던 신시내티 집의 방과 섬뜩하리만치 닮았다. 어쩌면 샬럿은 정신적, 정서적으로 불안정한 딸이 결국에는 그녀의 문제점을 이해하지 못하는 사람들 속에서 살 수 없음을 깨닫는 날이 올 거라고 믿었을지 모른다. 홀리는 그 안으로 들어가며 다시 생각한다. *박물관 전시실이네. '트리스티스 푸엘라, 즉 슬픈 소녀가 사는 곳' 이런 팻말이 걸려 있어야겠어.*

어머니가 그녀를 사랑했다는 데에는 여전히 의심의 여지가 없다. 하지만 사랑이 항상 힘이 되는 건 아니다. 더러는 사랑이 힘을 빼앗을 때도 있다.

침대 위에는 마돈나의 포스터가 붙어 있다. 한쪽 벽에는 프린스가, 다른 쪽 벽에는 「베스트 키드」의 주인공 랠프 마치오가 붙어 있다. (루디오 루디우스라는 조그만 쪽지가 달려 있을) 소형 오디오 아래 선반을 보면 브루스 스프링스틴, 반 헤일런, 왬!, 티나 터너 그리고 두말하면 잔소리지만 퍼플 원의 음반이 있을 것이다. 모두 카세트테이프로. 그녀가 전부터 질색했던 체크무늬 침대보가 침대를 덮고 있다. 전에 이런 방에서 살며 창밖으로 본드가를 내다보고, 음악을 듣고, 파란색 올리베티 휴대용 타자기로 시를 쓰던 여자아이가 있었다. 그 타자기의 후속 주자는 조그만 모니터가 딸린 코모도어 PC였다.

홀리가 아래를 내려다보니 **보관**이라고 적힌 빨간색 딱지를 손에 쥐고 있다. 그걸 집은 기억도 없는데.

"오길 잘했네. 집에 오니까 좋다."

그녀는 스타워즈 휴지통(조그만 쪽지에는 *벨라 시데레아*라고 적혀 있을 것이다. 그 옛날에 배웠던 라틴어가 이렇게 금세 떠오를 줄이야) 앞으로 가서 딱지를 버린다. 그런 다음 깍지 낀 손을 허벅지 사이에 넣고 침대에 앉는다. 이 안에는 수많은 추억이 담겨 있다. 선택은 간단하다. 대면할 것인가, 잊을 것인가.

당연히 대면해야 한다. 그녀가 이제는 다른 사람, 더 나은 사람, 대부분의 사람은 믿지도 않을 공포를 대면했을 만큼 용감한 사람이 되어서가 아니다. 대면하는 것 말고는 다른 대안이 없기 때문이다.

신경쇠약증을 일으킨 뒤에, 이른바 '치료 센터'를 다녀온 뒤에 홀리는 제이비어 대학교 교수가 쓴 두께가 벽돌만 한 세 권짜리 지역 역사서 시리즈의 색인 작업자를 찾는다는 광고를 보고 조그만 출판사로 연락했다. 면접이 시작되자 긴장했다. 무서워서 뻣뻣해졌다는 표현이 더 맞겠다. 하지만 편집자 짐 해거티가 색인 작업에 관한 한 워낙 속수무책이었기에 홀리는 어떤 식으로 작업할 생각인지, 고등학교 수업 시간 때와는 다르게 말을 더듬거나 횡설수설하지 않고 설명할 수 있었다. 먼저 용어 색인을 만들고 그걸 컴퓨터 파일로 만든 다음 카테고리별로 분류하고 알파벳순으로 정리해 저자에게 보내면, 저자가 검토와 수정을 거쳐 최종 변경 사항을 그녀에게 다시 보내 주면 된다고 말이다.

"미안하지만 우리 회사에 아직 컴퓨터는 없고 IBM 셀렉트릭 타자

기쁜이에요. 차후에는 구입해야겠지만요. 미래의 물결이니 뭐니 하니까요.”

“저한테 있어요.” 홀리는 앞으로 몸을 내밀었다. 취직이 될지 모른다는 생각에 너무 흥분해서 이것이 회사 면접이라는 걸 잊었다. 미첼 2세도, 고등학교 4년 동안 옹알옹알이로 불려야 했던 것도 잊었다.

“그리고 그걸로 색인 작업을 하겠다고요?” 해거티는 어안이 벙벙한 표정이었다.

“네. ‘이리(Erie)’라는 단어를 예로 들어 볼게요. 이건 하나의 카테고리지만 호수일 수도 있고 카운티일 수도 있고 이리라는 아메리카선주민의 한 부족일 수도 있어요. 두말하면 잔소리지만 선주민 부족일 경우 캣 네이션*이나 이로쿼이족과 상호 참조가 되어야겠죠. 이게 다가 아니에요! 제대로 파악하려면 원고를 다시 살펴보아야 하겠지만 어떤 식으로 하겠다는 건지 아시겠죠? 아니면 잠깐만요, 플리머스를 예로 들자면 이거야말로 정말 흥미진진한 카테고리인데……”

해거티는 이쯤에서 말을 자르고 한번 일을 맡아서 해 보라고 했다. *색인에 미친 사람을 알아본 거지.* 홀리는 침대에 앉아서 생각한다.

그 첫 번째 일은 배우면서 돈도 버는 식이었고 이후에 색인 작업 의뢰가 줄줄이 들어왔다. 그녀는 본드가의 본가에서 독립했다. 첫 차를 샀다. 컴퓨터를 업그레이드하고 수업을 좀 더 들었다. 그리고 약도 먹었다. 일을 하는 동안에는 머리가 빠릿빠릿하게 돌아가고 눈치가 빨랐다. 일을 하지 않으면 셀로판 포장지 안에서 사는 듯한 기분이 다시 찾아왔다. 그녀는 남자를 몇 번 만났지만 서툴고 어색했다. 헤어지면서 의무적으로 키스를 할 때면 미첼 2세가 생각났다.

---

* 이리(Erie) 부족의 별칭.

색인 작업 의뢰가 거의 끊기자(벽돌 역사책 출판사가 문을 닫았다.) 홀리는 느슨한 제휴 관계를 맺고 있는 지역의 여러 병원에서 의무 기록을 관리했다. 여기에 추가로 신시내티 지방법원에서 소장을 정리했다. 의무적으로 본가를 찾아야 했고 아버지가 돌아가신 후에는 더 자주 가야 했다. 가서 금전적인 상황에서부터 동네 사람들, 모든 걸 망쳐 놓는 민주당에 이르기까지 어머니의 온갖 불평불만을 들어 주어야 했다. 가끔 그렇게 본가를 찾아갔다가 「대부」의 대사가 생각날 때도 있었다. *이제 드디어 나왔다고 생각한 순간⋯⋯ 저들이 나를 다시 처넣어 버리지.* 크리스마스가 되면 그녀는 어머니와 헨리 삼촌과 함께 소파에 앉아서 영화 「멋진 인생」을 보았다. 산타 모자를 쓰고.

이제 그만 나가야 할 때가 됐다.

홀리는 자리에서 일어나 방 밖으로 나가려다가 명령조로 말하는 어머니의 목소리가 들리자(*네가 있었던 흔적을 남기지 말라고 내가 몇 번을 얘기했니?*) 다시 들어가 체크무늬 침대보를 반듯하게 매만진다. 누구를 위해서? 죽은 여자를 위해서? 웃어야 할지 울어야 할지 모르겠는 상황이라 홀리는 웃음을 터뜨린다.

계속 어머니 목소리가 들리네. 평생 그러려나?

답은 '그렇다'이다. 오늘까지도 그녀는 거품기에 묻은 아이싱을 핥아먹지 않고(*그러다 턱 빠진다.*) 지폐를 만진 뒤에는 손을 씻으며(*세상에 돈만큼 세균이 많은 게 없어.*) 밤에 오렌지를 먹지 않고 정말 어쩔 수 없는 경우가 아닌 이상 공중화장실 변기에 앉지 않으며 앉더라도 온몸을 부들부들 떨며 끔찍해한다.

모르는 사람들이랑 절대 말을 섞지 마. 이것도 있었다. 홀리는 빌

호지스와 제롬 로빈슨을 만나면서 이 원칙을 어겼고 이후로 모든 게 달라졌다.

그녀는 계단을 내려가려다 베라 스타인먼을 두고 제롬에게 한 충고가 떠오르자 복도를 지나 어머니의 방으로 간다. 여기에서 챙기고 싶은 건 없다. 벽에 걸린 사진도 화장대 위에 어지럽게 널린 향수도 벽장의 옷이나 신발도 모두 필요 없다. 그렇지만 처분해야 하는 건 있다. 그건 어머니의 침대 옆 협탁 맨 위 서랍에 들어 있을 것이다.

그녀는 그쪽으로 가다 말고 사진 액자들이 무슨 갤러리처럼 걸려 있는 벽에 시선을 빼앗긴다. 먼저 세상을 떠난(그리고 아내가 그 죽음을 별반 슬퍼하지 않은) 남편 사진은 없고 헨리 삼촌 사진도 딱 하나뿐이다. 나머지는 모두 딸과 함께 찍은 사진이다. 그중에서도 두 개가 홀리의 눈에 들어온다. 하나는 그녀가 네 살 때 점퍼스커트를 입고 찍은 것이고, 다른 하나는 아홉 살인가 열 살 때 당시 대유행하던, 으리으리한 금색 안전핀으로 고정하는 랩 스커트를 입고 찍은 것이다. 그녀의 방에서는 그 침대보를 싫어했던 이유가 생각이 나지 않았는데, 이제 이 사진들을 보니 알겠다. 점퍼스커트와 랩스커트가 모두 체크무늬고 그녀에게는 체크무늬 블라우스와 (아마) 스웨터도 있었다. 샬럿은 체크무늬를 사랑해 마지않아서 홀리에게 그걸 입혀 놓고 "스코틀랜드 아가씨 같아!"라고 외치며 좋아했다.

양쪽 사진에서, 아니, 거의 모든 사진에서 샬럿은 한 팔로 홀리의 어깨를 살짝 감싸 안고 있다. 이렇게 옆으로 안는 방식에는 보호나 애정의 뜻이 담겨 있겠지만 딸이 두 살에서 열여섯 살로 자라나는 동안 계속 반복되는 똑같은 포즈를 사진으로 접하고 보니 다른 뜻도 담겨 있을지 모른다는 생각이 든다. 소유.

홀리는 침대 옆 테이블로 가서 맨 위 서랍을 연다. 그녀가 처분하고 싶은 건 신경 안정제와 처방이 있어야 살 수 있는 진통제지만 여성용 멀티비타민도 같이 꺼낼 것이다. 그걸 변기에 붓고 물을 내리는 건 안 될 말씀이지만 주간 고속도로로 가는 길에 월그린스 드러그스토어가 있다. 거기에 들고 가면 기꺼이 처분해 줄 것이다.

큼지막한 주머니가 여러 개 달린 카고바지를 입고 와서 다행이다. 덕분에 다시 1층으로 내려가 주방 서랍에서 위생봉투를 들고 오지 않아도 된다. 그녀는 라벨을 들여다보지도 않고 병들을 주머니에 쑤셔 넣다가 그대로 얼어붙는다. 약병 아래에 그녀도 익히 아는 공책들이 쌓여 있다. 맨 위 공책은 표지에 유니콘이 그려져 있다. 홀리는 공책들을 꺼내 한 권을 건성으로 넘겨 본다. 여기에는 그녀가 쓴 시가 담겨 있다. 운율도 안 맞고 허접하지만 그래도 한 구절, 한 구절에 진심이 담겨 있다.

> 무성한 나무 그늘에 누워 지나가는 구름을 바라보며
> 멀리 떠난 내 사랑, 한참 동안 만나지 못할 그를 생각하다
> 눈을 감고 한숨을 쉬네.

자기가 쓴 시인데도 얼굴이 화끈거린다. 아주 오래전에 재능 없는 어린애가 쓴 이 유치한 작품을 어머니는 그냥 간직한 게 아니라 가까이에 두었다. 어쩌면 불을 *끄기* 전에 딸이 쓴 형편없는 시를 읽었을 수도 있다. 왜 그랬을까?

"나를 사랑했으니까." 홀리가 중얼거리자 마치 기다렸다는 듯이 눈물이 고인다. "나를 그리워했으니까."

그게 다였다면 얼마나 좋았을까. 악랄한 대니얼 헤일리를 울고불고 성토하지 않았더라면 얼마나 좋았을까. 홀리는 릴리 코트에 있는 이

집 식탁에서 샬럿과 헨리에게 어떤 식으로 사기를 당했는지 설명을 들었다. 샬럿은 수없이 가슴을 쳤다. *편지*와 *스프레드시트*를 운운했다. 홀리가 거짓말을 믿게 하려면 뭐가 필요한지 샬럿에게 듣고 헨리가 준비물을 조달했을 것이다. 늘 그랬듯 삼촌은 그런 식으로 샬럿에게 장단을 맞췄다.

홀리는 빌이 그 자리에 참석했다면 거짓말을 거의 단박에 알아차렸을 거라는 생각을 한다.(*거짓말이 아니라 사기지. 인정할 건 인정하자고.* 이런 생각도 한다.) 하지만 빌은 그 자리에 없었다. 홀리가 스스로 알아차렸어야 하는 건데 당시 경험이 없었고, 그들이 무려 *일곱 자리*나 되는 아찔한 금액을 운운했지만 사실 관심이 없었다. 탐정 일과 새로운 사랑에 빠져서 사실상 정신이 없었다. 상심으로 눈이 멀기도 했었고.

내가 사라진 개와 보석금을 내고 튄 피고인을 찾을 게 아니라 내 가족을 수사했다면 상황이 달라졌을 수도 있는데.

어쩌고저쩌고, 어쩌고저쩌고.

그나저나 이 공책들을, 이 낯 뜨거운 청춘의 유물을 어떻게 한다? 보관하거나 태워 버리거나. 보니 레이 달 사건이 마무리되거나 일부 사건들이 더러 그러듯 저절로 소멸되면 양단간에 결정을 내릴 것이다. 하지만 지금 당장은…….

홀리는 공책을 원래 있던 자리에 다시 넣고 서랍을 쾅 닫는다. 밖으로 나가는 길에 벽에 걸린 사진들을 다시 한번 본다. 사진마다 그녀와 어머니가 담겼다. 거의 항상 부재중이었던 아버지는 흔적조차 보이지 않고, 거의 항상 어머니가 그녀의 어깨를 한 팔로 감싸 안고 있다. 사랑이었을까, 보호 본능이었을까 아니면 경찰이 범인을 체포하듯 따라오라는 신호였을까? 아마 셋 모두였을 것이다.

약통으로 카고바지 주머니를 두둑이 채우고 계단을 반쯤 내려갔을 때 홀리에게 좋은 생각이 떠오른다. 그녀는 얼른 자기 방으로 돌아가 체크무늬 침대보를 홱 벗기고 돌돌 말아서 1층으로 들고 내려간다.

거실에 타지 않는 가짜 장작이 담긴 장식용 벽난로가 있다. 가스로 불을 지피는데 몇 년 동안 켠 적이 없다. 홀리는 침대보를 펴서 벽난로를 덮고 부엌 개수대 아래에서 쓰레기통 크기의 비닐봉지를 꺼낸다. 그걸 잘 흔들어 펼치며 현관 홀로 걸어간다. 도자기 인형을 모두 거기 담아서 거실로 들고 간다.

돈은 없어지지 않았다. 그것만큼은 홀리도 인정해야 한다. 심지어 그녀의 신탁 펀드도, 그러니까 이른바 좋은 기회에 투자했다던 금액도 고스란히 남아 있다. 그 많은 보석은 어머니가 상속받은 유산으로 샀을 거라고 확신할 수 있을 듯하지만, 그렇다고 해서 어머니가 이 모든 일을 꾸민 이유는 오로지 파인더스 키퍼스가 잘 안 되길 바라서였다는 사실이, 그 회사가 태어나자마자 죽길 바라서였다는 사실이 달라지지는 않는다. 파인더스 키퍼스가 얼른 죽어야 샬럿이 이렇게 말할 수 있었지 않겠는가. *아이고, 홀리야. 와서 나랑 같이 살자. 당분간 이 집에서 지내. 영원히 이 집에서 지내.*

그리고 그녀가 편지를 남겼던가. 설명하는 편지를? 왜 그랬는지 해명하는 편지를? 아니었다. 에머슨에게 그런 편지를 남겼다면 그가 전해 주었을 것이다. 이 모든 게 상처가 되지만 그게 가장 큰 상처다. 어머니가 설명하거나 해명할 필요성도 전혀 못 느꼈다는 것이. 어머니는 자기 행동이 옳았다고 철석같이 믿었다. 코로나 백신을 거부하는 것이 옳다고 생각했던 것처럼.

홀리는 인형을 벽난로 안으로 던진다. 사실상 내동댕이친다. 어떤 건 멀쩡히 버티지만 대부분 깨진다. 가짜 장작에 부딪힌 것들은 모두 깨진다.

생각보다 즐겁지가 않다. 흡연이 절대 금지됐던 부엌에서 담배를 피웠을 때가 더 기분이 좋았다. 결국 그녀는 쓰레기 봉지에 남은 인형을 침대보 위로 전부 쏟고 벽난로 밖으로 튄 사기 조각을 줍고 침대보를 뭉뚱그린다. 안에서 깨진 인형들끼리 서로 부딪치는 소리가 들리자 음침한 희열을 느낀다. 침대보를 집 옆면에 설치된 쓰레기장으로 들고 나가 쓰레기통에 버린다.

"됐다." 그녀는 손을 털며 말한다. "*됐어.*"

다시 집 안으로 들어가지만 모든 방을 일일이 둘러볼 생각은 없다. 보아야 할 곳은 보았고 해야 할 일은 처리했다. 그녀와 어머니 사이에는 묵은 빚이 있고 앞으로도 그건 청산될 길이 없겠지만, 도자기 인형과 침대보를 처분함으로써 따라오라며 그녀의 어깨를 움켜쥐고 있던 그 팔에서 적어도 한 발 벗어날 수 있게 되었다. 홀리가 릴리 코트 42번지에서 챙기고 싶은 건 식탁 위에 놓인 서류뿐이다. 그녀는 서류를 집어 들고 킁킁대며 냄새를 맡는다. 담배 냄새가 희미하지만 남아 있다.

훌륭하다.

추억 여행은 이만하면 됐다. 그녀에게는 해결해야 하는 사건이, 찾아야 하는 실종자가 있다. "백만장자가 된 여자가 자기 차에 올라타 업살라 빌리지로 출발하는데."

홀리는 중얼거리고 웃음을 터뜨린다.

2021년 2월 8일(2)

에밀리는 바바라가 입은 빨간색 외투와 모자와 목도리를 보고 외친다. "아유, 예뻐라! 꼭 크리스마스 선물 같네!"

바바라는 생각한다. *우습지 뭐야. 여자들은 요즘도 그런 식으로 말해도 되지만 남자들은 안 되잖아.* 해리스 교수의 남편만 해도 그렇다. 그도 그녀를 이리저리 훑어보았지만 단지 그걸로 불쾌감을 표출할 수는 없다. 그렇다면 거의 모든 남자가 자유롭지 못할 테니까. 게다가 그는 속없는 노인이다.

"만나 주셔서 감사해요, 교수님. 시간 많이 뺏지 않을게요. 부탁드리고 싶은 게 있어서요."

"그래요, 내가 들어줄 수 있는 부탁인지 모르겠네. 소설 창작 워크숍에 관련된 게 아니라야 할 텐데. 부엌으로 들어와요, 로빈슨 양. 차를 끓이던 중이었는데 한잔할래요? 나만의 특별한 블렌드예요."

바바라는 커피 중독자라 오빠 제롬이 '일급 비밀 프로젝트'라고 부르는 일을 할 때면 커피를 물처럼 마시지만 (나이는 많지만 아주 예리한) 이 교수에게 잘 보이고 싶기에 좋다고 한다.

그들은 잘 꾸며진 거실을 지나 똑같이 잘 꾸며진 부엌으로 간다. 가스레인지가 울프 제품이다. 바바라는 그녀의 집에도 울프 가스레인지가 있으면 좋겠다는 생각을 한다. 어차피 얼마 후면 집을 떠나 대학 생활을 시작하겠지만. 그녀는 프린스턴 대학에 입학 허가를 받았다. 찻주전자가 앞쪽 화구 위에서 김을 뿜고 있다.

바바라가 목도리를 풀고 외투 단추를 푸는 동안(오늘은 정말이지 날이 너무 따뜻하긴 하지만 예뻐 보이는 게 중요하다. 완벽한 코디를 자랑하는 젊은 여자.) 에밀리는 사기통에서 숟가락으로 찻잎을 떠서 두 개의 차망에 넣는다. 바바라는 티백 말고는 본 적이 없기에 신기해하며 구경한다.

에밀리가 물을 따르며 말한다. "우러날 때까지 조금 둘게요. 1분 정도면 돼요. 진해서." 그녀는 좁은 엉덩이를 개수대에 대고 납작한 가슴 아래로 팔짱을 낀다. "이제 용건을 들어 볼까요?"

"어…… 올리비아 킹즈버리 선생님 때문에 왔어요. 그분이 가끔 젊은 시인에게 멘토 역할을 하실 때가 있다고 해서…… 적어도 전에는 그랬다고 해서……."

"요즘도 그럴지 모르지만 아마 아닐 거예요. 나이가 아주 많거든요. 학생 눈에는 나도 나이가 많아 보이죠. 불편한 표정 지을 것 없어요. 이 나이가 되면 진실을 포장할 필요성을 못 느끼니까. 그치만 리비에 비하면 어린애예요. 리비는 지금 90대 후반이고 워낙 말라서 강풍이 아니라 산들바람만 불어도 날아가게 생겼으니까."

에밀리는 차망을 빼고 머그를 바바라 앞에 놓는다. "마셔 봐요. 그런데 그 외투부터 벗으면 안 될까요? 그리고 자리에 앉고."

바버라는 서류 파일을 식탁에 내려놓고 외투를 벗어서 의자 등받이에 걸친다. 차를 한 모금 마신다. 맛이 해괴하고 색이 불그스름해서 피가 연상된다.

"맛이 어때요?" 에밀리가 눈을 반짝이며 묻고 바버라의 맞은편에 앉는다.

"아주 좋아요."

"맞아요. 그렇죠?" 에밀리는 아직 김이 나는 머그를 입에 대고 벌컥벌컥 들이마신다. 바버라는 이 여자의 목구멍 안에 가죽이 덧대어져 있나 보다고 생각한다. *나이를 먹으면 그렇게 되는 걸지 몰라. 목구멍에 감각이 없어지고. 맛도 못 느끼고.*

"그러니까 학생은 칼리오페와 에라토*의 종복이로군요."

"음, 에라토는 아니에요." 바버라는 차를 한 모금 더 마셔 본다. "원칙적으로 연가는 쓰지 않거든요."

에밀리는 좋아서 웃음을 터뜨린다. "고전 교육을 받은 학생이라니! 흔치 않고 보기 드문 인재로군요!"

"그건 아니에요." 바버라는 바닥이 안 보이는 이 머그에 담긴 차를 전부 마셔야 하는 건 아니길 바란다. "그냥 책 읽기를 좋아할 뿐이에요. 사실 올리비아 킹즈버리 선생님의 작품을 정말 좋아해요. 그분의 작품을 읽고 시를 쓰고 싶어졌거든요. 『절대로 확실한』, 『끝을 위한 끝』, 『카디악 길』…… 전부 마르고 닳도록 읽었어요." 그냥 하는 말이 아니라 실제로 『카디악 길』의 경우 너덜너덜해지다 못해 벨 대학 출판부의 싸구려 제본과 결별을 선언하고 바닥 위로 낱낱이 흩뿌려지

---

* 칼리오페는 서사시를 관장하는 여신이며, 에라토는 연가와 독창을 관장하는 여신이다.

는 바람에 새로 사야 했다.

"아주 훌륭한 작가죠. 젊었을 때 상도 많이 받았고 얼마 전에는 전미도서상 최종 후보에도 올랐고. 2017년이었나?" 에밀리는 2017년이라는 걸 확실히 알며 당시 프랭크 비다트가 수상하자 사실 기뻐했었다. 그녀는 올리비아의 시를 좋아한 적이 없다. "여기서 조금만 가면 그 작가가 사는 집이 나오는데…… 아하! 이제 알겠다."

남편인 제2의 해리스 교수가 들어온다. "깨끗하게 목욕시킨 우리 마차에 기름을 넣으려는데 필요한 거 있어, 여보?"

"십허더(양치기) 스페셜 부탁해. 암양 한 컵 넣어서."

그는 웃으며 손 키스를 날리고 나간다. 바버라는 에밀리가 마시라고 준 차는 싫지만(사실 질색이지만) 실없는 농담을 주고받을 정도로 아직까지 서로를 사랑하는 노부부는 보기 좋다. 그녀는 에밀리를 돌아본다.

"씩씩하게 그분 집을 찾아가서 문을 두드리지 못하겠어요. 여기도 들어오지 못하고 하마터면 그냥 발길을 돌릴 뻔했어요."

"안 그러길 잘했네. 학생 덕분에 분위기가 확 사는데. 차 마셔요, 로빈슨 양. 아니, 그냥 바버라라고 불러도 되려나?"

"네, 그럼요." 바버라는 차를 한 모금 더 마신다. 이제 보니 에밀리는 벌써 반을 비웠다. "실은요, 교수님……"

"에밀리. 그쪽이 바버라면 나는 에밀리죠."

바버라는 눈빛이 예리한 이 노교수의 이름을 부를 수 있을까 싶다. 해리스 교수는 입가에 미소를 머금고 눈을 반짝이고 있지만 과연 즐거워서 눈을 반짝이는 건지 잘 모르겠다. 그보다는 *평가하는* 눈빛에 가깝다.

"벨 대학 영문학과로 찾아가서 버크하트 교수님을 만났거든요. 학과장이신데……"

"그래요, 로즈야 잘 알죠." 에밀리는 건조하게 말한다. "알고 지낸 지 20년쯤 됐네요."

바버라는 얼굴을 붉힌다. "네, 맞아요, 그러시겠죠. 그분께 올리비아 킹즈버리 선생님께 저를 소개해 주실 수 있느냐고 여쭈어봤더니 교수님을 찾아가 보라고 하시더라고요. 교수님과 킹즈버리 선생님이 친구였다면서."

리비는 우리가 친구라고 생각할지 모르지만 그건 착각이지. 그것도 아주 심한 착각. 에밀리는 이런 생각을 하며 고개를 끄덕인다.

"오랫동안 바로 옆 연구실을 쓰면서 가까운 동료로 지냈죠. 나는 그 사람 저서를 서명본으로 모두 가지고 있어요. 그 사람도 내 저서를 서명본으로 가지고 있고." 에밀리는 차를 마시고 웃는다. "정확히 말하면 두 권이요. 그 사람이 나보다 훨씬 왕성하게 활동했지만 최근에는 출간한 책이 없을 거예요. 내가 중간에서 소개해 줬으면 해요? 그 정도가 아니라 멘토가 되어 주길 바라는 것 같은데. 물론 팬이라니 이해는 되지만 실망할지 몰라요. 적어도 내가 알기로 아직까지 정신은 멀쩡하지만 다리를 못 쓰거든요. 거의 걷지 못할 정도로."

이것이 올리비아가 작년 크리스마스 파티에 참석하지 않은 이유가 되지는 못한다. 컴퓨터가 없는 것도 아니고 줌에 접속하기만 하면 됐다. 하지만 리비가(아니면 그 집에서 일하는 여자가) 요정이 배달한 맥주와 카나페를 거부하지는 않았다. 음식은 기꺼이 받아서 먹었다. 이것이 에밀리가 분노하는 이유다. 로드니라면 이렇게 말할 것이다. *내가 장부에 이름 적어 놨어. 파란색이 아니라 까만색으로.*

"멘토링은 바라지도 않아요." 바버라는 얼굴을 찡그리지 않고서 어찌어찌 차를 한 모금 더 마시고, 잘 있는지 확인이라도 하는 듯 서류 파일을 건드린다. "그냥 제가 쓴 시를 읽어 주시면 좋겠어요. 바라는 건 그게 *다*예요. 두 편 아니면 한 편만이라도. 왜냐하면……." 바버라는 눈물이 고이는 것을 느끼고 경악한다. "제가 소질이 있는지 아니면 시간 낭비를 하는 건지 알고 싶어서요."

에밀리는 미동도 없이 앉아서 바버라를 쳐다보기만 한다. 이제 할 말을 마친 그녀는 노교수와 눈을 맞추지 못하고 자기 잔에 담긴 맛이 고약한 차만 들여다본다. 너무 많이 남았다!

한참 뒤에 에밀리가 말한다. "줘 봐요."

"뭐를……?" 바버라는 무슨 말인지 알아듣지 못한다.

"학생이 쓴 시." 교수 시절에 맹꽁이를 대할 때 그랬듯이 이제 에밀리의 목소리에 짜증이 섞인다. 맹꽁이들은 차고 넘쳤고 그녀는 참지 않았다. 그녀는 푸르스름하게 혈관이 비치는 손을 내민다. "아끼는 걸로 줘 봐요. 하지만 한 페이지가 넘지 않는 짧은 걸로."

바버라는 더듬더듬 서류 파일을 펼친다. 딱 열두 편을 들고 왔고 모두 짧다. 킹즈버리 씨가 봐 주겠다고 하더라도(그럴 가능성이 거의 없다는 건 그녀도 안다.) 거의 18쪽에 달하는 「래그타임, 래그 타임」 같은 걸 들이밀 수는 없지 않겠는가.

바버라는 하마터면 "진심이세요?" 같은 진부한 말을 할 뻔하지만 해리스 교수의 얼굴, 그중에서도 특히 반짝이는 눈을 보고 바보처럼 굴지 않기로 한다. 그건 요청이 아니라 명령이었다. 바버라는 파일을 열고 떨리는 손으로 뒤적이다가 「바뀌는 얼굴들」을 고른다. 작년에 겪었지만 아직까지도 악몽으로 그녀를 괴롭히는 끔찍한 경험을 다룬 시다.

"잠깐 실례할게요. 내가 남들 앞에서는 읽지 않거든요. 예의에 어긋나기도 하고 집중에도 방해가 돼서. 5분만 기다려요." 교수는 바버라의 시를 들고 밖으로 나가려다가 차 옆에 놓인 깡통을 가리킨다. "쿠키예요. 가져다 먹어요."

바버라는 거실 저쪽 편의 문이 닫히는 소리가 들리자마자 머그를 들고 개수대로 가서 한 모금만 남기고 수채통에 버린다. 그런 다음 깡통 뚜껑을 열어서 마카롱인 걸 보고 하나 꺼내서 먹는다. 너무 떨려서 허기를 느낄 겨를도 없지만 그게 예의인 것 같다. 그녀가 생각하기로는 그렇다. 이 모든 상황이 묘하게 느껴진다. 심지어 이 안으로 들어오기 전부터, 남편 해리스 교수가 밴을 보이고 싶지 않은 듯 서둘러 왼쪽 차고 문을 닫을 때부터 그랬다.

그리고 아내 해리스 교수로 말할 것 같으면…… 바버라는 현관문 안으로 들어서게 될 줄도 몰랐다. 그 앞에서 용건을 밝히고 교수에게 올리비아 킹즈버리와 만날 수 있느냐고 묻고 자리를 뜰 줄 알았다. 그런데 이렇게 해리스 부부의 부엌에 혼자 앉아서 먹고 싶지도 않은 마카롱을 먹고, 끔찍하게 맛이 없는 차를 한 모금 남겨 두었다가 어머니에게 배운 대로 나중에 잘 마셨다고 인사를 하게 될 줄이야.

에밀리는 10분 정도 지난 다음에서야 돌아오고 뜸을 들이지 않는다. 자리에 앉기도 전에 말을 건넨다. "아주 훌륭한데요. 거의 탁월한 수준이에요."

바버라는 뭐라고 하면 좋을지 알 수가 없다.

"공포와 혐오를 19행에 아주 잘 담았네요. 흑인 여성으로의 경험과 연관이 있을까요?"

"어…… 그건……." 그 시는 사실 바버라의 피부색과는 아무 상관이 없다. 체트 온도스키를 자칭한 어떤 존재와 연관이 있다. 그는 인간처럼 보였지만 인간이 아니었고, 홀리와 제롬이 없었다면 바버라는 그 손에 죽임을 당했을 것이다.

"질문을 취소할게요. 말을 하는 쪽은 시인이 아니라 시가 되어야 하고, 학생의 시는 아주 분명하게 말을 하고 있으니까. 다만 놀랐어요. 학생의 나이를 감안했을 때 이보다 훨씬 미숙한 작품을 들고 왔을 줄 알았거든요."

"어머나." 바버라는 어머니에게 빙의하며 대꾸한다. "감사합니다."

에밀리는 바버라가 앉은 쪽 식탁으로 다가와 서류 파일 맨 위에 그 시를 내려놓는다. 그녀가 가까이 다가오자 바버라가 좋아하지 않는 계피향이 느껴진다. 향수라면 다른 걸로 바꾸는 편이 좋겠지만, 바버라가 생각하기에는 향수가 아니라 그녀 *자체*에서 풍기는 체취다.

"고맙다고 하기에는 아직 일러요. 이 행은 영 아니거든요." 에밀리가 네 번째 행을 손끝으로 두드린다. "어설픈 정도가 아니라 진부해요. *게을러.* 시의 길이가 이미 딱 알맞기 때문에 들어낼 수는 없고 좀 더 괜찮게 바꿔야 해요. 다른 행을 보면 학생은 그럴 만한 능력이 있어요."

"알겠습니다. 대안을 생각해 볼게요."

"그래야지. 생각이 날 거예요. 그리고 이 마지막 행의 경우, '해 질녘 닫힌 하늘에 새들이 이런 식으로 수를 놓지'를 '이렇게 수를 놓지'로 바꾸는 건 어떻게 생각해요? 한 단어를 줄일 수 있게." 에밀리는 그릇 옆에 있던 숟가락을 집어서 그걸로 위아래를 찌르기 시작한다. "긴 시는 깊은 감정을 유발할 수 있지만 짧은 시는 *찌르고 찌*른 다음 끝내야 해요! 파운드, 윌리엄스, 월컷처럼! 학생도 동의하죠?"

"네." 지금처럼 그저 *신기한* 상황에서 바버라는 에밀리가 무슨 말을 하든 맞장구를 쳤겠지만 그건 실제로 동의하는 부분이다. 월컷이 누구인지는 모르겠으나 나중에 찾아봐야겠다.

"좋아요." 에밀리는 숟가락을 내려놓고 자기 자리로 돌아간다. "리비에게 연락해서 학생에게 재능이 있다고 전할게요. 리비가 좋다고 할 수도 있어요. 재능이 있는 친구, 특히 재능이 있는 젊은 친구에게는 관심이 많으니까. 안 되겠다고 하면 멘토 역할을 할 수 없을 만큼 기력이 쇠했기 때문일 거예요. 연락처하고 이메일 주소 알려 주겠어요? 리비에게 전할게요, 괜찮으면 이 시와 함께. 아까 말한 부분만 줄을 긋고 그 위에 다시 써요. 수준 떨어지는 구절은 당장은 그냥 두고. 내가 내 휴대전화로 사진을 찍을게요. 어때요?"

"네, 좋아요." 바바라는 '이런 식으로' 위에 줄을 긋고 '이렇게'라고 쓴다.

"일주일 정도 기다려도 소식이 없으면 내가 연락할 수도 있어요. 그런 경우에는 나를…… 관계자로 여겨 줘요."

'멘토'라는 단어를 쓰지는 않았지만 바바라는 중간에 말을 끊었을 때 에밀리가 염두에 둔 단어가 그것임을 알 수 있다. 딱 한 편을 보고 그런 판단을 내리다니!

"좋아요! 정말 감사합니다!"

"집까지 운전하고 가는 동안 먹게 쿠키 하나 줄까요?"

"아, 걸어왔어요. 저는 많이 걸어요. 특히 오늘처럼 날씨가 좋을 때는 운동도 되고 생각할 시간이 생겨서요. 작년에 면허증을 따서 학교에 차를 몰고 갈 때도 있지만 그런 경우는 별로 없어요. 늦으면 자전거를 타고요."

"걸어갈 거면 두 개를 들고 가라고 해야겠네."

에밀리는 바바라에게 줄 쿠키를 챙기러 간다. 바바라는 머그를 들고 있다가 에밀리가 몸을 돌린 순간 마지막 한 모금을 마신다. "감사합니다, 해리스 교…… 에밀리 선생님. 차 맛있게 잘 마셨어요."

"맛있었다니 다행이네요." 에밀리는 아까처럼 희미하게 미소를 짓는다. 바버라가 느끼기에는 어딘지 모르게 음흉한 미소다. "작품 보여 줘서 고마웠어요."

바버라는 빨간색 외투는 풀어헤치고 빨간색 목도리는 대충 감고 빨간색 니트 베레모는 머리에 삐딱하게 얹고 마스크는 주머니에 넣은 채 그 집을 나선다.

예쁘네. 예쁜 검둥이 아가씨야.

그 단어가(그리고 그 밖의 여러 단어들이) 자연스럽게 떠오른다고 해서 그냥 입 밖으로 내뱉었다가는 이 청교도적인 시대에 평생 손가락질을 당할 것이다. 하지만 에밀리는 세상을 떠난 엘런 크래슬로를 두고 냉혹한 생각을 했을 때 자신을 용서했던 것처럼 이번에도 자신을 이해하고 용서한다. 에밀리 딩먼 해리스의 사고방식은 영화나 텔레비전에 나오는 흑인은 오로지 하인뿐이고 사탕이나 줄넘기 노래에 모욕적인 단어가 쓰였으며, 어머니가 자랑스럽게 초판으로 소장한 애거서 크리스티의 작품 제목이 너무 인종차별적이라 『열 꼬마 인디언』에서 『그리고 아무도 없었다』로 바뀐 시대에 형성됐다.

이게 다 내가 자란 환경 때문이야. 나는 아무 잘못 없어.

그리고 저 계집아이는 재능이 있다. 그 어린 나이에, 그것도 흑인인 주제에.

로드니가 볼일을 보고 돌아오자 에밀리는 말한다. "내가 뭐 재미있는 거 보여 줄까?"

"나로 말할 것 같으면 재미를 위해 사는 사람이지."

"당신이야 과학과 영양학을 위해 사는 사람이지만 그래도 이걸 보면 웃음이 나올 거야. 따라와."

그들은 에밀리가 서재로 쓰는 조그만 방으로 들어간다. 그녀는 여기서 바바라의 시를 읽었지만 그게 다가 아니었다. 에밀리는 'CAMS'로 들어가 비밀번호를 입력하고 냉장고 위 벽판 뒤에 숨겨진 카메라를 선택한다. 부엌 전면이 살짝 위에서 아래로 보인다. 에밀리는 바바라의 시를 들고 거실에서 나온 시점으로 가서 재생을 누른다.

"서재 문이 닫히는 소리가 들릴 때까지 기다렸다가 저 아이가 어쩌는지 잘 봐."

바바라는 자리에서 일어나 주위에 아무도 없다는 것을 얼른 확인한 다음 차를 개수대에 버린다. 식탁으로 돌아가 자리에 앉기 전에 쿠키 통에서 마카롱을 하나 꺼낸다.

로드니는 웃음을 터뜨린다. "재미있네."

"하지만 놀랍지는 않지. 내 차는 통 맨 위쪽의 싱싱한 찻잎으로 우렸거든. 밑바닥의 잉글리시 브랙퍼스트는 얼마나 된 건지 나도 몰라. 7년? 10년? 저 아이 차를 그걸로 우려서 약보다 더 썼을 거야. 그걸 맨 처음 한 모금 마셨을 때 어떤 표정을 지었는지 당신도 봤어야 하는데! 하-하-하, 맛있네요! 이제 기다려. 당신이 좋아할 만한 게 하나 더 있거든."

그녀는 다시 화면을 빠르게 앞으로 돌린다. 그녀가 여자아이와 시를 두고 2배속으로 논의하다 쿠키 통 앞으로 간다. 여자아이는 머그를 집어서…… 입 앞에 들고 있다가…….

"여기! 저 아이가 어떤 수법을 썼는지 보이지?"

"당신이 몸을 돌릴 때까지 기다렸다가 남긴 걸 마시네. 한 잔을 다 마신 것처럼 보이게. 영리하구먼."

"*앙큼하지.*" 감탄한 말투다.

"그런데 왜 묵은 잎으로 차를 우려 줬어?"

그녀는 *맹꽁이들은 못 참겠다*는 눈빛으로 그를 쳐다보지만 이번에는 사랑이 가미돼서 그다지 표독스럽지 않다. "호기심 때문에 그랬지, 여보. 단순히 호기심 때문에. 당신이 영양과 노화에 적용되는 다양한 생물학 실험에 관심이 많다면, 나는 인간의 본성에 관심이 많아. 이 아이는 밝고 예쁘장하고 임기응변에 능한 아이야. 그리고……." 그녀는 깊게 주름이 팬 그의 이마를 손끝으로 두드린다. "머리가 좋아. *똑똑해*."

"이 아이를 후보 명단에 넣자는 건 아니겠지?"

"그런 고민을 하기 전에 뒷조사를 열심히 해 봐야겠지. 이 기기의 용도가 그런 거잖아." 에밀리가 컴퓨터를 토닥인다. "하지만 아마 아닐 거야. 그래도…… 정 급하면……"

그녀는 말끝을 맺지 않는다.

2021년 7월 24일(2)

캐넌시오니 캠핑장의 주차장은 전염병이 기승을 부리거나 말거나 자리가 없다. 승용차용도, 캠핑카와 RV용도 마찬가지다. 캠핑장 자체가 혼잡해 보인다. 홀리는 예전 17번 국도를 따라 400미터를 더 가서 갓길에 주차한다. 레이키샤 스톤에게 전화하자 그녀는 캠핑장 매점 그늘 안에서 기다리겠다고 한다. 홀리는 멀찌감치 주차해서 가는 데 5분이나 10분쯤 걸릴 것 같다고 얘기한다.

"죄송해요." 레이키샤가 말한다. "주차장에 댄 차들 중에 절반이 우리 일행 차일 거예요. 올해에는 엄청 많이 모였거든요. 대부분 그 대학에서 일을 하거나 거길 나왔어요."

"괜찮아요. 좀 걷고 싶었어요." 이 말은 진짜다. 어머니의 포푸리 냄새가 코에서 사라질 줄을 모르는데…… 어쩌면 머릿속에서 지워지지 않는 것일 수도 있다. 상쾌한 공기를 마시면 씻어 낼 수 있을지 모른다. 인정하기 싫은 불쾌한 감정까지도.

빌이 죽고 처음 몇 달이 계속 생각난다. 어머니가 난리를 부렸지만 신탁 펀드에서 남은 돈은 파인더스 키퍼스에 투입됐다. 그녀는 의뢰인이 생기길 기도했던 기억이 난다. 각성제를 먹은 블랙잭 플레이어처럼 청구서를 이리저리 섞으며 내야 하는 건 내고, 좀 미룰 수 있는 건 **최후통첩**이라는 단어가 빨간색 도장으로 찍혀 있어도 미뤘다. 그러는 동안 어머니는 보석을 샀다.

홀리는 자신이 거의 조깅하는 수준으로 빠르게 걷고 있다는 것을 깨닫고 걸음을 멈춘다. 바로 앞에 캠핑장 간판이 등장한다. 아메리카 선주민 추장이 빨간색, 하얀색, 파란색으로 이루어진 요란한 머리장식을 쓰고 씩 웃는 얼굴로 평화의 담뱃대인가 싶은 것을 건네고 있다. 이 간판을 단 사람은 이게 얼마나 어처구니없는 인종차별인지 알았을까? 분명 몰랐을 것이다. 평화의 담뱃대를 권하는 추장을 전면에 내세우는 것이 전에는 업살라 호수에서 살았지만 지금은 한때 사냥하고 고기를 잡던 곳에서 멀리 떨어진 보호구역에서 지내는 아메리카선주민들을 예우하는 거라고……

"그만해." 홀리는 조그맣게 속삭인다. 잠깐 눈을 감고 기도를 중얼거린다. 흔히 회복 중인 알코올중독자가 쓰는 방법이지만 다른 수많은 증상과 수많은 사람에게도 효과가 좋다. 그녀도 그중 한 명이다.

"바꿀 수 없는 것들을 받아들이는 평정심을 허락해 주세요."

어머니는 죽었다. 파산이 임박했던 끔찍한 날들은 과거의 일이다. 파인더스 키퍼스는 성업 중이다. 현재는 보니 레이 달에게 무슨 일이 벌어졌는지 알아내는 것이 관건이다.

홀리는 눈을 뜨고 다시 걷기 시작한다. 거의 다 왔다.

홀리는 예전에 했던 벽돌 역사책 색인 작업 덕분에 캐넌시오니가 이로쿼이어로 '통나무집'이라는 뜻인 걸 아는데, 과연 캠핑장 한복판에 통나무집이 있다. 절반은 매점이고 절반은 모임 공간으로 쓰이는 것 같다. 지금은 청춘 남녀가 그 모임 공간을 가득 채우고 합창단 지휘자(인지는 모르겠지만)의 전자 기타 반주에 맞춰 「더 나이트 데이 드로브 올드 딕시 다운」을 부르고 있다. 원작자인 조운 바에즈는 아니지만 오후의 허공으로 울려 퍼지는 그들의 목소리는 충분히 사랑스럽다. 소프트볼 경기가 진행 중이다. 어떤 남자들은 편자 던지기 놀이를 하고 있다. 깡 하는 소리가 무더운 여름 공기를 가르고 그중 한 명이 외친다. "*우와, 말뚝에 맞았어!*" 호수는 헤엄과 물장구를 치는 사람들로 버글거린다. 사람들이 간식을 우적우적 먹고 탄산음료를 마시며 매점을 들락거린다. 대부분 앞면에 평화의 담뱃대를 건네는 추장이 그려진 캠핑장 기념 티셔츠를 입고 있다. 마스크를 쓴 사람은 거의 보이지 않는다. 홀리는 마스크를 쓰고 있지만, 이 활기 넘치는 맨얼굴의 캠핑객을 보자 북받치는 행복을 느낀다. 미국이 제자리로 돌아오고 있다, 코로나에 대비가 됐거나 말거나. 그래서 걱정이 되지만 홀리식 희망도 고개를 든다.

통나무집을 빙 돌아서 그늘이 진 쪽으로 다가가 보니 사람들이 새겨 놓은 이니셜로 뒤덮인 피크닉 테이블 벤치에 레이키샤 스톤이 앉아 있다. 짙은 초록색 비키니 위에 옅은 초록색 커버업을 입었다. 한두 살 차이는 있을지 몰라도 보니 또래인 것 같고 엄청난 미모다. 젊고 생기가 넘치며 섹시하다. 보니도 그랬을 것이다. 지금도 그 모습을 고수하고 있다고 믿을 수 있다면 얼마나 좋을까.

홀리는 인사를 건넨다. "안녕하세요. 레이키샤죠? 홀리 기브니예요."

젊은 여자는 말한다. "그냥 키샤라고 불러 주세요. 마실 걸로 스내플 사 놨어요. 설탕이 든 걸로. 괜찮으셔야 할 텐데."

"좋아요. 고마워요." 홀리는 스내플을 받아서 뚜껑을 따고 키샤 옆에 앉는다. "따지고 들어서 미안하지만 백신 맞았어요?"

"2차까지 맞았어요. 화이자로."

"저는 모더나요." 이것이 새로운 인사다. 홀리는 마스크를 벗어서 손에 잠깐 들고 있는다. "여기에서까지 마스크를 쓰고 있자니 우스꽝스럽게 느껴지지만 얼마 전에 저희 집안에 사망자가 발생했거든요. 코로나로."

"어머, 어떡해요. 가까운 분이셨어요?"

"어머니요." 대답하고 나서 홀리는 생각한다. *하지도 않을 보석을 사신 분이요.*

"끔찍해라. 백신 맞았는데도 돌아가셨어요?"

"백신을 믿지 않으셨어요."

"아, 왜 그러셨을까. 괜찮으세요?"

"텔레비전에 나오는 사람들이 늘 얘기하는 것처럼 복잡해요." 홀리는 마스크를 주머니에 쑤셔 넣는다. "주로 일에 집중하고 있어요. 보니 달을 찾는 일, 그 아가씨에게 무슨 일이 벌어졌는지 알아내는 일이요. 친구들 기다리고 있을 테니 시간 많이 뺏지 않을게요."

"그건 신경 쓰지 마세요. 다들 소프트볼 아니면 물놀이하고 있을 거예요. 저는 야구라면 젬병이고 온종일 호수에 있다 나왔어요. 천천히 하세요." 소프트볼 경기장에서 환호성이 터진다. 키샤가 그쪽을 돌아본다. 누군가가 손을 흔든다. 그녀는 마주 손을 흔들고 홀리 쪽으로 다시 고개를 돌린다. "지난 3년 동안 해마다 친구들과 여기서 만나고 있어서 얼마나 손꼽아 기다렸는지 몰라요. 보니가 사라진 뒤로는……." 그녀는 어깨를 으쓱한다. "그냥 그랬지만요."

"정말로 보니가 죽었다고 생각해요?"

키샤는 한숨을 쉬고 호수를 쳐다본다. 그러다 다시 고개를 돌리는데, 그 예쁜 갈색 눈에 눈물이 가득 고여 있다. "그게 아니면 뭐겠어요? 온데간데없이 사라졌는데. 생각나는 모든 친구에게 전화를 돌렸고, 당연히 보니 어머니도 저한테 연락을 하셨죠. 감감무소식이에요. 내 단짝친구였는데 *한마디* 말도 없이 떠난다고요?"

"경찰에서는 실종으로 간주하고 있어요." 당연히 이지 제인스는 그렇게 생각하지 않는다. 피트 헌틀리도 마찬가지다.

"경찰에서야 당연히 그러겠죠." 키샤는 자기 스내플을 한 모금 마신다. "말릭 더튼 사건 아시죠?"

홀리는 고개를 끄덕인다.

"이 도시 경찰이 어떤 식인지 보여 주는 완벽한 사례지 뭐예요. 미등이 깨졌다는 이유로 어린애가 죽임을 당했잖아요. 백인 여자한테는 좀 더 관심을 기울일 것 같죠? 아니에요."

거기는 홀리가 발을 들여놓고 싶지 않은 지뢰밭이다. "우리 대화를 녹음해도 될까요?" *절대 면담이라고 하지 말아요.* 빌 호지스는 이렇게 말했다. *경찰은 면담한다고 하지만 우리는 그냥 대화를 나누는 거예요.*

"네. 하지만 별로 드릴 말씀도 없어요. 보니가 사라졌고 예감이 안 좋다. 제가 아는 건 거기까지거든요."

홀리는 키샤가 아는 게 더 있을 거라고 생각한다. 여기서 엄청난 돌파구를 기대하는 건 아니지만 그래도 홀리식 희망을 품고 있다. 그리고 호기심도. 그녀는 흉터로 뒤덮인 테이블 위에 전화기를 놓고 녹음 버튼을 누른다.

"나한테 수사를 의뢰한 사람은 보니의 어머니거든요. 모녀 사이가 어땠는지 궁금해요."

키샤는 뭐라고 대답을 하려다 멈춘다.

"당신이 한 말이 보니 어머니 귀에 들어갈 일은 없어요. 내 말 믿어도 좋아요. 나는 그냥 확실하게 정리하고 넘어가려는 거예요."

"알겠어요." 키샤는 인상을 쓰고 호수를 물끄러미 바라보다가 한숨을 쉬고는 다시 홀리 쪽으로 고개를 돌린다. "그 둘은 사이가 별로 안 좋았어요. 어머니가 계속 보니를 가만히 두지 못했거든요, 무슨 뜻인지 아실지 모르겠지만."

홀리도 당연히 안다.

"보니가 뭘 하든 어머니는 못마땅하게 여기셨어요. 보니는 어머니를 차에 태우고 아무 데도 가기 싫다고 했어요. 계속 자기가 지름길을 안다는 둥, 차가 덜 막히는 길을 안다는 둥 그래서. 계속 차로 바꾸라고, 바꾸라고, 주행차로로 가자고 해서. 어떤 건지 아시겠죠?"

"네."

"그리고 보니 말로는 어머니가 조수석에서 계속 있지도 않은 브레이크를 밟고, 앞차랑 너무 가까워진다 싶으면 몸에 힘을 주고 그랬대요. 짜증 나 죽을 일이죠. 한번은 보니가 머리에 빨갛게 브리지를 넣은 적이 있었는데 엄청 귀여웠거든요…… 제가 보기에는요…… 그런데 어머니가 천박해 보인다고 했대요. 그리고 보니가 타투라도 할라치면……."

키샤는 눈을 부라린다. 홀리는 웃음을 터뜨린다. 어쩔 수가 없다.

"둘은 도서관 사서라는 보니의 직업을 놓고서도 계속 싸웠어요. 어머니는 *자기*가 일하는 은행에 보니가 취직하길 바라셨거든요. 연봉과 복지도 훨씬 좋고 대면 회의 때 말고는 하루에 일곱 시간씩 마스크를 쓰고 있을 필요가 없다면서. 하지만 보니는 도서관 일을 좋아했고 아까 말씀드렸던 것처럼 다들 친했어요. 서로 친구였고요. 매트 콘로이만 빼고요. 매트는 수석 사서인데, 진저리나는 인간이에요."

"손버릇이 안 좋죠?" 홀리는 다른 사서에게 들은 이야기를 떠올린다. 도서관에서 만난 두 사서 모두 이 자리에는 참석하지 않았다. "손을 가만히 두지 못하고."

"네. 하지만 사실 올해는 전보다 괜찮아졌어요. 아마 사회학과의 그 조교수 때문일 거예요. 행정실에서 쉬쉬해서 기브니 씨는 못 들으셨겠지만 도서관에 있으면 온갖 이야기를 듣거든요. 가십의 중심지예요. 그 조교수가 어떤 대학생의 엉덩이를 만졌는데 목격자가 있어서 잘렸어요. 그때부터 매트가 행동을 조심하더라고요." 그녀는 잠깐 말을 멈춘다. "그래도 여자들 치마 속을 들여다볼 기회가 생기면 절대 놓치지 않을 인간이에요. 남자들이 원래 그렇죠, 그 인간은 아주 그냥 대놓고 본다는 것만 다를 뿐."

"그 사람이 보니의 실종 사건과 연관이 있을 가능성도 있을까요?"

키샤는 명랑하게 웃음을 터뜨린다. "어유, 아뇨. 그 인간은 우리 엄마 표현을 빌자면 말라비틀어진 꼬챙이예요. 보니가 체중이 못해도 15킬로그램은 더 나갈걸요? 매트가 보니 엉덩이에 손을 댔다가는 보니가 어깨 위로 넘겨 버리든지 허리치기를 걸었을 거예요."

"보니가 유도나 다른 무술을 할 줄 알아요?"

"아뇨, 그렇게 본격적인 건 아니고 호신술 수업을 들었어요. 저랑 같이. 보니 어머니가 그걸 가지고도 엄청 쪼았어요. 쓸데없는 데 돈을 쓴다고. 어머니가 보시기에는 보니가 하는 모든 일이 못마땅했던 거죠. 그러다 어머니가 보니를 자기 은행에 취직시키려고 하니까 둘이 두어 번 정말 크게 싸웠어요."

"서로 미워했겠군요."

키샤는 곰곰이 생각한다. "그랬다고 볼 수도 있겠지만 엄청나게 사랑하는 사이기도 했어요. 어떤 건지 아시겠어요?"

홀리는 어머니의 침대 옆 테이블 서랍에 들어 있던, 귀퉁이가 나달나달해진 그녀의 습작 노트를 떠올리며 알겠다고 대답한다.

"키샤, 보니가 어머니를 피해 도망쳤을 수도 있을까요? 끊임없는 잔소리와 투덜거림과 말싸움이 지겨워져서?"

"어떤 여경도 똑같은 질문을 하던데. 직접 찾아오지는 않고 그냥 전화로 두세 개 물어보고는 고맙습니다, 스톤 씨, 도움이 많이 됐어요, 그러더라고요. 누가 경찰 아니랄까 봐. 질문에 답을 드리자면 전혀요. 제 얘기를 듣고 보니와 그 어머니가 서로 못 잡아먹어서 안달이었니 보다는 생각이 드셨다면 그건 아니에요. 둘이 싸우고 가끔 소리도 질렀지만 육체적인 공방전은 없었고 항상 화해했거든요. 제가 알기로는요. 그 둘 사이에서 벌어진 일은 신발에서 꺼낼 수 없는 돌 같은 거였어요."

홀리는 이 표현에 감탄하며 어머니가 그녀에게 신발에 박힌 돌 같은 존재였나 생각한다. 하지만 있지도 않았던 대니얼 헤일리라는 도둑을 떠올리며 그 이상이었다는 결론을 내린다.

"기브니 씨? 홀리? 제 얘기 듣고 계세요 아니면 딴생각하세요?" 키샤가 웃고 있다.

"잠깐 그랬나 봐요. 보니가 수중에 현금을 가지고 있었나요? 신용카드를 쓴 기록이 없어서 묻는 거예요."

"현금요? 아뇨. 쓰고 남는 돈은 은행에 넣었고 몇 군데 투자했던 걸로 알아요. 주식을 좋아했지만 무모한 투기꾼은 아니었고요."

"보니가 키샤 씨 집에 옷을 보관하거나 그런 적은 없나요? 그 옷이 지금은 사라졌다든지."

키샤의 눈이 가늘어진다. "어떤 뜻에서 하시는 질문이에요?"

홀리는 원래 숫기가 없지만 사건을 조사할 때는 180도 달라진다. "돌려 말하지 않을게요. 당신이 보니를 감싸고 있는 건 아니냐고 묻는 거예요. 가장 친한 친구고 보아하니 의리도 있어서 보니가 부탁하면 들어주겠다 싶어서요."

"그런 말을 들으니까 좀 화가 나네요."

홀리는 코로나 사태 이후로 신체 접촉을 꺼려 왔지만 이번에는 생각하고 말고 할 것도 없이 상대방의 팔에 손을 얹는다. "내가 하는 일의 성격상 가끔 불쾌한 질문을 해야 할 때도 있어요. 달 부인과 보니가 이상적인 관계는 아니었을지 몰라도 부인이 내게 돈을 줄 테니 딸을 찾아 달라고 하고 있어요. 반쯤 정신이 나간 상태로."

"네, 알겠어요. 아뇨, 보니는 저한테 옷을 맡기거나 그러지 않았어요. 꿍쳐 놓은 현금도 없었고요. 매트 콘로이에게 성추행을 당하지도 않았어요. 그 인간도 여기저기 물어봤어요. 대학 고용센터, 캠퍼스 경비, 도서관 단골. 그런 식으로 자기 의무를 다한 거 인정해요. 보니가 남겼다는 쪽지요? 말도 안 돼요. 그리고 자전거를 두고 간 거요? 보니는 그 자전거를 애지중지했어요. 돈을 모아서 산 거라. 누가 몰래 접근해 끌고 가 성폭행을 하고 죽인 거예요. 내 사랑하는 보니를."

이번에는 눈물이 떨어지고 그녀는 고개를 숙인다.

"남자친구는 어떤 사람이에요? 톰 히긴스. 뭐 아는 거 있어요?"

키샤는 귀에 거슬리는 웃음소리를 내며 고개를 든다. "헤어진 남자친구죠. 겁쟁이. 루저. 약쟁이였어요. 보니의 어머니가 그 인간만큼은 제대로 보셨죠. 납치하고 그럴 타입이 아니에요. 애초에 보니가 뭐에 반했는지도 모르겠어요." 그러더니 달 부인과 같은 말을 한다. "침대에서 끝내줬나 봐요."

홀리는 *누가 몰래 접근했다*는 가설로 돌아간다. 그랬을 가능성이 점점 더 높아지는데, 그렇다면 충동 범죄가 아니었다는 뜻이 된다. 따라서 제트마트의 CCTV 영상을 아주 주의 깊게 살펴야 한다. 하지만 내일까지 기다려야 한다. 눈과 정신이 맑아질 때까지. 오늘은 하루가 너무 길었다.

"사설탐정으로 일한 지 얼마나 됐어요?"

"몇 년 됐어요."

"재미있어요?"

"네, 그런 것 같아요. 당연히 재미없는 일도 있지만."

"위험할 수도 있나요?"

홀리는 텍사스의 어느 동굴을 떠올린다. 그리고 인간인 척했던 것이 점점 멀어지는 비명 소리와 함께 엘리베이터 통로로 추락했던 것도. "그런 경우가 많지는 않아요."

"여자 탐정이니까 신기해서요. 어떻게 이 일을 시작하게 됐어요? 경찰이었어요? 경찰 타입으로 보이지는 않는데."

편자 던지기 놀이터에서 다시 깡 하는 소리에 이어 기쁨의 함성이 들린다. 모임 공간에서 이제는 아이들이 「웨스트 사이드 스토리」에 나오는 「투나잇」을 부르고 있다. 그 젊은 목소리가 허공으로 울려 퍼진다.

"경찰은 아니었어요. 어쩌다 이 일을 시작하게 됐는지는…… 그것도 얘기가 복잡하네요."

"이번 사건 수사는 성공하시면 좋겠어요. 보니하고 친자매처럼 지낸 사이라, 부디 행방을 알아내 주시면 좋겠어요. 하지만 씁쓸하네요. 보니에게는 은행에서 마음 편하게 일하는 돈 많은 엄마가 있다는 게. 당신을 고용할 만큼 형편이 넉넉한 엄마가 있다는 게. 이런 감정을 느끼면 안 된다는 건 알지만 어쩔 수가 없네요."

홀리는 키샤에게 알려 줄 수도 있다. 페니 달은 아마 돈이 많지 않을 거라고, 코로나 덕분에 회사에서 일시 휴직 처리됐다고, 노뱅크에서 월급을 계속 받고 있긴 하겠지만 예전 연봉만큼은 절대 아닐 거라고. 하지만 아무 말도 하지 않고 가장 잘하는 일을 한다. 키샤의 얼굴을 빤히 쳐다본다. 좀 더 얘기해 보라는 눈빛으로. 키샤는 괴로워서인지, 화가 나서인지, 아니면 둘 다인지, 백인 여자를 상대하고 있음을 의식하느라 조심스럽던 말투를 버린다. 많이는 아니고 조금이지만.

"말릭 더튼의 엄마에게는 뭐가 있을까요? 그 엄마는 시내 애덤스 세탁소에서 일해요. 남편은 집을 나갔어요. 이제 막 중학교 진학을 앞둔 쌍둥이 딸이 있어서 옷을 사 줘야 해요. 학용품도 그렇고. 마이더스 머플러에서 일하는 맏아들이 능력껏 엄마를 돕고 있어요. 그런데 말릭이 죽어요. 머리에 총을 맞아서 점심 도시락 위로 뇌수가 다 튀었어요. 검사가 정중하게 부탁하면 대배심원단이 햄샌드위치에게도 유죄를 선고한다는 우스갯소리 알죠? 대배심원단은 말릭을 쏜 경찰에게 유죄를 선고하지 않았어요. 그자는 땅콩버터와 잼을 바른 샌드위치라 그랬는지."

그 경찰은 유죄 선고를 받지는 않았지만 직장에서 잘리긴 했다. 하지만 홀리는 이 말도 하지 않는다. 레이키샤 스톤이 느끼기에는 부족할 테니까. 그건 홀리도 마찬가지다. 이사벨 제인스도 그걸로는 부족하다고 생각하는 훌륭한 태도를 보였다. 그 경찰은 어떻게 됐느냐고? 경호업체에서 근무하거나 주립 교도소로 흘러들어 갔을지 모른다. 죄수가 아니라 간수로.

키샤는 주먹을 쥐고 흉터로 뒤덮인 피크닉 테이블을 가만히 내리친다. "민사소송도 이루어지지 않았어요. 그럴 돈이 없어서. 《블랙 뉴스》에서 기금 모금을 시작했지만 훌륭한 변호사를 선임할 수 있을 정도는 안 될 거예요. 흔한 얘기죠."

"너무 흔한 얘기죠." 홀리는 중얼거린다.

키샤는 깨끗하게 정리라도 하려는 듯 머리를 흔든다. "보니를 찾는 문제라면 하느님의 가호와 행운을 빌게요. 진심으로요. 범인을 잡아서…… 총 들고 다녀요, 홀리?"

"가끔요. 필요할 때는." 빌의 총이다. "오늘은 안 들고 왔어요."

"범인을 잡으면 총알을 박아 주세요. 격한 표현 써서 미안하지만 그 씨부럴 불알에다가요. 그런데 말릭은요? 아무도 그를 위해서는 정의를 구현할 방법을 찾지 않아요. 엘런 크래슬로를 위해서도 마찬가지고. 왜 그러게요? 둘 다 그냥 평범한 흑인이거든요."

홀리는 데리 힙 주차장에서 남자아이들과 대화를 나누던 때로 돌아간다. 무리의 대장격인 토미 에디슨은 빨간 머리에 얼굴은 바닐라 아이스크림처럼 하얬지만 그 아이가 그때 한 말과 방금 키샤가 한 말이 이중창처럼 들린다.

어느 집 엄마가 그렇게 걱정하는지 알아요? 스팅키네 엄마요. 반쯤 정신이 나갔는데 경찰에서는 아무것도 하지 않아요. 그 엄마가 주정뱅이라.

그녀는 어느 날 자기 집 계단에 앉아 이런 말을 했던 빌 호지스를 떠올린다. *가끔 세상이 동아줄을 던져 줄 때가 있어요. 그런 때가 찾아오면 동아줄을 잡고 올라가서 꼭대기에 뭐가 있는지 봐요.*

"엘런 크래슬로가 누구예요, 키샤?"

홀리는 차로 돌아가자마자 담배에 불을 붙인다. 한 모금 빨고(항상 첫 모금이 가장 맛있다.) 열어 놓은 창 밖으로 연기를 뿜으며 주머니에서 전화기를 꺼낸다. 키샤와 엘런 크래슬로를 두고 이야기를 나누었던 대화의 마지막 부분으로 돌아가서 두 번 듣는다. 어쩌면 연쇄 범죄라고 했던 제롬의 말이 맞을 수도 있겠다. 선불리 결론을 내리면 안 되겠지만 분명 패턴 비슷한 게 있다. 성별이나 나이나 피부색이 아니라 장소다. 디어필드 공원, 벨 대학, 어쩌면 양쪽 모두.

엘런 크래슬로는 생명과학관과 벨 대학 식당과 지하 매점에서 번갈아 근무하는 관리인이었다. 학생회관에 있는 벨프라이는 학생들이 공강 시간에 모여서 노닥거리는 만남의 중심지다. 키샤와 도서관 동료들도 거기서 커피를 마시거나 점심을 먹고, 하루 일과가 끝나면 종종 맥주를 마신다. 말이 되는 게, 레이놀즈 도서관이 바로 옆이라 호수에서 눈이나 바람이 불어오는 겨울에 얼른 다녀오기 좋다.

키샤가 본 엘런은 밝고 매력적인 인물이었고 그 당시에는 파트너가 없었지만 레즈비언인 것 같았다. 키샤가 수업을 들을 생각은 없느냐고 물은 적이 있는데, 엘런은 관심이 없다고 했다.

"그러면서 인생이 교실이라고 했어요." 홀리의 전화기에서 이렇게 말하는 키샤의 목소리가 흘러나온다. "그 말을 들은 기억이 나요. 농담처럼 말했지만 농담이 아니기도 했어요. 무슨 뜻인지 아시겠어요?"

홀리는 알겠다고 했다.

"엘런은 로타운 변두리 주차장에 설치된 조그만 트레일러하우스에서 행복하게 살았어요. 자기한테 딱이라고 했고 자기 일에도 만족했어요. 자기는 조지아주 빕 카운티에서 태어난 여자아이가 바랄 수 있는 모든 걸 가졌다고 했어요."

키샤는 엘런이 벨프라이를 쓸거나 데이비슨 강당 로비 바닥에 광을 내거나 사다리 위에서 전구를 갈거나 여자 화장실에 화장지를 채

우거나 벽에 그려진 낙서를 지우는 광경을 보는 데 익숙해졌다. 키샤는 일행이 없으면 항상 가던 길을 멈추고 엘런에게 말을 걸었고, 도서관 동료들과 함께 있을 때면 엘런이 생명과학관에서 일하거나 너무 바쁘지 않은 경우 항상 대화에 낄 수 있게 자리를 내어주었다. 엘런은 같이 앉거나 그러지는 않았지만 그래도 기꺼이 잠깐 같이 수다를 떨거나 짝다리를 짚고 서서 후닥닥 커피를 마셨다. 한번은 연극동아리가 데이비슨 강당에서 공연한 「닫힌 방」을 두고 토론을 벌인 적이 있었는데, 엘런이 과장한 조지아 사투리로 키샤에게 이렇게 말한 적이 있었다. "아, 그 존재론 어쩌고 하는 개소리는 *넣어 두라* 그래요. 그냥 아는 대로 살면 되는 거지."

"몇 살이었어요?" 전화기에서 홀리의 목소리가 들린다.

"음…… 서른? 스물여덟? 우리보다는 연상이었지만 나이 차가 아주 많지는 않았어요. 적당히 어울릴 수 있을 정도였어요."

그러던 어느 날부터 그녀가 보이지 않았다. 일주일쯤 지나자 키샤는 엘런이 휴가를 간 줄 알았다. "하지만 뭐 그리 대수롭게 생각하지 않았어요." 녹음된 목소리는 당황하는 투다. "내 레이더 안에 있었지만 맨 끝에 걸려 있었거든요. 무슨 뜻인지 아실지 모르겠지만."

"친구는 아니고 그냥 아는 사람이었단 말이죠?"

"맞아요." 안도하는 투다.

한 달쯤 지났을 때 키샤는 학생회관 수석관리인 프레드 워런에게 엘런이 생명과학관으로 아예 자리를 옮겼느냐고 물었다. 워런은 아니라고, 어느 날부터 아무 말도 없이 출근을 하지 않았다고 했다. 그 날부터 감감 무소식이라고. 키샤는 하루 날을 잡아서 점심시간 때 이디 브루킹스와 함께 대학 고용센터에 들러 엘런의 행방을 아느냐고 물었다. 그들은 모른다고 했다. 그들과 만난 직원은 키샤에게 엘런과 연락이 되느냐고 물었다. 마지막 월급도 받아가지 않았다는 것이었다.

"이후로 좀 더 알아봤어요? 사는 데를 찾아갔다든지?"

아주 한참 정적이 흐른 뒤에 키샤가 조그맣게 말했다. "아뇨. 그냥 호숫가에서 또 한 해 겨울을 보내기 싫은가 보다 했어요. 아니면 조지아주의 집으로 내려갔든지."

"이게 언제 적 얘기예요?"

"3년 전이요. 아니다, 3년도 안 됐어요. 가을이었고 추수감사절 무렵이었을 거예요. 마지막으로 엘런을 봤을 때, 아주 마지막은 아니었을 수도 있는데 벨프라이 테이블에 종이로 만든 칠면조가 놓여 있었거든요." 한참 동안 정적이 흐른다. "아까 아무도 엘런을 찾지 않았다고 했는데, 그 안에 나도 포함되는 것 같아요. 그죠?"

그 뒤로 홀리가 귀걸이 사진을 보여 주자 키샤도 보니가 하고 다니던 거라고 하는 등 대화가 좀 더 이어지지만 중요한 내용은 아니라 홀리는 전화기를 끈다. 담배를 다 피워서 필터만 남았다. 휴대용 재떨이 대고 끄자마자 다시 한 대 더 불을 붙일까 고민한다.

키샤는 엘런 크래슬로와 보니 달을 한데 연결하지 않았다. 아마 몇 년의 간격이 있기 때문일 것이다. 그녀는 엘런과 말릭 더튼을 한데 연결했다. 둘 다 흑인이라는 이유에서였을 것이다. 그리고 갑자기 사라진 여자 얘기를 하다 보니 차량 검문을 받다 총격을 당한 또 한 명의 젊은 흑인 남자에 별로 관심이 없는 다른 사람들, 즉 이 도시의 대다수와 자신이 다를 바 없다는 사실을 깨달았는지 당황스러워했다.

하지만 자기 차 안에서 총을 맞고 죽은 젊은 남자와 어느 날 그냥 곁에서 사라진 지인 사이에는 엄청난 차이가 있었다. 홀리는 키샤에게 이렇게 얘기해 줄 수 있었지만 온갖 생각, 그러니까 온갖 심란한 생각들로 머릿속이 복잡했기 때문에 시간 내줘서 고맙다며 인사하고는 궁금한 게 생기거나 사건이 해결되면 연락하겠다고 한 게 전부였다.

엘런 크래슬로가 사라진 이유는 완벽하게 설명할 수 있을지 모른다. 관리인도 기술직이기는 하지만 아마 이직률이 높을 것이다. 키샤도 말했던 것처럼 엘런은 좀 더 따뜻한 곳으로 이사했을 수 있었다. 피닉스나 LA나 샌디에이고로. 엄마를 만나고 엄마가 만들어 준 음식을 먹고 싶어졌을 수도 있었다. 하지만 그녀는 마지막 월급을 수령하지 않았고 그즈음에 피터 스타인먼도 사라졌다. 엘런은 로타운(*로타운의 변두리*)에서 살았지만 대학에서 근무했고 대학에서 데리 휩까지는 몇 킬로미터밖에 되지 않는다. 공원을 가로지르면 더욱 가까워진다.

보니 레이 달의 경우에는 대학과 데리 휩의 대략 중간 지점에 해당하는 주인 없는 카센터 앞에서 자전거가 발견됐다.

홀리는 시동을 걸고 조심스럽게 유턴해, 캠퍼들이 평화의 담뱃대를 건네는 추장의 자애로운 눈길 아래에서 여름 휴가를 만끽 중인 캠핑장을 지난다.

이런 하루를 겪은 뒤에 도시에 있는 그녀의 아파트로 돌아가려면 먼길이 될 것이다. 릴리 코트 42번지가 훨씬 가깝지만 죽은 어머니의 집에서 죽은 어머니의 포푸리 냄새를 맡으며 하룻밤을 보낼 생각은 없다. 그녀는 고속도로 근처 데이스 인 모텔에 체크인하고 컨트리 키친에서 치킨을 포장해 온다. 갈아입을 옷을 들고 오지 않았기에 객실에서 저녁을 먹은 뒤에 가까운 1달러 숍에 가서 속옷을 산다. 큼지막한 스마일 이모티콘이 그려진 XL 사이즈의 잠옷용 티셔츠도 산다.

근사하지는 않지만 충분히 편안하고 에어컨 돌아가는 소리도 참을 만한 객실로 다시 돌아가 바버라 로빈슨에게 전화한다. 이번 주말에 바버라의 오빠를 그만큼 괴롭혔으면 됐다. 바버라도 컴퓨터로 정보 검색하는 일을 거의 홀리만큼 잘한다.(제롬은 그들 둘보다 실력이 좋다고 얼마든지 인정할 용의가 있다.) 게다가 바버라의 안부도 궁금하다. 홀리는 올해 여름에 그녀를 자주 만나지 못했다. 바버라가 샬럿의 줌 장례식에 참석하기는 했지만.

"여보세요." 바버라가 전화를 받는다. "어쩐 일이에요, 홀리? 어머니 일도 그렇고 어떻게 지내요?" 지금 상황을 감안하면 적절한 질문이지만 어쩐지 딴 데 정신이 팔린 목소리다. 어마무지하게 긴 판타지 소설을 읽으면서 통화할 때 냄직한 목소리다.

"잘 지내고 있어. 너는 어찌 지내?"

"좋아요, 좋아요."

"제롬은 엄청난 일을 겪었다. 그치?"

"그랬어요? 무슨 일이 있었길래요?" 바버라는 심드렁한 목소리다.

"어떤 여자분을 병원에 싣고 갔거든. 나를 대신해서 만나러 갔는데 그 여자분이 술과 약을 너무 많이 먹는 바람에. 얘기 못 들었어?"

"요 며칠 못 봤어요." 분명 딴 데 정신이 팔려 있다.

"현재 상황을 설명하자면 내가 실종된 여자를 찾다가 다른 사건과 맞닥뜨리게 됐어. 두 번째 사건의 피해자는 엘런 크래슬로야. 인터넷을 뒤지면 뭐 나오는 게 있는지 검색을 부탁해도 될까? 내가 해도 되는데, 이 모텔 와이파이가 엄청 개떡 같아. 이미 두 번 끊겼어."

한참 동안 정적이 흐른다. 그러다. "제가 좀 바빠서요. 피트 아저씨한테 부탁하면 안 돼요?"

홀리는 놀란다. 이 아이가 전에는 낸시 드루 역할을 그렇게 좋아하더니 오늘 밤에는 그 역할을 맡을 생각이 없는 모양이다. 작년에 겪은 일을 감안하면 그럴 생각이 아예 사라졌을 수도 있다.

"온도스키 생각나서 그래? 왜냐하면 그런 일 전혀 아니거든."

바버라는 웃음을 터뜨린다. 다행이다. "아니에요. 그건 많이 잠재웠어요, 홀리. 진짜로 바빠서 그래요. 사실 엄청난 스트레스에 시달리고 있어요."

"스페셜 프로젝트 때문에? 제롬한테 들었어."

"맞아요. 조만간 공개할게요. 아마도 다음 주에. 홀리, 오빠, 엄마, 아빠, 친구들에게 모두. 약속해요. 하지만 지금은 안 돼요. 부정 탈까 봐."

"더는 아무 말도 하지 마. 피트한테 연락할게. 15분마다 자기 체온 재는 거 말고 다른 일도 하게 해야지."

바버라는 키득거린다. "피트 아저씨가 지금 그러고 있어요?"

"놀랄 일도 아니지."

"홀리는 정말 괜찮아요? 어머님이…… 어머님이……."

"응." 홀리는 딱 잘라 말한다. "정말 괜찮아. 그리고 네가 무슨 일로 바쁜지는 모르겠지만 방해하지 않을게. 잔소리처럼 들릴지 몰라도 학교 공부에 도움이 되는 일이면 좋겠다. 입학까지 얼마 안 남았잖니."

"결국에는 도움이 될 거예요." 바버라는 재미있어하는 말투다. "저기, 정말 중요한 사안이면 제가……"

"아냐, 아냐, 아마 별것 아닐 거야."

"삐치시는 건 아니죠?"

"그럼, 바브. 당연하지."

그녀는 바버라의 스페셜 프로젝트가 과연 뭘지 궁금해하며 전화를 끊는다. 아마 글쓰기일 것이다. 그 집안의 유전자에는 작가의 피가 흐른다. 두 남매의 아버지인 짐 로빈슨은 클리블랜드 《플레인 딜러》에서 10년 동안 기자로 일했고, 제롬은 악명 높았던 자기 증조부를 주제로 책을 쓰고 있으니 충분히 가능성 있는 얘기다.

"네가 행복하기만 하다면야." 홀리는 중얼거린다. "체트 온도스키가 나오는 나쁜 꿈만 꾸지 않는다면야."

그녀는 침대에 털썩 누워서(편안하다!) 피트에게 전화한다. "컨디션 괜찮아졌으면 나 좀 도와줘요."

피트는 전보다 코도 덜 막히고 목도 덜 쉬었다. "뭐가 필요한지 말만 해요."

허풍이라는 걸 그녀도 알지만 그래도 마음속이 따뜻해진다.

피트는 전화를 끊기 전에 지금은 주말이라 월요일, 어쩌면 월요일 오후는 되어야 그녀가 원하는 정보를 입수할 수 있을 거라고 짚고 넘어간다. 사건을 맡고 있는 동안에는 쉬지 않고 일을 하는 홀리에게 주말은 짜증 나는 요일이다. 페니가 건 부재중 전화가 세 통, 음성사서함이 세 통이다. 음성사서함 내용은 기본적으로 비슷하다. *어디예요, 어떻게 됐어요.* 전화해서 상황을 설명하겠지만 먼저 담배를 피워야겠다.

모텔 프런트데스크 옆에 있는 쓰레기통에 꽉 찬 휴대용 재떨이를 비운 다음 제빙기 옆에서 담배를 피운다. 그녀가 이 끔찍한 습관을 맨 처음 시작한 10대 시절에는 아무 데서나, 심지어 비행기 안에서도 담배를 피울 수 있었다. 홀리는 달라진 법규를 엄청난 발전이라고 생각한다. 덕분에 자신이 무슨 짓을 저지르고 있는지와 이로써 수명을 조금씩 단축하고 있음을 자각하게 된다.

그녀는 페니에게 전화해 진행 상황을 정확하게, 하지만 더러는 생략하고 설명한다. 키샤 스톤과 나눈 대화에서 엘런 크래슬로가 등장하는 대목은 빼고, 데리 힙 일당과 만난 얘기는 하지만 피터 '스팅키'

스타인먼은 언급하지 않는다. 크래슬로와 스타인먼도 연관이 있는 걸로 밝혀지면 얘기하겠지만 아직은 그럴 때가 아니다. 안 그래도 끔찍할 페니의 머릿속에 연쇄살인의 이미지를 심어 줄 필요는 없다.

홀리는 옷을 벗고 스마일 이모티콘이 그려진 티셔츠를 입고(거의 무릎까지 덮는다.) 침대에 털썩 주저앉아 텔레비전을 켠다. 채널 돌리기를 한참 멈추고 TCM에서 방영되는 예전 뮤지컬을 좀 보다가 텔레비전을 끈다. 화장실로 들어가 손을 꼼꼼히 씻고, 속옷과 잠옷을 사러 갔을 때 칫솔을 빼먹은 자신을 나무라며 손가락으로 이를 닦는다.

"고칠 수 없는 건 참아야지." 이렇게 다사다난한 하루를 보내고 오늘 밤에 잠을 잘 수 있을까? 아니면 대형 화물 트럭이 웅웅거리며 고속도로를 달리는, 항상 외로움을 유발하는 그 소리를 들으며 누워서 어머니 생각을 하느라 잠을 설칠까? 이상하게도 잘 수 있을 것 같다는 생각이 든다. 홀리는 자신을 알기에 어머니와 깨끗하게 청산할 수는 없다는 사실을, 샬럿의 거짓말(*백만장자가 된 여자가 어머니가 어떻게 그런 짓을 저지를 수 있었을까 생각하며 어느 술집에 들어가는데*) 때문에 앞으로도 한참 괴로우리라는 사실을 알지만(특히 보석을 사 놓고 숨겨 놓았던 대목) 깨끗하게 청산할 수 있는 사람이 과연 있을까? 아마 없을 테고 홀리가 생각하기에 청산은 미신이지만, 그녀는 오늘 부엌에서 담배를 피우고 그 빌어먹을 인형을 박살 내며 조금이나마 청산을 했다.

그녀는 무릎을 꿇고 눈을 감고 평소처럼 기도를 하기 시작한다. 하느님이 그녀의 정체를 모르기라도 하는 것처럼 "하느님, 저 홀리예요."로 운을 뗀다. 오는 길을 안전하게 보호해 주셔서, 친구들을 보내 주셔서 감사하다고 한다. 페니 달을 지켜 달라고 한다. 그리고 보니와 피트와 엘런도. 그들이 아직 살아 있을지……

뭔가가 강타하는 기분에 그녀는 눈을 번쩍 뜬다.

어쩌면 장소가 아닐지 모른다. 장소 말고 *다른 것*도 있을지 모른다.

그녀는 침대 가에 걸터앉아 불을 켜고 레이키샤 스톤에게 전화한다. 토요일 밤이라 음성사서함으로 넘어갈 것이다. 통나무집에서 댄스파티가 열리고 있을지 모르고, 친구들과 함께 인근 술집에서 술을 마시고 있을 가능성은 그보다 더 크다. 그런데 기쁘게도 키샤가 전화를 받는다.

"여보세요, 나 홀리예요. 얼른 하나 물어볼 게 있어서요."

"뭐든 있는 대로 물어보세요. 지금 캠핑장 빨래방 건조기 앞에서 수건이 돌아가고 돌아가고 또 돌아가는 걸 보고 있거든요."

당신처럼 젊고 예쁜 아가씨가 왜 토요일 밤에 빨래를 돌리고 있어요? 홀리는 이렇게 묻고 싶지만 참고 다른 질문을 한다. "엘런 크래슬로에게 차가 있었는지 혹시 알아요?"

홀리는 모르겠다거나 기억이 나지 않는다는 답을 듣겠거니 생각하지만 그 예상은 깨어진다.

"없었어요. 엘렌이 조지아주 면허증이 있었는데 만료돼서 검문을 받으면 엄청 골치 아파질 수 있다고 말했던 게 기억나요. 흑인이라. 말릭 더튼처럼요. 면허를 따고 싶어 했지만 계속 미뤘어요. 면허 시험장에 항상 사람이 너무 많다면서. 그래서 버스를 타고 출퇴근했어요. 제 답이 도움이 됐을까요?"

"아마도요. 고마워요. 다시 돌아가는 수건 구경할 수 있게 이제 그만……"

"아, 생각난 게 하나 더 있어요."

"뭔데요?"

"가끔 날이 좋으면 버스를 타지 않고 집 근처 노뱅크에 갔어요."

홀리는 미간을 찌푸린다. "어째서……"

"거기서 자전거를 빌려주거든요. 은행 앞에 일렬로 세워져 있어요. 마음에 드는 걸 골라서 신용카드로 결제하면 돼요."

홀리는 기도를 마저 하지만 이제는 그냥 기계적인 암송이다. 머릿속이 온통 사건 생각뿐이다. 오늘 밤에 잠을 설친다면 샬럿의 유산이 아니라 그것 때문이 될 것이다. 이쪽에는 리지 로드, 저쪽에는 레드뱅크로가 있는 디어필드 공원이 그려진다. 벨프라이, 주인 없는 카센터, 데리 휩도 떠오른다. 그녀는 속으로 중얼거린다. *장소, 장소, 장소.* 그리고 그들 모두 차가 없었다는 사실에 주목한다.

보니는 차가 있었지만 그걸로 출퇴근하지는 않았다. 자전거를 타고 다녔다. 엘런도 버스 아니면 자전거를 탔다. 그리고 피트 스타인먼에게는 스케이트보드가 있었다.

홀리는 깍지 낀 손을 배 위에 얹고 어둠 속에 누워서 이 두 가지 유사점이 야기한 질문에 대해 생각한다. 전에도 퍼뜩 떠오른 적이 있었지만 그때는 가설에 불과했다면 지금은 좀 더 현실성 있게 느껴진다. 그녀가 아는 사례가 전부일까 아니면 더 있을까?

2021년 2월 12일

바바라는 리지 로드 70번지 앞에 서 있다. 이 집은 완만한 비탈길에 자리 잡은 좀 더 아담한 빅토리아 양식의 주택이다. 해리스 교수가 마차라고 (거창하게) 표현한 차를 세차하는 것을 본 날로부터 기온이 15도 이상 떨어져서 오늘은 외투, 목도리, 모자로 이루어진 빨간색 겨울 3종 세트가 패션 아이템이 아니라 필수품이다. 그녀는 이번에도 시가 담긴 서류 파일을 부둥켜안고 있고 떨려서 죽을 것만 같다.

그 집에 바바라의 우상이 살고 있다. 바바라가 생각하기에 지난 60년을 통틀어 미국에서 가장 위대한 시인이 살고 있다. 그녀는 T. S. 엘리엇과 실제로 *알고 지낸* 사이였다. 에즈라 파운드가 심신미약 상태에서 저지른 범죄로 세인트엘리자베스 병원에 입원해 있었을 때는 그와 편지를 주고받았다. 바바라 로빈슨은 고등학교 신문에 재미없는(그리고 누가 봐도 진부한) 사설을 몇 편 기고한 게 전부인 어린애다.

그런 바버라가 여길 찾아오다니. 어떻게 감히?

에밀리 해리스는 자신이 읽은 시를 훌륭하다고 생각했다. *공포와 혐오를 19행에 아주 잘 담았네요*라고 했다. 심지어 두어 군데를 이렇게 고치는 편이 좋겠다며 훌륭해 보이는 조언까지 했다. 하지만 에밀리 해리스는 『끝을 위한 끝』이나 『카디악 길』의 저자가 아니다. 그녀는 대학 출판부를 통해 문학 비평서 두 권을 출간했을 뿐이다. 바버라도 인터넷으로 검색해 보았다.

오늘 아침, 포기해야 되려나 보다는 생각이 들던 찰나 올리비아 킹즈버리가 보낸 이메일이 도착했다.

학생이 쓴 시를 읽어 보았어요. 시간이 허락한다면 오늘 오후 2시에 집으로 찾아와 줘요. 시간이 안 되면 여기로 답장 부탁할게요. 너무 갑작스럽게 통보해서 미안해요. 맨 마지막에 *올리비아*라고 쓰여 있었다.

바버라는 초대를 받고 온 길이니 시사하는 바가 있을 거라고 마음을 다잡지만 바보짓을 저지르면 어쩌나 걱정이 된다. 입을 열지도 못하고 얼뜨기처럼 빤히 쳐다보기만 하면 어쩐다? 부모님이나 오빠에게 어딜 가는지 밝히지 않길 잘했다. *아무한테도* 밝히지 않길……

리지 로드 70번지의 문이 열리고 발목까지 내려오는 모피 코트로 온몸을 감싸고 지팡이를 두 개 짚은 근사한 노파가 등장한다. "학생, 거기 계속 서 있을 거예요? 들어와요, 들어와. 나는 추운 거 질색이야."

바버라는 몸 밖으로 빠져나가 자신을 *내려다보*는 듯한 기분을 느끼며 현관 앞 계단을 올라간다. 올리비아 킹즈버리가 가녀린 손을 내민다. "조심히, 학생, 조심히. 세게 잡지 말고."

바버라는 노시인의 손가락을 먼지처럼 건드리며 어처구니없도록 거창한 동시에 아주 선명한 생각을 한다. *나는 지금 위인과 접촉하고*

있다.

그들은 안으로 들어가 나무로 벽을 댄 짧은 복도를 지난다. 그러는 동안 올리비아는 입고 있는 거대한 모피 코트를 토닥인다. "인조야, 인조."

"네?" 바버라는 바보같이 반문한다.

"인조 모피라고. 손자한테 받은 선물이에요. 이제 벗는 것 좀 도와주겠어요?"

바버라는 노시인이 걸친 코트를 벗겨 팔에 걸친다. 바닥에 떨어뜨리지 않도록 꽉 붙든다.

작은 거실에는 등받이가 곧은 의자와 소파가 놓여 있는데, 소파를 마주 보고 있는 텔레비전만큼 화면이 큰 제품을 바버라는 지금까지 본 적이 없다. 시인의 집에 텔레비전이 있다니 뜻밖이다.

"그거 의자 위에 놓아줘요. 학생 외투랑 같이. 마리가 와서 치워 줄 거예요. 금요일에 와 주는 아가씨지요. 그래서 딱 좋아요, 오늘이 금요일이니까. 소파에 앉아요. 나는 의자에 앉아야 더 쉽게 일어날 수 있거든요. 바버라 맞죠? 에밀리한테 이메일 받았어요. 만나서 반가워요. 백신은 맞았나요?"

"아, 네. 얀센으로요."

"잘했네. 나는 모더나 맞았어요. 앉아요, 앉아."

바버라는 여전히 유체 이탈한 기분을 느끼며 외투를 벗어서 희한한 모피 코트로 거의 잠식당한 의자에 얹는다. 이렇게 아담한 노시인이 그 무게를 무슨 수로 감당하는지 믿기지가 않는다.

"이렇게 시간 내주셔서 감사해요, 킹즈버리 선생님. 저는 선생님 작품을 사랑해요……"

올리비아는 양손을 들어 보인다. "팬클럽 같은 발언은 할 필요 없어요, 바버라. 이 안에서 우리는 동등한 관계니까."

그럴 리가. 바버라는 생각하며 그 황당함에 미소를 짓는다.

"맞아요. *맞다니까.* 이 안에서 우리가 건설적인 대화를 나눌 수 있을지 없을지 모르지만, 건설적인 대화를 나누려면 동등한 관계라야 해요. 나를 올리비아라고 불러요. 처음에는 어렵겠지만 익숙해질 거예요. 그리고 마스크 벗어요. 우리 둘 다 백신을 맞았는데도 내가 그 끔찍한 병에 걸려서 죽는다면 천수를 누리고 가는 것일 테니까."

바버라는 그녀가 시키는 대로 한다. 올리비아의 의자 옆 테이블 위에 버튼이 있다. 그녀가 그 버튼을 누르자 집 안 깊숙한 데서 버저가 울린다. "차를 마시면서 서로 알아 나가도록 해요."

또 차를 마실 생각을 하자 바버라의 마음이 무거워진다.

옅은 황갈색 바지에 아무 무늬 없는 흰색 블라우스를 입은 늘씬한 젊은 여자가 들어온다. 찻잔과 쿠키 접시가 담긴 쟁반을 들고 있다. 사실 오레오다.

"마리 뒤샹, 이쪽은 바버라 로빈슨."

"만나서 반가워요, 바버라." 마리는 인사하고 노시인에게 말한다. "90분 드릴게요, 리비. 그런 다음 낮잠 주무셔야 해요."

올리비아는 혀를 내민다. 마리도 똑같이 따라 한다. 바버라는 놀라서 웃음을 터뜨리고 두 여자도 같이 웃자 이질감이 거의 사라진다. 바버라는 잘 끝낼 수도 있겠다는 생각을 한다. 심지어 차도 마실 결심을 한다. 적어도 해리스 교수가 내온 바닥 모를 머그가 아니라 이 집은 잔이 작다.

마리가 나가자 올리비아가 말한다. "저 친구가 대장이지만 착한 대장이에요. 저 친구가 없었다면 나는 요양시설에서 살고 있을 거예요. 남은 가족이 아무도 없어서."

그건 바버라도 인터넷 검색을 했기에 안다. 올리비아 킹즈버리는 두 연인과의 사이에서 자녀를 둘 낳았고 그중 한 자녀가 손자를 낳았지만 모두 앞서 떠나보냈다. 그 거대한 모피 코트를 선물한 손자는 2년 전에 세상을 떠났다. 올리비아는 돌아오는 여름까지 살아 있다면 100살이다.

"페퍼민트 차예요. 아침에는 카페인을 마셔도 되지만 그 이후에는 안 되거든요. 가끔 부정맥이 생겨서. 차를 좀 따라 주겠어요, 바버라? 크림, 그 저질스러운 하프 앤드 하프가 아니라 진짜 크림인데 그걸 툭 붓고 설탕은 아주아주 살짝 한 꼬집 넣어서."

"약이 잘 넘어갈 수 있게 말이죠?"

"맞아요, 가장 맛있게 넘길 수 있게."

바버라는 차를 두 잔 따르고 올리비아의 독촉에 못 이겨 오레오도 두 개 먹는다. 차가 맛있다. 개수대에 부을 수밖에 없었던, 해리스 교수가 내온 그 진하고 탁한 맛이 아니다. 사실 기분 좋은 맛이다. *상쾌하다*는 단어가 떠오른다.

그들은 차를 마시고 쿠키를 먹는다. 올리비아도 쿠키를 두 개나 오도독오도독 먹고 앞섶에 부스러기가 떨어져도 모르는 체한다. 그녀는 바버라에게 가족, 학교, 지금까지 해 온 운동(트랙 달리기와 테니스), 남자친구의 유무(현재 없음)에 대해 묻는다. 글쓰기에 대해서는 전혀 언급하지 않는다. 바버라는 일하는 여자 말고는 대화 상대가 아무도 없는 오후의 무료함을 달래기 위해 그녀를 집으로 불렀나 보다는 생각이 들기 시작한다. 그렇다면 실망이지만 뜻밖에도 그렇게 큰 실망은 아니다. 올리비아는 예리하고 위트가 넘치며 *현재적*이다. 예를 들어 저 대화면 텔레비전만 해도 그렇다. 그리고 아까도 *팬클럽*이라는 단어를 아무렇지 않게 써서 놀랐다. 노부인의 입에서 그런 단어를 들을 줄이야.

바바라는 나중에 멍하니 집으로 걸어가는 때가 되어서야 올리비아가 크기와 모양을 대충 가늠하려는 듯 바바라를 부른 용건의 주위를 맴돌았다는 사실을 깨달을 것이다. 그런 식으로 바바라를 평가하고 그녀가 하는 이야기를 들었다는 것을. 바바라는 마치 입사 면접을 치르듯 가볍고 교묘하게 심문을 당했다.

마리가 찻잔을 치우러 온다. 올리비아와 바바라는 고맙다고 인사한다. 마리가 나가자마자 올리비아가 몸을 앞으로 내밀며 묻는다. "시를 쓰는 이유가 뭔지 말해 봐요. 왜 시를 쓰고 싶은지."

바바라는 자기 손을 내려다보다가 다시 고개를 들고 맞은편에 앉은 노시인을 쳐다본다. 노시인의 얼굴은 거죽이 씌워진 해골이나 다름없고, 원피스 앞섶에 떨어진 오레오 부스러기를 잊어버렸거나 모르는 체하고 있으며, 투박한 노인용 구두와 분홍색 고탄력 스타킹을 신고 있지만, 두 눈만큼은 초롱초롱하며 전적으로 *현재*에 몰입해 있다. 바바라는 그 눈빛을 보며 격렬하다는 생각을 한다. 거의 이글거리는 수준이다.

"세상을 이해할 수가 없어서요. 세상이 거의 *보이지가* 않아서요. 그래서 농담이 아니라 가끔 미치겠어요."

"그렇군요. 그럼 시를 쓰면 세상을 좀 더 잘 이해하고 광기를 가라앉힐 수 있나요?"

바바라는 온도스키의 얼굴이 엘리베이터 안에서 어떤 식으로 변했고, 바로 그 순간 그녀가 안다고 생각했던 현실의 모든 것이 와르르 무너졌던 것을 떠올린다. 보이지는 않지만 빛나고 또 빛나고 있는 우주 끝의 별들을 떠올린다. 그러고는 웃음을 터뜨린다.

"아뇨! *더* 이해할 수가 없어요! *더* 미칠 것 같고요! 하지만 시를 쓰다 보면…… 말로 설명할 수는 없지만……."

"설명할 수 있을 거라고 보는데요."

뭐, 어쩌면 그럴 수 있을지 모른다. 조금은.

"가끔 한 줄…… 아니면 그 이상…… 또 아주 가끔 어떨 때는 시 한 편을 완성하면…… 이런 생각이 들어요. '좋아. 제대로 해냈다.' 그러면 뿌듯해요. 마치 등 한가운데가 가려운데, 손이 안 닿을 줄 알았다가 간신히 닿았을 때 찾아오는 뭐랄까 그…… *후련함*이랄까……."

"가려운 데를 긁고 나면 속이 후련하지요. 그렇죠?"

"네!" 바버라는 거의 고함을 지른다. "*네!* 아니면 곪은 거랑 비슷해요. 곪아서 부으면…… 거길……."

"고름을 짜내야 하지요." 올리비아는 히치하이커처럼 엄지손가락을 까딱인다. "대학에서는 이런 거 안 가르쳐요. 절대. 창작욕은 독소를 제거하려는 생각…… 일종의 창작적인 배변 활동과 같다는 것을. 네. 안 가르치죠. 감히 그런 걸 가르칠 수가 없죠. 너무 저속하고, 너무 *평범*하거든. 학생이 쓴 구절 중에 아직까지도 마음에 드는 거 한 줄 읊어 봐요. 쓰고 났더니 가려운 데를 마침내 긁은 것처럼 후련해진 기분이 들었던 구절을."

바버라는 곰곰이 생각해 본다. 이제는 불안하지 않다. 다른 데 정신을 팔 겨를이 없다. "해리스 교수님이 선생님께 보낸 시 중에 아직까지도 마음에 드는 구절이 있어요. *해 질 녘 닫힌 하늘에 새들이 이런 식으로 수를 놓지.* 완벽하지는 않지만……"

올리비아가 교통경찰처럼 손을 든다. "내가 읽은 시에는 '이렇게'라고 되어 있었는데요. '해 질 녘 닫힌 하늘에 새들이 이렇게 수를 놓지'라고."

바버라는 깜짝 놀란다. 올리비아가 마치 앞에 두고 읽는 것처럼 그 구절을 완벽하게 읊었던 것이다. "네. 해리스 교수님이 '이런 식으로'를 '이렇게'로 바꾸면 어떻겠느냐고 하셨어요. 그래서 바꿨어요."

"그런데 학생 생각에는 원안이 나은 것 같다?"

바버라는 그렇다고 대답하려다 멈춘다. 함정처럼 느껴져서다. 아니다, 그건 아니다. 이 여자는 함정에 빠뜨리려고 질문할 성격이 아니다.(에밀리 해리스라면 그럴지 모르지만.) 그래도 테스트는 될 수 있다.

"그때는 그렇게 생각했는데……."

"그런데 지금은 확신을 하지 못하네요. 이유가 뭔지 알아요?"

바버라는 생각해 보다가 고개를 젓는다. 이게 테스트를 하기 위한 질문이었다면 그녀는 통과하지 못한 거다.

"원안에서는 그 시의 *리듬*과 연결되는 단어가 쓰였기 때문일 수도 있을까요? '*이런 식으로*'는 매끄럽게 이어지는데, '이렇게'는 먹통이 된 피아노 건반처럼 덜거덕거리기 때문일 수도 있을까요?"

"그냥 단어 한 개…… 아니, 두 개일 뿐인데……."

"하지만 시에서는 모든 단어가 중요하잖아요. 그리고 자유시일지라도, *특히* 자유시일수록 리듬을 반드시 갖추어야 하고요. 박동 말이에요. 학생이 쓴 원안은 시예요. 에밀리가 바꾼 건 산문체고. 에밀리가 학생의 시작(詩作)을 도와주겠다던가요?"

"아마도요. 제가 기억하기로 이렇게 말씀하셨거든요. 선생님한테서 소식이 없으면 자기를 관계자로 여겨 달라고요."

"그래요. 에밀리가 그런 성격이죠. 모든 걸 장악하고. 통제하고. 처음에는 조언으로 시작하겠지만 결국에는 학생의 시가 에밀리의 시가 될 거예요. 공동 작업물이라도 되면 다행이지. 지금처럼 반쯤 은퇴한 상태에서 소설 창작 워크숍 지원자의 작문 샘플을 검토하는 일이라면 모를까, 교사나 멘토로서는 휘몰아치는 성격 때문에 항상 학생에게서 핸들을 빼앗고 말죠. 그런 본능을 어쩌지를 못해요."

바버라는 입술을 깨물며 고민하다가 좀 더 용기를 내보기로 한다. "그분을 안 좋아하세요?"

이번에는 노시인이 고민할 차례다. 이슥고 그녀가 대답한다. "우리는 같은 대학 동료예요."

그건 답이 아닌데. 바버라는 생각한다. *아니면 답이 될 수도 있겠다.*

"내가 오래전에 벨 대학에서 시를 가르쳤을 때 영문학과에서 바로 옆 연구실을 썼는데, 에밀리가 문을 열어 놓으면 가끔 학생들과 상담하는 소리가 내 방까지 들렸거든요. 절대 언성을 높이지 않았지만 뭐랄까…… 협박조일 때가 많았어요. 성인이야 그런 경우에 대부분 저항할 수 있겠지만 학생들은, 가뜩이나 환심을 사고 싶어 안달이 난 경우에는 얘기가 달라지죠. *학생*은 에밀리가 마음에 들던가요?"

"제가 보기에는 괜찮은 분 같았어요. 그냥 무작정 찾아온 학생을 기꺼이 만나 주셨잖아요." 하지만 바버라는 대접받은 차의 맛이 얼마나 고약했는지를 떠올린다.

"아. 그 남편도 만났어요? 그 유명한 러브스토리를 완성하는 나머지 반쪽?"

"잠깐요. 세차 중이시더라고요. 제대로 대화를 나누지는 않았어요."

"그 인간은 정상이 아니에요." 화난 투도 아니고 농담조도 아니다. 그냥 오늘은 *구름이 많네*와 비슷하게 감정이 배제된 진술이다. "내 말을 곧이곧대로 믿지는 말고요. 현역 시절에 그 사람은 생명과학부에서 '미친 영양학자 말 많은 로디'라고 불렸어요. 지금도 실험실을 쓸 수 있는지는 잘 모르겠지만, 마침내 교편을 내려놓기 전 몇 년 동안 '육식이 생명이다'라는 8주짜리 세미나를 진행했고요. 그 세미나 제목을 들을 때마다 나는 『드라큘라』의 렌필드가 생각나더라고요. 그 작품 읽었어요? 안 읽었어요? 렌필드만큼 매력적인 캐릭터도 없어요. 정신병동에 갇혀서 파리를 잡아먹으며 계속 '피는 곧 생명'이라고 중얼거려요. 썅, 내가 지금 횡설수설하고 있네."

바버라의 입이 떡 벌어진다.

"충격 받을 것 없어요, 바버라. 불경스러운 표현을 이해하고 오물을 바라볼 줄 알아야 좋은 글을 쓸 수 있어요. 가끔은 오물도 칭송할 줄 알아야 하고. 내가 하고 싶은 말은 뭔가 하면, 질투나 소유욕 때문에 하는 말은 아닌데, 두 해리스 교수는 멀리하는 편이 좋다는 거예요. 둘 중에서도 특히 아내 쪽."

"제가 아는 건 그분이 끓여 주신 차가 맛이 *끔찍했다*는 것뿐이에요."

올리비아는 미소를 짓는다. "그 말을 끝으로 그 얘기는 이제 그만해요. 지금까지 쓴 시가 그 서류 파일 안에 있나요?"

"일부요. 짧은 것들로 골랐어요."

"읽어줘 봐요."

"정말요?" 바버라는 겁이 난다. 바버라는 신이 난다.

"정말이고말고요."

바버라는 떨리는 손으로 서류 파일을 펼치지만 올리비아는 그 손을 보지 못한다. 의자에 몸을 기대고 이미 그 이글거리는 눈을 감고 있다. 바버라는 「더블 이미지」라는 시를 낭송한다. 「12월의 눈」이라는 시도 낭송한다. 「늦은 오후의 풀밭」이라는 시도 낭송한다.

폭풍은 끝나고. 태양은 다시 돌아오고.
바람이 하는 말. 내가 불면
너의 그 수많은 그림자에게
'영원, 영원'이라고 속삭이라고 해.

그들이 하는 일이 그것이니.

이 시의 낭송이 끝나자 노시인은 눈을 번쩍 뜨고 큰 소리로 마리를 부른다. 목소리가 놀라우리만치 쩌렁쩌렁하다. 바버라는 수준 미달이라는 평가가 내려져서 이 옆은 황갈색 바지를 입은 여자를 앞장세우고 쫓겨나게 됐나 보다는 생각을 하며 낙심을 달랜다.

"아직 20분 남았는데요, 리비." 마리가 말한다.

올리비아는 그 말을 못 들은 체한다. 시선은 계속 바버라에게 고정돼 있다. "대면 수업을 받고 있어요, 아니면 온라인이에요?"

"지금은 온라인이요." 바버라는 여기서 나갈 때까지 울음을 참을 수 있길 바란다. 일이 아주 잘 풀리는 줄 알았더니 엄청난 착각이었다.

"언제 올 수 있어요? 나는 아침 일찍이 좋은데. 그때가 제일 쌩쌩하거든요…… 그나마 이 나이가 허락하는 한도 내에서. 아침 일찍도 괜찮겠어요? 마리, 스케줄러 가져다줘."

마리가 나가는 동안 바버라는 정신을 추스르고 질문에 대답한다. "11시까지는 수업 없어요."

"아침잠이 없는 스타일이면 그때가 딱 좋겠네."

바버라는 원래 아침잠이 없지 않지만 이제 바뀌어야겠다는 생각을 한다.

"8시부터 9시까지 괜찮겠어요? 아니면 9시 30분까지."

마리가 스케줄러를 들고 들어오며 말한다. "9시요. 9시 30분까지는 너무 길어요, 리비."

올리비아는 혀를 내밀지는 않지만 브로콜리를 먹어야 한다는 말을 들은 어린애처럼 우스꽝스러운 표정을 짓는다.

"그럼 8시부터 9시까지로 해요. 월요일, 화요일 그리고 금요일. 수요일에는 망할 병원에 가야 하고 목요일은 빌어먹을 물리치료를 받아야 하거든요. 담당자가 표독한 *마녀*야."

"네, 좋아요. 당연히 좋아요."

"들고 온 시는 두고 가요. 나중에 더 들고 오고. 내 사인을 받고 싶은 책이 있으면 다음번에 그것도 들고 와요. 그 부질없는 짓을 얼른 해치워 버리게. 내가 배웅할게요." 그녀는 더듬더듬 지팡이를 잡고 천천히 자리에서 일어나기 시작한다. 마치 이렉터 블록으로 건물 만드는 과정을 슬로모션으로 보는 느낌이다. 마리가 부축하려고 다가오자 노시인은 손사래를 치다가 하마터면 다시 주저앉을 뻔한다.

"배웅 안 해 주셔도……" 바버라는 말문을 연다.

"아니." 올리비아가 숨을 헐떡이며 말한다. "할 거예요. 같이 걸어가요. 내 어깨에 코트 좀 걸쳐 주고."

"인조야, 인조." 바버라는 무심결에 중얼거린다. 시를 쓸 때도 가끔 무심결에 문구가 떠오르곤 하는데, 그렇게 떠오른 문구가 가장 마음에 들 때도 많다.

올리비아는 그냥 폭소를 터뜨리는 게 아니라 깔깔댄다. 그들은 짧은 복도를 천천히 걷는다. 노시인은 모피 코트에 덮여서 거의 보이지도 않는다. 마리는 서서 그들을 지켜본다. *올리비아가 넘어져 오래된 도자기 꽃병처럼 박살 나면 부서진 조각을 주우려고 마음의 준비를 하고 있을지 몰라.* 바버라는 생각한다.

문 앞에 다다르자 시인이 금방이라도 부러질 것 같은 손으로 바버라의 손목을 잡는다. 살짝 입 냄새를 풍겨 가며 나지막이 속삭인다. "에밀리가 학생의 시를 보고 '흑인으로서의 경험'을 다룬 거냐고 묻던가요?"

"어…… 그 비슷한 말씀을 하시긴 했는데……."

"내가 읽은 시와 학생이 낭송한 시는 흑인으로서의 삶을 다룬 작품이 아니지요?"

"네."

바버라의 손목을 쥔 손에 힘이 들어간다. "뭐 하나 물어보겠는데 솔직하게 대답해 줘요. *반드시.* 약속해요."

"약속할게요."

노시인은 앞으로 몸을 숙여 바버라의 앳된 얼굴을 올려다보며 조그맣게 묻는다. "학생이 이 일에 소질이 있는 거 알아요?"

시 서너 편을 본 게 전부인데 그걸 무슨 수로 아세요?

하지만 바버라는 조그맣게 마주 속삭인다. "네."

그녀는 올리비아가 마지막으로 한 말을 곱씹으며 멍하니 집으로 걸어간다. "재능은 깨지기 쉬운 거예요. 망가뜨릴 수도 있는 사람들에게 그걸 맡기면 절대 안 돼요."

올리비아는 누굴 염두에 두고 하는 말인지 밝히지 않고, 바버라도 물을 필요성을 느끼지 않는다. 바라던 걸 이루었으니 해리스 부부의 집을 다시 찾을 이유가 없다.

2021년 7월 25일

홀리가 사무실로 들어서 보니 집기가 하나도 없다. 책상과 의자뿐 아니라 컴퓨터, 텔레비전, 카펫까지 깡그리 보이지 않는다. 홀리가 샬럿의 표현을 빌자면 *생각의 모자*를 *쓰고 있*을 때 자주 그러듯 어머니가 창가에 서서 밖을 내다보고 있다가 고개를 돌린다. 눈은 안으로 움푹 들어갔고 얼굴은 칙칙하니 누렇다. 병원에서 혼수상태로 빠져들기 직전에 홀리와 마지막으로 만났을 때 모습 그대로다.

"이제 집으로 올 수 있겠다." 샬럿이 말한다.

홀리는 눈을 뜬다. 처음에는 거기가 어딘지 알지 못하지만, 아무것도 없는 사무실이 아니라는 데 일단 안도한다. 사방을 두리번거리자 세상(현실 세상)의 퍼즐이 제자리를 찾아간다. 여기는 도시로 돌아가는 길의 중간에 있는 데이스 인 모텔의 2층 객실이다. 어머니는 죽었다. *나는 안전해.* 깨어나자마자 맨 처음 떠오른 생각이 이거다.

홀리는 화장실에 들어가 볼일을 보고 변기에 그대로 앉은 채 얼굴을 손에 묻는다. 어머니의 죽음과 안전을 동일시하다니 그녀는 끔찍한 인간이다. 샬럿이 거짓말을 했다 한들 그 사실이 달라지지는 않는다.

홀리가 샤워하고 새로 산 속옷을 입는 동안 어머니가 계속 새 옷은 빨아서 입어야 한다고 말한다. *아이고, 홀리야. 어떤 사람이 그걸 만졌을지 모르잖아. 내가 몇 번을 얘기했니?*

문 아래로 종이 두 장이 밀어 넣어져 있다. 하나는 숙박요금 청구서다. 또 하는 **조식 뷔페 안내**다. 백신을 맞은 투숙객은 '쾌적한 식당'에서 조식 뷔페를 마음껏 즐길 수 있다고 한다. 그렇지 않은 경우에는 객실로 쟁반을 들고 와서 먹어야 한다.

홀리는 모텔의 조식 뷔페를 즐겨 본 적이 없지만 배가 고프고 백신을 맞았으니 조그만 식당에서 아침 식사를 한다. 다른 손님은 뚱한 표정으로 휴대전화를 열심히 들여다보고 있는 과체중의 남자뿐이다. 홀리는 스크램블드에그는 건너뛰고(모텔 조식 뷔페의 달걀 요리는 항상 너무 물컹물컹하거나 너무 많이 익혔거나 둘 중 하나다.) 흐늘흐늘한 팬케이크 한 장과 종이 상자에 담긴 알파 비츠 시리얼과 맛없는 커피를 마신다. 랩으로 포장된 패스트리를 하나 챙겨서 그날의 첫 담배를 피운 뒤에 아이스크림 기계 옆에서 먹는다. 측면도로 건너편 은행 앞에 설치된 전광판에 따르면 오전 7시밖에 안 됐는데 벌써 24도라고 한다. 그녀의 어머니는 죽었고 오늘은 푹푹 찌는 날이 될 것이다.

홀리는 객실로 돌아가, 그렇게 끔찍한 꿈을 꾸고 난 뒤에 한 잔으로는 부족하기에 조그만 커피 머신 작동법을 알아내고 아이패드를 펼친다. 제트마트 CCTV 영상을 찾아서 돌려본다. 그 우라질 카메라 렌즈가 조금만 더 깨끗했더라면 얼마나 좋았을까 생각한다. 아무도 이걸 닦을 생각을 하지 않은 걸까? 그녀는 화장실로 들어가 문을 닫고 불을 끄고 변기 뚜껑 위에 앉아서 아이패드를 눈에서 10센티미터 앞에 대고 영상을 다시 본다.

밖으로 나가 뷔페식당 커피보다는 낫지만 그래도 거기서 거기인 커피를 좀 따르고 서서 마신다. 그러고는 다시 들어가 문을 닫고 불을 켜고 영상을 세 번째로 본다.

3주가 조금 지난 7월 1일 밤 8시 4분. 언덕 꼭대기에 있는 대학교 방향에서 자전거를 타고 내려와 레드뱅크로를 달리는 보니가 등장한다. 헬멧을 벗는다. 머리칼을 흔든다. 잠시 후 훔쳐 달라는 듯이 어느 건물 앞에 방치될 자전거 안장 위에 헬멧을 내려놓는다. 그런 다음 가게 안으로 들어가……

홀리는 영상을 되감는다. 헬멧을 벗고 머리칼을 흔드는 장면에서 *멈춘다*. 보니의 머리칼이 다시 얼굴 양옆으로 내려앉기 전에 뭔가가 금색으로 반짝인다. 손가락으로 화면을 확대해 보니 의심의 여지가 없다. 홀리가 덤불 속에서 찾은 삼각형 귀걸이다.

"이 애는 죽었어." 홀리는 조그맣게 속삭인다. "어쩌면 좋아. 죽었어."

그녀는 영상을 다시 한번 재생한다. 보니는 냉장고에서 탄산음료를 꺼내고 과자 코너를 살핀다. 호호스를 사려다 생각을 바꾸고 그냥 카운터 앞으로 간다. 점원이 뭐라고 말하자 둘은 같이 웃음을 터뜨린다. 홀리는 생각한다. *여기 단골이네.* 그 직원을 만나 보아야겠다. 가능하면 오늘 당장.

보니는 음료를 백팩에 넣는다. 직원에게 또 뭐라고 한다. 그는 엄지 손가락을 들어 보인다. 보니는 밖으로 나간다. 헬멧을 쓴다. 자전거에 올라탄다. 점원에게 마지막으로 손을 흔들며 페달을 밟고 멀어진다. 점원도 손을 들어 마주 인사한다. 그걸로 끝이다. 화면 하단의 타임스탬프는 8:09라고 되어 있다.

홀리는 일어나서 화장실 불을 켜고 다시 덮어 놓은 변기 뚜껑 위에 앉는다. 다시 영상을 보되 이번에는 보니와 점원에 대해서는 신경 끈다. CCTV 카메라가 조금 더 아래 달렸더라면 좋았겠지만 설치 목적이 레드뱅크로를 오가는 차량을 살피는 것이 아니라 좀도둑을 잡는 것이다. 그래도 언덕으로 올라가는 차량은 말고, 자전거가 발견된 주인 없는 카센터 쪽으로 가는 차량만 살피면 된다. 가게 위편 유리창에 덮여서 지나가는 차량의 아래 절반만 보인다.

이제 홀리는 보니가 납치당했다는 사실을 더는 의심하지 않는다. 납치범은 이미 카센터 앞에서 기다리고 있었을지 모르지만, 뒤를 밟다가 그녀가 중간 지점의 단골 편의점에 들르는 동안 가서 자리를 잡았을 수도 있다.

그래야 차를 대고 그녀를 기다리는 시간을 최소화할 수 있을 테니까. 누군가의 눈에 띄어서 의심을 살 가능성도 줄고.

주중 8시이고 도심의 통행 차량은 고속도로 연장선에 대부분 흡수됐다. *주유소, 퀵픽 편의점, 카센터를 비롯해 레드뱅크로의 그 일대에 문을 닫은 업체가 그렇게 많은 이유가 그 때문이지.*

언덕에서 내려와 가게 앞을 지난 차량은 열다섯 대뿐이고 여기에 픽업트럭이 두 대, 밴이 한 대 추가된다. 홀리는 영상을 다시 처음부터 보기 시작하다가 이번에는 밴이 지나가는 장면에서 잠시 멈춘다. 보니는 과자 코너 앞에서 꼼짝하지 않는다. 점원은 카운터 뒤편 진열대에 담배를 채우고 있다.

홀리는 아이패드를 다시 얼굴 앞에 바짝 대고 손가락으로 화면을 확대한다. 카메라 렌즈가 너무 더러워서 돌아 버리겠다! 게다가 가게 위편 유리창에 덮여서 밴의 아래 절반밖에 보이지 않는다. 핸들을 잡은 운전자의 왼손이 보이는데 백인의 손이다. 그게 도움이 될 수 있으면 좋겠지만 사실 아니다. 그녀는 화면을 원래 크기로 돌려놓는다. 밴은 지저분한 흰색 아니면 옅은 파란색이다. 운전석 쪽 문 아래쪽과 차체를 따라 줄무늬가 그려져 있다. 줄무늬는 확실히 짙은 파란색이다. 피트나 제롬이 이걸 보고 차종을 알아낼 수 있을까? 그럴 것 같지는 않지만 젊은 여자를 납치할 생각이면 밴이 제격이다. 번호판을 볼 수만 있다면 얼마나 좋을까!

홀리는 영상을 피트와 제롬에게 보내고 제조사를 알 수 있겠는지, 몇 개로 후보를 축소할 수만이라도 있겠는지 묻는다. 오늘 아침에는 와이파이 상태가 전보다 괜찮아서 체크아웃하기 전에 이 도시 경찰의 실종자 신고 사이트에 접속해 2018년을 검색한다. 호숫가에 자리 잡은 이 도시의 인구는 40만에 육박한다. 그렇기에 그녀는 100명이 넘는 명단을 보고 놀라지 않는다. 피터 스타인먼도 그 안에 있다. 엘런 크래슬로는 없다. 아마 실종 신고를 할 사람이 없어서 그럴 것이다. 키샤도 그녀가 일을 때려치우고 조지아로 돌아갔나 보다고 생각했다. 실종 신고된 다섯 명의 이름 옆에 발견된 날짜와 함께 한 단어가 적혀 있다. **사망.**

홀리는 차를 몰고 도시로 돌아가는 내내 1달러 숍에서 사서 빨지도 못하고 입은 속옷 생각에 괴로워하다가, 그녀가 죽을 때까지 어머니도 죽지 않는다는 사실을 깨닫는다. 그녀는 리지랜드 출구에서 빠져나가 빨간 신호등 앞에서 아이패드 메모를 확인하고 벨 대학에서 멀지 않은 이스트랜드로로 향한다. 보니의 사건을 조사하다 보면 계속 대학 주변으로 돌아가게 된다는 데 생각이 미친다.

능선 남쪽에서는 위풍당당한 빅토리아 양식의 저택들이 공원까지 구불구불 이어진다. 학생용 주거지가 있는 곳도 이쪽인데, 대부분 3층짜리 아파트다. 일부는 상태가 양호하지만 대부분은 낡아서 칠이 벗겨졌고 마당은 지저분하다. 몇몇 마당에서는 빈 맥주 캔이 나뒹굴고 한곳에서는 키 6미터짜리 풍선 인형이 고개를 숙이고 몸을 비비고 빨간색의 길쭉한 팔을 흔든다. 홀리가 보기에는 자동차 영업소에서 슬쩍한 것 같다.

그녀는 대학생들을 겨냥한 블록 두 개짜리 상점가를 지난다. 서점이 세 개, 마약 용품점이 두 개(그중 한 군데는 상호가 '그레이트풀 데드'다.)고, 피자와 햄버거와 타코를 같이 파는 음식점이 엄청 많으며, 술집은 최소 일곱 군데다. 아직 정오가 되지 않은 무더운 일요일이라 대부분의 음식점이 문을 닫았고 행인도 별로 없다. 상점과 음식점과 술집을 지나자 다른 아파트가 등장한다. 이스트랜드 2395번지의 앞마당에는 풍선 인형이 없다. 그 대신 바짝 마른 잔디밭에 스무 개가 넘는 플라밍고가 꽂혀 있다. 그중 한 마리는 리본으로 동여맨 베레모를 쓰고 있다. 또 다른 녀석은 카우보이모자에 머리가 파묻혔다. 세 번째 플라밍고는 가짜로 만든 소원을 비는 우물 안에 서 있다.

대학생다운 유머감각이네. 홀리는 길가에 차를 댄다.

이 건물은 고작 2층이지만 건축업자가 자제할 방법을 찾지 못했는지 사방팔방으로 아무렇게나 뻗어 있다. 진입로에는 자동차 다섯 대가 다닥다닥 붙어서 주차되어 있다. 너무 지친 데다 고사 직전이라 불평조차 하지 못하는 상태로 보이는 잔디밭에 여섯 번째 차가 세워져 있다.

청년 하나가 콘크리트 계단에 앉아서 고개를 숙이고 담배인지 대마초인지를 피우고 있다. 홀리가 차에서 내리자 파란 눈에 수염은 까

맞고 장발인 그는 고개를 들었다가 다시 숙인다. 그녀는 플라밍고 사이를 헤치고 걸어간다. 어떤 청년 또는 청년들은 이걸 보고 유베날리스식 풍자*의 최고봉이라고 생각했을 수도 있겠다.

"안녕하세요. 저는 홀리 기브니라고 하는데요, 혹시……"

"모르몬교도이거나 재림교회 신자면 얌전히 지나가 주세요."

"둘 다 아니에요. 혹시 톰 히긴스 씨인가요?"

그 말에 그가 고개를 든다. 새파란 눈에 벌건 핏발이 서 있다. "아뇨. 아니에요. 얌전히 지나가 주세요. 나 지금 이보다 더 지랄 맞을 수 없는 숙취에 시달리고 있으니까." 그는 뒤편을 향해 손을 흔든다. "다른 친구들은 모두 못 일어나고 있어요."

"불타는 토요일 밤 다음은 머리가 깨지는 일요일 아침." 홀리는 농담을 시도해 본다.

수염을 기른 청년은 그 말에 웃음을 터뜨렸다가 움찔한다. "네 말이 옳구나, 메뚜기야.**"

"커피 한잔할래요? 근처에 스타벅스가 있던데."

"마시고는 싶지만 거기까지 걸어갈 수가 없을 것 같네요."

"내 차로 가요."

"커피 값도 당신이 낼 거예요, 돌리?"

"홀리예요. 그리고 네, 내가 낼게요."

다른 때 같으면 모르는 남자를 넘어 덩치가 크고 수염을 길렀고 숙

---

* 유베날리스는 로마의 황제와 귀족, 당시 사회상을 풍자시로 꼬집었던 1세기 로마의 작가로, 이렇게 동시대 사람과 제도를 극적으로 비판하는 것을 '유베날리스식 풍자'라고 한다.

** 텔레비전 시리즈 「쿵푸」에서 대사부가 한 제자를 부르던 별명이다.

취에 시달리는 남자를 차에 태우면 잔뜩 긴장했겠지만, 랜디 홀스턴이라는 이 청년은 '피위 허먼'이라는 어린이 프로그램 주인공만큼이나 걱정할 필요가 없어 보인다. 적어도 현재 상태로는 그렇다. 그는 홀리의 프리우스 조수석 창문을 내리고 지나가는 모든 냄새를 맡고 싶어 안달이 난 덥수룩한 개처럼 뜨거운 바람이 부는 창밖으로 얼굴을 내민다. 그걸 보고 홀리는 안심한다. 토악질을 하더라도 밖에 대고 할 테니 말이다. 그러자 제롬이 베라 스타인먼을 태우고 병원으로 갔을 때의 경험담이 떠오른다.

스타벅스는 한산하다. 숙취에 시달리는 다른 손님들도 있어 보이지만 홀스턴이라는 이 청년만큼 심한 경우는 없다. 홀리는 그의 몫으로는 더블 카푸치노를, 자기 몫으로는 아메리카노를 주문한다. 그들은 차양의 빈약한 그늘이 드리워진 야외에 자리를 잡는다. 홀리는 마스크를 내린다. 커피가 진해서 좋다. 좀 전에 모텔에서 마신 커피의 저주가 이로써 씻겨 내려간다. 홀스턴이 살짝 생기를 회복하는 기미를 보이자 그녀는 톰 히긴스도 플라밍고의 집에서 자고 있느냐고 묻는다.

"아뇨. 그 친구는 로스트 웨이지스***에 있어요. 내가 알기로는. 빌리하고 히나타는 LA로 갔지만 톰은 안 갔어요. 그러고도 남을 녀석이죠."

홀리는 눈살을 찌푸린다. "로스트 웨이지스?"

"우리끼리 라스베이거스를 부를 때 쓰는 말이에요, 자매님. 무슈 히긴스 같은 사람들을 위한 도시요."

"거긴 언제 갔어요?"

"6월 중순이요. 거기다 월세를 떼먹고 도망쳤어요. 아주 그 녀석다운 짓이죠."

*** lost wages. '날린 월급'이라는 뜻이다.

홀리는 키샤가 톰 히긴스를 짧고 잔인하게 뭐라고 요약 설명했는지 떠올린다. *겁쟁이. 루저. 약쟁이.*

"6월 중순에 간 거 확실해요? 그리고 다른 두 친구도 같이 갔고요?"

"네. 6월 19일* 블록 파티 직후였거든요. 그리고 맞아요, 그 셋이 빌리의 머스탱을 타고 떠났어요. 톰은 더 이상 아무것도 남지 않을 때까지 친구들 단물을 쪽쪽 빨아먹는 녀석이에요. 두 친구가 정신을 차린 것 같아요. 단물 얘기가 나왔으니 말인데, 이거 한 잔 더 마셔도 될까요?"

"내가 계산할 테니까 가서 사 와요. 내 것도 같이."

"이번에도 아메리카노요?"

"네."

그가 커피를 들고 오자 홀리는 묻는다. "톰을 별로 좋아하지 않았나 봐요?"

"처음에는 좋아했죠. 어느 정도 매력이 있는 친구라. 그래서 얼마나 과분한 여자를 만났다고요. 근데 그 매력이 금세 사라져요. 싸구려 반지의 광택처럼."

"비유가 찰떡이네. 이제 컨디션 좀 괜찮아졌죠?"

"조금요." 홀스턴은 고개를 흔들어 보지만…… 세게는 아니다. "다시는 이렇게 마시지 않겠어요."

돌아오는 토요일까지는 그러겠지. 홀리는 생각한다.

"그나저나 무슨 일이에요? 톰을 찾는 이유가 뭐예요?"

홀리는 정황을 설명하되 엘런 크래슬로와 피터 스타인먼의 이야기는 뺀다. 랜디 홀스턴은 넋을 잃은 표정으로 열심히 듣는다. 그의 눈

---

* 텍사스주의 노예 해방 기념일.

에서 핏발이 사라지는 속도가 홀리의 호기심을 자극한다. 나이를 먹을수록 청춘의 회복력에 놀라워진다.

"보니, 맞아요. 그 여자친구 이름이 보니였어요. 실종됐죠?"

"맞아요. 아는 사이였나요?"

"오다가다 만난 게 다예요. 어느 파티에서. 그전에도 한두 번 만난 적 있을지 모르지만. 신년 파티였고 그 여자는 걸어 다니는 다이너마이트였어요." 홀스턴은 뜨거운 뭔가를 건드리기라도 한 것처럼 한 손을 흔든다. "톰이 데리고 왔는데, 우리 파티장은 보니랑 합이 잘 맞는다고 볼 수 없었죠. 무슨 뜻인지 아실지 모르겠지만."

"플라밍고를 좋아하지 않았나 봐요?"

"플라밍고는 얼마 전에 생긴 거예요. 그 파티 이후로 만난 적 없어요. 그 녀석과 헤어졌거든요. 보니하고 잠깐 대화도 나눴어요. 그냥 파티에서 나누는 시답잖은 대화요. 그런데 내 생각에는 그때 이미 결별 수순을 밟고 있었던 것 같아요. 아니면 그때 막 금이 가기 시작했든지. 나는 부엌에 있었거든요. 거기서 대화를 나눴어요. 시끄러웠는지 아니면 톰과 떨어져 있고 싶었는지 보니가 거기로 나왔어요. 톰은 거실에서 아마 약을 입수하려고 하고 있었을 거예요."

"보니가 뭐라고 하던가요?"

"기억 안 나요. 많이 취했었거든요. 하지만 톰이 그 여자한테 무슨 짓을 저질렀을지 모른다고 생각하는 거라면 접으세요. 톰은 들이받고 그러는 타입이 아니거든요. 다음 주 금요일까지 50달러만 빌려줄래 하는 타입이지."

"6월에 가서 죽 거기 있은 거 확실해요?" 홀리는 키샤에게 했던 말을 반복한다. "그냥 확실하게 정리하고 넘어가기 위해서 묻는 거예요."

"돌아왔다면 내가 그동안 보지 못했다는 건데, 그건 아닐 거라고 생각해요. 라스베이거스는 그 녀석에게 딱 맞는 곳이거든요."

"그 친구 연락처 알아요?"

그가 휴대전화에서 찾아서 보여 주자 홀리는 메모에 추가하지만 이미 톰 히긴스를 용의자 명단에서 제거하기 직전이고 어차피 그 이름은 명단의 상단에 적혀 있지도 않았다. 그녀에게 그런 명단이 있는 것도 아니지만.

"그 친구에게 전화하면 로봇이 번호를 다시 알려 주면서 메시지를 남겨 달라고 해요."

"전화를 걸러서 받는군요."

"톰 같은 인간들은 원래 그래요. 내 생각에는 빚을 진 것 같아요. 월세만 밀린 게 아니라."

"밀린 월세는 어느 정도예요?"

"두 달치요. 6월, 7월. 그러니까 500달러요."

홀리는 핸드백에서 명함을 꺼내 그에게 건넨다. "혹시 뭐든 생각나는 게 있으면, 파티에서 보니에게 들은 말이라든지, 그러면 연락 부탁할게요."

"어우, 글쎄요. 내가 완전 취했을 때라. 그 여자가 예뻤다는 것만 확실히 알겠어요. 아까도 얘기했던 것처럼 톰에게는 과분했다는 것만."

"알아요. 그래도 혹시 모르니까요."

"알겠어요." 명함을 청바지 뒷주머니에 넣는다. 홀리는 그걸 보며 다음번에 그 청바지를 빨면 명함은 주머니 안에서 곤죽이 되겠구나 생각한다. 랜디 홀스턴은 미소를 짓는다. 매력적인 미소다. "내가 생각하기에는 그 여자가 톰에게 싫증이 나기 시작했던 것 같아요. 그래서 헤어진 거죠."

홀리는 사방팔방으로 아무렇게나 뻗은 아파트로 그를 다시 데려다

준다. 그는 머리를 창밖으로 내밀지 않아도 될 만큼 괜찮아졌다. 그는 커피 잘 마셨다고 하고, 그녀는 뭐든 생각나는 게 있으면 연락해 달라고 다시 부탁하지만 그저 형식적인 절차다. 그녀는 홀스턴에게서 얻어 낼 수 있는 정보를 모두 얻어 냈다고 자신할 수 있다. 어쩌면 아무 데도 쓸모가 없을 연락처 말이다.

그래도 그녀는 이스트랜드로의 상점가로 돌아간다. 널널한 빈자리에 차를 대고 톰 히긴스의 번호로 전화한다. 라스베이거스는 여기보다 두 시간 빠르지만 뭐 그리 이른 아침은 아니다. 신호가 한 번 떨어지자마자 홀스턴이 경고한 그 로봇 음성이 흘러나온다. 홀리는 신분을 밝힌 다음 보니 달이 실종됐다고 알리고 톰에게 (히긴스 씨라고 불러 가며) 전화 부탁한다고 메시지를 남긴다. 그런 다음 집에 가서 다시 샤워하고 1달러 숍에서 산 속옷은 세탁기에 넣는다.

세탁기가 돌아가는 동안 트위터에 접속해 크래슬로라는 이름을 검색창에 입력한다. 난생처음 듣는 이름이라 검색 결과가 많지 않을 거라고 짐작했는데, 과연 열두 개밖에 되지 않는다. 두 명의 크래슬로는 트위터 섬네일 사진이 흑인이고 한 명은 남자, 한 명은 여자다. 다시 두 명은 백인이고 둘 다 여자다. 나머지 여덟 명은 기본 이미지이거나 만화 캐릭터다.

홀리는 일을 할 때 페이스북, 인스타그램, 트위터를 일상적으로 활용한다. 빌에게 배운 건 아니다. 그는 구식이었다. 그녀는 SNS에서 쓰는 여러 개의 닉네임 중 하나로 열두 명의 크래슬로에게 간단한 트위터 메시지를 보낼 수도 있다. *조지아주 빕 카운티 출신의 엘런 크래슬로에 대한 정보를 찾고 있어요. 혹시 그 사람을 아신다면 답장 부*

탁드릴게요. 그녀가 관련 정보를 찾으려 하는 엘런 크래슬로에게는 트위터 계정이 없을지라도 열두 명의 크래슬로 중에 친척이 있어서 메시지를 전달할 가능성이 크다. 식은 죽 먹기다. 전에도 실종된 사람(대부분 보석금을 내고 튄 피고인)들이나 잃어버린 반려동물을 찾을 때 종종 썼던 방법이다. 지금도 그 방법을 쓰면 안 될 이유가 없지만 그녀는 컴퓨터에 뜬 명단을 보고 미간을 찌푸리며 머뭇거리고 있다.

왜 망설여지는 걸까?

딱히 떠오르는 확실한 이유는 없지만 그러지 말아야 할 것 같은 예감이 든다. 논리적으로 따지면 이것이 수사의 다음 단계가 되어야 하지만 그녀는 일단 보류하기로 한다. 제트마트로 가서 보니의 탄산음료를 계산한 점원과 대화를 나누며 고민해도 된다.

막 나서려는데 전화벨이 울린다. 홀리는 새로운 소식이 없느냐고 물으려는 페니이거나 라스베이거스에 갔다는 톰 히긴스의 전화이겠거니 생각한다. 그런데 제롬이고 흥분한 목소리다.

"누군가가 보니를 그 밴에 태워 갔다고 생각하는 거죠, 홀리? 맞죠?"

"그럴 수도 있겠다 싶어서. 뭐 알아낸 거 있어?"

"자동차 사이트를 엄청 여러 군데 뒤졌는데 도요타 시에나일 수 있을 것 같아요. *아마도*. 감시 카메라 렌즈가 너무 더럽고……"

"그러게."

"……아래 절반밖에 보이지 않지만 쉐보레 익스프레스는 아니에요. 그건 확실해요. 포드일 수도 있지만 이게 파이널 제퍼디 문제라면 시에나라고 답을 적겠어요."

"그래, 고마워." 딱히 도움이 되는 건 아니다.

"뭔가 요상한 게 있었는데."

"그래? 뭔데?"

"그걸 모르겠어요. 열댓 번 봤는데도 여전히 모르겠어요."

"줄무늬? 아래쪽에 파란색으로 줄무늬가 그려진 거?"

"아뇨, 그건 아니에요. 줄무늬가 있는 밴 많아요. 다른 거예요."

"생각나면 알려 줘."

"번호판이 찍혔으면 좋았을 텐데."

"그러게. 그랬더라면 좋았을 텐데, 그치?"

"홀리?"

"응, 듣고 있어." 그녀는 이제 엘리베이터를 향해 가고 있다.

"내가 보기에는 연쇄 범죄인 것 같아요. 확실해요."

주차장에서 나오려는데 전화벨이 다시 울린다. 화면에 **발신자 정보 없음**이라고 뜬다. 홀리는 차를 세우고 전화를 받는다. 정보 없는 발신자가 끝내주는 톰일 거라고 자신한다.

"여보세요, 홀리 기브니입니다. 용건을 말씀해 주세요."

"톰 히긴스입니다." 뒤에서 삑삑거리는 전자음과 땡그랑거리는 종소리가 들린다. 카지노 소음이다. 톰 히긴스가 라스베이거스에서 떠났을지 모른다는 의심이 모두 사라진다. "보니가 실종됐다는 게 무슨 소리인지 알고 싶어서 전화했어요."

"잠깐만요. 주차를 할게요." 홀리는 빈자리에 차를 댄다. 그녀는 정말 어쩔 수 없을 때 말고는 운전 중에 절대 통화하지 않고, 그 원칙을 지키지 않는 사람은 모두 바보라고 생각한다. 불법인 건 둘째 치고 위험하지 않은가.

"보니가 어디로 갔는데요?"

홀리는 '실종'이라는 단어의 뜻을 모르느냐고 반문할까 하다가 보니의 어머니가 그녀에게 수사를 맡겼고 지금까지 어떤 정보를 입수했는지 알려 준다. 입수한 정보가 많지는 않지만. 그녀의 설명이 끝나자 한참 동안 정적이 흐른다. 그녀는 그가 전화를 끊지 않았는지 확인할 필요가 없다. 삑삑거리는 전자음이 계속 들린다.

한참 만에 그가 말한다. "흠."

할 말이 그것뿐이야? 홀리는 생각한다.

"보니가 갔음직한 곳을 아세요, 히긴스 씨?"

"아뇨. 지난겨울에 내가 찼거든요. 자기 혼자서 장기적인 관계를 꿈꾸고 있더라고요. 여자들이 더러 그러잖아요. 그런데 나는 이미 이번 여행을 계획한 뒤라서."

내가 듣기로는 정반대였다고 하던데. 홀리는 이 말을 하지는 않는다.

"보니가 아무한테도 얘기하지 않고 떠났을 수도 있다고 생각해요?"

"얘기를 듣자 하니 모두에게 알린 모양인데요. 쪽지를 남겼다면서요."

"맞아요. 하지만 충동적으로 그랬을 수도 있을까요? 아무라도 훔쳐 갈 수 있게 자전거까지 두고? 보니가 그 정도로 충동적인 성격이었어요?"

"가끔은요……." 이 조심스러운 대답은 그가 그녀가 듣고 싶어 할 거라고 생각하는 말을 골라서 하고 있다는 증거다.

"옷도 없이요? 지난 3주간 신용카드나 휴대전화도 쓴 적 없는데요?"

"그래서요? 자기 엄마가 지긋지긋해졌을 수도 있어요. 보니는 자기 엄마를 끔찍하게 싫어했어요."

키샤는 그렇지 않다고 했다. 키샤에 따르면 그 둘은 사이가 안 좋았지만 그래도 애정이 많이 남아 있었다고 했다. 이러니저러니 해도 페니가 딸의 사진으로 도배한 차를 몰고 다니고 있지 않은가.

"보니가 아무한테도 알리지 않고 떠났을 수도 있어요. 자기 엄마가 알면 캐나다 기마경찰이나 당신 같은 사람을 보낼 테니까요. 다시 끌고 가서 새로운 인생을 살게 하려고."

홀리는 화제를 바꾸기로 마음먹는다. "라스베이거스에서는 즐거운 시간을 보내고 계신가요, 히긴스 씨?"

"네, 좋네요." 조심스럽던 말투가 활기차게 바뀐다. "재미있는 도시예요."

"소리를 듣자 하니 카지노에 계신가 봐요."

"네, 비니언스요. 아직은 서빙 담당이지만 조금씩 승진하고 있어요. 그리고 팁이 아주 끝내줘요. 일 얘기가 나왔으니 말인데 휴식 시간이 이제 거의 끝나서요. 통화 즐거웠어요, 기브니 씨. 보니를 찾으시길 바란다고 해야겠지만 대왕 재수 마마에게 돈을 받고 일하고 있다니 그러지는 못하겠네요. 미안하지만요."

"마지막으로 하나만 더 말씀드려도 될까요?"

"짧게 끝내 주세요. 밥맛없는 상사가 손을 흔들고 있으니까."

"랜디 홀스턴과 이야기를 나누다가 들었는데요. 히긴스 씨가 월세 500달러를 떼어먹었다면서요?"

톰은 웃음을 터뜨린다. "그거 받을 생각은 하지도 말라 그래요."

"내가 받아 낼 생각이에요. 당신 근무처를 알고 있으니 변호사를 통해 그쪽 경영진에 연락해서 월급을 그 액수만큼 압류 신청할 수 있거든요." 정말로 그럴 수 있는지 잘 모르지만 얘기해 놓고 보니 그럴듯하다. 그녀는 항상 전화 통화를 할 때 더 기지가 번뜩이고 더 적극적인 성격이 된다.

이번에는 조심스럽지도 활기차지도 않은 말투다. 상처받은 말투다. "왜요? 당신, 랜디한테 돈 받고 일하는 것도 아니잖아요!"

"왜냐하면." 홀리는 제롬을 상대할 때 쓰는 새침한 말투를 동원한다. "당신이 좋은 사람 같아 보이지 않거든요. 여러 가지 이유에서."

빽빽거리는 소리만 들릴 뿐 정적이 흐르다가 잠시 후. "너도 마찬가지야, 재수 없는 년아."

"전화 끊을게요, 히긴스 씨. 좋은 하루 보내세요."

홀리는 레드뱅크로의 제트마트를 향해 도심을 가로지르는데 이상하게 행복하고 속이 후련하다. 그녀는 생각한다. *성질 못된 여자가 어느 술집에 들어가 마이타이를 주문하는데.*

알고 보니 만나고 싶었던 직원은 비번이지만 그래도 좋았던 기분에 흠집이 생기지 않는다. 어차피 예상했어야 하는 일이었다. 보니를 단골 대우할 정도로 연차가 오래된 점원이라면 일요일에 쉴 가능성이 크지 않은가. 그녀는 안타깝게도 외사시인 점원에게 누굴 찾는지 설명한다.

"에밀리오네요." 청년은 말한다. "에밀리오 헤레라. 내일 3시부터 11시까지 근무할 거예요. 이 쓰레기장이 11시에 문을 닫거든요."

"고마워요."

홀리는 대학으로 찾아가 벨프라이와 생명과학건물에서 지나가는 사람을 붙잡고 엘런 크래슬로를 아느냐고 물어볼까 고민하지만 허튼 짓이 될 것이다. 오늘은 그냥 한여름의 일요일이 아니라 코로나가 강타한 한여름의 일요일이다. 벨 인문과학대학은 무덤처럼 고요할 것이다. 집에 가서 발을 올려놓고 곰곰이 생각하는 편이 낫다. 그녀가 트위터에서 찾은 여러 명의 크래슬로에게 연락하길 주저하는 이유에 대해. 보안 카메라에 찍힌 밴에 어떤 의미가 있는지에 대해. 시가는 그냥 담배고 밴은 그냥 밴일 때도 있으니까. 그리고 그녀가 연쇄살인범의 흔적을 맞닥뜨렸는지 여부에 대해.

전화벨이 울린다. 피트 헌틀리다. 홀리는 아파트 건물 주차장 안으로 들어간 다음에서야 담배에 불을 붙이고 그에게 전화한다.

그가 말한다. "밴의 차종이 뭔지는 모르겠지만 요상한 구석이 있어요."

"그런데 뭔지 잘 모르겠죠?"

"맞아요. 그걸 어떻게 알았어요?"

"제롬도 같은 말을 했거든요. 제롬하고 통화해 보지 그래요? 둘이 대화를 나누다 보면 알게 될지도 모르잖아요."

홀리는 그날 밤에 잠을 이루지 못한다. 똑바로 누워서 깍지 낀 손을 가슴 사이에 얹고 어둠 속을 올려다본다. 훔쳐 달라고 사정하는 거나 다름없었던 보니의 자전거를 생각한다. 친구들 사이에서 스팅키라고 불렸던 피터 스타인먼을 생각한다. 내버려졌다가 어머니 곁으로 돌아온 스케이트보드. 보니의 자전거도 그 어머니가 가지고 있을까? 당연히 그럴 것이다. 그 둘이 사이가 안 좋았지만 그래도 애정이 많이 남아 있었다고 했던 키샤를 생각한다. 그리고 엘런 크래슬로를 생각한다. 잠이 오지 않는 이유가 그 때문이다.

그녀는 일어나 컴퓨터를 켜고 트위터를 띄운다. '로런바콜팬'이라는 가장 좋아하는 닉네임으로 접속해 열두 명의 크래슬로에게 메시지를 보내 조지아주 빕 카운티 출신인 엘런 크래슬로를 혹시 아느냐고 묻는다. 각 메시지마다 크래슬로의 마지막 트윗을 첨부한다. 프라이버시가 보장되지 않는 일이지만 뭐 어떤가. 열두 명 모두 팔로어가 열 명 남짓한 수준이다. 이 일을 마쳤을 때 그녀는 다시 침대에 가서 눕는다. 왠지 모르겠지만 판단을 잘못한 것 같다는 생각에 다시 한동안 뜬눈으로 시간을 보내지만 어떻게 그럴 수 있을까? 메시지를 보내지 않는다면 그것이 판단 착오일 것이다. 그렇지 않은가.

그렇다.

마침내 그녀는 까무룩 잠이 든다. 그리고 어머니가 나오는 꿈을 꾼다.

2021년 2월 15일 ~ 3월 27일

바바라와 올리비아 킹즈버리는 매주 만나기 시작한다. 흰색 셔츠와 옅은 황갈색 바지가 몇 벌인지 모르겠는 마리 뒤샹이 항상 차를 들고 온다. 쿠키도 항상 곁들여진다. 어떨 때는 생강 쿠키, 어떨 때는 길쭉한 쇼트브레드, 어떨 때는 초코칩 쿠키지만 대개는 오레오다. 올리비아 킹즈버리는 오레오를 매우 좋아한다. 매일 9시가 되면 마리가 거실 입구에 등장해 시간이 다 됐다고 알린다. 바바라는 백팩을 짊어지고 학교로 간다. 집에서 줌으로 수업을 들을 수도 있지만 도서관을 써도 된다고 허락을 받았다. 학교 도서관이 집중이 더 잘 된다.

3월 중순부터 그녀는 올리비아의 뺨에 입을 맞추고 그 집에서 나온다.

바바라의 부모님도 일종의 스페셜 프로젝트가 진행 중이라는 걸 알지만 학교에서 하는 건 줄 안다. 제롬은 학교에서 하는 게 아니라는 걸 알지만 캐묻지 않는다. 바버라는 올리비아와 정기적으로 만나고 있다고 가족에게 몇 번 털어놓을 뻔한다. 그러지 않은 가장 큰 이유는 증조할아버지를 주인공으로 책을 써서 출간하겠다는 *제롬의* 스페셜 프로젝트 때문이다. 그녀는 오빠를 따라 하거나 오빠만큼 성공하려고 안간힘을 쓰는 것처럼 보이고 싶지 않다. 그리고 이건 *시*다. 탄탄한 자료를 바탕으로 대공황시대 시카고를 주름잡은 흑인 조직폭력배의 활약상을 담은 오빠의 역사서와 비교하면 허세처럼 느껴진다. 게다가 이건 그녀만의 것이다. 10대 초에 써 놓고 열일곱 살에 (참을 수 있는 데까지) 읽다 말고 집에 아무도 없었을 때 태워 버린 일기처럼 그녀만의 비밀이다.

만나러 갈 때마다, *세미나*에 참석할 때마다 그녀는 새로 쓴 시를 한 편씩 들고 간다. 올리비아의 요구 사항이다. 바버라가 새로 쓴 시가 함량 미달이거나 미완성이라고 말해도 노시인은 됐다는 듯이 손을 흔든다. 상관없다고 한다. 중요한 건 수로를 계속 열어 놓고 말이 흐르도록 하는 거라고 한다. "그러지 않으면 수로가 토사로 막혀서 말라 버릴 수 있거든."

그들은 시를 큰 소리로 낭송한다. 아니, 바버라가 낭송한다고 해야겠다. 시는 올리비아가 고르지만 남은 목소리를 아껴야 된다고 한다. 그들은 디키, 레트키, 플라스, 무어, 비숍, 카, 엘리엇, 심지어 오그던 내시의 작품까지 낭송한다. 하루는 올리비아가 베이철 린지의 「콩고」를 읽어 달라고 한다. 바버라의 낭송이 끝나자 올리비아는 그 시가 인종차별적으로 느껴지느냐고 묻는다.

바버라는 웃음을 터뜨린다. "그럼요. 엄청 인종차별적이죠. '뚱뚱한 흑인들이 포도주통 창고에서 껑충거리는데'라니. 지금 장난하세요?"

"그래서 마음에 안 든다?"

"아뇨. 엄청 좋아하는 시예요." 그녀는 이렇게 말하고 다시 웃음을 터뜨리는데, 놀라서 터뜨리는 웃음이기도 하다.

"어째서?"

"리듬이요. 꼭 발을 구르는 것 같거든요! 쿵쾅, 쿵쾅, 쿵쾅, 쿵. 머릿속에서 계속 맴도는 중독성 강한 노래 같아요."

"시는 인종을 초월할까?"

"그럼요!"

"인종주의도 초월할까?"

이건 바버라 역시 고민해야 하는 문제다. 차를 마시며 쿠키를 먹는 이 집 거실에서는 항상 고민을 해야 한다. 하지만 오히려 그래서 신이 난다. 희열에 가까운 감정이 느껴진다. 쭈글쭈글한 얼굴을 하고 눈빛을 이글거리는 이 노파와 함께 있을 때만큼 살아 있음을 느낀 적이 없다.

"아뇨."

"아하."

"하지만 제가 말릭 더튼을 주제로 이런 시를 쓸 수 있다면 인종주의를 완벽하게 초월할 수 있겠죠. 거기서는 쿵쾅, 쿵이 총소리가 되겠지만요. 말릭 더튼이 누구인가 하면……"

"누구인지 나도 알아." 올리비아는 텔레비전을 가리킨다. "그럼 그런 시를 써 보지 그래?"

"아직 준비가 덜 됐어요."

올리비아는 바버라의 시를 읽으면 마리에게 전부 옮겨 적게 하고, 다음에 바버라가 찾아오면 항상은 아니고 가끔 단어를 바꾸거나 다른 단어를 생각해 보라고 한다. 그녀가 하는 말은 언제나 둘 중 하나다. "이 시를 쓰는 동안 딴 데 정신 팔고 있었어." 아니면 "여기에서는 작가가 아니라 청중이었어." 한번은 바바라에게 자기가 쓴 시를 보고 감탄해도 되는 때는 딱 한 번, 그걸 쓰는 동안이라고 말한 적도 있다. "그 후에는 가차 없어야 해, 바바라."

올리비아는 시와 시인을 주제로 대화를 나누다 시간이 남으면 바바라의 사는 이야기를 듣고 싶어 한다. 바바라는 아버지가 UMC라고 줄여 부르곤 하는 중상류층(Upper Middle Class)으로 살아온 인생과 가끔 대접을 잘 받으면 당황스러운 것과 가끔 없는 사람 취급당하면 민망한 동시에 화가 나는 것에 대해 이야기한다. 피부색 때문이라고 생각하지는 않는다. 그래서가 아니라는 건 안다. 그녀가 가게에 들어갈 때마다 뭘 슬쩍하지는 않는지 직원이 예의 주시하는 걸 아는 것처럼. 랩과 힙합을 좋아하지만 '내 깜둥이 친구'라는 가사를 들으면 불편해진다. 그러면 안 된다고 생각하고 심지어 그 곡을 부른 YG를 좋아하는데도 어쩔 수가 없다. 이런 단어를 들으면 자기가 아니라 백인들이 불편함을 느껴야 한다고 생각하는데도 그렇다.

"그걸 이야기해. 보여 줘."

"어떻게 하면 될지 모르겠어요."

"방법을 찾아. 이미지를 찾아. 관념이 아니라 실체 안에서. 하지만 진정한 실체라야 해. 네 눈과 마음과 정신이 하나로 조화를 이룰 때 마주치는."

바바라 로빈슨은 이제 겨우 투표권이 생겼을 만큼 어린 나이지만 끔찍한 일들을 겪었다. 짧은 기간 동안 자살 충동에 시달린 적도 있다. 작년 여름에 엘리베이터 안에서 체트 온도스키로 인해 겪은 일은 최악이었다. 그로 인해 현실이라는 개념이 망가졌다. 그녀는 믿기지 않을 만큼 황당한 사건들이긴 해도 얼마든지 전부 공개할 생각이 있지만, 이야기를 꺼내려고 할 때마다(예를 들면 로타운에서 달려오는 트럭 앞으로 몸을 던질 뻔했던 것) 올리비아가 차를 세우는 경찰처럼 손을 들고 고개를 젓는다. 홀리에 대해서는 이야기할 수 있지만, 밍고 대강당에 콘서트를 보러 갔다가 하마터면 폭탄 테러를 당할 뻔했을 때 홀리가 어떤 식으로 그녀의 목숨을 구해 주었는지 설명하려고 하면 그 손이 다시 올라온다. *그만.*

"우리의 주제는 정신과 상담도 심리 치료도 아니야. *시야*, 꼬마 아가씨. 끔찍한 사건들을 겪기 전부터 너에게는 재능이 있었고 네 오빠처럼 순정 부품이 갖추어져 있었지만 재능은 꺼진 엔진이야. 해결되지 않은 모든 경험, 아니 해결되지 않은 모든 *트라우마*가 그 엔진의 연료지. 모든 갈등, 모든 수수께끼, 마음에 들지 않는 정도가 아니라 혐오스러운 네 성격의 모든 깊숙한 부분이."

올리비아는 한 손을 들어 주먹을 쥔다. 통증이 따른다는 게 바버라의 눈에 보이지만 그래도 그녀는 얇은 손바닥 살갗 속으로 손톱이 파고들도록 세게 주먹을 쥔다.

"쥐고 있어. *끝까지* 쥐고 있어. 그건 네 보물이야. 그게 소진되면 황홀했던 기억을 의지해야 하지만, 소진되지 않는 동안에는 쥐고 있어. 활용도 하고."

그녀는 바버라가 새로 써서 들고 오는 시가 훌륭한지 형편없는지는 얘기하지 않는다. 그때는.

대개는 이야기를 하는 쪽이 바버라지만 가끔 올리비아가 "사라진 세상"이라고 칭하며 1950년대와 1960년대의 문학계를 흥겨움과 우수를 섞어서 회상할 때도 있다. 그녀가 만난 시인, 알고 지낸 지인, 사랑했던 시인, 잠자리를 같이했던 시인들(퓰리처상을 수상한 소설가도 최소 한 명 있었다.)에 대해서. 손자를 잃은 고통과 그것만큼은 글로 쓸 수 없는 것에 대해서도 이야기한다. "목에 돌이 걸린 느낌"이라며. 오랫동안 학생들을 가르쳤던 것도 이야기하는데, 그 시간의 대부분을 "언덕 위", 그러니까 벨 대학에서 보냈다.

3월의 어느 날, 올리비아가 샤론 올즈가 6주 동안 상주 작가로 있었던 기간을 이야기하며 얼마나 근사했는지 모른다고 하자 바버라는 시가 창작 워크숍에 대해 묻는다. "전에는 소설과 시 양쪽 모두 워크숍 프로그램이 있지 않았어요? 아이오와 대학교처럼?"

"그랬지." 맛이 고약한 뭔가를 먹기라도 한 듯 올리비아의 입이 쭈글쭈글한 주름 안으로 접혀 들어간다.

"지원자가 많지 않아서 없어진 거예요?"

"지원자는 충분했어. 물론 소설 워크숍만큼 많지는 않았고 항상 적자이긴 했지만 소설 워크숍이 돈이 되니까 둘을 합하면 손해는 보지 않았지." 입가의 주름이 더 깊어진다. "그 워크숍을 없애자고 제안한 사람이 에밀리 해리스였어. 그걸 없애면 좀 더 유명한 소설가를 초빙할 수 있을 뿐 아니라 상당한 금액을 영문학과의 전체 예산에 보탤 수 있다면서. 반발하는 사람들이 있었지만 에밀리의 입장이 관철됐지. 그 사람은 그 당시에 이미 명예교수였는데도."

"안타깝네요."

"맞아. 나는 벨 대학 시가 창작 워크숍의 권위는 허투루 볼 게 아니라고 했고, 내가 마음에 들어 했던 호르헤라는 친구도 우리의 책무라고 볼 수 있다고 했는데. '전통을 다음 세대에 이어 주어야 한다.'면서. 그 말을 듣고 에밀리는 웃었어. 그런 때 짓는 특유의 미소가 있거든. 이를 보이지 않고 짓는 어렴풋하지만 면도날처럼 예리한 미소. 그러고는 이렇게 말했지. '우리의 책무는 시인 지망생 몇 명에 국한되지 않아요, 나의 벗님.' 나의 벗님은 무슨. 에밀리는 호르헤를 마뜩잖게 여겼고 그 친구가 몰래 떠났을 때 기뻐했을 거야. 그 친구가 그 회의에 참석한 것조차 불쾌하게 여겼을지 몰라." 올리비아는 말을 하다 말고 잠깐 멈춘다. "사실 내가 초대한 거였는데."

"호르헤가 누구예요? 벨 대학 교수님이었어요?"

"호르헤 카스트로. 2010년에서 2011년까지 그리고 2012년 일부 기간 동안 소설 상주 작가로 있었어. 그러다 내가 아까 얘기했던 것처럼 몰래 떠났고."

"『잊힌 도시』를 쓴 작가 아니에요? 여름방학 독서 목록에 그 작품이 있는데." 바버라가 그 소설을 읽어야 하는 건 아니다. 그녀의 고등학교 생활은 6월이면 끝이 난다.

"맞아. 수작이지. 그 사람이 쓴 소설이 세 권 다 훌륭하지만 그게 대표작일 거야. 시의 미덕을 적극적으로 옹호하던 친구인데, 결정할 시점이 되었을 때 투표권을 행사할 수가 없었지. 벨 대학 교수진이 아니라서."

"몰래 떠났다니 그게 무슨 말씀이세요?"

"희한한 일이 있었어. 슬프고 영문을 알 수가 없는. 호르헤가 시를 쓴 적 있다 한들 나는 본 적이 없으니 네가 이 집을 찾아오는 이유와 상관없는 이야기지만, 궁금하다면 들려주마."

"궁금해요."

바로 그때 마리가 들어와 올리비아와 바버라에게 시간이 다 됐다고 알린다. 노시인은 손을 들어 됐다는 신호를 보낸다. "5분만."

그러고는 바버라에게 2012년 10월에 벌어진 호르헤 카스트로의 이상한 실종 사건에 대해 들려준다.

3월의 마지막 토요일에 바버라가 거실에 웅크리고 앉아 호르헤 카스트로의 『잊힌 도시』를 읽고 있을 때 전화벨이 울린다. 올리비아 킹즈버리다. "바버라, 너에게 사과할 일이 생긴 것 같다. 아무래도 내가 실수를 한 것 같거든. 네게 결정권을 줄게. 집으로 와서 나를 만나 주겠니?"

2021년 7월 26일(1)

홀리는 뜨는 해와 함께 침대에서 일어난다. 오트밀과 과일을 먹은 다음 컴퓨터 앞으로 가서 트위터에 접속한다. 크래슬로에 대해 문의한 쪽지에 답장이 하나 도착해 있다. (이글스 팬, MAGA 팬, 나이액의 전사!라는) 엘머 크래슬로가 보낸 것이고 조지아주 빕 카운티 출신인 엘런 크래슬로는 들어 본 적 없다고 한다. 홀리는 크게 실망하지 않는다. 아직 열한 번의 기회가 남아 있다. 야구에서는 스트라이크 세 번이면 아웃인데.

머리가 제일 잘 돌아가는 아침 산책을 하려고 운동화를 신는데 전화가 따르릉 울린다. 제롬이고 흥분한 목소리다. 마스크를 쓰고 있어서 살짝 웅얼거리며 우버 택시를 타고 공항으로 가는 중이라고 한다. 목적지는 뉴욕이다.

홀리는 화들짝 놀란다. "*비행기*를 타고?"

"1600킬로미터를 이동하려면 대개 비행기를 타죠." 그는 이렇게 말하고 웃음을 터뜨린다. "걱정 마요, 홀리베리. 백신 접종 확인서 챙겼고 비행기 타고 가는 내내 마스크 쓸게요. 사실 지금도 쓰고 있어요, 아마 느꼈겠지만."

"뉴욕은 어쩐 일로?" 하지만 그녀는 당연히 답을 알고 있다. "책 때문이구나!"

"어젯밤에 담당 편집자가 전화를 했더라고요. 계약서를 우편으로 받겠느냐고 아니면 오늘 만나서 사인하고 10만 달러짜리 수표를 수령하겠느냐고. 대개는 그렇게 하지 않지만 이번에는 특별히 그래도 된다는 허락을 받았대요. 미쳤죠, 그죠?"

"미쳤고 끝내준다. 병에 걸리지만 않으면 좋겠는데."

"통계에 따르면 뉴욕이 우리 도시보다 더 안전하대요. 출판사 담당자와 점심을 먹는 게 일종의 전통이라는데 가서 아쉽게도 점심은 못 먹겠지만, 오후에 같이 햄버거랑 맥주는 먹을 수 있대요. 에이전트도 올 거래요. 에이전트하고도 줌으로 만난 게 전부인데, 이것도 미쳤어요. 담당 편집자 말로는 예전 같으면 포시즌스에 갔을 텐데 요즘은 블라니스톤이 최선이래요. 나는 그 정도로도 만족이에요."

제롬은 횡설수설하고 있지만 그래도 홀리는 상관없다. 승객 중에 코로나 환자가 있을지도 모르는데 공기가 재순환되는 비행기를 타고 멀리 간다니 신경이 쓰이긴 하지만 행복해서 어쩔 줄 몰라 하니 덩달아 기뻐할 수밖에 없다. 그녀는 생각한다. *코로나가 강타한 한여름에 즉흥적인 뉴욕행이라니. 젊음이 좋구나. 오늘은 제롬이라서 좋고.*

"재미있는 시간 보내고 와. 뭘 하든 수표 잘 챙기고."

"그건 에이전트가 알아서 처리해 줄 거예요. 우와, 정말 멀다! 터미널에 거의 도착했어요, 홀리베리."

"여행 잘하고 식당에 가거든 꼭 야외에……"

"알겠어요, 엄마. 전화한 김에 하나 더요. 디어필드 공원과 그 일대 지도를 출력해서 보니와 피트 스타인먼이 마지막으로 목격된 지점을 빨간색으로 표시했거든요. 엘런 크래슬로의 경우에는 어딘지 모르지만 대학에서 근무했다고 하니 학생회관에 표시했고요. 보고 싶으시면 바바라한테 가져다 달라고 하세요. 내 책상 위에 두고 왔어요."

"나도 위치 알아." 홀리는 조금 까칠하게 말한다. *내가 어제 하늘에서 뚝 떨어진 줄 아느냐*고 하는 헨리 삼촌의 목소리가 들리는 듯하다.

"그렇죠. 하지만 지도에 표시해 놓고 보니까 섬뜩하더라고요. 실종자가 더 없는지 알아보세요. 다 왔다. 이제 그만 끊을게요."

"언제 와?"

"2, 3일 있다가 올 수도 있고 내일 올 수도 있어요."

"브로드웨이 뮤지컬은 다 공연이 중단……"

"끊어요, 홀리베리." 이 말을 끝으로 그는 펑 하고 사라진다.

"그렇게 부르는 거 싫다니까." 하지만 그녀는 웃고 있다. 사실은 싫지가 않고 제롬도 그걸 안다.

홀리가 걷고 있을 때 다시 전화벨이 울린다. "이 구역의 최고 멋쟁이가 누구게요?" 피트 헌틀리가 묻는다.

"당신은 아니긴 한데, 목소리가 좋네요. 환자 같지도 않고."

"코로나의 무덤에서 새사람으로 부활했거든요." 그는 이렇게 얘기해 놓고 기침 발작으로 분위기를 망친다. "아직 완벽하지는 않지만. 당신이 부탁한 아가씨 찾았어요, 홀리."

그녀는 걸음을 멈춘다. "엘런 크래슬로를 찾았다고요?"

"음, 그 아가씨는 아니고 LKA요." 마지막 주소지(Last known address)를 말하는 거다. "그리고 사진도. 사진은 바로 보내 줄게요. 근무 시간이 시작되자마자 벨 대학 인사과에 전화를 했다는 거 아닙니까. 나 잘했죠?"

"아주 잘했어요. 주소지가 어디예요?"

"MLK 대로 11114번지. 로타운에 대롱대롱 매달려 있는 맨 끝자락이에요."

"고마워요, 피터."

"뭘요, 내 일인걸요." 이제 말투가 진지해진다. "서로 연관이 있다고 보는 거죠? 달, 크래슬로 그리고 제롬이 쫓고 있었던 아이가?"

"그럴 수도 있다고 봐요."

"이사벨한테는 얘기하지 않을 거죠?"

"아직은요."

"잘 생각했어요. 계속 조사해 봐요, 홀리. 나도 여기서 할 수 있는 일을 할 테니까. 일종의 격리 상태로."

"알겠어요."

"당신이 셜록이면 내가 마이크로프트 홈즈가 될게요. 어머님 일은 어쩌고 있어요?"

"많이 익숙해졌어요." 홀리는 그렇게 대답하고 전화를 끊는다.

5초 뒤에 알림음과 함께 피트의 문자가 도착한다. 그녀는 아파트로 돌아갈 때까지 기다린다. 화면이 큰 아이패드로 보고 싶기 때문이다. 그가 보낸 사진은 엘런 크래슬로의 벨 대학 교직원증인데, 만료 기한이 10월이라 아직 유효한 신분증이다. 사진 속 여자는 검은 머리가 정수리를 덮은 흑인이다. 웃지도 않고 인상을 쓰지도 않고 아무 감정 없는 평온한 표정으로 카메라를 응시하고 있다. 미인이다. 20대 후반 아니면 30대 초반으로 보이니 키샤에게 들은 이야기와 일치한다. 이름 아래에 **벨 인문과학대학 관리직**이라고 적혀 있다.

"어디 있어요, 엘런?" 홀리는 그렇게 중얼거리지만 지금 드는 생각은 이거다. *누가 당신을 끌고 갔어요?*

30분 뒤에 그녀는 마틴 루서 킹 대로를 따라 천천히 달리고 있다. 상점, 교회, 술집, 편의점, 식당을 지났다. 피트의 표현에 따르면 그 주소지가 로타운에 대롱대롱 매달려 있는 맨 끝자락이라고 했다. 그렇다면 이 도시에 대롱대롱 매달려 있는 맨 끝자락이라는 뜻도 된다. 조만간 이 길이 '루트27'로 바뀔 것이다. 젖소들이 풀을 뜯고 있는 벌판과 목초를 저장하는 사일로 두어 개가 저 앞에 등장한다. 내비게이션에서는 제대로 가고 있다지만 피트가 주소를 잘못 알려 준 게 아닐까 하는 생각이 들 무렵, 엘름 그로브 트레일러 주차장이 등장한다. 말뚝 울타리가 주차장을 빙 둘렀다. 트레일러하우스들은 깔끔하고 관리가 잘 되어 있다. 다양한 파스텔 색상이고 각 트레일러하우스마다 앞에 손바닥만 한 잔디밭이 있다. 화단도 많다. 아스팔트 길이 트레일러하우스 사이로 구불구불 이어진다. 내비게이션에서는 목적지에 도착했다고 한다.

이 길 초입에 11104에서부터 11126까지 숫자가 적힌 우편함이 옹기종기 모여 있다. 홀리는 차를 몰고 천천히 주차장 안으로 들어가다가 수영복을 입은 두 아이가 길 위로 튄 비치볼을 집으러 나오자 차를 멈춘다. 한 명은 백인이고 한 명은 흑인인데, 홀리 쪽을 거의 쳐다보지도 않는다. 그녀는 브레이크에서 발을 뗐다가 조그맣고 노란 개가 아이들을 따라서 뛰쳐나오자 다시 밟는다. 덧문 안쪽에 버락 오바

마 사진을 붙여 놓은 하늘색 트레일러하우스 앞에서 햇빛 차단용 모자를 쓴 여자가 양철통으로 꽃에 물을 주고 있다.

주차장 정중앙에 문 위에 **사무실** 팻말이 걸린 초록색 건물이 있다. 그 옆의 또 다른 초록색 건물에는 **세탁실** 팻말이 걸려 있다. 머리에 두건을 두른 여자가 플라스틱 빨래 바구니를 들고 안으로 들어간다. 홀리는 차를 주차하고 마스크를 쓰고 사무실로 들어간다. 안내데스크 위에 놓인 명패에 **관리인 스텔라 레이시**라고 적혀 있다. 안내데스크 뒤편에서 체격이 튼실한 여자가 컴퓨터로 솔리테어 게임을 하고 있다가 홀리를 흘끗 쳐다보고는 말한다. "빈자리 있나 알아보러 온 거면 미안하지만 만차예요."

"말씀 감사하지만 그건 아니에요. 제 이름은 홀리 기브니이고 사설탐정인데, 어떤 여자분을 찾고 있어요."

*사설탐정*이라는 단어에 스텔라 레이시의 관심이 게임에서 홀리에게로 옮아 간다.

"그래요? 누구요? 그 여자가 무슨 짓을 저질렀게요?"

"제가 알기로는 아무 짓도 안 저질렀어요. 이 여자분 아시나요?"

홀리는 휴대전화를 내민다. 레이시는 전화기를 받아서 얼굴 가까이 댄다. "그럼요. 엘런 캐슬로잖아요!"

"크래슬로요. 이 여자분이 정확히 언제 떠났는지 기억하세요?"

"그건 왜요?"

"어디로 갔는지 알고 싶어서요. 대학교에서 일했죠? 벨 대학."

"나도 벨 대학 알아요." 레이시는 조금 씩씩대는 투로 대꾸한다. 자기가 바보인 줄 아느냐는 거다. "아마 거기 청소부였을 거예요."

"관리인이요, 맞아요. 레이시 씨, 저는 다만 이분이 무사한지 확인하고 싶을 뿐이에요."

레이시의 분노가 사라진다. 실제로 화가 난 게 아니라 홀리의 상상이었을 수도 있지만. "좋아요, 알겠어요. 어느 트레일러하우스에서 살았는지 알아요?"

"11114호라고 들었어요."

"맞아요, 맞아요. 세탁실 뒤편 어린이 풀장 옆. 내가 확인해 볼게요." 솔리테어 게임이 사라지고 대신 스프레드시트가 등장한다. 레이시는 스크롤을 내리고 화면을 들여다보다가 안경을 쓰고 다시 스크롤을 내린다. "여기 있네요. 엘런 크래슬로. 6개월 단위로 계약했고 2018년 7월부터 12월까지 사용료를 결제했는데 어느 날 갑자기 사라졌어요."

그녀는 홀리를 돌아보며 안경을 홱 벗는다.

"이제 기억이 나네요. 남편 필이 2019년 1월까지 그 트레일러하우스를 비워 뒀거든요. 엘런이 워낙 훌륭한 이용객이었어서. 소리를 지르지도 누구랑 싸우지도 음악을 시끄럽게 틀어 놓지도 새벽 2시에 경찰이 출동할 일을 만들지도 않았어요. 우리는 그런 이용객을 선호하고, 그런 이용객하고만 장기 계약을 해요."

"그렇겠죠."

"여기에는 오래전부터 살았던 사람들도 있어요, 기블리 씨. 컬런 부부만 해도 20년쯤 됐죠. 우리는, 그러니까 필하고 나는 나이 많은 분들을 좋아해요. 엘런은 20대였지만 조용한 성격이라고 하길래 한번 믿어 봤거든요? 과연 그렇더라고요." 그녀는 고개를 젓는다. "그 집은 한 달 치 월세를 날렸어요. 그냥 비워 놓느라. 필이 엘런을 좋아했던 것 같아요. 예순 살이 아니라 서른 살이었대도 진도는 전혀 못 나갔겠지만. 내가 보기에 엘런은 남자를 좋아하는 쪽이 아닌 것 같았거든요. 그게 무슨 뜻인지 아실지 모르겠지만."

"네, 알아요." 키샤의 느낌과도 일치한다.

"진짜 실종됐어요? 그냥 여길 뜬 게 아니라?"

홀리는 고개를 끄덕인다. "2018년 추수감사절 즈음부터요."

"그런데 이제 와서 그녀를 찾으러 나섰다고요? 왜 내가 놀라는 걸까요? 상대가 흑인인 경우에는 원래 그런 식인데."

"사실 실종 신고를 한 사람이 없었어요. 어쩌면 실종된 게 아닐 수도 있고요. 조지아 출신이라 고향으로 돌아갔을 수도 있어요. 친척을 찾아보려고 하고 있지만 사실 이제 시작 단계예요."

"뭐, 그럼 응원할게요. 그나저나 그렇게 마스크 쓰고 다닐 필요 없어요. 코로나는 그냥 대사기극이니까."

"엘런의 소지품은 어떻게 됐는지 아세요?"

"그러게요, 모르겠네요. 트레일러하우스에 가구는 비치돼 있지만 개인 소지품이 있었을 텐데, 그죠?"

"그렇죠." 홀리는 맞장구친다.

"필이 애크런에 가서 다음 주에 오거든요. 트레일러하우스 박람회 구경하느라. 하지만 엘런이 뭘 많이 두고 갔다면 나한테 얘기했을 거예요. 늘 그러니까. 기비 씨, 우리 손님들이 훌륭하지만 가끔……." 그녀는 손을 들어 집게와 가운뎃손가락으로 종종걸음치는 흉내를 낸다. "그래서 두고 간 소지품이 있으면 제일침례교회나 굿윌 상점에 기증해요. 쓸 만한 물건이면요."

"엘런이 여기서 얼마나 살았나요?"

레이시는 안경을 쓰고 다른 스프레드시트를 띄운다. "2016년 3월에 왔으니까 2년 반? 그러게요, 소지품이 있었겠네요. 내가 필한테 전화해서 물어볼까요? 두고 간 게 많았으면 나한테 얘기했을 게 분명하긴 하지만."

"그래 주시면 감사하겠습니다. 11114호 근처에 사는 분들 중에 엘런을 기억할 만한 이웃이 있을까요?"

레이시는 곰곰이 생각한다. "11110호에 사는 맥과이어 부인? 바로 옆집은 아니지만 어린이용 풀장을 사이에 두고 마주 보거든요. 엘런하고 이마니 맥과이어가 전에 친하게 지냈던 걸로 기억해요. 빨래도 같이 돌리고 그러면서. 그럴 때 여자들끼리 수다를 많이 떨잖아요. 그리고 지금 집에 있을 거예요. 남편은 계속 시립 견인 차량 보관소에서 파트타임으로 일하지만 이마니는 다른 시립 시설에서 근무하다가 퇴직했거든요. 요즘은 그냥 뜨개질하면서 텔레비전 보는 게 일이에요. 그 나이에 폭풍 뜨개질을 하고 있다니까요? 플리마켓, 그런 데서 팔기도 해요. 부인이라면 엘런이 어디로 갔는지 알지도 몰라요."

엘런이 디어필드 공원 근처에서 납치당했다면 모르겠지. 거긴 여기서 한참 떨어진 곳이고. 홀리는 이런 생각이 들지만 그래도 이마니 맥과이어를 만나 보기로 한다. 홀리는 마이클 코넬리의 작품 속 주인공인 해리 보슈 형사를, 특히 그의 제1원칙을 사랑해 마지않는다. 퍼질러 앉아 있지 말고 문을 두드리고 다녀라.

"내가 남편에게 연락해서 엘런의 소지품이 어떻게 됐는지 아느냐고 물어볼게요. 2019년 2월에 새로운 세입자를 받았을 때 엘런이 쓰던 트레일러하우스에는 분명 아무것도 없었을 거예요. 편의 설비 말고는. 지금 거기 사는 존스 부부에게 물어봐도 되지만 둘 다 일을 해요. 그리고 그 부부가 뭘 알겠어요? 엘런이 사라지고 한참 지난 다음에 이사 왔는데." 그녀는 고개를 젓는다. "2년 동안 행방불명이라니! 너무하잖아요! 조금 이따 다시 오세요, 깁시 씨. 내가 지금 남편에게 바로 연락할게요."

"고맙습니다."

"그리고 충고하는데, 그 마스크는 버려요. 코로나는 텔레비전 뉴스에서 요술 베개를 팔아먹으려고 꾸민 연극이에요."

이마니 맥과이어는 키가 크고 호리호리하며, 아프로 머리가 워낙 하얘서 머리 위에 민들레 홀씨를 얹고 있는 것처럼 보이는 여자다. 그녀의 집은 두 대를 연결해 샛노랗게 칠한 트레일러하우스다. 거실 바닥에 깔린 예쁜 래그 러그는 초록색과 계피색의 동심원 무늬다. 나무처럼 보이는 합성 목재로 만든 벽은 삶의 다양한 시기에 촬영한 맥과이어 부부의 사진으로 도배가 되어 있다. 가장 잘 보이는 데 걸린 사진은 결혼식 때 찍은 것이다. 신랑은 하얀 해군 군복을 입었다. 아프로 머리가 하얗지 않고 까만 신부는 민권 운동가 앤절라 데이비스를 놀랍도록 닮았다. 이마니는 얼마든지 대화에 응할 용의가 있지만 그 전에 물어볼 게 있다고 한다.

"백신 맞았어요?"

"네."

"2차까지?"

"네. 모더나로요."

"그럼 마스크 벗어요. 나도 4월에 2차 맞았어요."

홀리는 마스크를 벗어서 주머니에 넣는다. 홀리의 아이패드 프로와 화면 크기가 별 차이 없는 텔레비전을 마주 보고 한 쌍의 레이지보이 리클라이너 소파가 놓여 있다. 한쪽 두툼한 팔걸이 위에 반쯤 뜨다 만 스웨터가 걸쳐져 있는데, 트레일러하우스와 같은 밝은 노란색이다. 그 아래에 똑같은 노란색 실타래가 가득 담긴 바구니가 있다.

이마니는 뜨개질감을 집어서 무릎 위로 늘어뜨린다. 텔레비전에서는 드루 캐리가 「얼마일까요」의 상품을 극찬하고 있다. 이마니는 리모컨을 집어서 텔레비전을 끈다.

"쉬시는데 방해해서 죄송해요."

"아, 아니에요. 말벗이 생겨서 좋아요. 게다가 돌림판은 이미 지나갔어요. 그게 제일 재미있는 부분인데. 그다음에는 시범 라운드가 시작되는데, 기초연금으로 사는 뚱뚱한 노인이 왜 오토바이와 캠핑용품을 받고 싶어 하는지 아무도 모를 일이죠. 그런 상품을 따면 분명 팔 거예요. 나라면 그럴 테니까." 바늘이 벌써 허공을 날아다니고 홀리가 보는 앞에서 스웨터가 확연하게 점점 커진다.

"그거 완성되면 예쁠 것 같아요."

"기온이 32도까지 올라간다는 날에 뜨기는 뭣 같지만 추운 날은 항상 찾아오기 마련이니까요. 아…… 전에는 그랬는데 인간들이 기후를 하도 어지럽혀 놔서 한 해가 지나면 다음 해에는 어떻게 될지 전혀 모르겠네요. 하지만 눈이 날리고 호수가 얼면 교회 바자회에서 이걸 사는 사람이 있을 거예요. 몇 개 더 떠놨어요. 목도리하고 엄지 장갑도. 이걸로 내가 남편보다 더 많이 벌지만 견인 차량 보관소 일을 하면 그이한테 시달릴 일이 없어서 좋아요. 그이도 나한테 시달릴 일이 없고. 양쪽 모두를 위해서 좋은 거죠. 결혼식장에서부터 지금까지 52년은 엄청 긴 세월이거든요. 거기다 울퉁불퉁한 길도 더러 걸었고. 자, 나한테 묻고 싶은 게 뭐예요?"

홀리는 키샤가 어떤 경로로 엘런 크래슬로를 알게 됐고 엘런이 어떤 식으로 그냥 사라져 버렸는지 설명한다. 바로 전날까지만 해도 있었던 사람이 다음 날부터 안 보이기 시작했다고 말이다. "트위터에 계정을 개설한, 크래슬로 성씨를 쓰는 다른 사람들에게 엘런을 아느냐고 물었지만 지금까지 답장을 딱 한 통 받았고 그마저도 도움이 되지 않았어요."

“내가 아는 엘런을 생각하면 다른 사람들도 역시 도움이 되지 않을 거예요. 조지아주 트래버스만 아니면 어디든 갔을 수 있으니까. 엘런으로 말할 것 같으면 매력 덩어리거든요, 기브니 씨.”

“홀리라고 불러 주세요.”

이마니는 고개를 끄덕인다. “아주 머리가 좋고 *강인한* 매력 덩어리예요. 어디 있든 자기 길을 찾을 거예요.”

“가족이 있는 고향으로는 돌아가지 않을 거라고 말씀하시는데, 왜인가요?”

“거기에 가족이 살긴 하지만 가족에게 그 아가씨는 죽은 사람이고 그 아가씨한테 가족도 그렇거든요. 페이스북에서는 아무것도 알아낼 수가 없겠지만.”

“무슨 일이 있었길래요?”

길게 느껴지는 시간 동안 이마니의 바늘이 달가닥거리는 소리만 들린다. 그녀는 미간을 찌푸린 채 노란색 스웨터를 내려다보고 있다가 고개를 든다. “당신 같은 사설탐정도 비밀 유지 의무가 있나요? 변호사나 성직자나 의사처럼?”

홀리가 생각하기에 이건 진짜로 궁금해서 묻는 게 아니라 테스트다. 이마니는 이미 알고 있을 것 같다. 그리고 어차피 상관없다. 정직이 그야말로 최선의 방책이니까. “어느 정도 의무가 있긴 하지만 변호사나 성직자만큼은 아니에요. 경찰이나 지방검사실에 사건 관련 진술을 해야 하는 경우도 있거든요. 하지만 이 일은 그들과 무관해요.” 홀리는 몸을 앞으로 숙인다. “맥과이어 부인께서 하신 말씀은 제 입 밖으로 새어 나가지 않을 거예요.”

“이미라고 불러 줘요.”

“그럴게요.” 홀리는 미소를 짓는다. 그녀의 미소는 일품이다. 제롬은 그걸 왜 충분히 활용하지 않느냐고 한다.

"당신 말을 믿을게요, 홀리. 왜냐하면 나는 그 아가씨를 좋아했거든요. 그런 고초를 겪어서 안타까웠고. 내가 소문을 퍼뜨리고 뒤에서 수군대는, 그런 사람이 아니라는 걸 알아주기 바라서 하는 말이에요."

"알겠습니다. 저희 대화를 휴대전화로 녹음해도 될까요?"

"아뇨, 안 돼요." 바늘이 달가닥달가닥 움직인다. "당신이 남자라면 나는 입 다물고 있었을 거예요. 남편에게도 아무 얘기도 한 적 없거든요. 하지만 우리 여자들은 남자들보다 아는 게 많잖아요. 그죠?"

"네. 그렇죠."

"좋아요, 그럼. 엘런은…… 나는 항상 엘런이라고 불렀어요, 엘리가 아니라. 그 아가씨는 열두 살인가 열세 살에 육류와 육가공품을 거부하기 시작한 뒤로 집안의 골칫거리로 전락했어요. 완전 채식주의자, 아니 *엄격한* 채식주의자가 된 다음부터. 가족은 자기들이 제일 잘 안다고 생각하는 완고한 보수파 교회 신도였고 엘런이 육식을 중단하자 좌우에서 성경을 들이밀었죠. 목사는 그 애를 상담하러 나섰고요."

이마니는 비꼬듯 '상담'이라는 단어를 강조한다.

"나도 왕년의 보수파라 뭘 믿든 성경에서 거기에 부합하는 구절을 찾을 수 있다는 걸 알아요. 그 애 가족도 수없이 찾았죠. 로마서에 보면 믿음이 연약한 자는 채소만 먹는다고 되어 있다. 신명기에서 하나님이 고기를 먹어도 된다고 하셨다. 고린도전서를 보면 고기 시장에서 파는 것은 묻지 말고 먹으라고 되어 있다. 하! 이 빌어먹을 전염병이 시작된 우한에서는 그 구절을 분명 사랑했을 거예요. 그러다 엘런이 열네 살이 되었을 때 다른 여학생과 같이 있다가 가족에게 들켰어요."

"아이고."

"아이고 할 상황이죠. 엘런은 집에서 뛰쳐나오려고 했지만 다시 끌려갔어요. 가족에게. 왜 그랬는지 모르죠?"

"엘런이 그 사람들에게는 짊어져야 하는 십자가였으니까요." 홀리는 어머니가 항상 한숨과 '아이고, 홀리야'라는 말로 서두를 장식하며 그 비슷한 말을 숱하게 했던 것을 떠올린다.

"아. 당신도 아는군요."

"네, 알아요." 대답하는 홀리의 말투에서 뭔가를 느낀 걸까? 이윽고 이마니는 어쩌면 하지 않았을 수도 있는 이야기의 포문을 열다.

"열여덟 살 때 엘런은 성폭행을 당했어요. 범인들은 스키장에서 쓰는 그런 복면을 쓰고 있었지만, 엘런은 그중 한 명이 말을 더듬는 것을 듣고 누군지 알아차렸어요. 교회 사람이었어요. 그것도 성가대원. 엘런이 말하길, 목소리가 좋았고 노래할 때는 말을 더듬지 않았다고 하더군요. 잠깐만요."

이마니는 한 손을 들어 손등으로 왼쪽 눈을 훔친다. 잠시 후에 뜨개바늘이 다시 동시 비행을 시작한다. 그 바늘에 반사되는 햇빛을 보고 있자니 정신이 몽롱해진다.

"범인들이 계속 뭐라고 했는지 알아요? 고기! 자기들이 고기를 주고 있지 않으냐고, 마음에 들지 않으냐고, 좋지 않으냐고. 다른 여자는 줄 수 없는 거라고. 한 명은 자기 물건을 그 애 입에 넣으려고 하면서 얼른 고기를 먹으라고 했대요. 엘런이 그랬다가는 거기가 잘릴 줄 알라고 했더니 그놈이 머리를 내리쳐서 끝까지 정신을 거의 잃은 상태로 겁탈을 당했다고 해요. 그러고 나서 어떻게 됐게요?"

홀리는 그 질문의 정답도 안다. "아이가 생겼죠."

"맞아요. 그래서 가족계획연맹을 찾아가 처리했더니 부모가 알아차렸어요. 엘런은 얘기하지 않았다는데 무슨 수로 알아차렸는지 모르겠어요. 그랬더니 너는 더 이상 우리 가족이 아니라고 했대요. '파문'

당한 거예요. 아버지는 딸더러 창세기에 나오는 카인과 다를 게 없는 살인범이라며 카인처럼 에덴의 동쪽으로 가라고 했대요. 하지만 조지아주 트래버스는 엘런에게 에덴이 아니었고, 에덴과는 거리가 멀었고, 엘런은 동쪽으로 가지 않았어요. 북쪽으로 갔지. 거기서 10년 동안 육체노동을 하다 여기 이 대학까지 오게 된 거예요."

홀리는 아무 말 없이 앉아서 뜨개바늘을 쳐다보기만 한다. 엘런 크래슬로에 비하면 그녀가 겪은 일은 아무것도 아니었다는 생각이 든다. 마이크 스터드번트 때문에 옹알옹알이라는 별명이 생기기는 했지만 그에게 성폭행을 당한 적은 없었다.

"엘런이 이런 얘기를 한꺼번에 털어놓은 건 아니에요. 조금씩 알려 주었지. 성폭행당하고 임신 중단 수술을 받은 마지막 부분만 예외로 한꺼번에 쏟아 냈어요. 얘기하는 내내 바닥을 쳐다봤고 목소리가 한두 번 갈라졌지만 울지는 않았어요. 사무실 옆 세탁실에 우리 둘만 있었을 때였어요. 얘기가 다 끝났을 때 나는 손가락 두 개를 그녀의 턱 아래 대고 말했어요. '나를 봐, 아가씨.' 엘런이 나를 보았죠. '살다 보면 하느님이 가끔 선불을 원할 때도 있는데, 너는 거금을 치렀네. 앞으로는 행복한 인생을 살게 될 거야. 축복받은 인생을.' 그 말을 듣고 엘런이 울었어요. 자요, 휴지."

홀리는 휴지를 받아서 눈을 닦은 다음에서야 자기가 울고 있었다는 사실을 알아차린다.

"내 짐작이 맞았으면 좋겠어요. 엘런이 어디 있든 잘 살고 있으면 좋겠어요. 하지만 모르겠어요. 그런 식으로 갑작스럽게 떠나다니……." 이마니는 고개를 젓는다. "모르겠어요. 옷, 노트북, 소형 텔레비전, 도자기로 된 장식용 새, 뭐 그런 소지품을 가지러 온 여자는 엘런이 조지아로 돌아갔다고 했지만 어째 믿기지가 않더라고요. 남쪽으로 돌아간다는 게 *집*으로 돌아간다는 뜻은 아닐 수도 있죠. 조지아에 그 쥐똥만 한 마을만 있는 건 아니니까요. 그 여자가 애틀랜타 어쩌고 했던 것도 같아요."

"어떤 여자였는데요?" 홀리의 안에서 모든 불이 반짝 켜진다.

"이름은 기억이 나지 않아요. 디킨스였나, 딕슨이었나, 뭐 그랬는데, 괜찮은 여자 같아 보였어요." 홀리의 표정을 보고 그녀는 왠지 모르게 불안해진다. "안 그럴 이유가 없지 않겠어요? 그 여자가 들락날락하길래 뭐 하는 건지 알아보려고 다가갔는데 아주 사근사근하더라고요. 엘런과 대학교에서 만나서 아는 사이라고, 그 아가씨의 열쇠를 가지고 있다고. 엘런이 열쇠고리에 달고 다녔던 그 행운을 준다는 토끼발을 알아보겠더라고요."

"그 여자가 밴을 몰고 왔나요? 아래쪽에 파란색 줄무늬가 있는?"

홀리는 그랬을 거라고 자신했다가 실망한다. "아뇨, 조그만 스테이션왜건이었어요. 나는 차종을 모르겠지만 남편은 알 거예요. 견인 차량 보관소에서 일하니까. 그리고 그때 같이 있었거든요. 내가 그 집으로 건너갔을 때 현관 앞에 서서 별일 없는지 지켜봤어요. 내가 뭐 잘못했나요?"

"아니에요." 홀리는 진심이다. 이마니가 알 도리가 없었을 것이다. 안 그래도 기구했던 엘런 크래슬로에게 기구한 사태가 벌어졌으리라고 홀리조차 확신할 수 없지 않은가. "그 여자가 온 게 언제였어요?"

"음, 글쎄. 좀 됐거든요. 추수감사절은 지났지만 크리스마스는 되기 전이었던 것 같아요. 눈다운 눈이 처음 내린 때였다는 건 알겠는데, 별로 도움이 안 되죠?"

"생김새는 어땠어요?"

"나이가 많았어요. 나보다 열 살 정도. 내가 이제 막 일흔 살이 됐는데 말이죠. 그리고 백인이었어요."

"다시 만나면 알아볼 수 있으시겠어요?"

"아마도요." 이마니는 이렇게 말하지만 자신 없어 하는 투다.

홀리는 그녀에게 파인더스 키퍼스 명함을 건네며 차종이 뭐였는지 남편이 기억난다고 하면 연락 부탁한다고 말한다.

"내가 노트북이랑 옷가지를 밖으로 나르는 거 거들었거든요. 그 딱한 노파가 아파하는 것 같길래. 노파는 괜찮다고 했지만 나는 좌골신경통 증상을 딱 보면 알아요."

2021년 3월 27일

바버라가 자전거를 타고 3킬로미터를 달려오느라 상기된 얼굴을 환히 빛내며 리지 로드에 있는 노시인의 집에 다다라 보니 마리 뒤샹이 올리비아와 함께 소파에 앉아 있다. 마리는 걱정하는 표정을 짓고 있다. 올리비아는 심란해하는 표정을 짓고 있다. 바버라는 얼떨떨한 심정이라 아마 그 심정을 표정으로 고스란히 드러내고 있을 것이다. 올리비아가 뭐 때문에 사과를 하겠다는 건지 모르겠기 때문이다.

마리가 먼저 말을 꺼낸다. "내가 선생님 옆구리를 찔렀고 택배도 내가 부쳤어. 그러니까 누굴 욕하고 싶으면 나를 욕해."

"말도 안 돼. 잘못한 사람은 나야. 그렇게 될 줄은 전혀 모르고…… 모르긴 몰라도 네가 좋아할 거라고 생각하고…… 아무튼 그럴 권리도 없으면서 네 허락도 없이 그런 짓을 저지르다니 내가 양심도 없지 뭐니."

"무슨 말씀인지 모르겠어요." 바버라는 외투 단추를 풀며 말한다. "무슨 짓을 저지르셨길래요?"

건강한 한창때를 지나고 있는 한 여자와 조만간 100세라 쪼글쪼글한 인형 같은 다른 여자가 서로 쳐다보다가 다시 바버라를 돌아본다.

"펜리상." 올리비아가 입술을 떨며 안으로 오므린다. 그걸 볼 때마다 바버라는 구식 스트링백이 생각난다.

"그게 뭔데요?" 바버라는 점점 더 영문을 몰라 한다.

"정식 이름은 '젊은 시인을 위한 펜리상'이야. 빅파이브로 일컬어지는 뉴욕의 출판사 다섯 곳이 공동 후원사고. 너는 기본적으로 독학을 했고 문학 잡지를 보지 않으니 모를 수도 있겠지. 시를 돈 주고 사서 읽는 사람도 없는데 뭐 하러 그런 잡지를 보겠니? 하지만 창작 수업을 듣는 영문학 전공자 대부분은 뉴보이스상과 영라이언 소설상을 알듯이 이 상에 대해서도 알지. 펜리상은 해마다 3월 1일에 출품작을 받아. 수천 점이 쇄도하는데 회신이 빠르지. 대부분 달 어쩌고, 6월 어쩌고 하는 졸작이라 그러지 않을까 싶다만."

이제 바버라는 알아차린다. "그러니까…… 제 시를 몇 편 보냈다는 말씀이세요?"

마리와 올리비아는 서로 흘끗 쳐다본다. 바버라는 아직 어리지만 죄를 지은 사람의 표정은 보면 안다.

"몇 편을요?"

"일곱 편. 짧은 걸로. 2000단어 미만이라야 한다는 규정이 있거든. 네 작품이 워낙 인상적이라…… 그 분노…… 공포…… 그리고 또……." 올리비아는 또 뭐라고 하면 좋을지 몰라 하는 눈치다.

마리가 올리비아의 손을 잡으며 아까 했던 말을 반복한다. "내가 옆구리를 찔렀어."

바버라는 그들이 전전긍긍하는 이유가 그녀가 화를 낼 거라고 생각하기 때문이라는 사실을 깨닫는다. 그런데 아니다. 그저 조금 놀랐을 뿐이다. 그녀가 시를 아무에게도 공개하지 않은 이유는 부끄럽거나 사람들이 보고 웃을까 봐 불안해서가 아니라(음…… 그것도 약간 있긴 하지만) 올리비아가 아닌 다른 사람에게 보여 주면 긴장이 풀려서 게을러질까 봐 걱정이 되기 때문이다. 그리고 감안해야 하는 또 다른 문제, 아니 또 다른 사람도 있다. 바로 제롬이다.

사실 대부분 일기장에 끼적이긴 했어도 시를 쓰기 시작한 게 열두 살부터였으니 오빠보다 훨씬 먼저 시작하긴 했다. 그런데 지난 2, 3년 새 뭔가가 달라졌다. 능력뿐 아니라 목표 면에서도 이유를 알 수 없는 비약적인 발전이 이루어졌다. 밥 딜런의 다큐멘터리가 연상되는 대목인데, 1960년대에 활동한 그리니치빌리지 출신의 어느 포크싱어는 거기서 이렇게 말했다. "그는 우디 거스리를 흉내 내려는 평범한 기타리스트에 불과했다. 그런데 어느 날 갑자기 밥 딜런이 되었다."

그녀도 비슷했다. 브래디 하츠필드와 맞닥뜨린 것이 연관이 있을 수도 있지만 그게 다는 아니다. 그전까지 잠들어 있던 머릿속 회로가 켜진 게 아닐까 싶다.

그나저나 황당한 비유일지 몰라도 두 사람이 학교 화장실에서 담배를 피우다 걸린 여중생처럼 그녀를 쳐다보고 있으니 가시방석이다.

"올리비아. 마리. 우리 반에 여학생 둘이 남자친구한테 보여 주려고 그랬는지 누드 셀카를 찍었는데, 그 사진이 인터넷에 유출돼 버렸거든요. 그런 게 민망한 사건이죠. 이건 뭐 그리 민망한 사건도 아니에요. 불합격 통지서 받으셨어요? 그래서 이러시는 거예요? 제가 그거 좀 봐도 돼요?"

그들은 다시 서로 흘끗 쳐다본다. 올리비아가 말한다. "펜리 심사위원단은 1차 후보작을 정리해서 공개하거든. 숫자는 해마다 다르지만 아주 많아. 60편일 때도 있고 80편일 때도 있는데 올해는 95편이야. 1차 후보작이 그렇게 많다니 황당하긴 하지만…… 네 작품이 그 안에 들었어. 마리가 편지를 받았어."

마리 옆쪽의 작은 테이블에 종이 한 장이 놓여 있다. 마리가 그걸 바버라에게 건넨다. 받아 보니 묵직하고 고급스러운 편지지다. 맨 위에 깃펜과 잉크병으로 이루어진 인장이 찍혀 있다. 받는 사람 난에 '바버라 로빈슨, 리지 로드 70번지 마리 뒤샹 전교'라고 적혀 있다.

"화를 안 내다니 뜻밖이구나. 그리고 당연히 고맙고. 독단적인 횡포였는데 말이지. 내가 가끔 뇌가 비었나 싶은 짓을 저지를 때가 있어."

마리가 끼어든다. "하지만 내가……"

"옆구리를 찌르셨다고요. 알겠어요." 바버라는 중얼거린다. "독단적인 횡포였을지 몰라도 저야말로 어느 날 시를 들고 불쑥 찾아왔는걸요. 그것도 독단적인 횡포였죠." 사실은 전혀 그렇지 않았지만 그녀는 자기가 무슨 말을 하고 있는지 제대로 듣지도 않고 편지를 훑어본다.

펜리상 심사위원단은 리지 로드 70번지의 바버라에게 1차 후보작으로 선정되었다는 기쁜 소식을 전한다는 말과 함께, 계속 도전하고 싶으면 4월 15일까지 도합 5000단어를 넘지 않는 좀 더 장문의 시를 제출해 달라고 적혀 있다. 그러니까 '대서사시'는 사양한다는 뜻이다. 여기에 기존의 펜리상 수상자를 소개하는 셀프 광고를 곁들였다. 바버라는 그중 세 명의 작품을 읽어 보았다. 아니, 네 명이다. "귀하의 탁월한 작품"에 경의를 표한다는 문구가 말미를 장식한다.

그녀는 편지를 내려놓는다. "부상이 뭐예요?"

"상금 2만 5000달러." 올리비아가 말한다. "대부분의 괜찮은 시인이 평생 시를 팔아서 버는 돈보다 많은 금액이지. 하지만 중요한 건 그게 아니야. 수상자의 작품은 책으로 출간되거든. 그것도 소규모 출판사가 아니라 후원사 중 한 곳에서. 올해는 랜덤하우스 차례야. 출간되면 주목을 받지. 작년 수상자는 오프라 윈프리 쇼에도 나왔어."

"제가 수상할 가능성이……." 바버라는 말을 하다 멈춘다. 그런 소리를 입 밖에 내는 것 자체가 언감생심이다.

"아주 낮지. 하지만 2차 후보작으로 뽑히기만 해도 관심을 받을 거야. 네 시집이 소규모 출판사에서 출간될 가능성이 아주 높아지고. 딱 하나 남은 문제가 있다면 네가 다음 단계로 넘어가고 싶은지 여부야. 지금까지 쓴 것만으로도 2차 후보작 심사용으로 제출하기에는 충분하고 앞으로 계속 쓰면 시집을 한 권 내기에도 충분해질 테지만."

모르는 사람들이 그녀의 시를 보고 호평했으니 고민할 이유가 없다. 문제는 어떻게 다음 단계로 넘어가느냐 하는 것이다. "선생님이 물어보셨다면 제출해 달라고 했을 거예요. 꿈은 꿀 수 있는 거 아니냐는 노래 가사도 있잖아요."

올리비아의 뺨이 발그스레해진다. 몸이 절전 상태라 혈액 순환이 잘 되지 않아서 얼굴을 붉힐 수 없을 줄 알았더니 바버라의 착각이었던 모양이다. "아주 잘못된 선택이었어." 올리비아는 같은 말을 반복한다. "내 이름을 적으면 알아보는 사람이 있을까 봐 봉투에 마리의 이름을 적게 했지. 말하자면 내 입김이 작용하지 않게. 격려의 말을 몇 마디 듣게 되겠거니 했어. 내가 바란 건 그게 전부였고."

그 격려의 말도 저한테 보여 주셨겠죠. 제 시를 허락도 없이 투고했다는 불편한 입장은 여전했을 테고요. 이 근사한 편지라는 결과물만 없을 뿐.

바버라는 미소를 짓는다. "두 분 다 별생각 없이 일을 저지르셨나 봐요?"

"응." 마리가 대답한다. "우리는 그냥…… 네 시가 워낙……."

"그럼 마리도 내 시를 읽은 모양이네요?"

마리는 올리비아보다 더 심하게 얼굴을 붉힌다. "전부 읽었지. 훌륭하더라."

"물론 아직도 갈 길이 멀긴 하지만." 올리비아가 얼른 덧붙인다.

바버라는 편지를 좀 더 찬찬히 읽어 본다. 놀라움이 잦아들고 새로운 감정이 등장한다. 그녀는 어느 정도 시간이 지난 다음에서야 그 감정이 뭔지 알아차린다. 황홀감이다.

"작품을 제출해야겠어요. 상을 받을 수도 있잖아요. 보낼 작품 고르는 건 선생님이 도와주실 거죠?"

노시인은 미소를 짓는다. 어찌 보면 안도의 미소다. 바버라는 전혀 모르는 사실이지만, 올리비아와 마리는 그녀가 어쩌면 그렇게 뻔뻔한 짓을 저지를 수 있느냐며 공주병 환자 같은 반응을 보일 수도 있다고 생각했던 것이다. "나야 영광이지. 열쇠는 공포와 혼란을 다룬 「바뀌는 얼굴들」이 쥐고 있어. 그리고 자아 정체성과 현실이라는 반복되는 모티브를 공유하는 몇 편의 작품. 그것들이 가장 강력한 후보작이야."

"당분간은 이걸 비밀에 부쳐야 해요. 우리 셋만 아는 걸로. 오빠 때문에요. 저희 집안에서 작가는 오빠로 내정돼 있고 저희 증조할아버지를 주인공으로 쓴 책을 조만간 출간할 예정이거든요. 제가 그 얘기 했죠?"

"했지." 올리비아가 말한다.

"책이 출간되고 오빠가 그걸로 돈을 제법 벌면 말인데요, 에이전트는 그럴 가능성도 있다더라고요. 그때는 이 얘기를 꺼낼 수 있어요. 그러니까 2차 후보작으로 선정되면요. 선정되지 않으면 오빠한테는 알릴 필요가 없고요. 아시겠죠?"

"네 오빠가 질투할까 봐?" 마리가 묻는다. "네가 쓰는 건 시인데?"

"아뇨." 바버라는 대답을 고민할 필요도 없다. "오빠는 질투라는 걸 모르는 성격이에요. 잘됐다고 기뻐할 거예요. 하지만 그 책에 정말 열심히 매달렸는데, 오빠는 가끔 글이 정말 술술 써질 때가 있는 저하고는 다른 거 같더라고요. 그리고 오빠에게 쏠릴 스포트라이트를 빼앗고 싶지 않아요. 사랑하는 오빠한테서 뭐든 빼앗고 싶지 않아요." 그녀는 편지를 마리에게 돌려준다. "이 편지는 여기 둘게요. 하지만 응모해 주셔서 고마워요."

"속이 깊구나." 올리비아가 말한다. "시인들은 작품 속에서라면 모를까, 현실에서는 그런 경우가 드문데. 마리, 우리 셋이서 포스터스 라거 한 캔 나눠 마시는 거 어떻게 생각해? 깨지지 않은 우정을 자축하기 위해서라도."

"좋은 생각이에요." 마리는 말하며 일어난다. "하지만 우리 셋만의 비밀로 간직해야 하는 게 하나 더 있어요." 그녀는 올리비아 쪽으로 고개를 기울인다. "선생님의 병원에서 전한 소식이 있거든."

그녀는 부엌으로 건너간다. 바버라는 말한다. "속이 깊은 사람은 선생님이세요. 저는 선생님이라는 스승 겸 친구가 생겨서 얼마나 기쁜지 몰라요."

"고맙다. 운명의 여신이 가장 훌륭한 제자를 가장 마지막에 보내 준 걸 보니 내가 잘 살았나 봐."

이번에는 바버라가 부끄러워서가 아니라 좋아서 얼굴을 붉힐 차례다.

"요즘 뭐 읽고 있는지 들어 보자." 올리비아가 말한다. 학교가 개학했다.

"비트 세대를 추천하셔서 그 세대 작품을 읽고 있어요. 대학교 서점에 시선집이 있더라고요. 긴즈버그, 스나이더, 코소, 에드 돈…… 저 이 작가 좋아요…… 로런스 펄링게티…… 이분 아직 살아 있나요?"

"한 달 전에 죽었지. 나보다 나이가 많았거든. 소설도 좀 읽으면 좋은데. 도움이 될 게야. 먼저 제임스 디키부터. 그 사람 시는 알 테지만 유명한 소설이 있거든. 『해방』이라고……"

"영화 봤어요. 남자들이 카누 타고 강을 따라 내려가는 거요."

"맞아. 하지만 그건 건너뛰고 『하얀 바다로』를 읽어. 덜 유명하지만 내가 보기엔 그 작품이 더 낫거든. 네 목적을 감안하면. 코맥 매카시 소설은 한 권 이상 읽으면 좋겠다. 『모두 다 예쁜 말들』 아니면 『서트리』. 알겠니?"

"알겠어요." 그녀는 이렇게 대답하지만 순수와 냉소가 한데 어우러진 비트 세대를 두고 떠나긴 아쉽다. "사실 요즘 소설을 읽고 있어요. 지난번에 선생님이 말씀하신 호르헤 카스트로의 『잊힌 도시』요. 좋더라고요."

마리가 잔 세 개와 어마어마하게 커다란 포스터스 캔을 쟁반에 담아서 들고 온다.

"호르헤는 결국 남미로 갔나 봐. 전에 나더러 자기 뿌리를 찾아가겠다는 둥 한 적 있지만 사실은 뻥이었거든. 스페인어를 원어민처럼 구사했지만 사실 일리노이주 피오리아에서 나고 자랐으니까. 그걸 부끄럽게 여겼던 것 같아. 사라지기 직전에 내가 그 친구를 봤다는 얘기를 했던가? 달리는 거를. 밤에 항상 공원까지 왕복 달리기를 했거든. 비가 와도 상관없이. 그날도 비가 왔지. 그때부터 떠날 생각을 하고 있었는지, 그때를 마지막으로 보질 못했네. 하지만 내가 그날을 기억하는 이유가 뭔가 하면, 시를 쓰고 있었는데 마음에 드는 작품이 나왔거든." 올리비아는 한숨을 쉰다. "파트너인 프레디 마틴은 엄청난 충격을 받았고, 얼마 안 있어 그 사람도 떠났어. 평생을 바쳐서 사랑했던 호르헤를 찾으러 다닌 것 같아. 상심한 얼굴로 등에 원숭이를 짊어지고 돌아와서는 6개월 뒤에 다시 떠났지. 서쪽의 사악한 마녀가 쓴 표현이 이런 때 딱 맞지 뭐니. 세상에나, 마상에나!"

"슬픈 얘기는 그만하세요." 마리가 말하며 맥주를 따른다. "좋은 시절과 부푼 기대를 위해 건배해요."

"좋은 시절만. 미래는 거기서 빼 줘. 기대가 실망으로 바뀐 작가보다 더 불행한 사람은 꿈을 이룬 사람밖에 없으니까."

바버라는 웃음을 터뜨린다. "그 말씀 명심할게요."

그들은 잔을 부딪치고 마신다.

2021년 7월 26일(2)

홀리가 3시 15분에 손바닥만 한 제트마트 주차장에 들어서 보니 만나고 싶던 사람이 근무 중이다. 완벽하다. 그녀는 한참 동안 아이패드로 뭔가를 찾은 뒤에 차에서 내린다. 출입문 왼쪽의 차양 아래에 게시판이 달려 있다. **제트마트의 이웃 주민들을 환영합니다!**라고 적힌 게시판이다. 아파트 임대 광고, 자동차와 세탁기와 게임기 매물 소개, 잃어버린 개 한 마리(**렉시야, 사랑해! 돌아와!**)와 고양이 두 마리를 찾는다는 공고로 뒤덮였다. 실종된 여자를 찾는다는 공고도 있다. 보니 레이 달이다. 홀리는 그 공고를 낸 사람이 누군지 안다. 그 둘은 사이가 안 좋았지만 그래도 애정이 많이 남아 있었다던 키샤 스톤의 말이 귓전에 맴돈다.

홀리는 안으로 들어간다. 이름이 에밀리오 헤레라인 직원 말고는 가게에 아무도 없다. 헤레라는 피트와 나이가 비슷하거나 그보다 조금 어려 보인다. 흔쾌하게 대화에 응한다. 얼굴은 동그랗고 아기 천사 같은 미소가 매력적이다. 그는 그렇다고, 보니가 단골이었다고 한다. 그녀를 좋아했는데 실종됐다니 무척 안타깝다고, 엄마와 친구들과 조만간 연락이 됐으면 좋겠다고 한다.

"거의 날마다 저녁 8시쯤에 들렀어요. 가끔 좀 더 일찍 오는 날도 있고 좀 더 늦게 오는 날도 있었지만. 항상 웃는 얼굴이었고 인사를 건넸어요. 별일 없냐, 캐벌리어스 농구팀은 요즘 어떤 것 같냐, 부인은 잘 지내냐, 그런 수준에 불과했을지 몰라도. 그런 사람이 거의 없는 거 알죠?"

"많지 않겠죠." 홀리부터가 모르는 사람과는 말을 잘 섞지 않는다. '안녕하세요'와 '고맙습니다'로 만족한다. *홀리는 사람들이랑 잘 어울리지 않지.* 샬럿은 툭하면 이렇게 말하고 그럴 수밖에 없다는 뜻에서 얼굴을 살짝 찡그리며 웃었다.

"많지 않아요. 하지만 보니는 안 그랬어요. 항상 다정한 얼굴로 항상 인사를 건넸어요. 다이어트 탄산음료와 가끔은 저쪽 선반에 있는 과자를 사 갔어요. 호호스와 링딩스를 좋아했지만 대개는 그냥 패스했죠. 젊은 여자들은 몸매에 신경을 쓰니까요, 그쪽도 아시겠지만."

"그날 밤에 뭔가 평소와 다른 부분이 있었나요, 헤레라 씨? 뭐라도? 밖에서 보니를 지켜보는 사람이 있었다든지. 누군가가 CCTV에 찍히지 않는 곳에 서 있었다든지."

"내가 본 바로는 없었어요." 헤레라는 홀리를 생각해서 조금 고민하는 척하고는 이렇게 말한다. "그리고 있었으면 봤을 거예요. 특히 레드뱅크로처럼 인적이 드문 길거리에 있는 이런 편의점은 강도의 1차 타깃이니까요. 여기는 하느님의 가호 덕분에 털린 적이 없지만요." 그는 성호를 긋는다. "하지만 나는 계속 지켜봐요. 누가 들어오고 나가는지, 누가 어슬렁거리는지. 그쪽이 찾는 아가씨가 마지막으로 들른 날 밤에는 그런 사람 보지 못했어요. 적어도 내가 기억하기로는요. 보니는 탄산음료를 사서 백팩에 넣고 헬멧을 쓰고 나갔어요."

홀리는 아이패드를 열어서 들어오기 전에 다운받은 사진을 보여 준다. 2020년형 도요타 시에나 사진이다. "이런 밴을 본 기억 나요? 그날 밤 아니면 다른 날 밤에라도? 옆면 아래쪽에 파란색 줄무늬가 있었을 텐데."

헤레라는 사진을 유심히 들여다보고는 다시 돌려준다. "그런 밴이야 숱하게 봤지만 그날 밤에는 본 기억이 없네요. 거의 한 달 전이기도 하고."

"네, 이해해요. 다른 걸 보여 드릴게요. 이걸 보면 기억이 나실지도 몰라요."

홀리는 7월 1일에 촬영된 보안 카메라 영상을 재생하다가 창밖으로 그 밴이 지나가는 부분에서 멈춘다. 헤레라는 곰곰이 보다가 이렇게 말한다. "우와. 이 카메라 렌즈를 좀 닦아야겠네요."

소 *잃고 외양간 고치는 격이죠.* 홀리는 이 말을 입 밖에 내지는 않는다. "다른 날 밤에도 이렇게 생긴 밴을 보신 기억이 없나요?"

"미안해요. 기억이 나지 않네요. 밴들이 워낙 흔해서요."

홀리도 예상했던 답변이다. 그저 다시 한번 확실하게 정리하고 넘어가고 싶었을 뿐이다. "고맙습니다, 헤레라 씨."

"좀 더 도움을 드릴 수 있으면 좋을 텐데."

"이 아이는요? 알아보시겠어요?" 그녀는 피터 스타인먼의 사진을 보여 준다. 인터넷에서 찾은(요즘은 인터넷에 없는 게 없다.) 중학교 밴드부 단체 사진이다. 심벌즈를 들고 뒷줄에 서 있는 피터가 비교적 선명하게 보이도록 확대해 놓았다. 아무튼 제트마트 보안 카메라 영상보다는 선명하다. “스케이트보드를 타고 다녔는데요.”

헤레라는 사진을 들여다보다가 중년의 여자가 들어오자 고개를 든다. 여자의 이름을 부르며 인사를 건네자 그녀도 같이 인사한다. 잠시 후에 헤레라가 홀리에게 아이패드를 돌려준다. “낯이 익지만 그게 전부예요. 스케이트보드 타는 애들은 노상 들락거리거든요. 사탕이나 감자칩 사 가지고는 스케이트보드를 타고 언덕 아래 휩으로 가요. 데리 휩 아시죠?”

“네. 이 아이도 실종됐거든요. 2018년 11월에.”

“이 동네에 무슨 맹수 같은 인간이 산다고 생각하는 건 아니죠? 존 웨인 게이시 같은 사람이 산다고.”

“아니겠죠. 이 아이와 보니 달은 연관성도 없을 테고요.” 하지만 그렇다고 믿기가 점점 힘들어지고 있다. “여기 단골 중에 어느 날 갑자기 발을 끊은 사람이 있거나 그렇지는 않죠?”

이름이 코라인 손님이 여섯 팩짜리 아이언 시티와 원더 브레드를 계산하려고 기다리고 있다.

“네.” 하지만 헤레라는 ‘손님이 아닌’ 홀리가 아니라 ‘손님인’ 코라를 쳐다보고 있다.

홀리는 눈치를 챙기지만 카운터에서 비키기 전에 에밀리오 헤레라에게 명함을 건넨다. “거기 제 연락처가 있어요. 뭐가 됐든 보니를 찾는 데 도움이 될 만한 게 생각나면 연락 부탁드려도 될까요?”

“그럴게요.” 헤레라는 명함을 주머니에 넣는다. “안녕하세요, 코라. 기다리게 해서 죄송해요. 코로나 대비는 잘 하고 계세요?”

홀리는 환타를 하나 사서 들고 나온다. 마시고 싶어서라기보다 예의상 그래야 할 것 같아서다.

홀리는 집으로 돌아가자마자 트위터를 체크한다. 이번에는 프랭클린 크래슬로(크리스천, 자랑스러운 전미총기협회 회원, 남부가 다시 흥할 것이다.)가 답장을 보냈다. 내용은 간단하다. *엘런은 자기 아이를 죽였으니 지옥의 불구덩이로 떨어질 거요. 우리한테 귀찮게 연락하지 말아요.*

우리. 빕 카운티에 사는 크래슬로 집안 사람들을 두고 하는 말인가 보다.

홀리는 페니 달에게 연락한다. 내키지는 않지만 이제 페니에게 그녀의 짐작을 전할 때가 됐다. 확실하지는 않지만 보니가 납치됐을 수도 있겠다고. 빌스 자동차&소형 엔진 수리점이었던 가게 앞에 밴을 대놓고 기다리던 사람이 있었을지 모르겠다고, 그녀가 아는 사람이었을 수도 있다고. 그러면서 '확실하지는 않지만'과 '모르겠다'는 부분을 강조한다.

홀리의 짐작과 다르게 페니 달은 울지 않는다. 페니 달이 두려워했던 시나리오가 바로 이것일 텐데도 일단은 그렇다. 그녀는 보니가 살아 있을 가능성이 있느냐고 묻는다.

"가능성이야 항상 있죠."

"어떤 개새끼가 데려간 거로군요." 욕을 듣고 홀리는 깜짝 놀라지만 충격은 이내 가신다. 눈물 대신 분노다. 새끼를 잃은 곰이 연상된다. "그놈을 찾아줘요. 어떤 새끼가 내 딸을 데려갔는지 몰라도 찾아줘요. 비용은 얼마가 들건 상관없어요. 어떻게든 조달할 테니까. 알겠어요?"

눈물은 나중에 나오지 않을까 싶다. 홀리에게 들은 말의 의미가 페니의 머릿속에서 자리 잡기 시작할 때. 안에 갇혀 있을 때와 말로 표현될 때, 엄마로서 느낄 수 있는 최악의 공포는 차원이 달라진다.

"최선을 다할게요." 그녀가 늘 하는 말이다.

"찾아줘요." 같은 말을 반복한 페니는 인사도 없이 전화를 끊는다.

홀리는 창가로 가서 담배에 불을 붙인다. 다음 행보를 고민하다가 (어쩔 수 없이) 지금 당장은 할 게 없다는 결론을 내린다. 그녀가 아는 세 실종자가 서로 연관이 있을 듯한 예감이 들지만 비슷한 부분이 몇 군데 있을 뿐 증거가 전혀 없다. 그녀는 막다른 골목에 다다랐다. 이제 세상이 동아줄을 던져 주어야 한다.

그날 저녁에 제롬이 뉴욕에서 전화한다. 흥분한 목소리로 신나 하는데 왜 아니겠는가. 점심 식사가 잘 끝났고 수표를 정식으로 건네받았다. 에이전트가 (자기 수수료 15퍼센트를 제하고) 그의 계좌에 입금할 예정이지만 그가 직접 받아서 올록볼록한 숫자를 손끝으로 확인해 봤다고 한다.

"나 부자예요, 홀리베리. 완전 부자예요!"

너만 그런 거 아니야. 홀리는 생각한다.

"그리고 취했고?"

"아니에요!" 그는 발끈한다. "맥주 두 잔 마신 게 다예요!"

"흠, 잘했네. 그래도 오늘만큼은 취해도 된다고 보는데." 그녀는 말을 잠깐 끊었다가 다시 잇는다. "너무 신나게 마셔서 5번로에다 토악질만 하지 않으면."

"블라니 스톤은 8번로에 있어요, 홀리. 매디슨 스퀘어 가든 근처요."

뉴욕에 가 본 적도 없고 갈 생각도 없는 홀리는 그러냐고 반문한다.

제롬은 자기도 모르는 새 동생과 텔레파시를 주고받았는지, 잠시 후에 자기가 흥분한 건 사실 돈 때문이 아니라고 한다. "그걸 출간하겠다잖아요! 처음에는 학교에 제출할 보고서로 시작했다가 책을 거쳐 이제는 출간이라니!"

"잘됐다, 제롬. 나도 정말 기뻐." 홀리는 예전에 눈보라 속에서 그녀와 빌의 생명을 구했던 친구가 항상 이렇게 행복하길 바라지만 인생은 그렇게 흘러가지 않는다는 걸 안다. 어쩌면 그래서 오히려 다행일지 모른다. 그녀의 바람대로 된다면 행복이 아무 의미가 없어질 테니.

"사건은 어찌 돼 가고 있어요? 진전이 있어요?"

홀리는 그에게 새롭게 드러난 사실을 모두 전한다. 대부분 엘런 크래슬로와 관련된 사안이지만 톰 히긴스 얘기도 빠뜨리지 않는다. 보고가 끝나자 제롬이 말한다. "그 노부인이 누구인지 알려 주는 사람에게 현상금 100달러를 걸겠어요. 엘런 크래슬로의 트레일러를 청소했다는 노부인 말이에요. 어때요?"

"그러게." 홀리는 (웃으며) 방금 횡재한 걸 감안하면 제롬은 1000달러도 감당할 수 있다는 생각을 한다. 따지고 보면 그녀도 마찬가지다. 그녀는 예전에 좋아했던 홀 앤드 오츠의 노래 가사처럼 '디베스 푸엘라', 즉 돈 많은 여자다. "내 입장에서 가장 흥미진진했던 부분은 뭔가 하면, 그 트레일러 주차장은 흑인 인구가 많다는 거였어. 거기가 로타운의 서쪽 끝이니 놀랄 일은 아니다만 그 노부인은 백인이었단 말이지."

"이제 어떻게 할 거예요?"

"모르겠어. 너는, 제롬?"

"뉴욕에 좀 더 있다 가려고요. 최소한 목요일까지. 이런 단어를 쓰는 날이 올 줄은 몰랐는데 '담당 편집자'가 이런저런 얘기도 나누고 원고도 몇 군데 수정하고 표지 콘셉트도 같이 의논하고 싶대요. 홍보팀장님이 북투어의 가능성에 대해서도 논의하고 싶다고 하고요. 북투어라니! 믿어져요?"

"응. 정말 잘됐다."

"뭐 하나 알려 드릴까요? 바브에 대해서?"

"좋지."

"걔도 뭔가를 쓰고 있는 것 같아요. 그걸로 어떤 성과를 거두고 있는 게 분명해요. 우리 둘 다 작가가 되면 정말 말도 안 되는 일이지 않아요?"

"브론테 자매보다 더 말이 안 되겠어? 그 자매는 세 명이었잖아. 샬럿, 에밀리 그리고 앤. 전부 작가였지. 나는 『제인 에어』를 좋아했는데." 이건 사실이지만, 불행했던 청소년 시절에 홀리가 특히 사랑했던 작품은 『폭풍의 언덕』이었다. "바버라가 어떤 글을 쓰고 있는지는 전혀 모르고?"

"시일 거예요. 그럴 수밖에 없어요. 2학년 때부터 시만 읽고 있거든요. 저기, 홀리, 이제 잠깐 나가서 걷고 올게요. 이 도시와 사랑에 빠질 수도 있을 것 같아요. 일단 여기 사람들은 뭘 알아요. 팝업 백신 접종소가 있다니까요?"

"그래, 소매치기 조심해. 지갑은 뒷주머니 말고 앞주머니에. 어머니, 아버지께 전화 드리고."

"드렸어요."

"바버라는? 바버라하고도 통화했어?"

"이따 하려고요. 걔가 그 비밀 프로젝트 때문에 너무 바빠서 제 전화를 받을지 모르겠지만. 사랑해요, 홀리."

여러 번 들은 말이지만, 이 말을 들을 때마다 그녀는 울고 싶어진다. "나도 사랑해, 제롬. 이 기쁜 날 잘 마무리하길 바랄게."

그녀는 전화를 끊는다. 담배에 불을 붙이고 창가로 간다.

*생각의 모자*를 쓴다.

생각의 모자를 쓰면 많은 도움이 된다.

로드니 해리스는 월요일 저녁이 되자 평소처럼 스트라이크 엠 아웃 레인스 볼링장에 들렀다가 8시 45분쯤에 귀가한다. 그와 에밀리는 (종종 아둔한 세상에서는 용인하지 않을 만한 방법을 동원해 가며) 건강 관리에 만전을 기하지만 80대 후반으로 접어들면서 예전에는 튼튼했던 고관절이 약해졌고 그 단단한 레인에서 마지막으로 공을 굴린 지 거의 4년이 지났다. 그래도 그의 팀을 응원하려고 월요일마다 거의 출근 도장을 찍는다. 골든 올디스는 65세 이상 리그에 속해 있다. 그와 올디스에서 같이 볼링을 치던 친구들은 대부분 떠났지만 예전에 사회학과 교수였던 휴 클리퍼드를 비롯해 몇 명은 아직 남아 있다. 이제 80대로 진입했을 휴는 주식시장에서 떼돈을 벌었고 그 어마어마한 훅은 여전하다. 1번과 2번 핀 사이로 휘는 건 안타깝지만.

현관문이 닫히는 소리가 들리자마자 에밀리가 조그만 작업실에서 나온다. 그는 그녀의 뺨에 입을 맞추고 저녁 시간 잘 보내고 있었느냐고 묻는다.

"별로였어. 여보, 사소한 문제가 생겼을 수도 있겠어. 내가 몇 사람을 정해서 트윗이랑 포스팅 주시하고 있는 거 알지?"

"베라 스타인먼. 그리고 두말하면 잔소리지만 달 부인."

"가끔 크래슬로 집안사람들도 체크하거든. 별건 없고 자기들끼리 엘런 얘기는 절대 하지 않아. 엘런에 대해서 묻는 사람도 없고. 어제까지는 그랬는데……."

"엘런 크래슬로." 로드니는 중얼거리며 고개를 젓는다. "그 망할 것. 그……." 쓰고 싶은 단어가 생각이 나지 않다가 퍼뜩 떠오른다. "그 고

집불통."

"맞아. 그런데 '로런바콜팬'이라는 아이디를 쓰는 사람이 트위터에서 걔에 대한 정보를 캐고 있어."

"거의 3년이나 지난 일을? 왜 이제 와서?"

"그 로런바콜팬이 탐정 사무소를 하거든. 본명은 홀리 기브니고 사무소 이름은 파인더스 키퍼스야. 퍼넬로피 달이 수사를 의뢰했어."

로드니는 이제 자기를 올려다보는 아내를 위에서 내려다보며 귀를 쫑긋 세운다. 키는 그가 20센티미터 가깝게 더 크지만 지능 면에서는 에밀리가 비등하거나 어떤 면에서는 그를 능가할 수도 있다. 그녀는……. 쓰고 싶은 단어가 또다시 한들한들 멀어지지만 늘 그러듯, 아니 *거의* 늘 그러듯 사라지기 전에 붙잡는다.

에밀리는 *영악하다*.

"그걸 다 무슨 수로 알아냈어?"

"달 부인이 SNS에 워낙 고주알미주알 공개하는 걸 좋아하거든."

"수다쟁이로군. 보니라는 아이는 실수였어. 그 빌어먹을 멕시코 출신보다 더 심각한 실수. 그놈의 경우에는 변명의 여지가 있다지만……"

"맨 첫 번째였으니까. 알아. 부엌으로 가자. 저녁에 마시다 반병 남겨 놓은 레드와인이 있어."

"잘 밤에 와인을 마시면 속이 쓰린데. 알면서." 하지만 그는 그녀를 따라나선다.

"그냥 입만 대."

그녀는 냉장고에서 와인을 꺼내 따른다. 그는 조금만, 그녀의 몫으로는 조금 더 많이. 그러고는 둘이 서로 마주 보고 앉는다.

"보니는 실수였을지 몰라." 그녀도 인정한다. "하지만 날이 더워지면서 좌골신경통이 다시 도지고…… 또 두통이…….”

“알아.” 로드니는 식탁 너머로 손을 내밀어 그녀의 손을 가볍게 쥔다. “편두통 때문에 고생하는 딱한 사람.”

“그리고 당신도 말이야. 당신이 단어가 생각나지 않아서 끙끙대는 거 가끔 봤어. 그리고 그 딱한 손을 벌벌 떠는 것도…… 우리로서는 어쩔 수 없었어.”

“나는 이제 괜찮아. 손 떨림도 없어졌고. 그리고…… 정신이 가물가물했을지 몰라도…… 그 증상도 사라졌고.”

100퍼센트 맞는 말은 아니다. 손 떨림이 사라진 건 맞을지 몰라도 (아주 피곤하면 더러 보일락 말락 하게 떨긴 하지만) 쓰고 싶은 단어가 가끔 한들한들 날아가 버리는 증상은 여전하다.

그럴 때면 그는 속으로 중얼거린다. *인간은 누구나 가끔 그렇게 머리가 하얘질 때가 있다는 거 너도 자료를 찾아봐서 알잖아. 회로가 잠깐 고장 나서 일시적으로 실어증이 생기는 거라고. 근육에 쥐가 나서 미친 듯이 아팠다가 말짱해지는 것과 비슷한 현상이라고. 알츠하이머의 초기 증상일지 모른다고 생각하는 건 말도 안 되는 발상이야.*

“아무튼 끝난 일이야. 부작용이 생기면 그걸 해결하는 데 집중해야지. 다행히 그럴 필요는 없을 것 같아. 이 기브니라는 여자가 눈부신 성공을 몇 번 거둔 적은 있어. 응, 찾아봤지. 하지만 그때는 전직 경찰이 파트너였는데 그 파트너가 몇 년 전에 죽었더라고. 이후로는 대부분 잃어버린 개 아니면 보석금을 내고 튄 피고인을 찾거나 조건부로 몇몇 보험 회사 일을 맡아서 처리하고 있어. 그마저도 메이저가 아니라 작은 회사고.”

로드니는 와인을 한 모금 마신다. “그래도 지적 능력이 엘런 크래슬로를 찾을 정도는 되는 모양이네.”

에밀리는 한숨을 쉰다. “맞아. 하지만 거의 3년의 간격을 두고 실종된 두 사람 사이에서 패턴을 찾을 수는 없겠지. 그래도 당신이 늘 하는 말이 있잖아. 현명한 사람은 햇빛이 쨍쨍할 때 비를 대비한다.”

그가 늘 그런 말을 하던가? 아마도 그런 것 같다. 예전에 그랬든지. *원숭이 한 마리로는 서커스단을 만들 수 없다*는, 아버지가 입버릇처럼 했던 그 말과 더불어서. 그의 아버지는 새파란 색의 멋들어진 패커드를 타고 다녔는데……

“로디!” 에밀리의 날카로운 외침에 그는 정신을 번쩍 차린다. “왜 딴생각을 해?”

“내가 그랬어?”

“그거 이리 줘.” 그녀는 그의 앞에 놓여 있던 젤리글라스를 들고 가 와인을 개수대에 버린다. 냉장고에서 부연 회색의 수제 디저트가 담긴 파르페글라스를 꺼낸다. 위에 휘핑크림을 뿌리고 길쭉한 디저트 스푼과 함께 그의 앞에 놓는다. “이거 먹어.”

“당신은 같이 안 먹고?” 그는 이렇게 묻지만…… 벌써부터 입에 침이 고인다.

“응. 당신 다 먹어. 그래야겠어.”

그가 바닐라 아이스크림과 섞은 뇌수를 욕심껏 떠서 입으로 가져가는 동안 그녀는 맞은편에 앉아 지켜본다. 그걸 먹으면 그가 돌아올 것이다. *돌아와야만* 한다. 그녀는 그를 사랑한다. 그리고 그녀에게는 그가 필요하다.

“내 말 잘 들어, 여보. 이 여자는 보니를 찾아다니다 아무 소득 없이 수수료만 챙겨서 수사를 접을 거야. 만약 골치 아픈 사태가 벌어질 경우, 그럴 가능성은 고작 100분의 1 어쩌면 1000분의 1이지만, 찾아보니까 미혼이고 진지하게 만나는 사람도 없는 것 같더라고. 어머니는 이달 초에 죽었어. 살아 있는 친척이 삼촌 한 명뿐인데, 알츠하이머로 요양원에 있고. 한 명 있는 동업자는 코로나로 전투력을 상실한 것 같고."

로드니는 입가의 주름을 타고 흘러내리는 걸 닦아 가며 전보다 조금 빠르게 먹는다. 벌써부터 시야가 맑아지고 그녀의 말이 또렷하게 들리는 것 같다.

"그 많은 걸 트위터에서 알아냈단 말이야?"

에밀리는 미소를 짓는다. "거기랑 다른 몇 군데서. 내 나름대로 요령이 있거든. 우리가 보는 텔레비전 드라마랑 비슷해. 「매니페스트」 말이야. 거기 등장인물들이 계속 '모든 건 연결이 되어 있다'고 하잖아. 드라마는 한심하지만 그 말은 맞지. 내가 하고 싶은 말은 간단해, 여보. 이 여자는 주변에 아무도 없어. 어머니가 죽었으니 분명 우울하고 상심을 달랠 길이 없을 거야. 그런 여자가 컴퓨터에 유서를 남기고 호수에 뛰어들어 자살했다고 하면 누가 의심스러워하겠어?"

"동업자는 의심스러워할 수도 있지."

"아니면 전적으로 이해할 수도 있고. 그런 식으로 처리해야 한다는 건 아니야. 다만……"

"햇빛이 쨍쨍할 때 비를 대비해야 할 뿐이지."

"바로 그거야." 파르페는 바닥을 드러냈고 그는 먹을 만큼 먹었다. "그거 이리 줘."

그녀는 받아서 남은 걸 깨끗이 해치운다.

바버라 로빈슨이 잠옷 바람으로 이불 속에 들어가 침대 옆 스탠드만 켜고 책을 읽고 있을 때 전화벨이 울린다. 읽던 책은 호르헤 카스트로가 쓴 『카탈렙시』다. 『잊힌 도시』보다는 감흥이 덜하고 제목에 일부러 어려운 단어를 쓴 것 같다. 자신은 '문학인'이라는 선포랄까. 그래도 내용은 상당히 훌륭하다. 게다가 그녀의 표제작 「바뀌는 얼굴들」도 '남녀노소가 모두 난롯가에서 애송할 만한 시'는 아니지 않은가.

뉴욕에 간 제롬의 전화다. 그녀가 있는 곳 기준으로 11시 15분이니 동부 시간으로는 날이 바뀌었을 것이다.

"안녕, 오빠. 늦게까지 안 자고 있네? 친구들이 말 못 하는 사람들이 아닌 이상 파티 중인 것 같지도 않은데."

"응, 지금 호텔 방이야. 너무 흥분했는지 잠이 안 오네. 나 때문에 깼어?"

"아니." 바버라는 일어나 앉아서 베개를 등 뒤에 받친다. "자려고 누워서 책 읽고 있었어."

"실비아 플라스 아니면 앤 섹스턴?" 놀리는 투다.

"소설. 이걸 쓴 작가가 저 윗동네에서 잠깐 가르친 적이 있었대." '저 윗동네'란 벨 대학을 말한다. "어쩐 일이야?"

그래서 그는 부모님과 홀리에게 이미 전한 소식을 열띤 목소리로 와르르 쏟아 낸다. 그녀는 그 소식을 듣고 기뻐하며 잘됐다고 한다. 10만 달러라는 금액에는 놀라워하고 그가 북투어의 가능성을 언급하자 비명을 지른다.

"나도 같이 데려가 줘! 심부름꾼으로!"

"좋아. 너는 별일 없어, 바버렐라?"

그녀도 하마터면 전부 터뜨릴 뻔하지만 참는다. 오늘은 제롬의 날이 되어야 한다.

"바브? 전화 끊은 거 아니지?"

"나야 늘 똑같지 뭐."

"못 믿겠는데. 너 뭐 하고 있는 거 있지? 뭔데 그렇게 입 꾹 다물고 있어? 얼른 말해."

"조만간 얘기할게." 그녀는 약속한다. "진짜로. 홀리는 요즘 어쩌고 있어? 요전 날 전화했는데 내가 제대로 못 받아서 마음이 안 좋아." 하지만 마음이 아주 안 좋지는 않다. 써야 하는 중요한 에세이가 있는데 진도를 거의 못 나가고 있다. 아니, '거의'가 아니라 아직 시작조차 하지 못했다.

제롬은 사건의 개요를 요약 설명하고 엘런 크래슬로로 마무리 짓는다. 바버라는 적절한 때 '그렇구나', '우와', '아하' 해 가며 추임새를 넣지만 듣는 둥 마는 둥이다. 이달 말까지 제출해야 하는 빌어먹을 에세이 생각을 하느라 딴전이다. 게다가 잠이 쏟아진다. 호르헤 카스트로의 소설을 이불 위에 엎어 놨으면서도 제롬이 설명하는 실종 사건과 올리비아 킹즈버리에게 들은 사건을 서로 연결하지 못한다.

그는 그녀의 하품 소리를 듣고 말한다. "이제 끊어야겠다. 하지만 내 얘기에 귀를 기울여 줘서 고마웠어."

"나야 항상 귀를 기울이지. 안 그래, 사랑하는 오빠?"

"거짓말." 그는 웃음을 터뜨리고 전화를 끊는다.

바버라는 호르헤 카스트로의 책을 옆으로 치우고 불을 끈다. 그가 아주 운이 없는 소수의 사람으로 이루어진 단체 회원이라는 사실을 알지 못한 채.

그날 밤에 홀리는 예전 집에서 살았던 방이 나오는 꿈을 꾼다.

벽지를 보면 신시내티 본드가의 그 집이라는 걸 알 수 있지만 그녀가 상상했던 박물관 전시실이기도 하다. 유물이 된 모든 물건에 그게 뭔지를 설명하는 조그만 명패가 놓였다. 오디오 옆에는 **루디오 루디우스**가, 쓰레기통 옆에는 **벨라 시데레아**가, 침대 위에는 **쿠빌레 트리스티스 푸엘라**가.

인간의 머리는 연관성 파악의 귀재이기에 그녀는 아버지를 떠올리며 잠에서 깨어난다. 자주 없는 일이다. 당연하지 않은가. 아주아주 오래전에 돌아가신 아버지는 살아생전 집에 있을 때도 그림자 같은 존재였고 집에 있은 적이 거의 없었다. 하워드 기브니는 레이 카턴 농기구업체의 영업사원이었고, 중서부 전역을 돌며 존 디어 상품과 확실하게 구분이라도 하려는 듯 모두 새빨간 색으로 제작된 콤바인과 레이 카턴 트루메이드 트랙터를 팔러 다녔다. 그러다 집에 오면 샬럿이 '집안의 군불이 꺼지지 않게 지키는' 사람이 누군지 절대 잊지 못하게 했다. 그는 중서부 시골에서는 영업왕이었을지 몰라도 집에서는 소심한 인간, 그 자체였다.

홀리는 일어나 서랍장 앞으로 간다. 그녀 스스로 일군 직업인으로서의 삶의 기록은 전부 파인더스 키퍼스 아니면 조그만 홈 오피스에 보관돼 있지만 일부 기록(일부 유물)은 이 서랍장의 맨 아래 서랍에 있다. 많지는 않고 대부분 향수와 회한을 동시에 불러일으키는 추억이 깃들어 있다.

여러 초등학교 학생들이 출전한 말하기 대회에서 2등을 하고 받은 상패.(아직 많은 사람 앞에 자신 있게 설 수 있을 만큼 어린 나이에 받은 상이다.) 그녀는 로버트 프로스트의 시 「담장 고치기」를 암송했는데, 샬럿은 딸을 칭찬하고 나서 중간에 단어를 몇 번 더듬지만 않았다면 1등도 할 수 있었을 거라고 말했다.

여섯 살 때 아버지와 함께 핼러윈 사탕 받으러 나섰을 때 찍은 사진. 그는 양복을, 그녀는 아버지가 만들어 준 유령 옷을 입었다. 원래는 어머니가 이 집에서 저 집으로 끌고 다녔는데, 그해에는 어머니가 독감에 걸렸던 기억이 희미하게 난다. 사진 속에서 하워드 기브니는 웃고 있다. 그녀도 웃고 있었을 것 같다. 시트를 뒤집어써서 알 길은 없지만.

"하지만 웃고 있었어." 홀리는 중얼거린다. "왜냐하면 아버지는 얼른 집에 가서 텔레비전을 보려고 나를 막 끌고 다니지 않았거든." 그리고 가는 집마다 고맙다고 인사하라고 시키지 않고 알아서 하겠거니 했다. 그건 당연한 거였다.

하지만 그녀가 찾는 건 상패도, 핼러윈 사진도, 눌러서 말린 꽃도, 조심스럽게 오려서 보관한 아버지의 부고도 아니다. 엽서다. 원래는 더 많아서 적어도 열두어 장은 됐는데, 다른 건 모두 잃어버린 모양이다. 유산을 두고 어머니가 어떤 거짓말을 했는지 알게 됐을 때 불쾌한 생각 하나가 떠오른 적이 있었다. 홀리가 거의 기억하지 못하는 어떤 남자의 유품을 어머니가 훔쳤을지 모른다는 생각이었다. 집에 있는 동안에는(그런 날이 거의 없긴 했지만) 아내의 수중에서 놀아났지만 어쩌다 어린 딸과 단둘이 있을 때면 다정하고 재미있었을지도 모르는 남자.

그는 고등학교에서 4년 동안 라틴어 수업을 들었고 그 언어로 쓴 두 쪽짜리 리포트로 2등이 아닌 1등상을 받았다. 리포트 제목은 '키드 에스트 베리타스—진리란 무엇인가'였다. 홀리는 가혹하다 싶을 만큼 강력한 샬럿의 반대에도 고등학교에서 2년 동안 라틴어 수업을 들었다. 그 학교에서 최대한 들을 수 있는 기간이 2년이었다. 영업사원으로 취직하기 이전의 아버지처럼 두드러진 실력을 발휘하지는 못했지만 꾸준히 B학점을 받았고 '트리스티스 푸엘라'는 슬픈 소녀, '벨라 시데레아'는 별들의 전쟁이라는 걸 알 만큼은 됐다.

이제 와 생각해 보니 그녀가 라틴어 수업을 들은 이유는 아버지에게 관심을 표현하기 위해서였다. 그리고 아버지도 거기에 호응해 주었다. 오마하, 털사, 래피드시티 같은 데서 이런 엽서를 보내는 식으로.

그녀는 잠옷 바람으로 맨 아래 서랍 앞에 무릎을 꿇고 앉아서 '트리스티스 푸엘라'였던 시절의 몇 안 되는 유물을 뒤지며 마지막으로 한 장 남은 그 엽서도 없어졌나 보다는 생각을 한다. (하워드 기브니를 자신의 인생에서 완전히 삭제한) 어머니가 슬쩍한 게 아니라 그녀가 바보같이 잃어버린 거다.

마침내 그녀는 서랍 뒤편 틈새에 끼어 있던 엽서를 찾는다. 엽서 전면의 사진은 세인트루이스 게이트웨이 아치다. 레이 가턴 농기구사의 볼펜일 게 분명한 필기구로 라틴어가 적혀 있다. 아버지가 그녀에게 보낸 엽서는 모두 라틴어로 되어 있었다. 그걸 해석하는 것이 그녀의 임무이자 기쁨이었다. 그녀는 엽서를 돌려 뭐라고 적혀 있는지 본다.

카라 홀리! 델리시암 메암 아모. 루데 쿰 마트레 투아. 목스 도미 에로. 파테르 투스.

이것이 그에게는 17만 달러짜리 트랙터를 판 것보다 더 뿌듯한 성과였다. 한번은 그가 딸에게 전국의 농기구 영업사원 중에 라틴어 특기자는 자기밖에 없을 거라고 한 적이 있었다. 그 말을 듣고 샬럿은 폭소로 응수했다. "아무도 쓰지 않는 말을 할 줄 안다고 뿌듯해하는 사람도 당신밖에 없겠지."

하워드는 미소만 지을 뿐 아무 말도 하지 않았다.

홀리는 엽서를 들고 침대로 가서 테이블 스탠드 불빛에 비춰 다시 읽어 본다. 라틴어 사전의 도움을 받아 가며 해석했던 기억이 나기에 무슨 뜻인지 중얼거려 본다. "홀리에게! 나는 내 딸을 사랑한다. 어머니와 즐겁게 지내렴. 곧 집으로 갈게. 네 아빠가."

홀리는 뭐에 홀린 듯 엽서에 입을 맞춘다. 소인이 다 뭉개져서 찍힌 날짜는 알 수 없지만 그녀가 기억하기로는 아버지가 아이오와주 데번포트 외곽의 모텔 객실에서 심장마비로 죽기 얼마 전에 보낸 엽서였다. 열차로 시신을 옮기느라 돈이 든다며 어머니가 투덜거렸던, 아니 욕을 했던 기억이 난다.

홀리는 이따가 다시 서랍에 넣자고 생각하며 침대 옆 테이블에 엽서를 놓는다. *유물이야. 박물관 유물.*

아버지에 얽힌 추억이 거의 없다는 데 슬퍼지고, 어머니의 그림자가 그를 완전히 덮어 버렸다는 데 무지근하게 화가 난다. 샬럿이 홀리의 유산을 가로챘던 것처럼 다른 엽서도 가로챘을까? 지금보다 어리고 훨씬 소심했던 시절에 책갈피로 썼거나 당시 어디든 들고 다녔던 가방(당연히 체크무늬)에 보관했기 때문에 이것만 남았을까? 모를 일이다. 그는 아내가 있는 집이 싫어서 그렇게 출장을 다녔을까? 그것 역시 모를 일이다. 그녀가 아는 게 있다면 그는 항상 기쁜 얼굴로 '카라 홀리'가 있는 집으로 돌아왔다는 것이다.

그리고 또 아는 게 있다면 그들이 아무도 쓰지 않는 말에 일말의 생명을 불어넣었다는 것이다. 라틴어는 둘만의 것이었다.

홀리는 불을 끈다. 다시 잠이 든다.

그녀가 예전에 썼던 방으로 샬럿이 찾아오는 꿈을 꾼다.

"네가 누구 딸인지 잊지 마." 샬럿이 말한다.

그러고는 밖으로 나가서 등 뒤로 문을 잠근다.

2021년 5월 19일

바버라는 부리나케 병원 로비로 들어간다. 뛰어가지 않은 이유는 오로지 마리에게 위급 상황이 아니라 늘 하던 정기검진일 뿐이라고 들었기 때문이다. 카이너 기념병원 안내데스크를 찾아가 종양학과는 몇 층이냐고 묻는다. 데스크 직원은 서쪽에 일렬로 늘어선 엘리베이터를 타라고 안내한다. 벽에는 기분 좋은 사진(석양, 초원, 열대 섬)이 걸려 있고 머리 위 스피커에서는 기분 좋은 음악이 흘러나오는 쾌적한 라운지가 바버라를 맞이한다. 수많은 사람이 좋은 소식을 바라고 나쁜 소식을 두려워하며 여기 앉아 있다. 다들 마스크를 쓰고 있다. 마리는 존 샌드퍼드의 소설을 페이퍼백판으로 읽고 있다. 바버라를 위해 옆자리를 비워 두었다.

바버라가 맨 처음 한 말은 이거다. "왜 이제까지 아무 말도 하지 않으셨어요?"

"걱정할 필요가 없는데 괜히 걱정할 테니까." 마리는 침착하기 이를 데 없다. 평소처럼 옅은 황갈색 바지에 흰색 셔츠를 입었고 화장은 최소한으로 완벽하게 했고 삐져나온 머리카락 한 올 없다. "선생님은 네가 네 시에 대해서 걱정하길 바라셨거든."

"하지만 저는 *선생님* 걱정이 되는걸요!" 바버라는 언성을 높이지 않으려 하지만 몇 명이 쳐다본다.

"선생님은 암에 걸리셨어. 선생님의 표현을 빌자면 다름 아닌 똥꼬암. 발병한 지 아주 오래됐는데, 담당의 브라운 선생님 말로는 그걸로 죽을 일은 없고 그냥 같이 늙어 가는 암이래. 워낙 연세가 있다 보니 진행이 아주 더디다고. 지난 2년 동안 조금 빨라지긴 했지만."

"악성이에요?" 그녀는 조그맣게 묻는다.

"당연하지." 하지만 마리는 여전히 침착하다. "하지만 여태껏 전이되지 않았고 앞으로도 그럴 거야. 전에는 1년에 두 번씩 크기를 체크했는데 올해는 세 번이 되겠네. 선생님이 내년까지 사신다면. 선생님은 이미 오래전에 부품 유효 기간이 다됐다고 하시지만 말이야. 너한테 연락한 이유는 선생님이 네게 하실 말씀이 있기 때문이야. 학교 빼먹고 왔니?"

바버라는 못 들은 척한다. 그녀는 이제 3학년이고 평균 A학점을 찍고 있으니 하루쯤은 아무 때나 빠져도 된다.

"무슨 말씀인데요?"

"선생님이 직접 하실 거야."

"펜리에 대해서요?"

마리는 대답 없이 책을 다시 집어서 읽기 시작한다. 바버라는 책을 들고 오지 않았기에 휴대전화를 꺼낸다. 인스타그램에 들어가 재미없는 게시글을 몇 개 보고 이메일을 체크하고 다시 가방에 넣는다.

10분 뒤에 올리비아가 반회전문을 열고 나온다. 그 뒤편에 바버라는 알고 싶지 않은 기계들이 놓여 있다. 올리비아는 지팡이를 두 개 짚었고 가녀린 한쪽 어깨에 멘 핸드백이 앞뒤로 흔들린다. 잡역부가 팔을 붙잡아 주고 있다.

올리비아는 바버라와 마리 앞에 다다르자 잡역부에게 고맙다고 인사하고 한숨과 함께 털썩 주저앉았다가 움찔한다. "시끄러운 기계 안에 갇혀서 똥 나오는 길을 검사받는 굴욕을 다시 한번 잘 이겨 냈네. 늙으면 버릴 게 많아져서 그것만으로도 서러운데 굴욕도 늘어난단 말이지." 그녀가 이번에는 바버라에게 말한다. "마리에게 암 얘기 들었지? 우리가 네게 말을 하지 않은 이유도."

"그래도 서운해요."

올리비아는 피곤해 보이지만(바버라의 눈에는 죽도록 피곤해 보이지만) 궁금해하는 표정이기도 하다. "어째서?"

바버라는 이유를 댈 수가 없다. 이 여인은 가을이면 100살이 될 텐데, 저 문 뒤 어딘가에는 열 번째 생일날까지 목숨을 부지하지 못할 민머리의 아이들이 있을지 모른다. 그런데 어째서 서운할까?

"비명 지를 줄 아니, 바버라?" 빨간색과 하얀색과 파란색으로 이루어진 평화의 상징이 찍힌 마스크 위에서 그녀의 눈이 그 어느 때보다 환하게 반짝인다.

"네? 그건 왜요?"

"비명 질러 본 적 있어? 온 힘을 다해서 목이 쉴 정도로 세게?"

바버라는 브래디 하츠필드, 모리스 벨러미, 체트 온도스키, 그중에서도 특히 온도스키와 맞닥뜨린 기억을 떠올린다. "네."

"여기서는 지르지 마. 여긴 비명 지르는 데가 아니니까. 나중이라면 모를까 여기서는 조용히 있어야 하지. 집에 갈 때까지 기다렸다가 마리를 통해서 너한테 연락해도 됐겠지만 나이를 먹을수록 충동 조절이 잘 안 돼. 게다가 MRI를 찍는 데 시간이 얼마나 걸릴지도 모르고 해서 마리한테 너를 여기로 불러 달라고 했지."

그녀는 어깨에 메고 있던 큼지막한 핸드백을 내려서 주섬주섬 연다. 안에서 깃펜과 잉크병이 찍힌 편지봉투를 꺼낸다. 바버라도 익히 아는 로고다. 마리의 전화를 받은 순간부터 계속 두근거리고 있었던 심장이 폭주하기 시작한다.

"안 좋은 소식이 들어 있으면 잘 순화해서 전해 주려고 내 마음대로 개봉했어. 걱정할 필요가 없었더구나. 30세 이하 시인 열다섯 명이 펜리상 2차 후보로 선정됐는데, 그중 한 명이 너야."

바버라의 손이 봉투를 건네받는다. 그 손이 봉투를 열고 접혀 있는 묵직한 종이를 끄집어낸다. 편지 맨 꼭대기에 예의 그 로고가 찍혔고 '펜리 심사위원단은'으로 시작되는 문장이 적혀 있다. 그 뒤로는 눈물이 앞을 가려서 보지 못한다.

그들은 마리의 차를 타고 리지 로드로 돌아간다. 바버라는 뒷자리에 앉는다. 시리우스 XM에 맞춰진 라디오에서 1940년대 노래가 계속 흘러나온다. 그중 몇 곡은 올리비아가 따라부른다. 바버라는 그 노래가 맨 처음 떴을 때는 올리비아가 페니 로퍼를 신고 바가지머리를 했을 거라는 상상을 한다. 그녀는 차를 타고 가는 동안 편지를 읽고 또 읽으며 꿈이 아니라는 걸 확인한다.

집에 도착하자 바버라와 마리가 올리비아를 부축해 차에서 내리고 계단을 올라가는데, 몇 번의 요란한 방귀 소리가 동반된 더딘 과정이다. "역화 현상이야." 올리비아는 덤덤하게 말한다. "배기 장치를 청소하는."

문이 닫혀 있는 앞 베란다에서 올리비아가 양손에 지팡이를 하나씩 쥔 채 바버라를 마주 본다. "비명을 지르고 싶으면 지금 지르는 게 좋겠다. 나도 같이 지르고 싶은데 배에 힘이 안 들어가네."

바버라는 여전히 랜덤하우스 출판사에서 시집을 출간할 수 있는 펜리상 후보에 불과하다. 상을 받으면 좋겠고 상금을 학비에 보태면 되겠다는 생각이 들지만, 중요한 건 그게 아니다. 올리비아가 상을 받지 못해도 시집을 출간할 수 있다고 거의 장담하지 않았던가. 그러니까 그녀의 시를 읽어 주는 독자가 생길 거라는 뜻이다. 많지는 않을지 몰라도 그녀가 사랑하는 것을 사랑해 주는 사람들이.

그녀는 숨을 들이마시고 비명을 지른다. 공포가 아닌 환희의 비명을.

"잘했다." 올리비아가 웃고 있다. "한 번 더 어때? 할 수 있겠어?"

할 수 있다. 마리가 한 팔로 그녀의 어깨를 감싸고 둘이서 같이 비명을 지른다.

"훌륭해." 올리비아가 말한다. "참고 삼아 밝히자면 내 제자 중에 펜리상 1차 후보로 뽑힌 청년은 두 명 있었지만 2차 후보는 바버라 로빈슨, 네가 처음이고 그들보다 훨씬 어려. 하지만 앞으로 높은 장애물이 여러 개 너를 기다리고 있을 거야. 어마어마한 재능과 노력을 갖춘 열네 명이 경쟁 상대라는 걸 잊지 마라."

"이제 그만 쉬세요, 선생님." 마리가 말한다.

"알았어. 하지만 그 전에 몇 가지 의논할 게 있어."

2021년 7월 27일(1)

오전 11시 15분에 세상이 홀리에게 동아줄을 던져 준다.

(모든 가구가 제자리에 놓여 있어서 안정감을 주는) 사무실에서 어느 보험 회사에 보낼 청구서를 작성하다가 벌어진 일이다. 홀리는 텔레비전에서 유쾌한 캐릭터가 등장하는 보험 광고들이 나올 때마다 소리를 죽인다. 보험 광고는 1분마다 한 번씩 사람들 웃음보를 터뜨리지만 회사 자체는 그렇지 않다. 허위 청구를 입증해 25만 달러를 아끼게 해 줘도 두 번, 세 번, 가끔은 네 번까지 청구서를 보내야 보수를 받을 수 있다. 이런 청구서를 작성할 때면 종종 그 옛날 포크송 가사가 생각난다. 원하던 걸 손에 쥐고 말로만 고맙다고 한다는 가사 말이다.

개떡 같은 세 쪽짜리 서식의 마지막 몇 줄을 적고 있을 때 전화벨이 울린다. “파인더스 키퍼스의 홀리 기브니입니다. 무엇을 도와 드릴까요?"

"안녕하세요, 기브니 씨. 저 에밀리오 헤레라예요. 제트마트에서 근무하는. 어제 만났었죠?"

"아, 네." 홀리는 청구서는 잊어버리고 정자세로 앉는다.

"갑자기 사라진 단골이 또 있느냐고 물어보셨잖아요."

"그런데 생각난 사람이 있으셨나요, 헤레라 씨?"

"음, 어쩌면요. 간밤에 자러 들어가기 전에 멜라토닌이 분비되길 기다리는 동안 볼 게 없나 싶어서 채널을 이리저리 돌리는데 AMC에서 「위대한 레보스키」가 방영되고 있더라고요. 기브니 씨는 본 적 없는 영화겠지만요."

"본 적 있어요." 사실 세 번 봤다.

"아무튼 그걸 보니까 볼링맨이 생각나더라고요. 수시로 들락거렸거든요. 주로 과자랑 탄산음료를 샀고 가끔 리즐라 페이퍼를 샀지요. 착한 청년이었고, 내 나이가 예순을 향해 가고 있으니 내 눈에는 청년으로 보였는데, '마리화나 중독자'를 설명하는 칸에 그 친구 사진을 넣으면 딱이겠다 싶었어요."

"이름이 뭐였는데요?"

"기억이 잘 안 나네요. 코리였나? 캐머런이었나? 최소 5년, 어쩌면 더 됐을 수도 있어서요."

"그분 생김새는 어땠어요?"

"말랐어요. 금발을 길게 길러서 하나로 묶고 다녔고요. 아마 모터자전거를 타고 다녀서 그랬을 거예요. 오토바이도 아니고 스쿠터도 아니고 그냥 모터 달린 자전거. 요즘 나오는 건 전기인데 이건 휘발유를 썼어요."

"어떤 자전거인지 알아요."

"그리고 시끄러웠어요. 모터에 무슨 문제가 있었는지 아니면 그런 모터자전거는 원래 그런지 몰라도 진짜 시끄러웠어요. 부앙-부앙-부앙, 이런 식으로. 그리고 여러 가지 한심한 스티커로 도배가 되어 있었고요. **게이 고래에게 핵폭탄을, 나는 조그만 목소리가 시키는 대로 하지** 그리고 그레이트풀 데드 스티커. 그 밴드 팬클럽 회원일 것 같은 친구였어요. 날이 따뜻하면 거의 매일 저녁에 가게에 들렀죠. 그러니까 4월부터 10월, 가끔은 심지어 11월까지. 둘이서 주로 영화 얘기를 했고 그 친구가 사 가는 건 항상 같았어요. 초코바 두세 개하고 P코. 그리고 가끔 담배 마는 종이."

"P코가 뭐예요?"

"페루콜라요. 졸트 비슷한 탄산음료예요. 졸트 기억해요?"

홀리도 당연히 기억한다. 1980년대에 잠깐 동안 졸트를 입에 달고 살았다. "모토가 '설탕은 빼지 않고 카페인은 두 배로'였죠."

"맞아요. P코는 설탕은 빼지 않았고 카페인은 약 아홉 배였어요. 극장 바위에 올라가 매직 시티에서 상영되는 영화를 봤던 것 같아요. 거기 올라가면 화면이 진짜 잘 보인다고 그 친구가 그러……"

"저도 올라가 봤는데, 정말 그렇더라고요." 홀리는 이제 흥분 상태다. 그녀는 골치 썩이던 보험 회사 청구서를 뒤집어서 그 위에 '코리 아니면 캐머런, 황당한 스티커로 뒤덮인 모터자전거'라고 갈겨 쓴다.

"그 친구는 주중에만 거기 올라간다고 했어요. 주말에는 거기 죽치고서 엉덩이를 주물러 대는 애들이 너무 많다고. 괜찮아 보이는 청년이었지만 마리화나 중독자였어요. 내가 그 얘기는 이미 했던가요?"

"네, 하지만 괜찮아요. 계속 말씀해 주세요." 그녀는 '극장 바위'에 이어 '레드뱅크로!!!'라고 갈겨 쓴다.

"내가 소리도 안 들리는데 무슨 소용이냐고 물었더니 그 친구가 엄청 재미있는 대답을 했는데. '상관없어요, 대사를 전부 알거든요.' 이러지 뭐예요. 아마 진짜였을 거예요, 거기서 상영되는 영화가 고전이라. 나도 대사를 전부 아는 영화가 몇 편 있거든요."

"진짜요?" 당연히 진짜다. 홀리도 긴 대사를 외우는 영화가 최소 60편이다. 어쩌면 100편일 수도 있다.

"그럼요. 뭐 이런 거요. 좀 더 큰 배가 있어야겠어, 살기 바쁘거나 죽기 바쁘거나.*"

"진실을 밝혀도 너는 감당하지 못해.**" 홀리도 못 참고 중얼거린다.

"맞아요, 그것도 유명한 대사죠. 있잖아요, 기브니 씨, 이 업계에서는 손님이 왕이에요. 담배나 맥주를 사러 온 미성년자가 아닌 이상. 그래도 생각은 내 마음대로 해도 되는 거 아니겠어요?"

"그럼요."

"내가 이 청년을 보고 무슨 생각을 했느냐면 스피드볼***을 하는 것 같다는 거였어요. 거기 올라가서 알딸딸하게 마리화나를 피운 다음 P코 한 캔으로 그 기분을 코팅하는 거죠. 그 음료는 2, 3년 전에 생산이 중단됐는데 그럴 만도 해요. 전에 한번 마셔 봤는데 손이 덜덜 떨리더라고요. 아무튼 그 친구가 단골이었어요. 꼬박꼬박 출근 도장을 찍은. 일이 끝나면 그 시끄러운 모터자전거를 타고 와서 초코바랑 탄산음료, 가끔은 담배 마는 종이를 사고 나랑 잡담을 몇 마디 나누다 가는 게 일상이었죠."

"그러다 언제 발길을 끊었나요?"

"정확히는 잘 모르겠어요. 내가 제트마트에서 일한 지 하도 오래돼

---

* 영화 「조스」와 「쇼생크 탈출」에 나오는 대사다.

** 영화 「어 퓨 굿맨」에 나오는 대사다.

*** 코카인에 헤로인, 모르핀 또는 암페타민을 섞은 마약.

서 만난 손님이 워낙 많거든요. 하지만 트럼프가 대통령에 출마한 때였어요. 우리 둘이서 그걸 가지고 우스갯소리를 주고받았던 기억이 나거든요. 그 우스갯소리보다 더 황당한 일이 벌어졌지만." 그는 자기가 한 말을 곱씹는지 잠깐 머뭇거린다. "기브니 씨가 그자에게 투표했다면 농담으로 받아들여 줘요."

그럴 리가요. "저는 클린턴에게 투표했어요. 아까 그분을 볼링맨이라고 부르셨죠?"

"네. 스트라이크 엠 아웃 볼링장에서 일했거든요. 그 상호가 적힌 티셔츠를 입고 다녔어요."

그들은 잠시 더 대화를 나누지만 헤레라는 쓸 만한 정보를 더는 기억하지 못한다. 그래도 볼링맨의 이름을 알아내는 데에는 별문제가 없을 것이다. 홀리는 아무 의미 없는 정보일 수도 있다고 미리 지나친 기대를 차단한다. 하지만…… 같은 가게, 같은 도로였고, 차를 타고 다니지 않은 것도 같았고, 보니 레이가 사라진 때와 시각도 얼추 비슷하다. 그리고 홀리가 보니의 귀걸이를 찾은 뒤에 직접 올라가 봤던 극장 바위.

아이패드로 체크해 보니 스트라이크 엠 아웃 레인스는 오전 11시에 문을 연다. 거기에 물어보면 볼링맨의 이름을 알 수 있을 것이다. 문 쪽으로 걸어가려는데, 다른 좋은 생각이 떠오른다. 이마니 맥과이어는 그녀와 나눈 대화를 녹음하지 못하게 했지만 홀리가 나중에 중요한 부분만 요약해서 휴대전화에 녹음해 놓았다. 그 파일을 찾아서 재생하려는 순간, 이마니의 남편 이름이 생각난다. 견인 차량 보관소에서 일한다는 야드였다.*

그녀는 시립 견인 차량 보관소 전화번호를 알아내 야들리 맥과이어 씨를 찾는다.

"전데요."

"안녕하세요, 제 이름은 홀리 기브니예요. 어제 아내 되시는 분과 대화를 나눴는데……"

"엘런 문제로요. 대화 잘 나눴다고 이미한테 들었어요. 엘런을 찾은 건 아니겠죠?"

"네. 그런데 그보다 몇 년 전에 실종된 다른 분의 정보를 우연히 입수했어요. 아마 연관이 없겠지만, 있을지도 몰라서요. 그분이 스티커로 뒤덮인 모터자전거를 타고 다녔대요. 그중 하나는 '게이 고래에게 핵폭탄을'이라고 적혀 있었고. 또 다른 건 그레이트풀 데드……"

"아, 그 모터자전거 기억해요. 여기에 최소 1년, 어쩌면 그보다 더 오랫동안 방치돼 있었죠. 결국에는 제리 홀트가 집으로 들고 가서는 모터자전거 사 달라고 조르던 둘째한테 줬어요. 하지만 먼저 튜닝을 해야 했어요. 왜냐하면……"

"시끄러워서요. 부앙-부앙-부앙, 이런 식으로."

야드는 웃음을 터뜨린다. "맞아요, 그 비슷했어요."

"그게 어디서 발견됐나요? 아니, 어디 방치돼 있었나요?"

"흠, 모르겠는데. 제리가 알지 몰라요. 저기 그런데 기브니 씨, 제리가 그걸 훔친 건 아니에요. 번호판이 없었고 등록번호가 있었다 한들 아무도 차량관리국 홈페이지에 들어가 검색해 보지 않았을 뿐이에요. 하도 조그맣고 시끄러운 고물이라."

---

* 견인 차량 보관소가 영어로 '임파운드 야드'다.

제리 홀트의 연락처를 받은 홀리는 야들리에게 고맙다고 인사한 뒤 이마니에게 안부를 전해 달라고 한다. 그러고는 홀트에게 전화한다. 신호가 세 번 떨어진 뒤에 음성사서함으로 넘어가자 전화 부탁한다고 메시지를 남긴다. 그런 다음 폭풍을 맞은 건초 더미처럼 될 때까지 머리를 헤집으며 사무실을 뱅글뱅글 돈다. 볼링맨의 이름을 몰라도 그녀가 레드뱅크의 살인마로 간주하게 된 자에게 당한 피해자라고 90퍼센트 자신할 수 있다. 그 살인마가 좌골신경통을 앓는 백인 노부인일 가능성은 낮다. 하지만 노부인이 제삼자의 범죄를 은폐하는 역할을 맡은 것일 수 있지 않을까? 다른 사람의 뒤처리를 하는? 어쩌면 아들의? 그런 경우가 지금까지 없었던 것도 아니다. 홀리도 얼마 전에 화가 난 아들이 명예 살인을 하겠다고 나서자 목을 벨 수 있게 그 어머니가 며느리의 다리를 잡고 있었다는 기사를 읽은 적 있다. 함께 살인을 저지르고 함께 삶을 나누는 가족. 뭐 그런 것.

그녀는 피트에게 연락할까 고민한다. 심지어 경찰서로 전화해 이사벨 제인스를 바꿔 달라고 할까 고민한다. 하지만 심각하게 고민하지는 않는다. 이 사건은 직접 해결하고 싶다.

스트라이크 엠 아웃 레인스의 주차장은 넓지만 차가 거의 없다. 홀리가 주차하고 차 문을 여는데 전화벨이 울린다. 제리 홀트다.

"그럼요, 그 자전거 기억하죠. 1년이 지나도 아니다, 16개월에 가까웠어요, 그래도 찾으러 오는 사람이 없길래 우리 애한테 줬어요. 그거 찾는 사람이 나왔어요?"

"아뇨, 그런 게 아니라……"

"그럼 다행이네요. 그레그가 이 근처 채석장에서 그걸로 점프 연습을 하다 아작을 냈거든요. 그 바보 놈은 팔이 부러졌고 나는 집사람한테 아주 그냥 깨졌고요."

"그게 어디서 발견됐는지 궁금해서 여쭤보려고요. 혹시 아세요?"

"그럼요. 일지에 적혀 있었어요. 디어필드 공원이라고. 덤불밭이라고 불리는, 그 덤불 우거진 곳이요."

"레드뱅크로 근처요." 제리 홀트에게 한 말이라기보다 혼잣말에 가깝다.

"맞아요. 거기서 공원 관리인이 발견했어요."

볼링장 출입문에는 팻말 두 개가 걸려 있다. 하나에는 **영업 중**이라고 적혀 있다. 다른 하나에는 **노 마스크? 노 프라블럼!**이라고 적혀 있다. 홀리는 마스크를 올려 쓰고 안으로 들어간다. 입구 로비는 수십 장에 달하는 아이들 단체 사진으로 뒤덮여 있다. 이 위에 **아이들의 건강을 위해 볼링을!**이란 팻말이 걸려 있다. 수영, 달리기, 배구 등 이보다 더 건강에 좋은 운동이 홀리의 머릿속에 떠오르지만 뭐든 하면 도움이 될 것이다.

레인은 모두 스무 개인데, 세 개에만 조명이 켜져 있다. 몇 개 안 되는 공 소리가 요란하다. 공에 맞은 핀이 와르르 무너지는 소리는 그보다 더 커서, 단역이 파란 선이 아니라 빨간 선을 잘못 잘라 버린 할리우드 액션 영화의 한 장면 같다.

'스트라이크 엠 아웃'이라고 적힌 주황색 줄무늬 티셔츠를 입은 멀대 장발족이 카운터에서 이른 오후 볼링장을 찾은 고객이 주문한 맥주를 꺼내고 있다. 순간 홀리는 실종된 게 아니라 멀쩡하게 살아 있는 코리 아니면 캐머런이 저 사람 아닌가 하는 착각을 일으키지만,

그가 몸을 돌리자 티셔츠에 달린 이름표에 **대런**이라고 적힌 것이 보인다.

"신발 빌리시게요? 사이즈가 어떻게 되세요?"

"아뇨. 말씀은 감사하지만 전 홀리 기브니라는 사설탐정인데요."

그의 눈이 휘둥그레진다. "헐!"

이 말을 놀라서 터뜨린 감탄사로 해석한 홀리는 하던 얘기를 계속한다. "몇 년 전에 여기서 근무했던 직원에 대해 물어볼 게 있어서 왔어요. 젊은 분이었고 이름이……"

"저는 몰라요. 여기서 일하기 시작한 게 6월부터거든요. 여름 아르바이트로요. 앨시어 해버티 씨한테 물어보세요. 여기 사장님이고 지금 사무실에 계세요." 그는 사무실이 어딘지 가리켜 보인다.

홀리가 사무실까지 걸어가는 동안, 핀이 또 와르르 쓰러지고 한 여자가 좋아서 함성을 지른다. 홀리는 사무실 문을 두드린다. 안에서 누가 "예이."라고 하길래 들어오라는 뜻으로 받아들이고 문을 연다. 물론 안에서 "꺼져."라고 했어도 문을 열었을 것이다. 사건을 수사 중일 때는 소심한 천성이 사라진다.

앨시어 해버티는 엄청난 거구다. 지저분한 책상 뒤에 앉아 있는 모습이 마치 명상 중인 여자 부처 같다. 한 손에 서류를 한 움큼 들고 있다. 앞에는 노트북을 펼쳐 놓았다. 언짢은 표정으로 보건대 청구서를 들여다보고 있는 모양이다.

"왜요? 11번 레인 핀세터가 또 말썽이에요? 브록이 와서 고칠 때까지 그 레인은 닫아 놓으라고 대런한테 얘기했는데. 그 자식 머리에는 뇌가 아니라 팝콘이 들어 있는지, 원."

"볼링 치러 온 거 아니에요."

홀리는 자기소개를 하고 찾아온 목적을 설명한다. 앨시어는 들으며 서류를 내려놓는다. "캐리 드레슬러 말이네. 캘리포니아로 이사한 우리 아들 다음으로 일을 제일 잘한 직원이었어요. 손님들 비위도 잘 맞추고, 낮술을 너무 많이 마신 손님이 있으면 기분 상하지 않게 차단할 줄도 알고. 근무 스케줄도 칼같이 지키고! 약쟁이였지만 요즘 약을 안 하는 사람이 있나요? 그리고 여기서 일하는 데 전혀 지장이 없었어요. 지각한 적도 없고 아프다고 결근한 적도 없고. 그러더니 어느 날 사라졌어요. 펑 하고. 갑자기. 그 친구를 찾는 거죠?"

"네." 의뢰인은 페니 달이지만 이제 홀리는 그들 모두를 찾는 중이다. 남미에서는 '데사파레치도'라 불리는 행방불명자를.

"흠, 그 친구 부모님이 돈을 댈 리는 없는데. 내가 탐정이 아니라도 그건 알아요." 앨시어가 뒤통수에 손을 대고 기지개를 켜자 정말이지 거대한 가슴이 튀어나와 그림자로 책상 절반을 덮는다.

"왜 그런 말씀을 하세요?"

"미네소타의 어느 조그만 똥통에서 살다가 여기로 왔는데, 새아버지에게 죽도록 맞았다고 그랬거든요. 어머니는 못 본 체했고. 결국 지긋지긋해져서 뛰쳐나왔다고. 눈물 질질 흘려 가면서가 아니라 그냥 덤덤하게 말하더라고요. 훌륭한 자세죠. 영화랑 여기서 일하는 거 말고는 어디에도 관심이 없었어요. 거기에 약도 추가되겠지만 나로 말할 것 같으면 그야말로 묻지도 따지지도 않는 성격이라. 게다가 그냥 마리화나이기도 했고요. 그 친구한테 무슨 일이 벌어졌다고 생각해요? 안 좋은 일이 벌어졌다고?"

"그럴 가능성도 있을 것 같아서요. 떠난 시점이 정확히 언제인지 알려 주실 수 있을까요? 캐리가 퇴근길에 자주 들렀던 제트마트 직원도 만나 보았는데⋯⋯ 트럼프가 대통령 후보로 처음 출마했을 때였다는 거 말고는 확실하게는 모르겠다고 하더라고요."

"민주당 개새끼들 때문에 재임도 못 하고. 욕 써서 미안해요. 잠깐만요, 잠깐만요." 그녀는 책상 맨 위 서랍을 열어 뒤지기 시작한다. "캐리한테 무슨 일이 벌어졌을지 모른다고 생각하기도 싫은데. 그 친구가 없으니 리그 상황이 예전 같지 않거든요."

뒤적, 뒤적, 뒤적.

"빌어먹을 코로나 때문에 없어진 리그가 많고, 내 업소는 영향을 받지 않을 거라고 생각하면 말도 안 되는 일이겠지만, 캐리가 없으니까 코로나가 닥치기 이전부터 시합 운영이랑 시드 배정이 점점 엉망진창이 되어 가고 있었어요. 캐리가 워낙 그런 방면에 재주가…… 아. 여기 있는 것 같네요."

그녀는 USB를 노트북에 꽂고 안경을 쓰고 뭔가를 찾아서 키보드를 두드리다가 고개를 젓고 다시 뭔가를 찾아서 키보드를 좀 더 두드린다. 홀리는 책상 뒤로 가서 그 여자가 찾는 뭔지 모를 것을 찾아 주고 싶지만 꾹 참는다.

앨시어가 모니터를 빤히 쳐다본다. 그녀의 안경에 스프레드시트인가 싶은 게 비쳐 보인다. "여기 있네. 캐리가 여기서 일하기 시작한 게 2012년이에요. 생일이 지난 다음에서야 술을 팔 수 있는 나이가 됐지만 그래도 일을 맡겼어요. 그러길 잘했지. 마지막으로 월급을 받아 간 게 2015년 9월 4일이네요. 거의 6년 전이네! 시간이 정말 쏜살같지 않아요? 그날을 끝으로 사라졌어요." 그녀는 안경을 벗고 홀리를 본다. "빈자리는 남편 앨피가 채웠어요. 심장마비를 일으키기 전까지."

"캐리 사진을 가지고 계세요?"

"볼라루로 같이 갑시다."

알고 보니 볼라루는 식당이다. 피곤해 보이는(하지만 다행히 마스크를 쓴) 여자가 볼링을 치러 온 손님들에게 햄버거와 맥주를 내가고 있다. 타일 벽에 사진 액자가 좀 더 걸려 있다. 처음부터 끝까지 X로 도배된 점수 카드를 들고 웃는 남자들 사진 두어 개 위에는 **300클럽!**이라고 적힌 팻말이 붙어 있다. 다른 액자들은 대부분 리그 티셔츠를 입고 있는 볼링 시합 참가자들 사진이다.

"여길 보세요." 앨시어가 빈 테이블과 카운터석을 가리키며 탄식한다. "예전에는 장사가 잘됐거든요. 계속 이런 식이면 문 닫게 생겼어요. 이 가짜 독감 때문에. 민주당 개새끼들한테 선거를 도둑맞는 바람에…… 여기 있네요. 맨 앞이 캐리예요."

그녀는 넷은 머리가 하얗고 셋은 대머리인 노인 일곱 명과 긴 금발을 하나로 묶은 젊은 남자가 같이 찍은 사진 앞에서 걸음을 멈춘다. 젊은 남자와 노인 중 한 명이 트로피를 들고 있다. 아래에 **골든 올디스, 겨울 리그 챔피언, 2014~2015**라고 적혀 있는 트로피다.

"사진으로 찍어 가도 될까요?" 홀리는 이미 휴대전화를 들고 있다.

"좋을 대로 하세요."

홀리는 사진을 찍는다.

"다른 사진에도 있어요. 여기 이거."

그녀가 가리킨 다른 사진에서는 캐리가 미소를 머금은 노부인 여섯 명과 함께 서 있는데, 두 명은 이 드레슬러라는 청년을 아주 좋아하는 눈치다. 티셔츠에 적힌 바로는 핫 위치스이고 2014년 여성 리그 챔피언이다.

"원래 이들은 핫 비치스라고 하려고 했는데, 앨피가 절대 안 된다고 말렸죠*. 여기도 그 친구가 비어 리그의 어느 팀하고 같이 찍은 사진이 있네요. 그 리그는 상품이 버드와이저 한 상자예요."

---

* '비치(bitch)'가 여성을 비하하는 욕이다.

홀리는 사진을 몇 장 더 찍는다.

“인원이 한 명 모자란 팀이 있으면 캐리가 언제든 출동했어요. 그러니까 자기가 근무하는 시간일 때는요. 근무 시간은 문을 여는 오전 11시부터 저녁 7시까지였어요. 손님들 사이에서 아주 인기가 많았고 볼링 실력도 애버리지가 200일 정도로 훌륭했지만 대타로 뛸 때는 자제했죠. 어느 팀하고든 잘 어울렸지만 그 친구가 제일 좋아했고 가장 자주 대타로 뛰었던 팀은 여기예요.” 그녀는 홀리를 데리고 골든 올디스 사진 앞으로 다시 돌아가 있다. “왜냐하면 이들은 빌어먹을 코로나 이전에도 손님이 거의 없었던 오후에 경기를 했거든요. 올디스가 오후에 그럴 수 있었던 건 다들 퇴직했기 때문인데, 캐리하고도 상관이 있었던 것 같아요. 그것도 아주 많이.”

“왜 그렇게 생각하세요?”

“캐리가 여길 그만두니까 올디스가 월요일 저녁으로 시간을 바꿨거든요. 자리가 하나 생기니까 거기 들어갔어요.”

“캐리가 그중 누구하고라도 여기 일을 그만두고 다른 도시로 갈 생각이라고 얘기를 나눈 적이 있을까요?”

“그랬을지도요. 뭐든 가능하죠.”

“그분들이 요즘도 여기 모이나요? 그러니까 사진을 같이 찍은 분들이요.”

“몇 명은 그렇지만 최소 두 명은 안 와요.” 그녀는 맞춤 제작한 것처럼 보이는 대리석 무늬의 빨간색 공을 들고 웃는 백발의 남자를 손끝으로 두드린다. “로디 해리스는 거의 매주 오지만 요즘은 그냥 구경만 해요. 고관절이 안 좋고 손에 관절염이 심하대요. 이분은 고인이 됐고…… 이분은 중풍에 걸렸다는 것 같고…… 하지만 이분은 계속 쳐요.” 그녀는 캐리와 함께 트로피를 든 남자를 가리킨다. “사실 이분이 주장이에요. 이때도 지금도. 이름은 휴 클리퍼드고요. 혹시 만나고 싶으면 주소 알려 드릴게요. 모든 회원들 주소를 가지고 있거든요. 상품을 타거나 불만 사항이 접수되는 경우에 대비해서."

"그런 경우가 많나요?"

"아이고, 말도 마요. 분위기가 과열되거든요, 겨울 리그 때는 특히 더. 위치스하고 앨리 섈리스는 경기하다가 싸운 적도 있어요. 치고받고 할퀴고 머리끄덩이 잡고 맥주가 온 사방에 쏟아지고 얼마나 난리였는지 몰라요. 아주 사소한 라인 파울 때문에. 그들을 뜯어말린 사람이 캐리였어요. 그런 것도 잘했거든요. 어유, 보고 싶네."

"클리퍼드 씨 주소 알려 주시면 감사하겠어요. 혹시 알고 계시면 연락처도요."

"알아요."

홀리는 앨시어 해버티를 따라 사무실로 돌아간다. 그녀는 캐리 드레슬러가 올디스 회원에게 여길 떠날 작정이라고 말했을 가능성이 있다고 전혀 생각하지 않는다. 그럴 계획이 없었을 테니까. 그의 계획은 남의 손에 변경됐다, 어쩌면 영원히. 하지만 엘런의 트레일러를 청소한 노부인이 존재한다면 이 노인들 중에 그녀를 아는 사람이 있을지 모른다. 심지어 가족이나 배우자가 있을 수도 있다. 레드뱅크로의 살인마는 제물을 아무 기준 없이 선택하지 않는 것 같다. 그자는 엘런에게 가족이 없다는 걸 알았다. 캐리도 그렇다는 걸 알았다. 피트 스타인먼의 어머니에게 알코올 문제가 있다는 것도 알았을지 모른다. 보니가 얼마 전에 남자친구와 헤어졌고 아버지는 그림 안에 없으며 어머니하고는 불편한 관계라는 것도. 그러니까 정보를 파악한 뒤에 타깃을 선택했다.

홀리는 전보다 안정적이고 감정적으로 차분하며 자책을 덜 하지만 낮은 자존감과 불안의 문제는 여전하다. 성격적인 면에서 보면 결점이지만 아이러니하게도 이것이 탐정 일에는 도움이 된다. 이 사건을 두고 그녀가 내린 추론이 전혀 틀렸을 수도 있다는 걸 알지만 직감은 그렇지 않다고 한다. 그녀가 알고 싶은 건 캐리가 골든 올디스 회원에게 이 도시를 뜰 생각이라고 고백했는지 여부가 아니라 그들 주변이나 심지어 배우자 중에 좌골신경통을 앓는 여자가 있는지 여부다. 그럴 가능성은 낮지만 옛날 옛적에 방영된 TV 애니메이션에서 머스키란 캐릭터가 개 보안관에게 툭하면 하던 말도 있지 않은가. "가능해, 가능해."

"여기요." 앨시어가 홀리에게 메모지를 한 장 건넨다. 홀리는 받아서 접고 카고팬츠 주머니에 넣는다.

"캐리에 대해서 더 하실 말씀이 있으신가요, 해버티 씨?"

앨시어는 청구서 더미를 다시 집어 들었다가 내려놓으며 한숨을 쉰다. "그냥 보고 싶어요. 올디스도 그럴 거예요. 그 친구가 여기서 일했을 때 같이 시간을 보냈던 클리퍼드 같은 경우에는. 위치스도, 심지어 한 달에 한 번 체육 시간에 버스를 타고 왔던 애들까지도 보고 싶어 할 거예요. 여학생들은 특히 더. 약쟁이였고 지금 어디 있든 홀리, 당신처럼 가짜 독감을 진짜로 믿고 있겠지만 아니, 그걸 가지고 왈가왈부할 생각은 없어요. 여기는 뭐든 믿고 싶은 대로 믿을 수 있는 미국이니까요. 그냥 훌륭한 직원이었어요. 요즘은 그런 직원 보기가 점점 하늘의 별 따기죠. 저기 저 대런만 해도 시간만 때우는 녀석이에요. 저 녀석이 토너먼트 대진표를 만들 수 있을 것 같아요? 머리에 총을 들이대도 안 될걸요?"

"시간 내주셔서 감사합니다." 홀리는 팔꿈치를 내민다.

앨시어는 재미있어하는 표정을 짓는다. "미안하지만 나는 그런 거

안 해요."

내 어머니가 그 가짜 독감으로 죽었어, 아무 말이나 덥석 믿는 여자야.

하지만 홀리가 웃으며 한 말은 이거다. "괜찮습니다."

홀리는 공이 굴러가는 소리와 열 개의 핀이 와르르 쓰러지는 소리를 들으며 천천히 로비를 가로지른다. 파도처럼 들이닥칠 열기와 습기에 대비해 마음의 준비를 하며 문을 열려다 말고 놀란 표정으로 눈을 휘둥그레 뜬다.

헉, 진짜?

2021년 5월 19일(2)

마리와 바버라는 커피를 마시기로 한다. 몇 년 전부터 부정맥이 생긴 올리비아는 카페인이 없는 레드 징어 아이스티를 선택한다. 다 같이 거실에 자리를 잡고 앉자 올리비아가 펜리상과 관련해서 앞으로 뭐가 남았는지 바버라에게 알려 준다. 평소보다 머뭇거려서 심란하지만 발음이 뭉개지지도 않고 말하는 내용도 여느 때와 다름없이 예리하고 완벽하다.

"거의 아무도 신경 쓰지 않는 문학상이 아니라 「댄싱 위드 더 스타」 같은 TV 경연이라도 되는 것처럼 질질 끌거든. 6월 중순쯤에 2차 후보가 열 명으로 좁혀질 거야. 7월 중순에 최종 후보 다섯 명이 선정될 테고. 수상자는 그로부터 한 달쯤 뒤에 발표되지. 아마도 안도의 한숨과 적절한 팡파르 연주와 함께."

"*8월*까지 기다려야 한다고요?"

"말했다시피 워낙 질질 끌거든. 그나마 작품을 추가로 제출할 필요는 없어, 너로서는 다행이지. 내 짐작이 맞는다면 네 찬장은 거의 비어 있을 테니 말이다. 네가 마지막으로 들고 온 두 편은, 이런 표현 써서 미안하다만 조금 억지로 쓴 느낌이었거든."

"그 느낌이 맞을 거예요." 바버라는 그 느낌이 맞는다는 걸 안다. 그녀가 한계를 뚫고 나가는 게 아니라 거기에 걸려서 끙끙대고 있다는 걸 느낄 수 있었다.

"몇 편 더 출품하는 것이 *허용되긴* 해. 관계자들이 이런 애매한 단어를 쓰다니 유감이다만. 그치만 내 생각에는 자제하는 편이 좋겠어. 너는 이미 제일 잘 쓴 걸 출품했으니까. 동의하니?"

"네."

"이제 그만 누우셔야 해요, 올리비아." 마리는 말한다. "피곤하시잖아요. 표정도 그렇고 목소리도 그렇고 티가 나요."

바버라의 눈에는 이글거리는 두 눈만 예외고 올리비아가 항상 피곤해 보이지만, 마리가 더 잘 알고 더 잘 느끼지 않을까 싶다. 그도 그럴 것이, 간호조무사 자격증도 있고 거의 8년째 올리비아를 곁에서 챙기고 있지 않은가.

올리비아는 요양보호사 쪽은 쳐다보지도 않은 채 한 손을 들어 보인다. 손바닥에 손금이 거의 없다. *갓난애처럼 말이지.* 바버라는 생각한다.

"최종 후보 5인으로 선발되면 창작 계획서를 제출해야 해. 그러니까 에세이를 써야 한다는 말이다. 어떤 건지 홈페이지에서 봤지?"

바버라는 홈페이지에 들어가 보았지만, 그 단계까지 갈 거라고 생각한 적이 없었기에 그 부분은 건너뛰었다. 그런데 펜리상 홈페이지라는 단어가 등장하자 미리 감안했어야 하는 부분이 떠오른다.

"2차 후보자 열다섯 명의 명단이 홈페이지에 공개됐나요?"

"모르겠다만 아마 그렇겠지? 마리?"

마리는 벌써 휴대전화를 들고 있는데, 펜리상 홈페이지를 즐겨찾기에 등록해 놓았는지 몇 초 만에 바버라의 질문에 답을 한다. "응. 여기 있네."

"망했다."

"이걸 계속 비밀에 부치려고?" 마리는 묻는다. "여기까지 온 것만으로도 엄청난 거야, 바브."

"원래는 그럴 생각이었어요. 오빠가 계약서에 사인하기 전까지만이라도. 그런데 아무래도 들통나게 생겼죠?"

올리비아는 코웃음 친다. "그럴 리가. 펜리상은 《뉴욕 타임스》 기삿거리도, CNN 헤드라인도 못 돼. 그 홈페이지에 들어가 보는 사람도 최종 후보 말고는 없을걸? 거기다 후보자 가족과 친구들. 그리고 제자를 아끼는 선생 한두 명. 나머지 사람들은 관심도 없어. 문학이 어떤 마을이라 치면 시를 읽고 쓰는 사람들은 기찻길 건너편의 판잣집에서 사는 가난한 친척이야. 네 비밀은 안전하다고 본다. 좀 전의 그 계획서 얘기로 돌아가도 될까?" 그녀는 작은 테이블에 놓인 아이스티를 집으려고 손을 내밀지만 제대로 집지 못하고 하마터면 떨어뜨릴 뻔한다. 하지만 마리가 지켜보고 있다가 잡는다.

"그럼요, 말씀하세요." 바버라는 말한다. "얼른 하시고 누우세요."

마리가 바버라를 보며 공감하듯 고개를 끄덕인다.

"창작 계획서는 500단어를 넘지 말아야 해. 최종 후보가 발표되면 경쟁은 일단락된 셈이니 네가 시를 쓰는 이유를 설명할 필요는 없지만 거기에 대해 고민해서 나쁠 건 없겠지. 알겠니?"

"네."

하지만 바버라는 시를 쓰는 이유에 대해 뭐라고 하면 좋을지 전혀 모르겠다. 두 사람은 지금까지 시를 주제로 수많은 대화를 나누었고 바버라는 그걸 전부 자기 것으로 만들었다. 그렇다고, 그녀가 중요한 일을 하고 있다고, 그렇다고, 이건 진지한 문제라고 얘기해 주는 사람이 있어서 기뻤다. *인정해* 주는 사람이 있어서 기뻤다. 하지만 모든 게 중요해 보이는 이때, 두세 쪽짜리 에세이에 넣어야 할 가장 중요한 이야기는 뭘까? 가장 빠뜨리면 안 되는 이야기는 뭘까?

"선생님이 도와주실 거죠?"

"그럴 리가." 올리비아는 놀란 투로 이렇게 말한다. "네가 네 작품을 두고 하는 얘기는 오롯이 네 가슴과 머리에서 나온 거라야지. 알겠니?"

"그래도……."

"그래도는 무슨. 가슴. 머리. 끝. 이제 하나만 더 묻자. 소설 계속 읽고 있니? 『하얀 바다로』?"

"올리비아, 이제 그만하세요." 마리가 말한다. "제발요."

다시 손이 올라간다.

"그거 읽고 지금은 코맥 매카시의 『핏빛 자오선』으로 넘어갔어요."

"아이구야, 그 어두운 걸. 공포 덩어리지. 하지만 통찰력이 가득하기도 하고."

"그리고 『카탈렙시』도 읽고 있어요. 여기서 가르쳤던 카스트로 교수님 책이요."

올리비아는 빙그레 웃는다. "교수는 아니었지만 훌륭한 선생이었지. 동성애자였고. 내가 그 얘기 했던가?"

"아마도요."

올리비아가 아이스티를 더듬더듬 찾는다. 마리가 꾹 참는 표정을 지으며 잔을 그녀의 손에 쥐여 준다. 올리비아를 의자식 리프트에 태워서 2층 침실로 옮기는 걸 포기한 눈치다. 노시인은 대화에 집중하자 말이 다시 빠르고 선명해진다.

"뼛속까지 동성애자였지. 10년 전에는 그들을 대하는 태도가 지금처럼 관대하지 않았어. 이제는 교직원 중에서도 최소 두 명이 커밍아웃을 했는데, 당시 교직원 대부분은 호르헤를 있는 그대로 받아들였었지. 흰색 구두와 샛노란 셔츠와 베레모와 함께. 우리는 오스카 와일드 같은 호르헤의 신랄한 유머를 좋아했는데, 그것이 그 사람에게는 다정한 본성을 보호하는 갑옷과도 같았어. 호르헤가 얼마나 다정한 성격이었는지 몰라. 하지만 못마땅하게 여긴 교직원도 있었지. 심지어 혐오했을 수도 있는. 로절린 버크하트가 아니라 그 여자가 학과장이었으면 호르헤를 비열하게 내쫓을 방법을 강구했을지 몰라."

"에밀리 해리스요?"

올리비아는 평소와 전혀 다르게 입술을 오므리며 심술궂은 미소를 짓는다. "에밀리가 아니면 누구겠니. 내가 보기에 에밀리는 백인 말고는 아무에게도 별 쓸모가 없어. 내가 하느님보다 많은 이 나이에 너를 그 여자에게서 가로챈 이유 중에 그것도 있단다. 게다가 나는 에밀리가 당사자의 표현을 빌자면 '조금 한들한들 걸어 다니는' 인간들을 좋아하지 않는다는 걸 *분명히* 알거든. 나 좀 일으켜 줘, 마리. 일어나는 동안 다시 방귀가 나올 거야. 이 나이에 뀌는 방귀는 냄새가 별로 안 나기에 망정이지."

마리가 올리비아를 일으킨다. 올리비아의 옆에 지팡이가 있지만 너무 오랫동안 앉아 있은 뒤라 마리의 부축 없이 걷기는 힘들 것이다. "그 에세이에 대해 고민해 봐라, 바버라. 에세이 제출을 요청받는 행운의 5인 중에 들기 바란다."

"생각의 모자를 쓰고 열심히 고민해 볼게요." 그녀의 친구 홀리가 가끔 쓰는 표현이다.

올리비아는 계단까지 반쯤 가다 말고 몸을 돌린다. 이제는 눈빛이 더는 이글거리지 않는다. 시간을 거슬러 올라간 상태인데, 올해 봄 들어 그럴 때가 점점 늘어나고 있다. "학과 회의에서 시가 창작 워크숍의 미래를 논의하던 중에 호르헤가 아주 유창하게 그걸 유지해야 한다고 발언했을 때가 생각나네. 마치 어제 일처럼 선명하게. 에밀리는 웃는 얼굴로 그 얘기를 들으며 '지당하신 말씀, 지당하신 말씀' 하는 듯이 고개를 끄덕였지만 눈은 정색하고 있었지. 자기 뜻대로 할 생각이었으니까. 아주 고집이 세거든. 마리, 작년에 에밀리가 기획한 크리스마스 파티 기억하지?"

마리는 눈을 부라린다. "어떻게 잊을 수 있겠어요?"

"어쨌길래요?" 바버라는 묻는다.

"올리비아……" 마리가 막으려고 한다.

"아유, 그만 좀 해. 1분이면 되는데, 이 엄청난 얘기를 그냥 건너뛸 수 있나. 해리스 부부는 해마다 크리스마스 며칠 전에 파티를 열거든, 바버라. 그게 그 부부의 전-통이야. 하느님이 갓난쟁이 시절이었을 때부터 고수해 온. 작년에는 코로나가 기승을 부려서 학교조차 문을 닫았으니 위대한 전통이 단절될 위기에 처했는데, 에밀리 해리스가 그대로 손을 놓고 있을 위인이겠니?"

"아마도 아니겠죠." 바버라는 대답한다.

"그렇지. 그래서 그치들은 줌 파티를 열었단다. 마리하고 나는 참석하지 않기로 했고. 그런데 우리 에밀리 입장에서는 줌 파티로는 성에 차지 않았던 거야. 젊은 애들한테 빌어먹을 *산타* 복장을 입혀서 이 도시에 있는 파티 참석자들에게 선물을 배달했다는 거 아니겠니. 우리는 참석하지 않았는데도 그걸 받았어. 그렇지, 마리? 맥주랑 쿠키, 뭐 그런 거 아니었나?"

"맞아요. 금발의 미인이 배달해 주었죠. 이제 제발……"

"네, 대장님. 알겠습니다."

노시인은 마리의 부축을 받아 가며 계단을 향해 천천히 다가가 또 다시 방귀를 한 번 뀌며 의자식 리프트에 앉는다. "시가 창작 워크숍 회의 때 말이야…… 아주 잠깐이었지만…… 호르헤의 발언에 투표권이 있는 참석자들의 생각이 바뀔 조짐이 보였을 때에도 엠은 절대 특유의 미소를 잃지 않았지만 눈빛은……." 리프트가 움직이기 시작하고 올리비아는 당시 기억을 떠올리며 웃음을 터뜨린다. "호르헤를 죽이고 싶어 하는 눈빛이었단다."

2021년 7월 27일(2)

아이들의 건강을 위해 볼링을. 코로나 때문에 그런 식의 단체 활동이 중단되기 전에 여기로 볼링을 치러 왔던 아이들의 단체 사진 위에 걸린 팻말이다. 홀리는 좌우를 두리번거리며 보는 사람이 없는지 확인한다. 캐리 드레슬러의 후임인 대런은 맥주 탭 옆에서 고개를 숙이고 휴대전화를 들여다보고 있다. 앨시어 해버티는 사무실에 있다. 홀리는 원하는 사진이 벽에 붙어 있을까 봐 걱정하지만 다행히 고리에 걸려 있다. 뒷면에 아무것도 없을까 봐 걱정하지만 깔끔한 정자로 이렇게 적혀 있다. *5번길 중학교 여학생들, 2015년 5월.*

홀리는 액자를 다시 고리에 걸고 조심스럽게 수평을 맞춘다. 성격상 어쩔 수 없다. 여학생 열두 명이 5번길 중학교의 체육복인 짙은 자주색 반바지를 입고 있다. 네 명씩 세 줄로 볼링 레인 앞에 책상다리를 하고 앉아 있다. 중간 길이의 아프로 헤어스타일을 한 바버라 로빈슨이 가운뎃줄에서 웃고 있다. 홀리의 계산이 맞는다면 이때가 열두 살, 6학년이었을 것이다. 이 사진을 비롯해 **아이들의 건강을 위해 볼링을** 팻말이 달린 그 어떤 액자에도 캐리 드레슬러는 없지만, 볼링장이 문을 여는 11시부터 근무했다면 아이들이 오는 시간대에 여길 지켰을 것이다.

홀리는 주차장으로 나선다. 더위도 거의 느끼지 못하고 이번만큼은 담배 생각도 없다. 에어컨을 틀고 주장 휴 클리퍼드와 캐리가 트로피를 들고 있는 골든 올디스 사진을 찾는다. 사진을 바버라에게 보내며 짧은 메시지를 곁들인다. *이 사람 기억해?*

그러고 나자 니코틴 벨이 울리기 시작한다. 그녀는 담배에 불을 붙이고 휴대용 재떨이를 콘솔에 얹고 출발한다. 이제 문을 두드리며 다닐 차례다. 먼저 휴 클리퍼드의 집부터.

리지 로드라는 우아한 내리막 커브길에 자리 잡은 빅토리아 양식의 주택들도 근사하지만 로럴 클로스에 비하면 아무것도 아니다. 이 동네 집들은 그냥 고급스러운 게 아니라 *정말* 고급스럽다. 홀리의 입장에서는 그러거나 말거나 상관없다. 그녀로서는 가전제품이 제대로 작동하고 창문 틈새로 비만 새지 않으면 된다. 관리인(또는 관리인단)은 그저 귀찮은 존재다. 튜더 양식으로 지어졌고 벨벳 같은 널따란 잔디밭을 갖춘 클리퍼드의 집 앞에는 그런 관리인이 있다. 그녀가 길가에 차를 대는 동안 그 관리인은 잔디를 깎고 있다.

백만장자가 된 여자가 주차를 하고 클리퍼드의 잔디밭을 깎는 남자를 지켜보는데.

홀리는 휴 클리퍼드의 번호로 전화를 건다. 메시지를 남길 준비를 하지만 그는 전화를 받고 홀리가 캐리 드레슬러에 관심 있는 이유를 짧게 설명하는 동안 잠자코 듣는다.

"아주 훌륭한 청년이었죠!" 설명이 끝나자 클리퍼드가 외친다. 홀리도 나중에 알게 되겠지만 그는 감탄을 남발하는 습관이 있다. "그에 대해서 묻고 싶다니 그래요, 만납시다. 뒤로 돌아와요. 아내와 함께 풀장 옆에 나와 있으니."

홀리는 진입로로 들어서며 관리인을 향해 손을 흔든다. 그는 마주 손을 흔들고 계속 제초기를 돌린다. 아니, 위에 올라탔으니 운전한다고 해야 할까? 아무리 봐도 깎을 게 뭐가 있다는 건지 모르겠다. 그녀가 보기에는 잔디밭이 방금 청소를 마친 당구대 같다. 그녀는 클리퍼드에게 좀 더 큰 화면으로 사진을 보여 줄 수 있게 아이패드를 챙기고 집의 뒤편으로 돌아가다가 잠깐 걸음을 멈추고 미식축구팀(또는 볼링 동호회)을 전원 초대해도 될 만큼 긴 식탁이 놓여 있는 식당을 슬쩍 들여다본다.

휴 클리퍼드 부부는 파란색의 거대한 파라솔 그늘 아래에 똑같이 생긴 선베드를 놓고 거기에 앉아 있다. 파라솔과 색이 같은 풀장은 올림픽 규격은 아니지만 어린이용도 아니다. 클리퍼드는 샌들을 신고 몸에 딱 붙는 빨간색 반바지를 입고 있다. 그가 그녀를 보고 벌떡 일어난다. 배는 납작하고 희미하게나마 식스팩이 잡혀서 울퉁불퉁하다. 긴 백발은 반질반질하고 축축하게 빗어 넘겼다. 홀리가 느낀 첫인상은 70대로구나 하는 것이다. 악수를 하려고 가까이 다가왔을 때 보니 그보다 나이가 훨씬 많은데, '골든 올디'치고 몸 상태가 훌륭하다.

홀리가 손을 잡지 못하고 머뭇거리자 클리퍼드는 거금을 들였을 새하얀 치아를 드러내며 씩 웃는다. "우리 둘 다 백신 맞았어요. 그리고 질병통제예방센터에서 승인하자마자 부스터샷을 맞을 생각이고요. 기브니 씨도 백신 맞았겠죠?"

"네." 홀리는 그와 악수하고 마스크를 내린다.

"이쪽은 내 아내, 미지."

커다란 파라솔 아래에 누운 여자는 클리퍼드보다 못해도 스무 살은 어려 보이지만 그렇게 깎은 듯한 몸매를 자랑하지는 않는다. 원피스 수영복 아래로 살짝 튀어나온 군살이 보인다. 그녀는 선글라스를 벗어서 홀리 쪽을 향해 대충 흔든 다음 다시 페이퍼백으로 시선을 돌린다. 『신경 끄기의 기술』이라는 책인데, 제목이 어째 신경 쓰인다.

"부엌으로 갑시다. 여긴 정말이지 찜통이라. 미지, 당신은 괜찮아?"

클리퍼드의 말에 여자는 다시 대충 손을 흔든다. 이번에는 고개를 들지도 않는다. 과연 신경 끄고 살고 있다.

유리로 된 슬라이딩도어를 열면 들어갈 수 있는 부엌은 홀리가 짐작한 그림과 얼추 맞아떨어진다. 냉장고는 서브제로 제품이다. 화강암 조리대 위에 걸린 시계는 페리골드다. 클리퍼드는 아이스티를 두 잔 따르고 그녀가 찾아온 이유를 좀 더 자세히 들려 달라고 한다. 그녀는 설명을 하면서 제트마트를 사이에 두고 연결된 보니를 살짝 언급하지만 캐리에 초점을 맞춘다.

"그 친구가 선생님께 앞으로의 계획을 이야기한 적이 있을까요? 어떤 식으로든 언급한 적이요. 해버티 씨가 말하길 그 사람이 가장 좋아했던 동호회가 선생님이 속한 거기였다고 하길래 여쭙습니다."

홀리는 그의 대답을 통해 어떤 힌트를 얻을 수 있을 거라고 기대하지는 않는다. 뭔가가 있을지 모르고 속단은 금물이라는 말도 있지만, 한눈에 봐도 미지 클리퍼드는 이마니 맥과이어가 엘런 크래슬로의 트레일러에서 보았다는 노부인이 아니다.

"캐리!" 클리퍼드는 외치며 고개를 젓는다. "아주 괜찮은 친구였죠.

그건 내가 장담할 수 있고 볼링도 잘 쳤어요!" 그는 한 손가락을 든다. "하지만 그걸 악용한 적은 없어요. 항상 상대 팀 실력에 맞춰서 자기 점수를 조절했거든."

"그 사람이 얼마나 자주 대타로 뛰었나요?"

"상당히 자주요!" 클리퍼드는 그 자체로 감탄사 역할을 하는 미소를 덧붙인다. "우리가 골든 올디스라고 불리는 이유가 있지 않겠어요? 허리가 불편하다거나 목이 뻣뻣하다거나 뭐 그런 지긋지긋한 이유로 노상 누군가가 빠졌으니까요. 그러면 캐리를 불렀고 그 친구가 같이 칠 수 있다고 하면 다 같이 박수를 쳤죠. 항상 가능했던 건 아니지만 대개 어찌어찌 시간을 냈어요. 우리는 그 친구를 사랑했고 그 친구는 우리를 사랑했죠. 그런데 비밀 하나 알려 줄까요?"

"저 비밀 좋아해요." 진짜다.

휴 클리퍼드는 거의 속삭이는 수준으로 언성을 낮추지만 그래도 느낌표 남발은 여전하다. "그 친구에게 마리화나를 산 녀석도 있었어요! 더러 아닐 때도 있었지만 대개는 괜찮은 걸 들고 다녔거든요. 스몰 볼은 거들떠보지도 않았지만 대부분 조인트건 파이프건 거부감이 없었어요. 그 당시는 불법이었는데."

"스몰 볼이 누구예요?"

"로디 해리스. 10파운드짜리 공을 써서 그렇게 불렀어요. 우리는 대부분 12 아니면 14파운드를 썼는데."

"해리스 씨는 마리화나에 알레르기가 있었나요?"

"아니, 그냥 *비정상*이라 그래요!" 클리퍼드는 고함을 지르고 폭소를 터뜨린다. "괜찮은 친구고 볼링도 제법 치지만 또라이거든! 또 다른 별명이 육식주의자였어요! 로디에 비하면 앳킨스라는 친구는 채식주의자로 보일 정도라! 고기를 먹어야 뇌세포가 재생되고 대마초

같은 특정 식물은 뇌세포를 파괴한다고 생각하거든요."

클리퍼드가 기지개를 펴자 식스팩이 꿈틀거리지만 홀리의 눈에는 팔뚝 안쪽을 잠식한 주름살이 보인다. *시간이 원수라고 하더니 정말 그렇네.* 그녀는 생각한다.

"어휴, 얘기를 하다 보니 옛날 생각이 나네! 그 친구들이 대부분 세상을 뜨고 없거든요! 맨 처음 올디스 활동을 시작했을 때만 해도 내가 시내에서 살며 벨 대학에서 학생들을 가르치고 부업으로 단타 매매를 했었는데. 지금은 전업 투자자고 보다시피 성적이 좋아요!" 그는 팔을 슥 움직인다. 고가의 가전제품을 갖춘 부엌, 뒷마당의 풀장, 여기에 어쩌면 나이 차가 많이 나는 아내를 가리키는 동작일 것이다. 아내가 트로피 와이프로 간주될 만큼 젊지는 않지만 그래도 홀리는 그의 능력을 인정하기로 한다.

"트럼프는 바보고, 두 손에 플래시까지 들고 있어도 자기 궁둥이가 어디 있는지 못 찾을 인간을 안 보게 돼서 기쁘고 고오맙지만 경기는 그때가 더 좋았어요. 아이스티 더 줄까요?"

"아뇨, 말씀은 감사하지만 이걸로 충분해요. 아주 시원해요."

"기브니 씨가 한 질문으로 돌아가자면, 캐리한테 여길 떠나거나 다른 일을 해 볼 생각이라고 들은 기억은 없어요. 6년, 7년, 어쩌면 9년 전 얘기라 듣고 까먹었을 수도 있지만 내가 보기에 그 청년은 자기 삶에 완벽하게 만족하는 눈치였어요. 영화라면 사족을 못 썼고, 그 시끄러운 모터자전거를 타고 다녔고. 그 자전거는 디어필드 공원에서 발견됐다고요?"

"네."

"말도 안 돼! 그걸 두고 가다니! 그 친구의 트레이드마크였는데!"

"제가 사진 하나 보여 드려도 될까요? 전에 보신 적 있으실 텐데,

볼라루에 걸려 있는 사진이거든요." 그녀는 아이패드 화면에 사진을 띄운다. 클리퍼드는 그 위로 허리를 숙인다.

"겨울 선수권 대회, 맞아요. 우리의 전성기였죠! 그 뒤로 한 번도 못 받았어요. 작년에는 거의 문턱까지 갔지만."

"사진 속의 친구분들이 누군지 알아보실 수 있을까요? 그리고 혹시 이분들 주소를 아세요? 연락처도요."

"기억력 테스트로군! 어디 한번 봅시다!"

"제 휴대전화로 녹음을 좀 해도 될까요?"

"마음대로 해요! 이 사람이 당연히 나고 이 사람이 스몰 볼 또는 육식주의자라고 불리는 로디 해리스. 이들 부부는 빅토리안 거리에 살아요. 리지 로드에 있는. 로드니는 생명과학, 아내는 이름이 기억 안 나는데 영문학과 교수였죠." 클리퍼드는 옆 남자에게로 손가락을 옮긴다. "벤 리처드슨은 죽었어요. 2년 전에 심장마비로."

"결혼하셨나요? 아내분은 계속 여기 사시고요?"

그는 묘한 표정으로 그녀를 흘끗 쳐다본다. "우리랑 같이 볼링을 치기 시작했을 때 이미 이혼남이었어요. *오래전에* 이혼한. 기브니 씨, 우리 중에 아무라도 캐리 실종 사건과 연관이 있다고 생각하는 거예요?"

"아뇨, 아뇨, 그런 거 아니에요." 홀리는 그를 안심시킨다. "캐리가 어디 갔는지 알 만한 분이 계실까 싶어서 여쭤보는 거예요."

"오케이, 오케이! 그럼 계속해 봅시다! 어깨가 넓은 이 대머리는 에이브럼 웰치. 레이크사이드의 아파트에 살아요. 혹시 궁금할까 봐 덧붙이자면 아내는 몇 년 전에 죽었고. 요즘도 볼링 쳐요." 그는 다른 대머리에게로 손가락을 옮긴다. "짐 힉스. 우리 사이에서 불린 별명은 핫 릭스! 하! 이들 부부는 래신으로 이사했어요. 내 솜씨 어때요?"

"대단하세요!" 홀리가 외친다. 클리퍼드에게서 전염된 모양이다.

미지가 어슬렁어슬렁 들어온다. "여러분, 재미있는 시간들 보내고 계신가요?"

"아, 두말하면 섭하지!" 클리퍼드는 아내의 말투에서 희미하게 느껴지는 빈정거리는 기미를 알아차리지 못했거나 아니면 모르는 척하기로 했는지 이렇게 외친다. 미지는 아이스티를 한 잔 따른 다음 까치발을 하고 병들이 빽빽하게 놓인 보관장에서 갈색 술병을 꺼낸다. 그걸 자기 잔에 살짝 따르고는 한쪽 눈썹을 쫑긋 세운 채 병을 그들에게 내민다.

"그래, 좋아!" 클리퍼드는 거의 고함을 지른다. "하느님은 겁쟁이를 싫어하시지!"

미지가 그의 잔에 술을 한 번 쭉 따른다. 갈색 액체가 빙글빙글 내려간다.

"기블리 씨는요? 와일드 터키를 살짝 넣으면 그 아이스티가 벌떡 일어날 텐데."

"저는 괜찮아요. 차를 가지고 와서요."

"준법정신이 투철하군요. 그럼 여러분, 저는 이만."

미지는 밖으로 나간다. 클리퍼드는 가벼운 혐오인지 아닌지 모를 표정으로 그녀를 쳐다보다가 다시 홀리에게로 고개를 돌린다. "기브니 씨는 볼링을 치나요?" 그는 그 자리에 없는 아내의 잘못을 바로잡기라도 하려는 듯 그녀의 이름을 살짝 강조한다.

"아뇨." 홀리는 솔직히 말한다.

"뭐, 팀 구성은 대개 네 명이고 토너먼트 결승 때는 네 명이서 치지만 정규 시즌 때는 다섯 명, 심지어 여섯 명이서 칠 때도 있어요. 상대 팀과 숫자만 맞으면. 왜냐하면 65세 이상 리그에서는 거의 DL이 생기거든요. 가끔은 두세 명씩. DL이 뭔가 하면……"

"부상자(Disabled List)요." 요즘은 DL이 아니라 IL(Injured List)이라고 불린다는 건 굳이 덧붙이지 않는다.* 홀리는 갑자기 이 집에서 나가고 싶어진다. 휴 클리퍼드에게는 어딘지 모르게 광기 어린 구석이 있다. 약에 취한 것 같지는 않지만 그 비슷하다. 식스팩…… 빨간 수영복으로 감싼 작고 탱탱한 엉덩이…… 까무잡잡하게 태운 피부…… 그리고 슬금슬금 침투 중인 주름살…….

"이분은 누구세요?"

"어니 코긴스. 아내와 같이 업리버에서 살아요. 요즘도 요양보호사가 와서 아내를 맡아 주면 월요일 저녁에 우리랑 같이 볼링을 쳐요. 부인이 딱하게도 퇴행성 추간판 탈출증이 심해서 휠체어 신세를 지고 있거든요. 하지만 어니는 건강해요. 자기 관리도 잘하고."

이제 홀리는 그녀가 무엇 때문에 심란해졌는지 알아차린다. 그가 심란해하는 이유와도 같아서 이심전심이다. 사진 속의 남자들은 대부분 무너져 가고 있다. 80세가 그들의 평균 연령이라면 당연한 현상일 수밖에. 부품의 수명이 다해 가고 있는 것인데, 휴 클리퍼드는 그걸 인정하고 싶지 않은 거다. 그는 이른바 부인 단계에 머물러 있다.

"데스먼드 클라크는 없네요. 이 사진을 찍었을 때 참석하지 않았는지. 데스 부부도 죽었어요. 플로리다 보카레이턴에서 경비행기 추락 사고로. 데스가 조종하던 비행기였는데. 바보같이 안개가 자욱한데 착륙을 시도하다가 활주로를 이탈했죠." 클리퍼드가 이번에는 느낌표를 남발하지 않고 거의 일정한 톤으로 말한다. 술을 섞은 아이스티를 크게 한 모금 마신다. "때려치울까 봐요."

홀리는 순간 술 얘기인가 보다고 생각했다가 그건 아니라고 결론

---

* 원래 DL로 불리다 장애인 인권 단체의 요청으로 명칭이 바뀌었다.

을 내린다. "골든 올디스를요?"

"네. 전에는 그 이름이 마음에 들었는데 요즘은 신경에 거슬리네요. 이 사진 속 친구들 중에서 요즘도 같이 볼링을 치는 사람은 에이브럼하고 어니 코그뿐이에요. 스몰 볼도 참석하긴 하지만 구경만 해요. 예전 같지 않아요."

"뭐든 그렇죠." 홀리는 조심스럽게 말한다.

"뭐든? 그래요. 하지만 예전 같아야지. 다들 관리만 잘하면 그럴 수 있어요." 그는 사진을 빤히 들여다본다. 홀리는 그를 쳐다보다가 심지어 식스팩마저 쪼글쪼글해지기 시작했다는 사실을 깨닫는다.

"이 마지막 분은 누구세요?"

"빅 앤더슨. 별명이 슬릭 빅이었죠. 중풍에 걸려서 지금 북부 어디 요양원에 있어요."

"설마 롤링힐스는 아니겠죠?"

"맞아요, 거기예요."

이 동호회 회원 중 한 명이 헨리 삼촌과 같은 요양원에 있다는 사실이 우연의 일치처럼 느껴진다. 그래서 홀리는 안심이 된다. 볼링장 로비에서 바버라 로빈슨의 사진을 보았을 때는…… 음…… 운명처럼 느껴졌던 것이다.

"더 자주 들여다볼 수 있게 아내도 거기로 거처를 옮겼죠. 피로회복제 정말 안 마실래요, 기브니 씨? 당신이 함구하면 나도 함구할 텐데."

"괜찮아요. 진심으로요." 홀리는 녹음을 멈춘다. "정말 감사합니다, 클리퍼드 씨."

그는 계속 아이패드를 들여다보고 있다. 거의 넋을 잃은 표정이다. "이렇게 몇 명 안 남은 줄 미처 몰랐네."

홀리가 사진을 옆으로 밀어서 없애자 그는 거기가 어디인지 얼떨

떨해하는 표정으로 고개를 든다.

"시간 내주셔서 감사했어요."

"별말씀을. 혹시라도 캐리를 찾거든 가끔 들러 달라고 전해 주겠어요? 내 이메일 주소를 전해 줘도 좋고. 내가 적어서 줄게요."

"그리고 아직 살아 계신 분들 연락처도요?"

"당연하죠."

그는 맨 위에 **미지의 주방에서 띄우는 짧은 편지**라고 적힌 메모지를 한 장 뜯고 컵에 가득 담긴 펜 하나를 꺼내 들고 휴대전화 연락처를 참고해 가며 휘리릭 적는다. 번호와 이메일 주소를 적은 필체에서 미세한 떨림이 느껴진다. 홀리는 메모지를 접어서 주머니에 넣고 다시 한번 생각한다. *시간이 원수네.* 그녀는 고령자들에게 아무 감정이 없다. 클리퍼드가 자신의 나이 듦을 대하는 방식이 불편할 뿐이다.

솔직히 그 집에서 얼른 도망치고 싶어 죽을 지경이다.

슈거 하이츠에는 가게가 (으리으리한) 쇼핑센터 하나밖에 없다. 홀리는 거기에 차를 대고 담배에 불을 붙이고 문을 열어서 팔꿈치는 무릎에, 발은 노면에 얹고 담배를 피운다. 차에서 담배 냄새가 나기 시작하고 콘솔박스에 넣고 다니는 방향제를 뿌려도 완전히 없어지지 않는다. 정말이지 끔찍하지만 또 한편으로는 어쩔 수 없는 습관이다.

조만간 끊을 거야. 그녀는 생각하다가 성 아우구스티누스의 기도를 떠올린다. 주여, 저를 정결케 하소서…… 하지만 아직은 말고요.

홀리는 휴대전화를 꺼내 캐리 드레슬러와 골든 올디스 사진을 첨부한 문자에 바버라가 답장했는지 확인한다. 답이 없다. 시계를 보니 이제 겨우 2시 15분이다. 앞으로 시간이 많이 남아서 알차게 활용할 작정인데, 그럼 이제 무엇을 해야 할까?

당연히 퍼질러 앉아 있지 말고 문을 두드리고 다녀야 한다.

2015년 올디스 회원은 사진에 없는 데스먼드 클라크를 포함해 여덟 명이었다. 그중 셋은 체크할 필요가 없다. 휴 클리퍼드까지 치면 넷이다. 클리퍼드는 보니와 스케이트보드를 타던 아이를 힘으로 제압할 수 있어 보인다. 엘런은 잘 모르겠지만. 어쨌든 지금 당장은 죽은 둘과 (맞는지 확인해 봐야겠지만 위스콘신으로 이사 갔다는) 짐 힉스와 함께 젖혀 두기로 한다. 그럼 로드니 해리스, 에이브럼 웰치, 어니 코긴스가 남는다. 빅터 앤더슨도 있지만 중풍 환자가 요양원에서 몰래 빠져나와 누굴 납치하고 그럴 것 같지는 않다.

골든 올디스 회원이 레드뱅크의 살인마일 가능성이 낮다는 건 그녀도 알지만 드레슬러, 크래슬로, 스타인먼 그리고 보니 레이 달의 납치 추정 사건이 묻지 마 범죄가 아니라 계획 범죄라는 확신이 점점 강해지고 있다. 범인은 그들의 루틴을 알았고 그 루틴의 구심점이 디어필드 공원인 것 같다.

볼링 동호회 회원들은 캐리를 알았다. 다른 '데사파레치도'는 언급할 필요가 없다. 다만 캐리에 대해 묻는 걸 듣고 상대가 불안해하는 것 같은 느낌, 빌은 *낌새*라고 했던 그 느낌이 올 때, 방어적으로 나오거나 심지어 뒤가 켕기는 분위기를 풍길 때는 예외다. 그녀는 그럴 때 어떤 징조가 나타나는지 안다. 빌에게 잘 배웠다. 엘런, 피트 그리고 보니는 비장의 무기로 남겨 두는 편이 낫다. 일단은.

그녀는 페니 달이 페이스북, 인스타그램 그리고 트위터에 그녀를 공개했을지 모른다는 생각은 절대 하지 못한다.

홀리가 슈거 하이츠 부티크 쇼핑센터에서 담배를 피우는 동안 바버라 로빈슨은 부질없이 허공을 응시하고 있다. 컴퓨터와 전화기의 모든 알림을 차단하고 부모님과 오빠에게서 오는 전화만 연결되게 해 놓았다. 문자와 이메일이 왔으니 읽어 달라는 그 조그만 빨간색 동그라미의 유혹이 너무 크기 때문이다. 최종 후보 5인에게 요구되는 펜리상 에세이를 이달 말까지 우편으로 제출해야 하는데, 4일밖에 남지 않았다. 사실상 3일이다. 금요일에는 우체국으로 들고 가서 그 날짜 소인을 반드시 찍어야 한다. 여기까지 와 놓고 부차적인 문제로 인해 탈락하면 그보다 더 미치고 펄쩍 뛸 노릇이 어디 있을까. 그래서 그녀는 작업에 집중한다.

시가 내게 의미 있는 이유는

끔찍하다. 중학생이 쓴 독후감 첫 문장 같다. 삭제.

시가 소중한 이유는

더 끔찍하다. 삭제.

내가 시를 쓰는 이유는

삭제, 삭제, *삭제!*

바버라는 컴퓨터를 끄고 허공을 좀 더 응시하다가 책상 앞에서 일어나 청바지를 벗는다. 반바지와 민소매 티로 갈아입고 머리를 대충 하나로 묶은 다음 달리러 나간다.

기온이 30도 중반이라 달리기에는 너무 더운 날이지만 생각나는 게 그것밖에 없다. 동네를 한 바퀴 돈다. 동네가 넓어서 대학에 입학해 제2의 인생을 시작하기 전까지만 얹혀살 집으로 다시 돌아갔을 무렵에는 땀이 나고 숨이 찬다. 그래도 그녀는 동네를 한 바퀴 더 돈다. 어마어마하게 커다란 햇빛 차단용 모자를 쓰고 화단에 물을 주고 있던 캘트롭 부인이 미친 사람 대하듯 그녀를 쳐다본다. 어쩌면 그녀는 미쳤을 수도 있다.

컴퓨터를 앞에 두고 텅 빈 화면과 그녀를 놀리는 것처럼 깜빡이는 커서를 쳐다보고 있었을 때 그녀는 좌절감을 느꼈고 솔직히 겁이 났다. 올리비아가 도와주지 않아서. 머릿속이 컴퓨터 화면처럼 새하얘서. 하지만 티셔츠를 시커멓게 물들이고 헤픈 눈물처럼 얼굴 옆면을 타고 쏟아지도록 땀을 흘리며 달리는 동안 공포와 좌절 아래에 뭐가 있었는지 깨닫는다. 그녀는 화가 나 있다. 염병할 장난감이 된 기분이다. 서커스단의 개처럼 고리를 연달아 점프해 통과하는 느낌이다.

어머니와 아버지가 퇴근하실 때까지는 집에 바버라 혼자다. 집으로 들어간 그녀는 계단을 두 개씩 올라가고 복도에 옷을 한 개씩 벗어 가며 욕실로 들어가 샤워 꼭지를 찬물 제일 끝까지 돌려서 틀고 그 아래로 들어간다. 비명을 지르며 자기 몸을 부둥켜안는다. 욱신거리는 얼굴을 차가운 물줄기 아래로 들이밀며 다시 비명을 지른다. 2개월 전의 그날 마리 뒤샹과 함께 했을 때 터득했다시피 비명을 지르면 기분이 좋다. 그래서 다시 한번, 세 번째로 비명을 지른다.

소름이 돋은 몸으로 벌벌 떨며 밖으로 나오지만 기분은 아까보다 괜찮아졌다. 머릿속도 *맑아졌다*. 피부가 반질반질해질 때까지 수건으로 물기를 닦고 다시 방으로 들어간다. 오는 길에 주운 옷은 침대 위에 던지고 알몸으로 컴퓨터 앞에 앉아 전원 버튼을 누르려다 생각한다. *아냐. 틀렸어.*

책상 옆 책꽂이에서 공책을 꺼낸다. 헨리 7세와 장미의 전쟁에 대해 끼적인 부분을 지나 백지가 나올 때까지 책장을 넘긴다. 너덜너덜하게 뜯기는 것을 모르는 체하는 수준을 넘어 반가워하며 무심하게 그 장을 찢는다. 오전 수업 때 올리비아가 했던 말을 생각하는 중이다. 후안 라몬 히메네스라는 스페인 작가가 한 말인데, 올리비아도 호르헤 카스트로를 통해 처음 들었다고 했다. 호르헤가 모든 글을 쓰고 구상할 때 초석으로 삼은 말이다. *저들이 줄이 그어진 종이를 주거든 옆으로 돌려서 써라.*

바버라가 그러고 있다. 파란색 줄을 가로지르며 빠른 속도로 글을 써 내려가고 있다. 펜리상이 제시한 조건에 따르면 *500단어 이내*라야 한다. 바버라의 에세이는 그보다 훨씬 짧다. 이제 보니 그녀의 인생을 뒤바꾸어 놓은, 어쩌면 대학교보다 더 엄청난 영향을 미칠지 모르는 오전 수업 때 했던 또 다른 말을 통해 올리비아가 옆에서 돕고 있다.

내가 시를 쓰는 이유는 그게 없으면 나는 고장 난 엔진이기 때문이다. 그녀는 아주 잠깐 멈췄다가 이렇게 덧붙인다. *그 많은 시를 출품했는데 내 시를 주제로 에세이를 쓰라니 어이가 없다. 내 시가 곧 내 에세이인데.*

그녀는 너덜너덜하게 뜯긴 공책 낱장을 두 번 접어서 이미 우표를 붙이고 주소를 적어 놓은 봉투에 대충 넣는다. 옷을 대충 입고 다시 계단을 달려 내려가 문을 열어 놓은 채 밖으로 나간다. 동네를 질주한다. 다시 땀을 흘리면 찬물로 샤워한 보람이 없어지겠지만 상관없다. 생각이 바뀌지 않게 이래야 한다. 생각을 바꾸면 안 된다. 그것이 진실이기에.

길모퉁이에 우체통이 있다. 그녀는 봉투를 안에 넣고 허리를 숙여서 무릎을 붙잡고 숨을 헐떡인다.

상을 받거나 말거나 상관없어. 상관없어, 상관없어.

나중에 후회할지 몰라도 지금은 아니다. 젖은 머리를 늘어뜨리고 허리를 숙인 채 우체통 앞에 서 있는 지금은 그것이 진실이라는 걸 안다.

중요한 건 작품이다.

그것 말고는 없다. 상도. 출판 여부도. 부자가 되거나 유명해지거나 양쪽 모두를 이루는 것도.

중요한 건 오로지 작품이다.

2021년 7월 1일

8시 3분.

보니 레이 달은 자전거를 타고 레드뱅크로를 달려 제트마트 쪽으로 핸들을 꺾는다.

8시 4분.

자전거에서 내려 헬멧을 벗고 머리칼을 흔든다. 헬멧을 안장에 얹고 안으로 들어간다.

"안녕하세요, 에밀리오." 그녀는 웃으며 인사를 건넨다.

"어서 와요." 그도 따라서 웃으며 인사를 건넨다.

그녀는 맥주 코너를 지나 탄산음료가 있는 뒤편의 냉장고로 간다. 다이어트 펩시를 꺼낸다. 다시 통로를 되짚어 오다 말고 트윙키, 호호스, 요들스, 리틀 데비스가 진열된 케이크 과자 선반 앞에서 걸음을 멈춘다. 호호스를 집고 고민한다. 에밀리오는 계산대 뒤편 진열대에 담배를 채워 넣고 있다. 밖에서 밴 한 대가 가게를 지나 언덕을 내려간다.

8시 5분.

로드니 해리스가 밴을 몰고 있다. 입은 캐주얼 재킷 주머니 안에 발륨 주사기가 들어 있다. 에밀리는 이미 휠체어에 앉아서 출동할 준비를 하고 있는데…… 오늘 저녁은 연극이 아니다. 극심한 좌골신경통이 다시 시작됐다. 로드니는 빌스 자동차&소형 엔진 수리점이었던 가게 앞 아스팔트에, 슬라이딩도어가 주인 없는 가게 쪽을 향하도록 차를 대고 말한다.

"크리스마스의 요정이 이제 곧 등장하겠네."

"서둘러 줘." 에밀리가 땍땍거린다. "그 아이를 놓치면 안 돼. 아파서 죽을 것 같거든."

그녀는 문을 마주 보도록 휠체어를 돌린다. 로드니가 버튼을 누르자 문이 열린다. 진입판이 스르르 나온다. 에밀리는 그걸 타고 보도로 내려간다. 로드니는 비상등을 켜고 차에서 내린다. 그들은 비상등을 두고 논의를 거듭하다가 위험을 감수하기로 결론을 내렸다. 그녀가 못 보고 지나치면 안 되기 때문이다. 에밀리는 상태가 안 좋고 로드니도 별로 좋지 못하다. 고관절이 아프고 손은 뻣뻣하다. 하지만 진짜 심각한 곳은 머리다. 집중을 할 수가 없다. 알츠하이머는 아니라고 계속 부인하지만 흐리멍덩해진 것만큼은 분명하다. 뇌수를 새로 투입하면 괜찮아질 것이다. 그리고 에밀리는 나머지 부위를 통해 건강을 회복할 것이다. 특히 크리스마스 요정의 간, 그것이 성배요 성체지만 짐승의 그 어떤 부분도 허비하면 안 된다. 그것이 그의 모토, 그의 주문이다.

8시 6분.

보니가 아쉬워하며 호호스를 다시 내려놓는다. 지갑을 꺼내 들고 계산대로 간다. 그녀는 남자처럼 뒷주머니에 지갑을 넣고 다닌다.

"호호스 왜 내려놨어요?" 에밀리오가 바코드를 찍으며 묻는다. "몸 관리 잘하고 있으니까 그 정도는 먹어도 될 텐데."

"사탄아, 물러가라. 내 몸은 성전이니라."

"네, 네, 여부가 있습니까. 제트마트에서는, 적어도 이 제트마트에서는 손님이 항상 왕이지요."

그들은 같이 웃음을 터뜨린다. 보니는 잔돈을 주머니에 챙기고 백팩을 벗어서 탄산음료를 안에 넣는다. 그걸 마시며 넷플릭스로 「오자크」를 볼 생각이다. 그녀는 지퍼를 잠그고 백팩을 어깨에 멘다.

"갈게요, 에밀리오."

그는 엄지손가락을 들어 보인다.

8시 7분.

보니는 헬멧을 쓰고 자전거에 올라타 잠깐 백팩 끈을 조절한다. 언덕 아래 멀지 않은 곳, 덤불밭이라 불리는 공원 일대 맞은편에서는 에밀리가 휠체어를 움직여 밴 뒤편을 돌아 나오고 있다. 보도가 깨져서 울퉁불퉁하다. 휠체어가 거기에 걸려 휘청거릴 때마다 찌르는 듯한 통증이 허리를 관통한다. 입술을 깨물며 비명을 참지만 신음이 새어 나오는 건 어쩔 수 없다.

"개를 꼭 잡아!" 반은 속삭임이고 반은 으르렁거림이다. "실패하면 안 돼, 로디. 부탁이야, 실패하면 안 돼!"

로드니는 실패하지 않을 작정이다. 보니가 멈추지 않고 그냥 지나가려고 하면 발로 차서라도 자전거에서 내리게 할 것이다. 물론 고관절이 버텨 주어야 가능한 얘기지만. 다시 쉰 살로 돌아갈 수만 있다면 얼마나 좋을까! 아니, 예순 살만이라도!

그는 에밀리를 돌아보다가 못마땅한 구석을 발견한다. 휠체어에 달린 라이트가 보도를 환히 비추고 있다. 라이트가 켜져 있으면 휠체어 배터리가 다 됐다는 말을 어찌 믿을 수 있을까! 그런데 지금 이 시각에도 그 아이는 언덕을 달려 내려오고 있다.

"라이트 꺼!" 그는 조그맣게 속삭인다. "에밀리, 그 빌어먹을 라이트 꺼!"

그녀가 라이트를 끄자마자 그들의 크리스마스 요정이 등장한다.

로드니는 인도 밖으로 내려가 팔을 흔든다. "도와주세요! 제발 도와주세요!"

보니는 가라테 발차기로 넘어뜨릴 엄두도 낼 수 없을 만큼 인도와 멀찌감치 거리를 두고 쌩하니 지나간다. 빨간색으로 반짝이는 자전거 미등이 언덕 아래로 점점 사라지고, 순간 그들의 계획이 모두 물거품으로 돌아가는 것이 느껴진다. 하지만 잠시 후에 그녀가 브레이크를 밟고 자전거를 돌려서 돌아온다. 그가 팔을 흔들었기 때문인지, 비상등 때문인지, 선한 사마리아인이 되고 싶은 욕심 때문인지, 아니면 셋 모두인지는 알 수가 없다. 그로서는 그저 다행이다.

그녀는 처음에는 조금 경계하며 천천히 페달을 밟지만 누가 팔을 흔들었는지 안 보일 정도로 날이 어두워지지는 않았다. "해리스 교수님? 왜 그러세요? 무슨 일 생겼어요?"

"엠 때문에. 좌골신경통이 무척 심한데 휠체어 배터리가 나갔어. 엠을 차에 태우려는데 도와줄 수 있을까? 진입판이 반대편에 있어. 엠을 집으로 데려가고 싶은데."

"보니?" 에밀리가 힘없이 부른다. "보니 달이니?"

"네, 맞아요. 어떡해요, 에밀리 교수님!"

보니는 자전거에서 내려 킥스탠드를 받친다. 얼른 에밀리 옆으로 달려와서 허리를 숙인다. "어떻게 된 거예요? 왜 *여기서* 차를 멈추셨어요?"

자동차 한 대가 지나가다 말고 속도를 늦춘다. 로드니의 심장이 멎지만 잠시 후 그 차는 다시 속도를 낸다.

에밀리는 보니의 질문에 그럴듯하게 둘러댈 방법이 없기에 그저 끙끙댄다.

"엠을 저편으로 옮겨야 해." 로드니가 같은 말을 반복한다. "나랑 같이 휠체어를 밀어 주겠나?"

그는 휠체어 한쪽 손잡이를 잡으려는 듯이 허리를 숙이지만 보니가 엉덩이로 그를 밀치고 양쪽 손잡이를 모두 잡는다. 휠체어를 돌려서 밴 뒤편으로 밀고 간다. 에밀리는 휠체어가 덜커덩거릴 때마다 우는 소리를 낸다. 로드니는 진입판을 피해 열어 놓은 운전석 문 쪽으로 다가가 비상등을 끄며 생각한다. *이제 걱정거리를 하나 덜었네.*

"어디 연락할까요? 휴대전화를……"

"그냥 차에 태워 줘." 에밀리는 숨을 헐떡인다. "집에 가서 근이완제 먹으면 괜찮을 거야."

보니는 진입판을 마주 보도록 휠체어를 돌리고 숨을 크게 들이마신다. 뒤로 조금 물러나 도움닫기를 할 수 있으면 좋겠지만 보도가 너무 울퉁불퉁하다. 그녀는 생각한다. *단번에 확 밀자. 너 힘세잖아. 할 수 있어.*

"내가 도와줄까?" 로드니는 이렇게 묻지만 휠체어 손잡이 쪽이 아니라 보니의 뒤편으로 이미 걸음을 옮기고 있다. 주머니 깊숙이 손을 넣고 주삿바늘 끝에 달린 조그만 보호용 캡을 벗긴다. 지금까지 숱하게 연습했고 실전에서 네 번이나 해 봤으니 아무 문제 없다. 무슨 일이 벌어지고 있는지 도로 쪽에서는 볼 수 없게 밴이 시야를 차단하고 있으니 뭐가 잘못되지 않을까 걱정할 이유도 없다. 그들은 성공을 눈앞에 두고 있다.

“아니에요, 저 혼자 할 수 있어요. 뒤로 물러나 계세요.”

보니는 출발선에 선 달리기 선수처럼 허리를 숙이고 고무 손잡이를 제대로 쥐고 앞으로 민다. 진입판을 반쯤 올라가 아무래도 안 되겠다는 생각이 들려는 찰나, 휠체어 모터가 웅웅거리며 돌아가기 시작한다. 라이트가 켜진다. 바로 그 순간 말벌이 그녀의 뒷덜미를 쏘는 것이 느껴진다.

에밀리는 휠체어를 굴려 밴 안으로 들어간다. 로드니는 보니가 기존의 타깃들처럼 쓰러질 거라고 생각한다. 그렇게 생각하지 않을 이유가 없다. 방금 요정의 소뇌에서 5센티미터도 안 되는 곳에 발륨 15밀리그램을 주사하지 않았던가. 그런데 그녀는 허리를 펴고 몸을 돌린다. 손을 뒷덜미 쪽으로 가져간다. 순간 로드니는 그가 주사기 안에 희석액이나 그냥 물을 잘못 넣었나 하는 생각을 하다가 그녀의 눈을 보고 아니라는 것을 알아차린다. 지금보다 젊고 훨씬 긴장했던 학부생 시절에 로드니 해리스는 텍사스의 도살장에서 여름 동안 두 번 일한 적이 있었다. 거의 마법에 가까운 육식의 장점을 이론으로 정립하기 시작한 때가 그때였다. 소를 기절시키는 데 쓰는 볼트 건의 충전이 덜 됐거나 살짝 비껴 맞히면 소들이 지금 보니 달처럼 놀라서 풀린 표정으로 눈알을 이리저리 굴렸다.

“뭐……뭐 하신 거예요? 뭐…….”

“걔 왜 쓰러지지 않아?” 열린 차 문 너머에서 에밀리가 카랑카랑하게 묻는다.

“조용히 해. 쓰러질 거야.”

하지만 보니는 쓰러지는 대신 팔을 벌려 균형을 잡으며 뒤뚱뒤뚱 밴 뒤편으로 걸어간다. 아마도 그 너머의 도로가 목표일 것이다. 로드니는 그녀를 잡으려고 한다. 그녀는 엄청 기운차게 그를 밀친다. 그는 뒤로 휘청거리다 튀어나온 인도 모서리에 발이 걸려 엉덩방아를 찧는다. 고관절이 비명을 지른다. 이가 서로 부딪히며 혀를 씹는다. 입안으로 피가 흐른다. 이 난처한 순간에도 그 맛이 반갑게 느껴지지만 그의 피는 아무 소용이 없다. 살이 없는 피는 아무 소용이 없다.

"재 도망치겠어!" 에밀리가 외친다.

로드니는 아내를 사랑하지만 그 순간만큼은 증오심이 생긴다. 레드뱅크로 저편에 뒤엉킨 덤불이 아니라 사람들이 있었다면 뭐가 이렇게 시끄러운가 하며 나와 보지 않겠는가 말이다.

그는 비틀비틀 일어선다. 보니는 밴과 레드뱅크로의 반대편으로 방향을 틀어, 쓰러지지 않으려고 녹이 슨 셔터를 한 손으로 짚고 술 취한 사람처럼 크게 휘청거리며 주인 없는 카센터 앞쪽을 더듬더듬 걷고 있다. 그 건물의 끝까지 갔을 때 그가 한 팔로 보니의 목을 감고 뒤로 홱 당긴다. 그래도 그녀는 고개를 좌우로 비틀며 반항하려고 한다. 자전거 헬멧이 그의 어깨에 부딪친다. 귀걸이 한쪽이 날아간다. 로드니는 너무 정신이 없어서 알아차리지 못한다. 그야말로 두 손이 다 바쁘다. 이 정도로 체력이 어마어마하다니 어서 빨리 맛보고 싶어 벌써부터 안달이 난다.

그는 숨을 헐떡이며 그녀를 밴 쪽으로 다시 끌고 간다. 심장이 가슴뿐 아니라 목과 머리까지 두드리며 펄떡거린다.

"가자." 로드니가 그녀의 몸을 돌린다. "가자, 요정아, 가자, 가자, 가……"

버둥거리던 팔꿈치가 그의 광대뼈를 강타한다. 눈앞에서 별이 왔다 갔다 한다. 보니를 잡았던 손이 풀리지만 잠시 후 다행히, 아주 다행히 무릎이 꺾이며 그녀가 마침내 쓰러진다. 그는 에밀리를 돌아본다. "나 도와줄 수 있겠어?"

에밀리는 반쯤 몸을 일으키다 움찔하며 다시 털썩 주저앉는다. "아니. 허리를 아예 못 쓰게 되면 더 골치 아파질 거야. 당신 혼자 옮겨야겠어. 미안."

미안은 개뿔. 로드니는 속으로 중얼거리지만 유치장, 헤드라인 뉴스, 재판, 24/7 케이블 뉴스, 종국에는 교도소 신세를 면하고 싶으면 도리가 없다. 그는 보니의 겨드랑이를 잡고 진입판 쪽으로 끌고 간다. 허리가 신음하고 고관절은 마비되기 직전이다. 백팩 탓도 있기에 벗긴다. 무게가 못해도 10킬로그램은 될 것이다. 그가 백팩을 건네자 에밀리가 어찌어찌 받아서 무릎 위에 얹는다.

"열어 봐. 안에 휴대전화가 있으면 꺼내서……." 그는 기운을 아껴서 당면 과제에 집중해야 하기에 말문을 맺지 않는다. 게다가 어떻게 해야 하는지 에밀리가 안다. 지금 당장은 여기서 도망치는 게 관건이고 운이 좋으면 성공할 수 있을 것이다. *지금까지 겪은 재수 없는 일들을 감안하면 우리만큼 행운을 누릴 자격을 갖춘 사람이 어디 있겠어.* 그는 생각한다. 오늘 저녁에는 보니가 그들보다 훨씬 더 재수가 없었다는 생각은 절대 하지 못한다.

에밀리는 이미 보니의 휴대전화에서 유심칩을 제거해 먹통으로 만들고 있다.

로드니는 보니를 끌고 진입판을 올라간다. 에밀리가 휠체어를 후진해 그가 지나갈 자리를 마련한다. 그녀는 벌써부터 백팩 지퍼를 열고 안을 뒤지기 시작한다. 그는 잠깐 쉬며 숨을 돌리고 싶지만 여기 이미 너무 오래 있었다. 위험할 정도로 오래 있었다. 그는 보니의 다리를 발로 차 문에서 멀찌감치 치운다. 보니가 정신이 멀쩡했다면 아팠겠지만 지금은 기절 상태다.

"쪽지. 쪽지."

투명한 비닐 파일에 담긴 쪽지가 조수석 뒷주머니에 들어 있다. 보니가 짧은 기간 같이 일하는 동안 남긴 각종 메모를 참고해 에밀리가 인쇄체로 적었다. 똑같이 따라 쓰지는 않았지만 인쇄체는 그럴 필요가 없다. 그리고 문구도 짧다. *더는 못 견디겠다.* 자전거가 도난당하면 무용지물이 되겠지만 도둑이 잡히면 얘기가 달라진다. 로드니는 쪽지를 자전거 안장에 놓고 쪽지에 지문이 남았을 경우에 대비해(인터넷에서 검색한 바로는 의견이 반반이다.) 캐주얼 재킷 소매로 닦는다.

그는 숨을 몰아쉬며 운전석에 올라탄다. 버튼을 눌러 진입판을 치우고 문을 닫는다. 심장이 미친 듯이 뛴다. 여기서 심장마비를 일으키면 에밀리가 리지 로드 93번지까지 밴을 몰고 가서 차고에 넣을 수 있을까? 넣을 수 있다 한들 기절시킨 저 아이는 어떻게 할 것인가?

죽여야겠지. 이런 생각이 들자 온몸이 쑤시고 심장은 쿵쾅거리고 머리는 지끈거리는 지금 같은 상황에서도 버려질 고기가 아까워서 속이 쓰리다.

오후 8시 18분이다.

2021년 7월 27일(3)

“이걸 좀 봐요.” 에이브럼 웰치가 말한다. (홀리에게도 몇 벌 비슷한 게 있는) 카고 반바지를 입은 그가 자기 무릎을 가리키며 하는 말이다. 양쪽에 S자 모양으로 아문 흉터가 남아 있다. “양쪽 다 인공 관절 수술을 받았어요. 2015년 8월 31일에. 그날은 잊어버릴 수가 없죠. 내가 8월 중순에 마지막으로 볼링장에 갔을 때만 해도 캐리가 있었어요. 그즈음에는 무릎이 너무 아파서 공을 굴릴 생각도 못 하고 그냥 앉아서 구경만 했지만. 그런데 다음번에 갔을 때는 캐리가 없더라고요. 이게 뭔가 도움이 될까요?”

“그럼요.” 홀리는 이렇게 대답하지만 잘은 모르겠다. “수술을 받고 나서 볼링장에 다시 가신 게 언제였어요?”

“그것도 확실히 알아요. 11월 17일. 65세 이상 토너먼트 1라운드가 열리는 날이었거든요. 선수로는 못 뛰어도 올디스를 응원하러 갔죠.”

"기억력이 좋으시네요."

그들은 선라이즈 아파트의 3층에 자리 잡은 웰치의 집 거실에 앉아 있다. 병에 담긴 배가 온 사방에 놓여 있다. 웰치 말로는 그게 취미 생활이라는데, 상석에 놓인 것은 미소를 머금은 40대 여자의 사진이다. 예쁜 실크 원피스를 입었고 방금 교회에 다녀오기라도 한 듯 밤색 머리에 레이스 베일을 썼다.

이번에는 웰치가 그 사진을 가리킨다. "기억할 수밖에요. 그다음 날 메리가 폐암 진단을 받았거든요. 그리고 1년 뒤에 죽었어요. 그런데 그거 알아요? 메리는 담배를 피운 적이 없다는 거."

홀리는 폐암으로 사망한 비흡연자 얘기를 들을 때마다 그녀의 나쁜 습관에 대한 죄책감이 줄어든다. 그래서 또 개떡 같은 인간이 되는 거겠지만.

"정말 상심이 크셨겠어요."

웰치는 배가 어마어마하게 나왔고 다리는 가는 왜소한 남자다. 그가 한숨을 쉬고 말한다. "그럼요, 말해 뭐 하겠어요. 내 평생 한 번뿐인 사랑이었는데. 결혼한 부부들이 원래 그렇듯 우리도 티격태격했지만 이런 말도 있잖아요. '해가 지도록 분을 품지 말고.' 우리가 그랬어요."

"앨시어 씨에게 들었는데, 다들 캐리를 좋아했다면서요? 그러니까 골든 올디스 회원들이요."

"캐리야 누구든 좋아했죠. 트리블*이었거든요. 그게 무슨 뜻인지 기브니 씨는 모르겠지만……"

"알아요. 저도 「스타 트렉」 팬이거든요."

---

* 「스타 트렉」에 나오는 복슬복슬 귀여운 반려동물.

"아, 오케이, 그렇군요. 캐리는 좋아하지 않을 수가 없었어요. 멍 때리고 다녔지만 서글서글하고 항상 유쾌했어요. 아마 약을 해서 그랬을 거예요. 골초였지만 그 친구가 피운 건 담배가 아니라 자메이카 사람들 표현을 빌자면 꽃이었죠."

"동호회의 다른 분들도 그 꽃을 피우지 않았나요?" 홀리는 조심스럽게 운을 뗀다.

웰치는 폭소를 터뜨린다. "그랬죠. 뒤로 나가서 조인트 두어 대를 돌려 피우고 취해서 웃고 그랬던 거 기억나요. 고등학생 때로 돌아간 것처럼. 로디만 예외였죠. 스몰 볼은 고상한 척 우리를 나무라지는 않았고 가끔 따라 나온 적도 있지만 마리화나는 안 피웠어요. 효과를 믿지 않았다고 해야 하나? 다 피우면 다시 안으로 들어갔는데, 그거 알아요?"

"아뇨, 뭔데요?"

"그러고 나면 우리 실력이 더 *좋아졌다*는 거. 특히 휴가. 약에 취하면 훅이 덜 걸려서 포켓을 제대로 때리는 확률이 더 높아졌거든요. 퍽 하고!" 그는 양손을 양옆으로 던져 스트라이크 흉내를 낸다. "하지만 로드니는 아니었죠. 마법의 약초를 피우지 않았으니 그 교수는 똑같이 140점대 볼러였어요. 배꼽 잡을 일 아니에요?"

"그러게요."

선라이즈 베이에서 홀리가 알게 된 사실은 딱 하나다. 에이브럼 웰치도 트리블이라는 것. 만약 그가 레드뱅크의 살인마로 밝혀지면 그녀가 지적으로, 직관적으로 믿어 왔던 모든 게 와르르 무너질 것이다.

그다음으로 만날 사람은 로드니 해리스, 140점대 볼러이자 스몰 볼, 육식주의자라고도 불리는 은퇴한 교수다.

바버라가 랜덜 재럴의 시 「포탑 사수의 죽음」을 읽으며 그 다섯 줄 안에 담긴 순도 100퍼센트의 공포에 놀라워하고 있을 때 전화벨이 울린다. 세 명만 전화 연결이 되게 해 놓았는데, 부모님은 1층에 있으니 누군지 화면을 볼 필요도 없다. 그냥 받아서 "안녕, 오빠, 어쩐 일이야?"라고 한다.

"주말까지 뉴욕에 있다 가게 됐는데 뉴욕시는 아니야. 에이전트 초대로 몬턱에서 주말을 보내게 됐거든. 짱이지?"

"흠, 글쎄. 내가 생각하기에 섹스랑 일은 잘 어울리지 않는데."

그는 웃음을 터뜨린다. 제롬이 요즘처럼 이렇게 스스럼없이, 자주 웃는 건 처음 있는 일이라 그녀까지 기분이 좋아진다. "그 점에서는 염려 붙들어 매도 돼. 마라는 50대 후반이고 유부녀야. 아이도 있고 손자도 있는. 그 대부분이랑 같이 갈 거야. 내가 이미 다 얘기했는데, 딴 데 정신 팔고 있었구먼. 마라의 성은 기억해?"

바버라는 제롬에게 분명히 들었다고 장담할 수 있지만 모른다고 실토한다.

"로버츠야. 너 왜 그러냐?"

그녀는 잠깐 아무 말 없이 천장만 쳐다본다. 밤이 되면 거기서 아홉 살 때 오빠와 함께 붙인 야광별이 반짝인다.

"얘기하면 화내지 않겠다고 약속할 수 있어? 엄마랑 아빠한테도 아직 말씀 안 드렸는데, 오빠한테 얘기하면 엄마, 아빠한테도 말씀드려야 할 것 같아."

"임신했다는 것만 아니면 돼." 그의 말투를 들어 보니 농담인 동시에 진담이다.

이번에는 바버라가 웃음을 터뜨릴 차례다. "지금은 아니지만 그럴 날을 기다리고 있긴 해."

그녀는 올리비아 킹즈버리를 혼자 찾아갈 수 없어서 에밀리 해리스의 집으로 갔던, 맨 처음 그날로 거슬러 올라가 그 이후에 벌어진 모든 일을 설명한다. 그렇게 해서 노시인과 만났고, 올리비아가 상의도 없이 펜리상 심사위원회에 시를 제출했고, 아직 후보에 올라 있다고 말이다.

설명을 마친 그녀는 질투 섞인 반응을 기다린다. 아니면 뜨뜻미지근한 축하를. 하지만 그녀의 예상은 빗나가고 이걸 비밀에 부쳐야 한다고 생각했던 자기 자신이 부끄러워진다. 하지만 어쩌면 그러길 잘했을지도 모르겠다. 오빠가 흥분해서 횡설수설 질문과 축하를 마구 뒤섞는 것이 이렇게 기쁘게 느껴지는 걸 보면.

"그거였구나! 그러느라 정신이 없었어! 맙소사, 바브! 내가 지금 옆에 있으면 갈비뼈가 으스러져라 안아 주었을 텐데!"

"그럼 아주 난리가 났겠지." 그녀는 눈을 훔친다. 어찌나 속이 후련한지 야광별을 붙여 놓은 천장까지 둥실둥실 떠오를 수도 있을 것 같고, 오빠가 정말이지 착하고 속이 깊다는 생각이 든다. 그걸 깜빡했던 걸까 아니면 그녀만의 걱정으로 머릿속이 가득해서 거기까지 생각하지 못했던 걸까?

"에세이는 어떻게 됐어? 죽이게 썼어?"

"죽이게 썼지." 그러고 나서 바버라는 속으로 생각한다. *두말하면 잔소리지. 심사위원회에서는 그걸 읽으면 아빠가 '쓸어통'이라고 부르는 데 던질 거야.*

"잘했네, 잘했어!"

"아들이 실종됐다는 그 집 엄마 얘기 다시 들려줘. 이제는 들을 수 있어. 그러니까 두 귀 쫑긋 세우고. 전에는 못 그랬거든."

그는 베라 스타인먼뿐 아니라 사건 전체를 요약해서 설명한다. 훌리가 순전히 우연히, 디어필드 공원 옆 레드뱅크로나 대학이나 아니면 양쪽 모두를 무대로 활동하는 연쇄살인범을 발견했을지 모른다는 말로 끝을 맺는다.

"그리고 내가 알아낸 것도 하나 있어. 계속 머릿속이 가려워서 죽는 줄 알았는데 드디어 그림이 완성됐다니까? 그 왜, 잉크 얼룩을 계속 뚫어져라 들여다보고 있으면 갑자기 예수님이나 데이브 셔펠*이 뿅 하고 등장하는 식으로 말이야."

"뭘 알아냈는데?"

제롬은 알려 준다. 둘은 좀 더 대화를 나누고 잠시 후 바버라가 어머니와 아버지에게 펜리상에 대해 알려야겠다고 말한다.

"그 전에 내 부탁 하나만 들어주라." 제롬이 말한다. "내가 책을 쓰고 있던 아빠 예전 홈 오피스로 가서 주황색 USB 찾아줘. 키보드 옆에 있을 거야. 그래 줄 수 있어?"

"당연하지."

"그거 노트북에 연결해서 PIX라고 된 폴더를 보내 줘. 마라가 그러는데, 출판사 측에서 책 중간에 사진을 넣고 싶어 할 거래. 그리고 홍보 자료로 쓸 수도 있다 하고."

"북투어 홍보 자료 말이지?"

"응. 하지만 코로나가 없어지지 않으면 줌이랑 스카이프로 하는 버추얼 북투어가 되겠지."

"명령대로 거행하겠나이다, 오라버니."

"그중에 차양에 '맨해튼 멜로드라마'라고 적힌 바이오그래프 극장 사진이 있거든. 존 딜린저가 총에 맞은 곳이 그 극장이야. 마라는 그

---

* 미국의 배우 겸 코미디언.

사진이 표지로 제격이라고 생각해. 그리고 바버라……."

"응?"

"정말 기쁘다, 동생아. 사랑해."

바버라는 이하동문이라고 말하고 전화를 끊는다. 그러고는 울음을 터뜨린다. 이렇게 행복했던 적이 언제인지 기억조차 나지 않는다. 올리비아의 주장에 따르면 행복한 시인은 대개 실력 없는 시인이라지만 이 순간만큼은 그러거나 말거나 상관없다.

2021년 7월 2일

깨어났을 때 보니는 갈증과 가벼운 두통을 느끼지만, 호르헤 카스트로나 캐리 드레슬러처럼 숙취 비슷한 증상은 없다. 로드니가 그들에게는 케타민 주사제를 썼지만 엘런과 피트 때 발륨으로 바꿨기 때문이다. 카스트로와 드레슬러가 지독한 숙취를 겪어서가 아니라(그건 전혀 고려 대상이 아니었다.) 사후 검체 검사 결과 그들의 흉부와 림프절의 세포조직이 초기 손상된 것으로 밝혀졌다. 다행히 재생의 핵심인 간은 영향을 받지 않았지만 손상된 림프절은 계속 신경이 쓰였다. 거기 세포가 손상되면 관절염에 걸린 그의 손, 그리고 좌골신경을 달래려고 에밀리의 왼쪽 엉덩이와 다리에 바르는 기름이 오염될 수 있다.

가축의 뇌와 심장, 신장 같은 장기도 많은 쓸모가 있지만 가장 중요한 곳은 간이다. 인간의 간을 섭취해야 활력을 유지하고 수명을 늘릴 수 있다. 간이 완전히 깨어났을 때 그렇다는 건데, 송아지의 간으로도 각성을 유발할 수 있다. 그러니 사람의 간은 훨씬 더 효과가 있을 테지만 그러자면 한 명의 간을 빼서 다른 한 명에게 먹이고 죽이는 식으로 매번 두 명을 조달해야 한다. 해리스가 보기에는 너무 위험한 도박이다. 송아지 간도 세포 수준에서는 인간의 간과 유사하니 충분하다. 돼지 간은 더 유사해서 DNA가 거의 구분이 안 될 정도지만 프리온의 위험이 있다. 무시해도 될 만한 수준이긴 하지만 로드니도 에밀리도 프리온에 소중한 뇌를 파먹혀서 죽고 싶지는 않다.

보니는 이런 것에 대해 전혀 모른다. 그녀가 아는 게 있다면 목이 마르고 머리가 아프다는 것뿐이다. 그리고 또 하나. 갇힌 신세라는 것. 그녀가 갇힌 감옥은 어느 집 지하실 한쪽 끝인 것 같다. 해리스 교수 부부가 사는 그 조그만 집 지하라니 믿기지가 않지만 믿지 않을 도리가 없다. 지하실은 넓고, 누르스름하니 편안하게 조도를 낮춘 형광등이 불을 밝히고 있다. 철창 앞쪽은 아무것도 없는 깨끗한 시멘트다. 그 너머는 계단이고 계단 너머는 기계들이 있는 작업실인데, 이름은 몰라도 자르고 가는 전동 기기인 것만큼은 분명하다. 가장 큰 장비는 반대편 맨 끝에 있는 철제 상자고 호스가 조그만 문이 달린 옆쪽 벽과 연결돼 있다. 냉난방기인가 보다.

보니는 일어나 앉아서 두통을 가라앉혀 보려고 관자놀이를 문지른다. 그녀가 깔고 누워 있던 토퍼 위로 뭔가가 떨어진다. 한쪽 귀걸이다. 나머지 한쪽은 몸싸움을 벌이는 와중에 떨어졌는지 보이지 않는다. 분명 몸싸움이 벌어졌다. 흐릿하기는 하지만 완전히 도망칠 수 있을 때까지 정신을 잃지 않으려고 애를 쓰며 주인 없는 건물 앞을 휘청휘청 걷다가 로드니에게 붙들려 뒤로 끌려간 기억이 난다.

그녀는 금색의 조그만 삼각형을 바라보다가(당연히 가짜 금이지만 디자인이 예쁘다.) 토퍼 아래에 숨긴다. 싱글 바에서 세련돼 보이려고 하는 게이나 해적이 아닌 이상 귀걸이 한 짝은 쓸모가 없기 때문이기도 하지만 세 모서리가 뾰족하기 때문이기도 하다. 쓸모 있을지 모른다.

철창 한쪽 구석에 휴대용 변기가 있다. 과거에 호르헤 카스트로, 캐리 드레슬러, 엘런 크래슬로가 그랬듯(스팅키 스타인먼은 아니었을지도) 그녀도 그게 무슨 뜻인지 알아차린다. 한동안 여기 갇혀 있어야 한다는 뜻이다. 그녀를 가둔 사람이 로드니 해리스 교수라니, 은퇴한 그 생물학자 겸 영양학자라니 아직도 믿기지가 않는다. 에밀리가 그의 공범이라는 건 보다 쉽게 납득이 된다. 아니, 그가 그녀의 공범이라고 보는 편이 더 맞겠다. 둘 중에서는 에밀리가 대장이니까. 에밀리는 보니를 친구까지는 아니더라도 동료로 대했지만 보니는 그녀를 전적으로 믿은 적이 없었다. 잠깐 그 밑에서 일을 했을 때도 에밀리의 심기를 거스르면 후회할 것 같은 예감이 들었기에 모든 걸 완벽하게 처리하려고 애를 썼다.

보니는 철창을 살펴본다. 집에서 만든 것이지만 아주 튼튼하다. 철장에 옆얼굴을 대고 보니 키패드가 보이지만 플라스틱 덮개가 씌워져 있고 그걸 벗기거나 움직일 재간이 없다. 벗길 수 있다 한들 맞는 숫자를 알아낼 확률은 로또에 당첨될 확률과 같을 것이다.

과거의 포로들처럼 그녀도 위에 달린 카메라 렌즈를 알아차리지만 그들과 다르게 렌즈를 향해 소리를 지르지 않는다. 똑똑한 여자이기에 때가 되면 누군가가 내려오리라는 걸 안다. 해리스 부부 중 한 명일 가능성이 크다. 그런데 그들이 끔찍한 실수를 저질렀다며 사과할까? 그럴 리 없다.

보니는 아주 무서워진다.

저쪽 벽에 놓인 주황색 나무상자 위에 아티지 생수가 두 병 놓여 있다. 호르헤 카스트로와 캐리 드레슬러에게는 다사니가 제공됐지만 에밀리가 아티저로 바꾸자고 했다. 다사니는 코카콜라 소유고 (그녀의 주장에 따르면) 북부의 지하수를 바닥내고 있지만 아티저는 이 지역 기업 소유라 정치적으로 좀 더 올바른 선택이다.

보니는 한 병을 따서 반을 마시고 다시 뚜껑을 닫는다. 그런 다음 휴대용 변기 뚜껑을 열고 바지를 내린다. 카메라를 어쩔 도리가 없기에 고개를 숙여서 얼굴을 가린다. 어렸을 때 못된 짓을 저지를 때 그녀가 상대를 보지 못하면 상대도 그녀를 보지 못할 거라고 생각하며 그렇게 했었다. 용변을 마친 뒤 물을 좀 더 마시고 토퍼 위에 앉는다.

갈증이 해소되자 피로가 풀리는 기분이다. 이런 상황에서 묘한 일이지만 진짜다. 원기가 회복됐다고 하지는 못하겠지만 피로가 풀린다. 왜 그녀를 납치했을지 알아내 보려고 하지만 별 진전이 없다. 성폭행이 가장 빤한 동기겠지만 그들은 *노인*이다. 엄청나게 늙은 건 아닐지 몰라도 그들 나이에 성범죄라면 뭔가 해괴망측할 수밖에 없다. 좋게 끝날 리 없다.

일종의 실험일 수도 있을까? 인간 모르모트가 필요한? 로드니 해리스는 나사가 몇 개 빠졌다는 소문을 캠퍼스 주변에서 들은 적 있다. 강의에서 고기가 영양의 핵심이라고 악을 써 대는 것으로 유명하다. 하지만 공포 영화에 나오는 미친 과학자처럼 정말 제정신이 아닐까? 그렇다면 그의 실험실이 어딘가에 분명 있을 것이다. 그녀의 앞에 보이는 곳이 은퇴한 노인이 뚝딱뚝딱 책꽂이나 새집 아니면 철창을 만드는 작업실일지 모른다.

보니는 그녀가 실종됐다는 사실을 알아차릴 만한 사람이 누가 있을지 생각해 본다. 어머니가 가장 유력하지만 당장 이상한 조짐을 느끼지는 못할 것이다. 그들은 현재 냉전 중이다. 톰 히긴스? 그 인간은 잊혀도 된다. 헤어진 지 몇 달 지났고 들리는 소문에 따르면 어디론가 떠났다고 한다. 키샤는 알아차릴지 모르지만 여름 방학과 코로나 덕분에 도서관이 축소 운영 상태라 보니가 잠깐 쉬기로 했나 보다고 생각할 수도 있다. 그녀에게 휴가가 얼마나 많이 남았는지 하늘도 알고 땅도 아니까. 아니면 그냥 모든 걸 내팽개치고 떠나기로 마음먹었다고 생각할 수도 있을까? 보니는 서부로 가고 싶다고, 젊은 여자는 모름지기 샌프란시스코 아니면 카멜바이더시 아니냐고 한 적 있지만 그건 그냥 하는 얘기였고 키샤도 그렇다는 걸 안다.

그게 아니라 모를까?

계단 꼭대기에 달린 문이 열린다. 보니는 철창 앞으로 간다. 로드니 해리스가 내려온다. 금방이라도 부서질 것처럼 천천히. 대개 첫 쟁반은 에밀리가 들고 오는데, 오늘은 좌골신경통이 너무 심해서 허리에 서마 브레이스 찜질기를 차고 침대에 누워 있다. 별 효과는 없을 것이다. 아무리 좋게 봐도 그건 엉터리 치료다. 뇌의 시냅스를 가차 없이 파괴하는 진통제는 더 나쁘다.

로드니는 피터 스타인먼의 남은 장기를 녹이고 끓여 골분을 뿌린 심장-허파 죽 비슷한 걸 만들었다. 그게 도움은 되겠지만 별로 많이 되지는 않을 것이다. 인간의 살은 녹였다 얼리면 약효가 거의 사라지는 것 같다. 에밀리에게 필요한 건 싱싱한 간인데, 스타인먼이라는 아이의 것은 채취한 지 오래됐다. 재료는 항상 바닥나기 마련이고 가축의 효과가 전처럼 길지 않다. 에밀리에게 이런 말을 하지는 않았지만 그녀도 분명 알고 있을 것이다. 과학자는 아니지만 바보도 아니니까.

그는 철창과 안전거리를 유지하며 한쪽 무릎을 꿇고 앉아서 쟁반을 바닥에 놓는다. 그러고 나서 그가 (오늘 아침에는 온몸이 욱신거려서 움찔하며) 허리를 펴자 보니의 눈에 자주색 멍이 든 왼쪽 광대뼈가 보인다. 멍이 위로는 눈, 아래로는 거의 턱까지 번져 있다. 보니는 원래

격한 감정을 별로 느끼지 않는 평온한 성격이다. 그녀의 화를 돋우는 사람은 어머니밖에 없다고 볼 수 있다. 하지만 그 멍을 보자 분노가 치미는 동시에 잔인하게 기분이 좋아진다.

나 때문에 그렇게 된 거지, 맞지? 내가 제대로 한 방 먹였네.

"이유가 뭐예요?"

로드니는 아무 말도 하지 않는다. 에밀리는 그러는 편이 최선이라고 강조해 왔는데, 그 말이 맞는다. 우리에 가둔 가축에게는 말을 걸지 않는 법이다. 대화는 절대 나누지 않는 법이다. 뭐 하러 그러겠는가? 가축은 음식일 뿐인데.

"제가 무슨 짓을 저질렀길래요, 해리스 교수님?"

아무 짓도 저지르지 않았지. 그는 계단에 기대어 놓은 빗자루를 가지러 가며 생각한다.

보니는 쟁반을 쳐다본다. 갈색 봉투가 담긴 일회용 플라스틱 컵이 옆으로 누워 있는데, 아침 대용식인 것 같다. 쟁반에 담긴 다른 건 두툼한 생고기다.

"저거 간이에요?"

아무 대답이 없다.

빗자루는 관리인들이 쓰는 넓은 빗자루다. 그가 그걸 써서 철창 안에 달린 덮개 안으로 쟁반을 밀어 넣는다.

"저는 간 좋아해요. 하지만 양파 튀김을 곁들여서 먹고 익힌 걸 더 좋아해요."

그는 아무 대꾸 없이 계단 쪽으로 돌아가 빗자루를 거기 기대어 놓는다. 그러고는 다시 계단을 올라가기 시작한다.

"교수님?"

그는 눈썹을 쫑긋 세우고 그녀를 돌아본다.

"멍이 심하게 드셨네요?"

그는 손으로 거길 건드리다가 다시 움찔한다. 그걸 보고 보니는 또 기분이 좋아진다.

"그거 아세요? 저 지금 그 맛이 간 염병할 대가리를 쳐서 그 염병할 목에서 날려버리고 싶은 거?"

멍이 들지 않은 쪽 얼굴이 벌게진다. 뭐라고 대꾸하려는 기미를 보이다 참는다. 그는 계단을 올라가고, 잠시 후 문이 닫히는 소리가 들린다. 그냥 닫히는 게 아니라 쾅 하고 닫힌다. 이번에도 보니는 기분이 좋아진다.

그녀는 일회용 컵에 든 봉투를 꺼낸다. 카차바다. 들어는 봤지만 먹어 본 적은 없다. 이제 먹어 봐야겠다. 이 모든 사태에도 불구하고 배가 고프다. 헛소리처럼 들리겠지만 진짜다. 봉투 꼭대기를 뜯어 컵에 붓고 새 병의 물을 넣는다. 바보 같은 영감탱이가 숟가락도 주지 않았다는 생각을 하며 손가락으로 젓는다. 한입 마셔 보니 제법 괜찮다.

보니는 반만 마시고, 닫아 놓은 휴대용 변기 뚜껑 위에 컵을 얹는다. 철창 앞으로 간다. 미쳤거나 말거나 노교수는 강박적인 수준의 깔끔쟁이다. 시멘트 바닥에 먼지 한 톨 없다. 렌치는 큰 것에서부터 크기순으로 못에 걸려 있다. 스크루드라이버도, 톱 세 개도 마찬가지다. 큰 톱, 중간 톱, 꼬리톱이라고 불리는 걸로 아는 작은 톱. 펜치…… 끌…… 박스 테이프…… 그리고…….

보니는 손으로 입을 막는다. 좀 전까지 무서웠다면 이제는 공포가 엄습한다. 그녀가 처한 현실이 선명하게 파악이 된다. 그녀는 독 안에 든 쥐 신세고 기적이 벌어지지 않는 한 살아서 나가지 못할 것이다.

타공판의 박스 테이프 옆에 트로피처럼 그녀의 자전거 헬멧과 백팩이 걸려 있다.

2021년 7월 27일(4)

홀리는 리지 로드를 따라 두 시간짜리 주차 구역으로 가서 창문을 열고 담배에 불을 붙인다. 그런 다음 해리스의 집으로 전화한다. 어떤 남자가 전화를 받는다. 홀리는 이름과 직업을 밝히고 잠깐 집으로 찾아가 몇 가지 물어봐도 되겠느냐고 묻는다.

"어떤 사람으로요?"

"네?"

"어떤 사안 때문이냐고요. 이름이……?"

홀리는 이름을 다시 한번 밝히고 캐리 드레슬러 때문이라고 말한다. "제가 맡은 사건을 수사하던 중에 드레슬러 씨의 이름이 나왔어요. 근무했던 볼링장으로 찾아갔더니……"

"스트라이크 엠 아웃 레인스 말이죠." 그가 짜증 섞인 투로 말한다.

"맞아요. 그분의 소재를 찾는 중이에요. 연쇄적으로 벌어진 차량 도난 사건과 관련해서요. 자세히 말씀드릴 수 없는 건 이해해 주시리라 봅니다, 아무튼 그분을 만나고 싶어서요. 선생님의 볼링팀이 드레슬러 씨와 같이 찍은 사진이 있길래 그분이 어디로 갔는지 혹시 아실까 해서요. 클리퍼드 씨와 웰치 씨하고는 이미 만나서 얘기를 나눠 봤고요, 근처에 온 김에……"

"드레슬러가 차를 훔치고 다녔다는 거요?"

"그건 구체적으로 말씀드릴 수가 없습니다, 해리스 씨. 해리스 씨 맞으시지요?"

"해리스 *교수*요. 잠깐 들러도 될 것 같지만 오래 있을 생각은 하지 말아요. 드레슬러는 몇 년 동안 보지 못했고 나는 바쁜 사람이니까."

"고맙습……"

하지만 해리스는 이미 전화를 끊었다.

로드니는 전화기를 내려놓고 에밀리를 돌아본다. 좌골신경통이 조금 괜찮아져서 이제 휠체어는 필요 없게 됐지만 지팡이를 짚고 있고 머리를 빗어야 하게 생겼다. 야박한 생각이 로드니의 머릿속에 떠오른다. *꼭 동화에 나오는 늙은 마녀 같네.*

"그 여자가 찾아오겠대. 하지만 달이 아니라 드레슬러 때문이라는군. *그 여자* 말로는."

"설마 그 말을 믿는 건 아니겠지?"

"믿는 건 아니지만 아주 말이 안 되는 건 아니야. 그 여자 말로는 차량 어쩌고를 수사 중이래." 그는 말을 잠깐 끊는다. "도난, 차량 도난. 그게 진짜일 수도 있지. 사설탐정이 한 번에 한 가지 사건만 수사할 리 없잖아. 수지가 안 맞을 테니까." 로드니는 이게 맞는 표현인지 고민하다가 맞는다고 결론을 내린다.

"우리가 납치한 사람 중에 두 명이 연루된 사건을 그 여자가 개별적으로 맡고 있다고? 그렇다면 너무 엄청난 우연의 일치 아니야?"

"그럴 수도 있지. 그리고 깁슨이 보니 달 사건을 수사하다가 뭐 하러 볼링장을 찾아갔겠어? 그 요정은 볼링을 치지도 않았는데."

"기브니야. 홀리 기브니. 오면 내가 만나 봐야겠다."

로드니는 고개를 젓는다. "당신은 드레슬러하고 모르는 사이였잖아. 내가 알았고. 그 여자가 만나겠다는 사람은 나야. 내가 상대할게."

"그래?" 그녀는 그를 이리저리 살핀다. "아까 들어 보니까 *사안*이 아니라 *사람*이라고 하던데. 당신…… 이걸 정확히 뭐라고 표현하면 좋을지 모르겠지만……."

"말실수를 했지. 봐. 이렇게 척척 대답하잖아. 내가 몰랐다고 생각해? 알고 있으니까 감안해서 할게." 그는 그녀의 뺨에 손을 얹는다.

그녀는 자기 손으로 그의 손을 덮고 미소를 짓는다. "나는 그럼 2층에서 보고 있을게."

"그럴 줄 알았어. 사랑해, 봉봉."

"나도 사랑해." 그녀는 말하고 계단을 향해 천천히 걸어간다. 계단을 올라갈 때는 이보다 더디고 고통스럽겠지만 그녀는 이 근처에 사는 그 망할 노인네처럼 의자식 리프트를 설치할 생각은 전혀 없다. 올리비아가 아직까지 살아 있다니 믿기지 않는 일이다. 게다가 재능이 있어 보였던 그 아이까지 가로채 갔지 않은가.

흑인치고는 괜찮아 보였는데. *검둥이*치고는.

에밀리는 그 단어가 마음에 든다.

홀리는 해리스의 집 앞 계단을 올라가 초인종을 누른다. 문이 열리고, 아저씨 청바지와 가슴팍에 벨 대학 로고가 찍힌 폴로 셔츠를 입고 모카신을 신은, 키가 크고 호리호리한 남자가 등장한다. 반짝이는 두 눈이 지적으로 보이지만 안으로 꺼지기 시작했다. 머리는 백발이지만 휴 클리퍼드처럼 풍성하지 않고 빗자국 사이로 분홍색 두피가 보인다. 한쪽 뺨에 희미하게 멍 자국이 남아 있다.

"기브니 씨. 거실로 갑시다. 그리고 마스크는 벗어도 돼요. 이 집에 클로버 환자는 없으니까. 애초에 그런 게 존재하는지조차 의문이오만."

"백신 맞으셨어요?"

그는 미간을 찌푸린다. "우리 부부는 건강에 대해서라면 원칙을 지키는 쪽이에요."

대답은 그거면 충분하다. 그녀는 마스크를 쓰고 있는 쪽이 더 편하다고 말한다. 일회용 장갑도 끼고 싶지만 지금 그걸 주머니에서 꺼낼 수는 없다. 누가 봐도 해리스는 코로나라는 주제에 관한 한 안전장치가 풀린 상태다. 그의 뇌관을 건드리고 싶지 않다.

"좋을 대로 해요."

홀리는 그를 따라 복도를 지나 나무로 벽을 대고 LED 캔들로 불을 밝힌 널찍한 방으로 들어간다. 내리쬐는 늦은 오후의 햇빛을 가리려고 커튼을 쳐 놓았다. 중앙 냉방 시스템에서 속삭이는 소리를 낸다. 어디에선가 가벼운 클래식이 아주 조용히 흘러 나온다.

"미안하지만 자리는 권하지 않겠어요. 《계간 영양학 저널》에 실린 다소 한심하고 수준이 형편없는 논문에 대해 길게 반론을 쓰던 중이라 논리 전개의 맥락을 놓치고 싶지 않아서. 게다가 아내의 편두통이 도졌으니 언성을 낮춰 주기 바라요."

"알겠습니다." 홀리는 화가 나도 언성을 높이는 경우가 거의 없다.

"게다가 내 청력에는 아무 문제가 없으니까요."

그건 사실이지. 에밀리는 생각한다. 그녀는 남는 방에서 노트북으로 그들을 지켜보고 있다. 벽난로 선반의 작은 장식품 뒤편에 찻잔 크기의 카메라가 숨겨져 있다. 로드니가 결정적인 정보를 흘리지 않을까 하는 것이 에밀리의 가장 큰 걱정이다. 그는 여전히 빈틈없는 편이지만 밤이 깊어지면 말실수를 하고 깜빡깜빡하는 경향이 있다. 알츠하이머나 치매의 대표적인 초기 증상이 그렇다는 걸 알지만(이런 증상을 일몰증후군이라고 한다.) 그녀가 사랑하는 남자에게는 해당하지 않는다고 부인하는 중이다. 하지만 의혹의 씨앗이 뿌려졌다. 그 씨앗이 싹을 틔우면 안 된다.

홀리는 여기 오는 동안 잘 다듬은 차량 도난 사건의 개요를 설명한다. 사키가 쓴 단편소설의 여자아이처럼 순식간에 이야기를 만들어 내는 것이 그녀의 주특기다. 클리퍼드와 웰치를 만났을 때도 이걸 들이댔어야 하는데, 뒤늦게 생각났다. 가장 관심이 가는 어니 코긴스를 만날 때는 반드시 써야겠다. 아직 볼링을 치고 아직 유부남이지 않은가. 그의 아내는 좌골신경통 환자가 아닐지 몰라도 가능하다, 가능하다.

바버라는 아버지의 예전 홈 오피스로 내려간다. 이제는 제롬의 컴퓨터가 책상에 놓였고 양옆으로 종이 더미가 쌓여 있다. 오른쪽의 두툼한 쪽이 원고일 것이다. 그녀는 책상 앞에 앉아서 마지막 장까지 넘겨본다. 359쪽이다. *이게 다 오빠가 쓴 거라니.* 감탄하며 자기 시집을 떠올려본다. 아마도 150쪽 정도 될 테고 그마저도 대부분 백지일 텐데…… 사실 출간 여부도 불투명하다. 올리비아는 출간될 거라고 장담하지만 여전히 믿기지 않는다. '흑인으로서의 경험'이 아니라 공포에 대처하는 법을 다룬 시이지 않은가. *가끔 그 둘이 별반 다르지 않을 때도 있지만.* 바버라는 그렇게 생각하고 짧게 폭소를 터뜨린다.

주황색 USB는 제롬이 있을 거라고 한 데에 있다. 그녀는 컴퓨터를 켜서 제롬의 비밀번호(#shizzle#)를 입력하고 부팅이 되길 기다린다. 바탕화면은 제롬과 바버라가 이제는 착한 반려견의 천국으로 떠난 오델을 사이에 두고 꿇어앉아 있는 사진이다.

USB를 꽂는다. 1, 2, 3 숫자가 달린 원고가 있다. 주고받은 편지도 있다. 그리고 PIX라고 된 파일도 있다. 바버라는 그 파일을 열고 악명 높았던 증조부의 사진을 몇 장 본다. 항상 완벽하게 차려입고 항상 중산모를 오른쪽으로 살짝 삐딱하게 썼던 할아버지. *상징적이야.* 그녀는 생각한다. 밴드의 멋들어진 연주에 맞춰 완벽하게 차려입은 손님들이 지터버그(아니면 린디합)를 추는 흑인 전용 나이트클럽 사진도 있다. 그녀는 바이오그래프 극장과 시상판에 누워 있는 존 딜린저 사진을 찾는다. *으웩.* 홀리가 봤다면 이랬을 것이다. 바버라는 PIX 파일을 닫고 오빠의 주소를 적은 이메일로 드래그해서 휙 보낸다.

컴퓨터 왼쪽에 이런저런 메모들이 흩뿌려져 있는데, 맨 윗장에는 '홍보/마라에게 연락할 것'이라고 적혀 있다. 그 바로 아래 장에는 1930년대 시카고, 인디애나폴리스, 디트로이트의 금주법과 대공황 시대 해당 지역을 다룬 수많은 참고도서 목록이 적혀 있다. *오빠, 너무 무리하는 건 아니길 바라.*

그 메모 아래에 맵퀘스트에서 출력한 디어필드 공원과 그 일대 지도가 있다. 바버라는 호기심에 집어서 본다. 제롬의 책과는 아무 상관 없고, 홀리가 현재 조사 중인 사건과는 밀접하게 연관이 있는 지도다. 빨간 점이 세 군데에 찍혔고 그 아래에 제롬이 깔끔한 인쇄체로 글을 적어 놓았다.

공원의 동쪽, 덤불밭이라고 불리는 웃자란 덤불이 우거진 지역의 맞은편은 '보니 D, 2021년 7월 1일'이다.

'엘런 C, 2018년 11월'에 해당하는 점은 벨 대학 캠퍼스, 벨프라이가 있는 학생회관 바로 위에 찍혀 있다. 바버라도 레이놀즈 도서관에 갔다가 친구들과 더러 거기서 햄버거를 먹을 때가 있다. 고등학생이라 책 대출은 안 되지만 열람실이 훌륭하고 컴퓨터실은 끝내준다.

마지막 하나 남은 빨간색 점은 '피터 S, 2018년 11월 말'이다. 바버라는 여기도 안다. 고등학생들은 '이류'라고 생각하지만 그보다 어린 조무래기들 사이에서는 모여서 노는 곳으로 인기가 많은 데리 휩이다.

그중 한 명이 나였을 수도 있어. 하느님의 은혜로 피할 수 있었던 거야.

여기서 볼일은 끝났다. 그녀는 컴퓨터를 끄고 일어나려다 다시 앉아서 지도를 집는다. 책상에 펜이 가득 담긴 커피 머그가 있다. 거기서 제롬이 지도에 표시하는 데 썼을 빨간색 펜을 꺼낸다. 리지 로드 중에서 올리비아 킹즈버리의 집 맞은편에 또 하나의 점을 추가한다. *선생님이 마지막으로 마음에 드는 시를 떠올렸던 날 저녁에 거기서 그를 봤다고 했으니까.*

그 점 아래에 인쇄체로 이렇게 적는다. '호르헤 카스트로, 2012년 10월.' 실없는 짓처럼 느껴지긴 하지만.

카스트로가 "이런 허접한 영문학과는 엿이나 먹어라." 하면서 떠났을 수도 있어. "에밀리 해리스도, 제대로 가리지 못한 그 동성애 혐오도 엿이나 먹어라." 하면서.

하지만 제롬의 지도에 카스트로를 추가하고 보니 흥미진진하면서도 조금 심란한 부분이 눈에 들어온다. 점들이 공원을 거의 에워싼 것처럼 보인다. 보니의 사건이 벌어진 시점이 가을이 아니라 여름으로 남들보다 앞당겨졌지만 바버라도 「마인드 헌터」라는 넷플릭스 시리즈인가 어디에선가 보았다시피 연쇄살인마의 경우 범죄를 저지르는 주기가 점점 짧아진다고 하지 않았던가. 약을 맞는 간격이 점점 짧아지는 마약중독자처럼.

엘런 C와 피터 S는 패턴에 들어맞지 않는다. 그 둘은 시기상 딱 붙어 있다. 범인이 둘 중 한 명에게서 원하는 걸 얻지 못했던 걸까? 엘런이나 피터가 범인의 핏빛 욕망을 완전히 충족시키지 못했던 걸까?

괜히 무섭게 왜 그래. 너 지금 그림자를 보고서 체트 온도스키 같은 괴물이라고 착각하고 있어.

그래도 호르헤 카스트로에 얽힌 정보를 전달해야겠다. 홀리에게 연락하려고 휴대전화를 집는데 벨이 울린다. 마리 뒤샹이다. 올리비아가 심방 세동을 일으켜 카이너 기념병원에 왔다고 한다. 이번에는 상황이 심각하다. 바버라는 홀리에게 연락하려던 걸 모두 잊고 허둥지둥 1층으로 내려가 어머니에게 차를 좀 써야겠다고 한다. 타냐가 이유를 묻자 친구가 병원에 있다고, 설명은 나중에 하겠다고 한다. 좋은 소식이 있지만 그것도 나중에 알리겠다고 한다.

"장학금이니? 너 장학금 받았어?"

"아뇨, 그건 아니에요."

"알았어. 운전 조심하렴." 이 말이 타냐에게는 주문과도 같다.

홀리는 로드니 해리스에게 캐리 드레슬러가 현재 어디 있을지 짐작이 가는 데라도 있느냐고 묻는다. 그가 여길 뜰 생각이라고 한 적이 있는지. 가끔 거액의 현금을 가지고 있는 것처럼 보인 적이 있는지.(이건 새롭게 덧칠한 부분이다.)

“그 사람이 약물을 복용했다는 건 알아요.” 그녀는 스스럼없이 공개한다. “절도범들이 그런 경우가 많죠.”

“내가 느끼기에는 괜찮은 친구 같았어요.” 해리스는 이마를 살짝 찡그리고 허공을 응시하고 있다. 뭔가 도움이 될 만한 정보를 떠올려보려고 애를 쓰는 사람의 전형적인 자세다. “그 친구를 잘은 몰랐지만 약을 하는 건 알았죠. 그 친구 말로는 *카나비스 사티바*만 한다고 했지만 다른 것도 했는지……?”

그는 눈썹을 쫑긋 세우며 홀리의 추가 정보 공개를 유도하지만 그녀는 미소만 짓는다.

“물론 *카나비스*는 좀 더 강력한 약물로 건너가는 관문 역할을 하기로 유명하죠.” 그는 거만한 투로 말을 잇는다. “항상 그런 건 아니지만 중독성이 있고 인지 발달을 방해하고요. 그리고 학습과 기억을 관장하는 척추엽의 해마를 구조적으로 훼손하죠. 이거야 잘 알려진 사실이지만.”

2층에서 에밀리가 움찔한다. *여보, 측두엽…… 그리고 딴 데로 새지 마. 제발.*

기브니는 알아차리지 못한 눈치고 로드니는 아내의 말을 듣기라도 한 것처럼 정신을 차린다. “강의 늘어놔서 미안해요, 깁슨 씨. 이제 딴소리는 자제할게요.”

홀리는 예의 바르게 웃음을 터뜨린다. 주머니에 있는 장갑을 만지작거리며 다시 한번 끼고 싶다는 생각을 한다. 해리스 교수의 눈에 하워드 휴스처럼 보이고 싶지는 않지만,* 그녀의 손이 닿은 모든 것에

---

* 하워드 휴스는 아이언맨의 모델이기도 한 미국의 백만장자인데, 감염 공포증이 있어서 그에게 전달되는 메모를 작성하는 비서들은 흰색 장갑을 끼고 타이프를 쳐야 했다고 한다.

코로나19나 델타 바이러스가 득시글거릴지 모른다는 생각이 머릿속에서 떠날 줄 모른다. 한편 해리스는 말을 계속한다.

"우리 동호회 회원 몇 명도 드레슬러와 함께 뒷문으로 나가서, 그들의 표현을 빌자면 '조인트를 한 모금씩' 피우곤 했어요. 몇몇 여자도 그랬고."

"핫 위치스요?"

해리스의 주름살이 깊어진다. "맞아요. 그리고 다른 여자들도. 다들 그 친구에게 '호감'을 품고 있었던 것 같아요. 하지만 앞서 말했다시피 나는 그 친구를 잘 몰라요. 친절했고 가끔 부상병이 생기면 대타로 뛰곤 했지만 그냥 얼굴만 아는 사이였지. 그 친구의 현금 보유 상황에 대해서는 전혀 몰랐고, 어디로 갔을지도 전혀 모르겠네요."

에밀리는 생각한다. *이만하면 됐어, 여보. 이제 그 여자를 배웅해.*

로드니는 홀리의 팔꿈치를 잡고 그렇게 하려고 한다. "이제 나는 그만 다시 일을 해야 할 것 같은데요."

"이해합니다. 어차피 별 기대는 하지 않았어요." 홀리는 핸드백에서 명함을 꺼내 그의 손가락을 건드리지 않도록 신경 쓰며 건넨다. "도움이 될 만한 정보가 생각나시거든 연락 부탁드릴게요."

그들이 현관문 앞에 다다르자 에밀리는 복도에 달린 카메라로 화면을 바꾼다. 로드니가 묻는다. "앞으로 수사를 어떤 식으로 진행할 계획인지 물어봐도 되겠습니까?"

에밀리는 생각한다. *그러지 마. 제발 그러지 마, 로디. 거기로 들어갔다가는 늪에 빠질 수도 있어.*

하지만 에밀리가 보기에 걱정할 필요가 없을 만큼 속없게 생긴 그 여자는 로드니에게 그건 밝힐 수 없다며 팔꿈치를 내민다. 로드니는 바보 같지만 받아 주겠다는 뜻에서 미소를 지으며 자기 팔꿈치로 그녀의 팔꿈치를 건드린다.

"시간 내주셔서 정말 감사했습니다, 해리스 씨."

"별말씀을. 어…… 이름이 뭐라고 했죠?"

"기브니요."

"남은 하루 잘 보내요, 기브니 씨. 수사 잘 끝나길 바랄게요."

홀리는 현관문이 뒤에서 닫히는 소리가 들리자마자 계속 걸으며 주머니 깊숙이 손을 넣어, 끼지 못했던 니트릴 장갑 아래 있는 손소독제를 찾는다. 데리 휩 앞에서 아이들을 만났을 때 깜빡하고 마스크를 끼지 않았던 것도 큰 실수였지만 그래도 거긴 야외였다. 로드니 해리스와 대화를 나누는 동안에는 그 집에 설치된 중앙 냉방기가 그녀의 어머니를 죽인 바이러스를 어디로든 실어 나를 수 있었다. 그녀의 코를 거쳐 담배로 오염된 폐 속 깊숙한 데로까지.

너 지금 어이없는 건강 염려증 환자처럼 굴고 있어. 그런 생각이 들지만 그건 빌어먹을 바이러스 때문에 죽은 어머니의 속삭임이다.

찾던 손소독제 통이 손끝에 닿자 주머니에서 꺼낸다. 손바닥 위로 약간 짜서 양손을 열심히 비비며, 어렸을 때는 주사 맞을 시간이라는 뜻이라 공포를 선물했던 톡 쏘는 알코올 냄새가 이제는 위안과 조건부 안전의 상징이 됐다는 생각을 한다.

2층에서 에밀리는 이걸 보며 미소를 짓는다. 허리에서부터 다리를 타고 계속 쑤셔 대니 요즘은 웃을 일이 많지 않은데, 그 쥐새끼 같은 년이 미친 듯이 마른 손을 비비는 광경은 웃기다.

2021년 7월 3일

해리스 부부의 가장 최근 '손님'은 생간을 먹지 않고 남은 물을 조금씩 아껴 마시려고 해 보지만 결국에는 두 병 모두 바닥이 난다. 그녀는 일회용 컵 바닥을 손가락으로 훑어 남은 카차바를 먹지만 갈증만 더 심해질 뿐이다. 게다가 배가 고프기도 하다.

보니는 마지막으로 먹은 게 뭐였는지 기억을 떠올려본다. 참치 달걀 샌드위치 아니었나? 벨프라이에서 사 가지고 나와 야외 벤치에서 먹었다. 그 샌드위치와 제트마트에서 산 다이어트 펩시를 지금 먹을 수만 있다면 여한이 없을 것 같다. 500밀리리터짜리 콜라를 단숨에 비울 수 있겠다. 하지만 다이어트 펩시도 없고 휴대전화도 없다. 헬멧과 (안에 아무것도 없는 듯한) 백팩만 공구와 함께 벽에 걸려 있을 따름이다.

상온에서 몇 시간 동안 방치됐는지 모를 생간조차 맛있어 보이기 시작한다. 그녀는 철창 아래에 달린 덮개를 열어 쟁반을 밖으로 내놓고 손가락을 오므려 손이 닿지 않는 곳으로 밀어 버린다. *사탄아, 물러가라.* 그녀는 생각하며 침을 삼킨다. 목구멍이 건조하게 들러붙었다가 떨어지는 소리가 들리자 간에는 아직까지 육즙이 그득할 거라는 생각이 든다. 육즙이 목구멍을 타고 시원하게 흘러내리는 것이 상상이 된다. 그 안에 든 염분 때문에 갈증만 더 심해질 따름이라는 걸 알지만 그래도 상관없다. 그녀는 토퍼로 돌아가 눕지만 간이 담긴 접시를 계속 바라본다. 그러다 잠시 후 꿈자리가 사나운 선잠에 든다.

마침내 로드니 해리스가 다시 찾아오자 그녀는 잠에서 깨어난다. 보니는 그가 소방차 무늬 잠옷에 가운을 걸치고 슬리퍼를 신고 있는 걸 보고 저녁인 모양이라고 잘못 넘겨짚는다. 그녀는 이걸 바탕으로 그들에게 납치당한 지 이제 하루가 지났나 보다고 생각한다. 그날이 그 어느 때보다 길고 끔찍한 날이었던 이유는 이게 도대체 무슨 일인지 영문을 알 수 없기 때문이기도 하지만 지난 24시간 동안 먹은 게 물 두 병과 카차바 한 컵뿐인 게 더 크다.

"물 좀 주세요." 그녀는 쉰 목소리를 내지 않으려고 애를 쓴다. "제발요."

그는 빗자루를 집어 쟁반을 다시 덮개 안으로 밀어 넣는다. "간 먹어. 그럼 물 줄게."

"생간이고 온종일 거기 있었는데요! 게다가 아마…… 간밤에도요. 오늘이 사흘째인가요? 그렇죠, 맞죠?"

그는 대답하지 않고 주머니에서 아티저 생수를 꺼내 들어 보인다. 보니는 입술을 핥는 굴욕을 피하고 싶지 않지만 생각대로 되지 않는다. 상온에 온종일 있던 간 덩어리는 흐물흐물해진 것처럼 보인다.

"먹어. 모두 다. 그럼 물 줄게."

보니는 자신의 짐작이 얼추 맞았다는 결론을 내린다. 그들이 그녀를 납치한 이유는 성폭행이 아니라 해괴한 실험을 위해서다. 대학 캠퍼스에서 해리스 교수가 '완벽한 영양의 균형' 얘기만 나오면 이성을 잃는다는 수군거림을 들었을 때 늘 있는(이 교수는 괴팍하고, 저 교수는 강박증이 있고, 또 어떤 교수는 툭하면 코를 파는데 틱톡에 영상이 올라와 있으니까 한번 보라고 웃겨 죽는다는 식의) 헛소리로 간주했던 게 이제 와서 후회된다. 그는 그냥 이성을 잃은 수준이 아니라 완전히 미쳤다. 그녀가 보기에 생간 *타르타르*를 먹느냐 마느냐는 가장 사소한 문제다. 여기서 나가야 한다. 탈출해야 한다. 그러려면 공포에 굴하지 말고 영리하게 굴어야 한다. 거기에 목숨이 걸려 있다.

이번에는 입술을 핥지 않고 잘 참는다. 그녀는 한쪽 무릎을 꿇고 쟁반을 구멍 밖으로 다시 민다. "새거 가져다주면 먹을게요. 하지만 잘 삼킬 수 있게 물이랑 *같이요*."

그는 기분 상한 표정을 짓는다. "저 간도…… 저 간도……." 그는 턱을 좌우로 움직이며 원하는 단어를 생각해 내려고 애를 쓴다. "미생물의 관점에서는 멀쩡해. 사실 대부분의 고깃덩어리가 그렇듯 소의 간도 상온 보관할 때 가장 맛이 좋지. 숙성 스테이크라고 못 들어 봤나?"

"색이 *칙칙하게* 변했잖아요!"

"성가시게 구는군, 달 양. 지금 흥정할 상황이 아닐 텐데."

보니는 두통이 생긴 것처럼 머리를 움켜쥔다. 배가 고프고 목이 말라서 머리가 아픈 건 맞다. 공포는 두말할 것도 없고. "서로 조금씩 양보하자는 거죠. 교수님도 이러는 이유가 있을 테니……"

"당연하지!" 그는 언성을 높여서 외친다.

"……그러니까 원하는 대로 해 드릴게요. *하지만 저건 싫어요.* 저건 안 먹을 거예요!"

그는 몸을 돌려 계단을 쿵쿵거리며 올라가다가 딱 한 번 걸음을 멈추고 어깨 너머로 그녀를 노려본다.

보니는 침을 삼키고 목구멍이 건조하게 들러붙었다가 떨어지는 소리를 들으며 생각한다. *귀뚜라미 소리 같네. 목말라 죽어 가는 귀뚜라미.*

에밀리는 부엌에 있다. 아파서 얼굴이 핼쑥하니 제 나이로 보인다. 사실 제 나이보다 더 늙어 보인다. 로드니는 충격을 받는다. 노화를 막으려고 그토록 애를 쓴 결과가 이거라니! 수명을 연장하는 좋은 성분으로 가득한 특식의 효과가 이렇게 금세 사라지다니 너무하다. 카스트로와 드레슬러의 간격이 (얼추) 3년, 드레슬러와 스타인먼이라는 그 어린애 사이가 3년이었다. 이번에 보니 달은 3년이 되지도 않았는데, 노화의 증상(그는 그걸 증상으로 간주한다.)이 스멀스멀 나타나기 시작된 지 벌써 몇 달째다.

"먹고 있어?"

"아니. 새로 가져다주면 먹겠대. 물론 새것이 있긴 하지. 그 채슬럼이라는 아이를 겪은 뒤에 여분을 하나 챙겨 두는 편이 좋겠다 싶어서……"

"크래슬로, 크래슬로!" 에밀리는 바가지를 긁는 투로 바로잡는다. 물론 남들 앞에서나 아픈 데가 생기면 얘기가 달라지지만 그녀답지 않은 말투다. "가져다줘! 이렇게 아픈 건 못 참겠으니까!"

"조금만 더 기다리자." 로드니가 달랜다. "저 아이가 좀 더 목말라질 때까지. 목이 마르면 가축들이 고분고분해지잖아." 그의 표정이 환해진다. "그리고 저걸 먹을지 몰라. 구멍 밖으로 밀어내긴 했지만 이번에는 보니까 손이 닿는 데로 밀어 놨더라고."

에밀리는 서 있다가 이제 움찔하고 숨을 토하며 자리에 앉는다. "알았어. 그래야 한다면 그래야지." 그녀는 머뭇거린다. "로디, 이런 음식이 정말 효과가 있는 걸까? 처음부터 우리가 그냥 상상했던 게 아니라? 몸이 아니라 머릿속에서 이루어진 일종의 심리적 효과가 아니라?"

"당신 편두통이 없어지는데, 그게 심리적이야?"

"아니…… 적어도 내가 생각하기에는……"

"그리고 당신 좌골신경통도! 당신이랑 내…… 관절염도! 나도 뭐 이런 게 좋은 줄 알아?" 그는 두 손을 들어 보인다. 손마디가 부어서 힘을 주어야 손가락을 펼 수 있다. "멀쩡히 아는 단어가 생각이 나지 않는 건? 작업실에 들어갔는데 뭐 하러 들어갔는지 기억이 나지 않는 건? 효과는 당신도 직접 경험했잖아!"

"전에는 효과가 좀 더 길게 유지됐는데." 에밀리는 징징거린다. "내가 하고 싶은 말은 그뿐이야. 저 아이가 오늘 중으로…… 지금 저기 있는 게 됐건 냉장고에 있는 게 됐건, 간을 먹으면…… 그럼 내일?"

로드니는 48시간을 기다리는 편이 낫고 96시간 뒤에 수확하는 것이 최상이라는 걸 알지만, 달은 젊어서 간의 각성이 금세 이루어질 테고 젊고 튼튼한 심장이 뛸 때마다 신체 각 부위에 필수 영양소가 빠르게 공급될 것이다. 스타인먼이라는 남자아이 때 겪어 봐서 안다.

게다가 아내가 괴로워하는 모습을 더는 보고 있을 수가 없다.

"내일 밤. 저 아이가 먹는다는 가정 아래."

"먹는다는 가정 아래." 에밀리는 비협조적이었던 그년을 생각하고 있다. 비협조적이었던 *채식주의자* 그년을.

함께한 세월이 오래됐다 보니 로드니는 그녀가 무슨 생각을 하는지 읽을 수 있다. "그 흑인 애랑은 다를 거야. 물을 같이 주면 먹겠다고 대략 합의했어."

"대략." 에밀리는 한숨을 쉰다.

로드니는 그녀의 말을 듣지 않는 눈치로 저 멀리 어딘가를 멍하니 바라보고 있다. 그럴 때마다 그녀는 점점 더 걱정이 된다. 마치 플러그가 빠진 것처럼 보인다. 한참 만에 로드니가 말한다. "하지만 조심해야 해. 저 아이는 질문을 충분히 하지 않았어. 사실 거의 하지 않았어. 채슬로처럼. 애원하지도, 소리를 지르지도 않았어. 그것도 채슬로처럼. 이번에는 실수하면 안 돼."

"그럼 하지 마." 에밀리는 그의 손을 잡는다. "나는 당신만 믿어. 그리고 *크래*슬로야."

그는 그녀를 보며 미소를 짓는다. "올해는 7월 4일을 기념하지 못하겠네. 하지만 6일에는……." 미소가 온 얼굴로 번진다. "6일에는 잔치를 벌이자."

로드니는 그날 밤 에밀리를 부축해 2층으로 올려보낸 뒤 10시에 다시 지하실로 내려간다. 이제 그녀는 침대에 누웠지만 통증 때문에 거의 뜬눈으로 밤을 새우다가 한두 시간 잠 같지도 않은 선잠을 잘 것이다. 그 정도나마 눈을 붙일 수 있으면 다행이다. 그녀가 성찬에 의문을 제기한 이유는 논리적인 근거가 있어서라기보다 통증 때문이겠지만 그래도 신경이 쓰인다.

그는 달이 맨 처음 가져다 놓은 간을 계속 먹지 않는 걸 녹화된 영상으로 확인하고 예비용으로 사 놓은 간을 접시에 담아서 들고 왔다. 그녀의 몸속 영양분을 깨우기도 해야 하고 포로의 요구에 응하면 좋지 않기에 뜸을 좀 더 들이면 좋겠지만 에밀리가 오래 기다릴 수 없는 상황이다. 조만간 병원에 가서 진통제 처방을 받겠다고 하게 생겼는데, 진통제는 독약이다.

그는 접시를 내려놓고 달에게 카차바를 먹은 플라스틱 컵을 밖으로 밀어 달라고 한다. 달은 이유를 묻지 않는다. 정말이지 체슬리라는 그 여자와 너무 비슷하다. 어쩐지 경계하는 분위기라 불길하고 의심스럽다.

그는 가운 주머니에서 생수병을 꺼내 많이는 말고 조금 컵에 따른다. 그런 다음 빗자루를 집어 컵을 그녀 쪽으로 밀기 시작한다. 쓰러뜨리지 않게 조심해야 한다. 이 씁쓸한 촌극이 코미디로 변질되는 사태만큼은 막아야 한다. 그녀는 덮개를 들고 손을 내민다. "그냥 주세요, 교수님."

하마터면 그럴 뻔한다는 것이 그의 정신이 점점 흐려지고 있다는 가장 확실한 증거다. 그는 빙그레 웃으며 말한다. "그건 안 되지."

컵이 가까워지자 그녀는 잡아서 단숨에 들이켠다. 두 모금 만에 바닥이 난다.

"간을 먹으면 나머지도 줄게. 거부하면 내일 밤까지 나를 보지 못할 거야." 공갈이지만 달은 그런 줄 모른다.

"남은 물도 주겠다고 약속하는 거죠?"

"가슴에 손을 대고. 먹고 토하지 않는다는 가정 아래. 내가 간 뒤에 휴대용 변기에 토하면 보고 있던 엠한테 들킬 거야. 그럼 골치 아파져."

"교수님, 저는 이미 골치 아파졌는데요. 그렇지 않은가요?"

그녀 때문에 점점 더 걱정이 된다. 조금 겁도 난다. 우습지만 사실이다. 그는 대답 대신 빗자루로 간을 밀어 넣는다. 달은 망설이지 않고 집어서 생고기를 한입 뜯어먹는다. 씹는다.

그는 그녀의 아랫입술에 묻은 조그만 핏방울을 흐뭇하게 바라본다. 7월 4일에 그 입술을 무표백 밀가루에 굴려서 조그만 프라이팬에 넣고 어쩌면 버섯과 양파와 함께 튀길 것이다. 입술에는 콜라겐이 듬뿍 들어 있어서 그의 무릎과 팔꿈치, 심지어 삐걱거리는 턱까지 기적적인 효과를 만끽할 수 있을 것이다. 결국에는 이 골머리 썩이던 아이가 고생한 보람을 느끼게 될 것이다. 그녀의 젊음을 기증할 것이다.

그녀는 다시 한입 뜯어서 씹고 삼킨다. "뭐 그리 끔찍하지는 않네. 튀긴 간보다 맛이 진하긴 하지만. 어째 뻑뻑하고. 나 먹고 있는 거 보니까 좋니, 쓰레기야?"

로드니는 대답하지 않지만 좋다.

"나 여기서 못 나가지? 아무한테도 얘기하지 않겠다고 맹세하고 뭐 그래 봐야 소용없겠지?"

로드니는 뭐라고 할지 준비해 놓았기에 놀란 척 눈을 동그랗게 뜬다. "당연히 나갈 수 있지. 이건 정부에서 진행하는 연구 프로젝트야. 몇 가지 테스트를 거쳐야 하고 비밀 유지 협약서에 서명해야 하겠지만 그러고 나면……"

그녀가 재밌어하면서도 히스테릭한 웃음을 터뜨려 그의 말허리를 자른다. "내가 그 말을 믿으면 바보게? 뇌가 없는 바보? 이거 다 먹으면 빌어먹을 물이나 주시지."

마침내 그녀의 목소리가 떨리고 눈에 눈물이 맺혀 반짝거린다. 로드니는 안심한다.

"약속이나 지켜."

2021년 7월 27일(5)

홀리는 두 시간짜리 주차 구역으로 돌아가 차 문을 열고 발을 노면에 얹은 채 담배를 피운다. 생각해 보니 코로나에는 적절한 예방 조치를 취하면서 이런 발암 쓰레기로 폐를 채우다니 아주 변태적인 측면이 있다.

끊어야지, 정말로. 다만 오늘은 아닐 뿐.

골든 올디스 볼링팀은 아마 오합지졸일 것이다. 애초에 그들을 만나면 단서를 입수할 수 있을지 모른다고 생각한 이유를 모르겠다. 보니가 참새 방앗간처럼 들렀던 제트마트를 캐리 드레슬러도 애용했기 때문일까? 물론 드레슬러도 모터자전거를 남겨 두고 사라졌지만 그건 아주 빈약한 연결고리다. 로드니 해리스는 레드뱅크의 살인마일 가능성이 분명 없어 보인다.(그런 살인마가 존재하는지도 모르겠지만.) 해리스의 아내가 편두통과 더불어 좌골신경통을 앓고 있을지 몰라도

(원하면 알아낼 수는 있을 것이다. 우선순위에서 밀릴 뿐.) 해리스 역시 나름의 문제를 겪고 있다. 사안이 아니라 사람, 코로나가 아니라 클로버, 측두엽이 아니라 척추엽. 그리고 그녀의 이름을 계속 잊어버리는 것. 그리고 두어 번 말을 하다 말고 미간을 찌푸리며 허공을 응시한 적도 있었다. 알츠하이머 초기 증상이라고 단정할 수는 없지만 그럴 만한 연령이기는 하다. 게다가…….

"헨리 삼촌의 경우에도 그런 식으로 시작됐지."

하지만 이왕 올디스 수사를 시작했으니 끝내는 편이 나을지 모른다. 그녀는 휴대용 재떨이에 담배를 비벼 끄고 유료 고속도로를 향해 출발한다. 어니 코긴스는 업리버에 사는데, 거기까지는 출구 네 개만 지나면 된다. 금방이면 간다. 하지만 헨리 삼촌이 한번 떠오르자 머릿속에서 지울 수가 없다. 마지막으로 만나러 간 게 언제였더라? 봄이지 않았나? 그렇다. 지난 4월에, 어머니가 아파서 쓰러지기 전에 하도 잔소리를 하며 죄책감을 자극하길래 다녀왔었다.

업리버 출구가 가까워지자 홀리는 속도를 늦추지만 생각을 바꿔서 코빙턴을 향해 계속 북쪽으로 간다. 어머니의 집과 헨리 삼촌이 사는 (그것도 사는 거라고 할 수 있을지 모르겠지만) 롤링힐스 요양원이 있는 곳이다. 골든 올디스 볼링팀의 또 다른 회원도 거기 있다고 하니 원 플러스 원이다. 물론 빅터 앤더슨은 삼촌 못지않게 바른 정신 상태가 아닐지 모르고 장기 요양 중이라면 회복 모드도 아닐 것이다. 하지만 이참에 그를 명단에서 아예 지우고 내일 산뜻하게 어니 코긴스를 만날 수 있다. 게다가 고속도로 운전은 마음을 진정시키는 효과가 있고 홀리는 평온한 상태일 때 가끔 이런저런 생각들이 떠오르곤 한다.

그런데 모든 게 헛수고처럼 느껴지기 시작한다.

3일 전에 묵었던 데이스 인 모텔을 향해 네 시간 달리는 동안 전화기가 세 번 깜빡거린다. 그녀는 차에 블루투스 장치가 있음에도 받지 않는다. 한 통은 제롬이 건 거다. 다른 한 통은 피트 헌틀리다. 마지막 한 통은 페니 달이 건 거다. 분명 수사 진척 상황을 알고 싶어서 전화했을 텐데, 그녀는 그걸 들을 자격이 있다.

코빙턴에 도착했을 무렵에는 홀리의 배에서 천둥소리가 들린다. 그녀는 버거킹 드라이브스루로 들어가고 자기 차례가 되자 거침없이 주문한다. 모든 패스트푸드점마다 주문하는 메뉴가 있다. 버거킹에서는 항상 빅 피시, 허시스 파이 그리고 콜라다. 계산하는 창구로 다가가며 이모지 장갑을 끼려고 왼쪽 주머니에 손을 넣지만 손소독제밖에 없다. 결국 콘솔박스에서 휴지를 한 장 꺼내 그걸로 돈을 건네고 거스름돈을 받는다. 창구에 앉아 있는 점원이 딱하게 여기는 표정으로 그녀를 본다. 오른쪽 주머니에 장갑이 있기에 두 번째 창구에 도착하기 직전에 그걸 끼고 주문한 음식을 받는다. 장갑을 어디다 흘렸는지 모르겠고 관심도 없다. 바버라 로빈슨 덕분에 트렁크에 한 상자가 있으니까.

그녀는 모텔에 체크인하고 또다시 짐 가방도 없이 온 걸 깨닫고 웃음을 터뜨리고 만다. 1달러 숍에 다시 다녀올 수도 있지만 속옷을 이틀 연속 입는다고 해서 주식 시장이 무너지지는 않는다고 자신을 달랜다. 게다가 면회 시간이 7시에 끝나니 오늘 저녁에 요양원에 찾아가 봐야 소용없다.

사 온 음식을 천천히 먹는다. 생선 샌드위치는 맛있고 허시스 파이는 그보다 더 맛있다. 가끔 혼란스럽고 이제 어떻게 해야 할지 모르겠을 때 영양가 없는 칼로리 폭탄만 한 게 없다.

무슨 소리, 이제 어떻게 해야 하는지 알잖아. 그렇게 생각하고 홀리는 페니 달에게 전화한다. 그녀는 진척이 있느냐고 묻는다.

"모르겠어요." 이것은 헨리 삼촌의 표현을 빌자면 엄연한 진실이다.

"진척이 있거나 없거나 둘 중 하나일 거 아니에요!"

홀리는 페니에게 그녀의 딸이 연쇄 살인범의 마지막 타깃이 된 것 같다고 말하고 싶지 않다. 결국에는 그런 결론이 내려질 것이다. 홀리도 속으로는 그렇게 될 거라고 확신하고 있다. 그러나 아직 확실하지도 않은 마당이라 너무 잔인한 처사다.

"나중에 자세하게 보고할게요. 하지만 24시간만 더 기다려 주세요. 괜찮으시죠?"

"아니, *괜찮지 않아*요! 뭔가 찾은 게 있으면 나도 알 권리가 있어요. 돈을 *대*는 사람이 나잖아요!"

"이렇게 물을게요, 페니. *감수*할 수 있겠어요?"

"아무래도 당신을 잘라야겠네." 페니는 툴툴거린다.

"그건 마음대로 하세요. 그래도 수사 종료 보고서를 작성하려면 24시간이 걸려요. 지금 두어 개 단서를 쫓는 중이라."

"조짐이 좋은 거예요?"

"잘 모르겠어요." 좀 더 희망적인 대답을 들려주고 싶지만 그럴 수가 없다.

정적이 흐른다. 잠시 후에 페니가 말한다. "내일 저녁 9시까지 기다릴게요. 그때까지 안 되면 해고예요."

"좋아요. 지금 당장은 아직……"

만반의 준비를 갖추지 못해서요. 홀리가 하려던 말은 이거였지만 페니는 먼저 전화를 끊는다.

다음으로 제롬에게 전화한다. 홀리가 “여보세요.”라고 하기도 전에 제롬이 바버라와 통화했느냐고 묻는다.

“아니…… 무슨 일 있어?”

“아니, 엄청난 소식이 있더라고요. 걔한테 직접 들으세요. 그나저나 스포일러를 하나 터뜨리자면 걔도 글을 쓰고 있고 어떤 문학상 후보로 선정됐대요. 무려 상금이 2만 5000달러인 거요.”

“농담이지?”

“아니에요. 그리고 엄마, 아빠한테는 얘기하지 마세요. 바버라가 아직 부모님한테 말씀 안 드렸을 수 있어요. 그런데 제가 전화한 이유는 따로 있어요. 그 밴을 보고 찜찜했던 이유를 드디어 밝혀냈어요. 그 편의점 CCTV에 찍힌 밴 말이에요.”

“이유가 뭐였는데?”

“차체가 너무 높아요. 몬스터 트럭만큼은 아니지만 느낄 수 있을 정도예요. 일반 밴보다 70~80센티미터가 높아요. 인터넷에서 찾아보니까 그런 밴은 장애인용으로 맞춤 제작한 게 유일하더라고요. 휠체어 진입판을 내릴 수 있게 차대를 올린 거요.”

홀리는 제빙기 옆에서 담배를 피우며 피트에게 전화한다. 지칭하는 용어만 다를 뿐, 그도 밴을 두고 제롬과 같은 결론을 내렸다. 홀리는 “불구용 왜건”이라는 그의 말을 듣고 움찔하며 고맙다고 하고 안부를 묻는다. 그는 시카고가 부른 그 노래의 주인공처럼 날마다 강해지는 것 같다고 한다. 홀리의 느낌상으로는 그렇다는 확신을 품으려고 애를 쓰는 것 같다.

그녀는 담배를 끄고 계단에 앉아서 생각을 정리한다. 이제 내일 저녁에 페니에게 전할, 거의 확실한 정보가 하나 생겼다. 보니가 장애인 행세를 하는 사람에게 납치당했을 가능성이 커지고 있다는 것. 어쩌면 그들 모두 그랬을지 모른다. 아니면 행세를 하는 게 아니라 진짜일까? 홀리는 이마니가 했던 말을 떠올린다. *그 딱한 노파가 아파하는 것 같길래. 노파는 괜찮다고 했지만 나는 좌골신경통 증상을 딱 보면 알아요.*

에밀리 해리스를 두 눈으로 확인하지 않은 것이 이제 와 후회가 된다. 그녀의 건강 상태를 알 만한 사람이 있는지 대학에 문의해야겠다. 그리고 내일 어니 코긴스를 만나면 아내를 제대로 살펴야겠다.

객실로 돌아간 홀리는 침대에 누워서 바버라에게 전화한다. 곧바로 음성사서함으로 넘어간다. 홀리는 10시 30분에 전화기를 끄고 밤 기도를 하고 잘 생각이라 그 전에 전화 달라고 메시지를 남긴다. 그런 다음 다시 제롬에게 전화한다. "바버라랑 연락이 안 되는데 궁금해 죽겠어. 뭔지 알려 줘."

"사실 바버라 소식이라……."

"응? 이렇게 부탁할게. 제발!"

"알겠어요. 하지만 바버라가 얘기하면 놀란 척해야 해요."

"약속할게."

그래서 제롬은 바버라가 몰래 시를 쓰기 시작한 지 오래됐고 올리비아 킹즈버리를 만나서……

"올리비아 킹즈버리?" 홀리는 소리 지르며 벌떡 일어나 앉는다. "이런 미친!"

"흠, 그분을 아는 모양이네요."

"개인적으로 아는 사이는 아니지만 맙소사, 제롬, 그분은 미국에서 몇 손가락 안에 들 만큼 대단한 시인 중 한 명이야. 바버라가 그분을 찾아갈 생각을 했다니 놀랍기 짝이 없다만 잘됐다!"

"바브가 용기가 부족했던 적은 없죠."

"내가 어렸을 때 시를 쓰려고 했을 때 킹즈버리의 작품을 찾는 대로 전부 읽었거든! 그분이 아직 살아 있었다니!"

"바브 말로는 거의 100살이래요. 아무튼 이 킹즈버리라는 분이 바버라의 시를 보고 멘토가 되어 주겠다고 했대요. 그러기 시작한 지 얼마나 됐는지 모르겠지만 그 결과 바브가 펜워스인가 뭔가 하는 이상 후보가……"

"*펜리*상." 홀리는 친구가 이런 성과를 거두어 놓고 철저하게 비밀을 유지했다니 경이롭고 기쁘다.

"네, 그거였던 것 같아요. 하지만 홀리베리, 나더러 10만 달러도 받았고 한데 뭐 할 거냐고 물을 필요는 없어요. 몬턱에서 보낼 으리으리한 주말은 물론이고요. 스필버그도 참석할지 모르는 파티나 뭐 그런 시시한 얘기는 듣고 싶지 않겠죠?"

홀리는 당연히 듣고 싶어 한다. 그들은 거의 30분 동안 통화한다. 그는 블라니 스톤에서 점심을 먹었고, 선인세 수표를 건네받았고, 책 출간과 홍보 계획에 대해 의논했고, 《아메리칸 히스토리컬 리뷰》와 인터뷰를 할 수도 있는데 흥분이 되는 동시에 떨린다고 말한다.

신나는 뉴욕 여행담이 밑천을 드러내자 제롬은 사건에 대해 묻는다. 그녀는 새로 발견한 사실을 알려 주고 볼링팀 수사가 막다른 곳을 향해 가는 일방통행로인 것 같다고 고백하는 것으로 마무리한다. 제롬은 동의하지 않는다.

"근거가 있는 수사선이에요, 홀. 드레슬러가 거기서 일했잖아요. 이건 *표적* 범행이에요. 그들 모두가 그랬던 것 같아요. 아니, 확실해요."

"어쩌면 그럴지도. 하지만 범인이 과연 나이 많은 볼링 동호회 회원일까? 내일 만나려는 사람은 사실 중풍 환자야. 나는 그중 한 명이 젊은 친척이나 친구를 보호하는 것이길 바랐던 것 같아. 보호하거나 돕거나."

사실 그 희망 사항은 아직 유효하다. 의뢰인에게 최종 보고하는 시한까지 24시간도 남지 않았으니 페니에게 뭔가 명확하게 해 줄 말이 있으면 좋겠지만 가장 중요한 건 그게 아니다. 그녀는 *자기 자신에게* 명확하게 해 줄 말도 필요하다.

홀리가 제롬과 통화하는 동안 바버라 로빈슨은 마리 뒤샹과 함께 카이너 기념병원 대기실에 앉아 있다. 그들이 기다리는 소식은 병원에서 올리비아의 심박을 조절할 수 있겠는지 여부다. 그리고 두 사람 다 말은 하지 않지만 노시인이 아직 살아 있는지 여부다.

바버라는 집에 연락해 전화를 받은 아버지에게 병원에서 나이 많은 친구의 소식을 기다리고 있다고 전한다. 올리비아 킹즈버리라는 *아주* 나이 많은 친구라고 말이다. 그건 안타까운 소식이지만 좋은 소식도 있다고 말한다. 제롬에게 연락하면 들을 수 있을 텐데, 지금 그녀는 언제 의사가 올리비아의 상태를 알려 줄지 몰라서 요양보호사와 함께 기다리고 있다고 말한다.

"괜찮니, 우리 딸?" 짐이 묻는다.

그녀는 괜찮지 않지만 괜찮다고 대답한다. 그는 언제 집에 오느냐고 묻는다. 바버라는 모르겠다고, 하지만 걱정할 것 없다고 하고 전화를 끊는다. 시간을 때우기 위해 음성사서함을 체크한다. 홀리가 남긴 메시지가 있지만 아직은 그녀와 통화하고 싶지 않다. 사실 아버지와도 통화하고 싶지 않았다. 올리비아를 살리는 데 모든 걸 집중하고 싶다. 바보 같은 발상인 건 맞지만 아무도 모를 일이다. 천지간에는 대부분의 사람들이 믿는 것보다 많은 것이 있다는 햄릿의 말은 타당하다. 바바라가 그중 몇 개를 두 눈으로 직접 목격한 바 있다.

홀리가 문자도 보냈길래 여기에 간단하게 두 단어로 답을 보내자마자 올리비아의 담당의가 나와 그들에게 다가온다. 표정을 보기만 해도 안 좋은 소식을 들고 왔다는 걸 알 수 있다.

바바라가 홀리의 문자를 읽고 짧게 답을 하는 동안 에밀리 해리스는 침실 창가에 서서 리지 로드를 내려다보고 있다. 그녀는 로드니가 들어오자 몸을 돌려서 방을 가로질러 가(천천히, 하지만 살짝 절뚝거리기만 할 뿐 안정적으로) 그를 안아 준다.

"좀 괜찮아진 것 같네?"

그녀는 미소를 짓는다. "천천히 조금씩, 여보. 천천히 조금씩. 그 탐정이라는 여자, 비호감이더라, 그치? 마스크도 벗지 않고 새침하게 별 쓸데없는 질문 늘어놓고."

"맞아."

"하지만 계속 눈여겨봐야 해. 당신 말마따나 다른 의뢰인을 통해 드레슬러와 달을 개별적으로 수사하고 있다고 생각하고 싶지만 어째 믿기지가 않거든. 그리고 그 여자가 달이라는 개 때문에 여기 찾아왔는데 그걸 밝히지 않은 거라면 뭔가 의심하는 게 있다는 뜻이니까."

그들은 같이 창가로 걸어가 밤거리를 내다본다. 로드니 해리스는 그들이 무슨 짓을 저질렀는지, 아니 무슨 짓을 저지르고 있는지 밝혀지면 정신병자로 낙인찍힐 거라는 생각을 한다. 수십 년 동안 학계에서 일군 명성도 와르르 무너질 것이다.

그보다 훨씬 현실적인 성향인 에밀리는 보니 달을 생각한다. 신경에 거슬리는 다른 뭔가가 있지만 모르는 체한다.

"기브니라는 여자가 뭘 알아낼 수 있겠어? 별거 없을 거야. 어쩌면 아무것도 없을 테고. 달이 크리스마스 이후에 내 밑에서 비서처럼 일했지만 아주 잠깐이었고 현금으로 보수를 주었는걸. 바로 그런 이유에서 아무한테도 얘기하지 말라고 했지. 신고하지 않은 수입이라는 점을 강조하면서."

"크리스마스 전에도 일했잖아. 그…… 뭐이냐……."

"요정으로? 맞아. 파티에서. 하지만 요정이 열 명도 넘었고 현금으로 보수를 주었고 SNS에 그와 관련해서 아무 글도 올리지 말라고 금지령을 내렸어."

로드니는 콧방귀를 뀐다. "차라리 바람더러 불지 말라고 하는 편이 나을걸?"

에밀리도 맞는 말이라고 인정한다. 요즘 젊은 애들은 은밀한 부분을 찍은 사진을 비롯해 온갖 것을 SNS에 올린다. 하지만 보니 달은 어디에도 크리스마스 요정으로 일했다고 글을 올리지 않았다. 페이스북에도 인스타그램에도 트위터에도. 에밀리가 모두 체크했는데, 글을 올리지 않은 다른 이유도 있다. "내 비서로 일할 수도 있다는 걸 알았으니까 그 기회를 놓치고 싶지 않았을 거야."

"자기 어머니한테는 얘기했을 수도 있지."

이번에는 에밀리가 콧방귀를 뀔 차례다. "그건 아니야. 자기 어머니는 쓸데없는 간섭쟁이라고 생각하고 남자친구하고는 오래전에 헤어졌거든. 기브니라는 여자는 달과 우리의 관계, 우리의 *짧았던* 관계에 대해 알지 못해. 적어도 오늘 오후에는 그랬어. 당신이랑 손이 닿을까 봐 얼마나 몸을 사리는지 봤지? 무슨 그런 겁쟁이가 다 있어?" 에밀리는 웃음을 터뜨렸다가 움찔하며 허리를 부여잡는다.

"딱한 사람. 아야한 데 새로 만든 크림 좀 발라 줄까?"

그녀는 고마워하며 미소를 짓는다. "그래 주면 고맙지. 그리고 로디? 1번 아직 가지고 있지?"

"응."

"그거 들고 다녀. 만일의 경우에 대비해서. 깜빡하지 말고!" 그는 요즘 들어 깜빡하는 게 너무 많다.

"깜빡하지 않고 들고 다닐게. 당신도 2번 아직 가지고 있지?"

"응." 그녀는 그에게 입을 맞춘다. "이제 잠옷 갈아입게 좀 도와줘."

예전에 빌 호지스는 홀리에게 사건은 달걀 같다고 말한 적이 있다.

살날이 얼마 남지 않았을 때, 통증이 심했고 명상을 많이 하던 때였다. 그는 원래 머리끝에서 발끝까지 경찰이라 현실적인 성격이었는데, 모르핀에 취하면 비유로 말하는 성향이 있었다. 홀리는 그의 침대 곁을 지키며 귀담아들었다. 그가 가르치는 모든 걸, 마지막 하나까지 놓치고 싶지 않았다.

"대부분의 사건은 달걀처럼 잘 바스러져요. 왜냐고요? 범인들이 대부분 멍청하거든요. 나쁜 짓을 저지를 때는 똑똑한 인간들도 바보가 돼요. 안 그러면 애초에 그런 짓을 저지를 이유가 없겠죠. 그러니까 사건을 달걀 다루듯 해요. 톡톡 금을 내고 깨서 버터와 함께 프라이팬에 풀어요. 그런 다음 그걸로 맛있는 오믈렛을 만들어 먹어요."

홀리가 모텔 객실에서 침대 옆에 무릎 꿇고 앉아 기도를 하고 있을 때, 사건에 금이 가기 시작한다.

2021년 7월 4일

이 집안의 요리사는 로드니 해리스다. 에밀리가 극심한 좌골신경통으로 계속 고생하고 있으니 그래서 다행이다. 그가 일반적으로 쓰이는 통증 척도를 들어 1에서 10 중에 어느 정도냐고 물었을 때 그녀는 12라고 대답했다. 두 눈은 움푹 꺼졌고 얼굴 거죽이 광대뼈 위로 팽팽하게 잡아당겨져 반질거릴 정도로 살이 빠졌으니 실제로 그래 보인다. 그는 조금만 버티라고, 현재 붙들려 있는 포로가 간밤에 간을 전부 먹고 토하지 않았다고 전한다. 조만간 한숨 돌릴 수 있다고 달랜다.

오늘 저녁에는 해리스 주방장이 그 유명한 마늘 버터 양고기 구이를 만들고 있다. 여기에 잘게 썬 베이컨을 뿌린 신선한 줄기콩이 곁들여질 것이다. 근사한 냄새가 풍긴다. 지하실 문을 열어 놓고 냄새가 바람에 날리게 주물 프라이팬을 조리대에 얹고 양고기 구이를 튀기듯 볶고 있으니 달이라는 여자아이도 냄새를 맡고 있을 것이다.

그는 냉장고로 가서 보니 달이 마지막으로 산 다이어트 펩시를 꺼낸다. 기분 좋게 차가워졌다. 그걸 들고 난간을 붙잡고서 천천히 지하실로 내려간다. 그의 고관절이 에밀리의 좌골신경통만큼 심각하지는 않지만 그래도 충분히 안 좋다. 그리고 균형 감각이 예전 같지 않다. 중이가 살짝 퇴화해서 그런 게 아닐까 싶다. 그것도 조만간 괜찮아질 것이다.

달이 철창 앞에 서 있다. 금발은 떡이 졌고 윤기를 거의 잃었다. 얼굴은 초췌하고 창백하다. "어디 갔다 왔어?" 그녀는 자기가 대장이고 그가 집사라도 되는 듯 쉰 목소리로 이렇게 묻는다. "나는 온종일 여기 있었는데!"

로드니는 황당한 발언이라고 생각한다. 거기가 아니면 온종일 어디 있을 수 있겠는가. 그렇지만 미소를 짓는다. "좀 바빴어. 바보 같은 논문을 반박하느라."

그는 바보 같은 논문을 보면 항상 반론을 작성하는데, 항상 허공에 대고 고함을 지르는 심정이다. 그래도 꿋꿋하게 계속해 나가는 수밖에 없겠지만. 아무튼 보니 달은 지금 그의 고민에 별 관심이 없을 것이다. 그럴 만도 하다. 간 이전에 마지막으로 뭘 먹은 게 언제인지 알 수 없을 정도라 배가 고프고 심하게 목이 마를 테니. 그녀의 고민은 조만간 끝날 거라고 알려 줄 수도 있지만 그게 과연 위안이 될까 싶다.

"저녁 준비가 거의 다 됐어. 이번에는 간이 아니라……"

"양고기지. 냄새 맡았어. 미치겠네. 일부러 이러는 거지? 나를 죽일 생각이면 고문은 그만 때려치우고 얼른 죽이지 그래?"

"고문하려고 일부러 그러는 건 아니야." 진짜다. 그는 이러나저러나 관심 없다. 그녀는 *가축*이지 않은가. "내가 뭘 들고 왔는지 봐. 이걸로 갈증을 달래고 입가심을 하면 생간보다 훨씬 맛있는 걸 들고 올게."

그럴 일은 없다. 달은 생간만 들어 있는 빈속으로 죽어야 한다. 그는 다이어트 펩시를 바닥에 내려놓고 빗자루를 써서 철창 바닥에 달린 덮개를 향해 조심스럽게 굴린다. 그녀는 허리를 숙여 콜라를 집고 탐심과 의혹이 섞인 눈빛으로 바라본다.

"가게에서 산 그대로 뚜껑도 따지 않았어. 직접 살펴보든지. 기운 차릴 수 있게 설탕이 든 걸로 가져다주고 싶었지만 우리 집에는 탄산음료가 없어서."

보니는 뚜껑을 돌려서 따고 마신다. 접착제로 막은 조그만 주삿바늘 자국을 보지 못하고 500밀리리터짜리 콜라를 반 넘게 마신 다음에서야 그를 쳐다본다. "맛이 이상한데?"

"다 마셔. 그럼 양고기 구이랑 줄기콩……"

그녀가 창살 사이로 던진 병이 그를 아슬아슬하게 비껴 간다. 남은 음료가 반밖에 되지 않지만 그래도 맞았다면 그녀 때문에 생긴 흉측한 멍이 두 개로 늘어났을 것이다.

"뭘 넣었어? 나한테 뭘 먹인 거야?"

그는 대답하지 않는다. 그녀는 어제 먹은 450그램짜리 생간 말고는 먹은 게 없고 오늘 온종일 아무것도 마신 게 없다. 그래서 혈관에 투여한 게 아니라 콜라에 타서 마신 거라도 다량의 발륨의 효과가 금세 나타난다. 어마어마한 욕설을 내뱉은 지 겨우 3분 만에 그녀의 무릎이 꺾이기 시작한다. 그녀가 철창을 잡고 버티자 우람한 팔뚝 근육이 튀어나온다.

"이유가 뭐야?" 그녀는 간신히 묻는다. "이유가."

"나는 내 아내를 사랑하거든." 그는 잠깐 멈췄다가 다시 덧붙인다. "그리고 물론 나 자신도. 나는 나를 사랑해. 좋은 꿈 꾸길 바란다, 보니."

그녀는 결국 완전히 쓰러진다. 그가 보기에는 그렇다. 하지만 이 아이는 아주 조심스럽게 다루어야 한다. 이 아이는 젊고 그는 늙었다.

시간을 두고 기다리자.

2층 그들의 침실에서는 에밀리가 좌골신경에 염증이 생긴 한쪽 다리는 구부려 배에 대고 다른 쪽 다리는 뻗은 채 옆으로 웅크리고 누워 있다. 통증을 조금이라도 줄일 수 있는 자세가 이것뿐이다.

“기절했어.” 로드니가 말한다.

“확실해? 반드시 확실해야 해!”

그는 주머니에서 주사기를 꺼낸다. “이걸 좀 추가하려고. 만사 불여튼튼이라잖아.”

“하지만 못쓰게 해서는 안 돼!” 에밀리는 그를 향해 손을 내민다. “고기 못쓰게 해서는 안 돼! 특히 *간*! 나 그거 필요해, 로디! 그거 필요해!”

“알아. 약해지지 마, 여보. 이제 금방 끝날 거야.”

지하실 계단을 내려가는 로드니의 귀에 요란하고 질펀하게 코 고는 소리가 들린다. 그는 그 소리를 듣고 잠든 척하는 게 아니라는 결론을 내린다. 그래도 만전을 기해야 한다. 그는 덮개를 젖히고 빗자루 손잡이를 넣어서 그녀를 찌른다. 아무 반응이 없다. 다시, 이번에는 좀 더 세게 찌른다. 역시 아무 반응이 없다. 그는 한 손에 주사기를 들고 다른 손으로는 덮개를 젖힌다. 그녀의 손가락을 잡고 손을 펼친다. 그녀가 그의 손목을 잡지만…… 이내 손가락에서 힘이 풀린다.

이 아이 앞에서는 방심하면 안 되겠어. 그는 그녀의 손목에 주삿바

늘을 꽂는다. 주사액의 반만 주입하고 기다린다.

5분 뒤에 그는 진정제 공격을 두 번이나 당하고도 싸울 기력이 남아 있으면 슈퍼우먼이라는 생각을 하며 철창에 달린 잠금장치에 암호를 입력한다. 에밀리가 전처럼 총을 들고 옆에 서 있으면 좋겠지만 지하실 계단을 내려올 수 있는 상황이 아니다. 엘리베이터가 있으면 좋겠지만 그들은 엘리베이터 설치 여부를 의논한 적도 없다. 인부들에게 지하실 한쪽 끝에 설치된 철창에 대해 뭐라고 설명하겠는가? 목재분쇄기는?

괜한 걱정이다. 보니 달은 슈퍼우먼이 아니다. 완전히 정신을 잃었다. 로드니는 그녀의 팔을 잡고 지하실을 가로질러 공구 선반으로 도배된 벽의 옆쪽에 달린 조그만 문 앞으로 끌고 간다. 그 옆방으로 들어가 보면 목재분쇄기의 분출 호스 끝에 200리터짜리 비닐봉지가 매달려 있다. 방 한복판에는 수술대가 있다. 여기에도 도구가 몇 개 더 있지만 모두 연구실과 수술실에서 쓰는 것들이다.

이제 이 작전 중에서 가장 힘든 부분, 그러니까 수술 전 사전 조치가 남아 있다. 기절한 젊은 여자를 수술대 위에 올려놓는 것. 로드니는 68킬로그램인 그녀를 드는 데 가까스로 성공한다. 허리는 삐걱거리고 고관절은 비명을 지르고, 이러다 떨어뜨리겠지 싶어 아찔한 순간도 있다. 하지만 견딜 수 없는 고통으로 일그러진 얼굴을 하고 한 다리를 가슴에 댄 채 침대에 누워 있는 에밀리를 떠올리자 젖 먹던 힘을 내서 달을 수술대 위로 굴릴 수 있다. 하마터면 그녀를 반대편으로 굴러 떨어뜨려 한 편의 끔찍한 코미디를 찍을 뻔하지만 그 전에 머리칼과 허벅지를 잡고 뒤로 당긴다. 그녀는 걸걸한 신음과 함께 '엄마'일 수도 있는 단어를 내뱉는다. 마지막 순간에는 어머니를 부르는 경우가 많다. 문제가 있는 어머니인 경우라도 그렇다. 스타인먼이라는 남자아이는 그랬다. 그 아이가 필요해진 이유는 오로지 엘런 크래슬로가 그 멍청한 채식주의에 얼마나 진심인지 미처 몰랐기 때문이었지만.

로드니는 몸을 반으로 접고 숨을 헐떡이며 심장이 버텨 주기만을 바란다. *여기다 리프트를 설치해야겠어.* 맞는 생각이지만 리프트를 설치하러 온 인부들에게도 가축용 철창이 있는 이유를 설명할 길이 없기는 마찬가지다. 그는 날뛰던 심장이 마침내 진정되자 그녀의 손목과 발목에 쥠쇠를 채운다. 그런 다음 장기를 담을 냄비를 펼쳐 놓고 메스를 꺼내 옷을 자르기 시작한다.

2021년 7월 27일(6)

홀리의 기도가 빌 호지스가 보고 싶다는 대목에 다다랐을 때 세상이 다시 동아줄을 던져 준다.

휴대전화에서 특유의 멜로디가 울려 퍼진다. 모르는 번호길래 또 자동차 보증 기간을 늘려주겠다거나 코로나 치료제를 특별 판매하고 있다는 인도 사람인가 보다고 생각하며 수신을 거부하려다 수사 중인 사건이 있으니 영업용 멘트가 시작되면 당장이라도 종료 버튼을 누를 준비를 하고서 전화를 받는다.

"여보세요? 홀리 씨 번호 맞나요? 홀리 기브니?"

"맞는데요. 누구세요?"

"랜디요?" 자기 신원조차 긴가민가하는 듯한 말투다. "랜디 홀스턴. 톰에 대해 물어보러 왔었잖아요? 그리고 그 여자친구 보니에 대해서?"

"맞아요."

"또 생각나는 게 있으면 전화 달라고 했잖아요. 기억해요?"

듣자하니 랜디가 술에 취하지는 않았지만 몇 잔 걸치기는 한 것 같다. "맞아요. 그래서, 있어요?"

"뭐가요?"

참자. "뭐 생각난 게 있느냐고요."

"네, 하지만 별거 아닐 수도 있어요. 내가 그 파티에 갔댔잖아요. 섣달그믐에 열린 파티. 그때 엄청 취했는데……"

"그랬다고 했죠."

"맥주가 부엌에 있어서 거기 있었는데 보니가 나와서 잠깐 이야기를 나눴거든요. 보니가 취했던 것 같지는 않지만 몇 잔 마셔서 갈지자로 걷고 있었어요. 무슨 말인지 알지 모르겠지만. 내가 취하면 수다쟁이가 돼서 말은 나 혼자 하고 보니는 그냥 듣고만 있었거든요. 보니가 나온 이유도 톰이랑 같이 있기 싫어서였던 것 같은데, 그 얘기 내가 했던가요?"

"했어요."

"보니가 한 말 중에 기억나는 게 있어서요. 스타벅스에서 당신이랑 만났을 때는 모르겠더니 나중에 생각이 났어요. 연락을 할까 말까 고민했는데 에라 모르겠다, 싶더라고요?"

"무슨 말이 생각났는데요?"

"크리스마스 연휴 때 뭐 했느냐고 물었더니 요정이었다고 하지 뭐예요. 내가 '뭐라고요?'라고 하니까 '크리스마스 요정이었다고요.'라고 했어요. 아무 의미 없는 말이겠죠?"

홀리는 영화 「제국의 역습」을 인용한다. "모든 건 어떤 의미가 있기 마련이에요."

랜디는 껄껄대고 웃는다. "요다! 멋지다! 대박이에요, 홀리. 혹시 나중에 같이 햄버거 먹으면서 맥주나 한잔할 사람이 필요하면……"

홀리는 고맙다고 인사하고 고민해 보겠다고 한 다음 전화를 끊는다. 기계적으로 기도를 마무리한다.

요정이요. 자기가 크리스마스 요정이었대요. 하찮은 정보일지 몰라도 요다라면 또 이렇게 말했을 것이다. *흥미롭군.*

페니라면 그게 무슨 뜻일지 알지 모르지만 홀리는 어쩔 수 없는 순간이 올 때까지 그녀와 다시 통화하고 싶지 않다. 이제 잠이 완전히 깨 버렸으니 담배가 피우고 싶어진다. 그녀는 옷을 갈아입고 제빙기가 있는 곳으로 내려간다. 가는 길에 좋은 생각이 난다. 담배에 불을 붙인 다음 연락처에서 레이키샤 스톤의 번호를 찾아 전화를 건다.

"또 어느 교회에 기부하라고 전화한 거면……"

"아뇨. 저 홀리 기브니예요, 키샤. 잠깐 뭐 하나만 물어봐도 될까요?"

"그럼요. 보니를 찾는 데 도움이 되는 거라면 뭐든요. 제 말은 그러니까, 아직 못 찾은 거죠?"

홀리는 보니가 이제는 저세상 사람이 됐다고 그 어느 때보다 확신하지만 이렇게 말한다. "아직은요. 혹시 보니가 이런 말 한 적 있어요? 황당하게 들릴 수도 있겠는데…… 자기가 크리스마스 요정이었다는?"

키샤는 폭소를 터뜨린다. "전혀 황당하지 않아요. 크리스마스 요정이었거든요. 산타의 요정이 산타처럼 수염도 있고 빨간 모자도 썼을지는 모르겠지만. 그래도 앞코가 올라간 초록색의 깜찍한 요정 구두는 신었어요. 굿윌 중고 상점에서 득템했다고 하던데. 그건 왜 물어보세요?"

"무슨 쇼핑몰에서 아르바이트한 거예요? 크리스마스 시즌 때?"

"아뇨, 크리스마스 파티 때요. 코로나 때문에 줌으로 열린 파티였는데 요정들, 그러니까 보니 말고 몇 명이나 더 있었는지는 모르겠지만 열두어 명 됐을 텐데, 그 요정들이 디저트랑 여섯 개들이 맥주를 손님들 집에 배달했어요. 샴페인을 받은 사람도 있을지 모르겠네요. 교직원들은요. 파티 손님 대표로."

홀리는 꼬리뼈에서 척추를 타고 뒷덜미로 따뜻한 기운이 스멀스멀 올라오는 것을 느낀다. 아직 구체적인 건 아무것도 없지만 이보다 더 강렬한 직감은 느낀 적이 거의 없다.

"누구 파티였는지 혹시 알아요?"

"은퇴한 노교수 부부요. 남편은 생명과학과, 부인은 영문학과 교수였어요. 해리스 부부요."

홀리는 새 담배에 불을 붙이고 모텔 주차장을 걷는데, 너무 골똘히 생각하느라 마지막 담배꽁초는 제대로 처리하지도 못한다. 그냥 밟아서 끄고, 고개를 숙이고 미간을 찌푸린 채 계속 걷는다. 자기가 도출한 추론인데도 받아들여지지가 않아서 그건 어디까지나 추론에 불과하다고 계속 되뇌어야 한다. 빌은 사건이 달걀 같다고 했다. 또, 파란색 쉐보레를 사면 어딜 가든 파란색 쉐보레만 눈에 들어온다는 파란색 쉐보레 현상에 대해서도 이야기했다.

추론이야. 그녀는 계속 중얼거리며 다시 담배를 꺼내 불을 붙인다. *팩트가 아니라 추론.* 맞는 말이다.

하지만.

캐리 드레슬러는 볼링장에서 일했다. 스몰 볼이라고 불린 로드니 해리스는 거기서 볼링을 쳤다. 그뿐 아니라 캐리는 가끔 로드니의 팀에서 대타로 뛰었다. 보니 달은 크리스마스 때 해리스 부부가 맡긴 일을 했다. 하지만(과속하지 마, 아가씨!) 하룻밤 아르바이트를 한 것에 불과했고 엘런 크래슬로의 경우에는……

그녀는 키샤에게 다시 전화한다. "또 나예요. 잘 준비하고 있을지도 모르는데 자꾸 전화해서 미안해요."

키샤는 웃음을 터뜨린다. "아니에요. 저는 집 안이 조용하면 늦게까지 책 읽는 거 좋아하거든요. 이번에는 뭐예요, 친구님?"

"보니가 해리스 부부랑 또 엮인 적이 있는지 알아요? 그러니까, 크리스마스 파티 이후에요."

"네, 있어요. 보니가 올해 초에 여자 교수의 부탁으로 잠깐 감사편지 보내고 연락처 정리하고 뭐 그런 잡일을 했어요. 컴퓨터 다루는 솜씨를 좀 발휘하면서. 하지만 교수가 컴퓨터에 대해 전혀 모르는 척하지만 실은 그렇게 컴맹은 아닌 것 같다고 했어요." 키샤는 머뭇거린다. "교수가 자기한테 음심이 있는 것 같다고도 했는데. 그건 왜요?"

"보니가 어떤 사람들과 접촉했고, 2020년 말부터 사라지기 전까지 어떤 행적을 보였는지 정리해 보려고요." 사실 이건 진실의 먼 친척뻘쯤 되는 답이다. "하나 더 물어봐도 될까요? 이번에는 보니가 아니라 저번에 얘기했던 그 엘런 크래슬로에 대해서요."

"그럼요."

"벨프라이에서 같이 잡담을 나누었다고 했지만 그 사람이 생명과학관에서도 일했다고 하지 않았어요?"

"맞아요. 학생회관 바로 옆 건물이에요. 그건 왜요?"

"그냥 궁금해서요." 하지만 유용한 정보일 수도 있다. 생명과학관에 로드니 해리스의 방이 아직 있을지 모른다. 대학 교수들에게 진정한 은퇴는 없지 않나? 지금은 방이 없어졌더라도 엘런이 실종됐을 당시에는 있었을 수도 있다.

담배가 다 떨어졌지만 모텔 바로 옆에 세븐일레븐이 있다. 이면도로를 따라 거기로 걸어가는데, 휴대전화가 다시 반짝인다. 이번에는 타냐 로빈슨이다. 홀리는 인사하고 편의점 앞 벤치에 앉는다. 이슬이 내려서 바지 엉덩이가 젖는다. 평소 같으면 갈아입을 바지가 없어서 무척 심란해했겠지만 지금은 그런 줄도 거의 모른다.

"바버라의 새로운 소식 전하고 싶어서 전화했어요." 타냐가 말한다.

홀리는 벌떡 일어나 앉는다. "무슨 일 생겼나요?"

"아무 일 없어요. 걔한테 얘기 못 들었어요? 오늘 온종일 하도 정신이 없어서 그럴 시간이 없었나보다."

홀리는 잠깐 망설이다가 타냐가 알고 있다면 그녀도 안다고 솔직히 얘기해도 될 거라는 결론을 내린다. "바버라는 아니고 제롬한테 들었어요. 정말 잘됐어요. 시인들 사이에서는 펜리가 아주 어마어마한 상이거든요."

타냐는 웃음을 터뜨린다. "이제 우리 집안에 작가가 둘이 됐지 뭐예요! 믿기지가 않아요. 우리 할아버지는 글도 거의 읽을 줄 몰랐는데. 짐의 할아버지로 말할 것 같으면…… 뭐, 어떤 분이었는지 당신도 알잖아요."

그렇다. 시카고의 악명 높은 조직폭력배였고 조만간 출간될 제롬의 책에 소개된 앨턴 로빈슨.

"바버라가 올리비아 킹즈버리라는 이 동네 시인을 계속 만나고 있었다고……"

"저도 그분 누군지 알아요." 홀리는 킹즈버리가 그냥 평범한 동네 시인은 아니라고 굳이 설명하지는 않는다. "제롬이 그러는데, 그분이 멘토가 되어 주셨다면서요?"

"몇 달 됐다는데, 나는 오늘에서야 알았지 뭐예요. 얘기하면 오빠를 따라 한다는 소리를 들을까 봐 걱정했던 모양이에요. 말도 안 되는 소리지만 바버라답긴 해요. 아무튼 그 둘이 아주 가까워졌는데, 킹즈버리 씨가 오늘 병원에 갔대요. 심방 세동 때문에. 그게 뭔지 알죠?"

"네. 속상하지만 그분 연세면 여기저기 고장이 날 수밖에요. 거의 100살이시거든요."

"그건 잡았는데, 그 딱한 분이 암환자래요. 바버라 말로는 발병한 지 몇 년 됐는데 이제 폐랑 뇌에까지 전이가 됐대요. 또 뭐라뭐라 했는데, 울어서 잘 못 알아듣겠더라고요."

"어떡하면 좋아요."

"자기 친구들한테 연락해 달라고 해서요. 그분 요양보호사와 킹즈버리 씨의 집으로 돌아가는 길이라는데, 요양보호사도 바브만큼이나 상심이 크대요. 둘이 거기서 하룻밤 같이 자고 내일 킹즈버리 씨를 집으로 퇴원시킬 건가 봐요. 그분이 병원에서 죽고 싶지 않다고 했다는데, 그럴 만도 하죠."

"바버라가 이제 다 컸네요."

"애가 착해요. *책임감*도 있고." 이제는 타냐도 살짝 울고 있다. "이번 주말 지나서까지 그 집에 있을 생각이라는데, 어쩌면 그때까지 버티지 못할 수도 있나 봐요. 킹즈버리 씨가 심방 세동이 또 시작되면 이번에는 병원에 가지 않겠다고 분명히 못을 박았대요."

"이해돼요." 홀리는 병원에서 혼자 죽은 그녀의 어머니를 떠올리는 중이다. "바버라한테 안부 전해 주세요. 그리고 펜리상도 최종 후보 중의 최종 후보로 뽑혀서 축하한다고요."

"그럴게요. 하지만 지금은 그 상이 안중에도 없을 거예요. 내가 가겠다고 했더니 오지 말래요. 요양보호사 이름이 마리라고 하는데, 그 사람이랑 둘이서 킹즈버리 씨 곁을 지키고 싶은가 봐요. 그분 주변에는 아무도 없는 모양이에요. 다 먼저 떠나서."

타냐가 전화한 진짜 이유는 친구 겸 멘토의 마지막을 지키는 동안 바바라가 연락이 안 될 거라고 알리기 위해서지만, 홀리는 카고바지 주머니에 새로 산 담배 두 갑을 넣고 모텔로 돌아가는 길에 그래도 바바라에게 전화한다. 곧장 음성사서함으로 연결된다. 그녀는 타냐에게 소식 들었다고, 필요한 게 있으면 전화하라고 말한다. 기쁜 소식 바로 뒤에 슬픈 소식이 이어져서 속상하다고도 한다.

"사랑해." 홀리는 이 말로 끝을 맺는다.

그녀는 옷을 벗고 모텔에 비치된 조그만 비누를 손가락에 묻혀서 이를 닦고(으웩) 잠자리에 든다. 반듯하게 누워서 어둠을 올려다본다. 생각이 꼬리에 꼬리를 물고 이어져 이러다 밤을 꼴딱 새우게 생겼다. 핸드백에 넣고 다니는 멜라토닌이 생각나자 한 알을 꺼내 먹는다. 그런 다음 문자 온 게 있는지 휴대전화를 체크한다.

오늘 밤에는 딱 한 통뿐이고 바바라가 보낸 거다. 딱 두 마디다. 홀리는 침대에 앉아서 그걸 읽고 또 읽는다. 그 따뜻한 기운이 등골을 타고 다시 스멀스멀 올라온다. 그녀가 캐리 드레슬러와 골든 올디스 볼링팀이 함께 찍은 사진을 첨부하면서 보낸 문자는 간단했다. *이 사람 기억해?*

시간으로 볼 때 병원에서 보낸 게 분명한 바바라의 답은 이 못지않게 간단하다. *그중에서 누구요?*

2021년 7월 5일

“오늘 밤은 날 도와줄 수 있겠지?” 로드니는 방으로 들어가며 말한다.

에밀리는 이를 드러내며 억지로 미소를 짓는다. 그가 그녀의 취향을 반영해 레어로 구워서 준 햄버거가 협탁에 그대로 놓여 있다. 그녀는 딱 한 입밖에 먹지 못했다. “오늘 밤에 당신을 도와주기는커녕 이 침대 밖으로 나갈 수나 있을까 싶은데? 당신 혼자 해야겠어. 어찌나 아픈지…… 믿을 수가 없을 정도야.”

그는 냅킨으로 덮은 쟁반을 들고 있다. 그가 냅킨을 들어 빨간색의 얇은 줄무늬가 있는 하얀 돼지기름 비슷한 게 가득 담긴 고블릿 잔을 보여 준다. 그 옆에 숟가락이 있다. “이걸 아껴 두고 있었지.”

그건 아니다. 실은 까맣게 잊고 있었다. 점심으로 스토퍼스 냉동식품을 먹으려고 냉동실을 뒤지다 이 수이트 푸딩*이 나오자 오븐에 아

* 다진 쇠기름과 밀가루에 건포도, 향신료 등을 섞어 넣어 삶거나 쪄서 만드는 푸딩.

주 살짝 데웠다. 전자레인지에 돌리면 대부분의 영양소가 파괴된다는 건 주지의 사실이다. 그러니 건강하지 않은 미국인이 그렇게 많은 것도 놀랄 일이 아니다. 그런 방식의 조리는 법으로 금지해야 한다.

움푹 들어간 에밀리의 눈이 탐심으로 반짝거린다. 그녀는 손을 내민다. "이리 내! 어제 줬어야지, 이 잔인한 인간아!"

"어제는 당신이 필요 없었지만 오늘 밤에는 필요하거든. 절반은 안에서 절반은 밖에서. 엠, 알지? 반반인 거."

로드니는 고블릿 잔과 숟가락을 건넨다. 피터 스타인먼은 딱히 뚱뚱하지 않았지만 그 아이에게서 거둔 수확은 먹을 수 있는 금덩이였다. 아내는 허겁지겁 먹기 시작한다. *누가 보면 걸신들린 줄 알겠네.* 그는 생각한다. 머리칼 같은 힘줄이 몇 가닥 섞인 기름이 에밀리의 턱을 타고 한 줄 흘러내린다. 로드니는 손가락으로 능숙하게 그걸 떠서 입에 다시 넣어준다. 그녀가 손가락을 빤다. 예전 같으면 바지 속의 국수 가락이 말뚝으로 변했을 테지만 이제는 그렇지가 않고 그 부분에 대해서는 어쩔 도리가 없다. 비아그라나 다른 발기 부전 치료제는 뇌에만 안 좋은 게 아니라 염색체의 노화를 촉진한다. 비아그라를 먹고 성교를 할 때마다 6개월씩 수명이 줄어든다는 것이 입증된 사실인데, 두말하면 잔소리지만 제약회사에서 은폐하고 있다.

그는 아내가 다 먹어 치우기 전에 고블릿 잔을 낚아챈다. 그러느라 하마터면 떨어뜨릴 뻔하지만 침대에서 굴러 바닥에 부딪치기 전에 잡는다. 떨어뜨렸다면 이 얼마나 슬픈 일이 됐을까. "돌아누워. 잠옷 올릴 수 있게."

"나 혼자 할 수 있어." 그녀는 잠옷을 들어 쭈글쭈글한 허벅지와 앙상한 엉덩이를 드러낸다. 그는 성가신 신경이 고압전류를 발사하고 있는 왼쪽 볼기와 안쪽 허벅지에 남은 지방과 힘줄을 바른다. 그녀는 살짝 앓는 소리를 낸다.

"좀 괜찮아지는 것 같아?"

"아마도…… 응, 괜찮아졌어. 우와, 진짜로."

그는 고블릿 잔에 남은 걸 싹싹 긁어서 계속 바르고 문지른다. 기름이 금세 안으로 스며들어 시뻘겋게 성이 난 신경을 달래고 잠재우자 번들거리던 것이 거의 사라진다.

아냐, 잠재우는 건 아니지. 잠깐 좋게 하는 정도면 모를까. 나중에 그 아이의 간을 먹어야 진짜로 한숨 돌릴 수 있어. 그다음에 영양이 듬뿍 담긴 수프, 스튜, 스테이크, 튀김까지 먹어야.

손톱 아래에 하얀 초승달 모양으로 기름이 꼈다. 그는 그걸 핥고 갉아 먹은 다음 아내의 잠옷을 다시 내려 준다. "이제 좀 쉬어. 잘 수 있으면 눈 좀 붙이고. 오늘 밤에 대비해서."

그는 땀이 맺힌 움푹한 관자놀이에 입을 맞춘다.

그날 밤 11시가 조금 넘은 시각에 보니 달이 눈을 떠 보니 환하게 불을 밝힌 조그만 방의 테이블에 그녀가 알몸으로 누워 있다. 손목과 발목이 테이블에 묶였다. 로드니 해리스와 에밀리 해리스가 그녀를 쳐다보고 있다. 둘 다 팔꿈치까지 오는 장갑을 끼고 긴 고무 앞치마를 입었다.

"까꿍." 로드니가 말한다. "다 보이네."

보니는 정신이 계속 몽롱하다. 이보다 더 끔찍할 수 없는 악몽을 꾸고 있다고 믿을 수도 있을 것 같지만 아니라는 걸 안다. 고개를 든다. 머리가 시멘트 블록처럼 무겁게 느껴지지만 그래도 어찌어찌 해낸다. 이제 보니 그들이 네임펜으로 그녀의 몸에 선을 그어 놔서 무슨 희한한 지도 같다.

"결국에는 나를 성폭행하는 건가?" 입안이 바짝 말라서 허스키한 목소리가 나온다.

"그건 아니야." 에밀리가 말한다. 너무 창백하고 뺨이 움푹 들어가서 해골이나 다름없는 얼굴 주변으로 떡 진 머리가 늘어뜨려져 있다. 쪼글쪼글한 입술은 아픈 걸 참느라 일직선으로 다물려 있다. "너를 먹으려는 거지."

보니는 비명을 지르기 시작한다.

2021년 7월 28일

에밀리는 동이 트기 전 침실 창가에 서서 달빛 말고는 아무것도 없는 리지 로드를 내다본다. 뒤에서는 로드니가 입을 벌리고 엄청 거칠게 코를 골며 자고 있다. 그 소리에 살짝 짜증이 나지만 그렇게 쉴 수 있는 게 부럽다. 그녀는 3시 15분에 눈을 떴고 무엇이 그녀의 심사를 괴롭히는지 알기에 더는 잠을 이루지 못할 것이다.

기브니가 차량 절도 사건에 드레슬러가 연루됐다는 헛소리를 늘어놓으며 전화했을 때 알아차렸어야 했다. 누가 들어도 빤한 핑계였는데, 왜 몰랐을까? 처음에는 그녀도 로드니처럼(이런 새벽에는 인정할 수 있다.) 정신을 놓고 있었나 싶었다. 하지만 그건 아니다. 그녀의 정신은 전과 다를 바 없이 또렷하다. 그냥 뭔가가 너무 엄청나고 너무 빤하면 가끔 허투루 넘기게 될 때가 있다. 거대하고 흉측한 가구에 익숙해지면 아무렇지 않게 그 앞을 지나다니게 되듯이. 그러다 그걸 얼굴로 들이받게 된다.

그러다 채식주의자라는 어떤 흑인 계집애의 꿈을 꾸게 된다.

그리고 나는 알았어. 분명 알았지. 그이한테 우리가 납치한 두 명이 두 건의 개별 사건에 연루됐다면 너무 엄청난 우연의 일치라고 했잖아. 그이는 대수롭지 않은 투로 우연의 일치가 생길 때도 있다고 했고, 나는 그 말에 넘어갔지.

그 말에 넘어가다니! 이런 바보!

그녀는 기브니가 로런바콜팬이라는 아이디로 트위터에서 찾은 크래슬로들에게 쪽지를 보냈다는 사실을 깜빡 잊고 있었다. 달과 드레슬러는 정말로 우연의 일치일 수 있었다. 하지만 달, 드레슬러, 크래슬로도 그럴까?

아니다.

에밀리는 몸을 돌려서 욱신거리는 허리를 한 손으로 누르며 화장실 쪽으로 천천히 걸어간다. 까치발을 하고(아프다!) 수납장 제일 꼭대기로 손을 뻗어 아무 라벨 없이 먼지를 뒤집어쓴 갈색 통을 집는다. 그 안에 초록색 알약이 두 개 들어 있다. 필요한 경우 쓰게 될 최후의 탈출구다. 아직은 그걸 쓸 일이 없길 바랄 수 있다. 에밀리는 다시 방으로 돌아가 입을 벌리고 코를 골고 있는 남편을 내려다보며 생각한다. *정말 늙어 보이네.*

그녀는 누워서 갈색 통을 베개 밑에 넣는다. 날이 밝으면 진작 깨달았어야 하는데 이제 알게 된 사실을 남편에게 알릴 것이다. 지금은 사랑하는 남편을 자게 내버려 두자.

에밀리는 똑바로 누워서 어둠 속을 올려다본다.

멜라토닌이 효과 만점이었다. 홀리는 새로 태어난 기분을 느끼며 일어난다. 샤워하고 옷을 입고 휴대전화를 체크한다. 방해 금지 모드로 해 놓았는데, 새벽 1시 15분에 피트 헌틀리가 전화를 했다. 음성사서함에 메시지도 있지만 피트가 남긴 게 아니다. 딸이 그의 전화기로 연락한 것이다.

"안녕하세요, 홀리, 저 쇼나예요. 아빠가 입원하셨어요. 병세가 악화돼서. 망할 코로나가 아빠를 잡고 놓아주질 않네요."

피트 말로는 날마다 강해지는 것 같다고 했는데. 홀리는 생각한다. *「시카고」 노래 가사처럼 그렇다고.*

"쓰레기봉투를 투입구에 버리려고 들고 나갔다가 복도에서 기절하셨어요. 로스롭 부인이 발견하고 911에 연락했고요. 제가 밤새 곁을 지키고 있어요. 다행히 심장마비도 없었고 빌어먹을 산소호흡기도 달지 않았어요. 오늘 아침에는 좀 괜찮아지신 것 같지만 망할 롱코비드인가 싶어요. 병원에서는 검사 몇 개 하고 퇴원시킬 거래요. 병실이 없다고. 이 지랄맞은 것 때문에 여기저기 난리네요. 홀리도 조심……"

여기서 메시지가 끊긴다.

홀리는 휴대전화를 객실 저편으로 내동댕이치고 싶어진다. 쇼나 헌틀리 같으면 이런 식으로 하루를 시작하다니 기분 지랄맞다고 할 것이다. 볼링장에서 가짜 독감 어쩌고 하며 홀리가 내민 팔꿈치를 살짝 경멸하는 눈빛으로 쳐다보던 앨시어 해버티가 생각난다. *미안하지만 나는 그런 거 안 해요*, 이러면서. 홀리는 그녀가 코로나를 인정하지 않는 그 뒤룩뒤룩한 얼굴에 갑갑한 산소마스크를 쓰고 병원에 누워 있으면 좋겠다고 생각하고 싶지는 않지만……

솔직히 그랬으면 좋겠다.

홀리는 아침을 사러 버거킹 드라이브스루에 들러 새 장갑을 끼고 이쪽 창구에서 결제하고 저쪽 창구에서 음식을 받는다. 객실에서 버거를 먹고 체크아웃하고 롤링힐스 요양원으로 출발한다. 도착하고 보니 아직 면회가 안 되는 시각이라 주차하고 차 문을 열고 담배를 피운다. 바버라에게 문자를 보내 *그중에서 누구*요라니 무슨 뜻이냐고 묻는다. 답장은 오지 않는다. 기대하지도 않았고 필요하지도 않다. 바버라는 캐리 드레슬러뿐 아니라 로드니 해리스도 알아보았을 것이다. 그녀가 어떤 경로로 해리스 교수를 만났는지 궁금해진다. 분명한 게 있다면 바버라가 해리스의 근처에 있었다는 생각만 해도 불안해진다는 것이다.

그녀는 구글에서 로드니 해리스 교수를 검색해 머리는 까맣고 주름살은 별로 없는 젊었을 때 사진을 비롯해 온갖 정보를 입수한다. 에밀리 해리스 교수를 검색해 입수한 또 다른 정보 폭탄을 보니 키샤의 말이 맞았다. 보니는 에밀리 해리스와 아는 사이였다. 사실상 에밀리 해리스 밑에서 일한 적이 있었다.

로드니는 캐리 드레슬러와 아는 사이였다. 같이 마리화나를 피우지는 않았지만 골든 올디스에 대타가 필요했을 때 그가 들어와서 같이 볼링을 쳤다.

로드니는 엘런 크래슬로와 아는 사이였을 수 있었다. 둘이 같은 건물에서 근무했고 키샤 스톤에 따르면 그녀가 대화를 꺼리지 않았다고 하니 서로 잡담을 주고받았을 수도 있었다.

그녀는 바버라에게, 이번에는 좀 더 명확하게 다시 문자를 보낸다. *네가 알아본 사람이 로드니 해리스야? 그 사람 만난 적 있어? 정신없는 거 알지만 시간 나는 대로 답장 부탁해.*

손목시계를 보니 오전 9시다. 면회 시간이 공식적으로 시작됐다.

빅터 앤더슨에게 새로운 정보를 얻을 수 있을 거라고 기대하지는 않고(정보를 얻을 수나 있을까.) 헨리 삼촌에게서는 아무것도 얻을 수 없을 게 뻔하다. 하지만 이왕 왔으니 만나 보는 편이 좋을 것이다. 10시면 면회를 마치고 피트의 상태를 확인하고 다시 집으로 출발할 수 있을 것이다. 중간에 어니 코긴스를 만나러 갈까? 그럴 수도 있지만 생략하는 쪽으로 마음이 점점 기울고 있다.

모든 증거가 해리스 부부를 가리키고 있다.

홀리는 안내데스크로 가서 누굴 만나러 왔는지 밝힌다. 데스크 담당 노먼 부인은 컴퓨터로 확인하고 짧게 통화를 한 뒤에 알려 준다. 헨리 시로이스는 현재 스펀지 목욕을 하고 머리를 자르는 중이다. 빅터 앤더슨은 일광욕실에 있는데, 의식은 또렷하지만 무슨 말을 하는지 알아듣기가 힘들다. 아내가 대개 면회 시간이 시작된 직후에 찾아오니 조금 기다리면 만날 수 있을 텐데, 그녀는 그의 말을 완벽하게 알아듣는다.

"에벌린이야말로 보석 같은 존재죠." 노먼 부인이 말한다.

홀리는 좋은 생각이 떠올랐기에 앤더슨의 아내를 기다리겠다고 한다. 안 좋은 생각일 수도 있지만 대안이 없다. 파트너는 입원했고 제롬은 뉴욕에 있고 바바라는 살날이 얼마 남지 않은 친구 때문에 정신이 없다. 그렇지 않다 한들 체트 온도스키와 그런 일이 있은 마당에 그녀에게 도움을 청할 수는 없다.

홀리는 아이패드를 켜고 부동산 플랫폼 질로와 구글 거리뷰 양쪽 모두로 리지 로드 93번지(질로의 감정가는 170만 달러다.)의 사진을 본다. 집은 본 적 있다. 그녀가 보고 싶었던 건 차고인데, 실망스럽게도 진입로가 내리막이라 지붕만 보인다. 사진을 확대해 봐도 소용없다. 안타깝다.

하얀 바지에 하얀 로우톱 운동화를 신고 백발을 패셔너블한 픽시컷으로 자른 늘씬한 여자가 들어와 노먼 부인에게 다가간다. 둘은 대화를 나누고 노먼 부인은 홀리가 앉아 있는 쪽을 가리킨다. 홀리는 일어나 자기소개를 하고 팔꿈치를 내민다. 앤더슨 부인, 그러니까 에벌린은 팔꿈치를 가볍게 두드리고 어떻게 왔느냐고 묻는다.

"남편분께 여쭈고 싶은 게 있어서요. 몇 개 안 되는데, 너무 피곤해하지 않으시면 좀 여쭤봐도 될까요? 제가 지금 스트라이크 엠 아웃 레인스 볼링장에서 근무했던 캐리 드레슬러라는 직원의 실종 사건을 조사하는 중이에요. 앤더슨 씨가 가끔 그 직원이랑 볼링을 쳤다고 하던데, 노먼 부인께 들었어요. 부인께서 앤더슨 씨가 하는 말을…… 음……."

"통역할 수 있다고요?" 앤더슨 부인은 미소를 짓는다. "네, 맞아요. 드레슬러 씨를 만난 적은 없지만 누군지 알아요. 볼링 잘 치는 괜찮은 친구라고 남편에게 들었어요. '진국'이라고 부르던데." 그녀는 속삭이는 수준으로 언성을 낮춘다. "둘이 가끔 뒤로 나가서 마리화나도 같이 피웠던 것 같아요."

"저도 그렇게 들었어요." 홀리도 덩달아 언성을 낮춘다.

"그런데…… 혹시…… *살인*을 의심하는 건 아니죠?" 마스크 위로 보이는 에벌린의 눈은 계속 웃고 있다.

홀리는 정확히 그걸 의심하고 있지만 그가 어디로 갔는지 알아내고 싶은 거라고 말한다.

"그래요, 같이 가요." 에벌린 앤더슨은 명랑하게 말한다. "그이가 도움이 될지 모르겠지만 정신은 또렷하고, 새로운 사람을 만나면 그이한테도 좋을 거예요."

일광욕실에 들어가 보니 노인 몇 명이 늦은 아침을 스스로 떠먹거나 받아먹고 있다. 대형 텔레비전에 틀어 놓은 시트콤「메이베리 R.F.D.」에서 관객이 폭소를 터뜨리는 소리가 들린다. 휠체어에 앉은 빅터 앤더슨은 텔레비전을 등지고, 인부가 제초기를 타고 잔디를 깎는 잔디밭을 내다보고 있다. 이제 보니 앤더슨은 사실 두 사람이다. 어깨에서부터 허리까지는 부두 노동자 같아서 어깨도 넓고 가슴도 두툼하다. 젓가락처럼 얇은 다리는 습진으로 얼룩덜룩하며 맨발이다. N95 마스크를 쓰고 있긴 하지만 턱 밑으로 내렸다.

에벌린이 말한다. "거기 잘생긴 아저씨, 나랑 데이트할래요?"

그가 고개를 돌린다. 얼굴의 왼쪽 절반은 뻣뻣하게 뒤틀리고 아래로 당겨져 치열이 드러났고, 오른쪽 절반은 열심히 미소를 지으려 하고 있다. "응…… 왔어?"

에벌린은 그의 철회색 머리칼을 헝클어뜨리고 뺨에 입을 맞춘다. "손님 모시고 왔어. 홀리 기브니라는 분인데, 당신 볼링 치던 시절에 대해서 몇 가지 물어보고 싶대. 그래도 괜찮겠어?"

그는 고개를 끄덕이는 대신 아래로 휙 내리고 질문 투로 뭐라고 말한다.

"뭐가 궁금하냐고 해요."

"캐리 드레슬러요. 그 사람 기억하세요?"

앤더슨이 뭐라고 말하며 울퉁불퉁하게 마디가 진 오른손을 움직인다. 왼손은 손바닥을 위로 한 채 의자 팔걸이 위에서 꿈쩍도 하지 않는다.

"잘 들린대요. 자기 귀 먹은 거 아니라고."

홀리의 얼굴의 빨개진다. "죄송해요."

"괜찮아요. 저이한테 마스크를 씌우고 싶은데 그러면 나도 못 알아듣거든요. 백신은 맞았어요. 여기 있는 분들 모두." 그녀는 언성을 낮춘다. "간호사 두 명과 조무사 한 명은 거부해서 퇴소당했어요."

홀리는 자기 위 팔뚝을 톡톡 두드린다. "저도 맞았어요."

"당신, 드레슬러 씨 기억하지? '진국'이라고 불렀잖아."

"진극." 앤더슨은 맞장구치고 다시 반쪽짜리 미소를 짓는다. 홀리는 불과 얼마 전까지만 해도 그가 「워터프론트」나 「12인의 성난 사람들」에 출연한 배우 리 J. 코브를 닮았을 거라는 생각을 한다. 그렇게 강인한 미남이었을 거라는 생각을 한다.

"잠시만요." 그러더니 에벌린이 그들 곁을 떠난다. 텔레비전에서 등장인물 비 이모가 재미있는 말을 하자 관객이 다시 폭소를 터뜨린다.

홀리는 의자를 하나 끌고 온다. "그러니까 캐리를 기억하신다는 말씀이죠, 앤더슨 씨?"

"에."

"그리고 로드니 해리스도 기억하시고요?"

"오디! 설-얼! 으어여!"

에벌린이 돌아온다. 조그만 통에 든 세타필 크림을 들고 있다. "'그럼요'래요. 설-얼은 뭔지 모르겠네요."

"그건 제가 알아요. 스몰 볼이라고 하신 거죠?"

앤더슨은 다시 고개를 아래로 휙 내린다. "설-얼! 아야여!"

그의 아내가 이번에는 관자놀이에 입을 맞추고 앞에 무릎을 꿇고 앉아 각질로 덮인 그의 발에 크림을 발라 주기 시작한다. 그 덤덤하게 다정한 모습을 보고 홀리는 기쁜 동시에 울고 싶어진다. "기브니 씨가 궁금해하는 거 대답해 주고 우리, 어디 살짝 다녀오자. 요거트 먹으러 갈까?"

"오키!"

"앤더슨 씨, 제가 궁금한 건 해리스 교수님이 캐리와 얼마나 친했는가 하는 거예요. 그렇게 친하지는 않았던 것 같은데, 맞나요?"

앤더슨은 마비된 쪽 얼굴을 깨우기라도 하려는 듯 마비가 안 된 쪽으로 뭔가를 씹는 흉내를 내다가 말을 한다. 홀리가 알아들을 수 있는 단어와 대목은 몇 개 안 되지만 에벌린은 전부 알아듣는다.

"로디하고 캐리는 친한 친구처럼 지냈대요."

"인안-인그!" 앤더슨은 맞장구치고 다시 말을 잇는다. 에벌린은 계속 발에 크림을 발라 주며 듣는다. 두어 번 미소를 짓고 한 번은 크게 웃는다. 홀리가 느끼기에는 텔레비전에서 들리는 웃음소리보다 훨씬 자연스럽다.

"교수님은 남들처럼 나가서 같이 마리화나를 피우지는 않았지만 가끔 끝나면 캐리한테 맥주를 사 주고 그랬대요. 교수님이 캐리한테 이런저런 개인적인 질문을 많이 했다는데, 왜냐하면……"

"그러는 사람이 아무도 없어서요." 그 부분은 홀리도 알아들었다. 그녀는 빅터에게 묻는다. "제가 제대로 이해한 게 맞는지 확인만 하고 요거트 드실 수 있게 보내 드릴게요. 그러니까 그 둘이 친하게 지냈다는 말씀이죠?"

앤더슨은 홱 하니 고개를 숙인다. "에."

"볼링장에서 같이 맥주를 마셨나요? 볼라루인가 하는 데서요?"

"엘리스 억. 아게."

"넬리스 옆 가게요." 에벌린은 크림 뚜껑을 닫는다. "또 궁금하신 게 있나요, 기브니 씨? 요즘은 이이가 금방 피곤해해서요."

“홀리요.” 남편 발치에 무릎을 꿇고 앉아 크림을 발라 주는 여자라면 얼마든지 그녀의 이름을 불러도 된다. “홀리라고 불러 주세요. 그리고 아뇨, 그걸로 됐어요.”

“해리스 교수님한테 관심을 가지는 이유가 뭐예요?” 에벌린이 물으며…… 콧잔등을 살짝 찡그린다. 작은 신호지만 홀리는 놓치지 않는다.

“그분을 아세요?”

“개인적으로 아는 건 아니지만 토너먼트가 끝나면 항상 한 회원 집에서 식사를 같이 했거든요. 이기든 지든 자축 파티 삼아서요. 이이 팀은 대개 지는 편이었지만요.”

앤더슨은 녹슨 근육을 움직여 빙그레 웃으며 고개를 홱 숙인다.

“아무튼 우리 차례가 됐길래 뒷마당에서 바비큐 파티를 열었는데 교수님이 그릴을 그야말로 빼앗아 갔어요. 나더러 버거 패티를 완전히 잘못 굽고 있다면서. 실제로 그렇게 얘기했다니까요? 영양분이 모두 빠져나가게 굽고 있다나? 그냥 별소리 않고 그릴을 내드렸지만 속으로는 뭐 저렇게 예의 없는 사람이 있나 생각했어요. 게다가…….”

“알라기!” 앤더슨이 끼어든다. 웃는 얼굴이 처참하고도 매력적이다. “어이 알라기!”

“맞아. 거의 날고기였지. 난 내 버거를 입에 대지도 못했어. 해리스 교수님한테 이렇게 관심을 가지는 이유가 뭐예요? 아까 캐리와 관련된 사건을 수사 중이라고 하지 않았어요?”

홀리는 최대한 영문을 몰라 하는 표정을 짓는다. “맞아요. 그런데 여러 볼링팀 회원분들과 이야기를 나눠 보면 단서를 찾을 수 있지 않을까 싶어서요. 웰치 씨와 클리퍼드 씨는 이미 만나 보았거든요.”

“우이. 오 이으 우이 크이!”

“보고 싶은 휴이 클리프래요.” 에벌린은 멍하니 말한다.

"네, 저도 알아들었어요. 앤더슨 씨, 해리스 교수님이 밴을 타고 다녔나요?"

앤더슨은 다시 씹는 흉내를 내며 곰곰이 생각하다가 잠시 후에 말한다. "으아으."

"여보, 그건 무슨 말인지 모르겠다."

홀리는 알아들었다. "스바루요."

안내데스크로 간 홀리는 노먼 부인에게 삼촌을 만날 건데 차에 두고 온 게 있어서 잠깐 다녀오겠다고 한다. 그건 거짓말이다. 그녀에게 필요한 것은 담배다. 그리고 생각할 시간이다.

그녀는 늘 그러듯 운전석 쪽 문을 열고 고개를 숙이고 노면에 발을 올려놓은 자세로 담배를 피운다. 어찌어찌 코로나를 무사히 넘기고 당혹스럽고 어슴푸레한 세상에서 계속 살아가고 있는 헨리 삼촌을 만나러 다시 들어가기 전에 이런 식으로 니코틴을 흡입한다. 어쩌면 이제는 당혹스러움도 사라졌을지 모른다. 그는 요즘도 가끔 반짝 정신을 차릴 때가 있지만 점점 드문드문해지고 있다. 전에는 이름과 숫자와 주소뿐 아니라 두말하면 잔소리지만 조카의 돈을 빼돌리는 데에도 선수였는데 이제는 뇌파가 어쩌다 한 번씩 삑 하는 수준으로 바뀌었다.

빅터 앤더슨을 만나러 오길 잘했다는 생각이 든다. 여전히 서로를 사랑하는 노부부를 볼 수 있어서 좋기도 했지만 로드니 해리스의 흥미진진한 면모를 발견하는 계기도 되었다. 그가 타고 다니는 차는 장애인용 밴이 아니라 스바루지만(그도 그럴 것이 그는 누가 봐도 장애인이 아니다.) 생각하면 할수록 그가 레드뱅크의 살인마를 보호하거나 사주하고 있는 듯한 느낌이 강해진다.

해리스 교수 말로는 자기가 캐리 드레슬러와 그냥 알던 사이라고 했다. 빅터 앤더슨 말로는 근처 가게에서 가끔 맥주를 같이 마시던 사이라고 했다. 마리화나하고는 다르게 홉과 보리는 해리스의 영양 섭취 원칙에 위배되지 않는 모양이다. 앤더슨 말로는 해리스가 "그러는 사람이 아무도 없어서" 드레슬러에게 개인적인 질문을 많이 했다고 한다.

그냥 마음씨 좋은 노교수가 혼자 지내는 젊은 남자의 말벗이 되어 준 걸까? 그럴 수도 있지만, 그런 거였다면 해리스가 왜 그걸 두고 거짓말을 했을까? 키샤가 말하길 해리스의 아내가 보니에게 음심이 있었을지 모른다고 했던 것처럼 로드니 해리스는 드레슬러에게 음심이 있었을지 모른다는 생각이 들지만 일축한다. 정보를 수집하느라 그랬을 가능성이 더 커 보인다.

해리스가 그 나이에 사람을 죽이고 다니지는 않을 테고 아내가 돕고 있다는 것도 황당한 발상이다. 따라서 홀리의 짐작이 맞는다면 그들은 분명 누군가를 감싸고 있다. 자식이 있는지 알아보아야 하겠지만 지금은 꾹 참고 아직까지 삼촌의 형상을 하고 있는 식물인간을 만나야 한다.

하지만 자리에서 일어나려는데 어떤 생각 하나가 떠오른다. 홀리는 페이스북을 안 좋아해서 계정이 없어지지 않게 어쩌다 한 번씩만 접속하지만 로런바콜팬으로는 자주 드나든다. 지금도 그 아이디로 접속해 페니 달의 페이지에 들어가 본다. 진작 들어가 봤어야 하는 거였고 거기에서 그녀의 이름을 발견하고 놀라지는 않는다. "이 지역에서 유명한 홀리 기브니 탐정"이라고 소개되어 있다. *탐정*이라는 단어가 싫다. 그녀는 *조사원*이다. 그리고 페니에게 그녀의 이름을 밝히지 말아 달라고 미리 얘기한다는 걸 깜빡했다.

그녀가 보니 달 실종 사건도 수사하고 있다는 사실을 해리스 교수가 아는지 궁금해진다. 그러니까 그녀보다 한발 앞서가고 있었는지 말이다.

"그렇다면 내가 방금 따라잡은 셈이네." 홀리는 중얼거리고 삼촌을 만나러 롤링힐스 요양원으로 돌아간다.

백만장자가 된 여자가 요양원 특별실로 들어가는데. 홀리는 이미 열려 있는 문을 형식적으로 두드리며 이런 생각을 한다. 롤링힐스에는 1인실이 몇 개 있지만 대부분은 2인실이다. 열심히 일하는 간호사와 잡역부, 당직 의사의 발품을 덜기 위한(그리고 이윤을 극대화하기 위한) 조치다. 그리고 방 두 개짜리 특별실도 네 개 있는데, 그중 하나를 헨리 삼촌이 쓰고 있다. 홀리는 은퇴한 회계사 헨리 시로이스가 무슨 수로 그 비용을 감당하고 있었는지 궁금해한 적이 있다 한들(그랬던 기억이 없긴 하지만) 이런 노후를 대비해 모아 둔 돈이 많았나 보다고 생각했을 것이다.

이제는 그게 아니라는 걸 알지만.

헨리는 체크무늬 셔츠와 전에는 통통했지만 이제는 뼈만 남아서 벙벙해진 청바지를 입고 거실에 앉아 있다. 머리는 새로 잘랐고 아침에 면도를 해서 얼굴이 반질반질하다. 침 때문에 축축해진 턱이 아침 햇살을 맞고 반짝거린다. 옆 테이블에 빨대 꽂힌 단백질 음료가 놓여 있다. 복도에서 마주친 잡역부가 자기 대신 먹여 주겠느냐고 묻기에 홀리가 좋다고 했다. 틀어 놓은 텔레비전에서는 오래전에 세상을 떠난 앨런 러든이 진행했던 게임 쇼가 방송되고 있다.

홀리는 다른 방에 놓여 있는 사이드 레일이 달린 킹사이즈 침대를 비롯해 몇 개 없지만 아주 고급스러운 가구들을 둘러보며 무디고 아무짝에도 쓸모없는 분노를 느낀다. 그녀로서는 낯선 감정이다. 청소년기에 앓던 극심한 우울증이 아직까지도 어쩌다 한 번씩 고개를 들거나 화가 날 때도 있지만, 홀리식 희망을 잃는다? 그녀답지 않다. 적어도 평소의 그녀답지 않다. 하지만 오늘, 이 방 안에서는 상황이 다르다.

성경에서 에서는 팥죽 한 그릇에 자기 미래를 팔았지. 나는 내 미래를 팔지 않았어. 어머니와 삼촌이 훔쳐 갔지…… 아니, 훔치려고 했지. 그래서 내가 화가 나는 거야. 그리고 그랬던 두 사람을 이제는 원망할 수가 없어서. 이 사람은 아직 숨이 붙어 있지만. 그래서 내가 절망하는 거야. 아마도.

“오늘은 기분이 좀 어떠세요, 삼촌?” 그녀는 의자 하나를 끌고 오며 묻는다. 텔레비전에서 참가자들이 ‘굴욕감’이라는 단어를 알아맞혀 보려고 하지만 별 소득이 없다. 그 방면에서는 홀리가 확실하게 도움을 줄 수 있는데.

헨리가 고개를 돌려서 그녀를 쳐다보자 몸의 힘줄이 녹슨 경첩처럼 삐그덕거리는 소리가 들린다. “제이니.” 그는 다시 텔레비전 쪽으로 시선을 돌린다.

“아뇨, 저 홀리예요.”

“개 좀 안으로 들여 줄래? 짖는 소리가 들리네.”

“이것 좀 드세요.”

홀리는 쳐서 바닥으로 떨어뜨리더라도 깨지거나 쏟아지지 않게 뚜껑 덮인 플라스틱 컵에 담은 단백질 셰이크를 집는다. 그는 텔레비전에 시선을 고정한 채 쪼글쪼글한 입으로 빨대를 물고 마신다. 홀리는 알츠하이머에 대해서 읽은 자료가 있기에 사라지지 않는 기억이 있다는 걸 안다. 자기 이름조차 모르면서 자전거는 탈 줄 안다든지. 자기 집은 찾아갈 줄 모르면서 브로드웨이 뮤지컬 노래는 부를 수 있다든지. 다른 모든 건 잊었어도 어렸을 때 배운 빨대 쓰는 법을 노망난 순간에도 기억한다든지. 그리고 사라지지 않는 사실들도 있다.

"미국의 5대 대통령이 누구였어요, 삼촌? 기억나요?"

"제임스 먼로." 헨리는 텔레비전에 시선을 고정한 채 주저 없이 대답한다.

"지금 대통령은 누구고요?"

"닉슨. 풋내기 닉시." 그는 빙그레 웃는다. 단백질 셰이크가 턱을 타고 흐른다. 홀리는 셔츠에 묻기 전에 얼른 닦아 준다.

"삼촌, 왜 그랬어요?" 하지만 그건 올바른 질문이 아니고 그녀는 대답을 기대하지도 않는다. 이런 게 바로 하나 마나 한 질문이다. "질문을 바꿀게요. 왜 말리지 않으셨어요?"

"저 개는 계속 짖네?"

개를 조용히 시킬 수는 없지만(개가 있었다 한들 옛날 옛적의 이야기다.) 텔레비전을 조용히 시킬 수는 있다. 그녀는 리모컨으로 텔레비전을 끈다.

"그분은 내가 성공하길 바라지 않았죠? 내가 독립해서 잘 살길 바라지 않았죠?"

헨리는 입을 떡 벌리고 그녀를 돌아본다. "제이니?"

"그리고 삼촌은 그분을 말리지 않았고요!"

헨리는 한 손을 들어 입을 닦는다. "그분이라니 누구? 뭘 어쨌다고? 제이니, 왜 소리를 질러."

"*우리 엄마요!*" 홀리는 소리를 지른다. 가끔 소리를 지르면 그와 소통이 될 때도 있는데 지금 그녀가 그러고 싶다. 그래야겠다. "*빌어먹*

을 샬럿 기브니요!"

"샬리?"

이게 다 무슨 소용일까. 아무 소용 없다. *백만장자가 된 여자가 어느 술집에 들어가 모든 게 아무 소용없다는 걸 깨닫는데.* 홀리는 소매로 눈을 훔친다.

문이 열리고 홀리에게 단백질 셰이크를 먹여 달라고 했던 잡역부가 못마땅한 표정으로 안을 들여다본다. "무슨 문제 있는 거 아니죠?"

"네. 제 말을 못 알아들으셔서 언성을 좀 높였어요. 삼촌이 가는귀가 어두우셔서요."

잡역부는 문을 닫는다. 헨리 삼촌은 홀리를 쳐다본다. 정말 영문을 모르겠다는 표정으로 *빤히* 쳐다본다. 그는 생각 없는 노인네고, 죽을 때까지 단백질 셰이크를 마시고 옛날 게임 쇼를 보며 방 두 개짜리 특실에서 지낼 것이다. 홀리는 의무감에 찾아올 테고 그는 죽을 때까지 그녀를 제이니라고 부를 것이다. 제일 아꼈던 조카 이름으로.

"그분은 편지조차 남기지 않았어요." 헨리에게 하는 말은 아니다. 그는 닿을 수 없는 곳에 있다. "사과는커녕 설명할 필요조차 느끼지 못한 거예요. 그분은 그런 식이었어요. 늘 그런 식이었어요."

"제임스 먼로. 1817년에서부터 1825년까지 재임. 1831년에 사망. 7월 4일에. 아까 마시던 그 망할 거 어디 있니? 맛은 개떡 같지만 내가 지금 마른 쇠똥처럼 목이 마른데."

홀리가 컵을 들자 헨리 삼촌이 빨대를 향해 달려든다. 거품 소리가 날 때까지 셰이크를 빨아서 마신다. 그녀가 컵을 내려놓은 뒤에도 빨대가 그의 입에 매달려 있다. 그래서 우스꽝스러워 보인다. 그녀는 빨대를 치워 주고 이제 그만 가야겠다고 말한다. 괜히 버럭했던 것이 부끄러워진다. 텔레비전을 다시 켜려고 리모컨을 들지만 그가 검버

섯이 난 울퉁불퉁한 손을 그녀의 손 위에 얹는다.

"홀리."

"네." 그녀는 놀라며 삼촌의 얼굴을 들여다본다. 눈빛이 또렷하다. 근래 그 어느 때보다 또렷하다.

"샬리는 아무도 말릴 수 없었어. 항상 자기 마음대로 해야 직성이 풀렸지."

저한테는 못 그랬어요. 저는 도망쳤죠, 빌 덕분에. 하마터면 실패할 뻔했지만 해냈어요. "그 말씀을 하려고 정신 차리신 거예요?"

대꾸가 없다. 그녀는 입을 맞추고 이제 그만 가야겠다고 다시 한번 말한다.

"그 사람 불러 줘, 제이니. 늘 오는 사람. 얼른 와 달라고. 이러다 이 자리에서 싸겠어."

바버라가 올리비아의 거실에서 홀리의 문자에 답장을 보내고 있을 때 마리가 계단 꼭대기에서 부른다. "2층으로 올라와 줄래? 선생님이 우리 둘을 같이 보고 싶으시대. 아무래도…… 이제 떠나시려나 봐."

바버라는 쓰고 있던 답장을 그대로 보내고 2층으로 달려 올라간다. 브린모어 대학을 졸업했고, 거의 80년 동안 시를 썼고, 전미도서상 최종 후보로 선정된 바 있고, 노벨상 후보로 두 번 소문이 났고, ('미국은 당장 베트남에서 철수하라' 플래카드를 한쪽에서 들고 평화 시위대 맨 앞에 섰던 걸로) 《뉴욕 타임스》 1면을 한 번 장식했고, 벨 인문과학대학에서 오랫동안 학생들을 가르쳤고, 바버라 로빈슨의 멘토였던 올리비아 킹즈버리가 정말로 임종을 앞두고 있다. 마리가 침대 이쪽에, 바버라가 저쪽에 서서 노시인의 손을 한쪽씩 잡는다. 유언은 없다. 올리비아는 마리를 쳐다본다. 바버라를 쳐다본다. 미소를 짓는다. 숨을 거둔다. 언어의 세상이 그녀와 함께 숨을 거둔다.

홀리는 집으로 돌아가는 길에 와와에서 기름을 넣는다. 탱크를 가득 채운 다음 주차장 맨 끝으로 차를 몰고 가서 평소처럼 차를 최대한 오염시키지 않는 자세로 담배를 피운다. 문을 열고 팔꿈치를 무릎에 얹고 발로 노면을 딛고. 휴대전화를 꺼내 바버라에게 답장이 왔는지 확인한다. 그녀는 바버라에게 *그중에서 누구*요라니 무슨 뜻이냐고 물었다가 좀 더 정확한 답변을 요구했다. *네가 알아본 사람이 로드니 해리스야? 만난 적 있어? 정신없는 거 알지만 시간 나는 대로 답장 부탁해.*

답장이 왔다. *올리비아 선생님을 불쑥 찾아가기 겁이 나서 소개를 부탁하려고 에밀리 해리스 교수님을 찾아갔었어요. 그때 해리스 교수님이 세차를 하고 있더라고요. 그냥 인사만 나눴어요. 그나저나 오빠가 맵퀘스트에서 출력한 지도에 호르헤 카스트로를 추가했어요. 대수롭지 않은*

거기서 문자가 끝이 난다. 홀리는 바버라가 실수로 전송을 눌렀는데, 그새 다른 바쁜 일이 생겼나 보다고 생각한다. 그녀도 그런 적이 있다. 맵퀘스트에서 출력한 지도에 실종된 장소를 표시해 놨다고 제롬에게 들은 기억이 나지만 호르헤 카스트로라니 누굴까?

그녀는 물어보려고 바버라에게 전화한다. 무음 모드로 해 놓은 바버라의 휴대전화가 올리비아 킹즈버리의 거실에서 나지막이 한 번 웅웅거리다가 잠잠해진다. 홀리는 메시지를 남기려다 생각을 바꾼다. 차 문을 잠그고 무료로 와이파이를 쓸 수 있는 자그마한 와와 식당으로 들어간다.(말이 좋아 식당이지 그냥 매점이다.) 포일 포장지 안에서 이미 눅눅해진 햄버거에 콜라까지 사 들고 아이패드와 함께 자리에 앉는다. 호르헤 카스트로의 이름을 입력하자 자동차 부품업계의 백만장자에서부터 야구 선수에 이르기까지 수많은 검색 결과가 뜬다. 그중에서 소설가가 가장 가능성이 있지 않을까 싶은데, 과연 언덕 위의 그 대학과 인연이 있다. 그의 위키피디아 항목에 대학 학보인《벨린저》에 실린 기사가 소개되어 있다. 그녀는 링크를 클릭하며 햄버거를 무작정 입안에 욱여넣는다. 사실 맛을 보고 말고 할 것도 없다. 식당 와이파이가 느리긴 하지만 결국에는 연결이 된다. 2012년 10월 29일에 발행된 신문의 1면 기사였는지 큼지막한 헤드라인이 달려 있다.

갑자기 떠난 유명 소설가

커크 엘웨이 기자

『카탈렙시』와 『잊힌 도시』 등을 집필한 문학상 수상자 호르헤 카스트로가 세계적으로 유명한 벨 대학의 소설 창작 워크숍 상주 작가로 재직 중 갑자기 뜻밖의 작별을 고했다. 벨 대학에서 보내는 네 번째 학기가 두 달 지난 시점에서 학생들에게 인기 만점이었던 그가 사라진 것이다.

"그분 없이 뭘 어쩌면 좋을지 모르겠어요." 최근에 크로프터스 프레스와 첫 번째 판타지 소설(늑대인간 이야기다!)을 계약한 브리태니 앵글턴은 이렇게 말하며, 그가 현재 집필 중인 작품의 원고를 읽고 피드백을 주기로 했다고 덧붙였다. 제러미 브룩은 "지금까지 만난 창작 수업 교수 중에 최고"였다고 했다. 다른 학생들도 그의 아량과 유머 감각을 언급했다. 이 워크숍을 들은 익명의 학생은 동의한다며 이렇게 덧붙였다. “작품이 수준 미달이면 그냥 안락사시키는 분이세요.”

카스트로와 함께 살았던 프레드 마틴은 최근에 두 사람의 미래에 대해 몇 차례 논의한 적이 있다며 이렇게 덧붙였다. “말다툼은 아니었어요. 그건 절대 아니었어요. 나는 호르헤를 진심으로 사랑하고 존경했고 호르헤도 나를 사랑하고 존경했는데 말다툼 같은 걸 벌일 일이 없었죠. 우리 미래에 대해 서로의 생각을 완전히, 허심탄회하게 공개했을 뿐이에요. 나는 가을 학기가 끝나면 떠나고 싶었지만 호르헤는 연말까지 있고 아예 여기서 교편을 잡을 생각도 있었거든요.”

하지만 마틴 씨의 주장과 달리 그들의 논의는 말다툼에 가까웠던 모양이다. 경찰 관계자가 《벨린저》에 밝힌 바에 따르면 카스트로가 “지금까지 참을 만큼 참았어.”라고 적힌 쪽지를 남겼다고 하니 말이다. 그 부분에 대해서 묻자 마틴 씨는 이렇게 대답했다. “말도 안 돼요! 그렇게 느꼈다면 왜 여기 남고 싶어 했겠어요? 그리고 어디로 갔길래 감감무소식일까요? 떠나고 싶어 한 사람은 나예요. 중서부의 동성애 혐오라면 지긋지긋해서.”

봄 학기 때 카스트로는 시가 창작 워크숍을 살리려고 한 적이 있었지만 실패로 돌아갔다. 익명을 요구한 영문학과의 어느 교직원은 이렇게 말했다. “호르헤는 아주 설득력 있게 반론을 제기했지만 최종 결과를 묵묵히 받아들였어요. 호르헤가 남아서 교수진에 합류했다면 그 문제를 다시 끄집어냈을 거예요. 유명한 시인(이자 이 대학 교직원이었다가 은퇴한) 올리비아 킹즈버리가 호르헤의 편을 자처하며 그 문제가 다시 제기되면 학과 교직원들과 논의할 용의가 있다고 했거든요.”

카스트로가 정확히 언제 떠났느냐고 묻자 마틴 씨는 그 집에서 나온 뒤라 모르겠다고 실토했다.

호르헤 카스트로가 수업을 가르치는 사진과 그의 저서 뒷날개에 실린 저자 사진일 게 분명한 사진도 있다. 홀리가 보기에는 외모가 아주 준수하다. (개인적으로 가장 좋아하는) 안토니오 반데라스만큼 잘 생기지는 않았지만 그 과다.

출판업계가 아무리 곤경에 처했어도 방금 읽은 기사가 대도시 신문사의 검열을 통과할 리는 만무하다. 《인사이드 뷰》나 《뉴욕 포스트》의 가십난을 연상시키는 학부생의 두루뭉술한 뜬구름 잡기식 기사다. 하지만 유익하다. 매우 그렇다. 그녀의 등골을 타고 다시 그 따뜻한 기운이 느껴진다. 바버라가 카스트로를 제롬의 지도에 추가한 것도 무리는 아니다.

올리비아 킹즈버리에게서 이야기를 들었겠지. 그런데 정황이 비슷하잖아. 심지어 쪽지마저 비슷해. 카스트로는 "지금까지 참을 만큼 참았어." 보니 달은 "더는 못 견디겠다." 두 실종 사건의 간격이 9년이 아니었다면…….

그리고 경찰이 코로나 때문에 인력난을 겪지 않았다면, '흑인의 생명도 소중하다' 시위가 폭력 사태로 번지지 않을까 전전긍긍하지 않았다면, 모터자전거나 그냥 자전거나 *스케이트보드*가 아니라 시신이 한 구만이라도 발견됐다면…….

"그걸 바라느니 돼지가 하늘을 날아서 온 사방에 똥비가 내리길 기다리는 편이 낫겠네." 홀리는 중얼거린다.

호르헤 카스트로는 2012년, 캐리 드레슬러는 2015년, 엘런 크래슬로와 피터 스타인먼은 2018년, 보니 달은 2021년. 모두 대충 3년 간격인데, 엘런과 피터만 예외다. 둘 중 한 명이 도망쳤을 수도 있겠지만, 둘 중 한 명의 경우 계획이 어그러졌을 가능성도 있지 않을까? 살인마가 원하던 걸 입수하지 못했다든지 하는. 그런데 그가 원하던 게 뭐였을까? 성범죄가 목적인 연쇄살인범은 피해자로 대개 남자(게이시, 다머)와 여자(번디, 레이더, 기타 등등) 중 한쪽만 고수한다. 그런데 레드뱅크의 살인마는 양쪽 모두는 물론이고…… 남자아이까지 한 명 납치했다.

왜 그랬을까?

홀리가 보기에는 그녀의 궁금증을 해결해 줄 사람이 있다. 스몰 볼 또는 육식주의자라고도 불리는 로드니 해리스 교수. 별명 때문에 다시 제프리 다머*가 떠오르지만 그건 너무 황당한 추측이다.

홀리는 반밖에 먹지 않은 햄버거를 쓰레기통에 버리고 콜라를 챙겨 들고 식당에서 나온다.

바버라가 내놓은 의견에 마리도 당장 찬성한다. 문제는 로절린 버크하트를 설득할 수 있을지 여부다. 영문학과장 말이다.

둘은 올리비아의 집 뒤편 테라스로 나와 탄산음료를 마시며 크로스맨 장의업체에서 보낸 영구차가 도착해 속세에 남은 노시인의 유해를 싣고 가 주길 기다리는 중이다. 절차를 놓고 고민할 부분은 전혀 없다. 올리비아가 마지막으로 심방 세동을 일으켰을 때 어떤 음악을 원하는지에 이르기까지(처음에는 플로깅 몰리의 「이프 에버 아이 리브 디스 월드 어라이브」, 마지막에는 노먼 그린바움의 「스피릿 인 더 스카이」) 마리에게 완벽하게 하달해 놓았다. 그녀가 명시하지 않은 부분이 있다

* 시간과 사체 훼손 등 반인륜적인 행태를 저지르며 '밀워키의 식인종'이라고 불린 연쇄살인범.

면 벨 대학 안뜰에서 추모 낭송식을 거행하라는 것인데, 바버라가 내놓은 의견이 그것이다.

로절린은 올리비아가 사망했다는 소식을 듣고 울음을 터뜨린다. 마리의 휴대전화를 스피커로 해 놓고 통화하는 중이라 그들도 눈물을 흘린다. 울음이 멈추자 바버라는 버크하트 교수에게 자기 생각을 설명하고 학과장은 당장 좋다고 한다.

"야외면 얼마든지 모일 수 있어요." 로절린이 말한다. "심지어 2미터 간격만 유지하면 마스크도 선택 착용할 수 있고요. 그러니까 그분의 시를 낭송하자는 거죠?"

"네." 마리가 말한다. "선생님께 저자 증정본이 많으니까 제가 들고 가서 참석한 조문객에게 나눠 주면 돼요."

"요즘은 해가 8시 45분쯤에 지는데. 그러니까…… 8시쯤에 안뜰에서 모이는 걸로 할까요?"

바버라와 마리는 서로 흘끗 쳐다보고 동시에 좋다고 대답한다.

"내가 여기저기 전화를 돌릴게요." 로절린이 말한다. "뒤샹 씨도 같이 해 줄 거죠?"

"그럼요. 몇 분은 겹치겠지만 그래도 상관없겠죠."

바버라가 말한다. "저는 선생님과 같이 장례식장에 갈게요. 거기 예배당에서 잠깐 생각을 정리하고 싶어서요." 어떤 생각 하나가 다시 떠오른다. "제가 초를 준비할까요? 낭송회 때 켜게요?"

"좋은 생각이에요. 아가씨가 올리비아가 얘기하던, 그 장래가 촉망되는 젊은 시인 맞죠? 그렇죠?"

"아마 그럴 거예요. 하지만 지금은 선생님 생각 말고는 아무것도 하지 못하겠어요. 선생님을 정말 사랑했는데."

"누군들 안 그렇겠어요." 로절린은 눈물 섞인 폭소를 터뜨린다. "에밀리 해리스는 예외겠지만. 생각이 정리되면 이쪽으로 건너와요, 바버라. 내 방은 테럴 홀에 있어요. 다들 백신은 맞았겠죠?"

바버라는 영구차를 따라간다. 예배당에서 올리비아 생각을 한다. '해 질 녘 닫힌 하늘에 새들이 이런 식으로 수를 놓지'가 떠오르자 다시 눈물이 터진다. 장례를 맡은 그리어 씨에게 초가 있느냐고 묻자 그가 두 상자를 준다. 그녀는 올리비아의 장례식 때 일괄 정산하겠다고 말한다. 그리어 씨는 그럴 필요 없다고 한다. 그녀는 로절린과 마리가 기다리는 벨 대학 캠퍼스로 간다. 다른 조문객들도 찾아온다. 다 같이 밖으로 나가 눈물과 웃음과 추억을 나눈다. 좋아하는 시 제목을 공유한다. 좀 더 많은 통화가 이루어지고, 좀 더 많은 사람이 합류한다. 박스 와인이 등장한다. 서로 건배한다. 바버라는 뜻이 잘 맞는 동지들 사이에서 말로 표현할 수 없는 위로를 느끼며, 그녀도 소설과 시가 주식과 채권만큼 중요하다고 여기는 사람들 중 한 명이면 좋겠다는 생각을 한다. 그러다 생각한다. *그렇게 여기는 사람 맞잖아. 선생님 덕분이에요.*

오후가 지나간다. 바버라의 휴대전화는 올리비아 킹즈버리의 거실 테이블에 방치되어 있다.

그날 오후 3시에 홀리는 사무실에 앉아 액자에 담긴 빌 호지스의 사진을 쳐다본다. 그가 옆에 있으면 얼마나 좋을까 하는 생각을 한다. 그녀는 지금 기댈 수 있는 지원군 하나 없이 혼자다. 이지 제인스를 지원군으로 간주할 수도 있겠지만 그러고 싶지 않다.

그녀는 창가로 가서 프레더릭가를 내다본다. 생각을 말로 내뱉으면 정리하는 데 도움이 되기에 그렇게 한다.

"경찰에서는 이 사건에 대해 모를 만도 했어. 범인이 좀 똑똑하게 일을 처리했어야 말이지."

그리고 그럴 수밖에 없지 않았겠어? 그녀는 생각한다.

"그리고 그럴 수밖에 없지 않았겠어? 내 짐작이 맞는다면 아주 똑똑한 생물학과 교수가 범인을 도와서 사전에 정보를 입수하고 사후에, 적어도 일부 경우에는 거짓 단서를 흘렸으니까. 교수의 아내도 돕고 있을지 모르는데, 그 여자 역시 영리하지. 어찌어찌 처분했는지 시신도 없고 희생자들은 공통점도 전혀 없어. 살인 동기가 뭔지, 해리스 부부가 범인을 돕고 사주하는 이유가 뭔지 전혀 모르겠지만……."

그녀는 말을 멈추고 미간을 찌푸리며 이걸 어떤 식으로 표현하면 좋겠는지 고민한다.(빌은 예전에 *생각하는 것이 곧 아는 거*라고 말했다.) 그런 다음 창문에 대고 계속 말한다. 계속 혼잣말을 한다.

"희생자들이 서로 공통점이 전혀 없다는 사실로 인해 범행 수법이 더욱 도드라지지. 왜냐하면…… 스타인먼이라는 아이만 예외일 뿐, 그 아이는 생각하면 할수록 우연히 표적이 된 것 같은데…… 모든 사건의 배후에 해리스 부부가 있거든. 드레슬러는 로드니와 볼링을 같이 치던 사이였어. 크래슬로는 로드니의 방이 있거나 있었던 건물에서 일했지. 보니는 크리스마스 요정 중 한 명이었고. 그리고 이번에는 호르헤 카스트로. 에밀리 해리스가 같이 벨 대학 영문학과에 몸담고 있었어. 내가 보기에는 해리스 부부가 깊이 연루돼 있어. 그 부부가 장애인용 밴을 범행에 동원하고 있을까? 둘 중 하나가 장애인 행세를 하며?"

그녀에게는 아무 증거도 없지만, 전혀 없지만 그래도 할 수 있는 게 하나 있을 것도 같다. 목격자에게 사진 여섯 장을 보여 주며 그중에 범인이 있느냐고 물어보는 것에 상응하는 일이다.

그녀는 아이패드를 뒤져 원하던 것을 발견하자 메모해 놓은 이마니 맥과이어의 연락처를 찾아서 전화를 건다. 인터넷이 되는 휴대전화를 쓰고 있느냐고 묻는다.

"그럼요." 이마니는 재미있어하는 투로 대답한다. "요즘 세상에 안 그런 사람이 어디 있어요."

"좋아요, 그럼 벨 대학 홈페이지에 접속해 주세요. 할 수 있겠어요?"

"잠깐만요…… 스피커폰으로 돌려놔야겠네…… 네, 했어요."

"'연도'를 찾으세요. 위에 있는 메뉴 바를 클릭하면 떠요."

"네. 몇 년도요? 1965년까지 있는데."

홀리는 이미 연도를 고르고 아이패드로 들여다보고 있다. "2010년이요."

"알겠어요." 이마니는 흥미진진해하고 있는 듯하다. "그다음에는요?"

"영문학과 교직원 소개로 들어가면 사진이 뜰 거예요."

"네, 알겠어요, 들어갔어요."

홀리는 입술을 깨물고 있다. 이제 결정적인 순간이다. "거기에 엘런의 트레일러를 치우러 온 여자가 있어요?"

이마니는 그녀를 애태우지 않는다. "이럴 수가! 있어요. 이건 젊었을 때 사진이지만 거의 확실해요."

법정에서는 피고 측 변호인이 '거의'라는 단어를 찢어발기겠지만 여기는 법정이 아니다.

"이름이 에밀리 해리스라고 하네요."

"맞아요." 홀리는 프레더릭가가 내다보이는 창문 앞에서 살짝 춤을 춘다. "감사해요."

"대학 교수가 어쩐 일로 엘런의 트레일러를 치우러 왔을까요?"

"그게 궁금하단 말이죠."

홀리는 자신의 수사와 세상이 두어 번 던져 준 동아줄을 통해 지금까지 알아낸 모든 사실을 담아서 1차 보고서를 작성한다. 그녀는 옳고 그름의 문제에서는 저울을 들고 있는 그 정의의 여신상처럼 앞을 보지 못하지만 강력한 섭리가 작용한다고 생각하고 싶어 하는 편이다.(실제로 믿지는 않지만.) 아무것도 모르는 약자의 편에 서서 악에 대항하는 사람들의 일에 관여하는 힘이 있다고 말이다. 보니와 다른 희생자를 구하기에는 너무 늦었을지 몰라도 미래의 희생자들을 위해서는 잘된 일이다.

그녀는 자신이 선한 사람이라고 믿고 싶다. 물론 담배를 피우는 건 예외지만.

이 보고서에는 추측이 난무하고 작성하는 데 시간이 많이 들어서 늦은 오후가 되어서야 끝이 난다. 이걸 누구에게 보내야 할까. 페니는 안 된다. 페니에게는 "기브니 수사관의 주장에 따르면" 내지는 "제트마트 직원 헤레라의 증언에 따르면"과 같은 딱딱한 문장들로 가득한 이메일로 전달되는 슬픈 소식, *끔찍한* 소식이 아니라 대면 보고가 되어야 한다. 평소 같으면 파트너의 업무용 이메일로 전송하겠지만 입원한 피트에게 현재 수사 중인 사건에까지 신경 쓰게 하고 싶지는 않다. 게다가 그는 애초에 이 사건의 수임을 반대하지 않았던가.

실없는 시도로 밝혀졌지만.

아직은 그뿐 아니라 어느 누구에게도 보고서를 발송하고 싶지 않다. 홀리가 오래전 장례식장 앞에서 빌 호지스를 맨 처음 만났을 때처럼 낯을 가리고 내성적이지는 않을지 몰라도 그 모습은 여전히 그녀의 안에 남아 있고 앞으로도 계속 그럴 것이다. 그 여자는 틀리는 것을 두려워하며 자기가 맞을 때도 많지만 틀릴 때도 많다고 생각한다. 예전에 자기가 항상 틀렸다고 생각하던 것에 비하면 장족의 발전이지만 불안감이 여전하다. 예순 살이 되고 일흔 살이 되어도, 담배를 끊지 않으면 그럴 가능성이 낮겠지만 여든 살까지 산다면 그때가 되어도 일주일에 서너 번씩 한밤중에 일어나 가스 불을 끄고 문을 잠갔는지 확인할 것이다. 다 했다는 걸 잘 알면서도 말이다. 사건이 달걀 같다면 그녀도 마찬가지다. 바스러지기 십상이다. 그녀에게는 여전히 비웃음당하는 것에 대한 두려움이 있다. 여전히 옹알옹알이라고 불리는 것에 대한 두려움이 있다. 그녀에게는 이런 부담이 있다.

그 집에 그런 밴이 있는지 확인하고 싶은데. 그러고 나서 잠시 후에는 이렇게 생각한다. *분명히 있을 거야.*

그렇다. 이미 맥과이어가 엘런 크래슬로의 트레일러를 치운 사람이 에밀리 해리스가 맞는다고 했으니 그 밴을 확인하면 충분히 확신할 수 있을 것이다. 그럼 오늘 밤 9시에 보니의 어머니에게 모든 걸 알리고 그녀에게 수사를 계속 맡길지 아니면 둘이서 같이 경찰서로 이사벨 제인스를 찾아갈지 선택하게 할 수 있을 것이다. 홀리는 후자를 추천할 것이다. 이자라면 해리스 부부를 소환해 심문할 수 있다. 위키피디아에 소개된 바에 따르면 부부에게는 아이가 없다지만 위키피디아를 모두 믿으면 안 된다. 그녀가 생각하기에 이들 노부부는 *누군가*를 보호하고 있다. *확실하다.*

그녀는 80대인 해리스 부부에게 무슨 힘이 있겠느냐고 믿어 버리는 실수를 저지르지 않는다. 궁지에 몰리면 나이가 많든 적든 거의 모든 인간과 동물이 반격하게 되어 있다. 그런데 로드니 해리스는 고관절이 안 좋아서 더는 볼링을 치지 않는다 하고, 이마니에 따르면 그의 아내는 좌골신경통을 앓고 있다. 홀리가 생각하기에 그렇다면 대적할 만하다. 방심하지 않는다는 가정 아래. 물론 그 집 차고를 몰래 살피다 들키면 그들이 경찰을 부를 수도 있지만…… 장애인용 밴이 그 안에 주차돼 있다면 DNA 증거가 잔뜩 묻힌 광산일 수 있는데 과연 신고할 수 있을까?

문득 정신을 차리고 보니 그녀가 1차 보고서를 앞에 두고 거의 45분 동안 앉아서 쳇바퀴를 돌리는 다람쥐처럼 여러 시나리오를 점검하고 또 점검하고 있다. 빌이 봤다면 똥 다 쌌으면 이제 그만 일어나라고 했을 것이다. 그녀는 보고서를 저장하고 아무에게도 보내지 않는다. 그녀에게 무슨 일이 생기면(그럴 가능성이 낮긴 하지만 아주 없지는 않다.) 피트가 이 보고서를 발견할 것이다. 아니면 엄청난 여행을 마치고 돌아온 제롬이.

그녀는 벽에 설치된 금고를 열고 38구경 스미스앤드웨슨을 꺼낸다. 빌이, 그 전에는 그의 아버지가 썼던 빅토리 모델인데, 이제는 홀리의 것이다. 현역 경찰 시절에 쓰던 공무용은 글록 자동 권총이었지만 빌은 이 총을 더 좋아했다. 리볼버는 급탄 불량을 걱정할 필요가 없기 때문이었다. 금고 안에는 총알도 한 상자 있다. 그녀는 장전하되 빌에게 배운 대로 공이치기 바로 아래 칸은 비우고 탄창을 닫는다. 숄더백에 총을 넣는다.

금고 안에는 빌의 다른 유품도 있다. 그녀는 피트의 도움을 받아가며 사용법을 익힌 납작한 악어가죽 케이스를 꺼낸다. 크기는 가로 22센티미터에 세로 8센티미터고 표면은 반질반질하다. 그것도 총이 담긴 핸드백 안에 넣는다.(물론 그 안에는 총 말고도 몇 개 안 되는 화장품, 챕스틱, 휴지, 손전등, 호신용 페퍼 스프레이, 빅 라이터, 방금 뜯은 담배 한 갑도 들어 있다.)

시리에게 해가 몇 시에 지느냐고 물어보니 오후 8시 48분에 진다고 대답한다. 협조적이고 모르는 게 없으며 심지어 농담까지 알아듣는 기특한 아이다. 문제의 밴 사진을 제대로 찍으려면 그 전에 움직여야겠지만 더러운 일을 벌이기에는 땅거미 질 무렵이 제격이다. 그때쯤이 되면 해리스 부부는 아마도 거실에서 영화나 도쿄에서 열리는 올림픽 중계를 볼 것이다. 기다리는 건 싫지만 어쩔 수 없기에 집에 가서 거기서 시간을 죽이기로 한다.

사무실에서 나오는데, 텔레비전에서 본 광고가 생각난다. 청소년들이 레더페이스*를 피해 도망치고 있다. 그중 한 명이 다락방에 숨자고 한다. 또 다른 한 명은 지하실에 숨자고 한다. 세 번째 아이는 "저기 저 차를 타고 도망치면 되지 않을까?"라며 달려오고 있는 차를 가리킨다. 그러자 그녀의 남자친구인 네 번째 아이가 말한다. "미쳤어? 우리, 전기톱 뒤에 숨자." 이렇게 해서 아이들은 전기톱 뒤에 숨고 내레이션이 흐른다. "공포 영화에서는 바람직하지 못한 판단을 내리기 십상이죠." 하지만 홀리는 이건 공포 영화 속 상황이 아니고 바람직하지 못한 판단도 아니라고 속으로 되뇐다. 그녀에게는 호신용 페퍼 스프레이가 있고 여차하면 쓸 수 있는 빌의 총도 있다.

마음속 가장 깊은 곳에서는 그게 착각이라는 걸 알지만…… 그래도 그녀는 *확인해야* 한다.

집에 들어간 홀리는 상을 차리지만 먹을 수가 없어서 제롬에게 전화한다. 그는 구름 위를 나는 듯한 말투로 당장 전화를 받는다. "저 지금 어디 있게요?"

"엠파이어스테이트 빌딩 옥상."

"틀렸어요."

* 영화 「텍사스 전기톱 학살」 시리즈의 등장인물.

"타임스 스퀘어."

"틀렸어요."

"스태튼 아일랜드 페리?"

그는 땡, 하고 외친다.

"모르겠다."

"센트럴 파크요! 끝내줘요! 한참을 걸어도 계속 새로운 게 나와요. 심지어 디어필드 공원의 덤불밭 같은 곳도 있는데, 여긴 명칭이 덩굴밭이에요!"

"흠, 노상강도 조심해."

"네. 그건 집에 내려가서 당하는 걸로요."

"목소리를 들으니 행복한 모양이네."

"맞아요. 진짜로 즐거운 하루를 보냈거든요. 제 일이 잘돼서 기쁘고 바버라도 잘돼서 기쁘고 부모님은 저희 둘 다 잘돼서 기쁘고."

"그러게." 홀리는 바버라의 친구 겸 멘토가 세상을 떠났다는 말은 하지 않는다. 그건 그녀가 전할 소식이 아닐뿐더러 이런 분위기에 찬물을 끼얹을 필요가 뭐가 있을까. "나도 기뻐, 제롬. 그 기분을 홀리베리라는 별명으로 망치지는 말아 줘."

"그렇게 부를 생각도 못 했는데. 사건은 어떻게 돼 가고 있어요?"

어떤 생각 하나가 그녀의 머릿속을 스치고 지나간다. *지금이 전기톱 뒤편이 아니라 차를 타고 도망칠 절호의 기호인데.* 하지만 가스불을 체크해야 한다고 고집을 부리는 그녀의 일면이, 버스에 『돼지가 한 마리도 죽지 않던 날』을 두고 내렸던 걸 절대 잊지 못하는 그녀의 일면이 지금은 아니라고, 아직은 아니라고 속삭인다.

"바버라가 또 다른 희생자를 우연히 발견한 것 같기도 해."

그녀는 호르헤 카스트로에 대해 알려 준다. 그 뒤로 화제가 제롬의 책과 그 책에 대한 희망 사항으로 바뀐다. 홀리는 그렇게 잠시 더 통화를 하다 신비로운 센트럴 파크 유람을 계속 할 수 있게 제롬을 놓아준다. 전화를 끊고 나서 그녀의 자산이 갑자기 늘어나게 된 것에 대해서도 이야기하지 않았다는 사실을 깨닫는다. 제롬에게는 물론이고 어느 누구에게도. 어떻게 보면 밴을 찾으러 간다고 이야기하지 않은 것과 비슷한 맥락이다. 지금으로서는 양쪽 모두 풀어야 하는 이야기보따리가 너무 많다.

바버라와 마리는 올리비아가 출간한 열두 권의 시집의 저자 증정본에 묵직한 『시선집』까지 몇 권 챙기지만 알고 보니 그럴 필요가 없었다. 벨 대학을 상징하는 종탑 그늘이 드리워진 안뜰에 모인 조문객들이 거의 자기 시집을 들고 왔다. 대부분 모서리가 접혔고 너덜너덜하다. 고무줄로 묶어 놓은 것도 한 권 있다. 몇 명은 생의 다양한 시기에 찍은 올리비아의 사진을 들고 왔다.(가장 흔한 것이 험프리 보가트와 함께 트레비 분수대 앞에서 찍은 사진이다.) 또 몇 명은 꽃을 들고 왔다. 한 명은 오늘의 이 자리를 위해 특별 제작했는지 'OK LIVES'라고 적힌 티셔츠를 입고 있다.

프랭키스 도그 왜건이 등장해 바쁘게 탄산음료와 핫도그를 돌린다. 로절린이 부른 건지, 프랭키가 제 발로 나선 건지 바버라로서는 알 도리가 없다. 그녀가 아는 게 있다면 프랭키가 올리비아의 팬이라는 것뿐이다. 놀라운 일은 아니다. 오늘 저녁에는 그 어떤 것도 놀랍지 않다. 이렇게 슬픈 동시에 행복하고 뿌듯한 기분은 처음이다.

6시 30분쯤 되자 안뜰에 모인 사람이 100명이 넘고 인원이 계속 추가된다. 아무도 해 질 녘에 촛불이 켜질 때까지 기다리지 않는다. 모히칸 헤어스타일을 한 젊은 남자가 계단식 걸상에 올라가 확성기에 대고 「황야의 망아지」를 낭송한다. 사람들이 그 주변에 모여 낭송을 들으며 핫도그를 먹고 탄산음료를 마시고, 프렌치프라이와 어니언링을 먹고 맥주와 와인을 마신다.

마리가 바버라의 어깨를 감싸 안는다. "근사하지 않니? 선생님이 보셨으면 좋아하셨을 것 같지 않아?"

바버라는 맨 처음 만난 날, 올리비아가 입고 있는 거대한 모피코트를 토닥이며 "인조야, 인조."라고 했던 기억이 떠오르자 울음을 터뜨리며 마리를 끌어안는다. "엄청 좋아하셨을 것 같아요."

모히칸족 다음은 한쪽 위 팔뚝에 뱀 문신을 한 여자 차례다. 그녀는 확성기를 들고 「어렸을 때, 내 키가 더 컸던 그때」를 낭송하기 시작한다.

바버라는 가만히 듣는다. 와인을 조금 마셨지만 정신이 이보다 더 맑을 수 없다. 술은 *이제 그만 마셔야겠다. 이 순간을 기억해야지. 이걸 평생 기억해야지.* 문신걸 다음으로 대학원생처럼 보이는 비쩍 마른 안경잡이가 걸상으로 올라갈 때, 바버라는 올리비아의 집에 휴대전화를 두고 온 걸 깨닫는다. 평소에는 휴대전화 없이는 아무 데도 가지 않는데 오늘 저녁에는 아쉽지가 않다. 머스터드를 잔뜩 뿌린 핫도그만 있으면 된다. 그리고 시도. 오늘 저녁에는 그걸로 그녀를 가득 채우고 싶다.

바버라와 마리가 빈손으로 온 몇 안 되는 사람들에게 올리비아의 시집을 나눠 주는 동안 로드니 해리스는 디어필드 공원을 걷고 있다. 늦은 오후나 이른 저녁에 자주 이렇게 걸으면 크리스마스의 요정이

제공한 신선한 영양분을 섭취했는데도 이상하게 시큰거리는 고관절이 유연해지기도 하지만 다른 이유도 있다. 그 자신은 인정하고 싶지 않지만 정신을 바짝 차리고 있기가, 그러니까 상황을 척척 파악하기가 점점 힘들어지고 있다. 걷는 게 도움이 된다. 걸으면 뇌에 산소가 공급된다.

지난 몇 주 동안 로드니는 아이스크림, 블루베리, 요정의 뇌를 섞어서 만든 파르페를 여섯 번 먹었지만 그래도 빠릿빠릿한 정신을 유지하기가 점점 힘들어지고 있다. 그래서 당황스러운 동시에 화가 난다. 그의 연구 결과로는 인간의 뇌 조직이 풍부하게 함유된 음식을 먹으면 즉각적으로 긍정적인 효과가 나타난다. 침팬지 수컷은 암컷이 바보같이 제대로 챙기지 않은 새끼를 훔쳐서 죽이면 항상 뇌부터 먹는다. 녀석들은 그러는 이유를 모르겠지만 학자들은 안다. 영장류의 뇌에는 신경 발달과 신경 건강에 결정적인 역할을 하는 지방산이 있기 때문이다. 지방산은(인간의 뇌는 60퍼센트가 지방이다.) 체내에서 생산되지 않기 때문에 그처럼 손실되면 외부에서 섭취해야 한다. 이렇게 간단한 데다 지난 9년 동안은 이 방법이 효과가 있었다. 그가 논문이나 강연에서 언급할 일은 없겠지만 간단히 말해서 건강한 인간의 뇌, 특히 젊은 사람의 뇌 조직을 섭취하면 알츠하이머를 치료할 수 있다.

적어도 그렇게 믿었는데…… 그의 생각이 잘못됐다면 어떻게 되는 걸까?

아니야, 아니야, *아니야*!

그는 다년간의 연구 결과가 틀렸을 수도 있음을 인정하지 않는다. 하지만 지방산을 섭취하는 속도보다 배설하는 속도가 더 빠르다면 어찌해야 할까? 말 그대로 뇌를 소변으로 배출하고 있다면? 물론 황당한 발상이지만 이제 그는 자기 집 우편번호도 기억하지 못한다. 신는 신발 사이즈는 270인 것 같지만 확실하지가 않다. 260일 수도 있다. 안창을 봐야 정확히 알 수 있다. 요전 날에는 그의 미들네임이 생각나지 않아서 애를 먹은 적도 있다!

대부분의 경우에는 이런 식의 퇴화를 감출 수 있다. 당연히 에밀리 앞에서는 안 되지만 그녀도 증상이 어느 정도로 심각한지는 모른다. 교단을 떠나서 다행이다. 구독 중인 여러 학회지에 보내는 편지는 에밀리가 편집과 교열을 맡아 주어서 다행이다.

예전처럼 예리하고 정확할 때도 많다. 가끔은 그가 저공비행하는 비행기를 타고 선명한 풍경 위를 지나고 있는 것 같다는 생각이 든다. 그 비행기가 구름 속으로 들어가면 모든 게 부예진다. 팔걸이를 부여잡고 충격에 대비한다. 누가 뭘 물어보면 대답 대신 웃으며 신중한 척한다. 그러다 비행기가 구름에서 빠져나와 다시 선명한 풍경이 펼쳐지면 모든 정보를 자유자재로 활용할 수 있다!

공원을 걸으면 마음이 편안해지는 이유는 말실수를 하지 않을까, 예를 들면 30년 동안 알고 지낸 사람의 이름처럼 엉뚱한 걸 물어보게 되지 않을까 걱정할 필요가 없기 때문이다. 공원에 있으면 계속 경계 태세를 갖추지 않아도 된다. 죽을 둥 살 둥 애를 쓰지 않아도 된다. 주머니에 넣어 온 동그란 인육 튀김을 조금씩 으드득으드득 씹어 먹어 (이가 모두 멀쩡하다는 건 자부심을 느끼는 부분이다.) 돼지고기 비슷한 맛을 음미하며 몇 킬로미터씩 공원을 걸을 때도 있다.

한 오솔길을 걷다 보면 다른 오솔길이, 그러다 보면 세 번째, 네 번째 오솔길이 등장한다. 가끔은 벤치에 앉아 이제는 이름을 모르겠는 새들을 쳐다보는데…… 혼자 있을 때는 그 새들의 이름을 몰라도 된다. 이름을 잘못 부르더라도 새는 새니까. 그 점에서는 셰익스피어가 한 말이 맞는다. 한번은 심지어 디어필드 호수 선착장에 일렬로 늘어선 알록달록한 보트를 빌려서 페달을 저으며 잔잔한 호수와, 비행기가 구름 속으로 들어갔거나 말거나 신경 쓰지 않아도 되는 평화로움을 만끽한 적도 있었다.

두말하면 잔소리지만 한번은 집으로 가는 길과 집 번지수가 생각나지 않은 적도 있었다. 그래도 도로명은 기억할 수 있었기에 관리인에게 어느 쪽으로 가면 리지 로드가 나오는지 알려 달라고 했고 그는 아무렇지도 않은 듯이 길을 가르쳐 주었다. 어쩌면 아무렇지도 않은 일일지 몰랐다. 디어필드 공원이 워낙 넓어서 사람들이 노상 길을 헤맬지 몰랐다.

에밀리도 나름의 문제를 앓고 있다. 노다지와 같았던 크리스마스의 요정의 지방 조직을 먹은 뒤로 좌골신경통이 호전되기는 했지만 근래에는 아예 말짱해지지는 않는다. 카스트로와 드레슬러 때는 이후에 거실에서 두 팔 벌려 보이지 않는 파트너를 안고 탱고를 춘 적도 있었다. 심지어 카스트로 때는 이후에 둘이 정사도 나누었다. 하지만 이제는 아니다. 마지막으로 한 지…… 3년이 지났나? 4년이 지났나? 카스트로 때가 언제였더라?

그녀의 몸 상태가 그렇다니 잘못됐다. 아주 잘못됐다. 인육에는 다른 고기에 없는 다량 영양소와 소량 영양소가 풍부하게 함유되어 있다. 여기에 견줄 만한 동물은 혹멧돼지, 야생돼지, 흔히 볼 수 있는 가축용 돼지가 속한 멧돼지속뿐이다. 인간의 근육과 골수는 관절염과 좌골신경통을 치료한다. 스페인의 내과 의사였던 빌라누에바는 그 사실을 13세기에 알아차렸다. 교황 인노첸시오 8세는 어린 소년의 뇌를 갈아서 먹고 그 아이들의 피를 마셨다. 중세 잉글랜드에서는 교수형 당한 죄수의 인육이 별미로 여겨졌다.

하지만 에밀리는 점점 쇠약해지고 있다. 그녀가 그를 잘 알듯 그도 그녀를 잘 알기에 모를 수가 없다.

에밀리를 생각하느라 텔레파시가 통했는지 휴대전화에서 그녀의 지정 벨소리인 「코파카바나」가 들린다.

이제 정신 차려. 그는 생각한다. *이제 정신 똑바로 차려. 딴 데 정신 팔지 말고.*

"안녕, 내 사랑. 어쩐 일이야?"

"좋은 소식과 나쁜 소식이 하나씩 있어. 둘 중에 뭐부터 들을래?"

"그야 당연히 좋은 소식이지. 내가 채소보다 디저트부터 먹는 거 알잖아."

"좋은 소식은 내 제자를 가로챈 할망구가 드디어 뒈졌다는 거야."

그는 혈액 순환이 아주 잘 되고 있기 때문에 1초 만에 반응할 수 있다. "올리비아 킹즈버리?"

"그 할망구가 아니면 누구겠어." 에밀리는 짧고 삭막하게 웃음을 터뜨린다. "얼마나 질길지 상상이나 돼? 꼭 페미컨* 같겠지!"

"말하자면 그렇다는 거지?" 그들이 현재 휴대전화로 통화 중이고 휴대전화는 도청당할 수도 있다는 것을 알기에 이번만큼은 로드니가 선수 친다.

"그럼, 당연하지. 딩동, 그 할망구가 죽었습니다. 지금 어디야, 여보? 공원이야?"

"응." 그는 벤치에 앉는다. 놀이터에서 노는 아이들 소리가 멀리서 들리지만 듣자하니 몇 명 되지 않는다. 저녁 먹을 시간이다.

"언제 집에 올 거야?"

"어…… 잠깐 있다가. 아까 나쁜 소식도 있다고 하지 않았어?"

---

* 북아메리카 선주민들이 말린 고기로 만들었던 일종의 비상 식품.

"안타깝게도. 드레슬러에 대해서 물어볼 게 있다며 우리를 찾아왔던 여자 기억하지?"

"응." 아주 희미하게 기억할 뿐이지만.

"아무래도 그 여자가 우릴 의심하는 것 같아. 그러니까…… 알지?"

"물론이지." 그는 그녀가 무슨 말을 하는지 전혀 모르겠다. 비행기가 다시 짙은 뭉게구름 속으로 들어갔다.

"우리, 얘기 좀 해. 문제가 심각할 수도 있거든. 해 떨어지기 전에 와, 알았지? 내가 요정 샌드위치 만들고 있거든. 당신 좋아하는 스타일로 머스터드 듬뿍 넣어서."

"훌륭해." 그렇긴 하지만 오로지 학구적인 측면에서 훌륭하다. 얼마 전까지만 해도 얇게 썬 인육을(얼마나 연한지!) 넣은 샌드위치를 떠올리기만 해도 배가 고파서 죽을 것 같았는데. "조그만 더 걷다 갈게. 식욕도 돋울 겸."

"알았어, 여보. 잊어버리지만 마."

로드니는 전화기를 다시 주머니에 넣고 좌우를 두리번거린다. 여기가 도대체 어디일까? 잠시 후 전구를 들고 있는 토머스 에디슨 상(像)을 보고 호수 근처라는 걸 알아차린다. 좋았어! 그는 호수 구경을 좋아한다.

드레슬러에 대해서 물어볼 게 있다며 우리를 찾아왔던 여자.

그래, 이제 기억이 난다. 무서워서 마스크도 벗지 못했던 쥐새끼 같은 여자. 손 대신 팔꿈치를 내밀었던. 그런 여자를 무서워할 이유가 뭐가 있을까?

그는 인간의 기름을 바른 귀마개를 밤에 끼고 자는 덕분에 귀도 치아 못지않게 좋아서 대학 캠퍼스에서 누가 확성기에 대고 행상인처럼 떠드는 희미한 소리를 듣는다. 여름방학인 데다 에밀리가 신종 독감이라고 부르는 그 황당한 유언비어 때문에 학교가 문을 닫은 마당에 무슨 일인지 알 수가 없지만 경찰에 반항하다 죽임당한 흑인 녀석 때문일 수도 있겠다. 뭐가 됐건 그와는 상관없다.

생물학 박사이자 유명한 영양학자이자 육식주의자라고 불리는 로드니 해리스는 계속 걷는다.

헨리 삼촌은 홀리에게 어디에든 일찍 도착할 거라고 놀려 대곤 했는데 맞는 말이다. 데이비드 뮤어가 코로나, 코로나, 다시 코로나에 대해 떠들어 대는 저녁 뉴스가 반쯤 지나자 더는 기다릴 수 없는 상태가 된다. 그녀는 집을 나서 시내를 가로지르는데, 아직까지 강렬한 저녁 햇살이 앞 유리창을 뚫고 비스듬히 들어와 선바이저를 내려도 실눈을 떠야 한다. 대학 캠퍼스를 지날 때 안뜰에서 무슨 소리가 들리자(뭐라는지 알아들을 수 없는 말이 마이크인지 확성기에서 쩌렁쩌렁 울린다.) '흑인의 생명도 소중하다' 시위인가 보다 생각한다.

그녀는 시속 40킬로미터로 설정된 제한속도를 지켜 가며 한쪽으로는 빅토리아 양식의 저택들이 이어지고 다른 쪽에는 공원이 있는 긴 커브길을 달리되 해리스 부부의 집 앞을 지날 때 일부러 속도를 늦추지 않는다. 하지만 제대로 살펴보기는 한다. 인적은 없지만 그건 아무 의미가 없다. 이들 부부가 외식하러 나갔을 수도 있지만 코로나, 코로나, 다시 코로나로 점철된 이 나라의 현재 상황을 감안할 때 그렇지는 않을 것 같다. 아마 텔레비전을 보거나 저녁을 먹거나 아니면 이 두 가지를 동시에 하고 있을 것이다. 진입로가 빌어먹을 내리막이라 주차장이 두 칸인지 알 수 없지만 지붕이 보인다. 과연 두 대를 넣을 수 있을 만큼 넓다.

앞에 **매물** 팻말이 걸려 있고 잔디가 시든 옆집도 자세히 살핀다. *잔디밭은 부동산 중개업자가 알아서 하겠지.* 홀리는 그 중개업자가 혹시 조지 래퍼티일지 궁금해한다. 팻말에는 안 적혀 있다. 어차피 그녀의 관심사는 중개업자나 잔디밭이 아니라 이 빈집을 따라 해리스 부부의 집 차고 너머로까지 길게 이어지는 생울타리다.

홀리는 계속 언덕을 타고 내려가 놀이터에서 조금 떨어진 길가에 차를 댄다. 놀이터에 주차장이 있고(사실 호르헤 카스트로가 바로 거기서 납치를 당했다.) 빈자리가 많지만 기다리는 동안 담배를 피우고 싶은데 그 고약한 습관에 탐닉하는 모습을 꼬맹이들에게 보여 주고 싶지 않다. 그녀는 문을 열고 다리를 내리고 담배에 불을 붙인다.

7시 20분. 그녀는 주머니에서 전화기를 꺼내 이사벨 제인스에게 전화할까 고민하다가 다시 집어넣는다. 해리스 부부의 차고에 그 밴이 있는지 확인해야 한다. 없으면, 정황상 몇 번 만나기만 했을 뿐 증거가 없고 몇 번 만난 거야 해리스 부부나 변호사가 우연의 일치로 일축할 수 있을 테니 페니에게 경찰에 신고하지 말자고 할 것이다. 하지만 보니가 살아 있을 가능성이 눈곱만큼이라도 있으면 페니는 경찰에 신고하는 쪽을 선택할 것이다. 그러면 해리스 부부는 범행이 들통났다는 걸 알아차리고 그들이 보호하고 있는 범인에게 그 사실을 알릴 것이다. 그러면 범인은, 그 *살인마*는 자취를 감추어 버릴 것이다.

밴. 그 밴이 거기 있으면 모든 게 잘 풀릴 텐데.

어린아이들은 이제 대부분 놀이터를 떠나고 남학생 두 명과 여학생 한 명으로 이루어진 청소년 3인조만 회전무대에서 노닥거린다. 남자애들이 기구를 돌리고 여자애는 두 팔을 들고 머리칼을 날리며 타고 있다. 짐작건대 다른 친구들이 가세할 것이다. 언덕 위 대학에서는 무슨 일이 벌어지고 있는지 몰라도 여기 사는 애들은 관심 밖이다.

그녀는 다시 손목시계를 확인한다. 7시 30분이다. 밴이 있다면 지금쯤 가서 사진을 찍어야 웬만큼 나올 텐데, 아직 주변이 너무 환하다. 홀리는 7시 45분까지 기다리기로 한다. 그림자가 좀 더 길어질 때까지. 하지만 힘들다. 그녀는 원래 기다리는 데 재주가 없었고 조심하면 분명……

아니. 기다려요. 빌이 말한다.

회전무대에서 놀던 3인조의 친구들이 가세하더니 다 같이 공원 안쪽으로 어슬렁어슬렁 사라진다. 덤불밭으로 가려는가 보다. 아니면 극장 바위로 가려는 것일 수도 있다. 홀리는 새 담배에 불을 붙이고 차 문은 열어 놓고 두 발은 노면에 얹은 채 담배를 피운다. 천천히 뜸을 들이지만 다 피워도 아직 7시 40분이다. 더는 기다리지 못하겠다. 그녀는 담배를 휴대용 재떨이에 넣고 통을 콘솔박스에 넣는다.(담배 꽁초가 넘칠 지경이다. 끊어야 하는데, 최소한 줄이기라도 해야 하는데…….) 콜럼버스 클리퍼스*라고 쓰인 야구모자를 꺼내 눌러 쓴다. 차 문을 잠그고 해리스 부부의 옆집으로 인도를 걸어 올라가기 시작한다.

잠시 풍경이 다시 또렷해지자 로드니는 생각한다. *엠이 걱정하는 그 여자가 흑인 계집아이에 대해 알고 있으면 어쩐다?* 흑인 계집아이의 이름은 기억이 나지 않지만(에벌린이었나?) 채식주의자였고 골치 아팠다는 건 알겠다. 에밀리가 트위터 어쩌고 했던가? 누군가가 트위터에서 그 흑인 계집아이에 대해 물어보고 있다고?

그는 호수를 등지고 넓은 자갈길을 따라 천천히 걷는다. 그 길 끝

---

* 클리블랜드 가디언스 산하 마이너리그 야구팀.

에 놀이터가 나오자 벤치에 앉는다. 집까지 언덕을 올라가기 전에 고관절을 쉬게 하기 위해서지만 아동용으로 설치된 회전무대에서 놀고 있는 청소년들과 접촉을 피하기 위해서기이도 하다.

도로 저편, 놀이터 주차장에서 40미터쯤 떨어진 곳에서 어떤 여자가 차 문을 열어 놓고 담배를 피우고 있다. 얼굴이 희미하게 낯이 익은 이유는 가물가물하지만 로드니의 머릿속에서 울리는 경보 소리는 가물가물하지 않다. 느낌이 안 좋다. 아주 안 좋다.

그는 반드시 그래야 하는 상황이면 요즘도 정신을 똑바로 차릴 수 있다. 그래서 지금 그렇게 해 본다. 팔꿈치로 허벅지를 딛고, 고개를 숙이고, 어쩌다 한 번씩 손을 들어 발암물질을 한 모금씩 빠는 저 여자. 담배를 다 피우자 목캔디 통인가 싶은 조그만 틴케이스를 꺼내며 허리를 펴고 앉는다. 그는 여자가 그러기 전부터 알았던 것 같다. 그의 집에 왔을 때와 같은 아니면 비슷한 카고바지를 입고 있어서다. 하지만 얼굴을 본 순간 확신이 선다. 캐리 드레슬러에 대해 묻고 싶다며 찾아와 팔꿈치를 내밀었던 그 여자다. 보니 달 사건을 수사하고 있는 여자이기도 하다. 자기 입으로 그렇게 말한 적은 없지만.

그 여자가 우리를 의심하는 것 같아. 에밀리는 이렇게 말했다.

문제가 심각할 수도 있거든. 에밀리는 이렇게도 말했다.

로드니가 보기에는 그녀의 짐작이 맞는다.

그는 주머니에서 전화기를 꺼내 집으로 전화한다. 도로 저편에서는 여자가 모자를 꺼내 저녁 햇빛을 막으려고(아니면 눈을 가리려고) 푹 눌러 쓴다. 여자가 차 문을 잠근다. 등이 깜빡인다. 여자가 저쪽으로 걸어간다. 그의 손에 들린 전화기에서 신호가 한 번…… 두 번…… 세 번 떨어진다.

"받아." 로드니는 속삭인다. "받아, 받아."

에밀리가 전화를 받는다. "*지금* 배가 고프다고 전화한 거면……"

"아니야." 팔꿈치를 내밀었던 그 여자가 도로 저편에서 언덕을 걸어 올라간다. "그 여자가 가고 있어, 몰리 기븐스인가 뭔가 하는 여자. 무슨 질문을 하러 온 것 같지는 않아. 그랬다면 길가에 차를 대지 않았겠지. 아무래도 염탐을 하려고……"

하지만 에밀리는 이미 전화를 끊었다.

로드니는 전화기를 다시 왼쪽 앞주머니에 넣고, 찾는 게 있길 바라며 오른쪽 앞주머니를 토닥인다. 가끔 공원에서 요주의 인물들이 보일 때가 있어서 혼자 걸으러 나올 때 대개는 그걸 챙기는데, 과연 있다. 그는 벤치에서 일어나 길을 건넌다. 여자는 (흡연자치고) 걸음이 빠르고 그는 고관절이 아파서 따라잡기 어렵겠지만 그녀가 뒤를 돌아보지만 않으면 괜찮을지 모른다.

저 여자가 얼마나 알고 있을까? 그는 자문한다. *이름이 에벌린인가 엘리너인가였던 그 채식주의자에 대해서도 알까?*

여자가 캐리와 달뿐 아니라 그녀에 대해서도 안다면 그렇다면…… 그렇다면…….

"모든 게 망가질 수 있어." 그는 조그맣게 혼잣말을 중얼거린다.

에밀리는 1층에 있는 서재로 허둥지둥 내려간다. 통증이 따르지만 그래도 부서지지 않게 붙들려는 듯 양손 끝으로 허리를 누르고 조그맣게 낑낑대는 소리를 내며 걸음을 재촉한다. 달의 간을 먹자(로드니가 양보한 알짜배기를 살짝만 구워서 게걸스럽게 먹어 치웠다.) 극심했던 좌골신경통이 조금 잦아들었지만 카스트로와 드레슬러 때와는 다르게 완전히 사라지지는 않았다. 다시 아프기 시작하면 얼마나 끔찍할까 싶지만, 지금은 몰리 기븐스가 아니라 홀리 기브니라는 그 궁금한 게 많은 계집부터 처리해야 한다.

그 여자가 어디까지 알고 있을까?

에밀리는 그건 중요한 문제가 아니라는 결론을 내린다. 엘런 크래슬로까지 방정식에 추가됐으니 알 만큼 아는 거다. 로드니가 여자의 이름은 잘못 기억하고 있을지 몰라도 한 가지 부분만큼은 정확하게 간파했다. 그냥 궁금한 게 있어서 물어보러 온 길이라면 여기서 400미터 떨어진 곳에 주차하지 않았으리라는 것. 남의 일을 기웃거리고 싶을 때나 거기에 주차하는 거다.

그들의 집과 마당에는 전역을 커버하는 최첨단 경보 시스템이 설치돼 있다. 맨 처음 경보가 울렸을 때 60분 이내로 해세하면 경찰에 신고가 들어가지 않는다. 그들이 그걸 설치한 주목적은 강도와 침입자의 접근을 차단하기 위해서가 아니었다. 당연히 그걸 말로 표현하지는 않았지만. 에밀리는 경보 시스템을 켜서 집만 작동하도록 설정하고, 그에게 그런 임무를 맡길 수 있었던 행복했던 시절에 로드니가 직접 설치한 카메라 열 대를 모두 켠다. 카메라가 비추는 곳은 부엌, 거실, (두말하면 잔소리지만) 지하실, 집 전면, 옆면, 후면 그리고 차고다.

에밀리는 자리에 앉아서 지켜본다. 돌아가기에는 너무 멀리 왔다고 속으로 되뇐다.

홀리는 리지 로드 91번지의 주인 없는 집으로 다가간다. 앞쪽과 도로 끝 쪽을 얼른 훑어본다. 아무도 보이지 않길래 망설이는 자는 기회를 놓친다는 속담을 떠올리며 성큼 죽어 가는 잔디밭으로 들어가 그 집의 왼편, 그러니까 오른쪽 옆집인 93번지의 반대편을 따라 걷는다.

집 뒤편에 다다르자 판석이 깔린 테라스를 가로질러 해리스 부부의 집 마당과 이 집 마당을 나누는 생울타리를 향해 다가간다. 속도를 늦추지 않고 성큼성큼 다가간다. 이제 수사가 본격적으로 시작되자 좀 더 냉정한 모습으로 변모한다. 어머니의 집에서 그 혐오스러운 도자기 인형을 벽난로에 모조리 집어 던졌을 때의 모습이다. 생울타리 속을 천천히 걷는다. 덥고 건조한 여름 날씨와 전 주인이 나간 뒤로 잔디와 땅을 관리한 사람이 없었던 덕분에 듬성듬성한 부분이 몇 군데 있다. 해리스 부부의 부엌인가 싶은 곳을 마주 보는 지점이 가장 듬성듬성하지만 그녀가 원하는 곳은 거기가 아니다. 차고처럼 생긴 곳을 마주 보고 있는 지점이 가장 빽빽하지만 그래도 거길 이용할 생각이다. 그나마 긴팔에 긴바지를 입고 있어 다행이다.

그녀는 허리를 숙이고 생울타리 사이로 차고를 쳐다본다. 보이는 곳이 측면이라 한 칸인지 두 칸인지 아직 알 수 없지만 흥미진진한 부분이 눈에 들어온다. 달린 창문이 딱 하나뿐이고 새까맣다. 블라인드를 쳤을 수도 있지만 홀리가 보기에는 안에서 페인트를 칠했다.

"뭐 하러 그런 짓을?" 그녀는 중얼거리지만 답은 빤하다. 숨기고 싶은 게 있는 것이다.

홀리는 몸을 돌려 숄더백을 가슴에 끌어안고 생울타리를 통과한다. 반대편으로 나와서 보니 뒷덜미가 몇 군데 긁힌 것 말고는 멀쩡하다. 좌우를 둘러본다. 차고 처마 아래에 플라스틱 쓰레기통 두 개와 재활용품 수거함이 놓여 있다. 오른편으로는 도로까지 이어진 진입로와 지나가는 차량 지붕이 보인다.

하나뿐인 창문 앞으로 다가간다. 과연 검은색 무광 페인트로 덧칠이 되어 있다. 뒤편으로 돌아가 보니 그녀의 기대에 부응하듯 뒷문이 있다. 짐작했던 것처럼 잠겨 있긴 하다. 그녀는 핸드백에서 악어 가죽

케이스를 꺼내 펼친다. 그 안에 수술기구처럼 빌 호지스의 자물쇠 따는 도구가 일렬로 꽂혀 있다. 그녀는 잠금장치를 살핀다. 예일 도어록이기에 갈고리를 꺼내 열쇠 구멍 맨 꼭대기에 넣되 잠금 핀을 건드리지 않도록 아주 살살 꽂는다. 그런 다음 두 번째 갈고리를 그 바로 아래에 넣어서 꽉 낄 때까지 오른쪽으로 돌린다. 이제 맨 위쪽 핀에 갈고리를 걸 수 있게 되자 핀이 뒤로 물러나는 소리가 들리고…… 두 번째 핀도…… 그리고…….

세 번째 핀도 있나? 있다 한들 작동되지 않았다. 구식 도어록이라 핀이 두 개뿐일 수도 있다. 그녀는 거의 피가 날 만큼 세게 윗니로 아랫입술을 깨물며 갈고리를 돌려서 민다. 딸깍 하는 소리가 들리자 핀 하나를 놓쳐서 처음부터 다시 시작해야 되나 하는 생각이 든다. 하지만 잠시 후 두 갈고리의 압력에 의해 문이 빼꼼 열린다.

홀리는 참았던 숨을 토하며 갈고리를 다시 케이스에 담는다. 목으로 자리를 옮겨서 건 핸드백 안에 케이스를 넣는다. 허리를 펴고 주머니에서 휴대전화를 꺼낸다.

있어라. 제발 있어라.

에밀리는 더 이상 로드니를 기다릴 수가 없다. 잘은 모르겠지만 오락가락하다가 전혀 엉뚱한 데 정신이 팔린 모양이다. 해리스 부부의 집 구조상 부엌문에서 콘크리트 계단을 세 개 내려가면 테라스가 나온다. 그녀는 맨 아래 계단에 걸터앉았다가 드러눕는다. 콘크리트 모서리가 허리를 파고들어 아프지만 지금은 그런 데 신경 쓸 겨를이 없다. 한쪽 다리를 옆으로 구부리고 한쪽 팔을 등 뒤로 넣으며 이상하게 뒤틀린 것처럼 보이길 바란다. 느낌상으로는 분명 이상한데, 심하게 넘어진 노파처럼 보일까? 그래서 도움이 필요하게 된 노파처럼?

그래야 해. 반드시 그래야 해.

밴이 있다. 자세히 살펴보지 않아도 진입판이 나올 수 있게 차대를 높게 개조한 밴이라는 걸 한눈에 알 수 있다. 뒤 범퍼 위에 휠체어 로고가 첨부된 위스콘신 번호판이 달려 있다. 그러니까 적법한 절차에 따라 장애인용으로 승인을 받았다는 뜻이다. 뒷문을 통해 들어오는 햇빛이 점점 침침해지고 있지만 충분하고도 남는다. 홀리는 휴대전화를 들어 사진을 세 장 찍는다. 번호판만으로도 경찰 수사를 시작하기에 충분할 것이다.

이제 나가야 하는 시간이 지났다는 걸 알지만 확인하고 싶은 것이 하나 더 있다. 그녀는 어깨 너머를 흘끗 돌아보고 아무도 없다는 걸 확인한 다음 밴의 뒤편으로 다가간다. 창문에 선팅이 되어 있지만 이마를 대고 얼굴 양옆을 손으로 가리자 안이 들여다보인다.

휠체어가 있다.

이런 식이었군. 그녀는 북받쳐 오르는 승리의 기쁨을 느낀다. *이런 식으로 표적을 멈춰 세웠어. 그러면 공범인 진짜 살인마가 밴에서 튀어나와 나머지를 처리했겠지.*

이제 더는 운을 시험하지 말아야 한다. 그녀는 휠체어 사진을 세 장 더 찍고 차고에서 빠져나와 문을 닫는다. 왔던 길을 되짚어 가려고 생울타리 쪽으로 몸을 돌리는데, 힘없는 외침이 들린다. "도와주세요! 아무도 없나요? 넘어졌는데 너무 아파요!"

어째 믿기지가 않는다. 전혀 믿기지가 않는다. 타이밍이 너무 기가 막혀서 그런 것도 있지만 그보다는 어머니가 홀리를 붙잡아 놓으려고 했을 때…… 또는 죄책감을 자극해 얼른 다시 오게 하려고 했을 때 똑같이 아파 죽는다고 징징대는 수법을 썼기 때문이다. 한동안은 그 수법이 통했다. *그러다 안 통하니까 헨리 삼촌이랑 손을 잡고 나한테 사기를 쳤지.*

"도와주세요! 누구 있으면 좀 도와주세요!"

홀리는 에밀리 해리스일 게 분명한 그 여자 혼자 과장된 연극을 하도록 내버려 둔 채 다시 생울타리 안으로 들어가려다 생각을 바꾼다. 차고 끝으로 걸어가 모퉁이 너머를 내다본다. 어떤 여자가 한쪽 다리는 옆으로 뒤틀고 한쪽 팔은 뒤로 구부린 채 계단 위에 대자로 쓰러져 있다. 홈웨어가 허벅지 중간까지 구겨져 올라갔다. 금방이라도 부러질 듯 핏기 없이 비쩍 말랐고 분명 아파 보인다. 홀리는 연극에 동참하기로 마음먹는다. *「제인의 말로」 속 베티 데이비스와 조앤 크로퍼드가 되는 거지. 저 여자의 남편까지 밖으로 나오면 더 좋고.*

"어머나!" 그녀는 쓰러진 여자에게 다가간다. "어쩌다 이렇게 되셨어요?"

"미끄러졌어요." 떨리는 목소리는 아주 그럴듯하지만 그 뒤로 이어지는 흐느낌은 아마추어 배우 수준이다. "나 좀 도와줘요. 다리를 펴 줄 수 있겠어요? 부러진 것 같지는 않은데……"

"휠체어가 있어야 할지 모르겠어요." 홀리는 안타까워하는 투로 말한다. "밴에 휠체어가 있지 않아요?"

그 말에 해리스의 눈빛이 살짝 흔들리지만 이내 앓는 소리를 낸다. 홀리가 보기에 100퍼센트 연극은 아니다. 이 여자는 통증을 앓고 있지만 한편으로는 절박하기도 하다.

홀리는 허리를 숙이며 핸드백 깊숙이 한 손을 넣는다. 빌의 38구경을 집지는 않고 손끝으로 총신을 건드리기만 한다. "지금까지 몇 명을 납치했어요, 해리스 교수님? 네 명은 확실한데, 한 명 더 있을 것 같거든요. 작가. 그리고 그들을 납치한 이유가 뭐예요? 내가 궁금한 건 그건데……"

에밀리가 등 뒤에서 손을 꺼낸다. 그 손에 해리스 부부 사이에서는 '1번'으로 불리는 바이퍼텍 VTS-989가 쥐어져 있다. 300볼트짜리 전기 충격기지만 홀리가 그걸 켤 틈을 주지 않는다. 그녀는 테라스 계단에 아주 부자연스럽게 누워 있는 에밀리 해리스를 목격했을 때부터 등 뒤에 숨기고 있는 손을 의심했다. 그녀는 총신을 잡고 빌의 리볼버를 핸드백에서 꺼내 단숨에 개머리판으로 에밀리의 손목을 후려친다. 1번이 쓰이지 못한 채 장식용 벽돌 위로 떨어져 덜거덕거리며 저편으로 미끄러진다.

"*아야!*" 에밀리가 비명을 지른다. 이 소리는 진짜다. "*내 손목을 부러뜨렸어, 이 나쁜 년아!*"

"이 주에서는 테이저건이 불법이야." 홀리는 그걸 집으려고 허리를 숙인다. "하지만 당신은 이걸 걱정할 필요가 없……"

그녀는 여자의 시선이 움직이는 걸 보고 몸을 돌리지만 이미 늦었다. 바이퍼텍의 전극침은 맨 위에 겨울용 파카를 입고 있어도 세 겹의 옷을 뚫을 수 있을 만큼 뾰족한데, 홀리는 면 티셔츠 하나다. '2번'의 전극침이 그 옷과 브래지어 끈을 아무 문제 없이 뚫는다. 홀리는 슈팅을 인정하는 축구 주심처럼 까치발을 하고 두 팔을 허공으로 뻗었다가 벽돌 위로 쓰러진다.

"기사님이 등장했네, 고마워라." 에밀리는 말한다. "나 좀 일으켜 줘. 저 오지랖 넓은 년이 내 손목을 부러뜨렸어."

그가 일으켜 주자 에밀리는 홀리를 내려다보며 폭소를 터뜨린다. 떨리는 목소리로 키득거리는 수준이지만 이번만큼은 진짜다. "잠깐이나마 허리 아픈 걸 완전히 잊었으니 그걸로 됐어. 습포제를 발라야겠다. 당신이 약초를 달여 놓은 그 물도 마시고. 저 여자 죽었어? 제발 아니라고 해 줘. 얼마나 아는지, 지금까지 누구한테 얘기했는지 알아내야 해."

로드니는 무릎을 꿇고 앉아서 홀리의 목에 손가락을 갖다 댄다. "맥이 희미하기는 하지만 끊기진 않았어. 한두 시간 있으면 정신 차릴 거야."

"아니지. 당신이 주사를 놓을 테니까. 이번에는 발륨이 아니라 케타민." 에밀리는 멀쩡한 쪽 손을 허리에 대고 몸을 늘인다. "허리가 진짜 괜찮아진 것 같아. 진작 시멘트 요법을 쓸 걸 그랬네. 필요한 정보를 알아낸 다음 죽이자."

"이번이 마지막일 수도 있어." 로드니의 입술은 떨리고 눈은 젖었다. "그 약이 있기에 망정이지……"

그렇다. 그들에게는 그 약이 있다. 에밀리가 1층에 가져다놓았다. 만일의 경우에 대비해.

"그럴 수도 있고 아닐 수도 있어. 절대 용기를 잃지 마, 여보. 아무튼 이 여자가 기웃거리고 다니던 시절은 이제 끝이야." 그녀는 홀리의 갈비뼈를 사납게 걷어찬다. "아무 데나 참견하고 다니면 이런 꼴 나는 거야, 이년아." 그러고는 로드니에게 말한다. "담요 가져와. 얘 끌고 들어가야지. 지하실로 옮기다가 다리가 하나 부러지더라도 어쩌겠어. 그래도 오래 고생하지는 않을 테니까."

그날 밤 9시에 페니 달은 도심에서 북쪽으로 약 20킬로미터 거리에 있는 업리버 외곽의 깔끔하고 아담한 케이프코드 코티지 앞 베란다에 앉아 있다. 낮 동안은 여전히 더웠지만 이제는 시원해져서 나와 있으니 상쾌하다. 반딧불이 몇 마리가 잔디밭 위를 이리저리 날아다닌다. 페니가 어렸을 때에 비하면 반딧불이가 많이 사라졌다. 무릎 위에 전화기가 놓여 있다. 탐정이 약속한 시간이 됐으니 언제 벨이 울릴지 모른다.

9시 15분이 되도록 전화가 오지 않자 페니는 짜증이 나기 시작한다. 9시 30분이 되도록 감감무소식이자 속이 부글거린다. 없는 형편에 돈을 주고 일을 맡겼더니! 전 남편 허버트가 도와주겠다고 해서 숨통이 트였지만 그래도 돈은 돈이고 약속은 약속이지 않은가.

9시 40분에 그녀 쪽에서 전화하자 음성사서함으로 연결된다. 짧고 군더더기 하나 없는 사서함 메시지가 흘러나온다. "홀리 기브니입니다. 지금은 전화를 받을 수 없으니 간단하게 메시지와 연락처를 남겨 주세요."

"페니예요. 오늘 9시에 수사 상황 알려 주기로 했잖아요. *당장* 전화 부탁해요."

그녀는 전화를 끊는다. 반딧불이를 구경한다. 그녀는 원래 급한 성격이지만(허버트와 보니가 증인이다.) 10시가 되자 그냥 부글거리는 정도가 아니라 뚜껑이 열릴 지경이다. 다시 홀리에게 전화해 기다렸다가 삑 하는 소리가 들리자 이렇게 말한다. "10시 30분까지 기다려도 전화 없으면 자러 들어갈 거고 우리 계약은 종료예요." 하지만 그 무미건조한 단어로는 그녀의 분노를 적절하게 표현하지 못한다. "당신은 *해고*예요." 그녀는 그러면 도움이라도 될 듯이 종료 버튼을 그 어느 때보다 세게 누른다.

10시 30분이 된다. 10시 45분이 된다. 페니는 이슬로 몸이 젖고 있다는 사실을 깨닫는다. 다시 한번 전화하자 이번에도 음성사서함으로 연결된다. "나 페니예요, 당신한테 일 맡긴 사람. 아니, 일 *맡겼던* 사람. 당신은 이제 해고야." 그녀는 전화를 끊으려다가 다시 생각한다. "그리고 내 돈 돌려줘, 쓸모없는 인간아!"

그녀는 성큼성큼 집 안으로 들어가 거실 소파 위로 휴대전화를 던지고 이를 닦으려고 화장실로 들어간다. 거울에 비친 자신의 모습을 확인한다. 너무 마르고 너무 초췌해서 제 나이보다 열 살은 많아 보인다. 아니, 열다섯 살이라고 해야겠다. 그녀의 딸이 실종됐고 어쩌면 죽었을 수도 있는데 잘나신 탐정은 저기 어디 술집에서 술을 마시고 있는 모양이다.

그녀는 울며 옷을 갈아입고 침대에 눕는다. 아니다, 그건 아니다. 술을 마시는 사람도 있겠지만 마스크를 단단히 쟁기고 유행의 선봉장이라도 되는 듯 악수 대신 팔꿈치를 내미는 그 쥐새끼처럼 생긴 년은 전화기를 꺼놓고 집에서 텔레비전을 보고 있을 것이다.

"나는 까맣게 잊고서." 페니는 어둠에 대고 말한다. 평생 이토록 사무치게 외로웠던 적이 없다. "바보 같은 년. 뒈져라."

그녀는 눈을 감는다.

2021년 7월 29일

그날 밤에 홀리는 이상한 꿈을 꾼다. 꿈속에서 그녀는 창살이 십자로 교차해 사각형이 수도 없이 이어지는 철창에 갇혔다. 노인 하나가 식탁 의자에 앉아 그녀를 들여다본다. 계속 두 개로 겹쳐 보여서 잘 모르겠지만 온몸이 소방차로 뒤덮인 것 같다. 그가 말한다. "인간의 간이 2600칼로리나 되는 거 아나? 그중 일부는 지방 칼로리지만 거의 대부분이 순수 단백질이지. 이 놀라운 장기는……."

소방차 인간이 이번에는 넓적다리를 주제로 계속 강연을 늘어놓지만 그녀는 듣고 싶지 않다. 이건 어머니가 등장하는 꿈보다 더 끔찍한 악몽이고 머리가 너무 아파서 깨질 것 같다.

홀리는 눈을 감고 다시 어둠 속으로 떠내려간다.

페니는 너무 화가 나서 잠을 잘 수가 없다. 이리저리 뒤척이느라 침대만 엉망이 된다. 하지만 새벽 3시가 되자 홀리에 대한 분노가 성가신 불안으로 바뀐다. 그녀의 딸은 이 세상에 수없이 뚫려 있는 토끼굴에 빠지기라도 한 것처럼 사라져 버렸다. 만약 홀리에게도 똑같은 일이 벌어졌다면?

화가 머리 꼭대기까지 났을 때는 홀리에게 쓸모없는 인간이라고 퍼부었지만 사실 여태껏 그렇게 보이지 않았다. 오히려 아주 유능해 보였고 페니가 꼼꼼히 알아본 바에 따르면 실적으로도 그 유능함을 증명해 보였다. 하지만 유능한 사람들도 가끔 실수를 저질렀다. 그 토끼 굴을 잘못 밟으면 퍽 하고 아래로 추락했다.

페니는 일어나 휴대전화를 집어 들고 홀리에게 다시 전화해 본다. 또다시 음성사서함으로 연결된다. 보니에게 계속 전화했는데 계속 음성사서함으로 연결됐을 때 점점 얼마나 더 불안해졌는지 기억이 난다. 이번에는 다를 거라고, 합당한 이유가 있을 거라고, 약속 시간으로부터 여섯 시간밖에 지나지 않았다고 자신을 설득해 보려 하지만 새벽 3시에는 머릿속이 으스스한 그림자로 가득 차기 마련이고 그중 어떤 녀석에게는 이빨이 달려 있다. 홈페이지에 소개된 것 말고 홀리의 파트너 개인 연락처도 알고 있으면 좋으련만 홀리의 개인 연락처와 파인더스 키퍼스 연락처만 알고 있을 뿐이다. 그러니 이러지도 저러지도 못하는 상황이다. 게다가 그 시각에 전화기를 켜 놓는 사람이 어디 있을까?

많겠지. 10대 아이들을 키우는 부모…… 야간 근무하는 사람들…… 어쩌면 사설탐정도.

좋은 생각이 나기에 파인더스 키퍼스 홈페이지에 들어가 본다. 파트너의 이름과 업무용 연락처, 제공하는 서비스의 종류와 함께 사무실 근무 시간도 게재돼 있다. 페니가 근무했던 은행처럼 오전 9시부터 오후 4시까지다. 홈페이지 하단에 이렇게 적혀 있다. *근무 시간 이후에는 225-521-6283으로 연락 주시기 바랍니다.* 그리고 그 아래에는 빨간색으로. *만일 아주 다급한 상황이라면 지금 당장 911에 전화하세요.*

911에 전화할 생각은 없다. 그래 봐야 비웃음이나 살 것이다. 전화를 받을 사람이나 있을지 모르겠지만. 하지만 근무 시간 이후에 연락하라는 번호는 자동응답기일 것이다. 페니는 그 번호로 전화를 걸어 본다. 어떤 여자가 간헐적으로 기침을 하며 졸린 목소리로 받는다. 몸이 안 좋아도 재택근무를 할 수 있는 회사에서 일하는 직원인가 보다.

"브레이든 자동응답 서비스입니다. 어느 회사와 연락하고 싶으십니까?"

"파인더스 키퍼스요. 내 이름은 퍼넬로피 달이에요. 그 회사의 파트너 중에 피터 헌틀리와 통화하고 싶어요. 긴급한 사태일 수도 있어요." 그녀는 이 정도로는 너무 약하다는 결론을 내린다. "진짜예요. 긴급한 사태예요."

"고객님, 개인 연락처는 알려 드릴 수가……"

"하지만 개인 연락처를 가지고 있죠? 비상용으로."

자동응답 서비스 회사 직원은 대답을 하지 않는다. 기침 발작이 대답이 아닌 이상 그렇다.

"그 회사의 다른 파트너인 홀리 기브니에게 계속 전화했어요. 몇 번씩이나. 그런데 전화를 받지 않아요. 홀리의 개인 연락처는 440-771-8218이에요. 의심스러우면 확인해 봐요. 그런데 피터 헌틀리의 개인 연락처는 없어서요. 좀 도와주세요. 부탁할게요."

자동응답 서비스 회사 직원은 기침을 한다. 종이를 부스럭거리는 소리가 들린다. *대응 원칙을 확인하는 거지.* 페니는 생각한다. 잠시 후에 직원이 말한다. "고객님 번호를 주시면 제가 그쪽으로 전달할게요. 음성사서함으로 연결되겠지만. 지금 시각이 새벽 3시 30분이니까요."

"알아요. 퍼넬로피 달이 연락했다고 전해 주세요. 페니요. 제 번호는……"

"화면에 표시돼 있어요." 여자는 다시 기침을 한다.

"고마워요. 정말 고마워요. 저기, 그리고 건강 잘 챙겨요."

20분이 지나도 헌틀리에게서 연락은 오지 않는다. 사실 기대도 하지 않았기에 페니는 휴대전화를 옆에 놓고 다시 침대에 눕는다. 깜빡 잠이 든다. 딸이 집으로 돌아오는 꿈을 꾼다. 페니는 딸을 끌어안으며 다시는 네 인생에 간섭하지 않겠다고 말한다. 전화기는 계속 잠잠하다.

홀리가 의식을 회복했다기보다 의식의 수면 위로 부상하고 보니 고통의 바다가 그녀를 맞이한다. 지금까지 살면서 숙취를 경험한 적이 딱 한 번 있었는데(생각하기도 싫은 섣달그믐의 여파였다.) 지금에 비하면 그때는 아무것도 아니었다. 뇌가 뼈로 만든 우리 속에 갇힌, 핏물을 머금은 스펀지 같다. 엉덩이가 욱신거린다. 살인 말벌이라고 불리는 신종 말벌 떼의 독침에 허리와 뒷덜미를 쏘인 느낌이다. 오른쪽 갈비뼈가 너무 아파서 숨을 쉬기가 힘들 정도다. 눈을 감은 채 갈비뼈를 살그머니 눌러 본다. 통증이 심해지지만 부러지지는 않은 듯하다.

거기가 어디인지 보려고 눈을 뜬 순간, 해리스의 집 지하실이 어두침침한데도 불구하고 통증이 번개처럼 머리를 가른다. 그녀는 티셔츠 왼쪽을 들추어 본다. 그러자 말벌에 쏘인 통증이 더 심해지고 두통이 다시 한번 머리를 강타하지만 큼지막한 멍이 제대로, 필요 이상으로 훤하게 눈에 들어온다. 브래지어 바로 아랫부분만 시커멓고 나머지는 대부분 자주색이다.

그 여자가 나를 찼어. 내가 기절한 뒤에 그 할망구가 발로 찬 거야.

그 뒤를 이어서. *무슨 할망구?*

에밀리 해리스. 그 할망구.

그녀는 철창 안에 있다. 창살이 십자로 교차하는 철창이다. 그 너머는 시멘트 바닥이 깔린 지하실이고 반대편 끝에 큼지막한 철제 상자가 있다. 그 상자가 놓인 곳은 작업실 같다. 철창 위에 카메라 렌즈가 달려 있다. 철창 앞에 식탁 의자가 있으니 소방차 인간이 꿈이 아니었나 보다. 그가 바로 거기 앉아 있었나 보다.

그녀는 토퍼 위에 누워 있다. 한쪽 구석에 파란색 플라스틱 변기가 있다. 철창을 왼손으로 잡고 (천천히, 천천히) 몸을 일으켜 본다. 오른손으로도 잡아 보려고 하지만 갈비뼈가 너무 아프다. 일어서려고 기를 썼더니 두통이 더 심해지지만 서 있는 자세가 멍이 든 갈비뼈에 부담이 덜 된다. 이제 미치도록 목이 마르다는 것이 느껴진다. 4리터짜리 물통을 단숨에 비울 수도 있을 것 같다.

발을 질질 끌며 아장아장 변기 쪽으로 걸어가 뚜껑을 들어 보니 안에 아무것도 없다. 파란색 살균제를 풀어서 부동액이나 자동차 워셔액처럼 보이는 물도 없이 그녀의 입안과 목구멍처럼 바짝 말라 있다.

무슨 일이 있었는지 가물가물하지만 기억해 내야 한다. 정신을 차려야 한다. 이 철창 안에서 기존의 피해자들처럼 아마도 레드뱅크의 살인마의 손에 죽을 가능성이 크지만, 정신을 차리지 않으면 그 가능성이 100퍼센트가 된다. 핸드백이 없어졌다. 휴대전화도 없어졌다. 빌의 총도 없어졌다. 그녀가 여기 있다는 걸 아무도 모른다. 남은 희망은 정신을 똑바로 차리는 것뿐이다.

로드니 해리스는 슬리퍼를 신고 빨간색 소방차로 뒤덮인 파란색 잠옷 위로 가운을 입고 앞 베란다에 앉아 있다. 그는 오래전 생일 때 에밀리가 장난 삼아 선물한 이 잠옷을 좋아한다. 입으면 지나가는 소방차를 구경하며 신나 했던 어린 시절이 생각난다.

해가 뜬 시각부터 여기 나와 앉아서 스타벅스 텀블러에 담긴 커피를 마시며 경찰을 기다리는 중이다. 이제 목요일 9시 30분인데, 평소와 다른 게 아무것도 없다. 그렇다고 해서 이 여자가 어디 갔는지 아는 사람이 아무도 없다고 장담할 수는 없지만 올바른 방향으로 한 길음 이동한 것만큼은 분명하다. 정오가 됐는데도 경찰이 출동하지 않으면 오지랖 걸의 실종 신고가 되지 않았다고 미루어 짐작해도 될 것이다. 아직은 그렇다고.

운전면허증에 그녀의 주소가 적혀 있었다. 동쪽의 어느 아파트였다. 에밀리가 딱하게도 허리 때문에 오지랖 걸이 차를 주차해 놓은 곳까지 언덕을 걸어 내려갈 수 없었기에 로드니가 다녀왔다. 그때쯤에는 날이 어두워졌다. 그는 집까지 몰고 온 차를 에밀리에게 넘겨준 뒤 그들 부부의 스바루를 몰고 오지랖 걸의 집까지 그 차를 따라갔다. 선바이저에 달린 버튼을 누르자 지하 주차장 문이 열렸다. 에밀리가 주차하고(무더운 한여름이라 빈자리가 많았다.) 스바루가 있는 곳까지 절뚝절뚝 진입로를 올라왔다. 그녀는 제대로 쓸 수 있는 손이 한쪽뿐인데도 집까지 자기가 운전하겠다고 했다. 로드니가 길을 잊어버릴까 봐 그랬을 텐데, 말도 안 되는 걱정이었다. 오지랖 걸을 지하실 철창 안으로 옮긴 뒤에 요정 튀김을 몇 개 먹었기에(에밀리도 같이 먹었다.) 정신이 아주 또렷했다. 오늘 아침에는 그만큼 또렷하지는 않지만 그래도 이 정도면 충분하다. 홀리처럼 그도 정신을 똑바로 차리고 있어야 한다는 걸 알고 있다.

에밀리도 밖으로 나온다. 손목에 에이스 붕대를 단단히 감고 있다. 부었고 미친 듯이 욱신거린다. 기브니라는 여자는 악착같이 그 손목을 부러뜨리려고 했지만 실패로 돌아갔다. "그 여자 일어났어. 이제 얘기를 좀 해 봐야 해."

"우리 둘이 같이?"

"그러는 편이 좋겠는데."

"알았어, 여보."

그들은 안으로 들어간다. 조리대에 놓인 흰색 접시에 초록색 알약이 두 개 담겨 있다. 퓌러붕커*에서 요제프 괴벨스와 마그다 괴벨스 부부가 여섯 명의 자녀를 살해했을 때 쓴 청산가리다. 로드니가 그걸 집어서 주머니에 넣는다. 최후의 탈출 수단을 부엌에 방치한 채 지하실에 내려갈 수는 없다.

에밀리는 냉장고에서 아티저 생수를 꺼낸다. 냉장고에 송아지 생간은 없다. 준비할 필요도 없다. 담배로 오염된 오지랖 걸의 시체는 그들의 관심 밖이다. 의논조차 할 필요가 없는 문제였다.

에밀리가 로드니를 보며 엷은 미소를 짓는다. "그 여자가 뭐라고 둘러대는지 들어 보자."

"계단 조심해, 여보. 허리도 조심하고."

에밀리는 걱정 말라고 대답하지만 물병을 로드니에게 건넨 다음 멀쩡한 쪽 손으로 난간을 잡고 한 칸씩 아주 천천히 내려간다. 로드

* Führerbunker. 제2차 세계대전 당시 나치 독일의 패색이 짙어지자 퓌러, 즉 총통인 히틀러와 고위 지휘관을 보호하기 위해 베를린 중심부에 건설된 지하 방공호.

니는 안타까워한다. *꼭 할머니 같잖아. 이번에 어찌어찌 잘 모면하면 한 명을 더 잡아와야겠어, 그것도 조만간.*

위험하거나 말거나 그녀가 괴로워하는 건 차마 볼 수가 없다.

홀리는 그들이 내려오는 것을 지켜본다. 금방이라도 깨질 듯이 조심스럽게 움직이는 것을 보고 그들이 자기를 여기 가두었다는 데 다시금 놀란다. 그 옛날 광고가 생각난다. 결국 전기톱 뒤에 숨는 게 아니라 지나가던 차를 얻어 타고 도망쳤어야 했다.

"이런 상황에서 웃을 일이 별로 없을 것 같은데 웃고 있네, 기브니 씨?" 에밀리는 두 손으로 허리를 짚고 있다. "뭐가 그렇게 재미있을까?"

용의자가 묻는 말에는 절대 답하지 마요. 예전에 빌이 이렇게 말했다. *그들이 당신 묻는 말에 답하게 해요.*

"다시 만나네요, 해리스 교수님." 그녀는 에밀리를 무시하고 이렇게 인사를 건네는데…… 표정을 보니 무시당하는 걸 좋아하지 않는 모양이다. "내 뒤를 밟았죠? 테이저건을 들고."

"맞아." 로드니는 조금 으스댄다.

"어젯밤에 여기 왔었나요? 그 잠옷이 기억나는 것 같은데."

"왔었지."

에밀리의 눈이 동그래지는 걸 보고 홀리는 생각한다. *당신은 몰랐군그래?*

에밀리는 남편을 돌아보며 물을 건네받는다. "당신은 그 정도면 된 것 같아. 질문은 나한테 맡겨."

그들이 커다란 문을 세게 닫고 불을 모두 꺼 버리기 전에 묻고 싶은 건 딱 하나뿐일 것이다. 그 순간을 어떻게든 뒤로 미루고 싶은 것이 홀리의 바람이다. 간밤의 일 중에서 기억나는 게 또 하나 있는데, 학부생들이 이 남자를 부르는 별명과도 들어맞는다. 완벽하게 들어맞는다. 자유의 몸으로 벌건 대낮에 친구들과 이 사건에 대해 이야기하고 있을 때였다면 황당한 발상으로 간주했겠지만 갈증과 심한 통증에 시달리는 포로 신세인 이 지하실 안에서는 완벽하게 설득력이 있다.

"그자가 그 사람들을 먹나요? 그래서 납치한 거예요?"

그들은 어리둥절한 눈빛으로 서로 흘끗 쳐다본다. 연극이 아니라 진짜다. 이내 에밀리가 놀라울 정도로 어리게 들리는 웃음을 터뜨린다. 잠시 후에 로드니도 가세한다. 그들은 이렇게 웃으며 수십 년을 해로한 커플만의 특권인 텔레파시를 주고받는다. 로드니가 살짝 고개를 끄덕이자(*얘기해, 뭐 어때*) 에밀리가 홀리를 돌아본다.

"그자는 없어, 아가씨. 우리뿐이야. *우리가* 그 사람들을 먹지."

홀리가 인육을 먹는 노부부의 집 철창에 갇힌 자신의 현재 상황을 깨닫고 있을 때 페니 달은 샤워를 하는 중이다. 머리에 열심히 샴푸칠을 하고 있을 때 전화벨이 울린다. 그녀는 뒷덜미와 등 위로 거품물을 줄줄 흘리며 욕실 매트로 나와 옷을 넣은 바구니에서 전화기를 꺼내 든다. 홀리일까? 아니다.

"여보세요?"

전화를 한 사람은 남자가 아니라 여자고 인사도 생략한 채 다짜고짜 묻는다. "무슨 일로 한밤중에 전화를 하셨어요? 뭐 그리 급한 일이길래요?"

"누구세요? 나는 피터 헌틀리……"

"그분 딸이에요. 아빠는 지금 입원 중이세요. 코로나 때문에. 제가 아빠 전화로 연락한 거예요. 용건이 뭐예요?"

"내가 샤워를 하던 중이라서요. 대충 헹구고 다시 전화해도 될까요?"

여자는 짜증을 참으며 한숨을 쉰다. "네, 그러세요."

"내 화면에는 번호가 뜨지 않는데요. 혹시……"

여자가 번호를 불러 주자 페니는 김이 서린 화장실 거울 위에 적고, 속으로 외우고 또 외우며 다시 샤워기를 틀고 머리를 갖다 대 간단히 헹구기만 한다. 나중에 다시 제대로 씻으면 되기에 수건으로 감싸고 다시 전화한다.

"쇼나예요. 무슨 일이세요, 달 부인?"

페니는 딸의 실종 사건을 홀리가 수사 중이었고 어젯밤 9시에 전화해 진행 상황을 보고하기로 했는데 전화가 없었고, 이후로 오늘 아침까지 전화하면 계속 음성사서함으로 연결된다고 설명한다.

"제가 무슨 도움을 드릴 수 있을지……"

어떤 남자가 말허리를 자른다. "이리 줘."

"아빠, *안 돼요*. 병원에서……"

"망할 전화기 이리 줘."

"부인 때문에 아빠의 병세가 다시……"

이 말을 끝으로 쇼나는 사라지고 어떤 남자가 등장해 페니의 귀에 대고 기침을 한다. 자동응답 서비스 회사 직원이 연상되는 대목이다. "피트입니다. 딸아이를 대신해서 사과할게요. 지금 늙은이 보호 모드를 풀가동하고 있어서 저래요."

뒤에서 희미하게 묻는 소리가 들린다. "와 씨, 이러기예요?"

"다시 처음부터 말씀해 주시겠습니까?"

다시 설명한 페니는 이렇게 말문을 맺는다. "아무것도 아닐 수 있지만 딸아이가 실종된 뒤로 누가 연락이 끊기면 미칠 것 같아서요."

"아무것도 아닐 수도 있고 뭔가 있을 수도 있어요. 홀리는 항상 시간을 칼같이 지키거든요. 그게 철칙이에요. 내가……" 피트는 건조하게 기침을 한다. "제롬 로빈슨의 번호를 알려 드리죠. 우리하고 가끔 같이 일하는 친구입니다. 그리고…… 이런, 젠장. 지금 뉴욕에 있는데 깜빡했네. 그 아이에게 연락하고 싶으시면 해도 되지만 여동생 바버라 쪽을 시도해 보는 편이 낫겠어요. 그 아이와 제롬, 둘 다 홀리의 아파트 열쇠를 가지고 있을 거예요. 나도 가지고 있지만……" 다시 기침이다. "지금 카이너 병원에 있어서요. 하루 더 있다가 퇴원해 집에서 며칠 더 격리해야 한다네요. 쇼나도 마찬가지고. 간호사 편에 열쇠를 보낼 수도 있을지 모르겠군요."

페니는 바닥에 물을 뚝뚝 흘리며 부엌에 있다가 플래너 옆에 놓아둔 펜을 집는다. "그 단계까지는 가지 않으면 좋겠네요. 번호 알려 주세요."

그는 번호를 알려 준다. 페니는 받아 적는다. 전화기를 돌려받은 쇼나가 "끊을게요."라며 무뚝뚝하게 인사하고 페니는 다시 혼자가 된다.

바버라가 여기 있다고 하니 그 번호로 먼저 연락한다. 양쪽 모두 음성사서함으로 연결된다. 메시지를 남기고 샤워를 마저 하러 욕실로 들어간다. 불길한 예감을 느낀 것이 이달 들어 두 번째인데, 첫 번째의 경우 그녀의 예감이 맞았던 걸로 밝혀졌다.

홀리는 항상 시간을 칼같이 지키거든요. 그게 철칙이에요.

"당신들이 먹는단 말이지." 홀리는 들은 말을 고스란히 따라 한다.

레드뱅크의 살인마는 없었다. 그 사실이 믿기지 않아야 하는데 그렇지가 않다. 일류 대학 바로 옆의 깔끔한 빅토리아 양식 저택에 사는 노교수 부부 말고는 아무도 없었다는 사실이.

로드니가 열띤 표정으로 다가오자 거의 손을 내밀면 잡을 수 있을 만큼 거리가 좁혀진다. 에밀리가 움찔하며 그의 가운을 잡고 뒤로 당긴다. 로드니는 그러는 줄도 모르는 눈치다.

"포유류는 모두 자기 종족을 잡아먹어. 그런데 *호모 사피엔스*만 그걸 한심하게 터부시하지. 널리 알려진 온갖 의학적인 사실에도 불구하고."

"로디."

그는 아내가 부르는 소리를 못 들은 체한다. 해설하고 설명하고 싶어서 죽을 지경이다. 지금까지 다른 포로들에게는 이런 적이 없다. 하지만 이자는 가축이 아니다. 도살하기 전에 부신 호르몬 과다 분비를 걱정할 필요가 없다.

"터부의 역사는 300년이 되지 않았고 현재도 수많은 부족이, 덧붙이자면 *장수* 부족인데, 인육의 혜택을 누리고 있지."

"로디, 지금은 이럴 때가……"

"평균 체중인 성인의 몸에 영양분이 몇 칼로리 들어 있는지 아나? 12만 6000칼로리야!" 그는 악을 쓰는 수준으로 점점 언성을 높인다. 그에게 영양학과 생물학 수업을 들었던 학생이라면 그 시절의 기억이 떠오를 것이다. "건강한 인간의 살과 피를 섭취하면 *간질*을 고칠 수 있고 *근위축성 측색 경화증*을 고칠 수 있고 *좌골신경통*을 고칠 수 있어! 건강한 인간의 지방을 섭취하면 *청각장애*의 가장 큰 원인인 *이경화증*을 고칠 수 있고, 따뜻한 액상 지질을 눈에 넣으면 *황반*……"

"로디, *그만!*"

그는 고집스러운 표정으로 그녀를 쳐다본다. "인간의 살은 *장수*를 보장하지. 의심스럽거든 우리를 봐. 80대 후반인데 이렇게 건강하고 쌩쌩하잖아!"

홀리는 그를 보며 알츠하이머로 인한 일종의 망상 장애를 앓고 있거나 아니면 노망이 단단히 났나 보다고 생각한다. 어쩌면 양쪽 모두일 수도 있다. 그들이 인간으로 변신한 명나라 꽃병이라도 되는 것처럼 머뭇거려 가며 조심스럽게 계단을 한 칸씩 내려오는 것을 방금 목격하지 않았는가.

"본론으로 들어갈게." 에밀리가 말한다. "누구한테 얘기했어? 네가 여기 있다는 걸 누가 알아?"

홀리는 대답하지 않는다.

에밀리는 음흉하게 미소를 짓는다. "미안, 질문을 잘못 골랐네. 지금 현재로서는 네가 여기 있는 걸 *아무도* 모르지? 아는 사람이 있다면 너를 찾으러 왔을 테지."

"경찰 말이야." 로드니가 부연 설명한다. "짭새. 똥파리." 그는 실제로 사이렌 소리를 내며 울퉁불퉁하게 굽은 손가락을 허공에 대고 돌린다.

"내 남편이 이러는 건 이해해 주기 바라. 당황하면 말이 많아지거든. 나도 당황했지만 그래서 궁금해진단 말이지. 네가 여기 있는 걸 누가 알게 될까?"

홀리는 대답하지 않는다.

"누구한테 얘기했는지 말해. 아무한테도 얘기하지 않았을 수도 있지. 너를 찾으러 오는 사람이 없는 걸 보면 그랬을 가능성이 크긴 해."

홀리는 대답하지 않는다.

"가자." 에밀리가 남편에게 말한다. "이넌 고집이 쇠심줄이네."

"너는 이해 못 해." 로드니가 홀리에게 말한다. "아무도 이해 못 하겠지."

"여보, 이 아이에게 고민할 시간을 좀 줄까?"

"그래." 로드니는 좀 전까지만 해도 멍해 보이더니 지금은 조금이나마 정신이 돌아온 눈치다. "기다리다가 누가 찾아오면 이 아이한테 굳이 들을 필요도 없잖아."

"그렇지. 그럼 그럴 필요가 없지."

"얘기하든 말든 죽는 건 마찬가지잖아." 홀리가 말한다. "안 그래?"

"그렇지는 않아." 에밀리가 말한다. "내가 보기에 너는 증거가 없어. 증거를 *찾으러* 왔거든. 휴대전화로 우리 밴 사진을 찍었던데 수중에 전화기가 없잖아. 증거가 없으니까 너를 보내 줄 수도 있을지 몰라."

누가 들으면 이 철창이 없는 줄 알겠네. 홀리는 생각한다.

"그런데……." 에밀리가 팔을 들어 에이스 붕대를 보여 준다. "너 때문에 내가 다쳤어."

홀리는 티셔츠를 들어서 멍이 든 자국을 보여 줄까 생각한다. 아니면 이렇게 말할까 생각한다. *서로 피장파장인 것 같은데?* 하지만 대신 이렇게 말한다. "그걸 치료할 방법이 있겠지."

"이미 발랐어." 로드니가 기운차게 말한다. "지방으로 만든 습포제를 말이야."

보니 달의 지방으로 만든 거겠지. 이 순간 홀리는 선명한 진실이 그녀를 강타하자 살짝 주저앉는다.

에밀리가 물병을 든다. "내가 궁금해하는 걸 알려 주면 이거 줄게."

홀리는 아무 말도 하지 않는다.

"알겠어." 에밀리는 슬픈 척하지만 전혀 설득력이 없다. "사실 네가 죽을 확률은 거의 100퍼센트야. 그렇지만 목이 마른 채로 죽고 싶어?"

홀리는 자신이 아직까지 살아 있다는 걸 믿을 수 없는 입장이기에 대답하지 않는다.

"가자, 로디." 에밀리는 계단으로 앞장선다. 로드니는 순순히 따라 나선다. "생각할 시간을 주자."

"그래. 많이는 말고."

"응, 많이는 말고. *엄청* 목이 마를 테니까."

그들은 내려왔을 때처럼 조심스럽게 계단을 올라간다. *넘어져라.* 홀리는 속으로 외친다. *넘어져! 굴러서 그 망할 목이나 부러져라!*

하지만 두 사람 다 넘어지지 않는다. 1층 세상과 이 지하 감옥을 가르는 문이 닫힌다. 홀리는 욱신거리는 머리와 다른 통증과 갈증과 함께 혼자 남겨진다.

그날 9시는 리지 로드뿐 아니라 다른 여러 곳에서도 바쁘게 전개된다. 에밀리가 지하실로 홀리를 만나러 가자고, 앞 베란다에 앉아 있던 로드니를 부른 때가 9시다. 페니 달이 쇼나와 피트 헌틀리와 통화하고 제롬과 바버라 로빈슨에게 음성메시지를 남긴 것도 그때다.

전날 올리비아의 집에서 잔 바버라가 손님방에서 1층으로 내려온 것도 그때다. 그녀는 마리 뒤샹에게 빌린 반바지와 윗도리를 입었다. 둘이 사이즈가 다르지만 얼추 맞는다. 최근 들어 이 시각까지 늦잠을 잔 때가 언제였나 싶다. 숙취는 없다. 마리가 권한 대로 타이레놀 두 알을 먹고 자서 그런 것도 있지만(먹고 욕조에 몸을 담그지만 않으면 그보다 더 확실한 묘약이 없다고 했다.) 로절린 버크하트 학과장의 인도 아래 여러 조문객과 함께 그린 도어 펍에 갔을 때 술 대신 스파클링 워터를 마신 게 더 컸다. 로절린의 말에 따르면 올리비아가 70대에 처음으로 심방 세동을 일으키기 전까지 거기 단골이었다고 했다.

대부분의 10대처럼 바버라도 일어나면 먼저 휴대전화부터 확인한다. 배터리가 26퍼센트밖에 남지 않았는데 충전기를 집에 두고 왔다. 부재중 전화가 한 통 와 있고 음성메시지도 하나 남겨져 있다. 옷을 갈아입는 동안 벨이 울렸던 모양이다. (차도 없는데) 자동차 보증 기간을 갱신해 주겠다는 스팸 광고인가 보다 하는데 그게 아니다. 홀리에게 일을 맡긴 페니 달이 남긴 메시지다.

메시지를 듣는 동안 바버라는 점점 불안해진다. 맨 처음 든 생각은 사고가 났나 하는 거다. 그녀의 친구는 혼자 살고 가끔 그런 사람들에게 사고가 벌어질 때가 있지 않은가. 샤워를 하다가 또는 계단을 걷다가 미끄러진다든지. 담뱃불을 붙여 놓은 채 잠이 든다든지.(바버라는 홀리가 다시 담배를 피우기 시작했다는 걸 알아차린 지 좀 됐다.) 아니면 홀리의 아파트에 있는 것과 같은 지하 주차장에서 공격당할 수도 있다. 강도만 당하면 다행이지만 폭행이나 성폭행을 당할 수도 있다.

마리가 1층으로 내려오는 동안(그녀는 어제 스파클링 워터를 마시지 않았기에 좀 더 천천히 내려온다.) 바버라는 홀리에게 연락한다. 음성사서함이 꽉 찼다는 자동 음성 안내가 들린다.

어째 불길하다.

"가서 누구 좀 살펴봐야겠어요." 바버라는 마리에게 말한다. "친구요."

어제 입었던 옷을 그대로 걸치고 지독한 두통으로 고생 중인 마리는 커피 한잔하고 가겠느냐고 묻는다.

"나중에요." 점점 더 예감이 안 좋다. 이제 사고의 가능성이 아니라 홀리가 현재 맡은 사건이 바버라의 머릿속을 어지럽힌다. 그녀는 가방을 집어 전화기를 그 안에 넣고 어머니의 차를 타고 출발한다.

로드니는 다시 앞 베란다에 나와 있다. 에밀리가 따라 나온다. 그는 길거리를 멍하니 쳐다보고 있다. 에밀리는 생각한다. *정신이 오락가락하네. 언젠가는 떠난 정신이 돌아오지 않는 날이 오겠지.*

기브니가 결국에는 그들이 원하는 정보를, 그들에게 필요한 정보를 내줄 수밖에 없겠지만 그들은 기다릴 여력이 없다. 그러니까 에밀리가 두 사람 몫으로 머리를 써야 한다. 청산가리를 삼키고 싶지는 않지만 어쩔 수 없는 경우가 닥치면 기꺼이 삼킬 것이다. 미국뿐 아니라 전 세계 신문과 뉴스 방송사에 그들의 이름이 도배되는 것보다는 자살이 낫다. 수십 년에 걸쳐 용의주도하게 쌓아 올린 그녀의 명성이 와르르 무너질 테고 로드니도 마찬가지다. *식인 대학 교수 부부. 사람들이 우리를 그렇게 부르겠지.*

그것보다는 청산가리가 낫다. 분명히. 하지만 기회가 있다면 잡고 싶다. 그리고 그들의 행각을 이제 그만 정리해야 한다면 그게 그렇게 끔찍한 선택이 될까? 처음부터 그들이 자신을 속이고 있었던 게 아닐까 하는 의심이 점점 커지고 있다. 영양 섭취와 기적의 치료제에 대해 나름대로 연구를 하면서 알게 된 두 글자짜리 단어가 있다. 멍든 몸으로 그 집 지하실에 갇혀 갈증을 달래고 있는 여자에게는 진작에 떠오른 단어다.

지금도 시간은 째깍째깍 흐르고 있고 그들은 어쩌면, 정말 어쩌면 기브니의 답을 기다릴 필요가 없을 수도 있다.

"로디."

"음?" 그는 계속 길거리를 내다보고 있다.

"로디, 나를 좀 봐." 그녀는 그의 눈앞에 대고 손가락을 퉁긴다. "집중해."

그가 그녀 쪽으로 고개를 돌린다. "허리는 좀 어때, 여보?"

"괜찮아졌어. 조금." 진짜다. 오늘은 통증 척도가 6 정도 된다. "해야 할 일이 있어. 당신은 여기 가만히 있고 *지하실로 내려가지 마*. 경찰이 출동했는데 수색 영장이 없으면 돌려보내고 나한테 연락해. 여기까지 알아들었지?"

"응." 알아들은 것 같긴 한데 못 미덥다.

"내가 뭐랬는지 말해 봐."

그는 말한다. 완벽하게.

"수색 영장을 들고 왔으면 문 열어 줘. 그런 다음 나한테 연락하고 그 약을 먹어. 어디 뒀는지 기억해?"

"당연하지." 그는 짜증 섞인 표정으로 그녀를 본다. "내 주머니에 있잖아."

"좋아. 내 것 줘." 그러고는 그가 놀란 표정을 짓자(정말 귀여워 죽겠다.) 덧붙인다. "그냥 혹시나 해서 챙기는 거야."

그 말에 그는 미소를 지으며 노래를 부른다. "너 지금 어디 가니, 우리 아기, 귀여운 아기?"

"몰라도 돼. 신경 쓰지 마. 늦어도 12시 전에 돌아올게."

그녀는 그의 입가에 입을 맞추고 한술 더 떠 충동적으로 와락 끌어안는다. 그녀는 그를 사랑하고 이렇게 궁지에 몰리게 된 것이 실은 *그녀* 때문이라는 사실을 깨닫는다. 그녀만 아니었다면 로드니는 은퇴 후에 씩씩대고 여러 학회지에 반론을 제기하며(가끔은 못 봐주겠다는 듯이 학회지를 내동댕이쳐 가며) 시간을 보냈을 것이다. 인육의 장점을 운운하는 글을 절대 기고하지 않았을 것이다. (그때만 해도) 그런 발상이 그의 평판에 어떤 영향을 미칠지 모를 만큼 어리석지 않았다. "사람들이 나를 겸손한 제안의 전문가라고 불러." 그가 한번은 이렇게 투덜거린 적이 있었다.(그녀의 적극 추천 아래 조너선 스위프트의 그 수

필집을 읽은 뒤였다.*) 그를, 아니 그들을 이론에서 실제로 건너가게 한 사람이 그녀였고 그녀에게는 완벽한 시험 케이스가 있었다. 시가 창작 워크숍 문제를 놓고 감히 그녀에게 반기를 든 남미놈. 재능이 풍부했을 그 호모 새끼의 뇌가 얼마나 맛있었는지 모른다.

그리고 도움이 됐지. 그녀는 속으로 중얼거린다. *정말로. 우리 둘 모두에게 도움이 됐어.*

홀리의 핸드백이 그녀가 쓰고 있던 모자와 함께 거실 커피 테이블에 놓여 있다. 에밀리는 그 모자를 눌러쓰고 핸드백을 뒤져 방랑 인생에 걸맞은 온갖 잡동사니를(마스크와 담배의 아이러니한 조합을 모르려야 모를 수 없다.) 헤치고 출입증 비슷하게 생긴 걸 찾아서 주머니에 챙긴다. 에밀리의 손목을 내리쳤을 때 쓰인 그 여자의 총은 벽난로 선반 위에 놓여 있다.

기브니의 휴대전화는 사라진 지 오래지만, 에밀리는 샅샅이 살펴본 뒤에 유심칩을 제거하고 전자레인지에 넣어서 돌리기까지 했다. 휴대전화 보안 모드를 해제하는 건 간단했다. 기절한 여자의 손가락을 화면에 갖다대고 개인 정보에서 위치 정보 서비스를 열 때 다시 한번 갖다대면 그만이었다. 기브니가 여기 오기 전에 들른 두 곳이 사무실과 회사였다. 벌건 대낮에 집을 다시 찾아갈 엄두는 나지 않는 데다 사무실이 더 나은 선택인 것 같다. 이 골치 아픈 여자가 실제로 거기서 보낸 시간이 상당했다.

기브니에게는 피트 헌틀리라는 파트너가 있지만(조만간 '있었지만'이 될 것이다.) 페이스북에서 헌틀리를 찾아보니 엄청난 행운이 그녀를 기다리고 있다. 그가 자기 이야기를 많이 올리지는 않지만 댓글과 메

* 『걸리버 여행기』로 유명한 조너선 스위프트가 쓴 수필집 제목이 『겸손한 제안』이다.

시지만으로도 필요한 정보는 모두 습득할 수 있다. 그가 코로나에 걸렸다는 것을 말이다. 재택 치료를 하다가 지금은 병원에 입원 중이다. 불과 한 시간 전에 이사벨 제인스라는 사람이 마지막으로 다음과 같은 댓글을 올렸다. *내일이면 퇴원이고 1, 2주 지나면 훌훌 털고 일어날 수 있을 거예요! 얼른 나아요, 투덜이 영감님.* 그러고는 곰 이모티콘을 달아 놓았다.

기브니가 그 요정의 어머니의 의뢰 아래 수사를 진행 중이었다면 보고서를 작성했을 수 있다. 그렇다면, 기브니는 조만간 일회용 비닐봉지 안에 담긴 축축한 덩어리로 전락할 테니 그것이 유일한 증거인 경우 에밀리가 출력된 원본을 가로채거나…… 기브니의 컴퓨터에서 삭제할 수 있다면…….

어마어마한 도박이지만 시도해 볼 만하다. 그들의 포로는 시간이 지날수록 갈증이 심해질 테고 점점 입을 열 마음이 생길 것이다. *어쩌면 담배 생각이 간절할 수도 있지.* 에밀리는 미소를 짓는다. 절박한 상황이지만 이보다 더 살아 있음을 느낀 적이 없다. 그리고 덕분에 적어도 아픈 허리를 잊을 수 있다. 그녀는 출발하려다 생각을 바꾼다. 냉장고에서 회색 바탕에 빨간색 소용돌이무늬가 있는 요정 파르페를 꺼내 후루룩 먹어 치운다.

냠냠!

그녀의 경험에 따르면 맨 처음에는 호기심에서 인육을 먹는다. 그러다 좋아하는 것을 넘어 사랑하게 되고 결국에는 아무리 먹어도 성에 차지 않게 된다.

뒷문으로 차고에 가지 않고 로드니에게 다시 물어보기 위해 먼길을 뱅 돌아서 간다. "내가 뭐랬는지 말해 봐."

그는 말한다. 토씨까지 완벽하게.

"저기 내려가지 마, 로디. 그게 가장 중요해. 내가 돌아올 때까지 내려가지 않는 게."

"2인 1조 시스템."

"맞아, 2인 1조 시스템이야." 그녀는 스바루를 주차해 놓은 곳을 향해 진입로를 걸어간다.

갈증과 지끈거리는 두통과 셀 수 없을 만큼 많은 여러 부위의 통증에 공포가 더해진다. 홀리는 전에도 몇 번 죽음의 문턱까지 다녀온 적 있지만 이렇게 가까웠던 적은 없었다. 그들은 분명히 그리고 조만간 그녀를 죽일 것이다. 그녀가 사랑해 마지않는 그 옛날 누아르 영화의 대사에도 있지 않은가. *그 여자는 아는 게 너무 많아.*

지하실 저편에 놓인 큼지막한 철제 상자의 정체를 정확히는 모르겠지만 목재분쇄기인 것 같다. 호스가 벽을 뚫고 작업실에 달린 조그만 문 너머로 연결된다. 그 안에 뭐가 있을까. *저들이 여기서 그 사람들을 처리했을 거야. 그 사람들의 잔해를.* 처리 장치를 여기까지 무슨 수로 들고 내려왔는지는 아무도 모를 일이다.

저쪽 벽에 달린 타공판을 보니 공구가 아닌 게 두 개 걸려 있다. 하나는 자전거 헬멧이다. 그 옆은 백팩이다. 그걸 본 순간 홀리의 무릎에서 힘이 풀린다. 그녀는 토퍼 위에 앉다가 갈비뼈에 통증이 느껴지자 살짝 헉하는 소리를 낸다. 토퍼가 살짝 움직인다. 그 아래로 뭔가의 모서리가 보인다. 그녀는 토퍼를 들어서 뭔지 확인한다.

바버라는 홀리의 아파트 열쇠는 있지만 차량 출입증은 없기에 길가에 차를 대고 진입로를 걸어 내려가 차단기 밑을 지나간다. 당장 불길한 광경이 그녀를 맞이한다. 홀리의 차가 진입로 근처에 주차돼 있고, 훨씬 안쪽인 홀리의 지정석은 본인용과 방문객용 양쪽 모두 비어 있다. 그리고 하나 더. 왼쪽 앞 타이어가 노란 선을 넘어 옆자리를 침범했다. 홀리라면 절대 그런 식으로 주차하지 않을 것이다. 확인하자마자 다시 차에 타서 제대로 댈 것이다.

급하게 대느라 그랬나?

그랬을지도 모르지만 그녀의 지정석이 엘리베이터나 계단과 더 가깝다. 엘리베이터를 타려면 전자카드가 있어야 하기에 바버라는 계단으로 간다. 그 어느 때보다 불안한 마음을 달래며 성큼성큼 올라간다. 홀리의 집 앞에 다다르자 열쇠로 문을 열고 고개를 들이민다.

"홀리? 여기 있어요?"

고요하다. 바버라는 이 방에서 저 방으로 거의 뛰어다니다시피 하며 집 안을 얼른 체크한다. 모든 게 제자리에 있고 모든 게 아주 깔끔하다. 침대는 정리했고 부엌 조리대 위에는 부스러기나 흘린 자국 하나 없고 욕실은 얼룩 하나 없다. 뭔가 다른 점이 있다면 남아 있는 담배 냄새뿐이고 그마저도 희미하다. 방마다 향초가 있고 딱 하나뿐인 재떨이는 식기건조대에 담겨 있는데, 먼지 한 톨 없다. 괜찮아 보인다. 사실상 아무 문제 없어 보인다.

하지만 그 차.

그 차가 그녀의 신경을 건드린다. 엉뚱한 자리에 대충 주차된 차가.

전화벨이 울린다. 제롬이다. "홀리 찾았어?"

"아니. 나 지금 홀리 집에 왔는데 느낌이 안 좋아, 오빠." 오빠는 대수롭지 않게 간주할지 모른다고 생각하며 그녀는 차에 대해 설명하지만 제롬도 어째 찜찜하다고 한다.

"흠. 현관문 옆에 조그만 바구니를 들여다봐. 집에 들어오면 항상 거기다 열쇠를 두거든. 그러는 거 한 천 번쯤 봤어."

바버라는 들여다본다. 자동차 스페어 열쇠는 있지만 홀리의 키링은 없다. 엘리베이터용 전자 카드도 없다. "만날 들고 다니는 그 큼지막한 숄더백 안에 있나 보다."

"그럴지도 모르지만 차는 있는데 홀리는 없는 이유가 뭘까?"

"버스를 탔나?" 바버라는 이렇게 반문하지만 못미더워하는 투다.

"코로나 때문에 버스가 정기적으로 운행되지도 않거든. 공항 갈 때 버스 타려고 알아보다가 결국 우버 부르는 수밖에 없었어."

"고생했네." 평소에 잘하는 애정 어린 티격태격을 이런 식으로 어설프게 시도해 본다.

"나도 예감이 안 좋다, 바브. 집으로 내려가야 할까 봐."

"그럴 것 없어!"

"그럴 것 있어. 몇 시 비행기로 내려갈 수 있을지 알아볼게. 내가 탑승하기 전에 홀리의 행방이 밝혀지면 전화하거나 메시지 날려줘."

"몬턱에서 으리으리한 주말 보내기로 한 건 어쩌고? 스필버그를 만날지도 모른다며!"

"최근에 찍은 영화 두 편은 어차피 마음에 들지도 않았어. 어제 통화했을 때까지만 해도 홀리한테 별일 없는 것 같았는데……." 그는 말끝을 흐리다 그녀가 뭐라고 말문을 열 겨를도 없이 말을 잇는다. "사건 때문일 수도 있겠다. 달 부인이 나한테도 메시지를 남겼더라고. 정말 걱정하는 것 같던데. 홀리가 보니와 다른 사람들 실종 사건을 수사하다가 이상한 사람을 맞닥뜨렸을 수도 있어. 이제 9년인가 10년 전에 실종된 카스트로라는 사람도 명단에 추가됐으니까."

"그러게. 모르겠다." 바버라가 확신할 만한 게 있다면 홀리가 차를 그렇게 대충 댈 리 없다는 것뿐이다. '대충'은 홀리와 거리가 먼 단어다.

"사무실로 전화해 봤어?"

"응. 오는 길에. 음성사서함으로 넘어가."

"거기 가 보는 게 좋겠다. 홀리가 혹시라도…… 에이, 모르겠다."

하지만 바버라는 안다. 홀리가 혹시라도 죽지 않았는지 확인해 보라는 것이다.

"우리가 섣부른 결론을 내린 것일 수도 있어, 오빠. 완벽하게 납득이 가는 이유가 있을 텐데, 오빠가 괜히 집으로 내려오는 것일 수도 있어."

"사무실 체크해 봐. 내가 비행기 탑승하기 전에 홀리를 찾으면 알려 주고."

그녀는 집을 나서 다시 얼른 계단을 내려간다.

바버라가 아무도 없는 홀리의 아파트에서 오빠와 통화하고 있을 때, 로드니 해리스는 집 앞 베란다에서 《거트》에 보낼 편지를 구상하고 있다. 《거트》는 소화기와 간장학을 전문으로 다루는 유수의 학회지다. 최신호에 유문과 크론병의 상관성을 발견했다며 조지 호킨스가 투고한 황당무계한 논문이 게재됐다. 무려 박사라는 자가 마이런 들롱과…… 지금 당장은 이름이 생각나지 않는 다른 친구가 쓴 논문을 완전히 왜곡했다. 따라서 호킨스가 내린 결론은 전혀 틀렸다.

로드니는 요정 튀김을 씹어 먹으며 으스러지는 식감을 만끽한다. *내 반론으로 그자는 완전히 무너지겠지.* 그는 생각하며 흐뭇해한다.

지하실에 포로가 있다는 데 문득 생각이 미친다. 이름은 기억나지 않지만, 그들이 어떤 식으로 노화의 가장 끔찍한 징후를 차단해 왔는지 에밀리에게 들었을 때 그 여자가 경악하며 지은 표정은 기억이 난다. 그녀의 어리석은 편견을 하나씩 무너뜨리는 것이 《거트》에 편지를 보내 조지 호킨스 교수의 카드로 만든 엉성한 집을 무너뜨리는 것 못지않게 흥미진진하다. 그는 지하실에 내려가지 말라는 에밀리의 명령을 잊어버렸다. 잊어버리지 않았다 한들 어리석은 명령으로 간주했을 것이다. 그 여자는 *철창 안에* 갇혀 있지 않은가!

그는 일어나 요정의 살로 만든 튀김을 입안에 던져넣으며 집 안으로 들어간다. 정신을 맑게 하는 놀라운 효과가 있다.

해리스가 지하실로 내려오자 홀리는 삐걱거리며 자리에서 일어난다. 이렇게 끝이 나는 건가 싶다. 그는 계단 발치에서 잠깐 걸음을 멈춘다. 자기만의 세상으로 빠져든다. 아직까지 잠옷 위에 가운을 걸치고 있다. 가운 주머니에서 뭔지 모를 갈색의 동그란 것을 꺼내 입안에 넣는다. 페니 달의 딸의 일부분이라고 믿고 싶지는 않지만 그런 것 같다. 그녀는 머리가 욱신거리는 박자에 맞춰 짧은 손톱으로 손바닥을 꽉 눌러 가며 왼손을 쥐었다 폈다 한다.

"그거 제가 생각하는 그게 맞나요?"

그는 음흉하게 미소를 지을 뿐 아무 말도 하지 않는다.

"통증이 있을 때 먹으면 좋은지 모르겠네요. 제가 지금 온몸이 아프거든요."

"좋지, 진통 효과가 있거든." 그는 한 개를 더 먹는다. "아주 훌륭해. 이것의 진통 효과를 알아차린 교황도 몇 명 있었어. 바티칸에서는 계속 쉬쉬하지만 *기록이 있는걸!*"

"저도…… 저도 하나 먹을 수 있을까요?" 보니 달의 일부분을 먹는다는 생각만 해도 속이 울렁거려서 구역질이 날 것 같지만, 그래도 그녀는 애원하는 동시에 기대하는 표정을 짓는다.

그는 미소를 지으며 가운 주머니에서 갈색의 조그만 덩어리를 꺼내 들고 다가온다. 그러다 중간에 걸음을 멈추고 벽지에 크레용으로 낙서하는 세 살짜리 아이를 발견한 너그러운 부모처럼 그녀를 향해 손가락을 흔든다. "아-아-아. 그건 안 될 것 같은데 미스…… 이름이 뭐였더라?"

"홀리요. 홀리 기브니."

로드니는 구멍 안으로 음식과 물을 넣어줄 때 쓰는 빗자루를 흘끗 쳐다보다가 다시 고개를 젓는다. 갈색 덩어리를 주머니에 넣으려다가 생각을 바꿔서 입안으로 던진다.

"도와줄 생각이 없다면 왜 내려오신 거예요, 해리스 씨?"

"해리스 교수님."

"죄송해요, 교수님. 저랑 얘기하고 싶으세요?"

그는 그냥 그 자리에 서서 허공을 바라본다. 홀리는 거죽만 남은 남자의 목을 비틀고 싶지만 그는 아직 6, 7미터 거리를 두고 계단 발치에 서 있다. 그녀의 팔이 그 정도로 길면 얼마나 좋을까.

그는 다시 올라가려고 몸을 돌리다 내려온 이유가 생각나자 그녀 쪽으로 다시 몸을 돌린다. "우리, 간 얘기를 해 보도록 하지. *깨어난* 인간의 간에 대해서. 어때?"

"좋아요." 어떤 식으로 그를 꼬드겨 좀 더 다가오게 할지는 모르겠지만 그가 1층으로 올라가지만 않으면, 머리가 좀 더 잘 돌아가는 듯해 보이는 그의 아내가 내려오지만 않으면 좋은 수가 생각날지 모른다. "간은 어떻게 깨우나요, 교수님?"

"당연히 *다른* 간을 먹여서 깨우지." 그는 어떻게 그렇게 멍청할 수 있느냐고 묻는 표정으로 그녀를 쳐다본다. "송아지 간이 가장 좋지만 돼지 간도 효과가 거의 비슷할 거야. 돼지 간은 시도해 본 적 없지만. 왜냐하면 프리온 때문에. 게다가 고장 나지 않은 건……"

"고칠 필요가 없죠." 홀리가 대신 말문을 맺는다. 머리가 너무 심하게 지끈거려서 눈알이 펄떡거리는 느낌이고 어마어마하게 목이 마르지만 그래도 최선을 다해 열심히 배우려는 모범생 같은 미소를 짓는다. 손을 쥐었다 폈다, 쥐었다 폈다 한다.

"바로 그거야! 정확해! 고장 나지 않은 건 고칠 필요가 없지. 자명한 이치 아닌가! *인간의* 간이 가장 좋겠지만 어떤 사람에게 *다*른 사람의 생간을 먹이려면 문제가…… 아주…… 음……." 그는 미간을 찌푸리고 허공을 응시한다.

"그럼 포로가 두 명이라야 하죠."

"그래! 그래! 그렇지! 자명한 이치지! 하지만 간은…… 내가 무슨 얘기를 하고 있었더라?"

"각성이요. 아마도…… 준비시키는 건가요?"

"바로 그거야. 간은 성배야. 진정한 성배. *성체.* 인간의 간에 아홉 가지 필수 아미노산이 모두 들어 있는 거 아나? 그중에서도 리신은 특별히 많고."

"그게 입술 포진 예방 효과가 있죠?" 입술에 포진이 잘 나는 홀리는 이렇게 묻는다.

"그건 리신의 특징 중에서도 *가장 하찮은* 거야!" 해리스의 언성이 높아진다. 조만간 몇몇 학생은 괴로워서 수강 철회를 할 수밖에 없었을 만큼 고래고래 악을 쓰는 수준으로 발전할 것이다. "리신은 *불안*을 가라앉히지! *상처*를 치료하고! 간은 리신의 *보물창고*야! 그런가 하면 T세포를 생성하는 흉선에도 에너지를 공급한다네! 그리고 코로나? *코로나?*" 그는 웃음을 터뜨리는데, 그것마저 거의 비명에 가깝다. "인간의 간, 그중에서도 특히 *각성된* 간을 먹을 수 있는 행운아는 코로나를 *비웃어*도 돼, 우리 부부처럼! 아, 그리고 철분! 인간의 간은…… 송아지…… 양…… 돼지…… 사슴…… 마멋…… 기타 등등의 간보다 철분이 풍부하지. 흰긴수염고래의 간보다 더 풍부해. 흰긴수염고래의 몸무게가 *165*톤인데! 철분은 피로를 물리치고 혈액순환을 개선하지. *특히 뇌에에에에!*" 로드니는 혈관이 조그맣게 불룩 튀어나온 자기 관자놀이를 톡톡 두드린다.

내가 지금 완전히 미친 과학자와 대화를 나누고 있네. 다만 대화를 나누는 건 아니다. 홀리는 듣고만 있다. 로드니 해리스가 강의를 하는 것도 아니다. 이제는 보이지 않는 불신자들을 향해 고함을 지르고 있다.

"*몇백 그램, **고작 몇백 그램**의 간에 적혈구 생성과 세포 **대사**에 필요한 **모든 비타민**의 700퍼센트가 들어 있어! 내 피부를 봐, 요정아, 내 피부를 보라고!*"

로드니는 쭈글쭈글하고 움푹 꺼진 자기 뺨을 집더니 환자의 잇몸에 마취 주사를 놓으려는 치과의사처럼 만지작거린다. "*반질반질하잖아! 유명한 비유를 들자면 **어린애 궁둥이**처럼! 그리고 어디까지나* ***간**만 따져도 이렇다는 거고!*" 그는 잠깐 말을 멈추고 숨을 고른다. "뇌 조직으로 말할 것 같으면……"

"헛소리하시네." 이 말이 홀리의 입에서 툭 튀어나온다. 아무 계획도 작전도 없이. 인내심의 한계에 다다랐다. 비위를 맞춰 보겠다는 생각은 저 멀리 날아가 버렸다.

로드니는 눈을 동그랗게 뜨고 그녀를 빤히 쳐다본다. 그는 지금까지 그 보이지 않는 청중, 고등학교 때 배운 생명과학이 전부라 그에게 반론을 제기할 배짱도 없는 풋내기 학부생을 상대로 열변을 토하며 그들을 쥐고 흔드는 중이었다. "뭐라고? *지금* 뭐라고 했나?"

"헛소리라고 했다." 대답한 홀리는 오른손으로 철창을 느슨하게 잡고 주먹 쥔 왼손은 오른쪽 가슴 위에 얹고 네모난 창살 사이에 얼굴을 대고 그를 빤히 쳐다본다. 어렸을 때 집에서 배운 대로 나쁜 말은 쓰지 않으려는 습관도 저 멀리 날아가 버렸다. "구리 팔찌, 마법의 구슬만 없다뿐이지 완전 시장통 약장수 광고네. 반질반질한 피부? 요즘 거울을 안 보고 다니는 모양이지? 자고 일어난 침대처럼 쭈글쭈글한데?"

"입 닥쳐!" 그의 뺨이 점점 벌게진다. 튀어나온 관자놀이의 혈관이 점점 더 빠르게 펄떡거린다. "입 닥쳐, 이…… 이 *멍청아!*"

어차피 저들 손에 죽겠지만 죽기 전에 이자에게 몇 가지 기본적인 진실을 알려 주겠어.

"뇌 기능에 대해서라면…… 당신은 지금 알츠하이머를 앓고 있고 그마저 초기도 아니야. 내 이름을 기억 못 하지? 몇 달, 아니 몇 주만 지나면 네 이름도 기억하지 못하게 될걸?"

"*입 닥쳐! 입 닥쳐! 아무것도 모르는 무지렁이 주제에!*"

로드니가 이쪽으로 한발 다가온다. 홀리가 그에게 그 끔찍한 갈색의 인육 튀김을 하나 달라고 했을 때 노린 것이 이것이었는데, 그녀는 그가 다가오는 줄도 거의 모른다. 그와 그의 아내와 이 가망 없는 현재 상황에 대한 분노로 심지어 갈증마저 잊는다.

"너는 네가 괜찮아진 줄 알지? 네 부인도 자기가 괜찮아진 줄 알고. 한동안은 실제로 괜찮아졌을 수도 있지. 그런 경우도 있으니까. 과학 잡지를 너만 읽는 건 아니거든? 그런 걸 뭐라고 하냐면……"

"*그만! 그건 거짓말이야!* ***빌어먹을 거짓말****이라고!*"

그는 자신도 사실일지 모른다고 생각하는 단어를 내뱉지 못하게 막으려 하지만 그녀는 아랑곳하지 않는다. 죽으면 어차피 입을 다물어야겠지만 아직 그녀는 살아 있다.

홀리가 로드니 해리스에게 과학 잡지를 그 혼자 읽는 건 아니라고 알려 주고 있을 때 에밀리는 프레더릭 빌딩에 들어선다. 원래는 마스크라는 발상 자체를 어이없게 생각하지만 지금은 기꺼이 착용 중이고 홀리의 야구모자를 눈이 안 보일 정도로 푹 눌러썼다. 건물 안내 팻말 앞으로 가서 확인한다. 파인더스 키퍼스는 퍼니처 임포츠, 데이비드 앤드 도터 법의학 회계 사무소와 함께 5층에 있다.

에밀리는 엘리베이터에 타서 5를 누른다. 5층에서 내린 뒤 복도에 아무도 없는 것을 확인하고 절뚝절뚝 '파인더스 키퍼스 탐정 사무소' 팻말이 달린 문 앞으로 걸어간다. 홀리의 열쇠를 가지고 있으니 문이 잠겨 있는 걸 보고 다행스럽게 여긴다. 사무실을 지키는 안내데스크 직원이 없다는 뜻이지 않은가. 있다면 얼빠진 노파 행세를 하며 엘리베이터를 잘못 내렸나 보다고, 미안하다고 해야겠다. 홀리의 열쇠고리에서 맞을 듯한 것들을 하나씩 넣어 보며 퍼니처 임포츠나 데이비드 앤드 도터 법의학 회계사무소에서 화장실에 가려고 나오는 직원이 없길 바란다.

세 번째 열쇠가 맞는다. 들어가 보니 대기실이다. 에어컨이 나지막이 돌아간다. 절전 모드이길 바라며 조그만 책상 위에 놓인 컴퓨터를 체크해 보지만 운이 따라 주지 않는다. 오른쪽에 달린 문을 열고 들여다보니 남자 파트너의 방인지 스포츠 신문기사를 액자에 담아서 벽에 걸어 놓은 것이 보인다. 헤드라인이 '클리블랜드, 월드씨리즈 우승!'인 기사는 진짜일지 몰라도(오타가 있다는 생각이 들긴 하지만) '브라운스, 슈퍼볼 우승!'은 가짜다.

다른 방이 기브니의 방이다. 그녀는 얼른 홀리의 컴퓨터 앞으로 다가가 절전 모드면 해제할 수 있길 바라며 아무 키나 눌러 본다. 이 컴퓨터는 절전 모드지만 그 안에 담긴 보물을 해제하려면 암호를 입력해야 한다. 그녀는 HollyGibney, hollygibney, FindersKeepers, finderskeepers, LaurenBacallFan, password 등 여러 단어를 시도해 본다. 전부 아니라고 한다. 책상을 둘러본다. 깔끔하게 정리가 잘 되어 있고 메모지 말고는 아무것도 없다. 메모지 맨 위장에 꽃 그림 낙서와 끼적여 놓은 몇 개의 단어가 있다. '이마니'라는 이름은 아무 의미 없지만 '엘름 그로브 트레일러 주차장'은 아니다. 에밀리는 크래슬로가 떠난 것처럼 보일 수 있게 하려고 그년이 살던 트레일러하우스에 가서 소지품을 정리한 적이 있다. 그 단어도 꺼림칙하지만 그 아래에 정자로 적힌 단어는 더 그렇다. '벨린저'와 'J. 카스트로'와 '2012'다.

이년이 무슨 수로 *이렇게나 많이* 알아냈을까?

에밀리는 이 메모지와 만일의 경우에 대비해 그 아래 장까지 뜯는다. 돌돌 뭉쳐서 주머니에 넣는다. 출력해 놓은 보고서가 있길 바라며 책상 서랍을 하나씩 뒤진다. 보고서는 보이지 않고, 솔직히 찾는다 한들 손으로 적은 게 아닌 이상 불안하기는 마찬가지일 것이다. 컴퓨터 암호가 적힌 쪽지도 찾을 수 없기에 분노와 절망이 파도처럼 그녀를 덮친다.

청산가리 말고 다른 출구 전략도 준비했어야 했는데. 왜 안 그랬을까?

답은 빤하다. 그들은 늙었고 늙은이는 아주 멀리 또는 아주 빠르게 달릴 수 없기 때문이다.

어쩌면 보고서 같은 건 없었을지 몰라. 그 바보 같은 것이 자신이 없어서 보고서를 쓰지도, 아무한테 얘기하지도 않았을지 몰라.

에밀리는 그랬길 바라는 수밖에 없다는 결론을 내린다. 이제 집에 가야겠다. 크래슬로, 그넌 때처럼 로드니를 시켜서 총으로 쏴서 죽여야겠다. 둘이서 같이 기브니를 들어 목재분쇄기에 넣어 뼈는 가루로 빻고 니코틴으로 오염이 된 간을 비롯한 나머지 부분은 다 녹일 것이다. 마리 캐더호를 타고 호수의 수심이 가장 깊은 곳으로 가서 일회용 비닐봉지에 넣은 홀리 기브니의 잔해를 던질 것이다. 그런 다음 계속 들키지 않길 바랄 것이다. 달리 무슨 방법이 있겠는가? 물론 자살이라는 선택지가 있지만 에밀리는 여전히 그 지경까지 이르지는 않길 바라고 있다.

그녀는 누가 봐도 빤하게 목초지 사진으로 숨겨 놓은 금고를 발견한다. 별 기대 없이 손잡이를 돌려보지만 역시 잠겨 있다. 그녀는 넌더리를 내며 다이얼을 돌려 보다가 사진을 다시 걸고 컴퓨터를 끈다. 메모지가 조금 삐딱하게 움직인 것 같기에 바로잡는다. 그러고는 컴퓨터 자판부터 시작해 건드린 모든 걸 닦으며 왔던 길을 되짚어 나간다. 마스크를 쓰고 열쇠 구멍으로 밖에 아무도 없는지 확인한 다음 마지막으로 문손잡이를 닦는다. 복도를 반쯤 갔을 때 문을 잠그지 않았다는 사실이 떠오르자 돌아가서 문을 잠그고 지문을 다시 꼼꼼히 닦는다.

엘리베이터에 타서는 모자를 깊숙이 내려쓴다. 로비에서 딱 한 명과 마주치지만 고개를 숙이고 있기에 그녀를 지나쳐 엘리베이터로 향하는 바버라 로빈슨의 청바지와 운동화밖에 보지 못한다. 이제 집에 가서 성가신 문제를 최소 한 가지만이라도 해결해야겠다.

로비 문을 열고 밖으로 나서는데 유난히 심한 통증이 허리 오목한 부분을 번개처럼 관통한다. 에밀리는 얼굴을 찡그리고 인도에 서서 통증이 가라앉길 기다린다. 조금 가라앉자 그녀는 집을 나서기 전에 요정 파르페를 챙겨 먹길 잘했다고 하늘에 감사한다. 물론 신은 존재하지 않지만. 그녀는 그 어느 때보다 심하게 절뚝이며 프레더릭가를 가로질러 차까지 걸어간다.

바로 그 순간 홀리가 그녀의 남편에게 큰 소리로 외치고 있는 단어가 그녀의 머릿속에도 떠오르지만 거부한다.

*"**그런 걸 플라시보 효과라고 한다**, 이 골 빈 멍청……"*

그가 입 닥치라고, 플라시보 효과라는 건 없다고, 게으른 사이비 과학자들의 통계 조작이라고 악을 쓰며 달려들자……

그녀는 사정권 안에 들어오자마자 그를 와락 붙잡는다. 이번에도 아무 생각 없이, 아무 사전 계획 없이 그저 오른팔을 창살 사이로 내밀어 그의 목을 감싼다. 멍이 든 갈비뼈에서 통증이 느껴지지만 아드레날린이 폭발한 상황이라 그런 줄도 거의 모른다.

확 빠져나가려던 그는 거의 성공할 뻔하지만 홀리가 두 배로 힘을 실어 그를 철창 속으로 끌어당긴다. 가운이 벗겨져 우스꽝스러운 소방차 잠옷이 드러난다.

"이거 놔!" 그는 켁켁대며 꾸르륵거린다. "*이거 놔!*"

홀리는 왼손에 뭐를 쥐고 있는지 기억해 낸다. 손바닥을 베일 정도로 세게 쥐고 있었던 것. 삼각형 모양의 귀걸이, 그녀가 주인 없는 카센터 옆 잡초밭에서 주운 것과 한 쌍이다. 그녀는 그쪽 손을 창살 사이로 밀어내 금색 모서리를 해리스의 거죽만 남은 목에 대고, 턱 이쪽에서 저쪽까지 반원으로 긋는다. 아무것도 기대하지 않고 그냥 그렇게 한다. 25센티미터에 달하는 그 반원은 거의 살갗을 베지도 못한다. 차라리 종이에 베인 상처가 그보다 더 깊고 피가 많이 났을 것이다. 하지만 불룩 튀어나온 힘줄에 걸리자 모서리가 깊숙이 박힌다. 자기가 뭐에 베이고 있는지 보려고 로드니가 고개를 옆으로 확 돌린 것도 보탬이 된다. 귀걸이가 그의 경정맥을 가르자 홀리의 얼굴 위로 뜨끈한 피가 튄다. 그의 심장이 펌프 운동을 하자 다시 한번 솟구친 피가 그녀의 눈에 들어가 화끈거린다.

로드니가 경련을 일으키며 그녀의 손에서 풀려난다. 거의 허리까지 내려온 가운으로 바닥을 질질 쓸며 계단을 향해 휘청휘청 걸어간다. 손을 목에 갖다 댄다. 피가 손가락 사이로 뿜어져 나온다. 그는 비틀거리다 계단에 기대어져 있던 빗자루에 걸려 넘어진다. 머리가 난간에 부딪히자 무릎을 꿇으며 쓰러진다. 피가 계속 뿜어져 나오지만 기세가 약해지기 시작한다. 그는 난간을 잡고 일어나 그녀 쪽으로 몸을 돌린다. 눈이 휘둥그렇다. 그가 손을 내밀어 꾸르륵거리며 뭔지 모를 소리를 내는데, 짐작건대 아내의 이름인 것 같다. 가운이 완전히 벗겨진다. 허물을 벗는 뱀이 연상된다. 그는 팔을 휘저으며 그녀 쪽으로 두 걸음 다가오다가 앞으로 고꾸라진다. 두개골 전면이 쿵 하고 콘크리트 바닥을 때린다. 그의 손가락이 실룩거린다. 그는 고개를 들려고 하지만 들지 못한다. 피가 바닥 위로 천천히 흐른다.

홀리는 충격과 놀라움으로 그대로 얼어붙는다. 두 팔은 교차하는 창살 사이로 계속 내밀고 있다. 축축한 빨간색 장갑을 낀 것처럼 보이는 왼손에는 귀걸이를 계속 쥐고 있다. 처음에는 레이디 맥베스의 질문밖에 생각나지 않는다. 노인의 몸속에 피가 그렇게 많을 줄 어느 누가 상상이나 했을까.

그리고 잠시 후 다른 질문이 떠오른다. *그의 아내는 어디 있을까?*

그녀는 한 걸음, 또 한 걸음 뒷걸음치다가 자기 발에 걸려 토퍼에 세게 주저앉는다. 멍이 들고 성난 갈비뼈가 아파서 소리를 지른다. 그녀의 손에서 귀걸이가 떨어진다.

그녀는 에밀리를 기다린다.

바바라는 프레더릭 빌딩 로비에서 스쳐 지나간 여자를 흘끗 쳐다보지도 않는다. 제롬이 어렸을 때 읽고 그녀에게 물려준 어린이 탐정 소설 시리즈 「머리를 써라, 응?」이 생각난다. 그녀와 오빠가(둘 중에서도 특히 오빠가) 홀리의 직업에 매료된 이유가 그 책에서 기인했는지 잘은 모르겠지만 그랬을 수도 있다.

「머리를 써라, 응?」에는 각 권마다 두세 쪽밖에 안 되는 미스터리가 서른 내지 마흔 가지가 담겨 있었다. 주인공은 더치 스파이글라스라는 있을 법하지 않은 이름의 탐정이었다. 더치는 범행 현장에 출동하면 살펴보고 몇몇 사람들과 이야기를 나눈 다음 사건을 해결했다. 대부분 강도고 방화 또는 두부 강타도 더러 있었지만 살인은 절대 없었다. 더치는 항상 같은 말로 끝을 맺었다. "모든 증거가 눈앞에 있잖아! 해답이 네 손안에 있다고! 머리를 써라, 응?" 제롬은 해결한 사건이 더러 있었지만 바바라는 거의 없었다. 하지만 맨 뒷장으로 넘겨서 사건 개요를 보면 항상 빤하게 느껴졌다.

엘리베이터를 타고 올라가며, 홀리가 수사 중이던 실종 사건이 그녀가 아홉 살인가 열 살 때 고심했던 미니 사건들과 비슷하다는 생각을 한다. 그보다 더 끔찍하고 불길하긴 하지만 기본적으로는 같다. 모든 *증거가 눈앞에 있고 해답이 네 손안에 있어.* 바바라는 그 말이 맞는다고 생각한다. 맨 뒷장으로 넘겨서 해답을 볼 수 있으면 좋겠지만 책은 없다. 사라진 그녀의 친구만 있을 뿐이다.

그녀는 복도를 걸어가 열쇠로 파인더스 키퍼스 문을 연다. "홀리?"

대답이 없지만 누군가가 안에 있거나 얼마 전에 다녀간 듯한 아주 묘한 느낌이 든다. 냄새 때문이 아니라 공기가 최근에 흐트러졌던 것처럼 느껴진다.

"누구 있어요?"

고요하다. 그녀는 피트의 방을 얼른 들여다본다. 심지어 옷장까지 살핀다. 그런 다음 홀리의 방문 앞으로 다가간다. 눈을 게슴츠레하게 뜨고 있는 홀리의 시신이 의자에 앉아 있으면 어쩌나 싶어서 문손잡이에 손을 얹은 채 잠깐 망설인다. 하지만 그럴 리 없다고, 만일 그렇더라도 비명을 지르면 안 된다고 마음을 다잡으며 문을 연다.

홀리는 없지만 누군가가 얼마 전에 왔다 간 듯한 느낌은 가시지 않는다. 홀리의 책상을 보니 그녀가 낙서하거나 메모할 때 쓰는 메모지 말고는 아무것도 없다. 깔끔하게 정중앙에 놓여 있는 건 홀리답다. 바버라는 컴퓨터 자판의 키를 하나 눌렀다가 아무 일도 벌어지지 않자 미간을 찌푸린다. 홀리는 절전 모드로 둘 뿐 컴퓨터를 끄는 경우가 거의 없다. 부팅이 되는 그 짧은 틈도 기다리기 싫어해서 그렇다.

바버라는 컴퓨터를 켜고 시작 화면이 켜지자 휴대전화 메모앱을 켜서 모든 사무실 컴퓨터에 적용되는 암호를 알아낸다. Qxtt4$%ck다. 암호를 입력한다. 화면이 잠깐 흔들리기만 할 뿐 아무 일도 벌어지지 않는다. 암호가 틀렸다는 뜻이다. 잘못 입력했나 싶어 다시 해 보지만 마찬가지다. 그녀는 미간을 찌푸리다가 이유를 알아차리고 조그맣게 짜증 섞인 웃음을 터뜨린다. 보안상 암호가 6개월마다 자동적으로 바뀌게 되어 있으니 7월 1일자로 Qxtt4$%ck는 쓸모없게 됐다. 홀리가 새 암호를 알려 주지 않았고 바버라도 자기 일로 정신없다 보니 깜빡하고 묻지 않았다. 제롬은 알고 있을지 모르지만 과연 그럴까 싶다. 그도 자기 일로 정신없었던 건 마찬가지다.

머리를 써라, 응?

전혀 감을 잡을 수가 없다. 바버라는 자리에서 일어나 밖으로 나가려다가 충동적으로 벽에 걸린 터너의 풍경화를 치운다. 그 뒤편에 회사 금고가 있다. 잠겨 있지만 바버라는 심란한 구석을 하나 더 발견한다. 홀리는 금고 문을 열고 나면 다이얼을 항상 0에 맞춰 놓는다. 특유의 강박적인 습관 중 하나다. 피트는 그러지 않지만 그는 거의 한 달째 출근을 하지 않고 있다.

손잡이를 잡고 당겨 본다. 잠겨 있다. 번호를 모르기 때문에 없어진 게 있는지 확인할 방법은 없다. 그저 다이얼을 0에 맞춰 놓고 그림을 다시 걸고 오빠에게 전화할 뿐이다.

에밀리는 진입로에 스바루를 대고 조금 서둘러 차에서 내린다. 통증이 또다시 허리를 관통한다. 호르헤 카스트로로 만찬을 즐긴 이후부터 노화의 파도를 막는다는 것이 그들의 신조가 되었지만, 그 신조를 믿기가 점점 더 어려워지고 있다.

신조가 아니야. 그녀는 주장한다. *과학이지. 과학은 진짜고. 긴장해서 신경이 놀랐을 뿐이야. 가라앉을 테고 그러면 내 몸은 점점 괜찮아질 거야.*

그녀는 척추 말단의 요추부를 두 손바닥으로 누르며 현관 앞 계단을 올라간다. 로드니는 앞 베란다에 없다. 커피가 반쯤 남은 컵과 공책만 그 자리를 지키고 있다. 그녀는 공책을 내려다보며 전에는 깔끔했던 필체가 괴발개발 떨리는 것을 보고 심란해한다. 파란 줄을 지키지도 못한다. 파도가 심할 때 마리 캐더호에 앉아서 쓰기라도 한 것 처럼 위아래로 오르락내리락 한다.

그녀의 짐작과 달리 그는 거실에도 1층 서재에도 없다. 부엌으로 들어가 보니 지하실 문이 열려 있다. 에밀리의 심장이 철렁 내려앉는다. 그녀는 문 앞으로 다가간다. "로디?"

여자가 대답한다. 쓸데없이 기웃거리고 다니는 그 망할 것이. "네 남편은 여기 있어. 그리고 마지막 강연을 끝낸 것 같아."

제롬은 바바라에게 집으로 내려가지 못하게 됐다고 전한다. 오후 12시 40분 비행기가 있길래 예약하려고 전화했더니 코로나 때문에 운항이 취소됐다는 얘기를 들었다고 한다. 조종사와 승무원 세 명이 코로나 양성 판정을 받았다는 것이다.

"차를 렌트해 보려고. 800킬로미터가 조금 안 되니까 자정 무렵이면 도착할 수 있을 거야. 차가 안 막히면 그보다 일찍 갈 수도 있고."

"오빠 나이면 렌트할 수 있는 거 맞아?" 그녀는 물으며 맞길 바란다. 오빠가 옆에 있어 주길 바라는 마음이 간절하다.

"생일이 두 달 전에 지났으니까 맞아. 심지어 작가 조합증을 보여 주면 할인도 받을 수 있어. 미쳤지?"

"진짜로 미친 게 뭔지 알려 줄까? 사무실에 왔다 간 사람이 있는 느낌이라는 거. 내가 지금 거기 와 있거든." 그녀는 자판을 건드려 컴퓨터의 절전 모드를 해제하는 게 아니라 전원을 켜야 했던 것과 다이얼이 0이 아니라 70몇 번을 가리키고 있었던 것에 대해 말한다. "홀리 컴퓨터 암호 알아? 이달 초에 바뀐 거?"

"으악, 아니. 한동안 거기 못 갔거든. 책 때문에."

바버라도 짐작한 바다. "절전 모드라도 전기를 먹는다고 한 내 말을 듣고 컴퓨터를 껐을 수는 있어. 하지만 다이얼을 깜빡하고 0으로 맞추지 않는다? 오빠도 홀리를 알잖아."

"하지만 누가 거길 갔겠어?" 제롬은 이렇게 질문해 놓고 자기가 대답한다. "홀리가 어디까지 알아냈는지 걱정이 된 사람이 있었을 수 있겠네. 홀리가 보고서를 썼는지, 의뢰인에게 보고했는지. 바브, 달 부인에게 전화해서 조심하라고 전해."

"번호를 모르……." 바버라는 페니 달이 남긴 메시지를 떠올린다. 통화 목록에 번호가 남아 있을 것이다. "됐어, 나한테 있을 거야. 나는 보니 달의 어머니보다 홀리가 더 걱정이 되는데."

"그 말은 맞아. 경찰에 연락할까? 이사벨 제인스한테?"

"연락해서 뭐라고 해? 남의 자리에 노란 선을 밟고 주차했고 금고 다이얼을 0으로 돌려놓지 않았으니까 주 방위군을 불러 달라고?"

"그래. 그래, 무슨 말을 하고 싶은지 알겠어. 하지만 이지는 친구 비슷한 사이잖아. 내가 연락할까?"

"아냐, 내가 할게. 하지만 그전에 이 사건에 대해서 하나도 남김없이 듣고 싶어."

"전에 다……"

"알아. 하지만 그때는 내가 딴 데 정신 팔고 있었으니까 다시 얘기해 줘. 왜냐하면 거의 알 것 같거든. 그냥…… 지금 너무 불안해서…… 그냥 다시 한번 처음부터 끝까지 설명해 줘. 부탁할게."

그래서 그는 그렇게 한다.

에밀리는 계단을 반쯤 내려갔을 때 점점 번져 가는 피 웅덩이 속에 고꾸라져 있는 남편을 보고 걸음을 멈춘다. "어떻게 된 거야?" 그녀는 비명을 지른다. *"어떻게 된 거야?"*

"내가 목을 땄어." 홀리는 철창 반대편의 시멘트벽에 몸을 기대고 휴대용 변기 옆에 서 있다. 놀라우리만치 침착해 보인다. "내가 만든 재밌는 이야기가 있는데 들어 볼래?"

에밀리는 남은 계단 예닐곱 단을 달려 내려가는 실수를 저지른다. 결국 마지막 칸에서 발이 걸려 휘청거린다. 넘어지지 않으려고 손을 내밀자 나이 들어서 약해진 왼쪽 팔뼈가 뚝 하고 부러진다. 이번에는 놀라서가 아니라 아파서 비명을 지른다. 엉금엉금 로드니에게 기어가 그의 고개를 돌린다. 목에서 흘러나온 피가 엉겨 붙기 시작해 뺨이 떨어지면서 쩍 하는 소리가 난다.

"백만장자가 된 여자가 어느 술집에 들어가서 마이타이를 주문하는데……."

"*너 무슨 짓을 저지른 거야?* ***로디한테 무슨 짓을 저지른 거야?***"

"못 들었어? 내가 그 빌어먹을 목을 땄다니까?" 홀리는 허리를 숙여서 금색 귀걸이를 집는다. "이걸로. 보니 귀걸이야. 저승에서의 복수극이 있다면 이런 게 아닐까 싶은데."

에밀리는 일어나지만…… 너무 서두른 게 화근이다. 허리에서 핵폭탄이 터지자 이번에는 비명을 지르는 게 아니라 괴로워하며 울부짖는다. 왼쪽 팔마저 삐딱하게 대롱거린다.

팔꿈치에서 부러졌네. 홀리는 생각한다. *좋았어.*

"이럴 수가! 으악, 이럴 수가! 너무 아파!"

"그 미친 머리통이 박살 났어야 하는 건데." 홀리는 귀걸이를 든다. 형광등 불빛을 받고 반짝거린다. "이리 건너와, 교수님. 엄청 아픈 모양인데, 내가 그 괴로움을 끝내줄게. 어쩌면 당신 남편을 따라 지옥으로 건너가기에 아직 늦지 않았을 수도 있어."

에밀리는 마귀할멈처럼 허리를 숙이고 있다. 그날 아침에는 깔끔하게 하나로 틀어 올렸던 머리가 헝클어져 얼굴을 덮었다. 그래서 전체적으로 마녀 같은 분위기를 더 부추긴다. 홀리는 자신이 이렇게 침착한 이유가 실성했기 때문일까 하는 생각을 하다가 아니라는 결론을 내린다. 왜냐하면 한 가지 사실만큼은 분명히 기억하고 있다. 에밀리 해리스가 1층에 올라갔다가 다시 내려오면 그녀는 죽은 목숨이라는 것.

그래도 내가 한 명은 해치웠잖아. 그 생각에 이어서 험프리 보가트의 대사가 홀리의 머릿속을 스치고 지나간다. *파리는 언제까지고 우리 곁에 남을 거예요.**

에밀리가 발을 질질 끌며 아장아장 계단 쪽으로 걸어간다. 난간을 붙잡는다. 고개를 돌려 홀리가 아니라 죽어서 바닥에 쓰러진 남편을 바라본다. 그러고는 아주 천천히, 팔로 몸을 지탱하며 계단을 올라가기 시작한다. 거칠게 숨을 헐떡이며.

홀리는 그녀의 뒤통수에 대고 외친다. "백만장자가 된 여자가 어느 술집에 들어가서 마이타이를 주문하는데. 굴러떨어져서 목이나 부러져라, 이 나쁜 년아. *굴러떨어지라고!*"

하지만 에밀리는 그러지 않는다.

바바라는 홀리 실종 사건의 열쇠도 책 맨 뒷장에 적혀 있을지 모른다는 생각을 한다. 그러니까 페니 달이 책의 맨 뒷장이라면 말이다. 프레더릭 빌딩 주차장 옆 가로등 기둥에 **사람을 찾습니다** 전단지가 붙

* 영화 「카사블랑카」의 대사다.

어 있다. 3주 동안 풍파에 시달려 빛이 바랬고 일부분이 늦은 아침의 뜨거운 바람을 맞고 펄럭이지만 그래도 미소를 짓고 있는 여자의 얼굴이 보인다.

죽었어. 저 여자는 죽었어. 하느님, 제발 홀리는 살려 주세요.

바버라는 페니 달에게 전화한다. 신호가 이어지는 동안 전단지에 붙은 금발 여자의 사진을 본다. 바버라와 나이 차도 얼마 나지 않는다.

거기 있어 주세요, 달 부인. 전화 받아 주세요.

페니가 숨을 헐떡이며 전화를 받는다. "여보세요?"

"저 바버라 로빈슨이에요, 달 부인."

"내 메시지 받았어요? 찾았어요? 무사해요?"

바버라로서는 부인이 보니를 말하는 건지 홀리를 말하는 건지 알 수가 없다. 어느 쪽이 됐건 답은 같다. "아직 못 찾았어요. 홀리하고 어젯밤에 통화하기로 하셨다면서요? 홀리가 전화 대신 보고서를 보냈나요? 이메일 체크해 보셨어요?"

"했는데 아무것도 없었어요."

"다시 한번 체크해 보시겠어요?"

페니 달은 잠깐 기다리라고 한다. 바버라는 이 여자의 실종된 딸 사진을 보며 기다린다. 전형적인 금발의 치어리더, 모든 백인 소년들의 이상형이다. 그녀는 뺨 위로 땀을 흘리며 기다린다. 금고 다이얼이 계속 생각난다. *죄송합니다, 번호가 틀렸네요.*

페니가 다시 전화를 받는다. "없어요. 아무것도."

그러니까 보고서가 있다 한들 파인더스 키퍼스의 컴퓨터 안에 갇힌 거다. 바버라는 페니에게 고맙다고 인사하고 피트 헌틀리에게 연락한다. 딸을 위협해 전화기를 넘겨받았기에 그가 직접 전화를 받는다.

"피트, 저 바버라예요. 먼저 대답하자면 아직 못 찾았어요." 그녀는 홀리답지 않게 주차된 차와 수상한 금고 다이얼에 대해 이야기한다. 그런 다음 결정적인 질문을 한다. 7월 1일에 자동적으로 다시 설정되는 회사 컴퓨터 암호를 아느냐고.

그녀는 기침 발작이 잦아들기를 기다린 다음에서야 답을 들을 수 있다. "아이고, 모르겠는데. 그런 건 다 홀리가 관리를 해서."

"홀리한테 못 들은 거 확실해요?"

"응. 들었으면 적어 놨을 거다. 그리고 묻기 전에 미리 대답하자면 나는 금고 번호도 몰라. 홀리가 몇 달 전에 알려 줘서 적어 놨는데 그 종이를 잃어버렸어. 어쨌거나 한 번도 써 본 적도 없고. 미안하다."

바바라는 실망하지만 예상했던 결과다. 그녀는 고맙다고 인사한 다음 전화를 끊고 **사람을 찾습니다** 전단지 안에서 미소를 짓고 있는 금발 여자를 쳐다본다. 땀 억제 스프레이가 무용지물로 전락해 이제 겨드랑이에서 땀이 뚝뚝 흐른다. 어차피 금고에 출력본이 있을 것 같지도 않다. 홀리는 사건이 종료됐다고 확신할 수 있을 때까지 모든 걸 철저하게 '상자', 그러니까 컴퓨터에 보관한다. 수정하거나 추가하는 사항이 생겨서 다시 출력하는 걸 질색한다. 그것이 병적으로 집착하는 또 다른 부분이다. 만약 그녀가 보고서를 작성해 클라우드에 저장했다면 IT 전문가, 그것도 엄청난 능력을 갖춘 전문가에게 맡겨 파인더스 키퍼스 컴퓨터의 암호를 해제할 때까지 기다려야 하는데, 그때쯤이면 너무 늦을지 모른다. 너무 늦을 게 분명하다.

제롬은 이사벨 제인스에게 연락하라고 했고 바바라는 그러겠다고 했지만 무슨 의미가 있을까? 홀리가 사라진 지 24시간이 지나지 않았다. 그녀의 집이나 사무실에는 핏자국도 몸싸움을 벌인 흔적도 없다. 심지어 홀리의 차도 아파트 주차장에 있으니 도난 신고를 해 달라고 할 수도 없다. 그냥 엉뚱한 자리에 주차돼 있을 뿐이고 그건 사람들이 노상 저지르는 실수다.

홀리는 아니지. 홀리는 그런 실수를 저지를 리 없지.

바버라는 집에 가기로 한다. 부모님은 안 계실 테고 이런 일로 출근한 두 분을 신경 쓰이게 하고 싶지는 않다. 그녀가 원하는 사람은 제롬이라 집에 들어가서 그에게 연락한다. 운전 중이라 전화를 받을 수 없다는 메시지가 들린다. 바버라는 다행이라고 속으로 중얼거리지만 정말 그렇게 생각하는 건 아니다. 그 어떤 것도 다행으로 여겨지지 않는다.

어쩌면 위에서 쓰러질지 몰라. 팔은 부러졌지 허리는 아프지…… 그럴 수도 있어. 하지만 홀리가 진심으로 그렇게 믿는 건 아니다.

그녀가 기다리다가 정말 그럴지 모른다는 희망을 품기 시작했을 때 신발 한쪽이, 그리고 다시 한쪽이 등장한다. 잠시 후에는 그 미친 여자의 치맛단이 등장한다. 여자는 오른손으로 계단 난간을 부여잡고 숨을 헐떡이며 한 번에 한 칸씩 천천히 내려온다. 왼손은 덜렁거리고 얼굴은 새하얘서 산송장 같다. 치마 허리춤에는 총을 쑤셔 넣었다. 개머리밖에 안 보이지만 홀리는 어디에서든 그 총을 알아볼 수 있다. 에밀리는 빌 호지스의 38구경으로 그녀를 죽이려는 것이다.

"이 나쁜 년." 계단 발치에 다다른 에밀리가 쉰 목소리로 말한다. "네가 기웃거리고 다니는 바람에 전부 엉망이 됐잖아."

"내가 등장하기 한참 전부터 이미 엉망이었어." 홀리는 더 이상 물러설 곳이 없을 때까지 천천히 뒷걸음질 친다. 심지어 손까지 들지만 그래 봐야 별 소용은 없을 것이다. "처음부터 플라시보 효과였다고. 약효를 기대하면 몸에서 화학반응이 일어나거든. 내가 건강 염려증이 살짝 있어서 알아. 그리고 통계도 보았고. 과학자들은 오래전부터 플라시보 효과에 대해서 알고 있었어. 당신 남편도 분명 알고 있었을 거야."

홀리가 이 여자의 분노를 자극해 남편처럼 경솔한 반응을 보이길 기대했다면 실망했을 것이다. 그녀가 허리춤에서 38구경을 꺼내다 자기 배를 쏘길 기대했더라도 실망했을 것이다. 사실 홀리는 아무 감정도 느끼지 못하지만 모든 감각이 예리하게, 거의 초능력 수준으로 벼려져 있다. 모든 게 보이고, 에밀리 해리스가 가쁜 숨을 몰아 쉴 때마다 목에서 살짝 그르렁거리는 소리에 이르기까지 모든 소리가 들린다. 홀리는 죽음을 목전에 두면 누구나, 뇌가 모든 걸 빼앗기기 전에 모든 걸 흡수하려고 마지막으로 발버둥 치는 순간 이렇듯 어마어마하게 예리한 집중력을 발휘하게 되는지 궁금해진다.

에밀리는 자기 남편을 내려다보고 있다. "아아, 불쌍한 로디. 나는 그를 알건만.*"

"뭐야." 홀리가 벽을 등지고 두 손을 콘크리트에 대고 벌린 채 말한다. "셰익스피어의 대사를 인용하는 식인종이라니. 기네스북에 올릴 만하겠……"

"입 닥쳐. *입 닥쳐!*"

홀리는 입 닥칠 생각이 없다. 지금까지 고분고분한 겁쟁이로 살아온 기간이 너무 길었다. 어머니. *남들이 말을 걸기 전에는 아무 말도 하지 마.* 헨리 삼촌. *어른 앞에서는 얌전히 있는 거다.* 흥, 닥치세요들. 아니다. *지랄하지* 마세요들. 몇 분 있으면 이 여자 손에 영원히 입을 다물게 되겠지만 그녀는 로드니 때도 그랬듯 하고 싶은 말을 먼저 할

---

* 『햄릿』에서 주인공 햄릿이 죽은 궁정 광대 요릭의 해골을 보고 친구 호레이쇼에게 한 말에서 요릭을 로디로 바꾼 것이다.

참이다.

"아까부터 계속 내가 만든 재밌는 이야기를 들려주려고 했는데. 백만장자가 된 여자가 어느 술집에 들어가서……"

"입 닥치라고!"

에밀리가 총을 들어서 쏜다. 구경이 비교적 작은 리볼버인데도 지하실이라 총성에 귀가 먹먹해진다. 자가 제작한 창살(로디가 유튜브 영상을 참고해서 만든 엄청난 걸작)에서 불똥이 튄다. 파란색 플라스틱 변기 위쪽 콘크리트 벽에서 깨진 조각이 위로 튄다. 홀리는 그걸 보며 생각한다. *피할 겨를도 없었네.*

"……마이타이를 주……"

"입 닥치라니까!"

에밀리가 다시 총을 쏜 순간 홀리는 벽을 타고 왼쪽으로 미끄러진다. 이번에는 불똥이 튀지 않는다. 총알이 창살 사이를 지나 방금 전까지 홀리가 서 있었던 지점의 콘크리트에 동전만 한 구멍을 낸다. 에밀리의 손에 들린 총이 흔들린다. 홀리는 생각한다. *왼손잡이인데 그쪽 팔이 부러진 거네. 그래서 안 쓰는 쪽 손으로 총을 쏘고 있어.*

"마이타이를 주문해. 여기까지 잘 따라왔지? 이거 제법 괜찮은 이야기야, 내가 생각하기에는. 바텐더가 그걸 만들러 가는데 여자의 귀에 누군가의 목소리가 들려. '축하해, 홀리! 너는……'"

에밀리는 거리를 좁히려고 앞으로 다가오다가 로드니의 가운에 한쪽 발이 걸리는 바람에 다시 넘어진다. 한쪽 무릎이 죽은 교수의 엉덩이를 찍는다. 다른 쪽은 콘크리트를 들이받는다. 몸이 허리를 중심으로 뒤틀리고 그녀가 아파서 비명을 터뜨린 순간 총이 발사된다. 이번에는 총알이 로드니의 뒤통수에 박힌다. 그는 못 느끼겠지만.

그대로 있어. 홀리는 생각한다. *그대로 있어.* ***그대로 있어!***

하지만 에밀리는 아파서 비명을 지르고 몸을 똑바로 일으키지 못하면서도 자리에서 일어난다. 이제 그녀는 마녀를 닮지 않았다. 이제는 노트르담의 곱추를 닮았다. 눈은 뒤룩거리고 입가에는 딱딱하게 굳은 흰색 우유가 묻어 있다. 홀리는 이 여자가 그녀의 멘토의 총으로 그녀를 죽이려고 다시 내려오기 전에 기운을 챙긴답시고 뭘 먹었을지 상상하고 싶지도 않다. 이제 그녀가 그 총을 든다.

"덤벼 봐. 네 능력을 보여 줘."

홀리는 어머니의 도자기 인형처럼 금방이라도 깨질 법한 존재가 된 것 같다는 생각을 하며 벽을 따라 왼쪽으로 이동하는 동시에 고개를 숙인다. 이번에는 그녀가 조금 늦고 에밀리에게 조금 운이 따라준다. 홀리는 오른쪽 팔꿈치 바로 위쪽이 한 줄로 화끈거리는 것을 느낀다. 홀리도 셰익스피어를 알 만큼 알기에 『햄릿』의 대사를 떠올린다. *맞았어, 아주 분명히 맞았어.* 하지만 살짝 스친 수준이라 별로 아프지 않다. 아직은.

"이 사람이 뭐라고 하냐면 '축하해, 홀리! 너는 그 돈을 받을 자격이 있어. 빌어먹을 마지막 동전 한 닢까지.'라고 해. 하지만 여자가 고개를 돌려보니 아무도 없거든. 잠시 후에 이번에는 반대편에서 목소리가 들리는데……"

"*입 닥쳐, 입 닥쳐,* ***입 닥치라고!***"

에밀리가 다시 총을 쏘기 직전에 홀리는 무릎을 꿇고 앉는다. 총알이 그녀의 머리칼을 가르고 지나갈 만큼 가깝게 머리 위로 *휘이익* 날아가는 소리가 들린다. 모르긴 몰라도 *정말* 머리칼을 가르고 지나갔을 것이다.

"안타깝네, 교수님." 홀리는 일어서며 말한다. "권총은 가까운 거리에서나 쓸모가 있거든." 티셔츠 소매가 피로 젖는 것이 느껴진다. 따뜻하다. 따뜻해서 좋다. 따뜻한 건 살아 있다는 증거다. "그리고 당신이 안 쓰는 쪽 손으로 쏘고 있기도 하고. 이제 끝내자. 내가 더는 애먹이지 않을게. 재밌는 이야기를 마칠 수 있게만 해 줘."

그녀는 철창 앞으로 걸어가 창살 사이에 얼굴을 갖다 댄다. 뺨을 파고드는 창살이 차갑다. "그 사람은 뭐라고 하냐면 이렇게 말해. '너 오늘따라 정말 예쁘다, 홀리.' 그런데 그쪽을 쳐다봐도 또 아무도 없는 거야! 바텐더가 술을 가지고 와서……"

에밀리가 휘청휘청 앞으로 다가온다. 빌의 권총을 홀리의 이마에 대고 방아쇠를 당긴다. 빌은 그가 공무용으로 지급받은 글록과 달리 리볼버에는 안전장치가 없기 때문에 공이치기 아래 칸을 비워 놓으라고 했다. 공이치기가 그 칸을 때리자 건조하게 딸깍 하는 소리가 난다.

에밀리가 놀란 표정을 지은 것도 잠시. 홀리가 창살 사이로 손을 쑥 내밀어 에밀리의 머리를 붙잡고 온 힘을 다해 왼쪽으로 비튼다. 노파의 팔이 부러졌을 때는 뚝 하는 소리가 났다. 이번에는 둔탁하게 쩍 하는 소리가 난다. 에밀리의 무릎이 꺾인다. 그녀가 쓰러지자 홀리의 손에서 머리통이 빠져나가며 왼손에 희끗희끗한 머리칼만 몇 가닥 남는다. 거미줄처럼 기분이 나빠서 티셔츠에 대고 얼른 닦는다. 요란하게 헐떡거리는 자신의 숨소리가 들리고, 눈앞의 세상이 빙글빙글 돌며 멀어지려고 한다. 그러도록 내버려 둘 수는 없기에 뺨을 때린다. 다친 쪽 팔에서 피가 튄다. 창살에 핏방울이 묻는다.

에밀리는 무릎에서부터 양쪽 다리를 반대 방향으로 뒤틀고 쪼그려 앉은 자세로 얼굴을 철창에 대고 생을 마감한다. 코가 어느 창살에 걸쳐져 돼지 코가 됐다. 다리처럼 두 눈도 서로 다른 방향을 보고 있는 듯하다. 홀리는 무릎을 꿇고 앉아 배식용 덮개를 올리고 총을 집는다. 총알이 다 떨어졌지만 그래도 아직 쓸모가 있다. 에밀리가 아직 살아 있어서(그럴 가능성은 없어 보이지만) 눈곱만큼이라도 움직이면 그걸로 대가리를 함몰시켜 버릴 거다.

미동도 없다. 홀리는 큰 소리로 60까지 센다. 계속 무릎을 꿇고 앉은 채 아래쪽 창살 사이로 손을 내밀어 에밀리의 옆 목을 짚어 본다. 머리가 어깨 위로 아무 저항 없이 기우는 걸 보면 홀리가 알아야 할(사실 이미 알고 있었던) 정보는 입수된 셈이지만 그래도 손가락을 대고 다시 60까지 센다. 아무것도 느껴지지 않는다. 심지어 죽어 가는 심장이 마지막으로 불규칙하게 펄떡이는 것조차 느껴지지 않는다.

홀리는 계속 크게 숨을 헐떡이며 일어서지만 버티지 못하고 토퍼 위로 세게 주저앉는다. 그녀는 살아 있다. 믿기지가 않는다. 아니다, 믿긴다. 갈비뼈가 쑤시는 걸 보면 그렇다. 팔이 화끈거리는 걸 보면 그렇다. 그리고 목이 마른 걸 보면 그렇다. 오대호의 물을 모조리 마실 수도 있을 것 같다.

둘 다 죽었다. 한 명은 그녀의 손에 목을 찔려서, 다른 한 명은 목이 부러져서. 그리고 그녀는 아무도 있는 줄 모르는 철창에 이렇게 갇혀 있다. 누군가가 결국에는 등장하겠지만 그때가 언제일까? 그리고 인간이 물을 마시지 않고 얼마나 버틸 수 있을까? 모르겠다. 심지어 마지막으로 뭘 마신 게 언제였는지도 기억이 나지 않는다.

그녀는 티셔츠 소매를 올리다가 옷이 상처를 스치자 아파서 힉 하고 비명을 지른다. 이제 보니 살짝 스친 정도가 아니다. 왼쪽 팔꿈치 윗부분이 5센티미터 정도 벌어져 안쪽 살이 보인다. 뼈는 보이지 않아서 다행이지만 피가 줄줄 난다. 그녀도 알다시피 출혈 때문에 갈증이 더 심해질 텐데, 안 그래도 극심한 갈증이 나중에는…… 어떻게 될까? 극심 다음은 뭐지? 인간이 물 없이 며칠을 버틸 수 있는지 생각이 나지 않는 것처럼 거기에 알맞은 단어도 생각이 나지 않는다.

나는 이 철창 안에서 저 둘을 죽였어. 기네스북 기록감이야.

홀리는 티셔츠를 벗는다. 더디고 아프지만 결국에는 성공한다. 그걸로 (이번에도 더디게) 상처를 동이고 이로 천을 묶는다. 그런 다음 콘크리트 벽에 몸을 기대고 기다리기 시작한다.

"백만장자가 된 여자 어느 술집에 들어가서 마이타이를 주문하는데." 그녀는 쉰 목소리로 꺽꺽댄다. "바텐더가 술을 만드는 동안 누군가가 이렇게 말하는 소리가 들려. '너는 그 돈을 받을 자격이 있어, 홀리. 빌어먹을 마지막 동전 한 닢까지.' 여자는 돌아보지만 아무도 없어. 잠시 후에 이번에는 *반대편*에서 또 누군가의 목소리가 들려. '철창 안에서 저 둘을 죽이다니 기네스북 기록감이야. 잘했어, 너 대박이다.'"

에밀리가 움직였나? 그럴 리 없다. 그녀의 상상이다. 홀리는 입을 다물어야 한다는 걸 알지만, 말을 하면 갈증만 심해질 뿐이라는 걸 알지만, 듣는 사람이라고는 죽은 노인 둘밖에 없더라도 이 빌어먹을 이야기를 끝내야겠다.

"바텐더가 오니까 여자가 묻지. '계속 좋은 말을 속삭이는 사람들 목소리가 들리는데, 어떻게 된 거예요?' 그 말을 듣고 바텐더가…… 바텐더가……."

그녀는 정신을 잃는다.

홀리가 의식을 잃어 가는 동안(그것도 재밌는 이야기의 결정적인 부분을 앞두고) 바버라는 이제 제롬의 것이 된 홈 오피스에서 실종 사건이 벌어진 지점을 빨간 점으로 표시한 지도를 들여다보고 있다. 2012년 가을에 실종된 호르헤 카스트로가 추가돼 있다. 바버라가 올리비아의 집 바로 앞 리지 로드에 점을 찍어 놓았다. *사라지기 직전에 내가 그*

친구를 봤다는 얘기를 했던가? 올리비아는 이렇게 말했다. *달리는 거를. 밤에 항상 공원까지 왕복 달리기를 했거든. 비가 와도 상관없이. 그날도 비가 왔지.* 그리고 또. *그때를 마지막으로 보질 못했네.*

바바라는 벨 캠퍼스에서 리지 로드를 지나 공원까지 길을 따라간다. 여기서 다시 공원의 놀이터까지. 실종된 곳이 거기였다면? 거기 주차장에 보니의 편의점 보안 카메라 영상에 찍힌 것과 같은 밴이 주차돼 있었다면…….

뭔가가 그녀를 간질인다. 밴인가? 리지 로드인가? 아니면 둘 다인가? 잘 모르겠다. 더치 스파이글라스라면 알 텐데.

전화벨이 울린다. 제롬이다. 새로운 소식 없느냐고 묻는다. 그녀는 그때까지 누구에게 전화를 돌렸는지 알리고 이지 제인스에게는 연락하지 않았다고 전한다. 그도 이지 제인스는 생략하는 게 맞을지도 모르겠다고 한다. 잘 가고 있고 벌써 뉴저지에 다다랐지만 제한속도를 10킬로미터 이상 위반하지 않으려 한다고 말한다. 바바라는 이유를 물을 필요가 없다. 그는 흑인 운전자다. 심지어 운전 중에는 통화도 자제한다. 그는 전화하려고 휴게소로 들어왔다며 이제 다시 출발해야겠다고 한다.

바바라는 그가 전화를 끊기 전에 불쑥 가장 걱정하는 부분에 대해 묻는다. "이미 죽었으면 어떡해, 오빠?"

잠깐 정적이 흐른다. 고속도로를 달리는 차량 소리가 들린다. 잠시 후에 그가 말한다. "안 죽었어. 그러면 내가 느낄 수 있을 거야. 이제 그만 끊어야겠다, 바브. 11시면 도착할 거야."

"나는 좀 누워 있으려고. 그러면 뭔가 생각날 수도 있겠다 싶어서. 내가 아는 게 더 있는 것 같거든. 오빠도 그런 기분 느껴 본 적 있어?"

"자주 느껴."

바버라는 자기 방으로 들어가 침대에 대자로 눕는다. 잠이 올 것 같지는 않지만 머릿속을 정리할 수 있을지 모른다. 그녀는 눈을 감는다. 올리비아와, 올리비아에게 들은 수많은 이야기를 생각한다. 노시인에게 험프리 보가트와 트레비 분수대 앞에서 찍은 그 유명한 사진에 대해 물었던 기억이 난다. 특히 놀란 사람처럼 눈을 크게 뜨고 웃고 있었던 그녀의 표정에 대해. 올리비아는 이렇게 말했다. *내가 놀란 것처럼 보였다면 그 사람이 내 엉덩이에 손을 얹었기 때문이야.*

바버라는 잠이 든다.

홀리는 롤링힐스 요양원 일광욕실에 있다. 어머니와 삼촌 말고는 아무도 없다. 그들은 한 테이블에 앉아서 대형 텔레비전에서 중계되는 볼링 경기를 보며 길쭉한 유리잔에 담긴 아이스티를 마시고 있다.

"저도 좀 주시면 안 될까요?" 홀리는 쉰 목소리로 꺽꺽댄다. "목말라요."

그들은 좌우를 두리번거린다. 그 길쭉한 잔을 들어 그녀에게 인사하고 마신다. 잔에 꽂힌 레몬 조각에 물방울이 맺혀 있다. 홀리는 유리잔 옆면에 맺힌 물방울을 혀로 핥을 수만 있다면 소원이 없겠다는 생각을 한다. 그걸 꼭대기까지 핥은 다음 레몬을 빨아먹고 양쪽 잔을 모두 비우는 거다.

"네가 그 많은 돈을 무슨 수로 관리할 수 있었겠니." 헨리 삼촌이 아이스티를 한 모금 마신다. "다 너를 위해서 그런 거야."

"너는 연약하잖니." 그렇게 말한 샬럿도 아이스티를 한 모금 마신다. 아주 우아하게! 무슨 수로 벌컥벌컥 들이켜지 않고 참을 수 있을까? 홀리는 그들이 주기만 하면 두 잔 모두 벌컥벌컥 들이켤 텐데.

샬럿이 자기 잔을 홀리에게 내민다. "이거 너 마셔."

헨리 삼촌도 자기 잔을 내민다. "이것도."

그러고는 둘이 한목소리로 어린애처럼 조잘조잘 노래한다. "이 위험한 바보짓을 때려치우고 집으로 돌아오겠다고 약속만 하면 돼."

홀리는 버둥거리며 이 꿈에서 깨어난다. 현실은 해리스 부부의 집 지하실 철창이다. 갈비뼈가 계속 아프고 팔은 누가 라이터 기름에 푹 담갔다가 불을 지른 것 같지만 수그러들 줄 모르는 갈증에 비하면 이런 고통은 아무것도 아니다. 적어도 총상에서 피는 멎었다. 임시변통으로 동여맨 붕대가 빨간색이 아니라 갈색이다. 들러붙은 티셔츠를 떼어 낼 때 죽도록 아프겠지만 지금 그건 걱정할 것도 못 된다.

그녀는 일어나 창살 앞으로 간다. 로드니 해리스는 계단 근처에 누워 있다. 쭈그리고 앉아 있었던 에밀리는 이제 옆으로 쓰러졌다. 부엌문을 열어 놓았는지 파리 떼가 몰려와 로드니가 흘린 피를 맛보고 있다. 맛볼 수 있는 분량이 많다.

맥주 한 잔만 마실 수 있다면 내 영혼을 팔 수도 있겠어. 나는 심지어 맥주를 좋아하지도 않는데.

홀리는 그 꿈이 유치한 조잘거림으로 끝났던 걸 생각한다. *이 위험한 바보짓을 때려치우고 집으로 돌아오겠다고 약속만 하면 돼.*

그녀는 누군가가 올 거라고 확신한다. 누군가가 올 *수밖에* 없을 거라고. 그 사람이 등장한 순간에 그녀가 어떤 상태일지가 관건이다. 그러니까 살아 있을지 여부가. 하지만 온몸은 욱신거리고 시체 두 구를 밖에 두고 철창에 갇혀 극심한 갈증에 시달리는 지금 이 순간에도…….

"나는 아무것도 후회하지 않아." 그녀는 쉰 목소리로 꺽꺽댄다. "*아무것도.*"

뭐, 한 가지는 후회한다. 전기톱 뒤에 숨었던 건 엄청난 실수였다.

홀리는 생각한다. *나를 좀 더 믿는 법을 배워야겠어. 앞으로 그 방면으로 노력을 기울여야겠어.*

바버라도 꿈을 꾸고 있다. 리지 로드에 있는 올리비아 킹즈버리의 집 거실로 뛰어들어가 보니 올리비아가 지정석에 앉아서 책(에이드리언 리치의 『난파선 속으로 잠수하기』)을 읽으며 샌드위치를 먹고 있다. 옆 테이블에는 김이 모락모락 나는 찻잔이 놓여 있다.

"선생님이 돌아가신 줄 알았어요! 다들 돌아가셨다고 그랬거든요!"

"말도 안 되는 소리." 올리비아는 말하며 책을 내려놓는다. "나는 100살 생일 파티를 반드시 열기로 마음먹었는걸. 시가 창작 워크숍의 운명을 결정하기로 한 그 회의에서 호르헤 카스트로가 거침없이 자기 소신을 밝혔다는 얘기를 내가 했던가? 에밀리는 절대 특유의 미소를 잃지 않았지만 눈빛은……"

바버라의 휴대전화가 울리고 꿈은 산산이 흩어진다. 살아 있는 올리비아를 볼 수 있어서 좋았지만 꿈은 꿈일 뿐이다. 휴대전화를 집어 보니 어머니의 웃는 얼굴 사진이 화면에 떠 있다. 시계도 보인다. 오후 4시 3분이다. 제롬은 지금쯤 펜실베이니아를 지나고 있을 것이다.

"여보세요……." 그녀는 목을 가다듬는다. "여보세요, 엄마."

"낮잠 자고 있었어?"

"그냥 누워 있으려고 했는데 깜빡 잠이 들었나 봐요. 꿈에서 올리비아 선생님을 만났어요."

"아유, 우리 딸. 어떡하니. 나도 너희 애니 할머니 돌아가셨을 때 그런 꿈을 몇 번 꿨어. 그런 꿈을 꾸고 일어나면 가슴이 그렇게나 아프더라."

"맞아요. 그러네요." 바버라는 한 손으로 머리칼을 쓸어올리며 벨이 울리기 직전에 꿈속에서 올리비아가 뭐라고 하고 있었는지 기억을 더듬는다. 보안 카메라에 찍힌 밴처럼 거기에도 중요한 사실이 담겨 있는 것 같은 느낌이 든다. *더치라면 알 텐데.* 그녀는 생각한다. *더치라면 이미 다 해결했을 텐데.*

"홀리는……?"

"네?"

"홀리는 찾았느냐고. 아니면 연락이 닿았느냐고."

"아뇨, 아직이요." 어머니에게 자신의 불안을 털어놓을 생각은 없다. 오빠가 도착한 다음이라면 모를까 아직은 아니다.

"어머니 일을 처리하러 북부에 갔을 거야." 타냐는 언성을 낮춘다. "홀리 앞에서 이런 말을 할 일은 없겠지만 샬럿 기브니는 코로나가 아니라 바보짓으로 죽었어."

바버라는 그 말을 듣고 웃을 수밖에 없다. "홀리도 아는 것 같아요, 엄마."

"아빠 만나서 저녁 먹고 들어간다고 알려 주려고 전화했어. 근사한 레스토랑에서."

"우와! 어디요?"

타냐는 알려 주지만 바버라는 듣지 못한다. 번갯불이 번쩍 머릿속을 가르고 지나간 느낌이다.

그중에서 누구요?

"……안 계실 거라서."

"네, 알겠어요."

타냐는 웃음을 터뜨린다. "내 말 듣고 있니? 결혼기념일을 앞당겨서 축하하는 거야. 당일에는 아빠가 안 계실 거라서. 돈 있으니까 배

고프면 뭐 사다 먹어. 부엌 서랍……"

"즐거운 시간 보내세요, 엄마. 이제 그만 끊어야겠어요. 사랑해요."

"나도 사랑한……"

하지만 바버라는 전화를 끊고 홀리와 주고받은 문자를 스크롤한다. 여기 있다. *그중에서 누구요?*

바버라가 그렇게 물은 이유는 홀리가 보낸 사진에서 아는 얼굴이 두 명이기 때문이었다. 한 명은 체육 수업을 받은 모든 여학생의 마음을 훔친 섹시한 캐리 드레슬러였다. 다른 한 명은 해리스 교수였다. 그녀는 올리비아 킹즈버리에게 다리를 놓아 주기를 바라며 에밀리 해리스를 찾아갔을 때 그가 세차하는 것을 보았다. 겨울치고 따뜻했던 그날, 해리스의 차고는 문이 양쪽 다 열려 있었고 다른 칸에 밴이 있었다. 그녀가 쳐다보는 걸 보고 그가 얼른 차고 문을 닫지 않았나? 그걸 숨기려고?

말도 안 돼. 너 지금 소설 쓰고 있어.

그럴지도 모르지만 어머니의 전화를 받고 깨기 직전에 꿈속에서 올리비아가 무슨 말을 하려고 했는지 이제는 안다. *에밀리는 절대 특유의 미소를 잃지 않았지만 눈빛은…… 호르헤를 죽이고 싶어 하는 눈빛이었지.*

첫 번째 실종자, 호르헤 카스트로.

"너 미쳤다." 바버라는 혼잣말을 속삭인다. "그 *남자*는 캐리 드레슬러와 아는 사이였고…… 그 *여자*는 카스트로와 아는 사이였고…… 그 사람을 싫어했다고 해서……."

사라지기 직전에 내가 그를 봤다는 얘기를 했던가?

"너 미쳤다." 바버라는 했던 말을 다시 한다. "둘은 노인이잖아."

하지만…… 보니 달. 마지막 실종자. 혹시……?

그녀는 제롬의 서재로 달려가 그의 컴퓨터를 켜고 원하는 정보를 검색한다. 그런 다음 마리 뒤샹에게 전화한다.

"올리비아 선생님이 해리스 교수님 부부가 연 크리스마스 파티에 대해서 얘기하셨던 거 기억해요? 그분들이 산타 편에 간식이랑 맥주를 돌렸다고 하셨던 거?"

"그럼." 마리는 웃음을 터뜨린다. "다만 산타가 아니라 산타의 요정이었어. 선생님은 그야말로 에밀리 해리스답다고 생각하셨지. 무슨 일이 있더라도, 코로나가 닥치거나 말거나 자기가 열어 온 크리스마스 파티의 전통은 끊길 수 없다는 거니까. 우리는 간식도 먹고 맥주도 마셨지만…… 선생님은 내 강력한 반대에도 불구하고 두 캔을 드셨지. 줌은 건너뛰었고."

"선생님이 금발 아가씨가 배달을 왔다고 하셨잖아요. 예쁘장한 금발 산타가."

"그랬지……." 마리는 어째 애매하게 대답한다.

"제가 사진을 보내 드리면 알아볼 수 있겠어요?"

"다들 산타 옷을 입었거든, 바브. 새하얀 가짜 수염까지 달고."

"아." 바버라는 풀이 죽는다. "젠장. 뭐, 아무튼 감사……"

"아니다, 잠깐. 우리 요정은 자전거를 타고 오느라 몸이 얼어서 선생님이 술을 눈곱만큼 주셨거든. 선생님이 '수염을 떼면 위스키를 마실 수 있겠네.' 하셔서 기억이 나. 그 말을 듣고 그 아가씨가 수염을 뗐는데 미인이더라. 신나게 즐기는 것처럼 보였고. 그러고 보니 알아볼 수 있을 것도 같아."

"제가 사진 보내 드릴게요. 끊지 말고 계세요."

그 어머니 덕분에 보니의 페이스북과 인스타그램은 아주 활발하게 유지되고 있다. 바버라는 끈이 달린 민소매 톱과 흰색 반바지를 입고 자전거를 타고 있는 보니의 사진을 마리에게 전송한다.

"받으셨어요?" *그 여자일 리 없어. 그럴 리 없어.*

"응, 맞아. 이 아가씨가 우리 크리스마스 요정이었어. 그런데 왜?"

"고마워요, 마리."

바바라는 멍하니 전화를 끊는다. 해리스 교수가 캐리와 아는 사이였다는 건 아무 의미 없을 수 있고 에밀리 해리스가 호르헤 카스트로를 싫어했다는 것 역시 그럴 수 있다. 하지만 보니까지 하면 세 명이 된다. 여기에 밴이 추가되면…….

그녀는 제롬에게 연락하려다 생각을 고쳐먹는다. 그러면 그가 속도를 높였다가 경찰에게 검문당할 수 있다. 이 도시의 모든 흑인처럼 바바라도 말릭 더튼이 경찰에게 검문당했을 때 무슨 일이 벌어졌는지 잘 알고 있다.

이제 어쩐다?

답은 명확하다. 리지 로드 93번지로 가서 홀리가 있는지 알아보는 것. 없으면 그녀의 소재를 그들이 아는지 파악하는 것. 아마 해리스 부부는 실종 사건과 아무 상관 없을 것이다. 그들이 그런 짓을 저지를 만한 이유가 없는 데다 노인들은 연쇄 살인을 저지르지 않는다. 하지만 한 가지 사실만큼은 분명하다. 홀리는 바바라가 알게 된 걸 알았고, *그녀라면* 그 집으로 찾아갔을 거라는 것.

로드니와 에밀리는 무섭지 않지만 제삼자가 개입돼 있을 수도 있다. 그러니까 조심스럽게 접근해야 한다. 바바라는 벽장 앞으로 가서 까치발을 하고 어렸을 때 한 침대에서 잤던 두 곰 인형 오잉고와 보잉고를 옆으로 치운다. 이제는 귀신으로부터 그녀를 지켜 주는 곰 인형이 없어도 되지만 그래도 처분할 수는 없다. 소중한 유물이다.

그 뒤에 나이키 신발 상자가 있다. 그걸 꺼내 뚜껑을 연다. 체트 온도스키 사건 이후에 홀리에게 총을 달라고 했다면 그녀는 거부하며 상담을 받자고 했을 것이다. 그래서 그녀는 절대 비밀로 하겠다고 맹세하고 피트에게 부탁했다. 그는 핸드백 크기에 알맞은 22구경 자동 권총을 군소리 없이 건넸고 그녀가 값을 치르겠다고 하자 고개를 저었다. "그냥 그걸로 너를 쏘지만 마라, 아가. 그리고 남도 쏘지 말고." 그러고는 곰곰이 생각하다가 덧붙였다. "죽어도 싼 인간은 예외지만."

오늘 오후에 이 총을 쓸 일은 없을 것 같지만 이걸로 누군가를 협박할 가능성이 아예 없는 건 아니다. 그녀는 홀리가 어디 있는지 알아야 한다. 해리스 부부가 모른다고 하면 거짓말일 테니…… 그렇다, 협박이 제격일지 모르겠다. 그러다 철창신세를 지게 된다 하더라도.

나 이전에도 철창신세를 진 시인이 있었는걸, 뭐.

바바라는 나가는 길에 현관문 옆 바구니 안에서 인디언스* 모자를 낚아채 눌러쓰다가 딱 멈춘다. 홀리의 컴퓨터가 절전 모드가 아니라 꺼져 있었던 게 생각난다. 금고 다이얼이 0이 아닌 다른 숫자에 맞춰져 있었던 것도 생각난다. 이어서 프레더릭 빌딩으로 들어가는 길에 거기서 나가려는 어떤 여자와 스쳐 지나갔던 것이 생각난다. 그 여자는 절뚝절뚝 걷고 있었다. 그리고 바바라가 방금 쓴 것과 비슷한 챙 달린 모자를 쓰고 있었다. 여자가 고개를 숙이고 있었기에 바바라는 앞에 뭐라고 적혔는지 볼 수 있었다. 콜럼버스 클리퍼스.

그 여자가 에밀리 해리스였는지는 알 길이 없지만 홀리에게도 클리퍼스 모자가 있었다. 이 도시에 인디언스 모자를 쓰는 사람은 많고 카디널스** 모자를 쓰는 사람도 많고 로열스*** 모자를 쓰는 사람도

---

* 클리블랜드를 연고지로 하는 야구팀. 본작이 출간된 후 '가디언스'로 명칭이 바뀌었다.

** 클리블랜드를 연고지로 하는 농구팀.

*** 캔자스시티를 연고지로 하는 야구팀.

제법 된다. 하지만 클리퍼스는? 많지 않다. 에밀리 해리스일 수도 있고 아닐 수도 있는 그 여자가 5층 사무실에 들어갔을까? 홀리의 모자뿐 아니라 열쇠까지 가지고 있었을까? 컴퓨터를 켰다가 껐을까? 금고 다이얼을 돌렸을까? 그랬을 가능성이 낮기는 하지만…….

하지만.

바바라는 너무 꺼림칙해서 살금살금 해리스 부부의 집으로 쳐들어가 단도직입적으로 묻기로 마음먹는다. *어디 있어요? 홀리 어디 있어요?*

그녀는 리지 로드까지 자전거를 타고 가 공원 놀이터 옆 주차장의 자전거 거치대에 체인을 채워 놓는다. 손목시계를 확인해 보니 10시 5분이다. 올리비아의 집을 지나 언덕을 계속 걸어 올라간다. 홀리가 입고 다니는 실용적이고 중성적인 카고바지를 좋아했기에 한 벌 주문해 놓았는데, 지금 그걸 입고 있다. 22구경은 한쪽 주머니에, 휴대전화는 다른 쪽 주머니에 들어 있다.

정찰의 의미에서 그 앞을 한번 지나가는 것도 괜찮겠다는 생각이 든다. 그녀는 모자챙을 눌러 쓰고 고개를 숙이고 언덕 꼭대기에 있는 대학교에 가는 것처럼 93번지 앞을 천천히 걷는다. 왼쪽으로 흘끗 고개를 돌렸을 때 이상한 부분이 눈에 들어온다. 해리스 부부의 집 현관문이 열려 있다. 앞 베란다에 사람은 없고 테이블 위에 커다란 텀블러만 놓여 있다. 언뜻 보아도 로고가 스타벅스다.

그녀는 109번지까지 갔다가 돌아온다. 이번에는 고개를 숙이다가 배수로에서 익히 아는 물건을 발견한다. 다양한 이모티콘으로 덮인 니트릴 장갑이다. 이 장갑이라면 모를 수가 없다. 그녀가 장난으로 홀리에게 한 상자 선물한 장갑이다.

바버라는 전화를 받아 주길 기도하며 피트 헌틀리에게 연락한다. 그는 전화를 받는다.

"어이, 아가씨, 홀리 어디 있는지 아직……"

"아저씨, 제 말 귀담아 들어주세요, 아셨죠? 아무것도 아니라서 제가 5분 내로 다시 전화할 테지만 5분이 지나도 감감무소식이면 이사벨 제인스한테 연락해서 리지 로드 93번지로 경찰 보내라고 해 주세요. 이사벨도 출동하라고 하고요. 아시겠어요?"

"왜? 무슨 일이야? 홀리 때문이니?"

"주소 얘기해 보세요. 제가 뭐라고 했는지."

"리지 로드 93번지. 하지만 바보 같은 짓 저지르지 말고……"

"5분이요. 그때까지 제가 전화하지 않으면 제인스 씨한테 전화해서 경찰 보내라고 하세요."

그녀는 휴대전화를 왼쪽 앞주머니에 다시 넣고 오른쪽 주머니에서 총을 꺼낸다. 장전은 됐나? 확인은 안 해 봤지만 피트가 자다 눈을 떠 보니 집에 도둑이 들었을 때 장전이 안 된 총은 별 쓸모가 없다고 했던 기억이 난다. 제법 묵직한 걸 보면 장전이 됐을 것이다.

그녀는 현관 앞 계단을 올라가 총을 등 뒤로 숨기고 초인종을 누른다. 문이 열려 있어서 띵동 하는 소리가 아주 선명하게 들리는데, 아무도 나오지 않는다. 다시 초인종을 누른다. "안녕하세요? 아무도 안 계세요? 해리스 교수님? 에밀리 교수님?"

아주 희미하게 무슨 소리가 들린다. 사람 목소리인가? 옆 동네에서 누가 창문을 열어 놓고 라디오를 크게 틀어 놨나? 문을 두드리자 문이 더 활짝 열린다. 바버라는 나무로 벽을 댄 현관 앞 홀을 내려다본다. 어둑어둑하다. 전에 왔을 때도 이런 느낌이었나? 모르겠다. 기억나는 게 있다면 왠지 모르게 공기가 답답했다는 것뿐이다. 그리고 차

맛이 끔찍했다는 것.

"안녕하세요, 아무도 안 계세요?"

그렇다, 사람 목소리가 들린다. 아주 희미하게. 뭐라고 말하고 있는지는, 아니 뭐라고 소리를 지르고 있는지는 전혀 모르겠다. *내 거실로 들어와, 거미가 파리에게 말했지.** 바버라는 이 구절을 떠올리며 현관 앞 베란다에서 머뭇거린다.

문 뒤편을 빼꼼 들여다본다. 거기 숨어 있는 사람은 없다. 그녀는 입술을 잘근잘근 씹고 뒷덜미로 흐르는 땀을 느끼며, 피트한테 배운 대로 방아쇠 울 바깥쪽에 손가락을 얹고서 조그만 자동권총을 허리춤에 빳빳하게 들고 복도를 지나 거실로 간다.

"안녕하세요? *안녕하세요?*"

이제 그 목소리가 더 잘 들린다. 여전히 둔탁하게 들리고 쉰 소리지만 홀리 같다. 그 부분에 대해서는 바버라의 짐작이 틀렸을 수도 있지만 그 사람이 하려는 말에는 의심의 여지가 없다. "*살려 주세요! 저 좀 살려 주세요!*"

부엌으로 달려가 보니 냉장고 반대편에 달린 문이 열려 있다. 걸쇠에 맹꽁이자물쇠가 대롱대롱 매달려 있다. 지하로 내려가는 계단과 계단 발치에 있는 뭔가가 보인다. 바버라는 그것일 리 없다고 속으로 중얼거리지만 실은 그게 맞는다는 걸 알고 있다.

"홀리? *홀리!*"

"여기예요!" 쉬어서 갈라진 목소리가 꺽꺽댄다. "*여기!*"

바버라는 계단을 반쯤 내려가다 말고 걸음을 멈춘다. 진짜로 시신이다. 남자 해리스 교수가 굳어 가는 피 웅덩이 속에 대자로 쓰러져

---

* 메리 호위트가 쓴 시 「거미와 파리」의 한 구절이다.

있다. 아내는 철창 비슷한 것 입구에 고꾸라져 있다. 그 안에서 피투성이 티셔츠로 팔을 동여맨 홀리 기브니가 십자로 교차하는 창살 앞에 서 있다. 머리칼은 뺨에 들러붙었고 얼굴은 피가 묻어서 얼룩덜룩하다. 티셔츠를 벗어서 붕대로 썼기 때문에 잉크처럼 옆구리에 번진, 섬뜩하도록 커다란 멍이 보인다.

홀리는 계단을 내려온 사람의 정체를 확인한 순간 울음을 터뜨린다. "바버라." 그녀는 잠긴 목소리로 간신히 말한다. "바버라. 아, 하느님 감사합니다. 너라니 믿기지가 않는다."

바버라는 좌우를 두리번거린다. "어디 있어요, 홀리? 두 분을 죽인 사람이요. 아직 집 안에 있어요?"

"그런 사람 없어." 홀리는 꺽꺽댄다. "레드뱅크의 살인마는 없어. 내가 저들을 죽였어. 바버라, 물 좀 갖다 줘. 얼른. 나 지금……" 그녀는 두 손을 목에 대고 귀에 거슬리는 끔찍한 소리를 낸다. "얼른."

"알았어요. 네." 그녀의 휴대전화가 울린다. 피트일 것이다. 아니면 이사벨 제인스일 수도 있다. "저한테 달려들 사람 없는 거 확실하죠?"

"응. 저 둘이 범인이었어." 그러고 나서 홀리는 에밀리 해리스의 고꾸라진 시신 위에 마른침을 뱉어 바버라를 충격에 빠뜨린다.

바버라는 1층에 가서 물을 떠 오려고 몸을 돌린다. 지금은 그게 1순위다. 전화는 받지 않아도 된다. 그러면 피트가 경찰 출동을 요청할 텐데 어차피 경찰이, 그것도 당장 필요한 상황이다.

"*바버라!*" 홀리가 안에 가시가 잔뜩 박힌 비명을 지른다. 실성했거나 실성하기 직전인 것 같다. "개수대 물을 떠다 줘! 냉장고 문은 열지 마! ***냉장고 문은 열지 마!***"

바버라는 계단을 달려 올라가 부엌으로 들어간다. 여기서 무슨 일이 벌어졌는지는 전혀 모르겠고 머릿속에 오로지 한 가지 생각뿐이다. 물. 개수대 양쪽에 찬장이 있다. 바버라는 총을 조리대에 내려놓고 한쪽 찬장을 연다. 접시 칸이다. 다른 쪽 찬장을 열자 유리잔이 보인다. 한 잔 가득 물을 담고 다시 지하실로 내려가려다 생각을 바꿔서 한 잔을 더 채운다. 잔을 양손에 하나씩 들고 계단을 다시 내려간다. 해리스 교수 주변에 고인 피 웅덩이는 게걸음으로 지난다.

에밀리의 시신 앞에서 걸음을 멈추고 팔을 길게 뻗어 창살 사이로 잔을 건넨다. 홀리는 물을 조금 쏟으며 잔을 부여잡고 남은 물을 벌컥벌컥 들이켠다. 빈 잔을 뒤편의 토퍼 위로 던지고 창살 사이로 손을 내민다. "한 잔 더." 목소리가 이제는 좀 더 맑아졌다.

바버라가 두 번째 잔을 건넨다. 홀리는 그 잔의 반을 비운다. "맛있다. 우라지게 맛있다."

"피트한테 제가 전화하지 않으면 경찰을 보내 달라고 했어요. 그리고 그 여자 형사님도. 어떻게 하면 내가 꺼내 줄 수 있어요, 홀리?"

홀리는 키패드를 가리키며 고개를 젓는다. "번호를 몰라. 바버라……." 그녀는 말을 하다 말고 얼굴을 훔친다. "네가 어떻게…… 아니다. 그 얘기는 나중에 하고 올라가서 경찰을 기다려."

"알겠어요. 피트한테 다시 전화해서……"

"아까 내가 본 게 총 맞니? 너 총 들고 왔어?"

"네. 피트가……"

"출동한 경찰 맞이할 때 그거 들고 있으면 안 돼. 더튼 사건을 잊지 마."

"하지만……"

"나중에, 바버라. 그리고 고마워. 정말 고마워."

바버라는 로드니 해리스의 사방으로 번진 핏자국을 밟지 않도록 조심해 가며 계단으로 돌아간다. 한번 뒤를 돌아보니 홀리가 남은 물을 마시고 있다. 다른 손 쪽으로는 쓰러지지 않으려고 버티려는 듯

창살을 붙들고 있다.

여기서 무슨 일이 벌어진 걸까? 도대체 무슨 일이 벌어진 걸까?

부엌으로 들어가 보니 경찰 사이렌 소리가 들리지만 아직 희미하다. 조리대에 놓아둔 그녀의 22구경이 보이자 홀리가 한 말을 떠올린다. *출동한 경찰 맞이할 때 그거 들고 있으면 안 돼. 더튼 사건을 잊지 마.* 그녀는 총을 집어서 브레드박스를 열고 잉글리시 머핀 봉지 위에 얹는다.

부엌에서 나오기 전에 유혹을 참지 못하고 냉장고 문을 열어 안을 들여다본다. 온갖 것에 대비해 마음의 준비를 했는데, 홀리의 경고가 무색하게 아무것도 없다. 탈지유, 달걀과 버터, 요거트, 채소, 크랜베리 젤리 같아 보이는 것이 담긴 밀폐 용기 그리고 랩으로 싼 시뻘건 고기 몇 덩이뿐이다. 고기는 스테이크용인가 보다. 그리고 딸기가 소용돌이무늬로 섞인 바닐라 푸딩인가 싶은 것이 담긴 파르페 잔이 여섯 개 내지 여덟 개 있다. 맛있어 보인다.

그녀는 냉장고 문을 닫고 다시 밖으로 나간다.

시경 순찰차가 길가에 멈추어 서자 사이렌 소리가 잦아든다. 위장 순찰차가 범퍼를 들이받을 듯이 바로 뒤에서 쫓아온다. 홀리가 한 말도 있고 자신의 피부색도 잘 알고 있기에 바버라는 아무것도 없다는 걸 보여 줄 수 있게 손바닥을 앞으로 펼친 채 두 손을 양옆으로 늘어뜨리고 현관 앞 계단 꼭대기에 서 있는다.

제복 경관 둘이 인도를 걸어온다. 그럼에도 불구하고 앞장선 경관은 권총 개머리에 손을 올려놓고 있다. “무슨 일이니? 어떤 비상 상황이야?”

그보다 나이가 많은 다른 경관이 묻는다. "아가, 약에 취했니?"

바바라가 그 황당한 질문에 대답할 필요도 없이(나중에 생각해 보니 완전히 어이없거나 인종차별적인 질문이라고 할 수도 없는 것이, 누가 봐도 그녀가 쇼크 상태였다.) 위장 순찰차 문이 쾅 하고 열리면서 이사벨 제인스가 허둥지둥 잔디밭을 가로질러 달려온다.

"뒤로 물러나요. 내가 아는 아이예요. 바바라 맞지? 제롬 동생."

"맞아요. 홀리가 지하실에 있어요. 철창에 갇혀서. 여기 살던 노교수 부부가 죽었는데...... 죽었는데......" 바바라는 울음을 터뜨린다.

"진정해." 이지는 부들부들 떨고 있는 바바라의 어깨를 한 팔로 감싸 안는다. "죽었다. 거기까지는 알겠는데...... 그런데?"

"그런데 홀리 말이 자기가 죽였대요."

홀리의 머리 위에서 발소리와 말소리가 들리고 잠시 후 발이 등장한다. 에밀리가 빌의 총을 들고 그녀를 죽이려 계단을 내려왔던 때가 생각나서 몸서리가 난다. 앞으로도 꿈속에서 그 노인네의 신발을 자주 보게 될 것이다. 하지만 이번에 등장한 건 단화가 아니라 스웨이드 부츠다. 그 위는 원피스가 아니라 청바지다. 청바지 주인이 시신을 본 순간 그 부츠가 멈춘다. 그리고 잠시 후 이사벨이 총을 들고 계단의 나머지 부분을 천천히 내려온다. 그녀는 홀리가 피로 얼룩진 얼굴을 하고 피 묻은 티셔츠로 팔을 동여매고 창살 뒤에 서 있는 것을 본다. 브래지어 컵 위쪽 가슴에도 말라붙어 가는 핏자국이 또 있다.

"망할. 대체 여기서 무슨 일이 벌어진 거예요, 홀리? 많이 다쳤어요?"

"내 핏자국도 있지만 대부분 저 인간 거예요." 그녀는 떨리는 손가락으로 소방차 잠옷을 입고 죽은 남자를 가리킨다. "여기서 꺼내 주면 전부 이야기할게요. 하지만 *그분에게*는 뭐라고 하면 좋을까요?" 그녀는 창살에 이마를 댄다.

이지는 다가가 홀리의 손을 잡는다. 차갑다. 이제 경찰 둘이 계단 위에서 시신을 빤히 쳐다보고 있다. 입구에 서 있는 바버라의 귀에 점점 다가오는 또 다른 사이렌 소리가 들린다.

이지가 말한다. "그분이라니요, 홀리? 누구한테 뭘 말한다는 거예요?"

"페니 달이요." 홀리는 여느 때와 다르게 목 놓아 운다. "딸이 어떻게 됐는지 달 부인에게 어떻게 얘기해요? *아무한테라*도 어떻게 얘기해요?"

6시 무렵 리지 로드에는 경찰차, 현장 조사팀 밴 두 대, 카운티 검시관의 스테이션왜건, 문이 열려 있고 응급구조사 두 명이 기다리고 있는 구급차 한 대가 일렬로 서 있다. 옆면에 금색으로 업살라 카운티 소방서라고 적힌 빨간색 소형 밴도 있다. 이 마을 주민들 대부분이 구경하러 밖으로 나왔다. 바버라 로빈슨은 집 밖으로 내쫓겼지만 잔디밭에는 있어도 된다고 허락을 받았다. 사실 거기 있으라는 지시가 내려졌다. 그녀는 제롬과 피트에게 전화해 홀리가 다치기는 했지만 그녀가 생각하기에(그녀의 희망 사항이기도 하다.) 심하게 다친 것 같지는 않다고 전한다. 중요한 건 무사하다는 거다. 홀리가 아직 해리스 부부의 집 지하실에 갇혀 있다는 얘기는 하지 않는다. 그러면 그녀도 아직은 답을 알 수 없는 질문으로 이어질 것이기 때문이다. 부모님에게도 연락할까 하다가 하지 않았다. 나중에 얘기할 시간이 있을 것이다. 지금 두 분은 즐거운 저녁 시간을 보내야 하는 때다.

부대에 담긴 시신 두 구가 들것에 들려 나오자 도로 건너편에 모여 있던 주민들이 놀라서 웅성거린다. 또 다른 카운티 소속 트럭이 리지 로드를 천천히 달려와 도로 한가운데에서 그들을 싣는다.

바바라의 휴대전화가 울린다. 제롬이다. 그녀는 잔디밭에 앉아서 전화를 받는다. 울어도 된다. 제롬 앞에서는 그래도 된다.

20분 뒤에 홀리는 휴대용 변기를 마주 보고 철창 저쪽 구석에 쭈그리고 앉아 있다. 무릎을 세우고 두 팔에 얼굴을 묻었다. 용접 마스크를 쓴 남자가 창살을 절단하는 중이라 번쩍이는 불빛이 긴 방을 가득 채운다. 이지 제인스는 지하실 저쪽 끝에서 먼저 목재분쇄기를 살피다가 현장 수사 전문가를 부른다. 보니의 사전거 헬멧과 백팩을 가리키고는 둘 다 증거물로 챙기라고 지시한다.

쇠창살 하나가 쨍그랑 하고 콘크리트 바닥에 떨어진다. 잠시 후 또 하나가 떨어진다. 이지는 절단 토치를 들고 있는 소방관에게 다가가 한 팔을 들어 눈을 가리고 묻는다. "얼마나 더 걸려요?"

"앞으로 10분이나 20분이요. 누군지 몰라도 엄청 튼튼하게 잘 만들어 놨네요."

이지는 다시 작업실 쪽으로 돌아가 문을 잡아당겨 본다. 잠겨 있다. 그녀는 덩치가 큰 한 경찰에게 손짓한다. 이제는 제복 경관 대여섯 명이 여기서 그야말로 서성이고 있다. "저거 부숴 봐, 안에서 사람 목소리가 들린 것 같았어."

덩치는 씩 웃는다. "알겠습니다, 대장님."

그가 어깨로 문을 들이받자 당장 열린다. 그는 휘청거리며 안으로 들어간다. 뒤따라 들어간 이지가 문 옆에 달린 전등 스위치를 찾아서 켠다. 천장에 달린 형광등이 켜지는데, 숫자가 많다. 둘은 망연자실한 채 그 자리에 서 있는다.

“저 망할 게 도대체 뭐예요?” 덩치가 묻는다.

이지는 그게 뭔지 알지만 눈을 통해 들어온 정보를 믿을 수가 없다. “아마 수술대일 거야.”

“저건요?” 호스 끝에 달려서 축 늘어진 초록색의 큼지막한 부대 자루를 가리키며 묻는 말이다. 안에 담긴 것 때문에 눈물 모양으로 부풀었다. 안에 담긴 게 뭘지 이지는 들여다보기는커녕 상상하기도 싫다.

“그건 법의학 담당자랑 검시관한테 맡겨.” 그녀는 홀리가 한 말을 생각한다. *딸이 어떻게 됐는지 달 부인에게 어떻게 얘기해요?*

40분 뒤에 홀리는 해리스 부부의 집 앞 베란다로 나선다. 한쪽에서는 응급구조사가, 다른 쪽에서는 이지 제인스가 부축하고 있지만 대체로 자기 힘으로 걷는다. 바버라가 일어나 달려가서 그녀를 끌어안고 이지를 돌아본다. “저도 병원에 같이 가고 싶어요.”

이지는 안 된다고 하지 않고 둘이 같이 가자고 한다.

홀리는 대기 중인 구급차 앞까지 걸어가고 싶지만 응급구조사가 계단을 내려가기도 전에 들것에 눕힌다. 이제는 폴리스라인에 막힌 언덕 꼭대기와 기슭에 뉴스 보도진과 온갖 공무용 차량이 출동해 있다. 심지어 헬리콥터까지 머리 위에서 선회하고 있다.

홀리는 들것에 실려 구급차로 옮겨진다. 응급구조사가 무슨 주사를 놓는다. 그녀는 거부하려고 하지만 그가 통증을 달래는 데 도움이 될 거라고 한다. 이지는 고정시킨 들것의 이쪽에, 바버라는 저쪽에 앉아 있다.

“내 얼굴 좀 닦아 줘요.” 홀리는 말한다. “피가 말라서 마른 논처럼 쩍쩍 갈라지고 있어요."

이지는 고개를 젓는다. "안 돼요. 사진 촬영하고 면봉으로 샘플 채취한 다음에 닦아 줄게요."

구급차가 사이렌을 울리며 출발한다. 언덕 기슭에서 모퉁이를 돌자 바버라는 들것을 붙잡는다.

"지하실에 있는 그거, 목재분쇄기예요." 이지가 말한다. "우리 아버지가 북부에 마련한 오두막집에 그 기계가 있었어요. 크기는 훨씬 작았지만."

"네. 나도 봤어요. 뭐 좀 마셔도 될까요? 네?"

"냉장고에 게토레이 있어요." 응급구조사가 외친다.

"아, 얼른 마시고 싶다."

바버라가 냉장고를 찾아서 주황색 게토레이 뚜껑을 따서 내민 홀리의 손에 쥐여 준다. 홀리는 뺨에 피를 뒤집어쓴 채로 게토레이를 마시며 그들을 올려다본다.

꼭 출정을 앞둔 인디언이 얼굴에 물감을 칠한 것 같네. 바버라는 생각한다. *그런 거일 수도 있다고 봐. 전쟁을 치른 게 맞으니까.*

"분쇄기에서 나온 건 그 조그만……." 이지는 말을 멈춘다. 원래는 '수술실'이라고 하려고 했지만 그건 아닌 것 같다. "……그 조그만 고문실에 있는 부대로 쏟아지게 되어 있더라고요. 그 안에 담긴 게 내가 생각하는 그거 맞아요? 냄새가 지독하던데."

홀리는 고개를 끄덕인다. "이번에는…… 잔해를 치울 겨를이 없었나 봐요. 그 전에 나온 건 어쨌는지 모르겠지만 호수에 버렸을 것 같아요. 당신이 수사하면 밝혀지겠지만."

"그리고 그 나머지는요?"

"냉장고 열어 봐요."

바버라는 랩으로 감싸여 있던 고깃덩어리를 떠올린다. 파르페 잔을 떠올린다. 그러자 비명을 지르고 싶어진다.

"해야 할 얘기가 있어요." 홀리가 이지와 바버라에게 말한다. 응급구조사가 투여한 약물이 뭔지 몰라도 효과를 발휘하기 시작했는지, 팔과 갈비뼈의 통증이 완전히 가시지는 않았지만 점점 사라지고 있다. 그녀는 젊었을 때 만난 심리치료사를 떠올린다. "공유*해야* 할 게 있어요."

이지가 그녀의 손을 꼭 쥔다. "나중에요. 사건의 전말을 들어야겠지만 지금은 그냥 좀 쉬어요."

"사건 얘기가 아니에요. 내가 재밌는 이야기를 하나 만들었는데 아무한테도 들려주지 못했어요. 그 여자…… 에밀리한테…… 총에 맞기 전에 들려주려고 했는데 상황이…… 꼬여 버렸지 뭐예요."

"뭔데요?" 바버라가 홀리의 손을 잡는다. "지금 얘기해 봐요."

"백만장자가 된 여자가…… 사실 난데, 설명하자면 길어…… 어느 술집에 들어가서 마이타이를 주문하거든. 바텐더가 그걸 만들려고 자리를 비운 새 이런 속삭임이 들려. '너는 그 돈을 받을 자격이 있어, 홀리. 동전 한 닢까지.' 여자는 주위를 둘러보지만 아무도 없어. 그 술집에 손님이라고는 그 여자뿐이야. 그런데 잠시 후에 이번에는 반대편에서 또 이런 속삭임이 들려. '너 오늘따라 진짜 예쁘다, 홀리.' 바텐더가 술을 들고 오길래 여자가 말하지. '계속 좋은 말만 속삭이는 소리가 들리는데 고개를 돌려보면 아무도 없네요.' 그 말을 듣고 바텐더가 말하길……"

그녀에게 주사를 놓았던 응급구조사가 뒤를 돌아본다. 함박웃음을 짓고 있다. "이러죠. '술은 돈을 받지만 땅콩은 서비스거든요.'*"

홀리의 입이 떡 벌어진다. "이 이야기를 알아요?"

"어우, 그럼요. 오래된 거예요. 어딘가에서 듣고 잊어버리셨나 보네요."

홀리는 웃음을 터뜨린다.

카이너 기념병원 처치실에서 홀리는 DNA 채취를 하고 사진을 찍는다. 이후에 바버라가 얼굴을 조심스럽게 깨끗이 닦아 준다. 응급실 당직 레지던트는 총상을 살피더니 "기본적으로 피상적"이라고 진단한다. 그러면서 총알이 좀 더 깊이 지나가 뼈가 부서졌으면 얘기가 달라졌을 거라고 한다. 이지는 그녀를 향해 양쪽 엄지손가락을 들어 보인다.

의사가 붕대로 쓰인 티셔츠를 풀자 피가 다시 나기 시작한다. 그는 상처를 소독하고 파편이 있는지 탐침으로 살핀 다음(없다.) 붕대를 감는다. 스테이플러로 고정하거나 봉합할 필요는 없다며(다행이다.) 단단히 감아 준다. 삼각건을 매야 하겠지만 그건 간호사가 처리해 줄 거라고 한다. 그리고 항생제도. 그나저나 응급실이 코로나 환자들로 그득한데, 대부분 백신 접종을 하지 않았다.

"내가 여기 병실을 하나 잡았어요." 이지는 미소를 짓는다. "사실 그건 거짓말이고 서장님이 잡아 주셨어요."

"나보다 더 필요한 사람들이 있을 거 아녜요." 의사가 피가 엉겨 붙은 티셔츠를 찌이익 하고 떼어 냈을 때부터 구름을 떠다니는 듯했던

* Nuts are complimentary. complimentary에는 '무료의'라는 뜻과 '칭찬하는'이라는 뜻이 있다.

기분이 사라지기 시작하더니 소독과 탐침 검사가 끝났을 무렵에는 완전히 없어졌다.

"병실에서 쉬어요." 이지는 덤덤하게 말한다. "이 도시에서 총상은 추적 관찰이 필수예요. 24시간. 복도나 식당에 방치되지 않는 게 다행인 줄 알아요. 거기는 허파를 토할 것처럼 기침하는 사람들로 득시글거리거든요. 간호사가 진통제를 투여해 줄 거예요. 운이 좋으면 잘생긴 인턴이. 하룻밤 푹 자요. 이 대환장 파티 보고는 내일 시작하기로 하고. 말을 많이 해야 할 테니까 각오해요."

홀리는 바버라를 돌아본다. "네 전화기 좀 빌려줘, 바브. 달 부인에게 연락해야 해."

바버라가 주머니에서 전화기를 꺼내려고 하지만 이지가 교통경찰처럼 한 손을 든다. "절대 안 돼요. 보니 달이 죽었는지 여부도 확실히 모르잖아요."

"나는 알아요. 당신도 알잖아요. 보니의 자전거 헬멧 봤으니까."

"네. 그리고 백팩 덮개에는 그 아가씨 이름이 적혀 있더라고요."

"귀걸이도 있었는데. 내가 갇혀 있었던 철창 안에."

"우리가 찾아볼게요. 다른 경찰이 이미 찾았을 수도 있어요. 6인조 과학수사팀이 지금 그 지하실을 살피고 있고 FBI에서도 건너오고 있어요. 지하실이 끝나면 온 집 안을 뒤질 거예요. 이 잡듯이 샅샅이."

"금색 삼각형이에요. 모서리가 뾰족한. 다른 한쪽은 보니가 납치당한 주인 없는 카센터 앞에서 내가 주웠어요. 철창 안에 있던 건 토퍼 아래에 숨겨져 있었고요. 분명 보니가 숨겨 놨을 거예요. 내가 그걸로 해리스 교수의 목을 그었어요."

그러고 나서 홀리는 눈을 감는다.

2021년 7월 30일

10시가 되자 홀리는 휠체어를 타고 카이너 기념병원 9층에 있는 회의실로 이동한다. 휠체어까지는 필요 없는데 이 병원의 원칙이라고 한다. 퇴원도 앞으로 다시 여덟 시간 동안 혈압과 체온을 체크한 다음에서야 할 수 있다. 이지, 이지의 파트너 조지 워시번, 뺨이 통통한 지방검사, 옷을 딱 떨어지게 차려입고 쉰 살쯤 되어 보이는 남자가 그녀를 기다리고 있다. 자기소개에 따르면 그 남자는 FBI 소속 허버트 빌이라는데, 홀리는 이 주에서 벌어진 사건이지만 납치라는 특수성 때문에 이 자리에 참석했나 보다고 짐작한다. 빌 호지스가 예전에 FBI는 세간의 이목이 집중된 사건에 관여하는 걸 좋아한다고, 특히 숨 고르기를 할 때 그렇다고 한 적이 있었다. *텔레비전 출연이라면 사족을 못 쓰는 인간들이라서요.* 바버라, 제롬, 피트 헌틀리도 줌으로 참석 중이다. 홀리가 그래야 한다고 고집을 부렸다.

빰이 통통한 남자가 자리에서 일어나 손을 내밀며 홀리에게 다가온다. "업살라 카운티의 지방검사, 앨버트 탠틀리프입니다." 홀리는 손 대신 성한 쪽 팔꿈치를 내민다. 그는 어린애 대하듯 너그러운 미소를 지으며 자기 팔꿈치로 홀리의 팔꿈치를 친다. "마스크는 생략해도 되겠습니다. 모두 백신을 맞았고 여기는 공기 순환이 아주 잘되는 것 같으니까요."

"저는 그냥 쓰고 있을게요." 홀리가 말한다. 이러니저러니 해도 여기는 병원이고 병원은 환자들로 가득한 곳이다.

"좋으실 대로 하세요." 그는 또다시 어린애 대하듯 너그러운 미소를 짓고 자기 자리로 돌아간다. "제인스 형사님, 시작하시죠."

이지는 내빈을 존중하기 위해서인지 몰라도 마스크를 쓴 채 아이패드를 켜고 홀리에게 증거용 비닐 백에 담긴 피 묻은 귀걸이 사진을 보여 준다. "이게 당신이 로드니 해리스의 목을 그었을 때 쓴 귀걸이 맞나요?"

빌 요원이 깍지 낀 손 위로 몸을 내민다. 두 눈은 얼음처럼 차갑고 파랗지만 입가에 희미한 미소를 머금고 있다. 아마도 존경의 의미일 것이다.

"네." 홀리는 이 다음에 뭐라고 해야 하는지 안다. 피트 덕분이다. "정당방위였어요. 생명의 위협을 느꼈거든요." 하지만 속으로는 이렇게 생각한다. *그 개떡 같은 또라이를 증오하기도 했고요.*

"그게 정당방위의 정의죠." 탠틀리프 지방검사가 말한다.

"다른 쪽 귀걸이도 가지고 있나요?" 이지가 묻는다.

"네. 사무실 맨 위 책상서랍 안에요. 사진을 보여 드릴 수 있었을 텐데, 해리스 부부가 나를 테이저건으로 기절시킨 다음에 휴대전화를 가져갔어요. 하지만 페니한테 있어요. 내가 이메일로 보내 줬거든요.

아무도 부인한테 연락 안 했어요?"

바바라가 말한다. "제가 했어요. 제가 전화했어요."

탠틀리프는 고개를 홱 돌려서 회의 테이블 상석에 설치된 화면을 쳐다본다. 이제는 얼굴에서 너그러운 미소가 사라졌다. "그건 로빈슨 씨의 권한 밖의 일입니다만."

"그럴지도 모르지만 그래도 했어요." 바바라의 말에 홀리는 박수를 쳐 주고 싶어진다. "홀리 때문에 엄청 걱정하셨거든요. 그래서 무사하다고 알려 드렸어요. 다른 얘기는 하지 않았고요."

"냉장고는요? 그 안에……." 홀리는 말끝을 흐린다. 어떤 식으로 말문을 맺으면 좋을지 모르겠어서 아니면 말문을 맺고 싶지 않아서다.

"냉장실과 냉동실, 양쪽 모두 고깃덩어리가 많았어요." 이지가 말한다. "인육인 게 확실해요. 더러는 피부가 아직 붙어 있더라고요."

"세상에." 바바라와 함께 자기 작업실에 앉아 있던 제롬이 외친 말이다. "와 씨, *진짜예요?*"

"진짜야. 지금 현재 DNA 검사가 실시되고 있어, 최우선 순위로. 길쭉한 디저트용 유리잔도 일곱 개 있었는데, 카운티 검시관 말로는 인간의 뇌조직과 경질막과 잘게 찢은 힘줄 같다고 해." 이지는 말을 멈추었다가 다시 잇는다. "여기에 휘핑크림을 섞은 것 같다고."

정적이 흐른다. *그래, 저들에게 소화할 시간을 주자.* 홀리는 이런 생각이 들자 섬뜩한 폭소가 터지려는 것을 막으려고 손으로 마스크를 꾹 누른다.

"괜찮으세요, 기브니 씨?" 이지의 파트너가 묻는다.

"네."

이지가 설명을 계속한다. "인육일 수도 있고 아닐 수도 있는 육포도 있었어요. 슬림 짐이나 잭 링크스 같은 거 말이에요. 조그만 미트볼

이 담긴 대형 밀폐용기도 있었어요. 이 중 일부 또는 전부가 보니 레이 달의 인육일지는 DNA 검사 결과가 나오면 밝혀지겠죠. 해리스 부부는 식료품 저장실에도 조그만 보조 냉장고를 두었더라고요. 그 안에도 고기가 잔뜩 들어 있어요. 대부분은 일반적인 스테이크, 토막살, 베이컨, 닭고기였지만 제일 아래 칸에는…….” 그녀는 냉동된 통구이 사진을 아이패드에 띄워 그들에게 보여 준다. “이게 뭔지, 출처가 어떻게 되는지는 확실치 않지만 양다리가 아닌 것만큼은 분명해요.”

“맙소사. 그런데 아무도 기소할 수가 없단 말이죠.” 탠틀리프는 비난에 가까운 눈빛으로 홀리를 흘끗 쳐다본다. “당신 손에 죽어 버렸으니.”

회의실 텔레비전 화면 속에서 피트 헌틀리가 말을 꺼낸다. 좀 괜찮아진 것 같아 보이지만, 살이 8, 9킬로그램 정도 빠진 것 같기도 하다. 그가 그 체중을 유지하면 좋겠지만 인간의 천성이라는 게 있다 보니 아마 그러지는 못할 것이다. “그게 무슨 소리예요, 탠트? 그자들은 식인종이었어요! 그자들이 홀리를 잡아먹을 시간은 없었을지 몰라도 죽일 시간은 충분히 있었을 거예요, 젠장.”

“나는 그런 뜻에서……”

이지의 전화벨이 울리자 탠틀리프의 나무라는 시선이 이번에는 그녀에게로 향한다. “휴대전화는 무음으로 해 놓기로 전부 합의한 거 아니……”

“죄송해요, 하지만 꼭 받아야 하는 전화라서요. 과학수사팀의 데이너 애런슨이에요. 특이한 사항이 발견되면 연락해 달라고 부탁했거든요……. 여보세요? 데이너? 뭐 나온 거 있어요?”

그녀는 희미하게 토할 것 같은 기미를 보이며 상대방이 하는 말을 듣는다. 홀리도 한밤중에 그런 느낌에 시달리다가 간호진이 얼마나 바쁜지 알면서도 호출 버튼을 눌러야 했다. 달려온 간호사는 최악의 공황 발작이 지나갈 때까지 그녀를 달래고는 개인적으로 가지고 있던 발륨을 주었다.

이지는 통화를 마친다. "데이너의 팀이 해리스 부부의 집 욕실에서 아무 라벨 없는 병을 열 몇 개 찾았는데……." 그녀는 헛기침을 한다. "뭐 어떻게 포장할 방법이 없네요. 부부가 인간의 지방을 로션처럼 쓰고 있었던 것 같대요. 다양한 통증을 달래기 위한 방편으로."

"그들은 그게 효과가 있다고 생각했어요." *잘은 모르겠지만 효과가 있었을 수도 있지. 일시적으로는. 인간의 천성을 감안하면.*

"사건의 전말을 설명해 줘요, 홀리." 이지가 말한다. "처음부터 끝까지 말이에요."

홀리는 페니에게 맨 처음 연락을 받은 것에서부터 이야기를 시작한다. 한 시간이 넘게 걸린다. 그 한 시간 동안 딱 한 번, 에밀리가 총으로 그녀를 맞히려고 했을 때 어떤 식으로 도자기 인형이 된 심정을 느꼈는지 설명하려는 순간에 온몸이 사시나무처럼 떨린다. 그래서 진정할 수 있게 이야기를 잠깐 중단해야 한다. 이지의 파트너 워시번이 잠깐 쉬는 게 좋겠느냐고 묻는다. 홀리는 아니라고, 마무리 짓고 싶다고 하고 마무리를 짓는다.

"나는 다섯 발 이후에 총알이 없다는 걸 알았어요. 빌이 공이치기 아래 칸에는 절대 총알을 넣지 말라고 했거든요. 그 여자가 내 이마 정중앙에 총구를 갖다 대도 가만히 있었어요. 방아쇠를 당겼는데 아무 일도 벌어지지 않으면 어떤 표정을 짓는지 보고 싶어서. 놀란 표정을 보니까 상당히 흡족하더라고요. 그걸 감상한 다음 창살 사이로 손을 뻗어서 그 여자 머리를 잡고 그 망할 목을 부러뜨렸죠."

피트가 단 한 마디로 정적을 깬다. "*잘했어요.*"

탠틀리프가 헛기침을 한다. "당신의 추정에 따르면 피해자가 최소 네 명이라고 했죠? 오르테가까지 합하면 다섯 명."

"*카스트로*예요." 바버라가 화난 투로 말한다. "호르헤 카스트로. 제가 프레디 마틴의 페이스북 페이지를 찾았거든요. 카스트로의 동거인이었는데……"

"아가씨는 이 사건에서 아무 발언권이 없으니까 미안하지만 빠져 주기 바라요."

"빠지려거든 *그쪽이나* 빠져요. 저 아이는 얘기하게 그냥 두고."

탠틀리프는 씩씩대지만 홀리의 말에 반발하지는 않는다. 바버라는 하던 얘기를 계속한다.

"마틴 씨는 처음부터 카스트로 씨가 살해당했다고 확신했어요. 카스트로 씨에게는 데이턴, 노갈레스, 엘파소, 멕시코시티에 사는 가족이 있었는데, 그들 중 어느 누구에게도 연락하지 않았다면서 그럴 사람이 아니라고요."

"그 사람이 첫 번째였어요." 홀리는 말한다. "확실해요. 그나저나 가족들 얘기가 나왔으니 말인데, 다른 피해자들의 가족은요?" 조지아주에 사는 엘런 크래슬로의 피붙이들은 관심 없겠지만 트레일러주차장의 이마니는 궁금해할 것이다. 보니의 경우 어머니는 물론이고 아버지도 궁금해할 것이다. 하지만 생각이 가장 많이 나는 사람은 베라 스타인먼이다. 이제 술과 약으로 삶을 포기할 모든 핑계가 생긴 여자.

"아무한테도 알리지 않았어요. 아직은요." 조지 워시번은 탠틀리프를 턱으로 가리킨다. "이건 저분 사건이거든요, 서장님과 공조하는."

탠틀리프는 짜증을 감추며 한숨을 쉰다. "수사팀을 생각해서 최대한 시간을 벌어 주고 싶지만 오래는 못 버틸 거예요. 말이 새어 나갈 수밖에 없으니까요. 조만간 기자회견이 열릴 텐데 기다려지지가 않네요."

"하지만 직계가족한테는 알릴 거죠?" 홀리가 묻는다. 거의 강요다.

이지가 탠틀리프보다 먼저 대답한다. "그럼요. 페니 달부터 시작하려고 해요."

제롬이 말을 꺼내자 홀리는 그도 피터 스타인먼의 어머니를 떠올리고 있을지 모른다는 생각을 한다. "식인 행위는 빼고 얘기하면 안 될까요?"

이지는 두통을 참으려는 사람처럼 관자놀이에 두 손을 갖다 댄다. "그건 안 돼. 대배심은 비공개로 진행되겠지만 얘기가 새어 나올 수밖에 없거든. 워낙 충격적인 사안이라. 빌어먹을 《인사이드 뷰》에서 터뜨리기 전에 가족들한테는 미리 알려야지."

그로부터 얼마 안 있어 회의가 끝난다. 홀리는 기진맥진하다. 천금보다 귀한 1인실로 돌아가 문을 닫고 침대에 누워 울다가 잠이 든다. 꿈속에서 에밀리 해리스가 빌의 권총을 그녀의 이마에 갖다 대며 말한다. "내가 마지막 칸에 총알 넣었어, 이 짜증 나는 년아. 네 꾀에 네가 넘어갔지?"

그날 오후 2시 15분에 간호사가(간밤에 발륨을 준 간호사는 아니다.) 홀리를 깨우며 말한다. "제인스 형사님이 스테이션으로 전화하셨는데 바꿔 달라세요." 그녀는 홀리에게 휴대전화와 살균 티슈를 건넨다.

"저 지금 병원 예배실에 있어요." 이지가 말한다. "여기로 내려와 줄 수 있어요?"

홀리는 휠체어를 타고 엘리베이터로 간다. 2층에서 내려 표지판이 가리키는 대로 카이너 초교파 예배실로 간다. 신도석 앞줄에 앉아 있는 이지 말고는 아무도 없다. 그녀는 한 손에 느슨하게 묵주를 쥐고 있다.

홀리는 그 옆으로 가서 선다. "페니한테 얘기했어요?"

"넵." 이지의 눈이 빨갛고 퉁퉁 부었다.

"안 좋게 끝난 모양이네요?"

이지가 고개를 돌리고 홀리를 쳐다보는데, 어찌나 괴로운 표정을 짓고 있는지 마주 보기가 힘들 정도다. 하지만 눈을 피하면 안 된다. 마주 보아야 한다. 홀리가 했어야 하는 궂은 일을 이지가 대신 맡아 준 것 아닌가. "그럼 망할, 어떻게 끝났겠어요?"

홀리는 아무 말도 하지 않는다. 잠시 후에 이지가 홀리의 손을 잡는다. "이번 사건으로 깨달은 교훈이 있어요, 기브니. 인간이 저지를 수 있는 최악을 보았다고 생각하는 순간 착각으로 밝혀진다는 것. 악에는 끝이 없어요. 스텔라 랜돌프를 데리고 갔거든요. 이번 경우에는 도움이 필요하겠다 싶어서. 동료가 연루된 총격전이 벌어지거나 했을 때 경찰들과 대화를 나누는 우리 지서 심리상담사예요."

"페니에게 보니가 사망했다고 전하고 그런 다음……"

"그런 다음 보니가 *어떤 이유*로 사망했는지 알려 줬어요. 그들이 무슨 짓을 저질렀는지도. 완곡하게 표현하려고 했지만…… 이런 때 완곡하다고 하는 거 맞죠? 부인은 내가 하려는 말이 뭔지 알아차렸어요. 아니, 하지 *않으려*는 말이 뭔지. 처음에는 깍지 낀 손을 무릎에 얹고 나를 쳐다보며 잠깐 가만히 앉아 있더라고요. 꼭 정말 흥미진진한 강연을 들으러 온 사람처럼. 그러다 비명을 지르기 시작했어요. 스텔라가 안아 주려고 했지만 부인이 거칠게 밀치는 바람에 오토만 소파에 걸려서 바닥 위로 넘어졌어요. 부인이 자기 얼굴을 할퀴기 시작했어요. 손톱이 짧아서 살갗이 찢기지는 않고 뺨에 세로로 시뻘건 자국만 남았지만요. 내가 그러지 못하게 세게 끌어안았지만 부인은 계속 비명을 질렀어요. 그러다 지쳤는지 조금 진정이 됐지만 그 비명 소리는 평생 잊지 못할 거예요. 유족에게 사망 소식을 전하는 것까지는 그렇다 쳐요. 지금까지 경험이 스무 번도 넘을 거예요. 하지만 그 나머지는……. 홀리, 그들이 살해됐을 때 의식이 남아 있었을까요?"

"모르겠어요." *그리고 알고 싶지도 않아요.* "부인이…… 나에 대해서도 뭐라고 하던가요?"

"네. 두 번 다시 만나고 싶지 않대요."

이글거리는 오후의 태양을 고스란히 맞으며 두 줄로 늘어선 집은 아무도 살지 않는 것처럼 보인다. 금이 간 인도에는 개미 한 마리 없다. 제롬은 (플라타너스 없는) 시카모어가가 촬영은 끝났지만 아직 철거하지 않은 영화 세트장처럼 보인다는 생각을 한다. **스쿠비라면 어떻게 할까?**라고 적힌 범퍼 스티커를 붙인 베라 스타인먼의 낡은 쉐비가 지난번에 그가 찾아왔을 때와 같은 자리에 세워져 있다. 어떻게 하면 좋을지, 뭐라고 하면 좋을지 알면 얼마나 좋을까.

부인이 집에 없을 수도 있어. 차를 보면 그녀가 집에 있다는 걸 알 수 있지만 그가 알기로 그 차는 더 이상 쓰이지 않는다. 그리고 술독에 빠진 피터 스타인먼의 어머니에게는 면허증도 없을지 모른다.

여기서 발길을 돌려야 해. 기회가 있을 때 멀리 도망쳐야 해.

하지만 그는 문을 두드린다. 한 가지 사실만큼은 분명하다. 면전에 대고 문을 쾅 닫지 않는 이상 그녀를 똑바로 쳐다보며 그 평생 이보다 더 훌륭하고 진심일 수 없는 거짓말을 해야 한다는 것.

문이 열린다. 베라는 그가 온다는 걸 몰랐기에 차려입지 않았지만 그래도 흰 바지에 셸톱을 입은 모습이 완벽하게 멀쩡하다. 그리고 술에 취하지 않은 것처럼 보이는데…… 물론 그가 지난번에 찾아왔을 때도 그렇게 보이긴 했었다.

"어머나. 제롬이죠, 맞죠?"

"네. 제롬 로빈슨이에요."

"지난번에 왔을 때 뭘 어쨌는지 기억나는 게 별로 없지만, 의사가 '그 아이가 부인을 살렸어요.'라고 한 건 기억해요."

그는 팔꿈치가 아니라 손을 내민다. 그녀는 그 손을 굳게 잡는다.

"표정을 보니까 좋은 소식을 들고 온 게 아니네요, 제롬."

"네. 아니에요. 부인께서 다른 사람을 통해 이 소식을 듣는 게 싫어서 제가 직접 찾아왔어요."

"왜냐하면 우리는 인연이 있으니까, 그죠?" 그녀는 더할 나위 없이 차분하지만 얼굴은 백짓장처럼 하얗다. "좋건 싫건 그렇죠."

"네, 부인. 아마 그런 것 같아요."

"현관 앞에서 나쁜 소식을 들을 수는 없죠. 들어와요. 그리고 제발 베라라고 불러 줘요."

그는 안으로 들어간다. 그녀는 문을 닫는다. 에어컨이 여전히 힘겹게 돌아가고 있다. 거실은 여전히 조금 허름하지만 깔끔하고 깨끗하다.

"혹시 궁금해할까 봐 얘기하자면 나, 술 안 마셨어요. 얼마나 지속될지는 모르겠지만 다시 지원 모임에 나가기 시작했고요. 지금까지 세 번. 싹싹 빌 각오를 하고 후원자를 찾아갔는데 그럴 필요도 없었더라고요. 얼마나 다행이었는지 몰라요. 죽었나요? 피터 죽었어요?"

"네. 정말, 정말 안타깝게 생각해요, 베라."

"성범죄였어요? 성도착자가 저지른?"

"아뇨."

"범인이 누구인데요?"

"노부부요. 로드니 해리스와 에밀리 해리스. 지금까지 밝혀진 바로는 피해자가 네 명 더 있어요. 경찰에서 정식으로 통지할 거예요. 저한테 먼저 들었다고 하셔도 돼요. 제가 소식을 전하고 싶어 했다고. 왜냐하면…… 음……."

"당신이 나를 살렸으니까요. 우리 사이에는 그런 인연이 있으니까요." 여전히 더할 나위 없이 침착하지만 두 눈 가득 눈물이 고였다. "그래요. 그래요. 그래요."

그녀는 뒤로 손을 뻗어 텔레비전 앞에 놓인 의자 팔걸이를 잡고 거기 앉는다. 다만 앉는다기보다 쓰러지는 편에 더 가깝다.

제롬은 프러포즈를 하려는 남자처럼 그 앞에 무릎을 꿇고 앉는다. 시체처럼 차가운 그녀의 손을 잡는다. 계획한 게 아니라 모두 즉흥적으로 한 행동이다. 그녀가 그들 사이에는 인연이 있다고 했던가? 맞는 말이다. 그도 안다. 그도 느낀다. 그의 목소리가 다행히 떨리지는 않는다.

"해리스 부부는 정신병자였어요. 그들이 어떤 짓을 저질렀는지, 어떤 흉측한 짓을 저질렀는지 공개가 될 테지만 이거 하나만은 말씀드릴 수 있어요." 이제 거짓말을 해야 하는 순간이다. 그도 모르는 일이니 거짓말이 아닐 수도 있다. "금방 끝났어요. 그 아이의 시신이 그렇게 된 건…… 그들 부부가 저지른 짓은…… 나중에 벌어진 일이에요. 그 아이가 떠난 뒤에요."

"우리가 죽으면 가는 곳으로요."

"네. 우리가 죽으면 가는 곳으로요."

"그 아이가 고통스러워하지는 않았다는 거죠?"

"네."

그녀가 그의 손을 세게 잡는다. "맹세할 수 있어요?"

"네."

"거짓말이면 당신 어머니가 죽어서 지옥에 갈 거라고?"

"네."

"그걸 어떻게 알아요?"

"병리학 보고서에 그렇게 적혀 있었어요."

그녀의 손에서 힘이 풀린다. "술 한잔해야겠어요."

"그러시겠지만 드시지 마세요. 아드님을 생각해서."

베라는 떨리는 목소리로 웃음을 터뜨린다. "내 아들을 생각하라고요? 진심이에요?"

"네. 진심이에요."

"후원자한테 전화해야겠다. 후원자가 올 때까지 같이 있어 줄래요?"

"네." 제롬은 말한다. 그리고 그때까지 같이 있는다.

2021년 8월 4일

홀리가 집에서 진통제를 또 한 알 먹을 시간이 될 때까지(아니면 그 전에 당겨서 먹을 때까지) 시간을 때우느라 넷플릭스 코미디 드라마를 건성으로 보고 있을 때 버저가 울린다. 이사벨 제인스인데, 동행이 있다. 허버트 빌과 커티스 로건이라는 다른 FBI 요원이다. 로건은 FBI팀과 함께 건너온 연쇄 살인 전문 프로파일러다.

이지는 홀리에게 그날 자 신문을 보았느냐고 묻는다. 홀리의 입장에서는 아이패드로 헤드라인(**그들은 식인종이었을까?**)을 확인한 것만으로 충분하다. "지방검사가 말한 그 기자회견을 이제 해야 하게 생겼네요."

"그와 머피 서장님이 12시로 잡아 놨어요. 이 지역 언론에 보도되는 것으로 그치지 않을 거예요. 랜덜 머피는 보니 달 말고 나머지 납치 사건은 자기가 아직 미니애폴리스에 있었을 때 벌어졌다는 걸 다행스럽게 여기고 있을걸요? 우리가 찾아온 이유는 우리 과학수사팀과 FBI팀이 해리스 부부의 침실 옷장에서 찾은 물건 때문이에요."

"뭔데요?" 속으로는 이렇게 생각한다. *이번에는 또 뭔데요?*

"일기요." 허버트 빌이 말한다. "부인이 2012년 10월, 그러니까 호르헤 루이스 카스트로를 살해하기 직전부터 일기를 쓰기 시작했더라고요. 여기 이 로건 요원이 검토하는 중이고요."

"아직 한참 남았어요. 1000쪽이 넘거든요." 로건은 말투가 부드럽고 짧은 머리칼은 점점 빠지고 있으며 테 없는 안경을 쓴 남자다. "대단히 흥미진진한 기록이에요."

"대단히 *끔찍한* 기록이죠." 이지는 말한다. "내가 읽어 본 바로는 둘 다 미쳤는데, 부인 쪽이 더 심하더라고요. 훨씬 더."

"계속 검토를 진행해 보면 경관님의 짐작이 맞는 것으로 밝혀질 듯합니다." 로건이 말한다. "제가 보기에 로드니 해리스는…… 뭐라고 표현해야 할까요? 씩씩대다? 자기 동료들이 편협한 데다 인육 섭취를 금기시하는 발상은 비논리적이라며 씩씩대는 데 그쳤을 사람이에요."

"부인이 그 인간을 설득해 첫 번째 범행을 저지르게 한 거죠?" 홀리는 묻는다. "카스트로를 도구 삼아 이론에서 실전으로, 구상에서 실행으로 건너가자고 남편을 구슬렸겠죠. 카스트로를 싫어해서."

"*싫어했다고요?*" 이지는 반문하고 웃음을 터뜨린다. "어우, 홀리, 그 정도가 아니었어요. 부인은 카스트로를 *증오했어요*. 그뿐만이 아니에요. 증오했던 상대가 얼마나 많았는지 몰라요. 에밀리 해리스는 겉보기에는 멀끔하고 유쾌하게 권위적인 분위기를 풍겼을지 몰라도 실은 뼛속까지 사이코였어요. 지킬 교수 안에 하이드 씨가 어떤 식으로 숨어 있었는지 내가 예를 보여 줄게요."

그녀는 아이패드를 홀리 쪽으로 돌린다. 화면에 일기장 한 쪽을 찍은 사진이 띄워져 있다. *수업시간에 종이를 씹어서 뭉친 공을 던지지 않겠습니다*라고 반성문을 쓰게 된 못된 아이처럼 같은 말을 반복해서 써 놓았다. ***그 남미 새끼 질색이야 그 씨부럴 남미 새끼 질색이야 그 호모 남미 새끼 질색이야 그 게이 호모 남미 새끼 질색이야*****······** 이런 식이다.

"이런 게 네 쪽 더 있어요." 이지가 말한다.

로건이 말한다. "아직 영문학과 회의에 참석하기 전에 쓴 건데도 말이죠. 도입부거든요."

"여기 또 있어요." 이지가 다른 사진으로 넘긴다. 에밀리가 이번에는 '검둥이'라는 단어를 큼지막하고 눈에 확 띄는 대문자로 계속 써 놓았다. 다른 욕도 있다.

"이 일기장은 남편한테도 보여 주지 않은 것 같아요." 허버트 빌이 말한다. "보여 주지 않았다고 여기 적혀 있지 않은 이상 100퍼센트 장담할 수는 없지만."

"이 일기장은 보물이에요." 로건이 말한다.

"나라면 다른 단어를 쓰겠어요." 홀리가 말한다.

"심리학적인 측면에서요. 한 가지 사실만큼은 분명해요. 부인이 카스트로 씨를······ *섭취*하는 데 동참한 이유는 남편의 장단을 맞추기 위해서였어요. 남편이 강력히 주장했거든요. 하지만 그걸 먹고 그 여자의 허리와 남편의 관절염이 기적적으로 나았대요. 지적 능력 향상과 같은 다른 효과도 있다고 착각했고요. 어떻게 보면 지옥의 케이블 TV 광고 같은 측면도 있어요. 하지만 결국에는 효과가 사라지기 시작했죠."

"그래서 다시 범행을 저질렀어요." 홀리는 덤덤하게 말한다. "그리고 또 다시 저질렀고요."

"카스트로를 그렇게 했을 때 체포됐어야 하는데." 이지가 말한다.

"그게 아니면 드레슬러를 그렇게 했을 때라도. 휠체어 작전이 기발했고 사전 작업을 좀 동원하긴 했지만 이후 뒷정리는 정말이지 허접하기 그지없었는데 말이죠."

"노인이었잖아요." 홀리는 조용히 말한다. "그런 노인들이 연쇄살인범일 줄 어느 누가 상상이나 했겠어요. 더군다나 식인종일 줄은요."

"홀리, 당신이 아니었다면 그들은 지금도 그 집에 살면서 그 섬뜩한 식사를 하고 있었을 거 아녜요. 그리고 사람들은 이랬겠죠. '아, 남편은 살짝 맛이 갔고 부인은 조금 까다롭지만 기본적으로는 괜찮은 노인들이야.'"

"바버라가 나보다 먼저 알아차렸어요."

"일정 부분 맞는 말이긴 하지만 기초를 다진 사람은 당신이에요."

"그리고 그 아이의 친구도 도움이 됐고요." 홀리가 말한다. "올리비아 킹즈버리. 그 노시인이요. 그분이 바버라를 위해 실마리를 한데 연결해 주었다고 봐요."

빌이 로건을 보며 고개를 끄덕인다. 그들은 자리에서 일어난다. "언론의 집중포화가 쏟아질 거예요, 기브니 씨."

"이번이 처음도 아닌걸요." 그러고 나서 홀리는 자기도 모르게 이런 말을 불쑥 내뱉는다. "땅콩은 서비스예요."

빌과 로건은 어리둥절한 표정을 짓지만 이지는 웃음을 터뜨리고 홀리도 여기 가세한다. 웃으니 좋다. 우라지게 좋다.

2021년 8월 18일

홀리의 아파트에는 의자 두 개, 테이블 하나를 놓으면 딱 좋을 만한 넓이의 외부 테라스가 있다. 수요일 오전 11시인 지금, 그녀는 여기 나와 앉아서 커피를 마시고 있다. 담배도 같이 피우고 싶지만 욕구가 점점 희미해지고 있다. 담배를 끊은 지 3주가 넘게 지났고 하느님의 은총이 함께한다면 다시는 피울 일이 없을 것이다. 날이 따뜻하지만 후텁지근하지는 않다. 7월의 거의 대부분과 8월 첫 2주 동안 도시를 덮고 있던 폭염의 장막이 걷힌 듯하다.

평소 같으면 많은 바지 정장 중에 하나를 골라 입고 옅은 화장을 하고 사무실에 앉아 있을 시각이지만 오늘 아침은 잠옷에 슬리퍼 차림이다. 카이너 병원에 강제로 24시간 동안 입원해 있은 뒤로 거의 날마다 아침에 이러고 있다. 자동응답기와 홈페이지에는 직원 휴가로 9월 6일에 영업을 재개한다고 되어 있다. 솔직히 파인더스 키퍼스가 영업을 재개하는 날이 올지 잘 모르겠다.

완전히 회복한 피트는 새기노에 사는 아들 내외의 집에 갔다. 이달 말이면 돌아올 테지만 이미 완전 은퇴를 운운하고 있다. 경찰 연금을 받고 있는데 25년 동안 근무했으니 금액이 제법 된다. 만약 그가 은퇴하기로 결정하면 홀리는 기쁜 마음으로 퇴직금을 상당히 두둑하게 챙겨 줄 것이다. 그녀가 회사를 제삼자에게 넘기기로 결정하면(거금에 넘길 수 있다.) 두둑한 수준을 넘어설 것이다.

그녀로 말할 것 같으면 이 도시의 가장 으리으리한 술집에서 마이타이를 주문할 여유가 되는 백만장자다. 솔직히 마음만 먹으면 술집을 살 수도 있다. 그럴 생각은 없지만. 해리스 부부의 집 지하실 철창 안에 갇혔다가 풀려난 이후 몇 주 동안에는 일을 그만두고 어머니와 삼촌이 숨겨 놓은 돈으로 살까 하는 생각이 자주 들었다.

아직 은퇴할 나이는 아니라고 속으로 중얼거리고 있는데, 맞는 말일지 모른다. 그러고 나면 남는 시간을 주체하지 못할 거리고 속으로 중얼거리고 있는데, 그것 역시 맞는 말일지 모른다. 하지만 이지 제인스가 그날 페니 달을 만나고 와서 예배실에서 했던 말이 머릿속에서 계속 맴돈다. 까놓고 얘기하자면 그녀의 딸이 살해당했을 뿐 아니라 식용으로 쓰였고, 그마저도 영양가가 없는 부위는 목재분쇄기 호스 끝에 달린 비닐 부대 안의 시뻘건 곤죽과 뼛조각으로 전락했다는 소식을 전하고 난 뒤에 말이다.

인간이 저지를 수 있는 최악을 보았다고 생각하는 순간 착각으로 밝혀진다는 것. 이지는 이렇게 말한 다음 뜻밖의 결론을 내렸다. *악에는 끝이 없어요.*

그녀도 그렇다는 걸 알고 있었다. 이지보다 훨씬 더 잘 알고 있었다. 테리 메이틀랜드로 가장한 '이방인'이 얼마나 사악했던가. 체트 온도스키로 가장한 녀석도 마찬가지였다. 위험하지 않은 존재가 되었어야 마땅한데도 (빌의 표현을 빌자면) 계속 분탕질을 치고 다녔던 브래디 하츠필드도 마찬가지였다. 그런 존재로 만든 주인공이 홀리였건만.

하지만 로드니 해리스와 에밀리 해리스가 더 끔찍했다.

어째서 그러냐고? 그들은 초자연적인 부분이 전혀 없었다. 그들의 사악함이 외부에서 비롯되지 않았기에 이 세상에 사악한 기운이 있으면 선한 기운도 있을 거라며 스스로를 위안할 수 없었다. 해리스 부부의 사악함은 평범한 동시에 기이했다. 마치 울음을 그치지 않는다는 이유로 아이를 전자레인지에 넣는 미친 엄마, 총을 난사해 동급생 대여섯 명인 죽인 열두 살짜리 같았다.

홀리는 로드니 같은 인간을 두고 볼 수 있는 세상 속에 다시 발을 들이고 싶은 마음이 있는지 잘 모르겠다. 좀 더 계산적인 동시에 훨씬 더 비정상이라 남편보다 더 끔찍했던 에밀리는 또 어떤가.

에밀리의 일기 덕분에 확연해진 부분도 더러 있다. 이제는 엘런 크래슬로에 이어서 곧바로 스타인먼이 실종된 이유가 밝혀졌다. 엘런이 채식주의자라 (일기에서는 성배로 언급되는) 간을 먹지 않겠다고 거부했기 때문이다. 그녀는 탈수로 죽어 가는 상황에서도 계속 거부했다. 그렇게 끝까지 버틴 사람은 엘런밖에 없었다. 홀리도 버틸 수 있었을지 자신이 없는데, 그저 존경스러울 따름이다. 결국 로드니가 말을 안 듣는 거세한 황소라도 되는 듯 그녀를 총으로 쏴서 죽였다. 이후에 에밀리는 격한 단어로 일기장을 채웠다. *아프리카에서 온 검둥이 레즈비언 걸레*가 그중에서 제일 양호한 단어였다.

그들은 이제 에밀리가 트레일러 공원에서 쓴 가명이 뭔지도 안다. 에밀리 디킨슨. 그 에밀리 디킨슨이다.

홀리는 이런 불쾌한 단어들을 적어 놓은 여자가 존경받는 대학 교수였고, 문학상 수상자였고, 레이놀즈 도서관의 후원자였고, 퇴직 후에도 영문학과에서 영향력을 발휘했다는 사실을 계속 상기해야 했다. 그녀는 2004년에는 이 도시를 대표하는 올해의 여성으로 선정돼 상패를 받았다. 수상 축하 파티에서는 여성의 권리 찾기에 대해 연설했다.

이지에게 들은 또 다른 이야기도 있다. 로드니가 엘런 크래슬로를 죽였을 때 쓴 총은 열다섯 발짜리 탄창이 달린 루거 시큐리티 나인이었다. 만약 에밀리가 빌의 리볼버가 아니라 그걸 들고 왔다면 홀리를 끝장낼 수 있는 기회가 열 번 더 주어졌을 테고…… 홀리는 그 철창 안에서 열 번 더 총알을 피하지는 못했을 것이다.

"하지만 그 총은 2층에 있었어요." 이지가 말했다. "그런데 그 여자는 허리가 아픈 데다 팔까지 부러졌잖아요. 당신으로서는 행운이었죠."

그렇다, 행운이었다. 목숨을 부지했을 뿐 아니라 이제는 백만장자가 된 행운아 홀리 기브니. 이제 그녀는 일을 접고 삶의 새로운 단계로 넘어갈 수 있다. 해리스 부부 같은 사람들은 케이블 뉴스 기사에 불과하고, 그런 뉴스를 듣기 싫으면 소리를 죽이거나 로맨틱 코미디로 채널을 돌릴 수 있는 세상으로.

전화벨 소리가 들린다. 업무용이 아니라 개인용 전화가 울리는 소리다. 홀리가 유명인사로 새롭게(또는 다시금) 등극하며 업무용 전화기에서 불이 났지만 이제는 다행히 잦아들었다. 그녀는 자리에서 일어나 커피 컵을 들고 홈 오피스로 간다. 화면에 뜬 사진을 보니 바버라 로빈슨이다.

"안녕, 바버라. 어떻게 지내고 있어?"

정적 속에 바버라의 숨소리만 들린다. 불안이 홀리의 폐부를 찌른다. "바브? 무슨 일 있어?"

"아뇨…… 아니에요. 그냥 멍해서요. 엄마, 아빠는 안 계시고 오빠는……"

"다시 뉴욕에 갔지, 알아."

"그래서 전화했어요. 전화할 사람이 필요해서."

"무슨 일인데?"

"됐어요."

"되다니, 뭐가?"

"펜리상이요. 랜덤하우스에서 『닫힌 하늘을 수놓은 새』를 출간하겠대요." 바버라는 소식을 전하고 난 뒤에 울음을 터뜨린다. "그 시집은 올리비아 선생님 영전에 바칠 거예요. 선생님이 살아 계셨으면 얼마나 좋았을까요?"

"바버라, 정말 잘됐다. 상금도 있지, 그렇지?"

"2만 5000달러요. 제가 받은 이메일에 따르면 선인세 개념이라는데, 시집은 절대 많이 팔리지 않으니까요."

"어맨다 고먼* 앞에서는 그런 소리 하지 마."

바버라는 계속 울면서도 웃음을 터뜨린다. "비교가 안 되죠. 어맨다의 시는, 대통령 취임식 때 낭송한 그런 시를 보면 희망적이잖아요. 제가 쓴 시는…… 음……."

"다르지."

바버라가 몇 편 읽어 보라고 주었기에 홀리는 그녀가 쓴 시의 정체가 뭔지 안다. 그녀의 시는 일종의 대응 기제다. 선하고 넉넉한 바버라의 천성과 지난해 엘리베이터에서 경험한 충격을 화해시키려는 노

* 미국 역사상 가장 어린 나이에 대통령 취임식에서 축시를 낭송한 시인. 시집으로 베스트셀러 작가가 되었다.

력이다. 체트 온도스키의 충격이 가실 겨를도 없이 친구가 얼굴에 피칠갑을 하고 두 구의 시신과 함께 철창에 갇혀 있는 것까지 보았으니.

홀리는 그보다 많이 보았고, 그보다 많이 경험했고(그 철창 안에 갇혔던 장본인이지 않은가.), 시라는 안전한 배출구도 없다. 개중 가장 잘 썼다는 작품도 (솔직히) 아주 형편없었다. 하지만 공포 영화를 다시 보기 시작했고 이런 위험하지 않은 공포가 첫 단추일지 모른다. 변태적인 취향이라고 생각할 사람도 있다는 건 알지만 사실 그렇지는 않다.

"제롬한테 전화해. 먼저 제롬한테, 그다음 부모님께."

"네, 지금 바로 할게요. 하지만 홀리하고 맨 처음 통화해서 좋아요."

"그렇다니 기쁘네." 사실 기쁜 것 이상이다.

"더 밝혀진 거 있어요? 그러니까…… 그 일이요."

바바라는 요즘 그 사건을 '그 일'이라고 부르고 있다.

"아니. 그들의…… 뭐라고 해야 하나…… *타락상*에 대해 묻는 거라면 아마 전부 밝혀내지는 못할 거야. 우리가 막을 수 있어서 다행이었을 뿐."

"*홀리*요. *홀리*가 막은 거죠."

홀리는 키샤 스톤에서부터 제트마트의 에밀리오 헤레라까지 연관된 사람들이 많다는 걸 알지만 아무 말도 하지 않는다.

"결국에는 상당히 시시할지 몰라. 선을 한 번 넘은 게 전부였을 거야. 이후로 점점 쉬워졌겠지. 그리고 플라시보 효과도 한몫했고. 로드니의 인지 기능이 무너져 가고 있었고 어떻게 보면 에밀리도 마찬가지였어. 결국에는 체포됐겠지만 같은 범행을 다시 저지른 다음이었겠지. 어쩌면 한 번 이상. 끝이 좋으면 다 좋은 거라고 해 두자…… 최대한 좋게 끝났으면 된 거라고."

그렇게 생각할 수 있으면 정말 좋을 텐데. 그녀는 생각한다.

"네가 받은 그 엄청난 상 얘기로 돌아가고 싶은데. 네가 최연소 수상자 아니야?"

"맞아요, 여섯 살 차이로 경신했어요! 편지를 보니까 제 에세이가 신선했대요. 그런 헛소리가 믿어져요?"

"응, 바브. 믿어져. 그리고 정말 잘됐다. 이제 얼른 전화 돌려."

"그럴게요. 사랑해요, 홀리."

"나도 사랑해. 아주 많이."

홀리는 수화기를 거치대에 내려놓고 커피를 다시 내리려고 부엌으로 향한다. 가는 중간에 업무용 전화가 울리기 시작한다. 그녀는 7월 말부터 그 전화를 받지 않고 자동응답기나 자동응답 서비스 업체에 일임했다. 대부분 인터뷰 요청이었고 거금을 주겠다는 타블로이드 신문사도 몇 군데 있었다. 그녀는 메시지를 듣기만 할 뿐 아무에게도 답을 하지 않았다. 그들의 돈은 없어도 된다.

이제 그녀는 책상 옆에 서서 업무용 전화기를 쳐다본다. 벨이 다섯 번 울리면 자동응답기로 넘어갈 것이다. 이제 세 번째로 울리고 있다.

인간이 저지를 수 있는 최악을 보았다고 생각하는 순간 착각으로 밝혀지지. 악에는 끝이 없어.

이게 그 전화야. 내가 기다려 온 전화.

그녀는 전화를 받고 탐정 일을 계속할 수도 있다. 그러면 끝이 없는 악과 접촉한다는 뜻이 된다. 아니면 그냥 자동응답기로 넘어가도록 내버려 둘 수도 있고 그렇게 하면 은퇴를 그냥 상상만 하는 게 아니라 진심으로 일을 접고 유산으로 생활할 생각이 있다는 뜻이 된다.

네 번째로 벨이 울린다.

그녀는 빌 호지스라면 어떻게 할지 자문한다. 하지만 그보다 더 중요한 질문이 있다. 빌은 그녀가 어떻게 하길 바랄까?

다섯 번째로 벨이 울리는 도중에 그녀는 수화기를 든다.

"여보세요, 홀리 기브니입니다. 무엇을 도와 드릴까요?"

2021년 8월 14일~2022년 6월 2일

작가의 말

『홀리』의 시간적 배경은 『피가 흐르는 곳에』에 수록된 동명의 단편 소설 직후이긴 하지만, 열혈 독자 여러분과 시사를 공부하는 학생들은 엄청난 갭을 알아차렸을 것이다. 『홀리』에서는 코로나가 사실상 몇 군데 지점에서는 이야기를 좌우할 정도로 중요한 역할을 하지만 『피가 흐르는 곳에』에서는 여기에 대한 언급이 없다. 시간적 배경이 2020년 12월이었으니 미국에서 그 한 달 동안 최소 6만 5000명이 사망했다고 보고된 끔찍한 시기였는데도 말이다.

이유는 간단하다. 내가 『피가 흐르는 곳에』를 집필한 2019년은 코로나가 등장하기 전이었다. 실제 사건 때문에 내 소설이 어그러지는 건 싫지만 가끔 어쩔 수 없는 경우도 생긴다. 『피가 흐르는 곳에』를 수정할 수 있으면 했겠지만 그러자면 이야기를 통째로 다시 써야 했고, 학창 시절에 즐겨 했던 '하츠'라는 마라톤 게임에서 원칙처럼 쓰이던 말이 있다. 판이 깔리면 그냥 하는 거다. 나도 그 오류를 인지하고 있다고 알리고 싶어서 얘기를 꺼냈을 뿐이다.

다행히 대다수는 아니지만 미국 인구의 상당수가 백신 접종에 반대한다. 이들은 코로나라는 설정이 『홀리』를 관통하는 데 계도의 의도가 있다고 생각할지 모르지만(이런 종류의 소설을 가리켜 '가두연설' 식이라고 하는데 나는 그 단어를 좋아하는 편이다.) 그렇지 않다. 나는 실제 사건, 실제 인물, 심지어 실제 브랜드 이름이 그 안에서 공존할 때 소설이 가장 그럴듯해진다고 생각한다. 홀리의 어머니는 코로나로 사망했고 홀리 자체가 건강 염려증이 조금 있다. 따라서 내가 생각하기에는 그녀가 코로나에 대해 강경한 입장이고 온갖 예방조치를 취하는 것이 (담배는 예외지만) 자연스러운 설정이었다. 그 부분에 관한 한 나도 홀리와 같은 의견이긴 하지만 내가 만약 백신 접종에 반대하는 인물을 주인공이나 중요한 조연으로 선택했다면 그들의 입장도 충분히 조명했을 것이다.

이 대목에서 짚고 넘어가야 하는 인물이 로드니 해리스다. 그는 나와 생각이 전혀 다른 대표적인 인물이다. 식인 풍습과 관련해 로드니가 제시한 정보와 과거의 일화는 모두 사실이다. 하지만 그가 내린 결론은 틀렸다. 예를 들어 인간의 간을 먹으면 알츠하이머를 치유할 수 있다는 건 순 헛소리다. 이 남자는 폭주 기관차처럼 미쳤다. 아니, 그렇게 비유하는 것 자체가 기관차에 대한 모독이다.

늘 그렇듯 자료 조사는 로빈 퍼스라는 걸출한 인재가 맡아 주었다. 그녀는 식인 풍습이라는 주제로 완벽한 일대일 과외까지 진행해 주었는데 그건 시작에 불과했다. 『미스터 메르세데스』 3부작까지 거슬러 올라가 홀리 기브니의 완벽한 연대표를 작성해 주었으니 말이다. 덕분에 수정해야 하는 부분이 많아졌지만 어이없는 실수를 미연에

방지할 수 있었다. 이렇게 탄생된 결과물이 그럭저럭 괜찮아 보이지만 한 가지 예외가 있다. 원래 설정상 헨리 삼촌에게는 자녀가 있었는데, 이번 내레이션에서 완전히 빠져 버린 것이다. 로빈으로 말할 것 같으면 자료 조사의 여신이다. 맞은 부분은 그녀에게 공을 돌리고, 틀린 부분은 내게 과를 돌린다.

라틴어에 관해서는(내 라틴어 실력은 녹이 슬었다.) 팀 잉그럼과 티퍼 존스에게 감사 인사를 전하고 싶다. 이들이 속한 '클래식스 포 올'은 고전 교육을 지원하는 자선단체다. 페이스북이나 구글에서 검색해 보기 바란다.

내 오랜 에이전트 겸 친구 찰스 '척' 베릴이 2022년 초에 세상을 떠났다. 그를 잃은 상실감은 그의 오랜 사업 파트너 리즈 다한소프가 재빠르게 빈자리를 채워 창작 외적인 문제를 처리해 준 덕분에 어느 정도 해소가 되었다. 덕분에 나는 내가 가장 잘하는 헛소리 공장장 역할을 계속 수행할 수 있었다. 리즈는 엄청난 상심의 순간에도 절대 삐끗한 적이 없었다. 나는 그녀가 없으면 미아로 전락할 테고 이 말은 미셸 모티머 앤드 에릭 앰링 에이전시에서 근무 중인 그녀의 훌륭한 동료들에게도 적용된다. 모두 감사하다.

해외 저작권 담당자로 내 작품의 전 세계 홍보를 맡고 있는 크리스 로츠도 훌륭한 친구다.

영화와 텔레비전 판권 문의를 전담하고 있는 랜드 홀스턴도 그 못지않게 훌륭하다. 나하고는 40년 넘게 알고 지낸 친구이자 사업 파트너다.

낸 그레이엄은 이 작품의 편집을 맡아 주었다. 그녀가 제안한 수정 방향은 거의 언제나 옳았고, 일부분을 덜어 내자고 할 때면 고통스럽기는 했지만 덕분에 이야기가 늘어지거나 산으로 가는 것을 방지할 수 있었다. 악마는 디테일에 있다고들 하지만 내 디테일에 관한 한 낸은 천사다. 이런 전문가가 나와 한 팀이라니 기쁘다.

내가 다운되어 있을 때는 '못된 것'이라고도 불리는 반려견 몰리가 웃음보를 터뜨려 주었다.

가장 고마운 사람은 모든 면에서 나를 응원해 주는 소설가 아내 태비사 킹이다. 이보다 더 훌륭한 삶의 동반자를 어디서 찾을 수 있을까. 태비사는 이 책에서 가장 힘들었던 부분(제롬이 베라 스타인먼과 마지막으로 대화를 나누는 부분)을 쓰는 내내 격려를 아끼지 않았다. 사랑해, 내 옆지기.

마지막으로 한 가지 더. 내가 이 작품을 집필한 이유는 머릿속에 선명하게 떠오른 한 장면을 글로 옮기기 위해서였다. 어머니의 줌 장례식에 참석한 홀리. 그 장면에 걸맞은 이야기가 없어서 안타까웠지만 나는 처음부터 홀리를 좋아했고 그녀와 다시 함께하고 싶었기에 계속 안테나를 세워 놓고 있었다. 그러던 어느 날 신문에서 명예 살인 기사를 보게 됐다. 그것이 내 이야기가 될 수는 없었지만 헤드라인이 마음에 들었다. **주변 사람들은 모두 그들이 친절한 노부부인 줄 알았다. 뒷마당에서 시신이 잇따라 등장하기 전까지는.**

나는 이런 생각이 들었다. *살인범 노부부라, 그거야말로 내 이야기네.* 그래서 나는 써 내려가기 시작했고 여러분이 읽은 게 그 결과물이다. 재미있게 읽어 주면 좋겠다는 바람과 더불어, 이 어두운 곳으로 다시 나와 함께 건너와 주어서 고맙다는 인사를 건네고 싶다.

스티븐 킹

옮긴이 | 이은선

연세대학교에서 중어중문학을, 국제학대학원에서 동아시아학을 전공했다. 편집자, 저작권 담당자를 거쳐 전문 번역가로 활동 중이다. 스티븐 킹의 『페어리테일』, 『빌리 서머스』, 『11/22/63』, 『미스터 메르세데스』, 『파인더스 키퍼스』, 『엔드 오브 왓치』를 비롯해 앤서니 호로비츠의 『중요한 건 살인』, 『맥파이 살인 사건』, 『셜록 홈즈: 모리어티의 죽음』, 『셜록 홈즈: 실크 하우스의 비밀』, 매들린 밀러의 『키르케』, 『아킬레우스의 노래』, 『갈라테이아』, 마거릿 애트우드의 『그레이스』, 『먹을 수 있는 여자』, 『도둑 신부』, 프레드릭 배크만의 『할머니가 미안하다고 전해달랬어요』, 『베어타운』, 『불안한 사람들』, 『하루하루가 이별의 날』 등 다양한 소설을 번역했다.

홀리

1판 1쇄 펴냄 2024년 8월 16일
1판 3쇄 펴냄 2025년 1월 2일

지은이 | 스티븐 킹
옮긴이 | 이은선
발행인 | 박근섭
편집인 | 김준혁
책임편집 | 장은진
펴낸곳 | 황금가지

출판등록 | 2009. 10. 8 (제2009-000273호)
주소 | 06027 서울 강남구 도산대로 1길 62 강남출판문화센터 5층
전화 | **영업부** 515-2000 **편집부** 3446-8774 **팩시밀리** 515-2007
홈페이지 | www.goldenbough.co.kr

도서 파본 등의 이유로 반송이 필요할 경우에는 구매처에서 교환하시고
출판사 교환이 필요할 경우에는 아래 주소로 반송 사유를 적어 도서와 함께 보내주세요.
06027 서울 강남구 도산대로 1길 62 강남출판문화센터 6층 민음인 마케팅부

ISBN 979-11-7052-439-7 04840
ISBN 979-11-7052-440-3 04840(세트)

㈜민음인은 민음사 출판 그룹의 자회사입니다.
황금가지는 ㈜민음인의 픽션 전문 출간 브랜드입니다.